天著春秋

王树增

著

人民文学出版社

图书在版编目（CIP）数据

天著春秋 / 王树增著. -- 北京：人民文学出版社，
2024（2025.7 重印）. -- ISBN 978-7-02-018941-0

Ⅰ. I25

中国国家版本馆 CIP 数据核字第 20249RR647 号

选题策划　脚　印
责任编辑　王　蔚
装帧设计　陶　雷
责任印制　张　娜

出版发行　人民文学出版社
社　　址　北京市朝内大街 166 号
邮政编码　100705

印　　刷　河北盛世彩捷印刷有限公司
经　　销　全国新华书店等

字　　数　441 千字
开　　本　710 毫米×1000 毫米　1/16
印　　张　35.5　插页 1
印　　数　30001—35000
版　　次　2024 年 12 月北京第 1 版
印　　次　2025 年 7 月第 4 次印刷

书　　号　978-7-02-018941-0
定　　价　78.00 元

如有印装质量问题,请与本社图书销售中心调换。电话:010-65233595

天著春秋

目录

天著春秋

第一章

鸣条之战：
风中枝条如乱发飞舞

一 太阳会灭亡吗？

在中国历史上，第一个将自己比作太阳的人，是夏朝的第十七代王履癸，因死后谥号为"桀"，史称"夏桀"。

距今三千六百多年前的一天，本是夏桀的一个神圣的祭祀之日。

清晨，袭击了都城附近地域的狂风暴雨停了。天色阴沉，薄雾湿冷。洼地里的粟米田被雨水淹没，沟壑里布下的狩猎陷阱也被冲垮。与风雨搏斗了一夜的男人们精疲力竭；女人们在泥水中寻找着散落的粟米粒；老人们则面向东方跪成一排，双手伸向晦暗的苍穹大声祈祷着：太阳！太阳！

贵族们从高地上的木架屋姗姗而下。木架屋由粗大而结实的乔木支撑，汹涌的雨水顺着屋后的河道流走，木架屋完好无损的茅草顶在雨水的洗刷下闪闪发亮，那是子民们经年累月不断加固造就的。贵族们个个面色红润，脖子和手臂如同蚌肉一样白皙丰满，因为刚刚享用过子民们供奉的新鲜兔脯，嘴唇上沾着的细密的兔毛微微颤抖。带着这个值得炫耀的贵族标识，他们在向都城里的夏宫走去的时候，一路兴奋而痴迷地叨念着：太阳！太阳！

夏桀，中国古代史中第一位以筑倾宫、饰瑶台、做琼室、立玉门而著称的王。

无论寒冬酷夏，子民中最强壮的工匠从不间断，他们在平地上垒砌起巨大的夯土基座，在基座上挖掘出一圈深深的柱穴，再将砍伐下来的参天巨木沿着柱穴竖立起来。墙体的木架用结实的杉木连接而成，中间用反复锤打的草泥进行填充，填起的墙体在平原上高高耸立如同突兀的山丘。用珍贵的葛麻、女人的头发以及柔韧细密的鼠尾草混合编成的夏宫穹顶，在辽阔天空的映照下，呈现出熠熠生辉的纹理和光泽。夏宫的前面是祭祀的高台，这是人神共处的神圣之地。为了更加接近神灵，堆积这座高台的子民们劳作数年，尽管黏土用猛兽的血细细搅拌，依旧经历了数次垮塌，高台里因此埋着数不清的子民的骸骨。而占卜师笃定地认为：这些骸骨能够确保高台永世屹立不倒。高台之上，密林般竖立着无数根雕刻着诡异花纹的巨大木柱，无论风从哪个方向吹来，掠过这些木柱的间隙时都会发出肃穆的呜咽声。

东方微亮时分，贵族们吟唱颂歌，夏桀登上高台。

祭祀开始了。

我的天神！夏桀仰望着海青色的天空，声音粗砺如同猛虎巡视领地时发出的吼啸：感谢你在四季无尽的轮回中，赐予我神谕和权杖；感谢你在雷电交集的暴怒中，赐予我勇猛和威严；感谢你在阳光普照大地时，赐予我丰饶的万物生灵。接受我献上的祭品吧，我祈求得到你的恩赐和护佑，让我千年万年统辖脚下的土地。我的天神！

号角声起，鼓乐大作。

兵士们攀上巨柱，在每一根巨柱的顶端，悬挂起一颗人的头颅。

暴风雨来临之前，夏，刚刚结束一场剧烈的战事：有人说，个别部族出现了蠢蠢欲动的倒戈征兆。夏桀遂决定在有仍国（今山东济宁一带）召开一次盟会；会上果然发现了反叛的端倪："夏桀为仍之会，有缗叛之。"［左传·昭公四年］一个名叫有缗氏的部族（今山东金乡一带）确实存有异心。

夏桀决定出兵征讨。

天神护佑的军队是不可战胜的。

"桀克有缗以丧其国。"［左传·昭公十一年］

有缗国遭到血洗后，为了得到夏桀的宽恕，献上两位绝色美女：一位叫琬，一位叫琰。

当有缗国抵抗者的首级，被悬挂在夏宫前的祭坛上时，太阳终于升起来了，那些三千六百多年前的头颅，俯瞰的是一片灿烂的河山：冰川时期留下的巨大擦痕已经模糊不清，山峦沟壑于广袤平原的衔接处舒缓而开阔。大洪水早已退去，湿地上的湖泊饱满丰盈，叶脉般的支流细密如丝，水边荡漾着温暖的雎鸠之歌。世间温暖的时代来临啦！大地上高耸着连绵的落叶乔木，蕨类肥硕、藤蔓纠缠，幽暗的林荫草地里野花盛开。在草地和林木的边缘，象群游荡，鹦鹉惊扰着棠梨树上昏睡的猿猴。热风在幽深的峡谷中穿行，熟透了的浆果被从悬崖上震落，如同刹那间急促降下的红雨。在大平原的深处，茅草摇曳，波光闪耀，那条从高远的天际蜿蜒而来的大河，在两岸葱郁万物的簇拥下浩浩汤汤。——这是古老世界黄河(上古时称"河")文明的开蒙之地。

祭祀之后的欢宴开始了！

夏宫内不但美女如织，还聚集着擅长表演的倡优、插科打诨的狎徒以及会杂耍的侏儒。更有一个"世界之最"：夏桀命人在宫里挖出一个灌满酒的酒池，酒池大到可以在里面划船。每当他和宫女们在酒池中作乐时，夏宫内便曲声大作，各种表演缭乱一团。而那个最受宠爱的名叫末喜的美女，终日依在年事已高但仍精力旺盛的夏桀的膝旁。——"桀既弃礼义，淫于妇人，求美女，积之于后宫，收倡优、侏儒、狎徒能为奇伟戏者，聚之于旁。造烂漫之乐，日夜与末喜及宫女饮酒，无有休时。"［列女传·夏桀末喜传］

此时，夏桀在位已经五十二年。

中国古代历朝的文吏们，在分析前朝衰亡的缘由时，特别多地会归结为帝王沉迷于酒色。

中国的酒，早在大禹时代前就已出现。而酒自出现的那一刻起，就成了令人相当矛盾的东西："昔者，帝女令仪狄作酒而美，进之禹，禹饮而甘之。遂疏仪狄，绝旨酒。曰：'后世必有以酒亡其国者。'"〔战国策·魏策〕——上古传说的记载是：大禹之女让司掌酒坊的仪狄酿造美酒敬献于父。尽管仪狄酿造的美酒让大禹饮之甘甜，但曾经酒量极大的大禹还是下了戒酒令，并疏远了仪狄。因为饮酒之后通体迷蒙沉醉的感受让大禹得出这样一个结论：酒这东西会导致国亡。

色，是人类繁衍的必要前提。"饮食男女，人之大欲存焉。"——食与性，是生命中的天赋欲望。但是，与酒一样，色也成为令人纠结的矛盾。人与其他动物不同，大多数动物的性欲只存在于发情期，而人在任何时候都可能发情，如果不对性欲进行理性控制，就会导致后来被称为法律或者道德上的问题。于是，禁欲的劝导和说教出现了：存天理而灭人欲。尽管如此，古今中外的历史上，罕见正常人禁欲的例子，更未见帝王禁欲的例子。

至少在三千六百多年前的那一天，夏桀根本不相信酒色可以"亡其国"。他命令群僚在酒池里的船上边饮边舞，兴到极致处，自己和美女一起跳入酒池忘情地嬉戏。很快，一位醉了的臣僚从船上一头栽入酒池。在确认这位臣僚被酒淹死后，夏桀的笑声在夏宫里震耳欲聋，所有在场的贵族也齐声高呼：太阳！太阳！

快乐抵达高潮时，宫外一路传来消息：都城即将受到攻击！

夏桀暴怒了。

是谁，是谁，是谁敢向太阳发起挑战？

夏桀从酒池中站了起来，他的四肢如树干一样粗硬，毛发如荆棘一样蓬乱，头颅如岩石一样棱角分明，身躯如宫墙一样沉重巍峨。这个夏后氏部族的后代，继承了父亲第十六代夏王发的基因，少年时就能"手搏豺狼，足追四马"。继承王位后的夏桀，更是张扬着无所不能的猛力，带领夏朝的军队四处讨伐，在被征服的土地上肆意驰骋。——"桀不务德而武伤百姓，百姓弗堪。"〔史记·夏本纪第二〕交战对于夏桀不仅仅是嗜好，他认为自己就是为征服而生的，无论在征服的过程中有多少百姓成为尸骨。

祭台下，军队集合完毕。

夏桀站在队伍的前列，再一次向身边的巫师、臣僚、侍从和宫女们发出诘问：太阳会灭亡吗？

回应之声震天动地：不能！不能！不能！

夏桀的军队威武雄壮。

这是古老的东方大陆上最早创建的军队，这支军队伴随着夏朝已经存在了几百年。尽管臣僚们曾小心地提醒：各地的部族很久不来朝贡了似有异心，民间因生活困苦也有了不满的言论。但是，夏桀认为，这些提醒不是言过其实就是别有用心。其中令夏桀最不耐烦的，是那个名叫终古的臣僚，这位左手将王的话语和行为记录下来，右手将国的变化和兴衰记载下来，并且对天文、气象进行观测后能用占卜术给王祈福的太史令，近日竟然在进谏时号啕大哭，说如果夏桀再不爱惜子民，将子民的血汗挥霍享乐，夏的日子就不长了。夏桀还没听完就下令将他赶出宫门。这位太史令离开夏宫，去了一个对夏不服的部族。接着，名叫关龙逄的臣僚再次劝谏，言辞更加过分，说夏桀再这样奢侈无度，嗜杀成性，人心就要失尽，天下就会大乱。夏桀认为，这次如果只是将关龙逄赶出宫去，他也一定会叛逃到另外的部族，于是立即将他的脑袋砍了下来。

夏桀之所以如此自信，是因为他认定自己是太阳。

面对臣僚不是叛逃就是被杀，夏桀说出了中国古代史上那句著名的话：

> 吾有天下，如天之有日。日有亡乎？日亡，吾乃亡耳。［孟子集注·梁惠王章句上］

我有天下，如同天上有太阳。

太阳会灭亡吗？

太阳灭亡了，我才会亡。

这是迄今所能看到的中国古籍中，关于帝王与臣民关系的最早的比喻，即帝王拥有天下众生，就像天上拥有太阳一样天经地义。这个比喻的核心要义是：太阳不会灭亡，王位必定永存。

夏桀的"我是太阳"的名言，很快传到了夏宫之外。

民间的反应，也是被记载于古籍中的一句著名的话：

时日曷丧，予及汝偕亡！［孟子集注·梁惠王章句上］

太阳何时才能灭亡，我宁愿与太阳同归于尽！

没有人敢把子民们的反应告诉夏桀。

同时，也没有人敢告诉夏桀，窥视他王位的对手备战已久。

夏桀出征的那天风雨交加。

大地上的草木枝条如同乱发飞舞。

惨烈混乱的肉搏过后，夏的臣僚、贵族，还有那些美女，统统在湿漉漉的原野上仓皇奔逃，嘴里不断地大声疾呼：太阳！太阳！

风雨过去，太阳光芒四射。

但是，夏桀却不见了。

这场战事史称"鸣条之战"，是中国古代史上第一场用战争手段改朝换代的混战。

如今，夏都的那些宫墙、酒池和笑声早已化为灰尘。

只有天空中的那轮太阳，日复一日地照耀着滚滚东去的大河以及大河两岸广袤无垠的沃野。

三千六百多年的岁月，大地年年春华秋实、子民代代生生不息。

历史证明，王朝的兴衰与酒色无关。

导致王朝兴衰的重要原因，是人类发明的且自发明之日起便难以制止的一种行为：战争。

二 告别石器时代

战争是人类进化的产物。

大约十亿年前，我们脚下的这个星球就出现了生命体。与这个星球上的大多数生物相比，人仅仅是一个刚刚出现的物种。大约七百万年前人诞生时，生存了一亿多年的恐龙已经灭绝了六千多万年。直到大约五万年前，人的进化速度才明显加快，至少在形态上接近了古代人的样子。而人用于记载的文字，仅仅出现在三千多年前。无论是尼罗河畔的象形文字，还是黄河岸边的甲骨文，乃至在古老的神话、传说和典籍中，人的历史被记载得大多模棱两可或者人神不分。近代以来的考古，不过是通过从古老墓穴中挖掘出来的工具、器皿、兵器，还有那些精美得令人不可置信的装饰物，或者是在古老的崖壁上发现的已经残缺的岩画和雕刻，进行自说自证的猜度。想象力贫乏的我们，对于千万代轮回生死的祖先所经历的情感和生活，认知极其有限。

至少自近代以来，在"我们从何而来"这个问题上，人类取得了较为清醒客观的认识，即我们是由动物界分化演化来的。生物分类学对"人"的界定是：真核域、脊椎动物亚门、哺乳纲、灵长目、人猿次目、人科、人族、智人种……而动物界的根本特性是：在与同类的竞争中生存繁衍！

但是，就人有文字记载的历史而言，许多部族和地域的神话传说都不约而同地认为，人的早期曾有过一段温存的日子：旧石器时代，人不再居于洞穴，有巢氏之民开始"构木为巢室，袭叶为衣裳"。有巢氏之后的燧人氏，发现钻木能取火，火的使用使人区别于其他动物不再茹毛饮血。到了新石器时代，神农氏之民造出生产和生活工具，刀耕火种获得粮食，人有了从游牧走向农耕的可能。——"耕而食，织而衣，无有相害之心。"〔庄子·杂篇·盗跖〕自从人诞生之日起，就必须与复杂多变、蛮荒恶劣的自然环境作你死我活的搏斗，才能生存繁衍下去。于是，我们对人与人"无相害之心"时代给予的合理解读只能是：那时候地广人稀，人的族群之间相距很远且各自封闭，在有足够生存空间的前提下发生冲突的几率很低。

生存空间成为问题，是在人迅速繁衍后。

新石器时代晚期，距今大约五千至四千年前，在中国的北部和中部，从黄河（古时称"河水"）流域到长江（古时称"江水"）流域，随着地球气候进入温暖时期，人的数量逐渐增加，为拓展并保卫本族群的生存资源和活动领域，人与人之间的冲突开始频繁。这种冲突自发端之日起，便表现得十分残酷：湖北房县七里河以及山东泰安遗址，都发现了无头颅或无躯体的墓葬；云南宾川白羊村遗址，三十四座墓葬中十六座里都是无头颅的遗骨；云南元谋大墩子遗址，墓葬群遗骨有的缺少肢体，有的石箭头尚留在颧骨或尾骨中，其中一具骨架嵌有十二枚石箭头；江苏邳州四户镇大墩子遗址，竟然出现了用箭杀人的确切史证：在一具被骨质箭矢射中的人体上，箭头嵌入人骨达三厘米之深。

冲突的双方，往往是以血缘关系为纽带组成的不同部落联盟。即当一个部落联盟必须攻击别的部族联盟以掠夺资源或领地，或者因为受到别的部族联盟的攻击必须自卫时，联盟首领便召开会议，取得联盟内各氏族部落的一致意见后，推选出一个军事首领负责指挥。那时候的部落联盟还没有专门的军队，搏杀兵器也尚未与生产工具分离，军事指挥者的职能在于战前组织和战后处理。一旦冲突暴起，场面立即失控，胜败完全取决于人的数量、体力和胆量。而当人能够磨制较为精致和锋利的石质工具、掌握了用石质工具加工骨和木的技巧后，平时用于狩猎的工具便显示出对人体的杀伤力：石矛或骨矛，用于对人体任何部位的扎刺；石斧和石钺，用于对肩部的砍劈；木棒和石锤，用于对头部的砸击。更多被使用的是木质或竹质的弓，以及带有石、骨、角或蚌质箭矢的箭。这种弓箭不但射得远且力道十足，可以穿透由竹木或皮制作的盾以及皮制作的甲胄，然后刺破人的皮肤和肌肉直达骨骼。

因为社会生产力仍旧低下，这些因生存竞争或部族仇恨引发的搏杀，尚不能被称为战争，只能算是近似肉搏的群体械斗。

直到一种金属的出现改变了人的冲突形态。

这就是铜。

距今大约五千年的时候，人利用烧制陶器积累的高温炼制经验，将一些颜色鲜艳的矿石投入火中，得到了一种形状不规则的块状物，这就是人类早期认识的一种金属：红铜。红铜具有很好的塑性，直接锤打就能制成各种器物；但是红铜的硬度不够，人在这一时期使用的工具主要还是石器。距今大约五千至四千年的时候，人在冶炼红铜时加入了适当比例的锡或铅，得出一种呈现出富丽堂皇的金黄色的合金，其表面在迅速氧化后颜色变成青灰色，青铜由此诞生！一九七三年，中国陕西姜寨文化遗址出土中，发现了一块半圆形黄铜片和一块黄铜管状物，经过考古学测定，年代为公元前4700年左右，是经过热煅法或固体还原法冶炼成的铜金属。一九七五年，中国甘肃马家窑文化遗址出土的一柄单刃青铜刀，是目前已知的世界上最古老的人工冶炼青铜器，经过碳十四鉴定，为公元前3000多年的新石器时代晚期制造。与红铜相比，青铜的熔点低，与烧制陶器的温度类似，因此冶炼更加容易；更为重要的是，青铜的硬度是红铜的五倍，制作的器物坚硬并强固。

青铜的出现令人类告别了石器时代。

纵观古代人类所有的器物创造，无不是为了两个重要目的：优化生产工具和改善杀戮兵器。

青铜的出现使人的愿望的达成有了可能。

如果说，历史上还有一个时刻，深刻地影响了人类生活，那就是青铜的出现导致人类生产工具与搏杀兵器的分离。

青铜犁铧深深地插入肥沃的泥土，伐林开荒，挖掘沟渠，帮助人类进入了农业的精耕和灌溉时期；而各种形状的青铜箭镞从弓弦上呼啸而出，尖锐且锋利，瞬间就能让人类在与禽兽的较量中制胜。农耕和狩猎，同时满足了人类的生存需求；丰富的物质保障，使人口繁衍更加迅速；更大的领地和更多的资源，成为每个族群的亟须。之前在固定领域内生活的人，开始了对左邻右舍的觊觎，当觊觎的心念变成行动的时候，最高效的途径就是武力掠夺和征服。这时候，青铜兵器显示出前所未有的致命性，令武力致死的过程更加快捷强劲。一时间，冶炼青铜的炉火辉映着延伸到天边的无垠旷野，青铜兵器与人类的生产工具彻底分离，令人生畏的剑、戟、矛、戈林立在大河、溪流、湿地和山丘之上。青铜时代爆发大规模战争的条件已经具备。

中国人把青铜时期位于黄河和长江流域的三个规模较大的部落联盟，称为华夏民族的三个源头，即夏族、夷族和黎苗族，而那个历史时期被称为"五帝"时期。

关于"五帝"说法有各，一般认为指的是黄帝、颛顼（zhuān xū）、帝喾（kù）、尧和舜。

五帝时期，部落联盟的内部组织日趋严密，虽尚未达到"国家"的层面，但是已经出现管理机构：联盟内有一个掌握宗教、军事和经济管理权的最高首领以及几个下属的管理人员，社会初步分化成几个阶层或等级，且内部实行的是财富先集中再分配的制度。在分配中，首领和管理人员享有特权。此时的联盟首领，其地位依旧如原始氏族社会的共主，共主的产生采取的是禅让的方式，即由各部落推举，这就是所谓"公天下"的时代：共主认为自己年纪大了，需要推举新的首领时，首先提出推荐人选，然后经过部落联盟的认可。尽管共主的儿子最有可能被提名，尽管血缘宗亲起着重要作用，但最终被认可的还是人选的能力。这种经过各方以协商方式推举联盟首领的做法，既反映了中国上古时代的部族政治现状，也是各个部族之间角力的结果，同时与人的生存条件和环境有着重要关系。在生存仍旧艰难的境况下，只有让有胆识、有技能、有猛力的人充当共主，部族才有可能获得生存和繁衍的保障。

尽管此时的"共主"，还不能称为"王"，但这是华夏文明从氏族社会向国家形态过渡的初始阶段。而原始国家形态产生的前提，就是部族之间武力冲突的压力所致："古者未有君臣上下之别，未有夫妇妃匹之合，兽处群居，以力相征。于是智者诈愚，强者凌弱，老幼孤独不得其所。故智者假众力以禁强虐，而暴人止，为民兴利除害，正民之德，而民师之。"［管子·君臣下］——按照中国古籍的说法，国家产生的原因和作用是"禁强虐"。即借助国家的"众力"制止强力暴虐。但是，迄今为止，人类战争史均由国家之间的交战写就，而交战双方无一例外都会宣称自己在"兴利除害"。

相传，夏族的共主是黄帝，黎苗族的共主是蚩尤。

随着原始社会的逐渐解体，处在黄河与长江两大流域之间的夏族与黎苗族，为了争夺更加适于游牧和耕作的中部平原，终将持续已久的械斗冲突演变为掠夺征服的战争。

关于战争的起因，有人认为是：神农氏之后的第八任炎帝，也就是最后一位炎帝榆罔死后，他的盟友轩辕氏黄帝以君臣、父子、夫妻之"德"的名义，内用刑法、外兴武力，从而导致了人间温存时代的结束："神农既没，以强胜弱，以众暴寡，故黄帝作为君臣上下之义、义子兄弟之礼、夫妇妃匹之合，内行刀锯，外用甲兵，故时变也。"〔商君书·画策〕也有人认为：是第一任炎帝神农氏的后裔，即从炎帝部落分离出去向南发展的另一位共主蚩尤发动了颠覆叛乱："蚩尤作乱，不用帝命，于是黄帝乃征师诸侯，与蚩尤战于涿鹿之野，遂禽杀蚩尤。"〔史记·五帝本纪第一〕

伴随着青铜时代的到来，中国古代战争史的开端同时到来。

开端之战，便是黄帝与蚩尤爆发于距今四千六百年前的涿鹿之战。

三　一场北方的械斗

　　因为年代久远，史证缺乏，涿鹿之战的战场确切地点无定论，主要有今江苏北部的徐州、今河北西北部的涿鹿、今山西南部的运城三说。从常识和逻辑上讲，战场应该位于交战双方控制地域的接壤部位。但是，夏族与黎苗族两大部落联盟控制的地域，并没有具体清晰的边界线，二者的势力相互交集，其间存有数个不在双方控制下的"飞地"，还有数个并不归属任何一方的小氏族部落。因此，很难确定双方决战的那个名叫"涿鹿"的旷野到底在哪里。

　　黄帝"执蚩尤，杀之于中冀"。［逸周书·卷六·尝麦解］

　　"冀"，今河北的简称。

　　"中冀"泛指整个中原地区。

　　古中国的中原地区，大河纵横，沃野千里，林木茂密，确实是交战双方值得用生命夺取的地方。

　　涿鹿之战的结局是：黄帝胜，蚩尤败。

　　这一结局似乎违反了历史发展规律。

　　《管子·地数》叙述了这样一段寓意深刻的往事：一心想要征服天下的黄帝，向臣僚伯高询问达到目的的办法，伯高的回答竟然是：封闭矿山，不准开采。他表示：山地表面有丹砂的，下面有金；表面有磁石的，下面有铜；表面有陵石的，下面有铅、锡和赤铜；表面有赤土的，下面有铁。一旦发现有这些特征的矿苗，君王就当立即封山，同时布置祭祀。即在封山十里之处造一个祭坛，使乘车到此者下车而过，步行到此者快步而行，违令者死罪不赦。伯高之意在于：守护矿山资源，积累天下财富，让武力蓄势待发。然而，这段后人的叙述有明显的瑕疵，因为当时的人还不认识"铁"这种金属。更何况，所有的矿山资源无不是制造兵器的材料，而兵器的优劣关系着交战的成败与天下的得失。所以，问题接着来了：那个以蚩尤为首领的部落联盟，根本不理睬黄帝的禁令：

> 葛卢之山发而出水，金从之。蚩尤受而制之，以为剑、铠、矛、戟，是岁相兼者诸侯九。雍狐之山发而出水，金从之。蚩尤受而制之，以为雍狐之戟、芮戈，是岁相兼者诸侯十二。

葛卢山山洪过后，露出金属矿石，被蚩尤接管并控制起来，制造了剑、铠、矛、戟，并依仗金属兵器与周边九个部族发生兼并之战。雍狐山山洪过后，露出金属矿石，也被蚩尤接管并控制起来，制造了著名的戟和戈，又与周边十二个部族发生兼并之战。《管子·地数》记述的这段往事，至少显示出两个信息：一、位居长江中下游的蚩尤部落联盟，已经能够冶炼青铜兵器；或者说，相比位于黄河中游的黄帝部落联盟，他们更早地进入了青铜时代。涿鹿之战爆发时，蚩尤的军队已经有实现兵器金属化的可能了。二、黄帝的部落联盟不是没有发现铜矿、铅矿和锡矿，他们也掌握了青铜的冶炼方法，但是黄帝不允许子民们开矿冶炼。面对蚩尤的武力挑衅，黄帝率领各部落"弦木为弧，剡木为矢"。——黄帝竟然准备用砍树削木制作的箭矢和棍棒，去与手持青铜兵器的蚩尤部落联盟作战。这一行为的历史性质可谓以落后对抗进步。

在汉语中，"蚩"字的本义是一种虫子。

蚩尤部落率先进入了青铜时代，且在军事组织、农耕技术上都引领着进步之先。但是，仅仅因为涿鹿一战的战败，数千年来，蚩尤在上古传说中成为被轻蔑的人物，"蚩"字也连带着在被使用时充满轻蔑的含义。与之相反的是，黄帝成为被长久记忆的人物。上古传说中对他指挥的涿鹿之战充满赞誉：他知道对抗金属兵器不宜死打硬拼，决定采取主动后退的战略，且一退竟能退去上千公里，直到把蚩尤引到一个完全陌生的环境里，利用天时地利增加蚩尤大军的困难，然后趁其疲惫倦怠之时捕捉战机将其歼灭。——黄帝与蚩尤两军交战后，黄帝的大军随即显出弱势并开始撤退，蚩尤在后紧追不舍。黄帝的大军退到涿鹿，这里原始森林茂密，蚩尤大军气候不适、语言隔膜、敌情不明，再加上长途奔袭、食物缺乏、疲劳困顿、伤亡消耗无法补充，最后在突然而起的狂风中迷失了方向。黄帝的大军趁机凶猛反击，蚩尤的大军顿时溃散，蚩尤本人被俘后被处死。上古传说中关于此战的记载，还充满了中国式的神话色彩：交战双方的指挥者都是神魔一类的人物：蚩尤会呼风唤雨作雾，黄帝得到了上天派来"止雨"的玄女的帮助。

自古以来，人类的英雄形象都闪耀着神的光辉。

其实，黄帝并不是懂得主动撤退、诱敌深入战术的军事家。符合逻辑的设想是：面对持有先进兵器的蚩尤大军，黄帝的反击非常艰苦，作战持久而残酷，传说中就有黄帝"三年九战无一胜"的记述。黄帝的边打边退，完全是在金属兵器压力下的被动退却。但是，黄帝的优势似乎是政治上的：他有足够的威望令大军即使退却也不溃散；同时他还不断地派人游说中原诸部落参战，他的战时外交促使加入他阵营的部落越来越多，最终使得战场上的态势发生了根本性的变化：蚩尤陷入诸部落的包围中，大军远离后方无法增调援力，再加上深入异域遭遇天气突变，最终导致作战失败。

古籍中没有对涿鹿之战的详细记述。

可以想象那是一场木棍骨矢对抗青铜剑戟的混战。

即使青铜兵器在蚩尤大军里未能普及，一部分兵士也许依旧要用原始的肉搏方式作战，但是青铜兵器的杀戮效果足以震慑每一个参战者。

关于涿鹿之战的惨烈程度，古籍上仅仅留下几个字：黄帝与蚩尤"战于涿鹿之野，流血百里"。［庄子·杂篇·盗跖］

即使相隔四千六百多年，"流血百里"依旧会让我们心惊。

涿鹿之战结束一千三百多年后，欧洲青铜文明的代表古希腊人发动了特洛伊之战，交战双方的鲜血染红了爱琴海海岸。

虽然传说中的特洛伊之战，是为争夺世上最漂亮的女人海伦而起，但实际上是古希腊联军对地处航运要地、商业发达富裕的特洛伊城进行的武力掠夺和征服。古希腊联军对特洛伊城的攻击持续了近十年，最终把特洛伊城掠夺一空并烧成灰烬。他们杀死了城内的大多数男人；妇女和儿童被卖为奴隶；连同那位美丽的女人海伦在内，特洛伊城的所有财宝都装进战船运回了古希腊。

然而，欧洲大多数历史学家对特洛伊之战的评价是：这是一场战争拖垮了一个文明的例证。

战争的胜利者并没有由此强盛起来；相反，战争耗尽了古希腊各个城邦的国力。当北方崇尚武力的多利亚人，从陆路和海路并进南下，以摧毁一切的野蛮方式入侵古希腊后，曾经创造出文字、纺织、冶金的古希腊立即倒退回原始的"黑暗时代"：城池被毁、宫殿被焚、人口减少、贸易中断、文字也被停止书写。——这是一个至今令人困惑的巨大悖论：人类在对残酷杀戮加以谴责的同时，又会热情地赞美战胜者的英雄气概；在痛恨战争导致人类文明断裂、倒退或者毁灭的同时，又会热烈地推崇战争是重建人类秩序格局的强大动力。那么，战争到底是摧毁还是催生了文明？就人类对自己所有行为的认知而言，没有比对待战争这种行为更加自相矛盾的了。

不过，铜，确实是诱人的好东西。

涿鹿之战后，黄帝知道青铜兵器比木头棍棒强多了，于是"黄帝采首山（今河南许昌襄城一带）铜，铸鼎于荆山（今河南灵宝一带）下"。〔史记·封禅书〕装备了青铜兵器的黄帝的军队，开始了大规模的征服：凡有不顺者即刻发兵讨之。黄帝征服的疆域很快超出中原，抵达夷族和黎苗族的地盘，黄帝因此成为当时势力最大的共主，被中国古代史称为"五帝之首"，同时被尊崇为华夏民族的始祖。

高举着青铜兵器的英雄时代到来了。

四 公天下，家天下

大禹，姒（sì）姓，名文命，中国上古时代部落联盟的首领。
传说他是五帝之首黄帝的玄孙，五帝之一颛顼的孙子。
父亲鲧，母亲修己。

> 当尧之时，天下犹未平，洪水横流，泛滥于天下。草木畅茂，
> 禽兽繁殖，五谷不登，禽兽逼人。兽蹄鸟迹之道，交于中国。［孟子·滕
> 文公上］

大洪水泛滥时期，尧帝命鲧治水，鲧不断筑堤堵水，九年没有成功；
大禹接着被任命为司空，掌管土木水利修建。

大禹治水的功绩，历经四千多年的时光，始终在中国的上古传说
中栩栩如生。他放弃了"堵"的方略：

> 高高下下，疏川导滞，钟水丰物，封崇九山，决汨九川，陂
> 障九泽，丰殖九薮，汨越九原，宅居九隩，合通四海。［国语·周语下］

大禹顺应地势，打开阻滞，疏通水道，令河流通畅、山峦牢固、

湖泊丰盈、原野平坦，令人居住有屋，往来无碍。

人与自然灾害的搏斗如此艰辛，从常理上讲，人与人之间应该顾不上相互争斗了。

然而，什么也阻挡不了人世间的厮杀。

应该特别指出的是：铜的问世、食物的丰富、武器的锋利，这些都不能直接导致战争。随着原始氏族社会的逐渐瓦解，私有制国家形态开始形成，社会财富的积累促使社会分化，社会集团中开始奉行权威至上的原则，社会阶层之间产生了严格的等级制度，位于社会阶层顶端的首领权位成为被追逐的对象，权力之争由此而生。这时候，对财富的掠夺和对领地的征服，已经沦为战争的附属品；首领的权位才是厮杀的最终目的，哪怕延续数载，摧毁众多，索命无以计数。

权位之争，成为人类进入青铜时代后爆发战争的主要原因。

"舜登用，摄行天子之政，巡狩。行视鲧之治水无状，乃殛鲧于羽山以死。"［史记·夏本纪第二］——将鲧被杀的原因，归于治水不力，掩盖着一件残忍的事：华夏部落联盟的首领尧，准备将共主之位禅让于舜，鲧认为合理的继位者应该是贵为王族的他，而不是来自东夷部落联盟的舜。尧的回答是：天下本是天下人的，用人在于仁义不在于贵贱。鲧指责尧不顾天道，因此有了谋反之意。不久后，鲧为治水筑起的土堤溃塌，滔天洪水淹没田野数丈之深，大水过处人畜无一幸存。尧让舜前去察看，舜一路目睹了百姓尸横荒野的惨状，尧遂派人"殛之于羽山，副之以吴刀"。［吕氏春秋·恃君览·行论］——吴地产的刀最为锋利，鲧被杀于羽山，吴刀穿腹而过。

毫无疑问，治水的成功令大禹获得极高的声望，舜将共主之位禅让于大禹，大禹成为华夏部落联盟的首领。

大禹随即发动了巩固权位的战争：讨伐三苗之战。

三苗，组成华夏民族最早的三祖之———黎苗族——的重要分支，一个由许多部族组成的兴旺发达的部落联盟。近代考古发现，当时盘踞在长江流域的三苗部落联盟，其文明因素的成长已经走在黄河流域的前头，特别是青铜的冶炼早于中原地区。三苗部落联盟的主要居住地，大致在今天的洞庭、鄱阳两湖之间。无论是华夏部落联盟的南下扩张，还是三苗部落联盟的北上发展，都令两个部落联盟的首领感受到了对方的威胁，交战在所难免。

战争的爆发还有一个原因：当年，尧欲将共主之位禅让于舜时，三苗部落联盟的首领也是反对者，而中原的权位归属岂容外部势力染指。于是，从尧至舜的一百多年间，华夏部落联盟不断地发兵征讨三苗。大禹继位后，为彻底解决三苗部落联盟北犯的威胁，赢得对中原广大地区的绝对控制权，并打通华夏部落联盟南下的通道，趁三苗遭受地震和洪水等自然灾害之际，率领大军出征，杀死三苗首领，三苗部落联军随即溃败。战争结束后，三苗部族的宗庙被夷为平地，祭器被焚毁，战俘及其子孙均沦为奴隶。

至此，大禹控制的疆域扩展到黄河和长江中下游地区。

大禹成为名副其实的以华夏部族为中心、包括中原以外各部落联盟的最高首领。

权位稳定的大禹，先后在阳城（今河南登封一带）和阳翟（今河南禹州一带）建立起象征权力中心的都城，同时开始谋划召开一次各部落联盟首领参加的大会，会议地点选在了大禹妻子女娇的老家涂山（今河南洛阳嵩县一带）。此时的各部落联盟首领，都已经转化成世袭贵族，被称为君长。

涂山联盟会议有着政治和军事的双重意义。

"禹合诸侯于涂山，执玉帛者万国。"［左传·哀公七年］——君长们都给大禹带来了进贡之物："玉"为珍贵的玉石，"帛"为高级的布料；而"万国"之称，一则形容盛况空前，二则说明大禹控制的地域之广。

涂山联盟会议重要的政治议题有三：

一、为缓和一些氏族部落与华夏部落联盟的矛盾，大禹对众多君长进行了分封，即将土地分配给上层贵族：尧的儿子丹朱封于唐（今河北保定一带）；舜的儿子商均封于虞（今河南虞城一带）；那些与夏同姓以及与大禹结盟的氏族部落，都在被分配了土地后分封于各个要地。这是中国古代史上第一次出现"分封"。

二、大禹在涂山联盟会议上创造了"九州"的概念。中国最早的地理著作《山海经》表明，青铜时代早期，"天下"是以中原为中心的一个概念。从这一概念出发，历代王权皆以中原为本位，将周围四方统称为"蛮夷"。蛮夷包括南蛮、北狄、西戎和东夷。相对于中原的"天下"，"夷"的称呼充满蔑视："东方曰夷，被发文身，有不火食者矣。南方曰蛮，雕题交趾，有不火食者矣。西方曰戎，被发衣皮，有不粒食者矣。北方曰狄，衣羽毛穴居，有不粒食者矣。"〔礼记·王制〕——他们不吃耕作的烧熟的粮食，只吃禽兽的生肉；他们身上刺着花纹，走路脚趾相向，以兽皮作为衣裳。尽管如此，在涂山联盟会议上，为了天下一统，大禹不论汉夷，将华夏权势所能抵达的地域分为：青州、冀州、兖州、荆州、徐州、扬州、豫州、梁州和雍州。——古中国的地理认同自大禹开始，古中国也因此被称为"九州"。

三、在部落联盟权力管控体系出台的同时，大禹配套出台了"任土作贡、分田定赋、什一而税"的"贡"的规则，即按照分封土地的多寡，制定贡赋的品种和数量，以向管理所有部落联盟的经济和政治秩序的最高首领进贡纳税。——坐上权位的人可以凭借土地征收土地上的产物，这被认为是古中国土地征税的最早记载。

涂山联盟会议的军事意义在于：政治联盟的最终目的是结成军事联盟。而这就意味着，在向任何敢于挑战权位的对手开战时，所有的部落联盟都要听从大禹的指令出兵作战。

权位，足以说明什么是世间至高无上的。

涂山联盟会议之后，大禹在会稽（今浙江绍兴一带）再次召开各部落联盟君长大会。为进一步显示权位之威，大禹将名为"防风氏"（今浙江德清一带）的部落君长当众"杀而戮之"。原因很简单：他迟到了！——这令与会者第一次领教到，共主的权势可以凌驾于所有部落联盟的首领之上。

中国第一个王权政治制式初见端倪。

王权的出现，使战争的起因、目的和形态随之改变。

但是，无论如何，大禹依旧处在"公天下"的时代，权位的传承还是采取的禅让制。正是按照这个传承方式，大禹指定的共主继位者不是自己的儿子启，而是曾经辅佐过尧舜、颇有威望的涂山氏部落首领皋陶。只是，皋陶死得比大禹早，大禹接着推荐了曾经辅佐过舜的东夷部族首领伯益。令大禹没有想到的是，历史的车轮滚滚向前，摧毁"公天下"的时代来临了。

大禹的儿子启认为，天下是他的父辈创下的，权位应该传给他而不是别人。启的主张得到了贵族们的支持："禹荐益于天，七年，禹崩。三年之丧毕，益避禹之子于箕山之阴。朝觐讼狱者不之益而之启，曰：'吾君之子也。'讴歌者不讴歌益而讴歌启，曰：'吾君之子也。'"〔孟子·万章上〕——大禹决定将共主之位禅让于伯益。七年后大禹驾崩，为避免与启争夺权位，伯益躲在箕山之北。这时候，人们有了诉讼需要裁决，不找伯益而是找启；人们歌颂的，也不是伯益而是启。因为人们认为启才是理所当然的继位者，理由是：启乃"吾君之子"。

至此，成为共主的条件，不再是猛力、威望、仁义，仅仅需要是上一任共主的儿子。

大禹死后，启发动了对伯益的攻击。

伯益与启的权位之争，具体经过上古传说中记载不一。有说是伯益发动了篡权政变，有说是启因不服将伯益杀死。各种说法拼接成的大致过程是：伯益受到启的攻击后，采取了避让的策略，待积蓄力量后发动反击。启一度处于劣势，甚至被拘禁。但是启的根基很深，拥护者众多，最终伯益被杀，启夺取了华夏部落联盟的最高权位。

暴力夺取权位，大禹之前尚无例。

启颠覆权位传承制式和社会秩序规则的举动，在各部落联盟中掀起轩然大波，一些实力雄厚且要求公道，或者是也觊觎着最高权位的君长愤愤不平，表示不承认启的权位，如果启不自动退位，将用武力解决这场政治危机，以保禅让制千年万代地持续下去。

在有抗拒情绪的部落联盟中，最为强烈的当数有扈氏部族。

捍卫"公天下"的有扈氏，与实行"家天下"的启之间爆发的战争，最终导致了中国历史上第一个世袭制王朝"夏朝"的诞生。

此后，无论历史如何演进，世袭制一直都是古代中国的制度范本。

五　甘之战

中国历史上第一场因政治制式的改变而引发的战争，史称"甘之战"。

有扈氏，一个强大的部落或酋邦，传说是伯益的东夷部族的一个分支。

关于有扈氏的故地以及甘之战的战场，有今陕西鄠邑区、今河南洛阳西南、今郑州以西等说法。古籍记载，从洛水入黄河处，到伊水入洛水处，平阔无阻，是夏人居住的地方。考古学认定，夏的发祥地在伊水和洛水地区。据此，启与有扈氏交战，应该不会让战场置于自己的核心地带。较为符合军事常识的战场地点，应是双方势力范围的接壤处。有扈氏部落，一说起源于秦岭北麓的"户"地，一说其故地为今河南郑州以北的原阳、原武一带。而今郑州以北一带，正好与当时启统治的地域相邻，因此，甘之战的战场地点，应位于有扈氏的南郊，即今郑州以西的荥阳地区。该地区古时有水泽，周代以前称"甘水"和"荥甘"。水泽的北面，距有扈氏故地仅百余里，是有扈氏的南部门户。该地不仅对有扈氏具有战略意义；启要保卫自己的腹地，也须把叛乱者拒于这一地区之外。

有关甘之战，古籍记载很少，主要是一篇军事文书：

有扈氏不服，启伐之，大战于甘。将战，作甘誓，乃召六卿申之。启曰："嗟！六事之人，予誓告汝：有扈氏威侮五行，怠弃三正，天用剿绝其命。今予惟恭行天之罚。左不攻于左，右不攻于右，汝不共命。御非其马之政，汝不共命。用命，赏于祖；不用命，僇于社，予则孥戮汝。"［史记·夏本纪第二］

启暴力夺权成为共主后，有扈氏不从，启率部前往征伐，两军战于甘地。开战前，启作《甘誓》，训诫六军将领：喂！六军将领们，我向你们宣布：有扈氏蔑视仁、义、礼、智、信的规范，背离天、地、人的正道，上天要断绝他的命。今天，我要恭敬地执行上天对他的惩罚。如果战车左边的射手，不从左边击敌；战车右边的剑手，不从右边杀敌，就是你们不服从命令。驭手不能使车马列阵整齐，也是不服从命令。以命相搏的，我将在祖先神灵面前奖赏；作战不用命的，将被杀于神坛面前，且我要把他的家人贬为奴婢。

《甘誓》，迄今发现的最早的一份战争动员令，也是最早带有军法性质的一纸军事文书。

"六卿"是周代以后出现的称谓，是后人叙述甘之战时借用的词汇。"六卿"即文中的"六事之人"，应该是一种官职，可能是军事将领，也可能是占卜的巫师，当时可以与神灵对话的巫师地位很高。启能召集"六事之人"申明作战约定，说明各部落听命于启的联合作战已经开始，说明战争已脱离原始搏杀出现了军事谋划。

这篇军事文书还申明了启开战的理由。

启不说有扈氏反对他暴力夺权，而是宣布了有扈氏必须受到惩罚的两条重罪：一是"威侮五行"。五行，金木水火土，这五种元素和五种能量，至今影响着中国人的日常起居。而将"五行"与德行关联，则最早出现在这篇《甘誓》中。"威侮五行"，就是将自己凌驾于万物之上，这种德行上的不敬，被中国人认为是会带来灾祸的。二是"怠弃三正"。"正"是当时对掌管具体事务的官吏的通称，见诸古籍中有车正、牧正、庖正等，分别是管理车辆、畜牧和膳食的官吏。因此，"怠弃三正"就是怠慢官吏。但这似乎不足以构成开战的理由。于是，另一种解释是："三正"即天、地、人的正道。那么，有扈氏既违背了天地间的德行，又怠慢了人世间的正道，不受到惩罚是绝对说不过去的。有了上述理由，启说：上天要断绝他的命，我只好恭敬地执行上天对他的惩罚。——原本我是不愿开战的，但有扈氏已经到了天怒人怨、人神共愤的地步，对他的讨伐完全是受神灵的旨意，我是在"恭行天之罚"。

《甘誓》让战争的发动有了合理的说辞。

这份军事文书，还用很大的篇幅，宣布了严格的战场纪律和奖惩规则：作战人员必须各司其职，奋力搏杀，听命用命者将在祖庙中受到奖赏，违背命令不拼命作战者将在社坛前被处死。——作为部落联盟的最高首领，启的权威是此前任何一个时期、任何一位部落联盟首领无法匹敌的，他不但可以杀掉不服从他命令的人，可以杀掉在他发动的战争中不用命搏杀的人，还可以把这些人的家眷全部贬为奴婢，无论他们来自哪一个部族。

"扈氏弱而不恭，身死国亡。"［逸周书·卷八·史记解］

甘之战的结局是：有扈氏战败，部族遭到重创，族人沦为牧奴。

以替天行道为己任，声称是在"恭敬地执行上天"要求的"惩罚"，自此成为古代中国开战宣言中最堂而皇之的说辞。

有扈氏的战败导致的后果十分重大。

甘之战后，确立了绝对权威的启，建立起中国历史上第一个王朝——夏朝。

禅让制一去不复返。

权位世袭制的时代开启了。

原始禅让制下共同议事的各部族首领，被君王以及只受命于君王的"六事之人"即官吏取代。

中国古代史在甘之战后由"公天下"变成了"家天下"。

马克思说，世袭制在最初出现的地方，都是暴力篡夺的结果，而不是人民的自由许可。

所谓"暴力篡夺"就是发动战争。

物质的青铜和政治的世袭完美结合，中国古代战争史上的新阶段到来了。

六　持有宝弓套着上好的扳指

"夏"这一称谓的来源，普遍的观点认为："夏"是氏族图腾的一个象形字。司马迁记载："夏"，是由姒姓的十多个氏族组成的部落联盟的名称，这一部落联盟以夏后氏部族为首，建朝后便以"夏"为国号。

夏朝，诞生于四千多年前，延续四百七十年，历经十七位王。

夏朝，本没有"帝"或"王"的称谓，掌管最高权位的人被称为"夏"或"后"，因为"夏"或"后"是当时最尊贵的称号。例如：第十六代王"发"被称为"后发"，第十七代王"桀"被称为"夏桀"。"帝"或"王"是后世的记述。

夏朝的各部族首领，与启在政治上有分封关系、在经济上有贡赋关系，中国古代以父权家长制为基础的权位世袭制的政权形态，由此形成。

尧、舜、禹成为部落联盟首领时，传说曾设有"百官"。"官"本是房舍的意思，后引申为具有权力的处所，即官府；"官者，管也"，官也是行使权力、实施管理的人。到了夏朝，政权的分工更为精密，王权下的官制趋于完善。《礼记·祭义》："昔者，有虞氏贵德而尚齿，夏后氏贵爵而尚齿。"——夏朝前，人们崇尚道德；到了夏朝，人们崇尚官位。所谓"尚齿"，原始之意是尊重年长者。但在夏朝，还指官位是按血亲宗族的辈分高低、族属关系的亲疏远近来确定的。这也成为中国古代世袭制王朝官制的基本规则。

有了国家的架构后，作为政权的支柱之一，用于控制人的行为的刑法出现了。夏朝的法制与官制一样，也成为中国古代世袭制王朝的范本，即"奉天罪罚"：统治者的权位来自天命，当然要以天的名义实施统治。《左传·昭公六年》载："夏有乱政，而作禹刑。"《禹刑》规定了夏朝的所有罪名以及量刑标准，成为中国历史上第一部正规的法典。夏朝的刑法中，开列的罪行有三千条之多，行刑标准每一样都可称为酷刑："大辟二百，膑辟三百，宫辟五百，劓（yì）、墨各千。"大辟，即死刑。死刑有多种行刑方式：砍下头颅叫斩首，先杀人后分尸叫戮，连同受刑人的亲属一起杀叫孥戮，将人剁碎做成肉酱叫醢脯（hǎi fǔ），五马分尸叫车裂。而膑、宫、劓、墨则是肉刑，分别是：把人膝盖骨砍掉，挖去人的膝盖骨，挖去或毁坏人的生殖器官，在罪犯的脸上刺字后涂上墨色，割去罪犯的鼻子。有罪犯就必有监狱。——《尔雅·释宫》："狱又谓之圜土，筑其麦墙，其形圜也。""圜"是囚禁人的地方；古代"夏"和"土"同音，"土"是国家的代称。因此，"圜土"即国家监狱。夏朝的国家监狱，实际上就是在地上挖出一个圆形的土坑，或是在地上围起一个土圈。——所有不被许可的、违背规则的，都要被抓起来关进国家监狱，即夏朝的土坑或土圈。

夏朝还建立起税收制度。《孟子·滕文公上》："夏后氏五十而贡。"——夏朝的农民，除了耕种属于自己的五十亩"份地"外，还要耕种五亩"共有地"以作为纳贡制用。根据《尚书·夏书·禹贡》所记，距夏朝都城五百里以内的各部族，都要向夏王纳税：一百里之内者，缴纳带秸秆的谷物；二百里之内者，缴纳禾穗；三百里之内者，缴纳带麸的谷物；四百里之内者，缴纳粗米；五百里之内者缴纳精米。

权位的牢固、统治的完善、税收的富足，都是发动战争的可靠保障。夏朝已经出现专职的作战兵士，人员数量不多，主要武器仍是木石制造的戈、矛、斧、殳以及弓箭。这支由夏王直接掌管的军队，还不具备常备军的性质，一旦发生战事，就需要临时征召各部族的青壮年，以使军队的规模更加庞大。

传说，夏王启很喜欢歌舞，曾经上天取神乐，中国古老的乐曲《九辩》和《九歌》均称他是原作者。"在乐之野，夏后启于此儛《九代》，乘两龙，云盖三层。左手操翳，右手操环，佩玉璜。"[山海经]——在乐之野，《九代》的乐舞表演开始了，启乘着两条龙，周身环绕三层云盖，左手持羽毛，右手拿玉环，身上佩戴着礼器玉璜，可谓威风凛凛、华彩灼灼。

但是，歌舞升平的背后，却有另一样的叙事。

中国历史上第一个世袭制王朝刚刚建立，便开始了权位利益驱动下血亲之间的弑君戮兄，使得王权得而复失、失而复得的事件轮番上演。

启有五个儿子，分别是太康、元康、伯康、仲康和武观。其中，最小的儿子武观容颜英俊，才能傲人，是中国历史上第一次武装政变的制造者：启登位十一年时，武观谋划杀死哥哥太康，用暴力手段夺取王位，事情败露后被放逐到西河（今河南安阳汤阴境内）。几年后，武观在西河再次纠集起叛乱武装，启派大臣彭伯寿率军前去镇压，武观的二哥元康和三哥伯康先后在作战中被杀死，叛乱之战竟然持续了三年，武观最终失利，被启流放到东部蛮荒的滨海之地。

这场差点瓦解了夏朝世袭制的叛乱刚刚平息，更大的乱子接踵而至：启因病去世，按照世袭制，长子太康上位。可这位新王酷爱打猎和野餐，常常滞留在外不理朝政。就在夏朝内政濒于荒废之际，东夷部落联盟的有穷氏部族，在善于射箭的君长后羿的带领下，从北方向中原的核心地带大举迁移，且越来越接近夏朝的都城斟鄩（今河南洛阳与登封之间）。——后羿，并非神话传说中射日的那个羿。他原名夷羿，是有穷氏族部落联盟的首领，后来成为夏朝权势最大的王，因"后"是夏朝最尊贵的称号，所以被古籍记载为"后羿"。

后羿的夺权手段有点特别：在太康又一次出行打猎时，他率领有穷氏部族的军队封锁了洛水北岸；待太康打猎归来要过河时，后羿的军队将其阻拦于洛水南岸，回不了都城的太康自此过上了流亡生活。

后羿掌管夏的朝政长达八年，但这位善于射箭的首领也是一个打猎狂人："恃其射也，不修民事而淫于原兽。"［左传·襄公四年］在天下人纷纷不服的压力下，后羿以有穷氏部族不再向夏纳贡为条件，将权位让给了有正宗血统的启的四儿子仲康。但实际上，仲康不过是后羿的傀儡，夏的朝政依然由后羿执掌，这导致了仲康与后羿之间冲突不断，最终仲康被后羿囚禁抑郁而死。

至此，夏朝创立者启的世袭继承人，只剩下仲康的儿子相了。

仲康一死，害怕遭到迫害的相立即逃亡。

夏朝的王位上空无一人。

这一次，后羿堂而皇之地掌管了夏朝的最高权力。

再次掌权后的后羿，打猎的激情有增无减，政事全部交给亲信寒浞打理。寒浞，寒国君长的堂侄，因品性恶劣被逐出寒国，被后羿收留。"浞行媚于内，而施赂于外；愚弄其民，而虞羿于田。树之诈慝，以取其国家，外内咸服。"［左传·襄公四年］——寒浞以使后羿热衷打猎为乐，自己扶植起一批奸诈之人，盗取了整个夏朝的权力。最终，在一次后羿打猎归来时，他与被后羿强掳入宫为妻的东夷之女纯狐合谋："杀而亨之，以食其子。其子不忍食诸，死于穷门。"［左传·襄公四年］——两个人不但把后羿杀了，将其扔在青铜釜中煮熟，还让后羿的儿子吃煮熟的肉，后羿的儿子不忍下咽，被杀死在城门处。

一千六百多年后，楚国诗人屈原，依旧为英武强壮的后羿竟然被身边的小人和怨恨的妻子杀害而感到困惑：

> 持有宝弓套着上好的扳指，
> 把那巨大的野猪射猎追赶。
> 为何羿将肥肉献上蒸祭，

天帝心中却并不以为善？

寒浞娶了羿妃纯狐氏女，

又迷惑她合伙把羿谋杀。

为何羿能射穿七层皮革，

却被其妻与浞合力杀戮？［楚辞·天问］

寒浞篡夺了夏朝的最高权位。

此时，夏朝王位世袭制继承人相，已经逃亡到了帝丘（今河南濮阳一带）。为防止相卷土重来，寒浞不断地追杀他。相最终被杀时，其妻后缗，即有仍氏部族首领的女儿，东逃至鲁西南母家有仍国，生下遗腹子少康。于是，少康又成为寒浞的追杀目标。

少康长大后，在有仍国担任管理放牧的小官，在寒浞两个儿子不断追杀的威胁下，少康不得已南逃到有虞氏部族，担任掌管饮食的小官。有虞氏部族首领把自己的两个女儿嫁给少康，还在纶邑（今河南虞城东南）附近给了他方圆十里的土地以及一支拥有五百人的军队。少康小心地扩大着自己的队伍，但是与寒浞拥有的土地、人口和军队相比差距甚远。——少康的优势是会使用诡诈的手段。

寒浞的大儿子浇被封为过王，镇守过城（今山东莱州近海一带）。

寒浞的二儿子豷(yì)被封为戈王，镇守戈城（今河南周口太康一带）。

少康派女艾打入浇的内部刺探情报，又派他的儿子杼（zhù）寻机诱杀豷。

使女艾谍浇，使季杼诱豷，遂灭过、戈，复禹之绩。［左传·哀公元年］

"女艾谍浇"，这是"谍"字第一次出现在中国上古传说中。

少康，一个会用间谍探取情报的王。

为了少康夺回夏朝天下，女艾乔装打扮来到过城，逐渐赢得了浇的信任，为少康取浇的首级提供了可靠的情报。

少康的儿子杼是如何"诱豷"的，上古传说中没有记载。但当少康的复国大军攻占过城并杀死浇后，杼也领兵攻占了豷的封国戈城。

寒浞自杀未遂被俘，他的肉被一片片割下至死。

而豷则被剁成了肉酱。

从启的长子太康失去王位，到启的曾孙少康夺回王位，夏朝的血腥战乱持续了近百年。

自少康起，夏朝由"治"到"盛"，史称"少康中兴"。

这是中国古代史上第一个以"中兴"二字命名的时代。

然而，任何一个王朝的"中兴"，都不会与武力扩张疆土以及暴力掠夺资源无关。

少康在位六十年后其子杼继位。

夏杼的爱好是发明作战装备。传说，他是中国军事史上第一个发明单兵防护甲的人，他还主持制造了硬度更大、韧性更好、更为锋利的矛。虽然夏朝军队的武器装备，仍以远射程的弓矢和戈矛等长兵器为主，但兵器中最常见的箭头，已经演变出更为实用的样式，有柳叶形、三棱形、燕尾形等，而且夏军开始使用青铜戈了。

身披兽甲、手持利矛铜戈的夏军所向无敌。

夏杼的对外扩张，首先选择了中原之东。通过不间断的征服作战，先后降伏了位于今山东南部、安徽北部和江苏北部的东夷各部族，一直打到渤海、黄海和东海边，极大地扩展了夏朝的疆域。

从夏杼至孔甲继位，其间历经六位夏王，时长将近两百年。

"帝孔甲立……夏后氏德衰……"［史记·夏本纪第二］

夏朝的衰败自孔甲开始。

孔甲，夏朝在位时间最长的王不降的儿子。

传说不降临终前，因知道孔甲无能，没有直接传位给他，而是让孔甲的叔父姒扃继位。姒扃死后，姒扃的儿子姒廑继位。姒廑死后，整个夏朝再也找不到合适的人了，于是孔甲继位为第十四代夏王。

孔甲"好方鬼神，事淫乱"。——这位夏王不但信奉鬼神，也是无可避免地沉湎于美酒声色。但《左传》又记载："有夏孔甲扰于有帝，帝赐之乘龙，河、汉各二，各有雌雄。"——上述这段话，不但没有说孔甲德行败坏，反而说他得到了天帝的赏赐。

史书，不可尽信。

唯一可以肯定的是：尽管夏王们"持有宝弓套着上好的扳指"，却依然阻止不了王朝命运的急转直下。

已经存世四百多年的夏朝就要覆灭了。

夏朝覆灭于一场名为"鸣条之战"的著名战事。

颠覆夏朝的是一个小小的北方属国。

七　黑色的燕子

传说很久以前，一个名叫简狄的女人，因无意中吃了一枚鸟蛋而怀孕，生下一个孩子取名为"契"。

后来，契成为部落首领，并被族人认定为部落先祖。——"殷契，母曰简狄，有娀氏之女，为帝喾次妃。三人行浴，见玄鸟堕其卵，简狄取吞之，因孕生契。"［史记·殷本纪第三］

"玄鸟"，黑色的燕子。

古中国的北方部落，多有鸟生祖先的传说，并多以鸟为氏族图腾。

由于古籍记述不详，加上后世地名多变，这个北方部族起源于何地存在争议，有东方说、西方说、燕山说、山西说等。但多数历史学家认为，该部族是山顶洞人的后裔，因为至今河北以北地区仍有"燕地"之称。

契和大禹是同时代人。

因为帮助大禹治水有功，契被分封在一个名叫"商"（今河南商丘）的地方，于是他的部族被称为商族。

夏朝建立后，商成为夏的属国。

随着夏朝衰落迹象的逐渐显现，各部族纷纷趁机扩大自己的领地，而商的目标则是不断靠近夏朝的核心地带。

决心颠覆夏朝并开始实施的，是契的第十四代孙汤。

从契到汤，商族从商丘向北进入山东，又从山东向南重入河南，整个族群八次迁移，不断地扩大领地，畜牧业以及农耕和冶炼技术得到极大发展。鼎盛时，商族祭祀一次可用五十头牛，足见其积累的财富之丰厚。

汤，子姓，名履。

汤采取的手段是刚柔并济。

首先，汤说商族之所以不断迁移，是为了追随先王帝喾。而无论定居在哪里，商族都是夏朝名正言顺的臣民。然后，他开始营造自己的人设：《史记·殷本纪第三》记载，汤外出时，看见野外有人四面张着捕兽的罗网并祈祷：从天上地下四方来的都进入我的罗网吧。汤说，这不是要一网打尽吗？于是，他叫那人收起三面的罗网只留一面，并让他重新祈祷：想往左的，往左；想往右的，往右。不听从命令的，才进我的罗网。这个"网开三面"的故事，很快就传开了，各地的部族首领都认为：汤具有多么完备的德行啊，竟能推及禽兽。只是，他们忽略了汤的祈祷词中有这样一句："不用命，乃入我网。"——听从我的，都有生路；不听从我的，自取灭亡。

果然，接下来，汤开始向"不用命"者展开征伐，目的是扫清夏朝都城周边的各个属国。

"汤始征，自葛载。十一征而无敌于天下。"［孟子·滕文公下］

汤连续攻伐了十一个小国，第一个是距离商最近的葛国（今河南宁陵以北）。攻击葛国之前，汤又在道德层面上制造出一个动武的说辞：葛国的王放纵无道，竟然不祭祀先祖。汤派人质问为什么不祭祀？葛国的王表示：没有供祭祀用的牲畜。汤就派人给他送去牛羊，但葛国的王居然把这些牛羊吃了。汤又派人质问为什么还不祭祀？葛国的王表示：没有供祭祀用的谷物。汤就派人去葛国耕种，还给葛国年老体弱者送去饭菜。葛国的王带人拦路抢劫饭菜，有个送饭菜的商族男孩不肯给，被葛国人蛮横地杀死。于是，汤军出兵葛国。各部族闻听此事后都说：汤不是要把天下变为自己的财富，而是为了给百姓富足的日子。

汤军攻占葛国后，移兵西北方向，渡过济水攻占了韦国（今河南滑县一带）。

接着，汤军挥师向东，攻占了顾国（今山东鄄城一带）。

在把上述三国的土地和人口都吞并后，汤高举带着钩刺的青铜斧钺准备攻伐昆吾国。——"汤自把钺以伐昆吾。"［史记·殷本纪第三］

昆吾（今河南濮阳一带），夏朝最大的属国，位居葛国、韦国、顾国以西，是汤夺取夏朝都城的最大障碍。昆吾国国王闻声立即备战，同时派使臣昼夜兼程赶赴夏都，向夏桀报告葛、韦、顾三国都已被汤所灭。

恼怒的夏桀立即下令起"九夷之师"，即调集听从夏桀指令的由东夷部族组成联军，伐汤！

汤本想先灭昆吾，再征东夷，最后掉头向西灭夏。但臣僚们建议说，东夷部族听从夏桀的调遣，此时征伐不会轻易取胜，不如先遣使向夏桀入贡请罪，待机再动。

刚柔并济的前提是能审时度势。

汤写好了请罪称臣的奏章，采办了大批上等的贡品，然后派遣使臣前去觐见夏桀。

夏桀身边的臣僚欣喜纷纷，说大王威震天下谁敢反叛。

于是，不伐汤了，继续享乐。

夏桀下令罢兵。

一年后，汤军大败昆吾军，昆吾国国王被杀，昆吾国的土地和人口一并入商。

至此，黄河中下游地区的各个属国全部被汤灭掉。

夏，已经暴露在汤的刀锋之下。

夏桀得知汤不但灭了昆吾国，而且不再对夏朝入贡时，再次下令调东夷联军征伐，但东夷各部族都已被商的实力震慑，不敢恭顺地听从夏桀调遣了。

这时候的战争形态，依旧以步兵为主，战车尚未大量出现。不过，根据所持兵器的不同，步兵出现了战场分工：手持长兵器青铜戈矛的步兵是阵形主力，负责前进冲锋或列阵防御；其后是手持远程兵器弓箭的步兵，负责发射箭镞或弩箭进行打击。还有一部分步兵，配备的是短兵器匕首或短剑，负责偷袭、肉搏以及最后打扫战场。尽管当时生产力所支持的兵力有限，每场战争的规模应该不会超过万人，但任何一场战争都需要付出兵士的鲜血或生命、百姓的流离或逃亡以及家园的涂炭或毁灭。

然而，后人对汤南征北伐的描绘，却犹如一部温情脉脉的历史喜剧："'汤一征，自葛始。'天下信之。东面而征，西夷怨；南面而征，北狄怨，曰：奚为后我？民望之，若大旱之望云霓也。归市者弗止，耕者不变，诛其君吊其民，如时雨降，民大悦。"［孟子·梁惠王下］——汤军向东边出征，西边的部族埋怨；向南边出征，北边的部族埋怨，各个部族都说："为什么把我们排在后边？"百姓盼望汤军赶快到来，如旱天里盼望雨云一样。汤所到之处，赶集的人络绎不绝，种田的人照常干活，汤军杀掉暴君，安抚百姓，就像及时雨从天而降，百姓个个喜气洋洋。

曾经，夏桀对商的逆动有过警觉，警觉的具体原因还是商不朝贡，于是夏桀借汤上朝觐见之机将他囚禁。但是，汤很快又被释放了。夏桀为什么放了汤？古籍记载说，是因为汤的人给夏桀送去了比朝贡还多的宝物以及美女；还说，是汤出色的归顺表现让夏桀觉得自己冤枉了一个好人。

认为天下皆为己有，就会无视天下万物。

错判源于错觉。

令夏桀想不到的是：一个名叫伊尹的厨子，作为汤的间谍，此时已经潜入了夏都。

伊尹，名挚，传说是有莘氏部族的一个厨子，他借着给汤做饭的机会，用烹饪调和滋味借比君王如何施政，其中深得汤赏识的观点是"伐夏救民"。即，如果汤用武力取夏，那是为了拯救夏的子民，以便汤以德治天下。汤随即给了伊尹一个重要任务：去夏都，充当收集情报的间谍。后世兵家孙武认为，夏朝的覆灭，与汤重视情报工作，派遣伊尹前去卧底，有直接的关系："昔殷之兴也，伊挚在夏……故惟明君贤将，能以上智为间者，必成大功。此兵之要，三军之所恃而动也。"〔孙子兵法·用间篇〕

伊尹来到夏都，利用了夏桀身边的女人，也就是美女末喜。

夏桀在讨伐有缗国的作战中，得到了琬和琰两个美女，末喜因受到冷落而心生忌恨。

伊尹正是利用了这一点，从末喜那里获取到夏朝的种种军政内幕。

末喜不知道的是，她报复的不是一个王而是一个王朝。

"时日曷丧，予及汝偕亡！"

太阳何时才会灭亡，我宁愿与太阳同归于尽！

当夏的子民宁愿与夏桀一起灭亡的信息被传递给汤时，汤意识到伐夏取而代之的时刻到了。

公元前1600年，距今三千六百多年，汤集结起六千兵士和七十辆战车，并召集各路部族军组成联军，一路闯入了夏朝政权的核心地带。

夏桀只有孤军迎战商汤。

八　鸣条之战：风中枝条如乱发飞舞

商汤与夏桀的决战，发生在一座起伏平缓的岗丘附近，上古时叫鸣条岗。

鸣条岗在哪里？

主流观点有三：今山西运城盆地、今河南洛阳盆地以及今河南封丘附近。没有争议的是：当时的战争，要想翦灭一国，攻占的目标只能是该国的核心城邑——都城。

所以，鸣条岗应在夏朝的都城附近。

鸣条之战爆发时，夏朝的都城在哪里？

上古时期，由于生产力低下，为躲避战事和灾害、寻找猎场和耕地，族群的迁移十分频繁。夏朝的都城，有籍可查的就有十几处，被记载最多的如阳城（今河南登封一带）、阳翟（今河南禹州一带）、原（今河南济源附近）、老丘（今河南开封附近）、斟鄩（今洛阳盆地）等。

"太康居斟鄩，羿亦居之，桀又居之。"［史记·夏本纪］

斟鄩遗址，位于洛阳盆地东部的伊洛平原，是大约四千年前最大的人口居住地，拥有古中国最早的都城建筑群、最早的青铜礼器群以及青铜冶铸作坊，是迄今为止可确认的中国最早的古都遗址。经碳十四确定，斟鄩遗址的绝对年代为三千九百多年，时值夏朝。

因此，有人认为，鸣条之战的战场在伊洛平原。

还有一种观点，认为当时夏桀的都城已迁至西河（今河南安阳汤阴一带）。关于夏朝以西河为都城的历史，古籍记载：夏朝的第十三代王是姒廑，姒廑元年，夏都由老丘向北迁至西河。姒廑在位八年病死，葬于西河附近。其堂兄孔甲继位。孔甲与其后的两任王，即他的儿子皋以及孙子发，皆以西河为都，西河作为夏朝的都城历经四代王。《中国古代历史地图集》中，明确标记着夏朝几次迁都的位置，有阳城、安邑（今山西夏县附近）、帝丘（今河南滑县附近）、原、老丘、斟鄩，最后一个是西河。

明代《长垣县志》："鸣条亭，舜崩处，陈留郡（今河南开封一带）平邱县（今河南封丘一带）有鸣条亭。"——鸣条亭，位于陈留郡的平邱县。历史上的平邱县，管辖着现河南长垣县的西南部和封丘县的东部，相传那里是舜帝死的地方。封丘、长垣皆为平原沃野，当然会成为夏桀与商汤必争的前沿。《禹贡·导水》叙述，当时的黄河，出洛阳后北上，经过浚县入河北，再向东北入海，并不流经封丘和长垣，商汤从这里西进攻夏无大河之阻。

无论战场在哪里，"鸣条"都是一个令人思绪飞扬的地名。

何为"鸣条"？

风吹过树枝发出的鸣响。

在中国古人看来，"鸣条"就是风号雨泣的不祥预兆。

"太平之世，则风不鸣条。"［董仲舒·雨雹对］

"习习和风至，过条不自鸣。"［卢肇·风不鸣条］

"风不鸣条，雨不破块，五日一风，十日一雨。"［王充·论衡］

"天下太平，国无夭伤，岁无荒年。当此之时，雨不破块，风不鸣条。"［桓宽·盐铁论］

"微雨欲来勤插棘，熏风有意不鸣条。"［鲁迅·集外集拾遗补篇］

"风不鸣条"的日子，是从古至今百姓的祈愿。

然而，三千六百多年前的一天，风起鸣条了。

汤发布了"秉承天意"的《汤誓》：你们大家听我说，并不是我以臣伐君，犯上作乱，而是夏桀犯下了诸多罪恶，上天命我去诛伐他。夏桀的罪行，不仅是他不顾子民的稼穑之事，也不仅是他侵夺子民的生产成果，他和他的臣僚为了淫逸享乐，聚敛财物，挥霍无度，害得夏的所有属国都不能安居乐业。现在人们指着太阳咒骂他，宁愿同他一起灭亡。这就是天怒人怨！你们辅佐我讨伐夏桀，如果上天要惩罚，就让我一人去领受！而我将给大家很多的回报赏赐。相信我的话，我说到做到，绝不食言。但如果你们有抗命违命的，我也要杀无赦，希望你们不要受罚！ ［尚书·商书·汤誓］

商，位于夏都以东，但汤率领的联军并没有从东向西正面攻击夏都，而是采取战略大迂回，绕道至夏都的西面实施突袭。对于准备迎敌而上的夏桀来讲，西面就是背后。夏桀立即率军转身，仓促向西迎战汤军，但在汤军猛烈的攻击下，仓皇之中不得不退守鸣条岗。

两军在鸣条交战的那天，雷电交加，暴雨倾盆，大地上的草木乱发一样飞舞。兵器的撞击声、博斗的咒骂声、受伤者的呻吟声，伴随着风雨掠过枝条发出的凄厉鸣叫直冲天宇。夏军的士气很快就被汤军的阵势压倒。那些被尖锐的青铜戈刺倒的兵士，从土岗上滚下去，头颅被沉重的青铜斧击碎时发出骇人的砰砰声。鲜血和雨水混合在一起，在鸣条岗四周形成无数道红色的激流。

夏军开始向东溃退，身后是追击的汤军。

夏军逃到郕（chéng）地（今山东宁阳一带），双方再次陷入混战。夏桀率残部冲出重围，与商军再一次接战后，无心恋战的夏桀带着约五百残兵继续东逃。从黑夜跑到天明再跑到黄昏，夏桀一直逃到三朡（zōng）国的属地（今山东定陶以北）。三朡国的君王召集部族军队，决心保护夏桀与汤军决一死战。

汤军与三朡军的交战，激烈而短促，三朡军大部被杀，汤军席卷扫荡了三朡国的所有财物。

夏桀被俘。

据传，夏桀说："吾悔不遂杀汤于夏台，使至此。"〔史记·夏本纪第二〕——我很后悔，没有将汤在夏台杀掉，才落得如此下场。

汤没有杀夏桀。

汤私下说过，犯上作乱也许要受到上天的惩罚。

"汤放桀于南巢。"〔尚书·商书·仲虺之诰〕

南巢，南方一个偏远的部族小国，旧址大约位于今安徽巢湖东北。

最终，"桀死于亭山"。〔荀子·解蔽〕

亭山，今安徽和县历阳山。

夏桀死因不明，鉴于当时他年龄已大，很可能是寿终正寝。

夏桀原名履癸，死后被叫作"桀"。

《康熙字典》"桀"条："古人称桀黠者，其凶暴若磔也。"

作为一个朝代的王，死后谥号为"桀"，是后人对其生平的否定。

夏灭亡后，其剩余势力除了留居中原的，还有两支分别向南方和北方迁移。除了夏桀所带的一支迁至南巢外，北支进入蒙古高原并与当地诸族融合，有人认为这便是后来的匈奴人。《史记·匈奴列传》："匈奴，其先祖夏后氏之苗裔也。"

商，作为夏朝的夷族属国，能够颠覆存世数百年的夏朝，应该归功于其首领汤的深远谋划。无论是宣传战、间谍战、蚕食战、孤立战等，都可视为中国古代战争的上乘之作。在战术运用上，汤放弃了正面攻击，绕到夏都的背后发起突袭，乃一举多得的上智之选：首先，迂回打乱了夏桀的作战计划，令其军队在东西两面的仓促调动中出现部署上的混乱；其次，作为都城必有城防，汤军远道而来，利于速战速决，旷日甚久的攻城战必多不利，而迂回之举出其不意，能将狂躁的夏桀引至旷野。如果夏桀据城坚守，以逸待劳，等汤的联军给养困难、军心疲惫之时发动反击，胜负殊未可知。再者，从夏都的西边发动攻击，可迫使夏桀只能东逃，而夏都以东则是汤军的实际控制区，自然会令夏桀无法远遁。

流放夏桀后，汤军回身进入了没有任何防守的夏都。

夏桀的亲贵臣僚都表示愿意臣服于汤。

汤在夏都举行了盛大的祭天仪式。

中国历史上的第一个王朝，历经四百七十一年的岁月，在狂风暴雨撩动鸣条土岗的那天终结了。

风起鸣条过后，山河陡然宁静。

人间总会有这样的时刻：温暖的和风中，春花斑斓山岗，枝条婀娜轻摇，阳光金缕一般从高大乔木的树冠上垂下，天空熠熠大地灼灼，共同等待一个新时代的出现。

鸣条之战，汤赢得的是中国历史上第二个王朝——商！

天著春秋

第二章

牧野之战：
狞厉的青铜之美

一　牧野之战：狞厉的青铜之美

延续了五百五十四年的商朝，是中国青铜铸造的辉煌时代。

虽然考古发掘仅仅能令我们窥见远古文明的残缺一角，但是从那些尽管锈迹斑斑仍然惊世骇俗的青铜器上，我们依旧可以揣摩出三千多年前商朝人的生存样式以及审美情趣：无论是巨大的鼎、别致的尊，还是小巧的觚，无一不是对神与人、天堂与世间、生与死的超出人智范畴的描绘。这些器物，以经天纬地的想象与鬼斧神工的造型，诉说着迷蒙的远古光景。

商朝青铜器上的所有纹饰中，最具代表性的是饕餮纹。

饕餮纹，以左右对称的正视的颜面为主要构图。

这些颜面有像牛、像龙、像羊的，还有像鸟、像凤、像人的。

中国古人认为，颜面是一种语言，正面看着你，展示威严和神秘。

饕餮是什么？

饕餮是兽？《神异经》："饕餮，兽名，身如牛，人面，目在腋下，食人。"《山海经》认为，饕餮是住在青铜山下的一种食人兽："钩吾之山其上多玉，其下多铜。有兽焉，其状如羊身人面，其目在腋下，虎齿人爪，其音如婴儿，名曰狍鸮（饕餮的别名），是食人。"

饕餮是人？《神异经》："西南方有人焉，身多毛，头上戴豕，贪如狼恶，好自积财，而不食人谷，强者夺老弱者，畏强而击单，名曰饕餮。"

而《左传》中记载的饕餮，居然是个有名有姓的人：

> 缙云氏有不才子，贪于饮食，冒于货贿，侵欲崇侈，不可盈厌；聚敛积实，不知纪极；不分孤寡，不恤穷匮。天下之民以比三凶，谓之饕餮。

缙云氏，黄帝时期掌管夏令事宜的官员。缙云氏之子饕餮能够入史，不仅因为其父是官员，还因为他与另外三个著名的恶人齐名：帝鸿氏（黄帝）之子，"掩义隐贼，好行凶慝，天下谓之浑沌"；少皞氏（黄帝的长子）之子，"毁信恶忠，崇饰恶言，天下谓之穷奇"；颛顼氏（黄帝次子的儿子）之子，"不可教训，不知话言，天下谓之梼杌（táo wù）"〔史记·五帝本纪第一〕。——浑沌，顽冥不化；穷奇，欺世盗名；梼杌，凶狠自大；饕餮，贪得无厌。这四个恶人，被天下人憎恨，至舜帝时，才将他们流放到边远地区。此后天下人都说，现在可以敞开家门了，因为再也没有恶人了。

古人在青铜器物上铸造饕餮纹饰，不论像牛还是像鸟皆"有首无身"，这是因为饕餮"食人未咽，害及其身"。〔吕氏春秋·先识览·先识〕在中国上古传说中，恶兽"饕餮"的最大特点是贪吃，遇山吃山，遇树吃树，遇人吃人，都吃光后，开始吃自己的身体，最后只剩下一个头颅。所以，饕餮纹饰没有身体只有颜面，颜面上是一双瞪大的眼和一个张大的嘴。

商朝何以要用饕餮纹饰装点礼祭器物？

有人认为，原始社会生产力水平低下，古人把许多无法解释的自然现象归结为神的力量，因此对神满怀敬畏，希求能够取悦于神，以借助神力掌握现世或者改变现状。而饕餮纹饰营造出的神秘而又威严的气氛，恰恰表达了万能的神给予无措的人的震撼。

但大部分学者认为，狰狞的饕餮纹饰寄托着社会强权者的威严、意志以及荣贵，是商朝权贵阶层为其统治需要营造出来的权威标记。饕餮纹饰"含有巨大的原始力量"，是一种"神秘、恐怖、威吓的象征"，它用超世间的威严形成一种不可抗拒的权威符号，从而将人间的统治地位神圣化。

李泽厚先生认为，商朝的"饕餮纹样及以它为主体的整个青铜器其他纹饰和造型"，特征都在突出"指向一种无限深渊的原始力量"，突出"在神秘威吓面前的畏怖、恐惧、残酷和凶狠"。尽管饕餮纹饰被认为是世间一些动物的颜面图形，但是，所有这些颜面的样子在世间并不真实存在，它们被"超世间"地极度夸张又严重变形了，只为突出地表达统治权力的威严来自神授、统治权位的牢靠来自神佑。〔美的历程〕

唯一没有疑义的是：青铜器上的饕餮纹饰，确实具有狰狞的威吓效果。

问题是，权贵们用它恐吓谁？

只能是没有权力也没有财力铸造青铜器物的众生。

因此，人类学、考古学家张光直先生认为：青铜是政治和权力。

政治和权力是人类爆发战争的两个基本要素。

令人不解的是，曾经瞠目世间的饕餮纹饰，仅仅盛行了几百年便淡出了历史舞台。而与饕餮纹饰同时出现在商朝青铜器上的龙、虎、凤、龟等纹样，经过几千年的演变，成为中国文化中最具盛名的吉祥符号；特别是无论威武和神异都远逊于饕餮的龙，登上了符号象征的最高位成为华夏民族的图腾。

狞厉的饕餮纹饰连同灿烂的商朝文明，毁灭于一场巨战。

那一天，一位粗壮的西部汉子，站在四匹赤色白肚马拉着的战车上，高举着一把青铜巨斧，从战场深处飞驰而来。

二　勤苦与狡谲的西部人

炽烈的阳光照耀着八百里秦川，麦香弥漫在渭河两岸，天地间一片灿烂的金黄色，劳作的歌声此起彼伏——

> 周人的先祖，是后稷，一个庄稼人，
> 上天把大麦和小麦赐予我们，
> 让我们用它们养活百姓。
> 不要划分彼此的边界吧，
> 在大地上一起种植。［诗经·周颂·思文］

周族，属于姬姓部族，发祥于关陇地区。

《史记》记载的周人祖先，是黄帝曾孙帝喾与正妃姜嫄的儿子后稷：赫赫姜嫄"是生后稷"。［诗经·鲁颂·閟宫］

周族始祖后稷诞生的传说，充满神话色彩。《史记·周本纪第四》记载，"三皇五帝"中的第三位，即黄帝的曾孙帝喾，娶了有邰氏部族的女儿姜嫄为妃。一天，姜嫄因在郊野上踩着一个巨人的脚印而怀孕，满十个月后生下一个儿子。姜嫄认为这个孩子不吉利，就把他扔在一条小路上。但无论是牛还是马，都绕过这个孩子，不踩他也不踏他；

姜嫄又把他扔在水塘的冰面上，但鸟儿纷纷用翅膀垫在他的身下或者盖在他的身上。姜嫄觉得很神奇，把他抱回来养大。因为当初想把他扔掉，就给这个孩子取名为"弃"。

弃，就是周族人认定的始祖后稷。

周族人认为，差点被扔掉的始祖后稷的故事，具有特殊含义：周是一个被神护佑的部族。

西北人，有野心，一根筋，又肯吃苦。

周族本是一个位于泾河上游的小部族。上古传说中有周族祭祀鸣条之战中的汤的记载，祭祀商朝先祖的行为证明周族是商的属国和子民。这个长期被中原部族边缘化的族群，只有百里领地，在西部与戎狄杂处在一起，连孟子都说他们是"西夷之人"。尽管政治和经济都落后于中原地区，但周族却是最早发展农耕的部族之一。

"周"字，由上田下口组成，原始之义即种田糊口的人。

据说，始祖后稷从小就喜欢种庄稼，能根据土地的特性选择适宜的谷物耕种，人们听说后纷纷仿效他。《史记·周本纪第四》记载，后稷的曾孙公刘带领周族人，由后稷的封地邰（今陕西武功一带）迁移至豳（今陕西彬州一带）后，全力发展农业，充足的农作物令周族的人口持续增长，畜牧业和手工业也得到发展，即所谓"周道之兴自此始"。

《诗经·国风·豳风》中，有居住在豳的周人，按照季节和月令从事农耕生产的情景描述：

> 正月里寒风呼啸，在冰窖里把过冬的食物藏好；
> 二月里扛着犁杖去耕地，没有外衣也没有短褂；
> 三月里修整桑树的枝条，让高枝不要疯长；
> 四月里野花开，繁忙的春耕开始了；
> 五月里蝉声聒噪，黍子稷子青苗苗壮；
> 六月里吃郁李和野葡萄，路上走着采集白蒿的姑娘；

七月里火星向西降下，把秋葵和豆子一起煮熟；

八月里收割庄稼，将青葫芦同时摘下；

九月里到地里拾麻籽，打谷场已经铺平；

十月里谷物收进仓，落叶漫天飞；

十一月猎取的狐狸毛茸茸，染的布有黑也有黄；

十二月献祭韭菜和羔羊，祝一声万寿无疆。

实际上，农人的日子并不像诗人笔下那般温馨。

周族人在豳的时候，还没有建房的概念，他们住的是土穴，习俗与西部游牧部落没有大的区别。让周族人的生活惊惶不定的是，由于不断受到邻近游牧部落的侵扰劫掠，他们不得不来回迁移。最终，周族人在首领古公亶父（公刘的第八代孙）的带领下，从豳向南迁移到岐下（今陕西岐山一带）。这次迁移有逃难的性质：藤蔓上大瓜小瓜绵绵不绝，我们的民从苦难中新生，在那低湿的漆河水边！太王古公亶父带领我们来到这里，挖土穴开土窑，我们还没有居住的房屋。〔诗经·大雅·文王之什·绵〕——陕西西部的漆水河，泾河和渭河的支流，古称姬水、沮水，是周族人由豳迁往岐下的必经之地。

岐下一带，是渭河河谷的丰饶之地："周原膴膴，堇荼如饴。"〔诗经·大雅·文王之什·绵〕——周地土壤肥沃，苦菜都甘甜如糖。到了岐下的周族人"贬戎狄之俗"，开始"筑邑定居"。〔史记·周本纪第四〕同时，利用河流发展灌溉与交通，令千里沃野上物产丰富，并与商朝的往来密切起来，不但在文字上与商朝统一，器物和兵器也与商朝同化，成为商朝的属国。

周族的兴旺之地，具有优越的地理环境：北临黄河，南阻崤山，中通一径，为陕豫交通之咽喉。南面巍峨的秦岭、终南山、太白山绵亘如屏障，地势险要，具有向内可守对外能御之势。从岐下一路向东，就是中原，周族人翘首瞭望：出了潼关，大河奔流，青山绿水，田陌连天，直达滨海。——关外的天地如此辽阔，广袤的中原才是王者之地。

"后稷之孙，实维大王，居岐之阳，实始翦商。"［诗经·鲁颂·閟宫］

《诗经》说，周族人在抵达岐下时就决心颠覆商朝。

其实，那时周族尚在重生，即便有"翦商"的野心，也必定会深藏不露，因为无论在经济还是军事上，周族都无法与商抗衡。

导致周族与商朝关系恶化并最终对立的事件，是周族的首领季历被商王文丁杀掉。

季历，古公亶父的三子。

季历成为周族首领时，商朝的统治者是第二十七代商王武乙。

那时，商朝与周族仍是君臣关系，武乙对周族人十分信任，授予了季历带兵征伐的权力。周族人遵从武乙的指令，为商朝扩大疆土出兵作战，先后灭掉了程国（今陕西咸阳一带）、义渠国（今甘肃庆阳一带）、西落鬼戎（位居西北的游牧部族）。武乙死后，他的儿子文丁继位，季历又率兵征服了余吾戎（位居今山西长治西北的游牧部族）。文丁对周族人的征伐十分满意，封季历为西伯，赋予他管辖商朝西部地区的行政权力；同时又任命季历为殷牧师，负责商朝西部地区的武力征伐。相比这些政治与军事权力，从武乙到文丁，商王给予季历的土地、良马等丰厚赏赐，也就不算什么了。接着，季历又起兵征服了始呼戎（今山西平遥一带）和翳徒戎（今山西定襄、盂县一带）两个部族。到了这时候，文丁突然意识到，周族人强大的武力是不是对商朝也构成了威胁？于是，当季历将要返周时，文丁下令将其囚禁起来，罪名是先王武乙是季历害死的。其实，武乙死于一次外出狩猎，杀死他的是被他剥夺了权力的占卜师，而占卜师谎称武乙是被雷意外劈死的。尽管被囚禁的季历一再表白对商朝的忠心，最终还是因愤懑绝食死在了商朝的辅都朝歌（今河南淇县一带）。

上述，史称"文丁杀季历"。

季历死后，其子姬昌成为周族首领。

姬昌，中国古代史上著名的周文王。

姬昌继位后，从未放弃为父报仇的心志，寻机便昭告世人商王的残暴与昏庸，结果被商王借其入朝觐见之机囚禁起来。

为了营救自己的部族首领，周族人用重金买来天下的奇珍异宝，据说有驺虞（传说中的人兽）、鸡斯（传说中的神马）、玄玉（赤黑色的玉）、大贝百朋（贝为古钱，五贝为朋，百朋即五百贝）、玄豹（黑色的豹）、黄罴（黄色的熊）、青犴（胡地野犬）等等，用来行贿商王。商王"大悦"，认为"一物足以释西伯，况其多乎"。于是，赦免了姬昌。此时，未来的周文王已在羑里（今河南汤阴一带）被囚禁了七年。

在被囚禁的漫长日子里，未来的周文王悟出一个道理：在弱肉强食的世间实力决定一切！

姬昌决定韬光养晦。

能够含恨隐忍的周族人个个是种地好手。

渭河两岸盛产小麦，在《诗经·周颂·载芟》和《诗经·周颂·良耜》里，周族人春耕的鼓动词是：农夫们！努力劳作吧！全族必须富起来，一个人也不能少：

除掉荼蓼拔去树根，

耕地发出霍霍的声音，

肩并肩一起耕耘，

从低洼到高地都有歌声。

把种子播撒入土，

土地呈现出无限生机，

参加的有君王，也有九卿，还有大夫们。

送饭的女子提着圆筐和方筐，

里面装着黄米黍饭，

饭后戴上草帽，

不怕流血流汗！

犁头那样锋利，谷子播种入土，

小苗苗壮成长，整齐而茂盛。

穗子开始扬花，

收获的季节地里都是人，

场院堆满了谷物，

女人和孩子们感到心安。

把最大的弯角公牛杀了，

虔诚地祭祀我们的祖先，

麦子发散的香气，

预示着周族的兴旺。

小麦孕育出的农耕文明，滋养了这块土地上人的坚韧，还有就是逐渐充盈鼓胀起来的野心。

此时的商朝疆土广袤，"人迹所及，舟楫所通，莫不宾服"。〔淮南子·主术训〕商朝把统治地区分成畿内与畿外。邦畿之内，除王都以外，还有商王诸子和其他贵族的封地；邦畿之外，则是众多从属部族分布的地区。商王会任命实力较强的部族首领为方伯，负责某一方的安全，周族的首领便是负责西部事务的方伯，名曰"西伯"。而在各部族之间，又有比较闭塞的山林之地；在各部族以外，还有比较偏远的地区。生活在那里的，多为少数民族部落，他们对商朝时服时叛，但对商王的政权并不构成威胁。

公元前1075年至公元前1046年，商王是帝辛。

帝辛，囚禁季历的商王文丁之孙。

帝辛，史称商纣王。

《史记·殷本纪第三》记载，商纣王不但"资辩捷疾，闻见甚敏，材力过人，手格猛兽"，且"智足以拒谏，言足以饰非，矜人臣以能，高天下以声，以为皆出己之下"。——商纣王的智慧足以拒绝臣下的谏劝，言辞足以掩饰自己的过错，才能足以在臣僚面前炫耀，声威足以得到极高的赞誉，自视天下无人能比。可事实是，无论商纣王被历史记载得如何非凡，他在位时的商朝已处于衰落的末期了。

帝辛继位后，从属于商的部族不断反叛，特别是东夷部落持续作乱，迫使商军疲于东出作战，且平定反叛的战事往往旷日持久。殷墟甲骨文记载，商军征伐东夷部落的方国，以血肉之躯进行的搏杀竟然持续了十一个月。商都以东不断兵戎相见，商都以西周族人虎视眈眈。而此时在商朝内部，众叛亲离的现象逐渐呈现，甚至已有朝臣投奔了实力逐渐强大的周族。——"诸侯多叛纣而往归西伯。"〔史记·殷本纪第三〕

商，内外交困。

臣僚们曾惶恐地提醒商纣王，说是天要灭商的征兆出现了，如再不终止横征暴敛和骄奢淫逸，上天就会降临惩罚弃商灭殷。

商纣王的回答是："不有天命乎？是何能为！"〔史记·周本纪第四〕

我不是承奉天命的王吗？他们又能把我怎样？

六百多年前，面临王朝倾覆的夏桀也曾说过："日有亡乎？日亡，吾乃亡耳。"

太阳会灭亡吗？太阳灭亡了，我才会亡。

商纣王不会想到，他即将面临的也是王朝倾覆的厄运。

不断"翦商"的周族人已经逼近商朝的核心地带了。

三　钓王侯

富足起来的周族人决心挑战天命。

为了推翻商纣王，未来的周文王无所不用其极，而他的政治和军事谋划多出自幕僚姜子牙。

《史记·齐太公世家第二》记载，姜子牙是东海边之人，因其先祖辅佐大禹治水有功，被封邑在吕地，所以又称吕望、吕尚等。这位著名人物在中国古代史中出场时，不但穷困潦倒且已近耄耋之年。

"吕望尝屠牛于朝歌，卖饮于孟津（今河南孟津古黄河渡口）。"

"吕望行年五十，卖食棘津（今河南延津古黄河渡口），七十屠于朝歌。"

人何谓老矣？

只要心不老！

姜子牙五十岁做贩卖食品的小贩，七十岁当宰牛卖肉的屠夫，虽苟活于市井却从未放弃辅佐王侯的志向，直到垂暮之年与未来的周文王相遇走上了历史舞台。

姬昌遇见姜子牙的传说版本很多。

一说：姜子牙在河边钓鱼，三天三夜都没鱼上钩。这时候，有个老农走过来对他说，要想钓上鱼，必须用很细的渔线，鱼饵也要香喷喷的，还要慢慢地下钩才行。按照老农的办法，姜子牙果然钓上了一条鲫鱼,接着又钓上来一条鲤鱼,他在鲤鱼的肚子里发现文字,上面写着:吕望封于齐——吕望将来会被分封在齐国。

二说:姜子牙是钓鱼高手,但他钓的不是鱼。他钓鱼时,渔竿很短,渔线很长,渔竿不垂到水里,离水面足有三尺高,一边钓鱼还一边嘟囔:姜尚钓鱼,愿者上钩。有人讥笑说,这种钓法,一百年也钓不上一条鱼来。姜子牙的回答是:曲中取鱼,不是大丈夫所为;我宁愿在直中取,不向曲中求。即我要堂堂正正地获得,而不能九曲回肠地谋取。——姜子牙明确表示,他不是在钓鱼而是在钓王侯。

果然,愿者上钩了。

那天,姬昌出外狩猎前占卜一卦,卦辞显示:如果去渭河北岸,所得猎物非龙非螭、非虎非熊,所获乃成就王业的辅臣。姬昌来到渭河北岸,刚好遇到正在钓鱼的姜子牙,不禁暗喜:先王太公曾说,定有圣人来周,周会因此兴旺。说的就是您吧?我们盼您很久了!二人一同乘车回周,姬昌封姜子牙为太师。

姜子牙终于在他七十多岁的时候钓到了王侯。

什么叫"钓王侯"?

姜子牙的观点是:普天之下,人人逐利,只要有饵,没有不咬钩的鱼。想得天下办法很简单,以爵禄为诱饵定会成功:钓丝细微,鱼饵可见,小鱼就会上钩;钓丝适中,鱼饵味香,中等的鱼就会上钩;钓丝粗长,鱼饵丰盛,大鱼就会上钩。鱼只要贪吃香饵,就会被钓丝牵住;人要得到君王的爵禄,就会臣服君王的意志。所以,用香饵钓鱼,鱼便可供烹食;用爵禄诱人,人就能尽为所用;以家为基础取国,国就能据为己有;以国为基础取天下,天下就可被征服。

古往今来,在香饵的引诱下,上钩者络绎不绝。

而"下诱饵"的祖宗,就是深藏心机的姜子牙。

未来的周文王问姜子牙能干大事否?

姜子牙的回答是:"下屠屠牛,上屠屠国。"[楚辞·天问]

即，我下能宰杀一头牛，上能灭掉一个国。

面对"屠国"这种令人惊悚的字眼儿，未来的周文王并没有后脖子一阵发凉，竟然是"喜，载与俱归也"。〔楚辞·天问〕

自此，姜子牙开始为周族"翦商"出谋划策。

姜子牙的谋略，记载在一部被称为集古代军事思想之大成的著述里，名为《六韬》，又称《太公六韬》或《太公兵法》。然而后人纵观《六韬》，才知这不仅是一部军事著述，姜子牙也不仅是一位军事谋略家，《六韬》里的所有谋划无不居心叵测，每一条读来都会令人心惊肉跳。

姜子牙认为，要想推翻商朝，首先注重的不是军事而是政治，即所谓"文伐"："以文事伐人，不用交兵接刃而伐之也。"〔六韬·武韬·文伐〕"文伐"属于政治和外交手段，即用权谋诡诈之计，扩大对手的内部矛盾，削弱对手的核心力量，为从军事上消灭对手创造条件。

姜子牙的"文伐"之法共十二条：

"一曰，因其所喜，以顺其志，彼将生骄，必有奸事。苟能因之，必能去之。"——依据对手的喜好，顺从他的意志，他必骄傲自满，任意妄为。如此因势利导，定可除掉他。

"二曰，亲其所爱，以分其威。一人两心，其中必衰；廷无忠臣，社稷必危。"——拉拢对手的近臣，诋毁对手的威信。人如怀有二心，忠诚必会衰减；朝中没有忠臣，社稷必将临危。

"三曰，阴赂左右，得情甚深，身内情外，国将生害。"——暗中贿赂对手身边的人，让他们得到我们的深厚情谊。这些人身在朝内情却为我们所系，他们国家必将临祸。

"四曰，辅其淫乐，以广其志；厚赂珠玉，娱以美人；卑辞委听，顺命而合。彼将不争，奸节乃定。"——助推对手沉醉于淫靡乐事，膨胀对手好大喜功的欲望，行贿对手大量贵重的珠宝玉器，送上上好的美人供对手娱乐。同时，谦卑地奉承他，恭顺地迎合他，他必将因此劣行斑斑。

"五曰，严其忠臣，而薄其赂。稽留其使，勿听其事，亟为置代，遗以诚事，亲而信之，其君将复合之。苟能严之，国乃可谋。"——尊重对手身边的忠臣，送礼以获得他的好感。当他出任使臣时，有意拖延时间，不急于交涉事项，迫使对手改派别的使臣。别的使臣一到，迅速诚恳地给予答复，促成我们与对手重新友好。如此，以不同的态度对待忠臣与佞臣，就可离间对手与忠臣的关系，从而达到谋取他的国家的目的。

"六曰，收其内，间其外。才臣外相，敌国内侵，国鲜不亡。"——收买对手朝内的臣僚，离间对手外派的使臣，内有臣僚通外，外有奸臣内侵。如是，他们的国没有不亡的。

"七曰，欲锢其心，必厚赂之。收其左右忠爱，阴示以利，令之轻业，而蓄积空虚。"——要让对手深信不疑，必用厚重的礼物贿赂，收买他信任的臣僚，暗中许以不菲的利益，让他们怠慢自己的国事，令对手的国之政务形同虚设。

"八曰，赂以重宝，因与之谋，谋而利之，利之必信，是谓重亲，重亲之积，必为我用。有国而外，其地大败。"——用贵重的宝物行贿，让对方成为我们的同谋，共谋之后给他们好处，他们图利必定相信我们，这就叫"重亲"。如此多多益善，皆为我们所用。自己有国却被他国利用，这样的国必定败亡。

"九曰，尊之以名，无难其身；示以大势，从之必信；致其大尊，先为之荣；微饰圣人，国乃大偷。"——以崇高的名号尊称对手，不用烦难之事困扰他，令他处于权倾天下的状态，确信一切恭顺都是必然的，使他居于至高至尊的地位，用圣人的仁德荣耀装点他，让他成为真正窃虚名废国的人。

"十曰，下之必信，以得其情；承意应事，如与同生。既以得之，乃微收之；时及将至，若天丧之。"——以谦卑的身份侍奉对手，对手一定会轻信我们，这样就可了解到对手的国情。顺从对手的意志去办事，哪怕恭敬得如同亲兄弟。既然了解到对手的国情，便可以秘密地采取措施，一旦时机到来此国必亡，就像天要灭他一样自然。

"十一曰，塞之以道：臣无不重贵与富，恶死与咎。阴示大尊，而微输重宝，收其豪杰。内积甚厚，而外为乏。阴纳智士，使图其计；纳勇士，使高其气。富贵甚足，而常有繁滋。徒党已具，是谓塞之。有国而塞，安能有国。"——阻塞对手耳目的方法：凡是臣僚没有不重富贵、害怕死亡和处罚的。我们可以暗中许以他们尊贵的地位、厚重的宝物。我们虽然积蓄很多，但要让对手觉得我们很贫困。我们要用有才智的人，策划战胜对手的计谋，收揽天下勇士作为羽翼，并让他们拥有荣华富贵。他们一旦成为我们的同伙，就会遮蔽对手的耳目。一国如耳目闭塞又岂能安全。

"十二曰，养其乱臣以迷之，进美女淫声以惑之，遗良犬马以劳之，时与大势以诱之。上察而与天下图之。"——豢养佞臣以迷惑对手的心智，送上美女以迷惑对手的神志，赠送良马好犬以让对手身心疲惫，报告虚假的形势以让对手高枕无忧。然后，根据时势变化，与天下人共谋攻取他。

"十二节备，乃成武事。"

即十二种文治完备，定可成就军事行动。

"所谓上察天，下察地，征已见，乃伐之。"[六韬·武韬·文伐]

即上观天时，下察地利，征候已显，可兴兵了。

依照姜子牙的谋略，姬昌开始"文伐"，为"翦商"大业奠定基础。

他称商王无德，天命已转到自己身上，自己的王权得自"天命"。他积极参与"国际事务"，出面调停各从属国之间的争端，而各国因常年纳贡商朝大量的兵员和物资，早已苦不堪言，周文王乘机拉拢他们以达到孤立商王的目的。与此同时，周人又小心地侍奉着商朝，甚至主动向商王敬献土地以示忠心："文王处岐事纣，冤侮雅逊，朝夕必时，上贡必适，祭祀必敬。"[吕氏春秋·季秋纪·顺民]——尽管姬昌蒙受过冤屈和侮慢，但对商纣王始终周到而谦卑，按时上朝觐见和缴纳贡品，祭祀时祭拜也是商朝的先王。他甚至以堕落之举掩饰自己的野心：被从羑里放回周地后，姬昌用玉来饰门，筑起灵台，并挑选了不少美女，经常在灵台上奏乐寻欢，以静候商纣王出现误判。果然，商纣王听闻后说：西伯姬昌终于开始享乐，我不必担忧了。

姜子牙还为周文王设计了一整套的军事变革方案。

一个从未领兵打仗的老者，于三千多年前的古代商朝，竟然对军队和战争有着深邃认识，令后人难以置信："王者师师，必有股肱羽翼，以成威神。"〔六韬·龙韬·王翼〕——姜子牙认为，君王率领军队打仗，必须有系统健全、功能完备的统帅部，这样才能成就一支非凡的神武之师。而统帅部人员构成的原则是："命在通达，不守一术，因能授职，各取所长，随时变化，以为纲纪。"

姜子牙设计的军事统帅部，由七十三人组成，囊括了作战、宣传、间谍、天文、通信、工程、医务、军需等方面的人才：

心腹一人，负责总揽大局，出谋献策，应对突发变故，观测天象，消除异变，以确保安全。——即，参谋长一人。

谋士五人，负责谋划军事行动，消除存在的隐患。依据军中的行动能力，任命官职；制定奖罚条例，判明真假；决定事项可否进行。——即，副参谋长五人。

然后是参谋、政工和后勤人员：

管天文气象的三人，负责观察天文，观测气象，推测时日的吉凶。

懂地利的三人，负责察明军队行军和宿营的地形地势，避开涸竭的水和阻碍的山，确保作战不失去地利。

通晓兵法的九人，负责分析敌我双方作战态势的异同、作战成败的原因，点验兵器，严明军令，落实军法。

管理粮草的四人，负责计算粮食的储备和消耗，征集作战物资，疏通运输道路，确保军队的供应不发生困难。

提振威风的四人，负责研究兵车战术，使军队的行动做到像风一样迅速、像雷电一样猛烈，让敌人根本摸不清我军的踪迹。

执掌鼓旗的三人，负责用旗鼓传达号令，让兵士明白无误地了解将领的意图。

得力干将四人，负责承担重大任务，处理艰难事项。

学识渊博的三人，负责弥补将帅可能出现的缺漏，校正将帅可能出现的过失。

懂得权谋的三人，负责策划出人意料的奇招妙略，实施能产生出奇制胜效果的行动，达到变幻无定、变幻无穷的效果。

侦探七人，负责来往于敌我之间，探听各种言论，观察各种变化，收集敌国军队的情况。

鼓舞士气的五人，负责鼓舞作战斗志，激励杀敌勇气，使将士敢于迎险而上，面对强敌毫无畏惧。

羽翼四人，负责对外宣传主帅威震四方的战绩，以达到动摇敌人军心、削弱敌军士气的目的。

间谍八人，负责刺探敌人的奸邪行为，刺探敌国民情军情的变化，掌握敌人的意图和动态。

术士二人，负责以诡谲欺诈的手段，假托鬼神，扰乱敌国民众的视听。

方士二人，负责制造各种药品，治愈军中疾病，治疗战场创伤。

财务三人，负责分配管理军营营垒的大小、粮食的多少、财物开支收入的数目。

后世因此对姜子牙推崇备至。

孙武："昔殷之兴也，伊挚在夏；周之兴也，吕牙在殷。"［孙子兵法·用间篇］

荀子："殷之伊尹、周之太公，可谓圣臣矣。"［荀子·臣道］

司马迁："后世之言兵及周之阴权，皆宗太公为本谋。"［史记·齐太公世家第二］

富强的周族兵多马壮，武力征伐势如破竹。

首先，征伐犬戎部落（今甘肃静宁一带）。

第二年，征伐密须国（今甘肃灵台一带）。

犬戎与密须，均位于周都程邑的西北，对于即将东进的周族人而言，两国被灭意味着身后的隐患消除了。

第三年，攻占军事要地黎国（今山西长治一带）。

次年又攻占了黎国南边的邘国（今河南沁阳一带）。

黎国和邘国都在商都以西，拱卫着商都殷以及辅都朝歌，同时又扼守着周族人东进中原的要冲。

之后，周军兵临商的重要属国崇国（今河南嵩山一带）。崇国位居黄河以南，军力强劲，一旦周军进至商朝的核心地带，崇国完全可以让周军侧背受敌。于是，姬昌将其围困三十天，其间一攻再攻，最后一举攻下。

自此，商都以西再无任何屏障。

姬昌带领周族人再次东移，将都城从程邑迁到沣水西岸（今陕西西安西南一带），建丰邑，又称丰京。

至此，周的势力范围，已经囊括今陕西中部和南部、甘肃南部、山西南部和河南中部，甚至抵达了汉水流域的荆楚巴蜀之地。

"周西伯昌，怀此圣德。三分天下，而有其二。"［短歌行·其二］

众多部族多归顺于周，周已掌控了大半个天下。

商朝，危如累卵。

这时候，商朝的甲骨文中出现了"寇周"一词，说明商纣王已将周族人视为谋反的匪寇。

但是，为时晚矣。

只是，姬昌没有来得及实现他的霸业。

周族向东迁都丰邑的第二年，即公元前 1056 年，姬昌病逝，死后谥号周文王。

其子姬发继位，即未来的周武王。

这位给商朝最后一击的周族首领，把几位先王铸造的青铜巨斧紧握手中，决心通过一场史无前例的大战重塑历史。

牧野之战开始了。

四　不可不伐重罪之殷

就对华夏民族历史脉络的演进、文化心理的奠定以及政治格局的形成产生决定性影响而言，没有哪一场上古战争能够与牧野之战相提并论。

这场酷烈的厮杀爆发于中原腹地的一片旷野上。

牧、野、牧野，是三个不同的概念。

牧，古地名。商时称"牧"，后改称"汲"，位于商都朝歌以南，今河南卫辉一带。

野，旷野、原野、郊外。

牧野，即"牧"的郊外原野。

《尔雅·释地》："邑外谓之郊，郊外谓之牧，牧外谓之野，野外谓之林。"——邑（城）的外围叫郊，是人们耕种的地方；郊的外围叫牧，是人们放牧的地方；牧的外围叫野，是野兽出没的地方。

《史记·殷本纪第三》："周武王于是遂率诸侯伐纣。纣亦发兵距之牧野。"

《说文解字注》："朝歌南七十里地。周书曰。武王与纣战于坶野。"坶，从土母声，坶作牧。

古代的七十里，约等于今天的二十五公里，这就是牧野战场与商朝都城朝歌之间的距离。

冬季，朝歌南郊，牧之旷野，寒风凛凛，百草枯黄。

黄河已经结冰，兵马战车皆可通行，是个打仗的好季节。

姬发，周文王姬昌与正妃太姒的次子。

据说，享誉天下的"关关雎鸠，在河之洲，窈窕淑女，君子好逑"，吟唱的就是周文王与太姒的爱情。

周文王崩逝后，姬发继位，号"武王"。

无论周族的实力如何强大，要与经营了数百年的商朝对决，就不仅仅是武力抗衡的事了，更重要的是政治条件的允许，即周族必须得到大多数部族的支持。无论在道义上还是在武力上，只有天下各方结成政治和军事联盟，才有可能彻底倾覆商朝。

继位后的第九年，周武王策划了"孟津会盟"。

所谓"会盟"，就是把对商不满的部族召集起来，就推翻商纣王缔约盟誓，从政治上为之后的军事行动正名。

对于周武王来说，此举还有试探各位部族首领的态度和决心、勘察渡口地形地貌以及进行战前演练的目的。

孟，第一、最大之意。

津，渡口。

孟津，著名的古渡口，位于黄河南岸，是黄河中下游的分界点，还是贯通南北的战略孔道。

孟津渡口，距离商都朝歌大约四百里。

能在商纣王的眼皮底下共谋反商大计，可见当时商朝对各方的控制已经力不从心，同时也说明周武王对挑战商朝相当自信。

自信却不自大。

周武王清楚地意识到，天下各方对周族的信任，乃周文王留下的政治遗产。因此，孟津会盟，仍以"文王"的名义召集，而他则以"太子发"自称。

关于孟津会盟，古籍中最为详尽的记载，是周武王的一份演讲，史称《泰誓》。

"泰"，《史记》作"太"，极大之意。

《泰誓》被记载在《尚书》中。

"尚"即"上"，《尚书》即为上古的书，是中国最早的历史文献汇编，分为《虞书》《夏书》《商书》《周书》。《尚书》中的《泰誓》，分为上、中、下三篇，既可视为三次演讲，也可视为演讲的三个部分。在中国古代战争史上，无论是被历史定位的"侵略者"，还是被历史定位的"反侵略者"，一旦交战双方发布战前宣言，有两个核心要义几近相互"抄袭"：一是历数对手不可饶恕的罪行，二是申明自己发动战争的正当。对此，《泰誓》于三千多年前提供出一种范本。

《泰誓》节选：

啊！我的友邦君主们，我的治事大臣们，请听我的誓言：天地是万物的父母，人是万物的灵秀。杰出的人为君主，君主乃子民的父母。现在，商纣王，上不尊天，降祸于民。他嗜酒贪色，施虐行暴，用灭族的酷刑惩罚世人，以世袭的方法任用亲族。他营造了众多的宫室台榭城池，还有奢侈华丽的服饰，这些东西都来自对子民的掠夺。他杀害忠良，解剖孕妇。于是，上天动怒了，命我的父亲对他进行惩罚，可惜大功尚未成就。从前，我与各位君主都到过商都，看到商纣王一意孤行，傲慢不恭，既不祭祀上天，也不祭祀先祖，连祭物之物都被盗窃的恶人吃了，他却说他有天命。上天给予人间君王，我们应当承奉天命，呵护安定天下。我怎敢违背上天的意志？如果力量相同，就衡量道德的高下；如果道德相同，就衡量正义与否。商纣王有臣亿万，是亿万条心；我有臣三千，却是一条心。商纣王的罪恶，就像串起的珠子已经串满了。现在，上天命我讨伐他，我如不恭顺上天，罪恶就会跟商纣王一样。我敬慎忧惧，在祭祀文王时，接受了伐商的指令。我祭告上天，决定率众位对商纣王进行讨伐。上天怜悯子民，子民的愿望上天定会依从。辅助我吧！令四海之内清明的时机不可失去！

与当年商汤讨伐夏桀的《甘誓》一样，《泰誓》在宣布商纣王罪恶累累的同时，特别申明周武工的以臣伐君是在"替天行道"。——自古以来，成为帝王的，是天命赐予；被倾覆的，是天命惩罚。谋反成功的，是顺应了天命；反叛失败的，是违逆了天命。总之，要义只有一个：开战是上天的旨意。即使血流成河，横尸遍野，也都是为了天下苍生的福祉。——"奉天承运"，一个锈迹斑斑的汉语词汇，古中国的帝王史有多久这个词就被使用了多久。

没有古籍记载过，孟津会盟时商纣王有什么举动，这或许能够说明：商朝虽然已经延续了几百年，但还算不上是一个建立起绝对统治的王朝，其社会管理权依旧在各个部族而不在中枢。

即便如此，周武王又隐忍了两年。

为了未来的讨伐行动，周武王带领族人再次东移，把都城迁到了沣水东岸，建都镐京（今陕西西安西南）。同时，不断地派人刺探商纣王的动静。

《吕氏春秋·慎大览·贵因》记载：

刺探者回来禀报：殷商出现了混乱。

周武王问：混乱到什么程度？

刺探者答：邪恶奸佞的人胜过了忠诚贤良的人。

周武王说：混乱还没有达到极点。

刺探者再去，回来禀报说：殷商混乱的程度加重了。

周武王问：加重到什么程度？

刺探者答：贤良仁德的人都出逃了。

周武王说：混乱还没有达到极点。

刺探者又去，回来禀报说：殷商的混乱更厉害了。

周武王问：厉害到什么程度？

刺探者答：百姓都不敢说指责埋怨的话了。

周武王说：啊！赶快把这种情况告诉姜太公！

姜子牙的结论是：

> 谗慝胜良，命曰戮；贤者出走，命曰崩；百姓不敢诽怨，命曰刑胜。其乱至矣，不可以驾矣。

戮：暴乱；

崩：崩溃；

刑胜：严刑酷法；

不可以驾：不可控制。

当时，商朝内部确实出了一些乱子：纣王杀死了辅佐过两代商王的叔父比干，因为比干不容纣王暴虐而不断地谏言；纣王还囚禁了他的另一个叔父箕子，因为箕子不忍看到商朝衰亡，只有自己装疯；这些事件导致被牵连的贵族如纣王的长兄微子投奔了武王。而比干、箕子和微子，都被孔子赞誉为商朝的贤臣："微子去之，箕子为之奴，比干谏而死，孔子曰：'殷有三仁焉。'"〔论语·微子〕

武王从前来投靠的殷商贵族那里得到的重要情报是：为讨伐反叛的东夷部族，商军主力已离开朝歌。

决战的时机到了。

"武王遍告诸侯曰：'殷有重罪，不可以不伐。'"〔史记·周本纪第四〕从周族的都城镐京出发，向东攻击商都朝歌，周族人设计过两条路线：一是出潼关后，沿黄河东进，在孟津渡河，然后沿太行山南麓向东攻击，直取朝歌。二是向东北出击，经晋南的安邑（今山西夏县一带）和黎地（今山西黎城一带），越过太行山，绕到朝歌的东面攻其侧背。——周文王在世时攻打黎国，就是为了打通这条道路。而周武王最终选择了东出潼关，因为晋南一路迂回遥远，且多山地不利于战车运输；同时，反商的各重要部族多在中原，一些南方部落也在江汉一带，把孟津作为攻击的出发地，便于各路人马联络策应，潼关以东的平川也利于战车作战。

伐商的谋略早已制定完毕：以疾风迅雷之势，急促地深入王畿地域，一举击溃朝歌守军，攻陷商都，令残余的商军及其附属国群龙无首，然后各个击破，彻底推翻商朝。

公元前1046年冬日里的一天，周武王和姜子牙率军从镐京出发了。

> 武王伐纣，过隧斩岸，过水折舟，过谷发梁，过山焚莱，示民无返志也。[说苑·权谋]

武王的大军义无反顾。

经过近一个月的艰苦跋涉，武王的队伍抵达孟津渡口，助战的各路部族军也相继抵达。

在孟津，武王左手执象征军队指挥权的青铜巨斧，右手握着用以发号施令的牦尾权杖，发表了被称为《牧誓》的誓词：

多么遥远啊，我们这些从西边来伐纣的人！友邦的首领和治事的大臣们，司徒、司马、司空（掌管土地、马匹、土木、水利的官职），亚旅、师氏（领兵征伐作战的官职），千夫长、百夫长们（统兵千人、百人的官职），以及庸、蜀、羌、髳、微、卢、彭、濮等属地的人们，高举起你们的戈，排列好你们的盾，竖起你们的长矛，我要发布誓词。先人说：母鸡没有清晨报晓的；若母鸡报晓，说明这户人家就要衰落了。现在，商纣王只听信妇人的话，对祖先的祭祀不闻不问，轻蔑废弃同祖宗亲兄弟，轻信、推崇、任用各方罪恶多端的人，以他们为大夫或卿士。这些人施暴于百姓，违法作乱于商都。现在，我姬发奉天命对商纣王进行惩讨。今天的决战，进攻阵列的前后距离不得超过六步、七步，必须保持整齐不得松散。将士们，奋勇向前啊！在交战中，每四五个回合，每六七个回合，就要停下来整顿阵容。奋勇向前啊，将士们！希望你们个个威武雄壮，如虎如貔，如熊如罴。前进吧，向着商都的郊外！在战斗中，不要攻击从敌方来投降的人，要让他们为我们作战。奋勇前进啊，将士们！你们如果不奋力向前，你们自己就会被杀掉。[尚书·周书]

古籍记载：这一天雨雪交加。

有人提出推迟攻击，理由是：从镐京出发后的行军途中，遇到了五次不吉的征兆，比如河水泛滥、山岩崩塌等等，都是因为出兵的日子冲犯了太岁，所以有必要停下来重新占卜凶吉。而实际的情况是：武王的队伍长途跋涉，掉队和生病的很多，兵士们体力不支，这时候抵达战场也许难以胜算在握。武王思量后的回答是：纣王将比干剖腹挖心，逼疯箕子将其囚禁，他已经恶到了这种程度，我们还有什么可顾忌的呢？

武王队伍的前锋接近朝歌地域时，正值深夜。

兵士们没有立即攻击朝歌城，而是在二十多里外的牧野停下布阵，等待商军的到来。

此时，得到报告的商纣王已经领军出城。

天亮了。

商、周两军在冷雾弥漫的牧野冲撞在了一起。

五　青铜方阵

牧野之战开始时，双方投入的兵员数量，史书记述相差很大。

《史记·周本纪第四》：武王的军队"戎车三百乘，虎贲三千人，甲士四万五千人"；而抵达孟津的各部族联军更是"兵会者四千乘，陈师牧野"。

"乘"，以战车为中心的最小作战单位。

商代，每乘配备多少兵员没有记载。

到了战国时期，"乘"被记载为：每乘作战人员十名。其中车上甲士三名、车下徒兵七名。同时，每乘还有随车徒役二十名。共计三十名。

照此计算，武王的队伍加上"四千乘"的部族联军，参战总人数约为十七万。而从战场范围的大小以及战事过程的史记上判断，这个数字有夸大之嫌。

多数古籍记载认为，武王与部族联军在孟津会合后，为了成功地袭击朝歌，组建起一支精锐的突击前锋。这支最先抵达牧野战场的突击前锋为：战车三百辆、精锐兵士三千人。

武王在《泰誓》中说："受（纣王的名字）有臣亿万，惟亿万心；予有臣三千，惟一心。"——"有臣三千"，即我有三千精兵。那么，三百战车和三千精兵，如按每乘战车配置三十人计算，车兵和步兵加在一起，武王的前锋兵力约一万两千人。《吕氏春秋·仲夏纪·古乐》对此记述道："武王继位，以六师伐殷。六师未至，以锐兵克之于牧野。"

而商军参战的兵力，古籍中记载得令人难以置信。《史记·周本纪第四》："帝纣闻武王来，亦发兵七十万人距武王。"当时，商军的主力正在征伐东夷，如果留在都城的兵力仍有七十万之多，商朝的常备军总数至少在百万以上。商朝的军事力量主要由三部分组成：一是王室的护卫队伍，二是宗亲氏族的武力，三是各从属部族的武力。据说，商朝控制的畿内和畿外，总人口约四百至六百万。按照当时的生产力水平计，一名兵士至少需要十个人口养活。因此，商朝不可能拥有百万以上的庞大军力。有史料显示，当商纣王得知周武王的队伍即将抵达朝歌时，除了数量不多的守护都城的部队，只能临时征召战俘、囚犯、平民、商贩和无业游民参战。而如果临时征召的这些人达到七十万，这个数字已经超过了朝歌全城的人口总数。商朝在以往的征伐作战中，使用兵力通常以三千至五千为限。商朝最大的一次军事行动，发生在武力最强盛的商王武丁时期，当时武丁和王后妇好各自率领一支军队对付北方蛮族，出动的兵力也就合计一万多人，而这已经是商朝用兵数量的极限了。

夸大商军的参战兵力，是为了渲染武王的神勇。

因此，商纣王率领的迎战兵力总数约为万人左右。

牧野对阵的两军兵力大致相等。

牧野之战爆发时，武王军中的作战主力是战车。

出现在牧野战场上的战车，其基本特征是：整体木质，装有青铜配件；独辀、双轮、方厢、长毂。车的方厢，门开在后面，独辀从正中穿过方厢底部，辀尾露出在方厢后部；车衡横置于独辀的前端，衡左右两侧的轭用于驾马。战车的轮径一米三至一米四之间；车厢宽一米三至一米六之间、进深一米左右。由于轮径大，方厢宽且深，又是独辀，为保持战车的稳定，保护战车侧面不被敌人接近，车毂长度加上轴头长度达到了近六十厘米。战车一般由两匹马驾驶。车上有三名甲士：左侧的甲士是车长，持弓，负责射击；右侧的甲士持矛，负责刺杀；中间的甲士负责驾驭车辆。此外，战车两侧还插着柄长不一的五种兵器：戈、殳、戟、酋矛和夷矛，合称"车之五兵"。

戈：长柄兵器，"其刃横出，可勾可击"。〔说文解字〕

殳：竹制或木制，长棍的顶端有球形铜首，布满铜刺，用于捶击。

戟：戈与矛合为一体的分枝状兵器，长柄，像矛的刃可直刺，旁边像戈的刃可横割。

酋矛和夷矛：酋矛短柄，夷矛长柄，前者用于步兵，后者用于战车。

双轮战车机动性和突击性强，车上的青铜兵器在速度的加力下能发挥最大的杀伤力。作战时，甲士在车上，步兵在车下，围绕战车实施编组。武王大军的编组是：每五辆战车编为一"队"，指挥者为"仆射"；每十队编为一"卒"，指挥者为"卒长"；每两卒编一"师"，指挥者为"师氏"。攻击方阵在战车的引领下，车步混成，队形密集，整体推进。而商军的战车并不多。商朝不是没有生产战车的能力，而是以往的战争多为征讨边疆部族，边地路途遥远坎坷，受制于地形影响的战车用途不大，因此战车在商军中未能成为主要作战兵种。

商纣王必须把反叛的周武王歼灭于朝歌城下。

但是，商军既没有足够的精兵，也没有足够的作战装备。

对于商纣王来讲只能决一死战。

而对于周武王来讲，必须以坚决的突击一举制胜，一旦战事僵持后果不堪设想，无论如何商军还有主力，即便眼下远在东夷。

史籍中，牧野之战的过程被记载得十分简略：商纣王的军队在周武王的一击之下全面崩溃。

其实，即使双方仅仅进行了一轮交锋，也是两万多人混杂在一起的血肉搏杀，而且是中国青铜时代最大规模的一次冷兵器交战。

鼓声在晨雾中响起。商军的鼓声高亢，那是因为鼓面上铺着韧劲十足的虎皮；周军的鼓声沉闷，那是长途行军令鼓皮受潮的缘故。双方列阵：周武王的左、中、右三军，各有十个方阵纵向排列，每个方阵被步兵簇拥着十辆战车。最前排的方阵，战车上的甲士手持长柄铜矛，矛头伸向马头的前方。中军队列的中部，是武王乘坐的戎车，周人崇尚的白色大旗在车上迎风招展。商纣王的战阵里，只有中军有战车，其余都是步兵方阵。步卒们高举盾牌，手持锐利的阔叶铜矛，铜戟的利刃折成便于钩杀的角度，还有柄顶装有带刺铜球的殳，形成一片密不透风的青铜密林。两个庞大而沉重的方阵，以无隙可乘的阵形向对方推进，如同两座移动的方丘。从阵形的深处，传出浊重的喘息声以及闷雷一般的脚步声，这些声音与鼓声混杂在一起，向着不可知的死亡境地前行。

逐渐接近的方阵每移动几步，便会停下来整理队形。方阵停止前进的时刻，后部的箭手们开始集群射击，青铜箭镞夹杂着少量的石镞和骨镞，射出时带着狂风一样的呼啸之声，密集得令天空顿时暗了下来。一波箭镞的远程打击后，方阵继续前进，几步之后再次停下来，后部的第二波远程打击开始。待第三波箭镞从天空消失后，地面突然鼓声大作，步卒的冲击开始了！双方的冲击都是由中军引导，中央突破的决绝势不可挡，目标直指对方的中军——指挥中枢所在。

太阳升起一竿高的时候双方撞击在一起。

先是中军方阵，接着，是左右两军的方阵。

交战的混乱，是从双方方阵中几乎同时发出"啊！啊！"的喊声开始的。这种充满愤怒和敌对的喊声，高亢而短促，刚刚升腾而起便即刻寂静下来，与之衔接的是青铜兵器撞击在一起的金属打击声。

在肉体接触的时候，长柄的矛和戟失去了作用，这些矛和戟如同被砍倒的庄稼一样，横陈在牧之野湿漉漉的土地上，战斗瞬间转换为血淋淋的肉搏。青铜甲胄坚固而沉重，加上必须持有的青铜兵器，对于交战双方的任何一个兵士来讲，身负的重量令他们行动笨拙。他们的胸部和腹部得到了保护，伤害来自身体上那些暴露的部分：脸、胳膊以及下肢。因此，一个明显的优劣对比即刻显现出来：武王的队伍普遍装备短剑。——现代考古发掘中，随身佩带的青铜短剑在周人墓中随处可见，而在商人墓中极为鲜见。——近距离格斗，只有剑刃锋锐的短剑，才能灵活地发挥出致命效用。一次刺出，就可能在对方裸露的部位豁开一道口子，除了带来瞬间剧烈的疼痛外，如果恰恰割在一条动脉处，热血喷出后的几分钟便可令对手死亡。无论是周兵还是商兵，只要有人倒下，立即会有人一步上前，在其抽搐的身体上补上一剑或一刀，通常是向着头颅或者肩膀，骨骼碎裂的声音令挥剑或出刀的兵士顿时产生一种战场快感。

最大伤亡来自践踏。

在方阵里与同伴拥挤成一团，向四面进行抵挡或砍杀，但是方阵很快会被冲乱。双方步卒在彼此冲撞的那一刻，就有可能被汹涌的人流撞倒，然后被无数只脚踩踏，倒下的人即刻会遭到严重的损伤。他们无法看清敌人，无法听清号令，只能在拥挤和践踏中互相残杀，直至失去理智。混战到极点的时候，交战人群的两侧突然冲出周军的数十辆战车。这些战车之前隐藏在后面，犹如现代战争中的预备队，它们急促地向战场的核心迂回包抄，车上的甲士挥舞着长矛，如同驱赶猎物一样发出"呀！呀！呀！"的喊声。

这是商军听到的地狱之声。

在兵士们的簇拥下，武王手持一把巨斧，一动不动地站在戎车上。

《尚书·周书·牧誓》：武王"左杖黄钺，右秉白旄，以麾"。

黄钺，黄色斧状兵器，军中统帅的象征。

白旄，牦牛尾装饰的白色大旗，也是军中统帅的象征。

战车上的武王看见纣王的军队开始动摇了。

武王还看见了令他惊骇的情景：兵士们的血在牧之野汇成无数的血泊，矛、戟、殳的木制长柄零乱地漂浮其上。

商军开始溃败的时候，武王的前锋兵士提着刀剑四处搜寻纣王。

此时，商纣王年逾六十，已无法迅速脱离战场。

商纣王是如何死去的？

有人说是自焚而死："纣走，入登鹿台，衣其宝玉衣，赴火而死。"
[史记·殷本纪第三]

有人说是独自战死的："纣走，还于寝庙之上，身斗而死，左右弗肯助也。"[新书·卷五·连语]

更多的记载说商纣王被俘后是这样被杀的：

一个粗壮的西部汉子，一个威武的部族之王，站在四匹赤色白肚马拉着的战车上，车轮冬雷般隆隆作响，狂奔的骏马喷射出的热气在寒冷的旷野上凝结成大朵铅云，四方是此起彼伏的欢呼：大王！大王！大王！

牧野之战的最后一个步骤必须由他亲手完成。

武王跳下战车，把那个号称具有神授权柄的万王之王踩在了脚下。巨斧落下的瞬间，一颗男人的硕大头颅轰然碎裂，殷红之血如冲出地壳的炽热岩浆。商纣王的两个妻妾，肌肤如脂膏一般柔滑，额眉如秋月一般光润。武王再一次、再一次手起斧落，鲜血再一次、再一次地喷射四溅。凛冽的朔风从遥远的大河边呼啸而来，被悬挂在白色旗杆顶端的三颗头颅紧紧依偎。

"武王胜殷杀纣。"[墨子·三辩]

古籍中更血淋淋的记载是：周武王砍下商纣王的首级后，双手捧着商纣王的血吞咽入腹。

商朝在这个雨雪交加的日子里被鲜血覆盖。

商亡。

六　战场上是否发生了倒戈

商军在牧野之战中失败的原因是一个话题。

为了速战速决，在姜子牙的辅佐下，周武王把牧野之战策划成了一次"斩首行动"：长途奔袭，强劲深入，只为达成一个目的：陈兵京畿地域，迫使商纣王出战，然后动用精锐兵锋，迅速将商纣王捉拿并处决。——对于危如累卵的商朝来讲，只要商纣王一人的脑袋落地，整个王朝便会顷刻土崩瓦解。

商纣王在战术上犯了致命的错误：对手风雨兼程长途奔袭来异地作战，在自己防御兵力不足的情况下，最好的应对方式就是坚守城池，为讨伐东夷的商军主力争取回援的时间。临时拼凑的队伍虽然战斗力不强，但相比要在野战战场上与周人数量庞大的战车对抗，守城的难度显然要小得多。冷兵器时代，攻城不是容易的事，经营多年的都城，城防不可能不坚固。更重要的是，城内的物资储备能保障较长时间的作战，而城外远道而来的周军所携带的给养必定十分有限。同时，守城的商军有城邑居民可以作为兵源补充，城外的周军则是死伤一个就少一个。如果商纣王能够做到固守待援，周武王速战速决的"斩首行动"就会落空。

至于战斗一开始商军便出现的溃败局面，大多数历史记载都说战场上发生了"奴隶倒戈"的情景：

《尚书·周书·武成》："会于牧野，罔有敌于我师，前徒倒戈，攻于后以北，血流漂杵。"

前徒：商纣王队伍的前军。

《史记·周本纪第四》："纣师虽众，皆无战之心，心欲武王亟入。纣师皆倒兵以战，以开武王。武王驰之，纣兵皆崩，畔纣。"

开：引导；畔，通"叛"。

对于奴隶倒戈的说法也有分歧。

分歧的基本点是：商朝是不是奴隶社会？

中国古代历史曾被推演为这样一种演进进程：经历了漫长的原始社会后，于夏、商、周进入奴隶社会。但是，古籍记载以及考古发掘，并没有发现古代中国广泛实行奴隶制度的迹象。

曾经，殷墟出土了为祭祀而被杀死的尸骨，还有贵族墓葬中殉葬的人骨，它们都被作为商朝是奴隶社会的证据。但是，考古专家通过对甲骨文的分析发现，那些用于祭祀的尸骨，是对外征伐战争中掳来的俘虏而不是奴隶。由此，有历史学家认为，古代中国的原始社会瓦解后，氏族公社制度并没有完全消失，且逐渐演变为氏族世袭制和宗法封建制。这种具有中国特色的世袭制和封建制，没有让国家体制演化为奴隶社会的政治和经济条件。

诚然，无论是氏族世袭制，还是宗法封建制，都有奴隶性质的人存在。但是，即使有奴隶存在，也不等于是奴隶社会。奴隶社会的最大特征是：奴隶占人口的绝大多数，是社会生产力的主力。古希腊城邦里的奴隶人口，普遍超过自由人的人口数量；古罗马奴隶的人口，占据社会总人口的一半以上。甲骨文中记载，商朝从事农业劳动的人被称为"众"。这些"众"，聚族而居，聚族而葬，平时务农，战时从军，虽然社会地位低下，仍属于平民阶层，是商朝社会生产力的主力，也是构成商朝社会的重要基础。他们不是奴隶。奴隶是指没有任何人身自由、劳动成果被无偿剥夺的人。在商朝，这样的人只有罪犯或者战俘，他们既不是社会的主体人口，也不是社会生产力的主体，他们更多地被用于人祭。有欧洲学者，注意到了以中国为代表的这种社会发展模式，将其称为"亚细亚生产方式"，即区别于古罗马奴隶制的另一种社会形态。

在牧野之战中，倒戈的并非底层的奴隶，而是蓄意推翻纣王的商朝贵族。

商朝内部产生矛盾对立的根源之一，是纣王继位后采取的一系列激进变革措施触及了王亲贵族的利益。为集中王权，纣王剥夺了各世家世族的特权，削弱了神职人员的参政权力。在疏远王室宗亲的同时，纣王任用身份低微但效忠的亲信为官，以摆脱宗族的掣肘，甚至还剥夺了宗亲贵族和神职人员的世袭权，最终导致权贵阶层的分裂。贵族们或逃亡、或对抗、或挑起叛乱、或暗中联合周人。——"少师彊抱其乐器而奔周。"〔史记·周本纪第四〕这里的"乐器"不是娱乐工具，而是祭祀宗庙的礼器。抱着本族的礼器投奔异族，是对本族的反叛和对异族的归顺。而少师，则是商朝权贵内部分管政务的最高官职！

在商投奔到周的重臣中，与牧野之战有关的，有两个重量级的人物：微子和胶鬲。

胶鬲，生卒年不详。据孟子说，他出身低贱，曾在朝歌贩卖鱼和盐。后来被周文王发现是个人才，但他并没有跟随周文王入周，而是被周文王举荐给了商纣王——其实是充当了周的间谍。武王继位后，胶鬲成为商朝贵族与武王之间的联络人。武王给予胶鬲的承诺是：如能成功推翻纣王，官居一等，俸禄增加三级。那时候，胶鬲在商朝内已官至少师，他利用接触权贵的条件，不断策反拥有权势但又心怀不满的人。——胶鬲看中了商纣王的长兄微子。

商朝第二十九代王帝乙有三个儿子：长子子启、次子子衍、三子子受。子启和子衍出生的时候，他们的母亲还是妾，后来封后成为正妻，生下三子子受。帝乙想立长子子启为太子，遭到臣僚们的反对，理由是：有正妻的儿子在，不可立妾的儿子为太子。因此，子受继承了王位，即商朝的第三十代王——商纣王。

商纣王继位后，给大哥子启一块封地，建起一个名叫"微国"的附属国，爵位为子爵。《礼记·王制》："王者之制禄爵，公、侯、伯、子、男，凡五等。"因此，子启又被称为"微子"。——作为长子却没能继承王位，这也许是微子对纣王乃至整个商朝耿耿于怀的深层原因。

可毕竟是兄长，微子总是给纣王提出意见，纣王根本不予理睬，微子便与同样对纣王不满的叔父比干和箕子走到了一起。箕子认为："今诚得治国，国治身死不恨；为死，终不得治，不如去。"［史记·宋微子世家第八］——如今凭着一片赤诚治理国家，治理好了，死也心甘；但拼死也治理不好这个国家，不如远走高飞。

通过胶鬲的联络，武王派人找到微子，密谋之后与他签订了一份反商盟约：如能成功地除掉纣王，微子将世代为诸侯之长，可奉守商的各种祭祀；同时，为保桑林（商代的舞乐）之欢，武王将奉上另一块土地，作为微子的私人封地。这份盟约一式三份，涂上牲血，一份埋在地下，另两份武王和微子各持一份。

政治上的反叛与利益上的交易从来相互依附。

当微子判断武王出兵的时机已到，就派胶鬲前去联络。胶鬲与武王商议后决定：甲子日那天，讨伐大军抵达朝歌郊外。然而，武王的队伍在东进途中，不断遇到恶劣天气和险要地形，部下劝武王推迟抵达朝歌的时间，可武王认为既然与胶鬲约定了时间，如不按时赶到，胶鬲将有危险，自己也会失信于天下。——这也是各路联军会集孟津时，武王要率领一支前锋强行赶往战场的原因。

显然，胶鬲和微子在牧野之战开战前，便已商定好"倒戈"的方式。因此，也就可以理解武王在《牧誓》中宣布的"于商郊，不御克奔，以役西土"的真实含义：战场将在商都的郊外，战斗中定会有人投降，不要攻击这些投降的人，要让他们为我们作战。因此，虽然贵族们率领自己的武装跟随纣王出城了，但是战斗开始后贵族们即指挥自己的武装"倒戈"，斧刃矛刺纷纷转向加入武王攻击纣王的行列。对此，荀子说得直率：武王的兵锋击鼓进攻，纣王的兵士调头倒戈，武王以商兵诛杀了纣王。因此，杀死纣王的，并不是周人而是商人。〔荀子·儒效〕

于是，仅仅一击之下，商纣王的军队全面崩溃。

牧野之战结束后，成功倒戈的微子当众表演了一个归顺周的仪式：手持商的祭器，露出右臂，两手绑在背后，左边让人牵着羊，右边让人拿着矛，跪地前行求告武王。武王释放了微子，恢复了他的爵位。对此，《左传·僖公六年》记载得更为精彩：微子两手反绑，嘴里衔着璧玉，跟随他的大夫穿着孝服、甲士抬着棺材。——微子以求死的方式，请求周武王宽恕他这个商朝的王室成员。周武王亲自解开他的捆绑，接受了他的璧玉，然后行扫除凶恶之礼，再烧掉他身后的棺材，给予礼遇并恢复了他的爵位。——后世，凡改朝换代之际，一些前朝重臣，常常效仿这种仪式，向征服者表示归顺，"面缚衔璧"的成语由此而来。

纣王把比干杀了，把箕子关起来，唯独没有防备的是微子。

商纣王，子姓，名受，本名子受；继位后被称为帝辛、殷辛、纣等。

"纣"，一说是他本名"受"的转音，一说是他死后的谥号。

谥号，中国古代用于评价前世君王的一种称呼。

谥号有上谥、中谥、下谥之分，等同于赞誉、肯定、否定之别。相比"文、武"这样具有美意的称呼，"纣"的称呼出自下谥。下谥对"纣"的释义是："杀戮无辜""贼仁多累""残义损善"。于是，后世对"纣"字的释义，除了"驾辕牲口屁股上的皮带"这一本义外，几千年来又多了第二个释义：商朝最后一代君王。

成者王侯败者寇。

在传统史学的叙事中，纣是一个暴君和昏君，恶行的每一件都骇人听闻：纣王贵为天子，拥有天下财富，却诋毁上天，侮辱神明，祸害万民，丢弃老者，残害幼儿，对无罪的人施以酷刑，剖割怀着身孕的女人，百姓悲苦号啕却无处申诉。[墨子·明鬼下] 史学家顾颉刚在《纣恶七十事发生的次第》一文中考证，被记载于中国历代古籍中的商纣王的罪行：《尚书》中只有六项；《左氏春秋》成书时增至十四项；到了西汉"集叠得更丰富"，增至二十一项；东晋时又添了三项。顾颉刚先生认为：纣的暴虐说到这等地步，已经"充类至"尽。所以，东晋以后，商纣王没有新的罪状了，可已有的已是千年万载罄竹难书。

有一种说法认为，商纣王在对东夷发动的征伐中，损耗了大量的财力和人力，最终导致被透支的商朝千疮百孔直至灭亡。——纵观商纣王的一生，确实为征服东夷耗费了大量精力：帝辛十年，征伐夷方，历时二百五十天；帝辛十四年，再次征伐夷方，历时二百七十天。帝辛二十年，第三次征伐东夷，历时七十八天。而商纣王之所以不断对东夷发动战争，主要原因是：商的国力日渐衰落，东夷部族势力强盛，东夷对商的反叛乃至侵入此起彼伏，商必须发兵平定以确保王权的安稳。同时，对于古代中国的任何一个王朝来讲，开拓疆土、巩固边陲、掠夺人口和资源都是必需的。商朝存世五百五十四年，其中的四百年都在东征西伐。仅商纣王在位的三十年，通过对东夷的不断征伐，商朝的疆域从中原拓展到江淮一带乃至东南沿海。可最终的结果却是："纣克东夷而殒其身。"[左传·昭公十一年]

关于严刑酷法，商纣王继位后，为有效地掌控民众，削弱贵族掣肘势力，推行了一系列法令变革，特别是对贵族阶层的反叛无不施以酷刑。叔父比干，面对纣王的荒淫暴虐，认为不谏言就不是忠臣。——"为人臣者，不得不以死争。"[史记·殷本纪第三] 于是，他来到纣王寻欢作乐的地方，"强谏三日不去"。纣王怒问比干，你凭什么声讨我？比干回答，凭的是"善行仁义"！纣王恶毒地说，听说圣人心有七窍，我倒要看看是不是这样，遂"剖比干，观其心"。比干由此成为中国古代史上第一个以死谏君的王族重臣。只是，对政治上的反叛者处以极刑，商纣王不是第一个也不是最后一个。

　　古籍记载中，对商纣王抨击最猛烈的，仍是他作为君王的沉迷于酒色：商纣王恣意酒色，痴迷于女人。他宠爱妲己，唯妲己是从。让乐师制作的新乐，非雅而俗，舞曲都是靡靡之音。他加重赋税，把鹿台（朝歌城内的千尺高台）钱库里的钱堆得满满的，把钜桥（今河南鹤壁一带）粮仓里的粮也装得满满的。他广罗狗马和新奇玩物，填满了宫室；又扩建沙丘的园林楼台，捕捉大量野兽飞鸟放置其中。他对鬼神傲慢不敬。招来大批戏乐聚集在沙丘，用酒做池水，用悬挂的肉做树林，让男女赤身裸体在其间追逐嬉闹，饮酒寻欢，通宵达旦。〔史记·殷本纪第三〕

　　"靡靡之乐""酒池肉林""赤身裸体""长夜之饮"，如此措辞在史书历数夏朝最后一位君王夏桀的罪行时就已经出现过了。汉代思想家王充，在其名著《论衡》中，对这些坏到"至尽"的指责大加批驳。"衡"字本义是天平，王充著《论衡》的目的，就是"冀悟迷惑之心，使知虚实之分"。〔论衡·作对〕——《论衡》从宇宙观上否定了"天人感应"的"天"，将帝王的天赋皇权斥之为虚妄的无稽之谈；同时，把对历史人物和历史事件的夸张叙事，称为"虚增之语"。比如，古籍记载，周武王的父亲周文王也是能喝千盅酒，但到了商纣王这里，便成了酒糟堆成山、酒液流满池，三千狂饮者通宵达旦直至忘记天日。其实，商朝的官宦共计二百多人，能与纣王一起作乐的必定是臣，且不是小臣而是大官，怎么可能达到三千呢？周文王与商纣王同是豪饮，却有传世英名与滔天罪恶之别，王充说这就是历史中的"虚增之语"。

　　可是，无论是否"虚增"，纣王的商朝确实被武王的一个新的朝代——周取代了。

　　渲染周武王以"兵不血刃"制胜的始于孟子。

　　孟子否定牧野之战"血流漂杵"的理由粗暴武断：仁者在天下没有敌人，以周武王这样极为仁道的人，去讨伐商纣王这样极不仁道的人，

怎么会血流漂杵呢？［孟子·尽心下］

天下从来没有不流血的战争。

即使无须动刀动枪的政治角逐也会人头落地。

更何况是战场上的以命厮杀。

中国古代史中，所有被推翻的前朝，没有一个不是行将就木的；而所有推翻前朝的胜利，都不仅仅靠的是武力，还有至高无上的道义。所以，对商纣王罪行的声讨，无论是血流漂杵，还是兵不血刃，无一例外都关乎颠覆者在道义上的合理性。

庄子认为，武王是大逆不道的"乱人之徒"："汤放其主，武王杀纣。自是以后，以强凌弱，以众暴寡。汤武以来，皆乱人之徒也。"［庄子·杂篇·盗跖］

韩非子甚至认为，武王发动的牧野之战是一场暴乱："舜逼尧，禹逼舜，汤放桀，武王伐纣，此四王者，人臣弑其君者也，而天下誉之。察四王之情，贪得人之意也；度其行，暴乱之兵也。"［韩非子·说疑］

毛泽东对失败者商纣王的评价是："把纣王、秦始皇、曹操看作坏人是错误的，其实纣王是个很有本事、能文能武的人。他经营东南，把东夷和中原的统一巩固起来，在历史上是有功的。"［毛泽东读社会主义政治经济学批注和谈话（简本）］

人类战争行为的发生多都为了利益。

政治上、经济上、军事上的利益。

周武王发动牧野之战的时机，除了得知商朝内部已经出现政治危机以及商军主力远征东夷外，还有一个因素值得重视，那就是商朝的大部分地区发生了严重饥荒。

《左传·僖公十九年》："昔周饥，克殷而年丰。"

考古发现，殷墟遗址二至四期发掘的墓葬和水井，呈不断向下加深的倾向，这说明当时的地下水位在不断下降。甲骨文中的卜辞里也能见到：自商王文丁开始，商人祭祀用的牲畜，最多只有"三牢"或"五牢"；而在此之前，商人一次祭祀所用的牲畜，往往会有数十乃至数百头。牲畜的减少，或许与气候干旱导致水草退化有关。《史记·周本纪第四》里"河竭而商亡"的记述，表明商末曾发生过严重的干旱。出此可以推断：干旱迫使商人必须从中原向多水的东南部发展，这或许是纣王不顾都城安危连续出兵东夷的又一个原因。同时，周人也不得不向水资源较充足的地方迁徙，所以从西部一再向东迁都。殷商时期，人们尚未脱离"依水而居"的生存状态。因此，牧野之战也许还是周人寻找生存出路的必要之举。

人类居住的星球很小，赖以生存的资源有限，战争是解决有限资源的重要手段。

牧野之战结束了。

按照事先的谋划，反商联军兵分四路，向东进发，继续征讨商的残部以及那些仍忠于商的部族。

联军战果丰厚，《逸周书》记载：彻底毁灭九十九族，一共杀死十七万七千七百七十九人；征服六百五十二族，生俘三十万又二百三十人。在通过杀戮占领的土地上，锋利的箭镞同时飞向所有能够看到的生灵：射杀虎二十二只、麋五千二百三十五只、鹿三千五百又八只、麈七百二十一只、野猪三百五十二只、黑熊一百五十一只、棕熊一百一十八只，麝五十只、貊十八只，还有双角和独角犀各十二只。甲士们把商王宫殿里的每一个角落都搜寻了一遍，尽管四千块美玉被战火损毁，可最为珍贵的五枚天智玉完好无损，十八万块佩玉也依然精美绝伦。

屠杀和掠夺持续了两个多月。

历时五百五十四年，商王朝彻底消失了。

只留下牧之野上被血泊浸染的无数青铜碎片。

七　神灵们已经吃饱喝醉

　　浩浩荡荡的凯旋队伍，向西——周人祖先的发祥地——满载而归。战果如此丰厚，以致车毂总是陷在漫长归程的泥泞中。终于看见周的故都的时候，早已点燃的祭天篝火正与朝霞一起熊熊燃烧。

　　漫天红彻。

　　周武王走下战车，手持玉圭，走向排列着列祖列宗牌位的祖庙。

　　六头牛牲和两只羊牲，已经摆在高高的祭台上。

　　当周武王把他亲手割下的商纣王的耳朵献上时，乐师们击周人礼乐之首金乐《大享》一节；再献上缴获的青铜九鼎时，乐师们击金乐《大享》三节。

　　周武王躬身，谦卑地向祖先报告牧野之战的细枝末节。

　　身后的歌者们呢喃唱道：

　　　　登上那高山之巅展望，
　　　　丘陵山峰连绵不断，
　　　　与黄河紧紧相依相傍。
　　　　看普天下的族人和君长，
　　　　都集合在一起共同祭祀，

这是上天对周族的奖赏。[诗经·周颂·般]

喜悦荡漾在每个人的脸上。

祭师的衣服洁白鲜亮，
戴着皮帽的模样温和安然。
从庙堂到门槛，
摆设着献祭的羊牲和牛牲。
各种鼎器都已擦拭干净，
犀角做的大杯如弯月一样。
美味的酒浆温润清香，
每个人都言语和蔼面颜欢喜。[诗经·周颂·丝衣]

前来祝贺的宾客们陆续来到，他们衣饰奢华绚丽，銮铃叮当作响，马车上的铜饰闪闪发亮，车头上的蛟龙旗高高飘扬。初次朝见新王并表示归顺的部族首领们，恭顺地向周武王施礼，表示遵从新朝的所有典章。

盛大的庆祝宴会开始了！

乐师们吹响了排箫和乐管，辉煌的《崇禹生启》之声大作。

宴席的左边，是祭祀天神和谷神的五百又四头牛；右边是祭祀山川和土地众神的二千七百又一只羊、犬、猪。清冽的美酒和五味的肴羹已经盛满，喷香的肉已经堆积。尊贵的宾客们！让我们敬献有功的先祖吧！把美好的乐曲献给神灵吧！让你们的驭手把马拴上绊马索，尽情地多享用几天吧！这个人神共欢的时刻，将千年万年地载入史册：

牧野的战场多么宽广，
檀木的战车多么辉煌。

四匹白肚马如此强壮，

就是那位太师姜尚父。

指挥三军如雄鹰飞，

他辅助那伟大的武王。

袭击讨伐败德的殷商，

恰逢甲子日天空晴朗。[诗经·大雅·大明]

在欢乐的乐曲声中，满载着被杀死的十七万七千七百七十九个敌人耳朵的战车，从所有宾客的左手方向鱼贯而来。这些屈辱的耳朵如同腐朽的败叶，散发出浓重的肃杀之气。在这队战车的后面，是来自被征服的六百五十二个部族部落的三十万又二百三十名俘虏，这些在漫长的路途中脚板早已磨破的壮年、女人和孩子步履踉跄，长长的人流如同风中一条蜿蜒的枯绳一眼望不到头。

接着，最隆重的仪式开始了：在悬挂着三颗头颅的白色旗帜下，一百名战败的商纣王的臣属被依次砍断了手和足。他们痛苦地号叫着，在铺满冬霜的草地上滚来滚去，血和细碎的草茎沾满全身。接着，几名商军将领被车裂，他们的四肢和头颅被分别捆绑在五辆战车上，在宾客们急于观看的目光中，驭手们兴奋地挥动鞭子，战马的嘶鸣响彻大地，紧绷着的一具具肉体瞬间飞扬成无数的肉块。最后，四十个不愿意归顺周的氏族首领，还有他们的守鼎官，被捆绑着牵过来一一砍掉了头颅。

这时候，歌手们唱起了颂歌：

征服了殷商的武王，

没有人比他的武功更强！

我们伟大的祖先前辈啊，

上天着意把他们的功劳彪炳。

继承成王和康王的遗志，

周邦全部拥有了四方。

神灵洞察目光明亮，

胜利的鼓声已经敲响。

悬磬和管乐多么嘹亮！

上天降下了如意吉祥。

庆祝的宴会多么丰盛，

祭祀的礼仪庄严又盛大。

神灵们已经吃饱喝醉，

把福禄持续地赐给周王。［诗经·周颂·执竞］

这是华夏民族历史上的一个大日子：一个新的朝代开始了，一位新的君王诞生了。

那个粗壮的西部汉子，周武王，在甲士们的护卫下登上了兽皮包裹着的宽大王座。他的头高高扬起，目光再一次投向远方苍穹：青铜大斧上的血迹已经凝结成晚霞一般的暗红色，斧刃的清寒之光与天宇上升起的那轮满月相映成辉。牧野之战后的一切喧嚣都过去了，天地间呈现出的是一种惊人的狞厉之美。

天著春秋

第三章

噩之战：
愤怒的贵族

一　白鹤在土丘上鸣叫

周武王还师西归，正式宣告周朝的建立，史称西周。

西周新都定于镐京（今陕西西安西南）。

这里是周族的发祥地，镐京又被称为"宗周"。

血战与乐舞都过去了，周武王面对的是一个危机四伏的局面。

虽然纣王已死，商朝已被推翻，但是，商军主力因为没有参战仍有遗存；商朝贵族，特别是纣王后裔，乃至大量的殷商遗民，都在等待处置；一些与商朝存有情感关联的中原部族，特别是东夷各部族，并没有立即归周，其势力仍然强大；周族的宗亲贵族都要分享胜利成果，参加牧野之战的各路联军也都在等着论功行赏。

为稳定天下，周武王实施了一系列安抚政策：

首先，对商朝管辖的氏族部落实行安抚。纣王曾是所有部族的君王，商朝的重要部族都集中在朝歌四周的中原地区，而夷族则散居在东部和东南地区。虽然纣王已被推翻，但这些前朝遗族仍有强烈的反周情绪。为消除叛逆隐患，周武王把商朝直接控制的地域分为四个区：

原商朝辅都朝歌为"邶"，由纣王的儿子武庚掌管；

朝歌以东地区为"卫"，由自己的大弟管叔鲜掌管；

朝歌以南地区为"鄘"，由自己的三弟蔡叔度掌管；

朝歌以北地区为"邶"，由自己的六弟霍叔处掌管。

周武王的三个弟弟在朝歌的三个方向共同监视着武庚，史称"三监"。

之所以起用纣王之子，周武王传达的含义是：战争的目的是替天行道，为民伐罪。周族只是推翻纣王本人，而不是消灭前朝宗亲。——时至今日，周武王的这种政治手段，仍在世界战争中被沿用，即在占领区扶持一个傀儡政府。周武王还分别给了神农、黄帝、尧帝、舜帝以及大禹的后裔们封地，以示对先祖的尊重。周族的宗亲和功臣也都获得了相应的奖赏：除管叔鲜、蔡叔度和霍叔处外，二弟周公旦、重臣召公奭以及太师姜子牙，都分别被给予了封地。周武王还释放了被囚禁的箕子，重修了被纣王杀害的比干的墓。同时，把商宫里的财宝散发给殷人，并打开粮仓接济贫困人家。

"我未定天保，何暇寐！"［史记·周本纪第四］

我还未能在上天的保佑下获得安定，哪有时间睡觉！

周武王清楚，稳定局面的举措仅是权宜之计，他还不是一个万众归心的王。为了对广袤的疆土实施有效控制，周武王开始筹划下一步的军政大计。

政治上，对依然心怀不满的人不再留情："悉求夫恶，贬从殷王受（纣）"；"我维显服，及德方明。"［史记·周本纪第四］——把反周的人统统找出来，让他们受到与纣王同样的惩处，即砍下他们的脑袋；同时，彰显仁慈的形象和高尚的德行，以让四方民心归顺。

军事上，设置一条战略防线：周朝的都城远在西部，为有效地控制中原地区，必须在商朝的核心地带，即伊水与洛水地区，建起戍卫与震慑的军事地带。周武王将分给宗亲和重臣的封地连接起来，构成一条稳固的东部防线。这条防线自北向南，从今河南淇县、中牟向南延伸到许昌、南阳。防线上的险要位置是：偃师与新郑之间的嵩山隘道，陕县与渑池之间的崤函隘道，恒山与太行山之间的要道，还有黄河。

之后，周武王屯重兵于潼关与华县之间以及渑池与陕县之间，以防不测。

周武王认为，如果政治和军事谋划奏效，他便可以"纵马于华山之阳，放牛于桃林之虚，偃干戈，振兵释旅，示天下不复用也"〔史记·周本纪第四〕。——即能向天下昭示不再用兵。然而，没能来得及将马放养在华山之南，也没能来得及将牛放养在桃林之野，公元前1043年，周武王姬发病逝。

周武王病逝后，他的三个弟弟管叔鲜、蔡叔度和霍叔处，与纣王的儿子武庚一起，联合东夷部族发动了叛乱。

周武王的长子姬诵，即周成王，继位时年仅十三岁。

可怜的少年朝拜于祖庙，祭告他的父王周武王和祖王周文王：

> 可怜我这个年轻的后生，
> 家中遭到如此祸殃。
> 孤独地沉浸在悲伤里，
> 回想着先王何等荣光。
> 我虔诚地来到宗庙拜祭，
> 一心仿效伟大的先王。
> 我是多么的担忧啊，
> 我没有任何资历值得夸耀。
> 众臣扶持下我登基继位，
> 我多么的犹豫彷徨。
> 我这个年轻的后生啊，
> 经不起灾难动荡。
> 只有谨慎地勤政，
> 祖业绝不敢忘。
> 先王的灵魂来往于天庭，
> 保佑周朝安然无恙。〔诗经·大雅·周颂〕

就在年少的周成王极度彷徨时，一个在中国古代史中占据重要地位的人出现了：周公旦。

周公旦，周文王的四子，周武王的二弟，周成王的叔叔。因其爵位是上公，故称周公。他一生的功绩被《尚书大传》概括为："一年救乱，二年克殷，三年践奄（东夷奄国），四年建侯卫，五年营成周，六年制礼乐，七年致政成王。"

周武王继位时，周公便是重要辅臣。牧野之战结束后，周公曾站在周武王的身边，手持象征权力的大钺，向殷商遗民宣布：自此武王为天下之王。

周武王病逝后，由于周成王年少，周公摄理国事。

《史记·周本纪第四》："成王少，周初定天下，周公恐诸侯畔（叛）周，公乃摄行政当国。管叔、蔡叔群弟疑周公，与武庚作乱，畔（叛）周。"——周武王的大弟管叔鲜，对二弟周公旦摄政不满，煽动三弟蔡叔度和六弟霍叔处，说二弟谋害了武王进而窃取了王位，同时联络纣王之子武庚以及一批殷商贵族，于周成王元年，即公元前1042年秋，纠合商朝旧属奄（今山东曲阜一带）、蒲姑（今山东博兴一带）以及徐夷、淮夷等起兵反周，史称"三监之乱"。

周公决定发兵东征平定叛乱，史称"二次克殷"。

周公授军权予姜子牙率兵讨伐叛逆者。

时值冬季，风冽雪寒，东征军东出潼关，朝着冰封的黄河前进。黄河正好封冻，大军踏冰渡河，顺利抵达孟津，然后马不停蹄向朝歌进击，如同三年前的牧野之战。

东征军的前锋，首先冲进了霍叔处的封地邶邑。邶邑位于今河南汤阴东南。霍叔处有限的兵力，无法抵挡东征军的攻击，霍叔处被活捉后，叛军瞬间四散。东征军继而兵分两路：一路直取朝歌，击溃武庚的人马。武庚失踪，有说是被杀了，有说是逃亡了。东征军的另一路迂回朝歌以东，攻击管叔鲜的封地卫邑，占领城邑后杀死管叔鲜。接着，东征军又攻克蔡叔度的封地鄜邑，蔡叔度被俘。

东征军平定"三监之乱"后，踌躇满志的周公想扩大战果，一举消灭所有的反周势力。他的计划是：先向东攻击奄邑，奄邑曾是商朝的都城，是东部反周势力所在，灭奄可让东部叛军失去首脑。但是，有臣僚认为：奄是大族，武力不可小觑，东征军长途跋涉，连续作战，战斗力会有所下降。不如先攻击东南方的几个小部族，取胜后再集中力量攻击被孤立的奄。周公采纳了这个"先弱后强"的策略，决定先攻打淮泗之间（今苏北、皖北地区）的徐、熊、盈等九夷部族。

但是，东征军挥师东南后却发现，这些九夷部族虽然武力不强，但他们对当地的地形地势非常熟悉，特别善于在低洼河湖地带作战，而深入到河网中的东征军，不但战车的作战能力受限，且来自西部的兵士大多水土不服，导致军中疾病流行。因此，东征军攻伐九夷部族的战斗进行得十分艰苦。年少的周成王跟随东征军一起出征，行军至蓼邑（今河南固始一带）时，承受着艰难的少年写下了一首名为《小毖》的诗。

毖，谨慎、小心之意：

> 我必须深刻地吸取教训，
> 使其成为免除后患的信条：
> 不再轻视小草和细蜂，
> 受毒被螫才知是自寻烦恼；
> 不再听信灵巧柔顺的鹪鹩，
> 它转眼便能化为凶恶的大鸟；
> 国多变故已不堪重负，
> 我似乎又陷入苦涩的丛草。［诗经·周颂·小毖］

平定九夷部族后，东征军调头北上攻打奄邑。

周公采取先占领奄西面和南面的两个小部族，以进一步孤立奄的策略。策略达到了预想效果，在军事上面对巨大压力和政治上孤立无援的处境下，奄邑的首领投降。

曾是商朝旧都的奄邑投降，是对殷商残余势力的最后一击，东部地区的反叛部族也相继投降。

持续了三年的东征之战结束。

连年的战争，大地凋零，子民流离，商朝曾经的繁荣恍如隔世，刚刚创建的周朝一片暗淡。

但是，周族人的口号却是：战争让周族赢得了巨大荣光！

> 我们的战斧已经破损，
> 我们的铜戟已经残缺。
> 周公这次胜利的东征，
> 让四方族群纳入一统。
> 我们经历了多少苦难！
> 我们赢得了巨大荣光！〔诗经·豳风·破斧〕

君王贵族们谁能知晓普通兵士的苦楚？谁又能意识到历史是用普通子民的血肉成就？那些善于种田的西部庄稼汉，当身边青铜斧戟的砍剁声完全消失后，梦境里只有麦子、女人、菜园以及在自家柴草垛上筑巢的白色鹳鸟：

> 我出征到遥远的东部异乡，
> 细雨茫茫的归路崎岖漫长。
> 我就像瘦弱干枯的野蚕，
> 每天都靠在野外的桑树上。

夜露湿冷我蜷缩在战车下，
抱着我的长矛进入梦乡。
故乡的葫瓜已经果实累累了吧？
葱绿的藤蔓是否爬到了屋檐上？
我听见白色的鹳鸟在土丘上鸣叫，
我看见我的女人独自黯然神伤。
往后做上一件家常的衣裳吧，
再也不穿这有标志的军服！〔诗经·豳风·东山〕

二 溥天之下，莫非王土

白色鹳鸟在土丘上的鸣叫响彻大地。

已经长大的周成王有了"万王之王"的感觉。

巡视天下邦国，

宣告我是上天之子。

上天保佑周邦，

让周族自此兴旺。

武王的英武让天下震惊，

众神得到了祭祀。

高山巍峨大河奔流，

万国主宰天下之王！

至高无上的周邦把各族封赏。

收拾起甲兵干戈，

把强弓和利箭装入皮囊。

从此，我们将美好的道德传播四方。[诗经·周颂·时迈]

在周公的辅佐下，周成王开始了一系列的创建。

首先，大规模封建。

"封建"，简单言之，是指君王依据爵位的高低，分封给各部族一定的土地，使之在分封的土地上建国。《左传·僖公二十四年》："封建亲戚，以藩屏周。"唐代学者孔颖达将其注释为："封立亲戚为诸侯之君，以为藩篱，屏蔽周室。"

"封建"，就是"封邦建国"。

"以藩屏周"，就是"以附属国拱卫周王室"。

《礼记·王制》："王者之制禄爵，公、侯、伯、子、男凡五等……天子之田方千里，公、侯田方百里，伯七十里，子、男五十里。"从这个意义上讲，"封建"是对土地和人口的一种统治方式。至于封建制的正式起源，近代大多学者认为始于西周，即牧野之战结束以后。

封建社会，至少要包含两个条件：一是土地的分割，即最高统治者把一部分土地分给高级别的诸侯，再由这些诸侯把自己的一部分土地分给他的下属。土地至少要经过这样的两次分割。二是权力的分化：每一个诸侯君主，都要效忠于君王，并履行若干义务；每一位诸侯君主的下属，都要对诸侯君主称臣，并履行若干义务。君王拥有最高权力；而每一位诸侯君主，既是自己封土上的地主，也是本封土内的世袭统治者，在封土内拥有最高权力。除此之外，还有一种没封土的"士"。——以上四个阶层，统称为贵族。贵族以下是平民阶层，他们一方面是贵族治下的被统治者，一方面又是依附贵族土地的农奴或佃户。这种层层分封的金字塔结构，即封建社会的典型特征。

西周之前的商朝，虽有对部族首领的册封，但没有形成统一的制度。商朝王权的地位，仍有夏朝以前"共主"的痕迹，各部族与王朝之间亲疏不一，导致抗拒或反叛时有发生。商纣王，就是被反叛的周族人砍下了脑袋。牧野之战后，周武王的分封不彻底，制式也不完备，引发了再次动乱。

中国历史上大规模的封建，始于周公东征"二次克殷"后，被分封的诸侯国有：

鲁国，封地今山东曲阜；

齐国，封地今山东青州；

曹国，封地今山东定陶；

成国，封地今山东兖州；

莒国，封地今山东莒县；

魏国，封地今河南开封；

管国，封地今河南信阳；

蔡国，封地今河南上蔡；

虢国，封地今河南陕州；

虞国，封地今河南虞城；

宋国，封地今河南商丘；

燕国，封地今天津蓟州；

卫国，封地今河北冀州；

秦国，封地今陕西西安；

霍国，封地今山西霍州；

晋国，封地今山西平阳；

吴国，封地今江苏苏州；

楚国，封地今湖北丹阳；

……

此外，周成王还分封了大量的同姓国和异姓国。

《荀子·儒效》：周分封"立七十一国"，其中"姬姓独居五十三焉"。周族的始祖后稷，姬姓。

经过大规模的封建，西周王朝成为一个东至沿海、南至江淮、北至辽东的泱泱大国。

而所有被封建之地，都是王朝统治所至，即"溥天之下，莫非王土；率土之滨，莫非王臣。"〔诗经·小雅·北山〕

周公还辅佐周成王确立了维系贵族关系的宗法制度。

宗法制，是一种按照血统远近区别亲疏的权力继承制度，源于父系氏族家长制，其核心要义是嫡长子继承制。——无论王朝的君王，还是诸侯国的君主，都须严格执行宗法继承制度。嫡长子继承制的确立，从法制上避免了支庶兄弟争夺王位，起到了巩固和延续统治秩序的作用。

"宗"的基础是血缘关系。

周王是天下大宗，诸侯君主对于周王来说是小宗；而这些诸侯君主在自己的封国里是大宗，同姓卿大夫又是小宗。大宗百世不移，确保天下一统。天下诸侯虽多，但都以周天子为家长，这就是家天下的统治格局。宗法制的最终成果，是以血缘为纽带，把国家与家族融合在一起、把政治与伦理融合在一起。这种治国样式，对中国封建社会产生了极大影响。封建制是政治上的一统，宗法制是伦理上的一统，两者融合即历朝历代主张的"修身齐家治国平天下"。

在经济上，周公辅佐周成王推行了井田制。

关于井田制，孟子曾有过这样的阐述：

> 方里而井，井九百亩，其中为公田。八家皆私百亩，同养公田。公事毕，然后敢治私事。〔孟子·滕文公上〕

一里见方的土地为一井，每一井有田地九百亩，九百亩分为"井"字形的九块，中间的一块是公田，四周的八块是私田。分到私田的八户人家，须先共同耕种公田，然后才能耕作私田。有学者认为，每一井有九百亩似有夸张，当时可耕种的土地并没有这么广。对于井田制的一般理解是：天下所有的土地均为王朝所有，任何人不得买卖和转让。各级受封的贵族，只有土地的使用权而没有所有权。王室的土地和诸侯君主受封的土地，被分隔成"井"字形的九个方块：中间的一块由八家共同耕种，叫作"公田"，公田的收获全部上缴王室；四周的八块土地，由八户人家耕种并纳税，叫作"私田"。能够得到私田的，并不是一般的平民，而是受到分封的诸侯的家臣和武士。这些家臣和武士再把分到的"私田"让平民耕种，即所谓"公食贡，大夫食邑，士食田，庶人食力，工商食官"〔国语·晋语〕。——王族享受贡，官员享受税，士享受田，民自食其力，工商按制经营。

除此之外，周公辅佐周成王的最大创建，是制定出系统完整的礼制。孔子对此景仰道："郁郁乎文哉，吾从周。"——周代的礼仪是多么的丰富啊，我愿遵从周的礼制。

《说文解字》："礼，履也。所以是神致福也。"

礼，原本指人们祈求鬼神的特定仪式。

而周公之《周礼》，却是涉及官制、军制、法制、礼制、器制等所有方面的典章。

《周礼·天官冢宰》：

> 大宰之职，掌建邦之六典，以佐王治邦国：一曰治典，以经邦国，以治官府，以纪万民。二曰教典，以安邦国，以教官府，以扰万民。三曰礼典，以和邦国，以统百官，以谐万民。四曰政典，以平邦国，以正百官，以均万民。五曰刑典，以诘邦国，以刑百官，以纠万民。六曰事典，以富邦国，以任百官，以生万民。

"天官"，百官之首。

冢，山顶之意。

宰，主管、主持。

"天官冢宰"，是掌管王朝内部事务、辅佐君王治理国家的官职。

周成王年少时，周公就曾以冢宰之名摄政治国。

《周礼》制定出天官冢宰中"大宰"的职责是：掌管并颁行国家的六种法典，以辅佐君王统治天下各个邦国。一是治典，用以统治诸侯，整治官府，规范臣民。二是教典，用以安定天下，指导官吏，教化民众。三是礼典，用以往来各国，整肃百官，和谐万民。四是政典，用以公平天下，正派官风，均衡民税。五是刑典，用以严防叛逆，惩罚官弊，端正臣民。六是事典，用以富足天下，职守百官，滋养民生。

《周礼》还制定了国家军队以及诸侯国军队的编制。

《周礼·夏官司马》：

> 凡制军，万有二千五百人为军，王六军，大国三军，次国二军，小国一军，军将皆命卿。二千有五百人为师，师帅皆中大夫；五百人为旅，旅帅皆下大夫；百人为卒，卒长皆上士；二十五人为两，两司马皆中士；五人为伍，伍皆有长。一军则二府、六史、胥十人、徒百人。

府、史、胥、徒，即公、卿、大夫官职下的小吏。

清代学者凌廷堪认为：上古圣王所以能治民，后世圣贤所以能教民，均靠一个"礼"字。

《周礼》是一部治国之作，它深刻地影响了中国漫长的封建时代。《周礼》中的六官：天官冢宰（掌管政务）、地官司徒（掌管财务）、春官宗伯（掌管邦交）、夏官司马（掌管军事）、秋官司寇（掌管司法）、冬官司空（掌管农耕），到隋唐被仿照设置为：吏部（掌管官位）、户部（掌管财税）、礼部（掌管礼制）、兵部（掌管军事）、刑部（掌管司法）、工部（掌管工程），统称"六部"。而"六部"这种统治制式一直沿用至清朝。

无论何种制式的创建都源于一个目的：巩固统治。

由此，西周创建者的最终努力，是构筑强大的军事力量，即所谓"国之大事，在祀与戎"。[左传·成公十三年]

封建，分封建国，既是政权统治制式，也是军事驻防制式；而在宗法制下，各地诸侯本身就是一个武装集团，其政治首领同时也是军事首领。井田制则更具鲜明的军事色彩：由于"受田"人主要是诸侯君主的武士和家臣，虽然作为作战主力的武士是下层贵族，但他们人数众多，是生活供应和军需消耗的主要部分，在没有大量货币流通的时代，他们的一切衣食必须依赖土地。因此，武士"受田"，实际上也是以土地代替俸饷的一种军事供给制。

除此之外，结合封建制的实施，周成王开始营建军事要塞并驻扎重兵：西边以镐京为中心，这里是周人的发祥之地，即"宗周"；东边以洛邑为中心，这里是周朝统治的东方重心，即"成周"。这样的布局，东可以控制东夷，西可以拱卫宗周，南可威慑淮夷，北可扼制幽燕。同时，西周建立起被称为"西六师""周八师"和"殷八师"的三支国家常备军：西六师，驻扎在镐京一带，负责保卫以镐京为中心的周祖发祥之地，军队成员主要由周人组成。西六师也是周王室的卫戍部队。周八师，驻扎在军事重镇洛邑一带，负责发兵征讨南方反叛的少数民族部落。殷八师，驻扎在前商朝都城朝歌一带，负责镇压敢于反抗的殷商遗民或叛乱的东夷部族。"师"，是周初最大的军事编制单位，其最高指挥官被称为"师氏"，由周王亲自任命的贵族或重臣担任。后世学者估算，"六师"的总兵力大约在两万人以内。据此推算，西周的常备军总兵力已将近十万人。如果再加上各路诸侯拥有的武装，军事力量甚为可观。

经过政治、经济和军事的大规模创建，西周王朝迎来了"天下安宁"的景象。

只是，盛世延续的时间十分短暂。

三　周王的旗舰解体了

战争依旧是历史的主流。

西周到第四任君王周昭王继位时，位于西北的鬼方国（今陕西西北部、山西北部和内蒙古西部）大举南下骚扰。虽然周公率军将其驱逐到晋北一带，但西周的外患自此频发。

周昭王十四年夏，镐京出现反常的自然现象：河、井、泉、池里的水同时泛涨；紧接着，宫殿和民宅都摇晃起来。——不祥之事不是地震，而是鲁国发生了政变：鲁侯之弟杀死兄长，篡夺了诸侯君主之位。这是周朝创建以来，其诸侯国第一次出现大逆不道的内乱。——周昭王不知道的是，这次事变预示着在未来的日子里，诸侯各国从内乱发展到相互征伐，最终令周王室丧失了统治地位。

内忧外患之外，还有对资源的武力掠夺。

商周时期，青铜是重要的战略物资，但是铜的产地不在中原而在南方。

周昭王十六年，王室的嫡系部队在成周集结，各诸侯国也奉命率军随征，大军跨过汝水和颍水，到达汉水地区。周昭王任命曾国君主为先锋，又任命汉阳的姬姓诸侯开路，大军强渡汉水后，击溃虎方、荆、楚、扬、越等部族军，占领了位于今汉水中上游和下游的丹江地区以及汉东地区，那里有一个名叫铜绿山的大型铜矿。

周军留下少量部队镇守铜绿山，大军则携带着大批铜矿石返回。

汉水流域的诸侯国立即反攻，夺回了铜绿山。

周昭王听闻决定再次亲征。

周昭王十九年，戍卫镐京的西六师南下攻打楚、荆，一举制胜。然而，大军回渡汉水时，阴风骤起，因携带着大量的战利品以及青铜，汉水上的桥不堪重负突然垮塌，西六师损失惨重。更为严重的是：待到风平水静时，周军中不见周昭王了。

史籍记载：周昭王落水而死。

还有一种说法认为，古时汉水鳄鱼横行，掉进水中的周昭王不是被淹死的而是被鳄鱼吃掉了。

再有一种说法认为：汉水一带的土著表面上从周，为周军的指挥者提供了船只，但是他们给周昭王的这只旗舰船，是用一种入水即溶的树胶黏合的，结果这条船行驶到江中时解体了。

周王室没有向各诸侯国告丧，因为周昭王死因不明属不吉。

周昭王的长子姬满继位，为西周第五位君王，史称周穆王。

周穆王主张"以德治国"。他说自己虽是君王，但并不意味他的道德最高尚、才能最杰出，于是委派了一位大臣专门监督，以端正他的品行，纠正他的过错。他告诫这位大臣：君王身边的人正派，他们的君王才能公正；君王身边的人阿谀谄媚，他们的君王就会自以为是。

周穆王奉行"依法治国"。他亲自拟定的法律细则达三千多条，所有的罪行按五刑判决：墨（脸上刺字）、劓（割掉鼻子）、膑（挖掉膝盖骨）、宫（破坏生殖器官）、大辟（杀头）。判决后如发现疑点可降一等，但必须缴纳黄铜代为惩罚，具体数额是：墨刑有疑点罚铜六百两，劓刑有疑点罚铜一千二百两，膑刑有疑点罚铜三千两，宫刑有疑点罚铜三千六百两，大辟有疑点罚铜六千两。穆天子特别规定：法律面前官民一律平等。

除此之外，周穆王最热衷的是扩展疆土。

他亲率大军东征西讨。传说他的大军抵达昆仑山后，王母不仅请他观帝宫上瑶池，还设宴款待诗歌相和。——现代学者考证，除去神话的成分，周穆王当年的抵达地应是里海、黑海之间的旷原，其西征征途之远不免令人惊骇。西征之后又转战东南。东方的徐国不服率军抵抗，周穆王一举将其荡平。然后东进九江再挥师南下。——"穆王西征，还里天下，亿有九万里。"〔穆天子传〕——"还"，通"环"。按照这一记载，周穆王四方征讨的范围之广大，可谓前无古人后无来者。

只是，每一场战争，都会令兵士血流漂杵。

周穆王发动的战事，不但耗尽了西周创建后积累的财富，还令周王室与四方诸侯国逐渐离析。

西周的衰落自此开始。

周穆王死后，他的儿子姬繄扈（yī hù）继位，史称周共王。

周共王发动战争，不再为疆土和青铜，而是为了女人：周共王曾在"密"族首领密康公的陪同下游泾水，路上遇到三个同胞女子前来投奔密康公。密康公的母亲赶紧对儿子说：野兽够三只，叫群；人够三个，叫众；美女够三个，叫粲。君王不敢猎取太多的猎物，诸侯婆嫔妃不可娶同胞姐妹。——"王犹不堪，况尔之小丑乎！"〔史记·周本纪第四〕——君王都会不堪重负，何况你这样的小人物！小人物拥有不该拥有的东西，必遭灾祸！然而，密康公还是没舍得把三个美女让给周共王。结果，第二年，他的部族就被周军灭了。

周共王的儿子姬囏（jiān），西周的第七位君王，史称周懿王。

周懿王元年，发生了奇异的天象：天再旦！

天亮了，暗下来，又亮了。

夏商周断代工程认为，周懿王元年的日全食，发生在公元前899年4月21日。

然而，这却是一个令两千九百多年前的周人极其恐惧的天象。

果然，北方的犬戎部族大举侵犯，一路南下所向无敌，数次抵达京畿所在地。

眼见着王朝力减势衰，西周的文人写下了这样的诗句：

> 昔我往矣，
> 杨柳依依。
> 今我来思，
> 雨雪霏霏。［诗经·小雅·采薇］

缠绵悱恻的诗句，令人读之温情顿生：雪花飘飘，冷雨霏霏，一位抗戎兵士，或许受伤了，或许生病了，正步履蹒跚地走在返家的路上：采豌豆呀采豌豆，家乡的野豌豆已发芽。战斗无休无止呀，因为犬戎侵犯家园。棠棣花何时能再烂漫？一路上兵车隆隆前行。身背鱼纹箭袋生死未卜，犬戎来势异常凶猛！当初离家开赴前线，杨柳依依轻摇曳；如今雪花飘满旷野，道路又长又远我心凄凉。

迫于犬戎不断压境以及"天再旦"的不祥预兆，周懿王将西周的都城从镐京向西迁至犬丘。

犬丘，位于今陕西兴平东南。

周推翻商朝以及周创建时，周族人的都城都是一再向东，即向着人口密集、经济繁荣的中原地区迁移。

现在，却不得不反向了。

偌大的王朝竟然被部族武装驱赶。

王室如此，百姓奈何？

周懿王七年，冰雹袭击犬丘地区，继而天气奇冷。

周懿王北伐犬戎大败而归。

第二年，周懿王死了。

接替王位的，不是周懿王的儿子，而是他的叔叔姬辟方，即周孝王。周朝长达数百年的历史，严格遵循嫡长子继承制，不是嫡长子却登上王位的仅为周孝王。——周懿王放弃故都镐京，无力抗击犬戎入侵，导致贵族们对王朝极度不满，姬辟方趁机成功篡夺王位。

周孝王，西周第八位君王。

《史记·周本纪第四》对他的记载只有简短的一句："懿王崩，共王弟辟方立，是为孝王。"之后，就再未提及他一个字。

周孝王决心一雪犬戎入侵之辱，可周军的实力已无法完成这一愿望。周孝王便命令与西戎有联姻关系的申国（今河南南阳一带）君主率军西征。作为一个地方诸侯，申侯不愿为周王室出兵，但又不能不从命，于是提出一个条件：他的女儿与西戎部族首领大骆成婚并生下一个儿子，但在这之前，大骆还与另外一个女人有一个儿子名叫非子，非子现在正在为周孝王养马。申侯的条件是：只要永远不让养马的非子回申国，确保自己的外孙未来继承申国侯位，他就保证西戎不再侵犯周地。

周孝王答应了。

犬戎在申侯的调解下，同意与周息兵言和。

周孝王无论如何也没想到，此举竟是在为周朝培养一个掘墓人：当时，马和青铜一样，是重要的战略资源。无论是祭祀、农耕还是作战，都需要大量健壮的马匹。非子凭借出色的饲养才能，令马匹数量大增。因为养马有功，周孝王把一块位于今甘肃清水一带名为"秦邑"的土地分封给了他。非子随即在封地内建起一个诸侯小国，号称秦嬴，即秦国。——几百年后，秦国彻底推翻了周朝。

周孝王死后，嫡长子继承制恢复，周懿王之子姬燮成为西周第九位君王，史称周夷王。

周夷王体弱多病，在位仅八年病死。

公元前878年，周夷王的儿子姬胡继位，为西周第十位君王，史称周厉王。

四 噩之战：愤怒的贵族

周厉王在史籍中名声不好。

史籍中充斥着对他的负面评价：刚愎自用，专横跋扈，一意孤行，残忍暴虐等等。但是，没有按照惯例说他沉迷于酒色。

周厉王顾不上酒色了。

他在位时的西周已走在穷途末路上。

周厉王必须有所改变，目的只有一个：挽救将要倾覆的王朝。

只是，周厉王对他所要冒的风险一无所知。

周朝创建的封建宗法制，让权力始终围绕着一个核心，这就是"宗"。即以宗族血缘关系形成的、世袭不变的权力传承方式，它是中国封建社会稳固统治的政治基础。但是，这种权力传承方式有一个致命的弱点，即一代不如一代。周厉王看不上的那些掌权的世袭贵族：父辈征战的勇气和决死的血性荡然无存，只要他们寄生依附的王朝政权还未垮掉，他们便能一代又一代地享受富足和骄奢。这些本应为国尽职尽忠的高官重吏，却成了挥霍国库的主力。唯一能令他们怒发冲冠的，就是私利受到损害的时刻，而这样的时刻一旦来临，他们可以厚颜无耻到无法无天，甚至可以无所顾忌地与王朝离心离德。

周厉王出台的第一个措施是：罢免周军中能力低下的贵族指挥官，

不论出身资历，把能够率兵打仗的人提拔上来。周厉王首先起用的是荣夷公和虢公长父。这一任命引起贵族们的轩然大波。荣夷公是荣国国君，虢公长父是虢国国君，他们既不是王亲国戚，也不是重臣的血脉。就王朝中枢而言，不但不在"大宗"的血统内，甚至连"小宗"都算不上。一旦让他们占据了王朝官位，岂不是将周朝天下让给了别人？不依旧章，不用旧臣，这是要变天吗？

贵族们怒发冲冠了。

发泄不满的诗在贵族间流传，当然也能让周厉王看到：

> 君王昏乱想法反常，天下子民痛苦悲伤。
> 行为说话太不像样，做出决策没有规章。
> 无视圣贤刚愎自用，行为不能诚信为上。
> 执政行事太没远见，所以必须劝告今上。
>
> 天下近来正闹灾荒，不要纵乐一味放荡。
> 老人忠心诚意满腔，不要如此傲慢轻狂。
> 不要说我老来乖张，被你当做昏愦荒唐。
> 多行不义事难收场，不可救药病入膏肓。
>
> 敬畏天的发怒警告，怎么再敢荒唐逍遥。
> 看重天的变化示意，怎么再敢任性桀骜。
> 上天意志明白可鉴，将来可能无处可藏。
> 神灵惩戒无时不在，我与王朝一起流浪。〔诗经·大雅·板〕

周厉王并没有收手，对贵族们的更大打击接踵而至。

为重振王室财力，周厉王发布了"专利"政策，即周王室拥有经营所有山林川泽的"专利"，凡涉及采药、采矿、冶炼、砍柴、放牧、捕鱼虾、射鸟兽等谋利的活动，任何人都必须取得周王室的批准并向周王室缴税。对于贵族们来讲，这犹如晴天霹雳。——人间所有的"利"，都是天地万物生出，天地间人皆有之，怎么能一人专有？子民们的日子过得很苦，苛捐杂税已经够多，还要剥夺他们生存的最后希望吗？君王必须爱护子民，要给子民们活下去的出路！——其实，贵族们清楚，在王朝体制下，即使这些财富名义上是君王的，但真正能够从中获利的是他们。而周厉王就是想向富可敌国的贵族们重申一下财富的归属问题，让他们让利于周王室以解决国库的亏空。可贵族们才不管什么王朝命运，他们不允许自己的特权和财富被剥夺。

不久之后，周厉王就接到了诸侯联军攻打王畿的消息。

领头攻击王畿的是噩国。

噩，殷商古族之一。

有人认为："噩"字中间像枝干，周边布满了张开的嘴，表示处境凶险。

噩在夏朝时被立为附属部族，鸣条之战后归附商朝。作为商朝的附属部族，噩族的领地，既是商王的私人狩猎场，也是商军的演练场，由此可见其地位的低下。典籍中记载了一段商纣王"醢九侯""脯噩侯"的往事：鬼族君长九侯有个女儿，长得很漂亮，被商纣王看上了，九侯就想把女儿献给纣王，但九侯之女坚决不从。结果，商纣王不但把九侯之女杀了，还把九侯剁成了肉酱。噩侯实在看不下去，替九侯说了几句公道话，商纣王大怒，把噩侯也处死了，只是方式不是剁成肉酱，而是挂起来制成了肉干。

进入西周之后，噩被封地建立诸侯国，与周王室关系缓和。西周晚期，周夷王南征淮夷，回师路过噩邑，受到隆重迎接。噩侯不但设宴款待，还陪同周夷王射猎；而周夷王也赐给噩侯玉五瑴、马四匹、矢五束。

只是，没有谁甘愿永远是俯首帖耳的诸侯。

时机终于在周厉王继位后到来了。

噩侯联合淮夷和东夷的军队向京畿逼来。

周厉王调动了所有能调动的武装：从宗周调来西六师，从北部调来殷八师，同时强令贵族和诸侯率私家战车和亲兵参战。周厉王的作战意图是：王朝的大军从西、北两个方向同时推进，对反叛的诸侯联军形成夹击之势，于京畿附近将叛军一举全歼。

周厉王严令：对于反叛的诸侯国军一律斩杀！

但是，与诸侯联军接战的时候，周厉王才发现曾经骁勇的周军已经力不从心。虽然经过数次重整阵形，数次再度冲锋，周军依旧屡战屡败。无奈之下，周厉王只能召见少数依附他的贵族臣僚，严令他们亲率私家军与叛军拼死一搏。在最后的决死一战中，大臣武公的私家兵车一百乘、杂役二百人、武装徒兵一千人奋力冲杀，周厉王同时率王室护卫军加入攻击，诸侯联军终于溃败。

噩邑随即被周军横扫。

勉强取胜的噩之战，显露出周王室的衰落之势。

依靠贵族的私家军才能确保江山，对周厉王来讲是一个危险的信号。

攻噩之战结束后不久，淮夷军再次对京畿发动攻击。

周厉王命虢公长父率兵反击，未能取胜。

淮夷军直接杀入伊水与洛水间，掠杀平民，抢夺财物，如入无人之境。周厉王亲临前线指挥，自洛水上游连续发动反攻，淮夷军由于后续补给不足，最终败退。周厉王率兵紧追不舍，一直向南追到了江汉一带。

宠臣们写诗赞颂道：

长江汉水泛起波浪，

我们的大军不可阻挡！

不是为了享乐游玩，

是为了把淮夷平荡！

战车冲进了敌阵，

大旗在空中飘扬，

胜利的喜讯传天下，

我们的君王万寿无疆。〔诗经·大雅·汉江〕

就在颂歌尚在缭绕之时，一个令周厉王震惊的消息传来了：王朝都城里爆发了暴乱。

五　他已经把诽谤制止了

这场暴乱，史称"国人暴动"。

"国人"，中国古代史上一个极其特别的称谓。

在《周礼》中，"国人"指的是居住在大邑内的人。

范文澜《中国通史》："农民住在田野小邑，称为野人；工商业者住在大邑，称为国人。"

显然，古时的"国人"，指的是有一定政治和经济地位的"城里人"或"市民"。

夏以来的"国家"，是在氏族基础上建立的。君王被贵族们拥戴，他们是组成国家的中坚力量，没有贵族们的支撑，王朝将不复存在。贵族们是"国人"的原始人群。西周后期，贵族内部分化越来越严重，失势的贵族社会地位不断下降，不得不与城邑中的平民杂处。而随着人口的增加以及生产力的发展，平民的地位在社会生活中越来越重要，百工商贾等工商业者也凭借着资本逐渐成为"国人"。由于人数远远超过贵族，这些"城里人"成为支撑王朝存在的社会主体。

然而，周厉王的"专利"政策，严重伤害了"国人"的利益。包括贵族在内的"国人"认为，他们也是自然资源的拥有者。特别是随着人口的增加，原有的田地已不能满足需要，"国人"自然会把目光转向未开发的山林水泽。周厉王把普天之下的所有资源据为己有，等于彻底断了"国人"的生财之路。

因此，周厉王的耳朵里灌满了"国人"的咒骂：

> 硕鼠硕鼠，
>
> 无食我黍。
>
> 三岁贯汝，
>
> 莫我肯顾。
>
> 逝将去汝，
>
> 适彼乐土。〔诗经·魏风·硕鼠〕

大田鼠呀大田鼠，不要再吃我的禾苗了。我多年侍奉着你，你却不肯给我一点照顾。我将要离开你，寻找快乐的疆土！

能把君王视为贪婪的大田鼠，这不是造反的前兆又是什么？

恼怒的周厉王开始用严刑酷法来加强管控，他从卫国找来一个巫师，命其暗中监视敢于指责自己的人，只要这个巫师告发某个人有不满言论，周厉王立即就捉来杀掉。杀的人多了，"国人"都不敢说话了。路上相见，只能用目光相互示意："国人莫敢言，道路以目。"〔史记·周本纪第四〕

周厉王能够听见的就只剩下颂扬声了。

周厉王对臣僚们说他已经把诽谤制止了。

臣僚们用大禹治理水患的道理劝谏道：到底是"堵塞"还是"疏通"？堵塞，水越蓄越多，直至蓄满，一旦决口溢出，恣意汪洋；而开通水道，引水流通，非但不至于天下泽国，还能让水为居住和耕作所用。治民的道理同样，封住民的嘴巴，让民的积怨不断累积，终有一天民忍无可忍，他们就会铤而走险。

没有任何迹象表明周厉王接受了这些建议。

只要听不见，对于周厉王来讲，就等于不存在了。

当年，牧野之战发起前，周武王判断伐商的时机是否成熟，其标准就是：商朝的都城内已经没有人敢指责埋怨纣王了。

终于，忍无可忍的"国人"在镐京集结在一起，手持棍棒、农具声言要杀掉周厉王。周厉王下令调军镇压，臣僚们却说：周朝寓兵于国人，国人就是兵，兵就是国人。国人都暴动了，还能调集谁呢？

"国人"们冲进王宫的时候，周厉王带领亲信仓皇出逃。

周厉王沿渭水向东，然后北渡黄河，一直逃到彘（今山西霍州一带）。

"国人"没有找到周厉王，转而寻找他的儿子姬静。

大臣召穆公把姬静藏起来，让自己的儿子出去顶替。

"国人"遂将召穆公之子杀死。

"国人"的愤怒平息了。

王宫无主，贵族们推举周定公和召穆公代理政务，史称"周召共和"或"共和行政"。

《史记·十二诸侯年表第二》记载，共和元年，即公元前841年，中国历史开始有了确切纪年。

专横的周厉王带着一些忠实亲信，犹如一个地方诸侯独居一方自称"汾王"。他以这种孤傲的姿态，在偏远之地顽强生活了十三年，直到死去时仍认为自己是一个伟大的君王。

六　烽火戏诸侯

得到周厉王的死讯时，姬静已在召穆公家中长大成人。

公元前 827 年，召穆公、周定公共同拥立姬静继位，史称周宣王。

与历史上所有面临内部困境的君王一样，周宣王挽救时局的唯一办法是发动对外战争。

继位的第三年，周宣王命大夫秦仲带兵征讨西戎，两年后秦仲战败身亡。周宣王随即给了秦仲之子七千兵卒，令其继续攻击西戎。周宣王五年夏，西戎再次进攻西周，前锋一度抵达泾阳（今陕西泾阳一带），威胁着镐京的安全。周宣王命尹吉甫率军反攻，尹吉甫日行三十里，在彭衙一带（今陕西白水一带）击败西戎。几年后，周军再次攻击西戎，在洛水北岸大败西戎。但是，到了周宣王晚年，周军对南方各诸侯国（今长江与汉江之间）发动的战争却接连失利。

败局令暴躁的周宣王开始无所顾忌地滥杀臣僚。

关于周宣王的死因，多数古籍的记载是：周宣王在圃田（今河南中牟一带）狩猎时，田野上突然出现被他冤杀的大臣的冤魂，这个冤魂戴着一顶红帽子，乘着白马拉着的白车，手执搭着红箭的红弓，一箭射中了周宣王的心脏，周宣王脊梁折断后倒在箭囊上死去。

周宣王死于仇杀。

公元前781年，周宣王之子姬宫涅（shēng）继位，史称周幽王。

这是西周的最后一位君王。

周幽王登基的第二年，一场地震导致镐京附近的山体垮塌，泾、渭、洛三条河川断流。臣僚们十分惊恐，认为周朝要灭亡了。因为从前伊水、洛水枯竭，夏朝灭亡了；黄河水枯竭，商朝灭亡了。——"山崩川竭，亡国之征也。川竭必山崩。若国亡不过十年，数之纪也。天之所弃，不过其纪。"［史记·周本纪第四］——臣僚们预测，周王朝还有十年的寿命。

周幽王还是一个十分好色的君王。

君王岂有不好色的，只不过，周幽王对一个名叫褒姒的女子过于痴情了。

周幽王的原配，是申国君主申侯的女儿，即申后。但自从褒国姒姓之女褒姒进宫，周幽王因对其神魂颠倒，不但将申后废黜，还把他与申后生的儿子、王位继承人宜臼也废黜了。随之，褒姒被立为王后，褒姒所生之子姬伯服，被指定为王位继承人。此举，不但令大臣贵族们目瞪口呆，更令申后的父亲申侯极为震怒。——褒姒是姒姓部族，申后是姜姓部族，由此引发的姒姓与姜姓之间的争斗，为西周的亡国埋下了祸根。

公元前771年，即周幽王十一年，满腔仇恨的申侯联合西夷、犬戎等部族联合攻周。

很快，周的都城里遍布戎人，周王室被洗劫一空。

周幽王曾向各诸侯国发出救驾之命，最终，没有一支诸侯军前来救驾。诸侯军不来的原因，被后世演绎成一个滑稽故事：褒姒是一个冷面美人，为见到她的笑颜，周幽王用尽了办法。褒姒喜欢看烽火台上点燃烽火后诸侯军蜂拥而至的情景。为此，周幽王一而再地下令点燃烽火，诸侯军便一而再地紧急赶来，诸侯军越忙乱，褒姒笑得越开怀。只是，当真的敌情来临时，诸侯军对周王室点燃的烽火已经视而不见了。——这个在中国几乎人人皆知的"烽火戏诸侯"的故事，很可能是后世杜撰的，因为西周时期还没有"烽火"这一概念。

总之，史籍习惯于将亡国的责任归结于女人。

周幽王逃到骊山，被犬戎军追上，死于乱刀之下。

将周幽王置于死地的申侯，召集幸存下来的王亲国戚，一起拥立周幽王的儿子宜臼继位，史称周平王。

因镐京被地震损毁，又处在戎狄的不断威胁下，周平王继位后的第二年，将周的都城东迁至位于中原的洛邑，史称东周。

西周王朝，创建于牧野之战爆发的公元前1046年，亡于公元前771年，存世二百七十五年。

洛邑有一个巨大的青铜鼎，即被称为"华夏至尊神器"的"九鼎"。相传，夏朝初年，大禹划分天下为九州，继而令九州献上青铜，以铸造将九州的山川奇物镌刻于上的九鼎，并将九鼎集合放置于夏都，象征天下九州都归属夏朝，夏朝的王权至高无上。九鼎在夏、商、周三朝，都被奉为传国之宝。——"夏后氏失之，殷人受之；殷人失之，周人受之。夏后、殷、周之相受也。"〔墨子·耕柱〕——但是，九鼎在东周王朝传了几百年后，突然不见了："周德衰，宋之社亡，鼎乃沦没，伏而不见。"〔史记·封禅书第六〕——秦国灭宋国的时候，九鼎不知所终。据说，九鼎沉在彭城（今江苏徐州）泗水下。后来秦始皇南巡时，曾派几千人在泗水中打捞，还是没有找到。

江山不是几口青铜铸鼎就能稳固的。

纹饰再美丽，造型再壮观，实质不过是一口大锅而已。

迄今，世界历史中还没有一个永久的君王。

踏着青铜时代的尾声，西周的最后一位君王走上了穷途末路。

同样是东出潼关走向中原，周族的王再也举不起当年武王手中的那柄青铜巨斧了。

周平王携带的只有一部《周礼》。

这是一个无法解释的历史现象：在战争如此频繁的时代，竟能诞生如此周全工整的规章。只是，历史也无情地证明，对政权体系给予了全方位制式和行为保障的规章，并不能改变一个现实，那就是所有的战争都是不受制于规章的权力导致的。

周平王东迁都城时，丰京、镐京的百姓没有跟随，这令东迁至洛邑后的东周王室孤零零地落入了诸侯们的掌控中。而周平王是由申侯拥立的，他间接地犯下了弑父之罪，因此，本已威望极低的周王室，再也无法得到诸侯们的尊重。此时，周初分封时形成的各诸侯国早已坐大，彼此之间武力角逐权位之势剑拔弩张。

即将到来的是中国古代史上一个极其特殊的时代。

战火四起，群雄并立，横尸遍野，称王争霸。

但同时，这个时代又盛产了留存至今的哲思、谋略乃至情歌。

在哲人们冥想、诗人们高歌、农人们仰首观察天象、匠人们描绘狰狞或妩媚图形的过程中，隽绣着龙虎鸟兽图腾的各色战旗在华夏的原野上飞扬漫卷。君主们饕餮般的野心，武士们沸腾着的热血，令斧钺剑戟的砍杀声与儒学杏坛的读书声撞击在一起。——一个令世界惊叹的伟大时代，在东方广袤的山川大河之间拉开了序幕。

春秋！

天著春秋

第四章

繻葛之战：
朱漆雕弓锦绣囊

一　冬眠中苏醒的河

一位郑国的姑娘正在都城的东门外徘徊。

> 东门外美丽的花园呀，
> 茜草沿着山坡生长。
> 他的家离我近在咫尺呀，
> 人儿却像在很远的地方。
> 东门外栗树下的小屋呀，
> 安宁温暖让我心旷神怡。
> 难道是我不想与你亲近？
> 不肯亲近的人呀是你。〔国风·郑风·东门之墠〕

东门之墠（shàn），即东门外的郊野。

郑国的都城，位于溱水与洧水两条河流的交汇处。

初春日，河岸边，万物萌生，草木新发，正是恋爱的时节。

中国古时的情歌大多与水相关，因为人类早期大多生活在河湖之岸；同时还与古老的生育风俗有关。西周时期，为了促进人口增长，增加劳动力和作战力，周王室有一项严格的规定：男女到了一定年龄必须结婚，如果没有特殊原因，不结婚就要惩罚其父母。每年，凡到结婚年龄的男女，须接受至少三个月的婚前教育，其间实行严格的男女隔离制度，即在河流或湖泊中的沙洲上修筑茅舍让女子们居住，男子们只能隔着天然河湖体会相思的煎熬。

> 关关雎鸠，
>
> 在河之洲，
>
> 窈窕淑女，
>
> 君子好逑。［诗经·周南·关雎］

> 所谓伊人，
>
> 在水一方，
>
> 溯洄从之，
>
> 道阻且长。［诗经·秦风·蒹葭］

婚前隔离期在阳春三月的某一天结束。

那一天，女子们奔向河岸，男子们奔向女子，自由择偶，尽情狂欢，百无禁忌。

据说，这一习俗，就是流传至今的传统节日"上巳节"的来源。——上古时代以"干支"纪日，三月上旬的第一个巳日，谓之"上巳"。魏晋以后，"上巳节"的节期，改为农历三月初三，故又称"重三"或"三月三"。

三月三，一个浪漫的日子。

> 冬眠中苏醒的溱河洧河，
>
> 荡漾着春天的绿波。
>
> 小伙和姑娘来相会，

他们都已经用香草沐浴。

姑娘说："咱们去那边吧？"

小伙说："不着急呢。"

姑娘说："那里的河边多宽阔，在那里我们多快活！"

与姑娘开过戏谑的玩笑后，

小伙送给姑娘一朵芍药。〔诗经·郑风·溱洧〕

后人论《诗经·郑风》时曾有微词，认为皆是靡靡之音，乃阴柔无力的亡国之兆。然，男女相会都不快乐的时代又岂能是盛世？

"郑"，一个庄重的汉字。

卜辞中"郑"写作"奠"，指祭祀的酒器，后表示祭祀的行为。

今日汉语中的"郑重"一词，还保留着古时祭祀时的庄重含义。

"郑"还指地名和姓氏。

春秋初期，郑，从一个小国成为中原霸主，绝非一群颓靡之人能够做到的。

民风恣意的郑人，不是中原本地人而是西部移民。

郑国，西周时期周王室分封的最后一个诸侯国。

周王室东迁之前，即公元前806年，周宣王将一个名叫"郑"的地方，封给异母弟弟姬友。姬友在封地内建起一个小国，都城位于棫林（今陕西凤翔一带），国名因地命名为"郑"。郑国的君主被授予伯爵爵位，姬友因此又被称为郑伯友。

郑伯友把三等诸侯小国治理得井井有条，深受周王室的信任和郑国国民的爱戴。待周宣王去世、周幽王继位时，郑伯友又被任命为周王室的司徒，负责掌管全国的土地和户籍。

既有自己的诸侯国，又在周王室中拥有权位，郑伯友看到周幽王整日沉湎于酒色，便与心腹大臣进行了一番著名的对话：

郑伯友：权威微弱，朝纲败坏，郑国的前景危在旦夕，我们逃到哪里才能躲过劫难呢？往南？往西？还是往东？

大臣答：往南不行，周朝开始衰落，南方的楚国必将兴起；往西也不行，西部的戎狄野蛮贪婪，那里不是我们的安居之所；只有向东进入中原腹地。——在济水、黄河以南，有十个爵位为子爵的四等诸侯国，还有两个爵位为男爵的五等诸侯国，其中只有东虢（guó）国（今河南荥阳一带）和郐国（今河南新密一带）国土面积较大。所幸，这两国的国君都非常贪婪，我们只要给他们一些财宝，他们定会同意借一点土地给我们安顿家眷族亲。这样一来，我们就有了在中原发展的立足地。从这两国国君的品行上判断，周王室一旦出事，这两个诸侯国肯定背叛。那时，我们就以周王室的名义对其展开讨伐。我们已经在他们的地盘上了，东虢、郐两国加上其他小国，都不是郑国的对手，郑国必能取而代之！只是，必须赶快行动，因为周王室坚持不了多久了！——从这句话可以看出，自古以来的"亡国之兆"，并非臣民在河岸花间的谈情说爱，而是官宦对家国天下的悲观绝望。

郑伯友立即开始筹划向东移民。

公元前 773 年，郑伯友向周幽王提出，允许他把郑国的子民迁移至洛邑（今河南洛阳）以东。周幽王同意后，郑伯友派长子掘突带上礼物，向东虢、郐两国的国君借地。鉴于郑伯友位高权重，加上礼品极其丰厚，东虢、郐两国的国君各自献出了一块地盘。郑伯友即刻把家眷、族亲和重要财产，安置在了东虢与郐之间的京城（今河南荥阳京襄城）。

两年后，公元前 771 年，犬戎军队攻陷镐京，郑伯友和周幽王一起被杀于骊山下。

为族人留了后路的郑伯友，最终还是没能逃过劫难，与西周王室同归于尽了。

"为国殉难"的郑伯友，死后谥号"桓"，史称郑桓公。

郑桓公死后，郑国人拥立他的儿子掘突为国君，即郑武公。

周王室封郑武公为卿士，掌管周王室的政务。

一年后，周平王决定将周王室东迁至洛邑。

这是一条漫长而危险的迁移之路，不但需要有军队护送，还要有大量的人力搬移象征王室权力的青铜钟鼎礼器。

晋国表示愿意出兵护送。

郑武公则向周平王表示：郑人可以承担搬移王室重器的任务。——这是将郑国故地臣民名正言顺地迁移至中原的机会。

兴师动众，路途坎坷，千辛万苦，王室重器被完好无缺地运到洛邑。同时，在东虢与郐两国借出的土地上，一大批郑国臣民堂而皇之地安家落户了。

东迁后的郑人，有地盘却无国，但因郑桓公"为国捐躯"，郑武公又运送王室重器有功，周平王允许郑武公在东虢与郐两国借出的土地上重建郑国。——周平王无论如何也不会想到，这一赏赐不但是春秋历史的开端，也埋下了东周王权受到致命威胁的祸根。

东周初期，周王室治下的诸侯国，目前普遍认为有一百多个。在这一百多个诸侯国中，比较重要的有：齐国、晋国、宋国、陈国、卫国、鲁国、曹国、楚国、秦国、吴国、越国、燕国等。而郑国，从西部初来乍到，封地狭窄，景象荒凉。虽已置身在中原腹地，但东面是宋国和鲁国；西边是周王室的京畿；西北有晋国；北面有卫国；南面是陈国、蔡国和楚国；周围还有姬姓、姜姓、偃姓、嬴姓等小国，而这些小国不是王室宗亲就是夷族狄人。

郑国一穷二白。

郑武公不但要让郑国站稳脚跟，还要让郑国成为中原强国。

要有名正言顺并足够发展的地盘，只能用战争的手段强行掠夺。战争的对象毫无疑问，就是脚下这块土地的所有者——南边的郐国和北边的东虢国。只有让这两个诸侯国彻底消失，郑人才能在这片土地上反客为主。

郑武公对邻国发动了攻击。

邻，一个古老的国度。夏朝时立族，商朝时也得到承认，周武王灭商后，邻国在封侯之列。《国语·郑语》："济、洛、河、颍之间乎！是其子男之国，虢、邻为大，虢叔恃势，邻仲恃险。"邻国虽然只是个四等诸侯国，但历史悠久又具地理优势，因此君主和臣民的日子安宁富庶。"邻"字来源于"会"。繁体的"会"字，本义是上古时的炉灶。后来"会"字的"炉灶"本义消失，加上"火"字形成"烩"，变成了一个烹饪用字。邻氏，一个古老的部族，很可能因创造炉灶用以蒸煮食物而得名。邻国人喜欢美食，擅长烹饪，懂得享乐，在西周度过了二百七十年的优渥日子。

邻国的灾难源于郑人来了。

当郑人随着周王室的东迁，拖家带口地蜂拥而至时，邻国的君主不但没有要回出借的土地，也没有任何以防意外的军事措施，甚至还与郑武公称兄道弟格外亲热。但是，邻国的一些大臣看到了其中的危险。《诗经·国风》中仅有"邻风"四首，其中一首便是一位逃离邻国的大臣写的：

你穿着羊羔皮袄到处闲逛，
你穿着狐皮袍子慵懒上朝。
真叫人为你担忧，
为邻国的前途心焦。
你穿着羊羔皮袄到处逍遥，
你的狐皮袍子在朝堂上闪闪发亮。
难道我真的对你彻底失望？
我的心中充满忧伤。
你的羊羔皮袄洁白如膏，
在阳光的照射下光彩闪耀。

难道我真的要离你远去？

我的痛苦谁能知晓！

郐国在郑武公的眼里不堪一击。

颠覆一个诸侯国的政权，郑武公用的是成本最低、最为便捷的手段：用良田、钱财和官职、爵位，向郐国的臣僚和武士大肆行贿。对不肯受贿的则采取离间法，即将不肯受贿的文臣武将列出，再将他们的名字一一写在竹简上，并逐一标明日后给予他们的官爵和土地。然后煞有介事地在城外设置祭坛，再把这份"假合同"埋于坛下，还在坛下埋了几只鸡。——古人发誓要杀鸡，以示对天盟誓。——这个如同孩童游戏般的行为，竟让郐国国君怒不可遏，立刻把名单上的贤臣良将全杀了。

在周王室的眼前，在京畿重地附近，武力占领另一个诸侯国，需要有一个合理的借口。当时，郐国与北面的东虢国之间有矛盾，矛盾与郐国的一位女人有关：郐国国君娶的是他的表妹，这段近亲婚姻广受朝野讥讽，而郑武公故意当面对郐国国君说：听东虢国的国君说，你的夫人很漂亮，你们是亲上加亲啊！郐国国君本来就忌讳这件事，一气之下发兵攻打东虢国。——只要郐国的军队一出动，郑武公的机会便来了。——郑武公向周平王报告：郐国无故攻击东虢国，这是无视周王室的行为，不能容忍！为维护周王室的权威，应对郐国进行惩罚！于是，周平王允许郑国出兵讨伐郐国。

公元前769年的一天，郑武公率领的郑军，突然出现在攻击东虢国的郐国军队的侧后，郐国军队猝不及防，随即在郑国和东虢国的联合夹击下溃散，郐国国君中箭身亡。

可以想见，郑国军队是如何潮水般冲入郐国都城的。

强悍的西部人杀气腾腾，来不及逃命的郐国人血肉横飞。

古老的郐国瞬间便从历史上消失了。

周王室没有任何反应。

郑武公随后便向盟友东虢国发动了攻击。

东虢国，从西部随周平王东迁至中原，是一个国土比郑国大得多的诸侯国。

郑武公灭亡东虢国的手段和进程简单而迅捷。

郐国被郑国占领后，东虢国国君不但没有意识到危险，还十分感激郑武公出手相救，对郐国的灭亡拍手称快。不久，周平王巡查京畿周边的防务，各诸侯国国君照例要在自己的边界等待周平王的接见。当周平王在东虢国的边界接见完毕，东虢国国君带领文武百官正往回走的时候，半路上突然遭到猛烈伏击，东虢国的国君当场被杀，侥幸逃脱的文武大臣跑回都城时，发现都城已经被郑国军队占领。

灭亡郐国和东虢国后，郑武公连续兴兵，先后灭掉了势力微弱的八个小诸侯国，基本占领了今郑州附近的中原广大地区。

郑武公的武力扩张，引起了周平王的警觉。

当时，郑武公不但继承了郑桓公的爵位，还继承了郑桓公在周王室中的官职，而王室官职是不能轻易失去的。为了防止与周平王产生冲突，郑武公决定忍让：在占领的原东虢国的国土上，把包括虎牢关在内的一块土地割给了周平王，以便让周平王觉得周王室的侧翼是安全的。果然，周平王认为郑武公依旧是维护周王室的心腹诸侯，不再追究郑国的扩张行为。——毕竟，此时周平王的实力已经大不如从前，拱卫周王室还得依仗郑武公这样的诸侯。

虎牢关，位于今河南荥阳西北，北濒黄河，南望嵩岳，是周都洛邑以东的重要门户。

虎牢关没有了，附近的大片耕地得不到护卫，郑武公不得已把都城向南迁到郐国的原都城，即"溱洧"，位于今河南新密以东溱水东岸。

至此，郑武公继承父志夺取虢、郐十邑之地的雄图大略，基本实现。

然而，野心既起，便无止境。

刚刚迁都完毕，郑武公又开始攻击胡国（今河南漯河一带）。

郑武公灭胡残忍而狡诈，《韩非子·说难》：

　　昔者，郑武公欲伐胡，故先以其女妻胡君，以娱其意。因问于群臣："吾欲用兵，谁可伐者？"大夫关其思对曰："胡可伐。"武公怒而戮之，曰："胡，兄弟之国也，子言伐之，何也？"胡君闻之，以郑为亲己，遂不备郑。郑人袭胡，取之。

郑武公把自己的女儿嫁给了胡国国君。然后故意询问群臣，我欲出兵，你们认为应该征讨哪个国家？大臣关其思表示，胡国可以讨伐。郑武公脸色一变，喝道：胡国与郑国情同兄弟。你说胡国可以讨伐，安的什么心？于是把这位大臣杀了。消息传到胡国，胡国国君大为感动，视郑国为亲人，对郑国再无防备。但是，胡国国君的感激之情尚未消散，郑国军队就打进了胡国，胡国灭亡。

尽管这个记载被认为是后人的误记，因为胡国直到春秋末年才被楚国所灭，郑武公用嫁女迷惑对手的计谋，很可能是用在了聃（dān）国（今河南郑州一带）身上，但此时的郑武公确实已是令周王室和各路诸侯都心惊胆战的人物。

郑国虽已在中原立足，可中原毕竟诸侯林立，且各怀扩张的野心，郑武公仍需不断克艰。

西北部的晋国，周朝王族诸侯国，姬姓，爵位是侯爵，是周朝开国君王周武王封给三子唐叔虞的封地，最初国号为"唐"，唐叔虞的儿子继位后，改称为"晋"。晋国因派军队护送周平王东迁立功；东迁后又为周平王解决了一个政治难题：当年，周幽王被杀，周平王继位，但与此同时，另一位王子余臣也自立为王，称周携王，使当时的周王室出现了"二王并立"的局面。公元前760年，晋文侯出兵杀死周携王，令周王室实现了归一。因此，在受周王室的信任和倚重方面，晋国显然要胜于郑国。

南面的楚国被称为蛮夷，受到中原诸侯国的鄙视。当年周成王分封诸侯时，楚国第一次以诸侯国的身份出席会盟，楚国君主熊绎兴致勃勃地按期赴会，但因为被视为蛮夷，不但不能参加会盟的宴会，还被安排去布置会场并看守火把。受到侮辱的熊绎决心让楚国强大起来。经过几代人的传承，到了楚厉王的时候，开疆拓土的楚国不但成为江汉一带的霸主，对整个中原地区都构成了潜在威胁。

东南面的宋国都城在商丘（今河南商丘），子姓，爵位是公爵。当年周武王将在牧野之战中有内应之功的商纣王的兄长微子，封于商朝旧都商丘，微子建立宋国。宋国是一等诸侯国，地位与实力皆不可小觑。公元前755年，来自北方的游牧部族侵宋，宋军不但赢得了作战的胜利，还生俘了敌方首领，向咄咄逼人的郑国宣示了自己的强大。

东面的齐国定都临淄，是辅佐周武王灭商的姜子牙的封地，姜姓，爵位为侯爵。齐自封地建国以来，煮盐垦田，富甲一方。后因内乱两度迁都，国力元气大伤，但自从齐庄公继位起，齐国开始休养生息，致力于发展国力，大有重新崛起的趋势。

位于齐国西南面的鲁国定都曲阜，姬姓，爵位为侯爵，是周武王的弟弟周公旦之子鲁公伯禽的封地。鲁国起初疆域较小，后来陆续吞并了周边的几个小国，成为"至于海邦，淮夷来同，莫不率从"［诗经·鲁颂·閟宫］的大国。鲁国是姬姓宗邦国，濒临东方海滨，占据盐铁等重要资源，其政治和经济优势都是郑国不可比的。

西边的秦国，由于秦襄公参与了护送周平王东迁，被周平王封为伯爵，同时赐予岐山以西的土地，秦国因此名正言顺地成为周朝的诸侯国。秦襄公死后，其子秦文公继位，此时正是郑武公四处扩张之时，而秦文公则埋头致力于发展秦国。——数百年后，成为强大帝国的秦国，其崛起几乎与郑国同步。

对于郑武公来讲，这是一个稍纵即逝的历史机遇期。

史称"武公之略"的图强政策相继在郑国出台了。

其中，最为著名的是"解放商奴"。

所谓"商奴"，指的是经商的人。

所谓"解放商奴"，就是把商人从各种限制和禁锢中解放出来。

目的只有一个：增强郑国实力！

"商人"这个汉语词汇，较为普遍的说法是源于商朝的"国人"，即居住商都里从事手工业和商业的人。东周初期，商朝遗民被集中在黄河中游地域，世袭为奴，集中管理。这些"商奴"，多是有技能的工匠或善经营的商人。对于版图扩大而人口不足的郑国来讲，人尽其才已是迫在眉睫。郑武公宣布："尔无我叛，我无强贾，毋或匄夺，尔有利市宝贿，我勿与知。"［左传·昭公十六年］——你们这些商人如果不背叛郑国，我就不会对你们强取豪夺；你们这些商人如果有稀罕的宝物上市交易，你们随便我不想知道。——这等于是一个招商引资的国之公告：这里很宽松，欢迎做买卖。

《诗经·郑风·缁衣》：

你身上黑色的衣服穿破了么？

来郑国吧，给你换一件。

给你一套房子要不要？

来郑国吧，还有一顿美餐等着你。

穿上新衣服多么漂亮！

来郑国吧，穿破了你还会有新的。

你的新房宽敞明亮，

来郑国吧，顿顿都有甘甜的美酒。

宽松的衣服穿在身上很舒服！

来郑国吧，把过去的破衣统统扔掉。

有吃有住的日子多惬意！

来郑国吧，咱们一起尽情享受美好时光。

来郑国吧！

郑国的一切都是美好的！

大批商人投奔到郑国，开发滩涂荒地，扩大耕地面积。进行城邑建设，郑国迅速于春秋初期富甲天下。

但是，壮志未酬时，郑武公病逝了。

郑武公留下一个雄心勃勃的郑国，还有一个随时可能致祸的政治隐患。

郑武公的婚姻是政治婚姻。当年，申国国君想把女儿武姜嫁给他，因为杀死周幽王的西部犬戎军是申侯引来的，犬戎军在杀死周幽王的同时也杀死了郑武公的父亲郑桓公，申侯就想用一桩婚姻来化解两国之间的冤仇。从常理上讲，郑武公是不会接受这桩婚姻的；可是郑武公急于让郑国强大起来，他必须从国家利益的角度考量一切问题：申国地处今河南南阳盆地，是重要的南北交通要道，一直是兵家必争之地。南方的楚国正在强势崛起，位于郑国与楚国之间的申国，是保障中原安全的重要屏障。郑国正在艰难发展的路上，需要一个良好的周边环境，作为郑国国君必须忍辱负重。因此，郑武公最终接受了这门婚姻。婚后，武姜为郑武公生下长子寤生和次子共叔段。寤生是难产，武姜非常厌恶这个孩子；共叔段是顺产，得到了武姜的溺爱。郑武公病重时，武姜想立共叔段为太子，郑武公没有答应。

公元前 744 年，郑武公病逝，长子寤生继位，史称郑庄公。

这一年，郑庄公年仅十五岁，面对的是一个诸侯争霸的世界。

站在从冬眠中苏醒的溱河和洧河岸边，这位虽然年少但比他的祖父和父亲更为激进的新君，将以更为强硬的手段完成郑国的春秋霸业。

二　抢王粮

《左传》，是站在鲁国立场上书写的一部叙事详细的编年史，记述了公元前722年至公元前468年，共计二百五十四年间的春秋史。在全书的记述中，唯一一件与鲁国无关的事件，即为"郑伯克段于鄢"。[左传·隐公元年]

预料中的政治危机在一个夏日里猝发。

郑庄公刚刚继位的时候，母亲武姜为共叔段请求封地。先要求封在制地（今河南荥阳一带），郑庄公以该地有虎牢关之险未允。接着，母亲武姜又提出封在京城，即郑国东迁后的第一个都城，郑庄公勉强同意了。之所以同意，一方面是因为母亲的亲情，另一方面是顾忌母亲的娘家是在中原颇有影响力的申国。共叔段得到故都京城的封地后，扩大城郭、加固城防、招兵买马、储备粮草、补充武器、充实车兵，大有自立为王的架势。有大臣提醒郑庄公：先王规定，大的城邑面积，不能超过国都的三分之一；中的不能超过五分之一；小的不能超过九分之一。封地建国的城邑，若超过三百丈，就会成为国的祸害。共叔段的做法违反了王制，须及早处置，以防他的野心得不到遏制。郑庄公对大臣说了后来成为一句成语的话："多行不义，必自毙，子姑待之。"[左传·隐公元年]——多行不义，必自毙，你可等着瞧。

紧接着，共叔段又提出了一个更为过分的要求：把西边和北边的两个边邑归他管辖。这显然是共叔段对郑庄公的一次政治探底：如果得到允许，自己就掌控了郑国的半壁江山，且势力将抵达黄河的重要渡口廪延，这里是郑国北部与卫国接壤的军事要地，可进可退。谁知，这一次，郑庄公又答应了。大臣们再次提醒郑庄公：一国不能容二君。如果想把郑国交给共叔段，请允许我们去侍奉他；如果不是，就须尽早除掉他。郑庄公的回答是："不义不昵，厚将崩。"〔左传·隐公元年〕——如果做事不仁义，就不会有人亲近，地盘再多再大也会崩溃。

　　终于有一天，郑庄公得到了确切情报：共叔段将要偷袭郑国都城，母亲武姜将作为内应帮他打开城门。

　　郑庄公一边向母亲辞行，说他要去洛邑朝见周天子；一边对他的心腹大臣表示：现在可以动手了！

　　郑庄公麾下的二百辆战车立即飞驰京城。

　　面对郑庄公先发制人的攻击，尚在筹备发难的共叔段猝不及防，仓促抵抗后便向南逃往鄢国（今河南鄢陵一带）。

　　郑庄公紧追不舍，共叔段又向北逃往共国（今河南辉县一带）。

　　回师后，郑庄公把母亲武姜安置到偏远的城颍（今河南临颍西北），并告诉她："不及黄泉，无相见也。"〔左传·隐公元年〕——不到黄泉之下，我们不再相见。

　　郑庄公不动声色地纵容弟弟一步步自掘坟墓，如此心机加上临危时的从容、果决和凶狠，再次震惊了周王室。一时间，遏制郑国成为中原各诸侯国的共识。

　　此时，郑国的周边基本都是敌国：卫国、宋国、蔡国、陈国、北戎、燕国等。特别是共叔段最终逃到了卫国，卫国借此机会直接插手共叔段的叛乱，出兵攻取了黄河的重要渡口廪延。虽然郑庄公利用担任周王室卿士的权力，发动王室军队夺回了廪延，但手中握有共叔段这张牌的卫国依旧是郑国的强硬对手。

公元前720年，周平王病逝。

继位的周桓王决定：任命西虢国的虢公为王室卿士。

这对郑庄公是一个重大打击。

周王室的卿士，拥有参与决策国事的大权。郑国的君主，从郑桓公到郑武公都曾担任这一官职，这是郑国君主实现称霸梦想的重要政治资源。而周桓王对西虢国公的任命，显然是想剥夺郑庄公对国事的决策权。

又是夏天，麦子熟了。

突然有人报告：有人偷割了周王室地里成熟的麦子。

周桓王派人去查看，吓了一跳：上万亩的王家麦田，连一棵麦穗都没剩下。

麦子是宝贵的东西！

东周时期，冬小麦的种植迅速推广。《礼记·月令》记载：孟夏之月"升麦"，孟秋之月"登谷"。即，夏季的第一个月种麦，秋季的第一个月收谷。这说明农作物在洛邑地区一年两熟，小麦已成为中原百姓的主要口粮。

> 山丘上面的小麦熟啦，
>
> 心上人你留下吧。
>
> 心上人留在我家，
>
> 用喷香的新麦款待他。[诗经·王风·丘中有麻]

周平王东迁后，周王室直接控制的区域，西至函谷关、东到虎牢关、南至汝河、北至南阳（太行山以南、黄河以北），这一地域广种小麦，其中最著名的王室粮仓是黄河边的温邑。

温邑，又称温国、苏国，位于今河南温县一带。这是一个命运坎坷的古国。夏朝时，有功之臣被封于温地，初建温部族。商灭夏，温的土地被划归商王室所有，改称温邑。周灭商后，大司寇苏忿生受封于此，建立了爵位为子爵的苏国，都城温邑。虽名为"国"，但这里仍是京畿范围内周王室的领地，土地和收成也都归周王室所有，因此温国依然被称为"温邑"。

周桓王继位后，各诸侯国对周王室的朝拜和贡奉越来越少，周王室曾不断地派人向各诸侯国"告饥""求车""求金"。在财政已然捉襟见肘的时候，眼看成熟的麦子被人抢了，这对周王室来讲犹如晴天霹雳。

麦子是被郑国军队抢走的。

《左传·隐公三年》："四月，郑祭足帅师取温之麦。"

郑庄公并不遮掩自己对周王室的冒犯行为，他率领军队浩浩荡荡地过了黄河，堂而皇之地侵入王室京畿领地，把成熟的麦子全部收割后运走。——可以想见，本来就是农夫的兵士们，在君主的怂恿下，割走别人地里的麦子该是多么的起劲儿，对于他们来讲麦香四溢意味着丰衣足食！

抢麦子，事不大，侮辱性极强。

没过几天，消息再次传来：郑国军队要去巩邑抢麦子。

这一次王室军队行动迅速，将这片王畿领地内的麦田保护起来。

几个月后，郑国军队又突然出现在洛邑的南边，把王畿领地里的谷子抢走了。

此时，郑国与周王室互换的人质刚刚到位。

在以后漫长的春秋战国史中，用抵押人质的方式换取国与国之间的相安无事，成为一种独特的"外交"惯例。只是，漫长的春秋战国史同时证明，世间没有哪一种抵押物，哪怕是贵为王室的亲骨肉，能够制止欲望和野心驱动下的战争。

《左传·隐公三年》："信不由中，质无益也。"——讲信用不是发自内心，即使有人质也是没用的。

而《诗经·大雅·行苇》所描绘的国与国的亲密无间更为虚幻：

路边一丛丛的芦苇，

别让牛羊将它们侵袭。

它们刚刚出土成形，

嫩绿的叶儿润泽茂密。

亲亲热热的宗族兄弟，

我们都是血肉的关系。

你为兄弟陈设座席，

我为兄弟安放靠几。

肉汁和肉酱都端上来了，

烧肉和烤肉也已摆齐。

把大杯斟满美酒，

祈求和睦与我们相随。

宾主欢聚的背后多是相互利用或者彼此斗角。

郑庄公抢粮的特殊之处是：他动用的是军事力量。

这无疑是一种战争行为。

古代战争的硬道理是：夺取有限的生存资源，挤压和毁灭别人的同时富足并壮大自己。

几千年前粮食是最重要的资源。

郑庄公用他强硬的抢粮行为，告知周王室和各国诸侯：郑国不但是经济强国，还是军事强国，只要符合郑国的利益，任何行为都是合理的，世上不存在阻碍郑国的权威，包括周天子。

忍无可忍的周桓王决定讨伐郑国。

臣僚们认为，以现在郑国的实力，真打起来后果难料。于是劝谏道：周王室东迁时，依仗的是晋国与郑国的鼎力支持；现在若善待郑国，也许就不会发生类似的事了。

周桓王表示，只要郑国参加次年正月的朝会，就与其重新修好。

郑庄公也认为，现在还不是与周王室彻底翻脸的时候。于是宣布郑国将参加明年年初对周天子的朝拜，同时还把抢夺的一部分小麦和谷子送了回去。

正月初一，各诸侯国国君齐聚洛邑朝见周桓王。

郑庄公果然来了，对周桓王的态度十分恭敬。

周桓王带领各路诸侯到太庙举行祭祀大典后，国宴开始。

宴会上，周桓王突然问起郑国的收成，郑庄公回答说收成还可以。周桓王随即对郑庄公说，好极了，王畿的粮食我可以留下自己吃了，你也用不着再抢我的粮食了。然后宣布：赏赐郑国十车黍米。

这是周王室对郑庄公的羞辱。

郑庄公拂袖而去。

郑庄公与周王室的矛盾公开了。

而这正是各诸侯国的国君们乐意看到的。

最高兴的是郑国的对手卫国和宋国，两国国君都以为，郑国大丢颜面之时正是对其落井下石之机。

很快，卫国提供了一个群殴郑国的机会。

起因还是郑庄公的弟弟共叔段。

与郑庄公处置其弟共叔段类似，公元前733年，继位才两年的卫国国君卫桓公，罢免了他骄横跋扈的弟弟州吁的官职。

州吁迅速与境遇相同的共叔段成为好友。

公元前719年，州吁纠集卫国的反叛者袭击王室，杀死哥哥卫桓公，自立为王，开春秋时期弑君篡位之先河。

州吁成为卫国国君后，立即准备攻打郑国，名义上是对共叔段的哥们义气，实则是需要平息自己弑君篡位引起的社会不满。

卫国的军力不足以战胜郑国，州吁首先拉拢宋国，此时的宋国也存在着一个政治隐患：当年，宋国君主宋宣公认为，自己的儿子与夷贪财好利，不适合做一国之君。于是，临死前将君主之位传给了他的弟弟，即宋穆公。宋穆公感激哥哥的恩情，临死，没将王位传给自己的儿子冯，而是把王位还给了哥哥的儿子与夷。宋穆公知道与夷品行恶劣，怕他当上国君后对冯不利，便利用与郑庄公的私人关系，将冯送到郑国去居住，如同今日的政治避难。果然，继位后的宋殇公发现臣僚们对冯念念不忘，心里非常不安。就在这时候，传来了卫国的州吁杀死哥哥取而代之的消息，这让宋殇公更感如芒在背，担心哪天冯也效仿州吁谋取自己的王位。于是，当州吁派来的使者游说宋国参加伐郑的时候，宋殇公即刻答应了，他认为这是把居住在郑国的冯杀掉的好机会。

参加伐郑的国家，除了卫国和宋国，还有郑国的宿敌陈国和蔡国。四国联军在宋国集结，然后大军西进去攻打郑国。

郑国的主要兵力部署在北边和西边，即向西靠近王畿和向北靠近卫国的地方，东边的兵力较为薄弱，在四国联军的冲击下，郑军的东部防线被突破，四国联军直接冲到了郑国都城的东门。

郑国的百姓顿时慌乱。

郑庄公却很镇定。他认为，所谓联军，实际上是卫军与宋军的联合，陈国和蔡国都是依附小国，没有作战积极性，只要瓦解了卫军与宋军的联合，危机就会化解。郑庄公采用的办法是：大肆宣传州吁弑君篡位的恶行，在道义上将其孤立。而宋国本来针对的就不是郑国，是居住在郑国的公子冯。于是，郑庄公将冯秘密护送到长葛（今河南长葛东北），然后把这个消息透露给了宋殇公。果然，宋殇公立即脱离联军，率兵向长葛而去。宋军的撤离，不但使郑国都城下的兵力减少了一半，还导致被裹挟而来的陈国、蔡国也要撤军。

州吁意识到：武力迫使郑国屈服已不可能。

五天后，卫、陈、蔡三国撤军。

联军伐郑，史称"东门之役"。

"东门之役"是一次愚蠢的军事行为，郑国没有受到任何严重的伤害，郑庄公却因此有了宣示武力的借口。——自"东门之役"后，郑国与各诸侯国，特别是卫、宋、陈、蔡四国，开始了长达五年的战争。

三 瓦屋之盟

东门之役之后的第二年，郑庄公向卫国宣示武力的机会来了。

机会来自卫国内部的政治动乱：想转移国内矛盾的州吁，发动了对郑国的攻击，不但没有达到目的，反而引发百姓对他的更大不满。为取得国人的支持以巩固王位，州吁向德高望重的老臣石碏（què）——州吁篡位时的同伙石厚的父亲——寻求帮助。石碏建议他与石厚一起去陈国，通过陈侯疏通与周桓王的关系，争取得到周王室的认可，说这样他的王位便可以巩固。州吁与石厚带着重礼去了陈国，而石碏早已派人给陈国国君送信，说这是除掉杀害卫桓公凶手的大好时机。于是，州吁和石厚一到陈国便被扣留，很快就被卫国派来的人处决了。消息传回卫国，卫国人把躲在邢国的卫桓公的另一个弟弟公子晋接回国，继位为卫宣公。

就在卫国权位交替的混乱时刻，卫国旁边的一个小国郕国趁机攻击了卫国。

郕（今河南范县一带），姬姓诸侯国，爵位为伯爵，夹在卫、齐、鲁几个大国之间，日子过得相当憋屈。郕国攻击卫国的动因，不是要灭卫国，而是要趁乱抢点东西特别是粮食。

春秋，国与国之间攻伐的目的，灭国者少抢劫者多。

卫宣公只有率军迎战。

令卫宣公没有想到的是，卫军刚与郕军接战，郑庄公即率郑军攻入了卫国。

身在战场的卫宣公大惊失色。国内的政治动荡刚刚平复，对付趁火打劫的郕军已很吃力，一旦郑军杀入卫国腹地甚至攻破都城，后果不堪设想。无法脱身的卫宣公只能命令南燕国出兵南下进攻郑国，期望此举能迫使郑军从卫国撤兵。

南燕国，卫国的属国，位于今河南延津一带。

南燕国是一个小国，《史记》中列出的春秋诸侯国中都没有南燕国。

但是，南燕国虽小，北方人却剽悍善战，战力不可小觑。

郑庄公认为，即使这次无法灭掉卫国，只要让南燕军血流成河，也能达到震慑卫国的目的。

春秋初期的作战，大多是两军对垒后正面冲斗，先溃者为败。

面对倾巢而出的南燕军，郑庄公一反常规：命令三军主力在正面与南燕军对阵，同时派他的两个儿子率领一支队伍迂回到南燕军侧后的要地虎牢关。郑国与南燕军正面对峙的部队，迟迟没有击鼓发起攻击；正当南燕军困惑之际，背后突然杀声四起，毫无戒备的南燕军顿时大乱；而正面的郑军主力立即鼓声大作，南燕军陷入腹背受敌的境地。

南燕军横尸遍野。

史称"北制之战"的战事，是中国战争史上有记载的迂回进攻之始。后人对此战有"不备不虞，不可以师"［左传·隐公五年］之论。——即，不对意外情况有所预料和准备，不可以出兵。

北制之战，郑军以毋庸置疑的作战能力教训了卫国。

对郑国而言，国界以东的主要对手就剩宋国了。

郑庄公立即挥师向宋：

宋人取邾(zhū)田。邾人告于郑曰："请君释憾于宋，敝邑为道。"

郑人以王师会之。伐宋，入其郛……［左传·隐公五年］

郛，即外城。

宋人掠取邾国的土地，邾国向郑国求援，并表示愿做攻宋的向导。于是，郑庄公便带领周天子的军队与邾军会合，一起进攻宋国，联军一直打到宋国的外城。——可见，郑庄公攻击宋国，打的是周王室的旗号，参战队伍中有周王室的兵士；而开战的理由则是周天子有旨意，宋国抢劫邾国的土地应该受到惩罚。

邾国，宋国旁边的一个小国，位于今山东邹城、滕州一带，是鲁国的附属国。宋国派人向鲁国国君求救。鲁国本是邾国的宗主国，而宋国此举的理由是：鲁、郑两国一直关系不好，当年鲁隐公还是公子的时候，与郑人作战时曾被郑军俘虏。然而，鲁隐公尚未糊涂到帮别人攻打自己附属国的地步，鲁国没有出兵。

郑国攻击宋国之战，古籍中没有详细记载。

"宋人伐郑，围长葛，以报入郛之役也。"［左传·隐公五年］

看来,郑国对宋国的作战没有取得战果,长葛还被宋军包围了。——"长葛"，就是东门之役时郑国转移公子冯之地，这意味被宋殇公追杀的公子冯依旧在郑国手里。

军事上受挫的郑庄公意识到，现在能与郑国抗衡的宋国实力还很强，在距离完成霸业还有一步之遥的时候，要充分利用自己在周王室中的政治优势，挟天子以令诸侯；同时采取远交近攻的策略，争取与齐国和鲁国建立同盟关系，继续对卫国实施震慑，以达到彻底孤立唯一的对手宋国的目的。

郑庄公展开了一系列软硬兼施的手段。

鲁国与宋国是盟国，必须将其拆散。

公元前718年，郑庄公以郑国攻入宋国外城时鲁隐公拒绝了宋国的求援为由，派使者前往鲁国表示感谢。此时的鲁国也有与郑国修好的愿望。于是，一直恪守不参与诸侯争斗的鲁国，加入到与郑国的联盟中。

公元前 716 年，郑庄公主动向陈国示好，遭到拒绝。郑庄公立即放弃长葛，避开宋军主力，集中兵力攻打陈国。郑军大获全胜后，郑庄公重新建议与陈国修好。被打怕了的陈国，随即背叛与卫国和宋国的联盟，不但与郑国签订盟约，还把公主嫁给郑国太子，两国迅速从仇家变成了姻亲盟国。

郑庄公一向重视与东方大国齐国的关系，多年来小心地避免与齐国发生重大利害冲突，还曾亲自前往齐国与齐僖公签订盟约。在解决了与陈国关系的这年，齐僖公向各诸侯国提出消除敌对、避免战争的倡议，立即得到郑庄公的称赞和拥护。郑庄公表示，只要齐国出面，郑国愿与所有的诸侯国修好。郑庄公对齐僖公的极力附和与赞誉，令郑国与齐国的关系迅速升温，两国不但又一次签订同盟合约，而且齐国以与郑国修复关系为契机，与鲁国也修复了邦交。结果是：郑、齐、鲁三国结成了同盟。

郑庄公还试图修复与周桓王的关系。尽管周王室依旧对郑国耿耿于怀，对郑庄公依旧持冷淡态度，但郑庄公以惊人的隐忍继续向周王室示好，还带着齐僖公一起朝见周桓王以示忠心。

打残南燕、震慑卫国、收服陈国，与齐国和鲁国结成同盟，完成这一切郑庄公仅用了两年的时间。

郑、齐、鲁三国结盟后不久，郑庄公突然提出要与宋国和解。宋军不但抵抗住了郑国的攻击，还占领了郑国的重要城邑长葛，此时的宋殇公正在得意之际。因此，对于郑国的主动示好，宋殇公感到很有面子，于是答应至少可以与郑国达成一个“停火协议”。

郑庄公营造的“友好”气氛顿时弥漫整个中原。

宋殇公无论如何也不会想到，郑庄公正把宋国引入一个危险的境地。

公元前 715 年春，自认为是大国君主的齐僖公，以中间人的身份，出面协调宋、卫两国与郑国讲和之事。

留了个心眼儿的宋殇公不放心，派人给卫宣公送去礼物，希望两国统一对郑国的口径。

不久，史称"瓦屋之盟"的和解会盟正式召开。

会盟，是古代诸侯之间为达成协议而进行的集会和订盟。

春秋乃至战国时期，国与国之间战火不断，导致会盟频繁。

"瓦屋之盟"是中国古代战争史中有记载的首次诸侯会盟。

瓦屋在温邑，就是当年郑庄公抢周王室麦子的地方。

在周王室的地盘上议和，显示出齐僖公的心机：我是为了周王朝的长治久安才主持这次会盟的。

令人不解的是，作为签约一方的郑庄公竟然没有到场。

郑庄公的全权代表是齐僖公。

此时的齐僖公，开始以所有诸侯国的"老大"自居。

至于郑庄公与齐僖公之间有什么默契，或者达成了什么秘密协议，乃至"瓦屋之盟"的具体签约内容，史无记载。唯一可以肯定的是，这次会盟表明郑国与齐国的联盟十分牢固，而这让宋国和卫国感到十分意外。众所周知，卫国与齐国是传统的姻亲关系，卫宣公的父亲卫庄公娶的是齐国公主；现在坐在"瓦屋"里面对齐僖公的卫宣公，夫人也是齐国公主，即齐僖公的女儿。——郑庄公能让齐国与卫国从姻亲关系变成对立关系，其超凡的外交手腕令人惊愕。

于是，即使郑庄公没有参加会盟，宋殇公也能感受到他咄咄逼人的目光。

四 此人很厉害

瓦屋之盟后，诸侯国之间一片祥和。

但郑庄公并没打算放过宋国。

他与齐僖公、鲁隐公暗地商讨着如何对宋国发动联合攻击。

公元前 714 年，就在战争准备已经完毕，中原即将再次重燃战火时，北戎国攻入了郑国北部边境。

北戎国国君对天下局势的判断是：中原很快会陷入战乱，此时正是南下劫掠的时机。

北戎，又称山戎，是戎族的一个分支。

上古时活动于北方的北戎，随着历史的变迁，逐渐从游牧民族向农耕民族转变，活动区域也逐渐南移。春秋初期，北戎人口众多，势力强大，为扩展生存空间，获取更多的生存资源，从西周到东周的数百年间不断南下侵扰，与中原各诸侯国屡次发生大规模战争。

国土北部突然出现危机，郑庄公却显得十分兴奋：进一步确立中原霸主威信的机会来了！

郑庄公暂时搁置了对宋国的行动，亲自率军北上迎敌。

此时，在中原各诸侯国的作战中，战车是主要的作战装备。因此，多年来，中原各诸侯国军与北戎军作战时，都面临着一个棘手的问题：

北戎军没有战车，作战主力是步兵和少量的骑兵。而中原各诸侯国的战车速度快、车载重、冲击力大，缺点是转弯或调头不甚灵活，一不小心还可能翻车。因此，在实战中，北戎军的步兵常常躲过中原战车的第一波冲击，等位于侧后时再对战车实施突袭，令战车的优势变成劣势。

必须改变以战车为主的正面冲击的战法。

在郑庄公召集的军事会议上，他的二儿子公子突建议：采取诱敌深入、伏兵截击的战术。

这是中国古代战争史中第一次出现"伏击战"的概念。

公子突的解释是：凶狠的北戎军的弱点是什么？军队从不整肃，没有纪律，往往轻率冒进；士兵贪财又不团结，打了胜仗各不相让，打了败仗各不相救。所以，应该派出小股部队去阵前诱敌，然后佯装溃败后退，边撤退边抛弃财物，诱使北戎军追击，北戎军的兵士一旦开始抢夺财物，整个队伍将处于无备无序的状态，这时候郑军主力就可趁机发动打击。

派什么人去阵前诱敌呢？

一定是既能勇敢前进又能快速后退的兵士。

郑庄公批准了这一作战计划。

史籍对北戎之战过程的记载，简洁到不能再少一个字："戎人之前遇覆者奔。祝聃逐之。衷戎师，前后击之。尽殪。戎师大奔。十一月甲寅，郑人大败戎师。"［左传·隐公九年］——两军接战，郑军佯败撤逃，一路丢弃财物。北戎军前队见状紧追不舍，随即进入郑军主力的伏击圈内。郑军先以一部分伏兵发起攻击，北戎军慌乱而退，大夫祝聃随即指挥全部伏兵，将北戎军前队切为数段，前后夹击，遂将北戎军前队兵士全部杀死。北戎军后队见前队失利各自逃奔，郑军乘胜追击，至十一月二十六日，郑军大败北戎军。

郑军抗击北戎之战，是中国古代战争史中以伏击战制胜的第一例。

对于郑庄公来讲，此战大获全胜有着另外的重要意义：春秋时期，要想成为中原霸主，基本条件是：不仅在中原各诸侯国中称雄，还能抵御外族入侵以保中原安全。——郑军迅速有力地对北戎军实施的歼灭性打击，一扫中原各诸侯国屡受戎人侵扰的耻辱，郑国的地位陡然提升。

抗击北戎之战一结束，郑庄公又把对宋战争提上议事日程。

公元前713年，春，郑庄公与齐僖公、鲁隐公在鲁国的中丘（今山东临沂一带）会面，决定以宋国不朝拜周王室为名，于春末联合对宋国实施攻击。

二月，三国君主再次在鲁国的邓地（今山东汶河南、运河北）会面，议定开战日期及作战计划。

五月，郑、齐、鲁三国军队浩浩荡荡地攻入宋国。

宋殇公虽率军进行了顽强抵抗，但无法阻挡三国联军的猛烈攻势。宋国的营地（今山东单县一带）被鲁军攻占后，郜地（今山东成武一带）和防地（今山东金乡一带）也相继被郑军攻陷。宋殇公迫切希望得到盟国卫国的帮助，最好卫国能够出兵攻郑以解宋国之危。时任宋国大司马的孔父嘉连夜赶到卫国，将宋国珍藏的一座蟠螭纹曲铜鼎送给卫宣公，并提出了援助宋国的请求。卫宣公当即同意。

在卫国大夫右宰丑和孔父嘉的率领下，卫、宋两国联军直逼郑国都城。

郑国太子忽率军死守城池。

宋、卫联军猛攻数日未见成效，双方僵持于城下。

郑庄公得知消息后，立即把占领的宋国土地全部送给了鲁国，然后率领郑军主力回撤。

七月，回撤的郑军抵达郑国都城郊外。

此时，由于久攻不下，卫、宋联军的斗志明显衰退。孔父嘉认为，郑军已经从宋国撤兵，宋国的危机基本解除，如果等到郑国大军抵达，宋军想撤退也来不及了。

如何安全撤离郑国？

孔父嘉建议：向邻近的戴国借道。

戴国，殷商后裔封国，都城戴城，位于今河南民权一带。戴国常年处于郑、宋两强之间，因国力很弱，一直靠讨好郑国求得安宁。

虽然戴国与宋国并不亲近，但孔父嘉认为，宋、戴两国同为殷商后裔是同宗，戴国一定能慷慨借道。

但是，不敢得罪郑国的戴国一口回绝了。

孔父嘉、右宰丑十分恼怒，指挥宋、卫联军冲入了戴国。

戴国将士拼死固守戴城，战场又成僵局。

孔父嘉只好派人前往蔡国搬兵求助。

宋、卫联军毫无章法的作战，又给郑庄公提供了可乘之机。郑庄公当即决定：兵分四路向戴国秘密开进，同时给戴国国君戴叔庆父送去一封书简，说宋、卫、蔡三国欺侮弱小的戴国，郑国一定要匡扶正义出兵援戴。

戴叔庆父喜出望外，派人秘密将郑军引入戴城。

谁知，入城后的郑军立即宣布了对戴国的占领，并将戴国国君戴叔庆父驱出城，将戴城改名为谷城。

戴叔庆父领着家眷仓皇逃亡。

戴国亡国了。

孔父嘉和右宰丑正不知所措时，接到了郑军派人送来的战书，战书约定的决战时间是：第二天正午。

可是，郑军当晚便突然袭击了宋、卫、蔡三国联军的营寨。

没有任何防备的三国联军死伤无数。

周礼规定"不打无约之战"。

死里逃生后的孔父嘉猛烈抨击郑人破坏了周礼。

此战，宋国损失巨大，无法再对郑国构成任何威胁。

郑庄公的收益更大：由于把占领的大片宋国土地送给了鲁国，战后鲁国带头为郑庄公大唱赞歌，将其推上了道义的制高点：郑庄公是合乎正道的。以周王室之命，讨伐不来朝见周天子的诸侯，自己不贪占宋国的土地，而犒赏受天子爵位的国君，这是合乎治理政事的本体的。

［左传·隐公十年］

郑庄公很受用。

郑庄公还有一个夙愿：占领许国。

许国，郑国的邻国。西周初年，周成王分封辅佐过周文王、周武王的许文叔于许地（今河南许昌一带），建立许国，爵位为男爵。许国封地的范围，大约位于今河南许昌及临颍以北、鄢陵西南，地处中原要冲，被称作"中原之中"。因国土四周豪强林立，许国如同一叶扁舟，在各路诸侯的纵横争霸中风雨飘摇，只能小心地周旋于强国之间。

几年前，郑庄公就透露出他对许国的垂涎：郑国在远离本国国土的鲁国境内有一块地，叫祊（bēng）邑（今山东费县附近），是周王室委托郑国管理的供周天子去泰山祭天的专用地；而鲁国在许国境内也有一块地，叫许田（今河南许昌以南），是周王室委托鲁国管理的供分封在东部的王室子孙到洛邑朝拜途中临时住宿的地方。许田位于许国都城附近，如果拥有了许田，就等于有了一个攻击许国的桥头堡。于是，郑庄公很早就向鲁国提出，用郑国的祊邑交换鲁国的许田。当时，郑国与鲁国尚未结盟，鲁隐公自然知晓郑庄公的意图，于是婉言拒绝。现在，郑国不但是鲁国的盟友，还是对鲁国有过巨大利益输送的盟友。

公元前712年，郑庄公与鲁隐公、齐僖公会面，商议出兵攻打许国的理由：许国不听周王室之命，拒绝参加攻打宋国的联军。三大诸侯国的君主还约定：谁先攻陷许国的都城，谁就有分割许国土地的权力。

郑军出兵前，发生了一件事。

颍考叔和子都，是郑庄公手下的两员主将。颍考叔是下层武士出身，子都不但是王室贵族，还是当时出名的美男子，郑国女子常拿他的美貌来比照自己不称心的丈夫：

> 山坡上长满茂密的桑树，
> 沼泽里开满艳丽的荷花。
> 没遇到那漂亮的子都呀，
> 却碰见了你这样的傻瓜！［诗经·郑风·山有扶苏］

颍考叔与子都之间存有芥蒂，不仅仅是因为出身的差异，还常常因为战场战功的所属。春秋时期诸侯军出战，为表示战事是祖先在天之灵授意的，出师前都要在祖庙前分发兵器。郑军将要出兵许国，颍考叔和子都为得到一辆曾经屡立战功的战车发生了冲突，最终颍考叔靠着力气大占有了这辆战车。

当郑、鲁、齐三国联军冲入许国时，许军根本没有还手之力，三国联军很快将许国的都城包围。乘着优质战车的颍考叔冲在最前面，他向郑庄公要求把君主的帅旗交给他，他要第一个登上城头以示郑国率先攻破了许国的城池。郑庄公对他的勇武非常赞赏。果然，颍考叔冒着如雨的箭矢，在杀死数名抵抗兵士后，第一个登上了许都的城头。然而，正当他准备展开帅旗时，一支箭正中他的后背，他从城头上跌落下来摔死了。

许国的都城被攻破。

春秋时期"争城杀人盈城，争野杀人盈野"［汉书·刑法志］的情景，再现于许国的国土上。

国君许庄公杀出一条血路逃到卫国。

郑军对许国的粗暴占领，令中原各国对郑庄公心惊胆战。

为了避免各诸侯国干涉，特别是不让同盟的齐、鲁两国不适，虽然事先约定谁先攻下许国就有权分配许国的土地，郑庄公还是向齐、鲁两国君主就如何分配许国的土地征询意见。齐僖公说，齐国没有占有土地的野心，郑国还是与鲁国商量吧。鲁隐公说，攻打许国是为周天子效力，鲁国并没有私欲，如何处理战后之事，还是禀报周天子后再决定吧。鲁国唯一的建议是：许国的大臣们没有死罪，应该饶恕他们。

郑庄公的处置是：把许国国君的弟弟，安置在许国东部的一个边邑；把郑国大夫公孙获，安置在许国西部的一个边邑；随后派郑军长期驻扎在许国都城内，以将许国完全置于郑国的监视下。而郑庄公的对外宣传是：许人是尧舜的后裔，我怎能与他们争夺土地。上天降祸于许国，只是借我予以惩罚，我怎敢将功劳据为己有？也许过些时候，上天还要让许庄公继续执政呢。

各诸侯国立即对郑庄公赞赏有加：郑庄公是符合礼的。礼，是治理国家、管理百姓、利于后世的工具。许国违背法度就该讨伐，服罪了就该宽恕。考量德行再处理，衡量力量再施行，查明时机再行动，不连累后人，郑庄公可以说是明礼的。〔左传·隐公十一年〕

只是，颍考叔中箭身亡一事，对郑庄公十分不利，因为射中颍考叔的那支箭来自身后，显然是郑军中有人射出了暗箭，而子都的嫌疑最大。尽管郑庄公让一百人拿着一头公猪、让二十五人拿着一条狗和一只鸡，来诅咒射杀颍考叔的人，但他始终没想弄清楚暗杀颍考叔的究竟是谁。

无论如何，对许国的占领，不但使郑国扩大了疆土，还令其在中原占据了地理上的有利位置。

不久，郑庄公等来了对宋出兵导致的后果：宋国发生了内乱。

公元前710年，宋殇公和大司马孔父嘉被杀了。

关于这次杀臣弑君事件，古籍的记载是：宋国第十一位君主宋戴公有一个孙子，名叫华督，在宋殇公的朝中官至掌管王室事务的太宰。一天，华督在路上遇见大司马孔父嘉的妻子，被其美貌吸引便想据为己有。于是，华督便派人在都城里广为散布说，宋殇公继位不过十年，却打了十一次仗，百姓苦不堪言，这都是孔父嘉不断煽动导致的，我要杀死孔父嘉让百姓得到安宁。

果然，华督杀了孔父嘉，得到了他的妻子。

宋殇公得知后大怒，华督怕遭到宋殇公的诛杀，随即将宋殇公也杀死了。

宋国发生的杀臣弑君事件引起各诸侯国大哗。

郑庄公召集齐僖公、鲁桓公和陈桓公在稷（今河南商丘一带）紧急碰面，商议应对此事的共同立场。

商议的结果令人意外：承认宋国发生的事实。

当时，几乎所有人都认为，郑国一定会利用这一严重事件，再次打着周王室的旗号对宋国发动攻击，因为这是彻底灭宋的绝佳时机。但是，很快，各诸侯国便恍然大悟：杀臣弑君后的华督，把一直躲藏在郑国的公子冯接回宋国继位，是为宋庄公。

郑国的宿敌转眼间变成了亲郑的友邦。

郑国终于解决掉了宋国这一最后的对手。

郑国在中原的霸主地位已不容置疑。

从当年郑武公借地安家起，经过不懈的武力扩张，郑国的国土面积几乎增加了数倍，但与齐国、鲁国乃至北部的戎狄相比，还是小。——一个并非最大的国，却成为令所有诸侯国唯命是从的中原霸主，不能不说是一个历史奇迹。

毛泽东说："春秋时候有个郑庄公，此人很厉害。"［关于"苏联政治经济学（教科书）"的一次谈话］

无论郑庄公如何表白郑国从没有称霸中原的野心，都已经没有人相信了。

对郑国的崛起最为惴惴不安的当数周王室。

或许是因为不安，或许是因为愚蠢，周桓王又做出了一件令人费解的事：与郑国交换土地。

周王室向郑庄公提出可供交换的土地是：

温（今河南温县），

原（今河南济源北），

樊（今河南济源东南），

向（今河南济源西南），

州（今河南沁阳东南），

陉（今河南沁阳西北），

绨（chī 今河南沁阳西南），

隰郕（xí chéng 今河南武陟西南），

横茅（cuán máo 今河南修武），

盟（今河南孟州西南），

陨（tuí 今河南获嘉北），

怀（今河南武陟西南）。

周王室要求置换的郑国的土地是：

邬（今河南偃师西南），

刘（今河南偃师南），

蒍（今河南孟津东北），

邘（今河南沁阳西北）。

郑国的这四邑都位于周王室的畿内。

而周王室换给郑国的那些土地，都与郑国国土隔着天堑黄河，郑国很难管理。更重要的是，这些土地都处于西边的晋国与北边的卫国的势力范围内，将极大地增加郑国与卫、晋两国发生矛盾与摩擦的几率。

谁都能看出来这是周桓王的花招。

各诸侯国的舆论一致认为：周桓王不想或不能保有的，拿来送给郑国；而他要求郑庄公献出的土地，都是有利于周王室安全的。如此这般，周桓王肯定会失去郑国了。

果然，郑庄公从此不去朝拜周桓王了。

五 礼崩乐坏的中原

公元前711年，周王室突然接到战报：西部故都镐京遭到西戎的猛烈攻击，京畿附近属于王室的大片土地被占领，镐京岌岌可危。

戎是周时中原人对西部游牧诸部落的统称。

春秋时期，有华夏与戎、狄、蛮、夷的区分。中原各诸侯国自称为华夏，把周边四方的小国或部落称为戎、狄、蛮、夷。

春秋时期的西部诸戎分布很广，且实力很强，其中的西戎是周王朝的死敌。当年，西戎攻入镐京，杀死周幽王，周王室被迫迁都洛邑。周王室东迁后，封秦襄公为诸侯，命其从西戎手中夺回沦陷之地。秦国收复失地后，把岐山以东的土地献给了周王室。周王室命秦国固守西部捍卫王畿。

朱熹曾说："秦人之俗，大抵尚气概，先勇力，忘生轻死。"〔诗集传〕

位于甘肃东部和陕西一带的秦国，民风尚武好勇。一方面由于靠近周朝故地，秦国自然把捍卫王畿当作义务；另一方面，自秦人数百年前发祥时起，西戎便是他们的宿敌。于是，只要周王室一声召唤，秦人便一呼百应、群情激昂、奔赴前线。

有诗为证：

谁说我们没衣穿？

与你同穿战袍。

君王一声令下，

修整戈矛，一起出征。

谁说我们没衣穿？

与你同穿上衣。

君王一声令下，

修整矛戟，一起拼争。

谁说我们没衣穿？

与你同穿下衣。

君王一声令下，

修整铠甲，一起冲击。[诗经·秦风·无衣]

　　无论是西戎军还是秦军，都尚未进入完全的战车时代，作战凶狠的戎人与血统中留着西部人野性的秦人，其作战手段依旧是徒兵的冲击和肉搏，双方只要撞击在一起，厮杀的吼叫声和濒死的呻吟声就会顿时响彻泾渭河谷。

　　秦军孤军保卫着周王室的故地。

　　史籍中没有中原其他诸侯国出兵抗击西戎军的记载。

　　周王室逐渐感受到被诸侯们抛弃的悲凉。

　　此时的中原，继宋国内乱后，弑君篡位之事连续发生，各诸侯国自己都危如累卵，哪里还顾得上周王室？

　　就在秦军与西戎军厮杀的时候，先是宋国国君宋殇公被杀，接着又传来鲁国国君鲁隐公被杀的消息。

　　鲁隐公，名息姑，周公旦八世孙，是鲁惠公与一位妾的儿子。成年后，鲁惠公为他从宋国找了个媳妇，这个女子到鲁国后，鲁惠公见其貌美如花便据为己有了。不久，这位宋女生下一个儿子，名叫允。

息姑的母亲是妾，允的母亲却是媵（ying）。——媵，殷商时，陪嫁的贵重器物被称为媵，后来也指陪嫁的人，媵的身份地位仅次于被正娶的夫人，而妾的地位身份则要卑贱得多。——尽管息姑比弟弟允年龄大，但是地位低。鲁惠公死时，允还小，息姑已成年且贤能，鲁国的大夫们便都举荐他继位。息姑则认为：允才是合理的国君，自己只能代理；等允长大了，便把国君之位还给允。

鲁隐公代理国君十年，允慢慢长大了。

谁是国君这个问题，成为鲁国大夫们的一块心病。

终有一天，大夫公子挥对鲁隐公表示：主公当了这么多年国君，国家安定，百姓富足，文臣武将没有不臣服的。可现在太子允长大了，我看最好还是除掉他，以让主公安稳地继续当国君。这样我也能当个太宰。鲁隐公听了，惊愕地质问道：你怎么会有这样的想法？我不过是因为太子允年幼，才代他做了国君；现在太子允已经长大，我决定把国君之位还给他。

公子挥害怕公子允听闻此事后杀了他，反而先向公子允诬陷鲁隐公要除掉他做真正的国君，并请求公子允让自己杀掉鲁隐公。公子允听信了公子挥的谗言，公子挥利用祭拜的时机把鲁隐公杀了。

公子允继位，是为鲁桓公。

公子挥，鲁国的宗室，掌握着鲁国的军政大权。当年宋国伐郑时，宋国请求鲁国出兵，鲁隐公不同意，但公子挥竟然私自带兵前往与宋国结盟。此事，除了说明公子挥敢于抗命外，还说明了鲁隐公的软弱无能。公子挥为一己私利不择手段，完全是乱臣贼子的角色，但鲁桓公继位后，他没有受到任何惩罚反而仍被重用。不知在这种政治生态下，鲁桓公本人又能有几天安宁？

鲁国的弑君事件还在被热议，陈国又出事了。

陈国，妫姓，爵位为侯爵，建都于宛丘（今河南淮阳一带），首任国君是为周文王担任陶正一职（掌管制作陶器的官）的遏父之子妫满。

《礼记·乐记》："武王克殷及商，未及下车，封帝舜之后于陈。"——也就是说，公元前1046年牧野之战时，武王还没有走下战车，就宣布封舜帝后裔于陈，陈国成为中原最早被封的诸侯国，因此在各诸侯国中地位极高。

陈国与蔡国相邻，两国关系紧密，互相通婚，陈桓公便是蔡国之女所生，因此他是亲蔡派。而蔡国与宋、陈、卫三国是同盟，于是陈国不但与郑国关系冷淡，甚至还曾参加过伐郑的联军。

多年来，郑国始终在对陈国施加影响，试图将其从反郑联盟中拉出来。

公元前707年，陈桓公病重。

关于陈桓公的病，史籍众说纷纭：有说是中风瘫痪；有说是高血压；还有说是他得了一种精神病，独自离家出走，十六天后被国人找到时已经死了。

陈桓公一死，其弟妫佗将理应继位的公子妫免杀了，自立为王，史称陈废公。

陈废公仅做了六个月的君主，便被杀于邻国蔡国。

陈废公娶的是蔡女，因此结识了不少蔡国美女，篡位后屡次微服到蔡国寻欢作乐。陈桓公的另一个儿子妫跃，其母亲也是蔡国人。于是，妫跃联合在蔡国的外戚，当妫佗到蔡国玩乐时将其乱刀砍死。

公子妫跃在郑、蔡两国的支持下继位，为陈厉公。

面对中原的混乱政局，作为各诸侯国的共同君王，周王室已无力管控，只能听之任之，似乎已是天下的局外人。

为了不被彻底遗忘，周王室插手了一个小国——芮国的内政。

芮国（今山西芮城一带），姬姓，是周初卿士良夫的封地，爵位是伯爵，因此良夫又被称为芮伯。芮国地处西边的宗周与东边的成周之间，扼守镐京的东大门，地理位置十分重要，芮伯因此长期担任着周王室的重臣。周王室东迁后，芮国不但地位降低，且被夹在秦与晋两个大诸侯国之间，连生存都成了问题。

公元前 709 年，芮国发生政变，国君姬万被迫逃离国都。春秋时代，弑君篡位之事屡见不鲜，被迫出逃的国君公子更是数不胜数，只是姬万的出逃比较特殊，他是被他的母亲驱逐的："芮伯万之母芮姜，恶芮伯之多宠人也，故逐之，出居于魏。"［左传·桓公三年］

——母亲驱赶姬万的理由是：宠人太多。

芮伯姬万到底有多么腐败，史无记载。

国君身边多小人和宠姬，本不是什么严重罪行。可能的推测是：芮姜作为一个母亲，希望儿子成为一代明君，使芮国于风雨飘摇中不至于被周边大国吞并。但是，儿子姬万的不务正业，已经到了令她不能容忍的程度。有考证认为，"姜"是齐国的国姓，芮伯姬万的母亲芮姜很可能是齐女，山东女子从来性情刚烈果敢。

至于之后芮姜是自己执掌大权，还是扶持了一个新的国君，史无记载。

芮国的政变，却是秦国在《左传》上的首秀：

"秋，秦师侵芮，败焉，小之也。"［左传·桓公四年］

"冬，王师、秦师围魏，执芮伯以归。"［左传·桓公四年］

这是《左传》中第一次出现秦国参与诸侯国事务的记载。

公元前 708 年，秦宪公趁芮国内乱派兵攻打芮国，但战争结局令人意外：由于严重轻敌，秦军竟然被打败了。

秦宪公立即以周王室的名义组成联军，决意让逃离到魏国的姬万回国重新执政。

对于周王室来讲，这是一个显示王权权威的好机会。

于是，由周王室、秦国和虢国组成的联军，包围了姬万所在的魏国。

联军迫使魏国这样的小国屈服易如反掌。

姬万在大军的监护下回国了。

没有姬万如何处置他的母亲的记载。

显然，扶立姬万，是秦国全面控制芮国的谋划。

而周王室大动干戈地干涉一个小国的内政，除了刷了一下存在感外没有别的解释。

在整个中原，还能让周王室感觉良好的是对晋国内政的介入。

当年，晋文侯杀了周携王，结束周王室二王并立的局面，稳定了东周初年的局势，周王室因此与晋国关系极其紧密。

但是，晋国的内政始终处于血腥中。

晋文侯死后，继位的晋昭侯把比晋国国都翼城还大的曲沃城，分封给了叔叔成师（谥号桓），晋国的内乱自此开始。

公元前739年，大臣潘父杀了晋昭侯，准备迎接曲沃桓叔入晋都为君，但是拥护晋昭侯的军民起兵抗击，并立晋昭侯的儿子姬平为晋国国君，即晋孝侯。几年后，夺权未成的曲沃桓叔死去，他的儿子曲沃庄伯继位。随着血缘关系的日渐疏远，曲沃与翼城之间的争斗日渐惨烈。

公元前724年，曲沃庄伯派人到翼城暗杀了晋孝侯，晋人又拥立晋孝侯的儿子继位，即晋鄂侯。

公元前718年，晋鄂侯去世，曲沃庄伯趁机攻打翼城。

周桓王派虢公率领诸侯联军讨伐曲沃庄伯。

曲沃庄伯逃回曲沃城防守。

晋人又拥立晋鄂侯的儿子继位，即晋哀侯。

晋国的内乱，从始至终，都是宗室贵族之间为夺取君位的内斗。

周王室以维护正义之名，始终站在翼城政权的一方。

只是，曲沃一方日后越来越强大，令周王室主持的正义陷入窘迫的境地。

公元前709年，晋哀侯侵占了陉庭的土地，陉庭南部的人随即引导曲沃军攻打翼城。

陉庭，又称陉城，位于今山西曲沃东北。

曲沃武公率领的军队，在陉庭与翼城军展开激战。曲沃武公的战车由叔叔韩万驾驭，担任车右的是大臣梁弘，战车在汾水旁边的洼地里追击晋哀侯，由于驾车的马被灌木枝绊住，追击停止。但是，到了晚上，晋哀侯被俘，当即被杀。

晋人立晋哀侯的儿子小子为君，即晋小子侯。

不久，晋小子侯被曲沃武公骗到曲沃杀掉。

晋人又立晋哀侯之弟姬缗为晋侯。

晋侯缗依然处于曲沃的刀锋下。

尽管周王室几次组织诸侯联军试图击败曲沃，但仍旧无法阻止曲沃武公对翼城持续不断的攻击。

最终，晋侯缗还是没有逃脱被杀的结局。

即使有周王室的鼎力支持，晋国的国君还是上台一位被杀一位。

西边，晋国在上演血腥杀戮；东边，大国齐、鲁却沉浸在结盟的喜悦中。而对于周王室来讲，后者是彻底失去东部控制权的严重信号。

在鲁国历史上，鲁桓公是个贪财好色的君主。当时的中原，最著名的美女是齐僖公的女儿文姜。文姜的风流韵事，在春秋时期是广为流传的谈资。搜集在《诗经》中的鲁国民歌，一面吟唱她的绝世艳丽，一面又指责她的淫艳靡乱。文姜喜欢的是郑国公子忽，但公子忽以"齐是大国，不敢高攀"为由拒绝了她，这让文姜很郁闷。鲁桓公知道后，立即向齐僖公提出迎娶文姜的要求。

齐僖公正处在做中原霸主的雄心萌发期，十分希望与鲁国结盟，立即答应了这门婚事，并不顾礼仪亲自把女儿送到了鲁国。当时的礼仪是：公室女子出嫁到地位相同的国家，如果是国君的姐妹，就由上卿护送；如果是国君的女儿，就由下卿护送；如果出嫁到大国，即使是国君的女儿，最多也是由上卿护送；如果嫁给大国的国君，就由六卿护送；如果嫁给小国的国君，上大夫护送就可以了。国君亲自护送是违背礼仪的。齐僖公借此巩固并加强了与鲁国的结盟关系。

得到了美人的鲁桓公得意忘形。按照周王朝的规定，新继位的诸侯国国君，必须前往洛邑接受周天子的册封，没有经过周天子册封的诸侯国国君，地位不合法，不但周王室不承认，就连各诸侯国也不予承认。弑君后继位的鲁桓公本来就名声不好，更何况他继位后根本没有向周桓王请求册封的意思。而诸侯们不但承认了他，还与他来往紧密，诸侯君主由天子册封的制度从此被破坏。

不来都城洛邑朝见周天子，是谁开的先河？

郑庄公。

周王室知道，接下来效仿郑国的，必是齐、鲁两大国。

不久，周王室得知，郑国和齐国组成联军准备攻击纪国。

纪国，姜姓诸侯国，位于今山东半岛中北部的寿光附近，其疆域不亚于齐国和鲁国。齐国一直存有吞并纪国的野心，灭亡纪国是齐国扩张的必由之路。让周王室不安的是：纪国一直与鲁国结好，始终借齐、鲁两国的矛盾来自保；而鲁国也力图保存纪国，以抑制齐国的扩张。现在，郑国又插进来了，郑国想干什么呢？

接着，周王室又得到了一个不知所措的消息：为报复宋国曾经攻击郑国，郑国和虢国组成的联军对宋国实施了攻击。——长期以来，虢国可以说是周王室唯一的追随者，明知道周王室与郑国正处于对立状态，虢公怎么也与郑庄公搅和在一起了？

周王室痛切地认为，目前的天下混乱，完全是《周礼》遭到践踏，"礼崩乐坏"的结果。"君子三年不为礼，礼必坏；三年不为乐，乐必崩。"〔论语·阳货〕可是，各路诸侯都不来朝拜了，礼仪又有何用？奏乐又给谁听？想来想去，破坏礼仪的祸首是郑国。

公元前707年，周桓王终于做出一个重大决定：免去郑庄公在周王室内的卿士之职，没收其在洛邑的府第和财产，将其驱逐出洛邑。——周王室不但将郑庄公从权力中心开除了，而且将其在周朝都城的房子和财产全部充公了。

周王室用这个决定向诸侯们发出严重警告：普天之下只有一个至高无上、称王称霸的天子，那就是周王，任何其他妄想称王称霸的人都是乱臣贼子。

郑庄公与周王室的关系彻底破裂。

周王室上下一致认为：只有将郑国彻底打垮，才能重获诸侯们的尊重。

于是，周桓王决定孤注一掷：组织诸侯联军攻击郑国。

此时的周桓王，不但对郑国的实力缺乏清醒的认识，对周王室的王权威望、对诸侯们的控制力以及可以调动使用的物力和军力也缺乏清醒的认识。

历史将很快证明，周王室决心讨伐郑国是多么的鲁莽。

六　繻葛之战：朱漆雕弓锦绣囊

河南长葛，中原腹地，一望无际的平畴沃野。

秋熟之日，遍地金黄，谷香弥漫。

长葛，"盖葛天氏故址也；后人思永其泽，故名曰长葛"，亦称"繻（xū）葛"。［长葛县志］

葛天氏，华夏民族的人文始祖之一，被后人称为乐神。

我们已经无法想象，世上最原始的歌舞艺术"葛天之乐"，是多么的辉煌宏大！

> 昔葛天氏之乐，三人操牛尾，投足以歌八阕：一曰载民，二曰玄鸟，三曰遂草木，四曰奋五谷，五曰敬天常，六曰达帝功，七曰依地德，八曰总万物之极。［吕氏春秋·仲夏纪·古乐］

高举着毛茸茸的牛尾，天、地、人、神、兽和谐相容，八歌连唱，手舞足蹈，乐声震天。

> 听葛天氏之歌，千人唱，万人和，山陵为之震动，川谷为之荡波。
> ［史记·司马相如列传］

感天动地的歌声连绵不绝之处，必是人间乐土。

葛天氏治世，不用宣教就能得到百姓的信任，不用教化就能让众人遵守礼法，他治下的歌声嘹亮的社会，被后世君子臣民称为"淳朴之世"。几千年后，饱受战乱之苦的唐代诗人杜甫，曾在一个久违的温暖春天遥想葛天族民，不禁百感交集：

　　　　草牙既青出，

　　　　蜂声亦暖游。

　　　　思见农器陈，

　　　　何当甲兵休。

　　　　上古葛天民，

　　　　不贻黄屋忧。［晦日寻崔戢李封］

纵观人类历史，兵甲何时休过？

"葛天之民"的理想之国只在歌中。

公元前707年，长葛，这片曾经千人唱万人和的欢歌之地，响彻起决死的厮杀声。

也是秋天。

浸染兵士鲜血的谷穗和满怀丰收希冀的农夫一起倒在地上。

大地凄凉。

战争依旧以车战为主。由于青铜构件的大量使用，与殷商时期相比，战车的结构得到优化，制造工艺也更为精细，战车的机动性得到很大改善。为了加强对战车的防护，车舆四周加装了青铜甲片的护甲，轴头也增置了防御性的矛形长刺，战车的重量增加也使冲击力更强。同时，随着战争规模的不断增大，作战双方在交战中投入的战车数量也十分可观，往往达到数百乘之多。

作战双方总兵力的计算，多以一乘（辆）战车为基础。每乘战车上的作战人员一般为三人：左边的叫车左，掌管射箭；右边的叫车右，掌管持矛应战；中间是车御，掌管御马驰驱。但主将的戎车，则是将帅居中击鼓，御者居左，持矛者居右。君主的车乘，由于当时把左首当作上首，所以君主居左，御者居中，持矛者居右。每乘战车除了车上人员外，还配备有甲士十人、步卒二十人。

除了作战主体的战车，还出现了单独成军的步卒，即"徒兵"，也是近代"步兵"兵种的前身。

随着青铜冶炼技术的提高，各诸侯国已能生产合金比例不同的复合兵刃，这种兵刃更为锋利且不易折断。同时，兵器的形制也有所改进，如铜戈，不但加大了刃的弧度，提高了钩砍的效能，还加固了器柄的牢固程度。远射武器中，铜弩机被大量使用。由于单独编制的"徒兵"的出现，格斗短剑也被普遍装备。

面对以周王室为首的联军，郑国出动了多少兵力史无记载。但有一个数据可供推算：公元前722年，即十多年前，郑庄公在剿灭共叔段的叛乱中，史书明确记载："命子封帅车二百乘以伐京。"〔左传·隐公元年〕一场内战，就动用了二百乘战车；如今对外作战，出动的战车数量应不少于三百乘。如果按照每乘配备二十五人计算，再加上单独成编的徒兵，总兵力在二至三万之间。而联军集中的是周王室、陈国、蔡国和卫国的军队，虽然陈、蔡是小国，卫国也正处在衰落期，但军力都不弱，加上周王室的护卫军，估计参战的战车数量不会少于五百乘，总兵力应该大于五万。

面对周天子的亲征，是战是和，郑国朝野意见纷纷。

郑庄公很清楚：不战或者战败，结果是几代君主称霸中原的梦想化为乌有。郑国的奋斗经历证明了一条真理：霸主地位是打出来的！所以，除了迎战，拼死一搏，别无他路。郑庄公决心举全国之力迎战周王室的联军。

在郑国国都新郑以南的长葛大平原上，近十万人杀气腾腾地对峙了。

周王室联军的布阵，依旧是三军横列：右军由蔡、卫两国军队组成，统帅是在周王室中担任卿士的虢国国军虢公林父；左军由陈国军队组成，统帅是周王室卿士、周朝宗室贵族周公黑肩；中军是周王室精锐的护卫军，由三军统帅周桓王亲自指挥。

面对联军的布阵，郑庄公作出这样一个判断：就联军的组成来看，周天子能够调动的诸侯，仅仅是郑国的宿敌陈、蔡、卫三国，中原的主要大诸侯国都没有听从周天子的调遣。虽然联军在总兵力上占据优势，但组成联军右军的蔡、卫两军，都曾是郑军的败将，实不足惧；组成联军左军的陈军更不足惧，因为陈国刚刚经历了公子妫佗弑兄自立的内乱，谈不上有什么战斗力；只有由周天子亲率的中军，训练有素、斗志高昂、不可轻视。因此，作战的主要目标，只能是周桓王亲自指挥的中军。

但是，公子突的一番话令郑庄公很吃惊。

公子突建议：战斗开始后，郑军的中军按兵不动，由左右两军率先向联军薄弱的侧翼发起冲击，当联军的左右两军溃败时，中军必然会惊慌失措，这时，郑军的中军再发起猛攻。联军的三军无法互相顾及，必然瓦解溃散。——公子突的建议具有一定的颠覆性：以往诸侯作战，都采取中军率先冲击，左右两军随之的战法，尚未出现过中军不动，两翼首先攻击的先例。《周礼》上有关于作战的礼仪程序是：先行挑战和应战，随后击鼓警告，双方都决定开战后，中军率先冲锋，左右两军随后。——春秋时期，战争双方的中军大都由贵族组成，中军也是国君统帅所在，如果一方的中军垮了，战斗基本上就结束了。如果中军不动，先让左右两军的武士和农夫冲锋，对于视作战为职责和荣耀的贵族会是奇耻大辱。——或许从这时起，中国古代战争观念开始发生了变化：不择手段的谋略成为主流，战术设计开始出现，繁文缛节的"周礼"成为无用的道德摆设。

对于战争来讲，取胜是唯一的目标，胜负是唯一的结局。

虽然听上去具有一定的政治和军事风险，郑庄公还是果断接受了这一不合常例、不循常规、不守常礼的建议。

接着，郑国大将高渠弥又提出一个更为大胆的构想：在以往的车战中，越来越明显的缺陷是，战车与徒兵各自为战，呈相互分离的状态。战车陷入被动时，徒兵不能增援；徒兵一旦被击溃，战车也随即陷入危险。如果能重新编制战斗序列和阵形，让战车和徒兵混编，即将一定数量的战车和一定数量的徒兵编成一个作战单元，再由若干这样的作战单元组成整体的作战阵形，单元内部的车兵与徒兵之间、单元与单元之间达成紧密配合、相互掩护的关系，同进同退，不留缝隙，必能坚不可摧、攻无不克。

高渠弥的建议被后世兵家称为"鱼丽阵"。

《诗经·小雅·鱼丽》："鱼丽于罶（liǔ）。"

"罶"，即大口、窄颈、腹大而长的捕鱼竹笼，编绳为底，鱼入而不能出。

鱼丽阵的基本阵形是：郑军每军编制五偏战车；一偏有战车二十五乘，分成五队；一队有战车五乘。战车居前，徒兵跟随，弥补战车之间的空隙。如此混编如鱼群编队前行，故名鱼丽阵。郑军的鱼丽阵，左右两阵居前，担任第一次打击任务；中军居后，承担第二次打击任务。其阵形像一个倒着的"品"字。

鱼丽阵最突出的特点是：在车战中尽量发挥徒兵的作用，即先以战车冲阵，徒兵环绕着战车配置，填补战车与战车之间的空隙，形成协同作战的态势，其形态类似现代战争中的"步坦协同"。

鱼丽阵的整体阵形，酷似一个捕鱼的竹篓，是一个两头大而中间长的战阵。鱼丽阵的缺陷是：以往车兵受手持兵器长度的限制，格斗只能在两车相错时进行，也就是所谓的"错毂而战"；如今战车和徒兵紧密结合成一个方阵，战车和徒兵混合在一起作战，车兵便无法与敌军战车错毂，也就发挥不出机动性能上的优势，车兵的武器根本无法投入使用。

鱼丽阵形，在之前的战斗中从未出现过。

尽管如此，所谓车兵与徒兵结合的鱼丽阵，还是以车战为主的阵形。

春秋初期，以徒兵为主的战斗很少。

直到春秋后期，乃至进入战国时期，徒兵才成为与车兵同等重要的作战力量。

但是，在加强实战中徒兵和车兵的相互协同上，鱼丽阵不但在作战样式上是一个创新，也是制度上的一项破天荒的变革：当时，能够在战车上作战的是贵族，非贵族出身的人只能跟随战车跑；而鱼丽阵要求徒兵可在车兵需要时登车作战，这无疑调动了非贵族等级的兵士的作战积极性，打破了《周礼》森严的等级规范，为之后各诸侯国的作战提供了一个变革样板。

鼓声大作，战斗开始。

郑军率先发起攻击。

按照既定策略，坐阵中军的郑庄公挥动大旗发出了出击信号。随即，郑军的右军和左军同时向周王室的联军发起冲锋。正如预料，周王室联军的左右两军，即陈、蔡、卫三国的军队毫无斗志，在郑军的冲击下一触即溃，周王室的中军瞬间失去了两翼。由于郑军的中军一反常态，原地未动，正准备迎接郑军第一波攻击的联军的中军有点不知所措，作为中军总指挥的周桓王更是不知如何是好，他没有打过这样的仗，不知应该命令他的中军此刻向哪个方向出击，正在惶恐时，两翼的溃兵潮水般向中军的阵列蜂拥而至，中军的战斗队形顷刻被冲得一片狼藉。就在这时候，对面响起激烈的鼓声，郑军的中军出击了，一百五十乘战车并没有像往常一样横列冲过来，而是呈三列纵队利刃般直插周王室联军的中军。

马蹄车轮敲击着大地，尘土弥天，杀声震耳。

郑军的左右两军随即从两翼向中心合拢。

"鱼篓"收口了。

周王室联军溃乱的兵士，在巨大的"鱼篓"中相互踩踏，战车在拥挤与混乱中无法移动，车兵的长柄兵器因无法平伸绝望地指向天空。郑军的战车在徒兵的环绕下，如同伸手入鱼篓捉鱼，最外围的联军兵士一层层地被兵刃砍倒，郑军的刀锋逐渐接近联军痛苦哀号的核心。

周桓王在王室卫队的簇拥下仓皇奔逃。

周桓王战车上竖立的那面大旗，暴露着他的逃跑轨迹，郑军跟随着郑庄公的指挥战车紧追不舍。

与郑庄公的战车平行追击的，是郑军大将祝聃的战车。

越追越近时，祝聃拉弓发射，一支锋利的箭镞从侧后方深深插入周桓王的肩膀，周桓王猝然扑倒在战车上。

祝聃让驭手鞭打战马，他想冲上去拦截周桓王的战车，渴望将亲手俘获的周桓王献给自己的君主。

郑庄公命令停止追击。

周王室的数辆战车簇拥着周桓王绝尘而去。

古籍记录了郑庄公对祝聃说的一句著名的话："君子不欲多上人，况敢陵天子乎？苟自救也，社稷无陨，多矣。"[左传·桓公五年]

表面上，郑庄公的意思是：君子不愿出人之上，我怎么敢欺凌周天子呢？倘若能够自救，国家不被毁损，就算很幸运了。——其实，这完全是对祝聃的托词，郑庄公的真实想法应该是：如果周天子当场毙命，或者将其活捉了，下一步该怎么办？自己当周朝的君王？还是另立一位周天子？两个选择都大逆不道，郑国会因此成为中原诸侯国的共同敌人。但凡这样，本来的一场胜利就会变成一场骑虎难下的危局。况且，就战争目的而言，射中周桓王的那一箭，难道还不够圆满吗？

繻葛之战结束了。

夕阳西下，被数万人马踩踏过的大平原上一片狼藉。

死者躯体渐冷，晚霞照耀着伤者绝望的脸庞。

"夜，郑伯使祭足劳王，且问左右。"［左传·桓公五年］——当晚，郑庄公委派大夫祭仲携带大批牛羊，前去慰问负伤的周桓王及其将领，并诚心地向周桓王请罪，请求周天子赦免郑国的不敬。

没有周桓王如何面对郑人道歉的记载。

郑人射向周天子的这一箭，瞬间摧毁了拥有数百年历史的周王朝最高权力的威望，让周王室彻底明白了一个现实：王室的尊严再也无法复原，天子的"共主"地位名存实亡。

这一箭，也让所有的诸侯开始用一种亢奋的眼光看待眼前的世界：一个可以各自为王的为所欲为的时代即将到来了！

在军事上，繻葛之战影响深远。

周朝所倡行的"军礼"制开始走向消亡，诸侯们逐渐注重战争的实战效果，战争形态也从"以礼为固"过渡到"以兵诈立""以谋为战"。战争，在具有威猛勇武之美的同时，显示出了它的狡诈、狰狞和残忍。

不久，又到了按照惯例朝拜周王的时候了。

诸侯们看到郑庄公也来了。

与以往朝拜仪式不同的是，周桓王向忠于王室的诸侯国君颁赐了一件礼物：一把纹饰精美的朱漆雕弓。

当年，周王室东迁的时候，为表彰秦国武装护送周王室，周平王曾赏赐给秦襄公一把朱漆雕弓，除了赞赏秦国危难之时对周王室忠心耿耿外，还赋予了秦襄公对不忠于周王室的人武力讨伐的权力。

不知郑庄公是否得到了这件礼物。

周王室的宴会场面盛大气氛融洽。

有诗为证：

朱漆雕弓弓弦松弛，接受王命至高无上。

我有这些尊贵宾客，内心深处万分舒畅。

钟鼓乐器隆重陈列，吉祥时辰情意绵长。

朱漆雕弓弓弦松弛，赐予功臣珍贵收藏。

我有这些忠诚臣民，天子身心宁和安康。

钟鼓乐器隆重陈列，菜肴丰盛美酒飘香。

朱漆雕弓弓弦松弛，美玉装饰锦绣箭囊

我有这些英武勇士，天朝稳固万寿无疆。

钟鼓乐器隆重陈列，颂歌阵阵人神共享。〔诗经·小雅·彤弓〕

在历史的记载中，特别强调：周桓王赏赐给诸侯们的朱漆雕弓的弓弦是松弛的。这一点令人玩味。

想必，周桓王的箭伤此刻还在隐隐作痛。

诸侯国的国君们个个彬彬有礼，谦卑地手捧朱漆雕弓向周桓王表示谢恩。

只是，包括周桓王在内，人人心里都明白：天子一统天下号令诸侯的时代过去了。此时的周天子不过是一块装饰门面的招牌。

因此，周桓王的威严庄重、郑庄公的谦卑笑脸、诸侯们的忠心誓词，还有弓弦松弛的朱漆雕弓上的精美纹饰以及王室大殿上委婉绕梁的钟鼓之乐，都显得异常荒诞和诡异。

还是后人对那一刻看得透彻：天子的赏赐完全是迫于心中的恐惧，因为早上接受了天子赏赐并信誓旦旦表了忠心的人，到了黄昏就可以利刃相向弑君篡位。

自郑人在繻葛之地向周天子射出那一箭开始，群雄争霸的春秋时代拉开了历史大幕。

七　东门外美女如云

郑庄公的称霸大业抵达了顶峰。

公元前706年——繻葛之战第二年——北戎侵犯齐国，齐国向郑国求救，郑庄公派太子忽与大夫祭仲率军前去救援。郑军所向无敌，"大败戎师，获其二帅大良、少良，甲首三百，以献于齐"。[左传·桓公六年]——郑军不仅砍下了三百个披甲的北戎兵的脑袋，还俘虏了大良、少良两个北戎军的主帅。

公元前705年，两个本来依附郑国的小国盟（今河南孟州西南）和向（今河南济源西南），背叛郑国投靠了周王室，郑庄公立即组织数国联军向这两个小国发动攻击。周桓王根本无力抵抗，只得把愿意跟随他的百姓迁到距洛邑近一些的地方安置。这次攻击，令周王室的属地缩小到只剩下一二百里，周王室的成员连吃饭都成了问题。更让周桓王感到恐惧的是，在郑国纠集的联军中，竟然还有郑国的宿敌卫国的军队。

不久，鲁国向各国赠送礼物时怠慢了郑国，郑国约齐国一起讨伐鲁国。齐国与鲁国有姻亲关系，但是在郑国的威慑下，齐僖公只能牺牲与鲁国的关系，他不但答应了郑国，还邀请卫国出兵协助郑军作战。三国联军与鲁军对峙于一个名叫"郎"的地方。郎，距鲁都曲阜只有几十里，鲁国紧急恳请宋国出面调停。郑庄公认为震慑鲁国的目的已经达到，所以，宋国一出面，郑军便撤了。郎战过后，郑庄公召集卫、齐、宋四国在恶曹（今河南原阳一带）举行会盟，与郑国血拼多年的卫国和宋国从此成了郑国的盟友。

郑庄公的威望无以复加。

中原广袤，黄河浩荡，一切皆不可阻挡。

但是，无论是心情沮丧的周桓王，还是踌躇满志的郑庄公，他们心中的世界都未超出黄河流域那片盛产谷麦的沃野。为了这片沃野的每一寸土地，他们处心积虑，拼死作战，他们有理由认为自己是这个世界上最强壮的斗士。只是，他们并不知道，在这个星球上的同一个时期，与黄河流域一样属于人类文明发祥地的两河流域，那里的人为了种族生存而进行的殊死之战，其规模和血腥程度远远超过了东方的战争。——与位于西亚的幼发拉底河和底格里斯河相比，东方的黄河是一条滋润万物的温情的大河。

在人类历史发展轴线上的同一个时间坐标点上，与黄河流域的郑国同样抱有称霸世界的雄心和梦想的，是发祥于两河流域的亚述帝国。公元前744年，与郑庄公同时继位的，是西亚地区的亚述王帕拉萨三世。公元前733年，即郑庄公十一年，头戴王冠的亚述王乘坐在坚固的战车上，率大军进攻叙利亚首都大马士革。当时，大马士革守军的步兵和骑兵总数不及亚述军的一半，而亚述人一次投入到前线的战车竟然达到五千辆。——这是一个不可思议的数字，比发生在黄河流域的繻葛之战作战双方的战车总和还要多数倍。亚述军的工兵吹胀皮囊，铺上木板制成浮桥，让步兵、骑兵、战车兵迅速渡过弗尔发尔河，直趋大马士革城下。战斗在城外的平原上展开。与繻葛之战中郑军的"鱼丽阵"有异曲同工之妙的是，庞大的亚述军由无数个兵种混合的最小作战单元连缀组成，每一个最小作战单元是：五辆战车在最前面，紧跟的是十五名骑兵，随后是二十五名重装步兵，最后是五十名轻装步兵。

战斗开始后，双方的战车和骑兵互相冲击，在守军渐感不敌时，亚述军的骑兵和战车兵突然向两侧撤退，闪开一条通路让后面的重装步兵直冲上去。亚述军的重装步兵，头戴尖顶头盔，手持金属制成的凸形圆盾或柳条盾，冒着守军射来的雨点般的箭呐喊冲锋。守军大败后，大马士革遭到屠城。

亚述帝国的碑文和史诗，这样记述了亚述王的战果："我用敌人的尸体堆满了山谷，直达顶峰；我砍去他们的头颅，用来装饰城墙。我把他们的房屋付之一炬，我把他们的皮剥下来，包住城门映墙；我把人活活砌在墙里，我把人用木桩钉在墙上，并且斩首"；"我在山间吹散他们的勇士，像一阵风；割下他们的头，像一群羔羊。我使他们的血流于低谷和山岗……那个城市被我俘获，我掠夺他们的众神，卷走他们的货物和财产，又以烈火烧毁他们的城池。那以砖石建成的三道巨墙以及整个城市的土地，在我的剑下废弃和毁灭。我把他们践踏成一片废墟，然后在上面种植我自己的庄稼"。〔剑桥战争史〕

繻葛之战后的第二年——即郑军和齐军一起与北戎军作战的那一年——亚述帝国更为好战的王辛那赫里布继位。他的战争目标直指垂涎已久的巴比伦。面对守军南北夹击的钳形布阵，辛那赫里布派出一支精悍的部队阻敌主力北上，自己则率军用精良的武器猛攻守军阵形的侧翼，全歼守军后大举南下增援阻击部队，最终成功攻入巴比伦城。不久，当两河流域抵抗亚述军的各国联军集结在一起并发起攻击时，辛那赫里布亲自率军迎战。记载这场战斗的铭文这样描述道：敌人"像一群群遮天蔽地的蝗虫"，"他们脚踏起的尘土，像暴风雨之前的蔽日浓云"。"我愤怒地乘着我的战车，把敌人纷纷撞倒"。我一手握弓，一手持矛，"高声大呼，如春雷滚滚。我像雷神一样咆哮着、怒吼着，抵挡住敌人的攻势，成功地包围了敌人。敌军的军官和其他的贵族身佩金剑，手戴闪闪发光的金镯，我急速地杀死他们，像割绳子般砍断他们的喉咙和手臂"。〔剑桥战争史〕铭文声称，此次作战，亚述军共杀死十五万人。

至少在古中国的春秋初期，无论战争如何频繁，尚不见疯狂屠城和彻底焚毁一座城池的记载。

《周礼》所营造的有序氛围尚在黄河两岸弥漫。

亚述王辛那赫里布的霸主地位也是通过战争得来的。有人做过粗略的计算，他在位二十三年，攻克了八十九座城镇、八百二十个乡村，俘获二十一万名俘虏。他通过战争积累起巨大财富，兴建了一座举世无双的王宫。据说，仅王宫内的一座华美浮雕竟长达三千米。——被史学家称为具有"高超的政治手腕和军事才华"的亚述帝王，与东方的郑庄公同时抵达了所在地域霸主地位的顶峰。

公元前752年，就在两河流域和黄河流域战争连绵不断时，第七届古代奥运会在安特卫普举行。前六届，获奖运动员的奖品是一头羊或其他实物；从本届起，奖品改为一个橄榄枝花冠，还有一条棕榈枝。获奖运动员将头戴花冠、手持枝条以示荣耀。——在古希腊传说中，橄榄树是智慧女神雅典娜送给奥林匹亚的，是和平与荣耀的象征。

可人类历史证明，迄今为止，世界上没有任何东西能够遏制争夺之欲，更何况是一束树枝。

公元前701年，在位四十三年的郑庄公病逝。

郑庄公一死，他的五个儿子即刻展开了君侯之位的争夺。

长子忽，是郑庄公与邓国（今湖北襄阳以北）女子所生。按照宗法制的惯例，郑庄公死后，忽继位为国君，即郑昭公。

但是，郑庄公还与宋国雍氏女子生下了次子突。雍氏在宋国势力强大，是宋庄公的宠信亲族。郑昭公继位不到三个月，雍氏就将郑国大夫祭仲骗到宋国拘押，并威胁说如不立公子突为国君就杀了他。郑昭公闻讯被迫逃亡卫国，公子突在祭仲的助力下篡位成为郑厉公。

郑厉公的日子并不好过，因为宋国认为助他夺权有功，于是不断地索要财物，贪婪到郑厉公无法忍受的程度，最后只能彻底翻脸。

郑军准备攻击宋国，宋国立即组成了宋、齐、蔡、卫、陈五国联军，一直攻打到郑国的都城，焚烧了郑都的城门。为了泄愤，宋军还把郑国国祭大庙的椽子拆下来，运回宋国当都城卢门的椽子。

对中原霸主郑国来讲，这既是莫大羞辱，也是衰落的先兆。

更严重的是，郑国的政治隐患并没有彻底消除。

大夫祭仲因自认有功，专权蛮横，也到了郑厉公无法忍受的程度。于是郑厉公决心将其除掉，派出的杀手是祭仲的女婿雍纠。从姓氏上看，祭仲为女儿选的女婿，似乎也是来自宋国贵族雍氏家族。雍纠准备在郊外宴请祭仲时动手。雍纠的妻子、祭仲的女儿获悉此事后，问她的母亲：父亲与丈夫哪一个更亲近？母亲的回答是：任何男子，都可能成为一个女人的丈夫，父亲却只有一个，怎么能够相比呢？于是，雍纠的妻子就把秘密告诉了父亲祭仲。祭仲立即杀了雍纠，并在大街上陈尸示众。郑厉公闻听后，载着雍纠的尸体仓皇逃离了郑国。古籍上记载了他出逃时说的这样一句话："谋及妇人，宜其死也。"〔左传·桓公十五年〕——谋划一旦告及女人，基本上等于找死呢。

祭仲把逃亡到卫国的郑昭公护送回国，重新复位。

秋天，逃亡的郑厉公，在宋、齐、蔡、陈等国和周王室的支持下，在郑国的一个偏僻城栎邑（今河南禹州一带）居住下来，因宋国派出军队保护，郑昭公也不敢攻打栎邑。

这样一来，郑国实际上有了两位国君。

仅仅几年，郑国就沦落成受人掣肘的下等国。

趁着混乱，当年被郑国占领的许国开始复仇，流亡的许庄公的弟弟许叔赶走了郑国军队，复建许国，史称许穆公。

郑昭公也没能活多久。在繻葛之战中立下汗马功劳的大将高渠弥，虽然当年是郑庄公的宠信，但他与郑昭公一直不和，郑昭公再次继位后，高渠弥担心郑昭公会杀了自己，便与祭仲合谋，在郑昭公打猎时在野外把他射杀了。

祭仲与高渠弥不敢迎回郑厉公，便改立另一位公子——郑昭公的弟弟公子亹为国君。

多年的政治内乱将郑庄公创立的伟业彻底败毁。

郑国无可挽回地退出了春秋历史舞台。

历史反复证明：在机遇与危机并存的世界上没有永远的霸主。

又一个春天来了。

被战火摧残的郑都东门外，春花再次烂漫开放，一位心智成熟的男子正在春光中徘徊：

　　　　我漫步走出都城的东门，
　　　　眼前的美女们密集如云。
　　　　尽管美女们是如此众多，
　　　　却没有我情意中的爱人。
　　　　一想到她那身白衣青巾，
　　　　才是让我快乐的心上人。

　　　　我在那都城东门外漫步，
　　　　眼前的美女们密集如云。
　　　　虽然美女们是如此众多，
　　　　却没有我向往中的爱侣。
　　　　一想到她那身白衣红巾，
　　　　就足以让我沉醉于幸福。［诗经·郑风·出其东门］

战乱，永远是普通百姓的巨大灾难。

妻离子散之时，残垣瓦砾之间，面对生生不绝的烂漫春花，叫人怎能不痛彻心扉。

天著春秋

第五章

长勺之战：三击鼓

一 撒切尔彗星

郑国都城的城门被烧，国祭大庙的椽子被拆下运往宋国的那一刻，宋、齐、蔡、卫、陈的兵士看着神色仓皇的郑人，心中弥漫起一种莫名的自豪感：称霸一时的郑国终于沦落了。

此时感觉最良好的，当数作为攻击主力的齐国兵士，他们有理由认为：齐国取代郑国成为中原霸主的时机到了。

但是，突然传来的一个消息，让齐国兵士有点不知所措：他们的国君齐僖公病逝了。

齐国军队立即启程回国。

齐国是周王朝开国时分封的诸侯国之一。牧野之战结束后，由于姜子牙辅佐周武王灭商有功，被封地于营丘（今山东临淄一带），国名为齐，因国君为姜姓，又称姜姓齐国。营丘占据着今山东大部，濒临大海，有渔盐之利，齐国逐渐成为一个诸侯大国。

只是，疆土再大也是周王室的附属。

公元前882年发生的一件事，对齐国历史产生了深远影响：纪国国君纪侯在周夷王面前进谗言，说齐国国君齐哀公正在修建祭天的天坛。祭天是古代最高级别的祭祀活动，只有朝代的君王也就是周天子才能主持。齐哀公的"僭越"导致他在去周都朝觐时，被周夷王扔到一口大鼎里煮了。这是一个没齿难忘的奇耻大辱，齐国与周王室和纪国结下了深仇大恨。

要想复仇，必须强国。

但是，齐哀公死后，齐国陷入了长达数十年的内乱，兄弟之间、叔侄之间为争夺权位，爆发了一轮又一轮的冲突。

陷害齐哀公的纪侯为绝后患，向周夷王提出：废掉齐哀公的儿子，立齐哀公异母弟弟吕静为齐国国君，是为齐胡公。——纪侯之所以提出这个建议，是看准了齐胡公的懦弱。

果然，为躲避心机叵测的纪侯再次暗算，同时躲避齐哀公的儿子以及亲兄弟们的复仇，齐胡公继位后做的第一件事，就是把齐国的都城从营丘迁到西北五十里外的薄姑（今山东博兴以南）。——只要纪侯存心将齐国置于死地，只要齐哀公的后代决意复仇，仅仅跑出五十里就能平安无事了？

齐胡公刚在薄姑安顿下来，齐哀公的同母弟弟姜山和他的侄子们——即齐哀公的儿子们——纠集各自的私党以及反对迁都的齐人，联合向薄姑发起了攻击。虽然这支联军结构松散，军事指挥也没章法，但是他们同仇敌忾，士气旺盛，且有民意支持，只有少量王室卫队的齐胡公没有任何抵抗力，薄姑很快被攻陷，齐胡公在混乱中被乱刀砍死。

齐哀公的儿子们为答谢叔叔的恩德，主动放弃了国君之位，姜山成为齐国国君，是为齐献公。

齐献公将都城迁回营丘，改名临淄。

齐献公和他的儿子齐武公前后在位三十五年。

三十五年后，齐国再次出现危机。

此时，齐国国君是齐武公的儿子齐厉公。

齐厉公生性暴虐，国人怨声载道，齐厉公规定：凡谤者，杀！

齐胡公的儿子们认为：复位的时机到了。他们混进临淄城，与充满怨恨的齐人一起攻打齐厉公的宫殿。齐厉公的王室卫队拼死抵抗，混乱的肉搏持续了一天。当搏杀之声终于平息后，双方的幸存者都不知所措了：齐胡公的儿子们与他们攻击的齐厉公都已死于乱刀下。

> 厉公暴虐，故胡公子复入齐，齐人欲立之，乃与攻杀厉公，胡公子亦战死。[史记·齐太公世家二]

短暂的沉寂过后，齐人发现齐厉公之子姜赤还活着，于是拥立他为国君，是为齐文公。

临淄城里的血污逐渐干涸。

公元前794年，齐文公的孙子继位，是为齐庄公。

齐庄公在位六十四年。由于他在位时间长，一直奉行"通商工之业，便渔盐之利"[史记·齐太公世家二]的治国方略，频繁内乱的齐国终得以恢复元气并逐渐富足。

齐庄公死后，其子齐僖公继位。

此时，齐国的国力已非同一般。

不幸的是，齐僖公与郑庄公处在同一个历史时期。

于是，同样野心勃勃的齐僖公，面临着一个重大的战略问题：是暂时卧薪尝胆，甘当中原第二，还是一鼓作气，争当中原老大？

齐僖公意识到：齐国尚不足以与郑国争锋，操之过急很可能前功尽弃。须以极大的耐心与郑国周旋，使齐国养精蓄锐的时间更为充足。——对于中原第一的郑国来讲，是要小心被实力第二的诸侯国超越，更要小心被甘居第二的诸侯国取代。

齐僖公先后与郑庄公、鲁隐公结盟；还在宋、卫与郑国的争斗中充当调停人；又联合郑、鲁两国，讨伐不向周天子朝觐的宋殇公；然后联合郑庄公和鲁隐公一起攻打许国……公元前706年，齐僖公在郑国公子忽的帮助下，打败了入侵中原的狄戎；三年后，在郑国的要求下，联合卫国讨伐了与自己有联姻关系的鲁国……总之，齐僖公小心处理着与中原霸主郑国的关系，最大限度地利用着积蓄实力的机遇期。

齐国的耐心等待终于有了回报。

公元前701年，一代霸主郑庄公死了。

如果从复兴齐国的齐庄公算起，齐国的养精蓄锐已经长达九十多年。

当宋国与郑国翻脸欲出兵伐郑时，齐国立即响应并且充当主力军，两国又联合了曾与郑国交恶的卫、蔡、陈三国，五国联军一直打到郑国都城的东门外。

公元前698年，壮志未酬的齐僖公去世。

齐僖公的长子姜诸儿继位，是为齐襄公。

齐襄公继位时，正值齐国实现崛起的历史关口，中原所有的诸侯国都在注视着他的一举一动。

而后来的史籍，多把齐襄公叙述成一位昏庸的君主，原因来自他对一位女子执着一生的迷恋。——在中国古代史上，这位齐国君主奇特的情爱故事，令他所有的政治和军事作为都黯然失色。

安葬了父亲齐僖公后，齐襄公要做的第一件事，就是进一步肢解之前的中原霸主郑国。他首先以主持公道的名义，恢复了被郑国占领的许国的诸侯国地位，好像当年攻打许国的联军中没有齐国军队一样。之后，他在宋国靠近郑国边境的首止（今河南睢县一带）主持会盟，商议再次出兵讨伐郑国，以给陷入内乱的郑国最后一击，理由是郑国发生了弑君之罪。——郑庄公死后，郑国争夺君位的内讧随即爆发：先是郑昭公被逐，郑厉公继位；接着，郑厉公为躲避暗杀逃亡，郑昭公复位；随后，郑昭公被大臣高渠弥杀死，郑昭公的弟弟公子亹继位，但齐国不承认公子亹的君主地位，因为逃亡的郑厉公正处于齐国的保护下，是齐襄公控制郑国的一张王牌。

当得知各国又准备发兵攻打郑国时，公子亹决定和心腹臣僚高渠弥一同前往首止，拜见齐襄公。这一决定，遭到当年迫使郑厉公逃亡的臣僚祭仲的反对，祭仲认定此行凶多吉少。但公子亹认为，为避免齐襄公发兵伐郑，避免齐国庇护下的郑厉公回国，只要能够保住自己的君位，即使齐襄公在诸侯会盟上公开侮辱他也能忍受。祭仲害怕自己被杀，声称患病没有同去。结果，公子亹刚到首止，还没来得及向齐襄公献媚，就被砍下了脑袋。与他同行的高渠弥，因为是杀死郑昭公的凶手，下场更惨："齐人杀子亹而辚高渠弥。"〔左传·桓公十八年〕——辚，用车撕裂人体的酷刑。然后，在齐襄公的策划下，郑国大夫傅瑕充当内应，将公子亹死后继位的公子婴以及公子婴的两个儿子杀死，迎接郑厉公回国。再次登上君位的郑厉公，做的第一件事就是把傅瑕杀了。——敢于弑君之臣绝对不可靠！

至此，郑国的政治内乱暂时平息，郑国彻底沦为齐国的附属国。

接着，齐襄公开始干涉卫国的内政。

卫国国君卫惠公，是齐襄公妹妹宣姜的儿子。齐襄公继位的第二年，卫国的两位公子因怨恨卫惠公杀害太子伋取代其位，起兵推翻了卫惠公，并拥立太子伋的同母兄弟公子黔牟为国君。对于齐襄公来讲，卫国内乱正是控制卫国的绝好时机，他不但把逃亡的卫惠公收留在齐国，而且再次召集各诸侯国会盟，声称要为卫惠公讨回公道。为了集中力量对付卫国，在齐襄公邀请的诸侯国国君中，竟然还有纪国的国君，且齐襄公堂而皇之地宣布：齐国与纪国已经签订了友好盟约。——谁都知道，齐哀公受纪侯陷害被煮死，齐必报的国仇就是灭亡纪国。诸侯国的国君们再一次领略了齐襄公的老谋深算。

既可认敌为"友"，也可视"友"为敌。

既能让你以为再深的国仇也可一笑泯之；还能有一天让你明白任何盟约都是靠不住的。

谁说齐襄公是昏庸的君主？

但是，另一件事的发生，不但使齐国崛起的光芒黯淡下来，还在中国古代史上留下了一个永久的粉色谈资。

齐襄公居然还是一位为了情爱奋不顾身的君主。

而他至死不渝爱恋的那位女子，不但是他同父异母的妹妹，还是鲁国国君的夫人。

齐僖公之女史称文姜。

当时，文姜与她的姐姐宣姜，都是闻名于世的绝色美人，各诸侯国的国君以及公子们，纷纷寻机前往齐国都城临淄，既为窥视芳容更为谈论嫁娶。

文姜暗恋上了郑国的公子忽，恳求父亲成全她的意愿。

但是，当齐僖公有意将文姜嫁给公子忽时，竟然被公子忽拒绝了，理由是一个莫名其妙的政治借口：齐国是大国，大国的公主他配不上。

传说，这件事让文姜患上了忧郁症。

作为文姜同父异母的哥哥诸儿，即后来的齐襄公，当时是齐僖公的长子，齐国君主之位的继承人，因从小与妹妹文姜一起长大，感情非同一般，特别是在情窦初开的年龄初尝禁果，导致一发而不可收拾，诸儿对妹妹有了近乎病态的迷恋。

这段感情逐渐为外人所知。

齐僖公不得不将二人分开。

被郑国的公子忽拒绝后，在齐僖公的安排下，文姜嫁给了鲁国国君鲁桓公。这显然是一桩政治联姻。文姜出嫁的时候，哥哥诸儿依依不舍，不但亲自送妹妹去鲁国，且在以后分别的日子里陷入了不可自拔的相思。

桃树有华，灿灿其霞，当户不折，飘而为直，吁嗟复吁嗟！〔东周列国志〕

诸儿认为，文姜桃花一般娇艳的容颜光彩夺目，现在这枝桃花让别人折走了令自己痛不欲生。

桃树有英，烨烨其灵，今兹不折，证无来者？叮咛兮复叮咛！

［东周列国志］

文姜告诉诸儿，桃花是有真情的，你若不主动来折，难道还要等到韶华已逝吗？

诸儿继位后，成为齐国国君齐襄公，不但娶了宋国公主为妻，而且有了儿子；文姜成为鲁国国君夫人后，也为鲁桓公生下了儿子。两人天各一方，没有见面的机会，这段同父异母的兄妹情爱，似乎到此为止了。谁承想，有一天，在齐、鲁两国的正式往来场合，两人又见面了。这一见，便引出了一连串的事端。

公元前694年，齐襄公继位后的第四年，正月，齐襄公邀请鲁桓公访问齐国。夫人文姜请求一同前往。两位国君先在齐、鲁边境附近举行会谈，然后鲁桓公和文姜一起抵达临淄。齐襄公以兄妹之情为由，将文姜接到自己的宫内，男女旧情立即重燃。艳闻从宫内传到市井，引起齐国舆论的轩然大波：

> 齐国的南山多么高峻，
> 毛茸茸的公狐狸在山坡逡巡。
> 通往鲁国的大道又宽又平，
> 齐国公主从这里嫁给鲁君。
> 既然已经嫁给了别人，
> 为啥还要幽会从前的情人？
>
> 脚上的葛鞋两只成双，
> 帽带的一对双缨已经拴牢。
> 通往鲁国的大道又宽又平，

文姜出嫁走过这条大道。

既然成为鲁国的夫人，

为啥又回到齐国来重温旧好？

种植葛麻有什么诀窍？

只要修垄挖沟就能长得很高。

想要娶妻有什么规矩？

必须事先向父母禀告。

既然正式通过明媒正娶，

为啥她如此不知害羞？

想去砍柴有什么高招？

没有斧子什么也砍不倒。

想要娶妻通过什么方法？

没有媒人谁也娶不到。

既然已经是人家的媳妇，

为什么由着她如此妄为？［诗经·国风·齐风·南山］

被社会舆论指责的不是爱情而是"乱伦"。

古代婚姻中有两条基本戒律：一是同姓男女不得发生婚姻或两性关系；二是男子不得与庶母、兄弟之妻等女性家庭成员发生两性关系。

鲁桓公得知此事后严厉斥责了文姜。

再与齐襄公私会时，文姜把受到的委屈告诉了齐襄公。

齐襄公勃然大怒，做出一个匪夷所思的决定：在招待鲁桓公的宴会上，有意把鲁桓公灌醉，然后让大夫彭生搀扶鲁桓公登车返回。车行半路，彭生突然勒住不胜酒力的鲁桓公，由于年轻力壮，竟然一下子勒断了鲁桓公的肋骨，鲁桓公当场毙命。

《左传·桓公十八年》：

> 十八年春，公将有行，遂与姜氏如齐……公会齐侯于泺。遂及文姜如齐。齐侯通焉……夏四月丙子，享公。使公子彭生乘公，公薨于车。

鲁国国君死在了齐国。

没有人认为齐襄公只是出于痴情，所有人都认为齐襄公的霸气已经张狂到了肆意妄为的地步。

可以想见，那些陪同鲁桓公出访齐国的鲁国人是多么的惊骇。他们对齐襄公表示：鲁国国君敬畏您的威严，不敢苟安，来到齐国与您修好订盟。如今却再也无法回到鲁国。这件事将在诸侯国间造成恶劣影响，我们也无法向鲁国的国民交代。请严惩彭生！齐襄公非常痛快地答应了这一请求，把勒死鲁桓公的大夫彭生以暗杀罪处死了。

鲁桓公死在了齐国，鲁国人拥立太子同继位，是为鲁庄公。

太子同，文姜所生。

为躲避舆论的攻击，文姜暂时滞留在齐国，想必与齐襄公日日缠绵。

后来，为帮助儿子理政，文姜回到鲁国，但仍然寻找机会与齐襄公相会。

《左传·庄公二年》：

> 二年冬，夫人姜氏会齐侯于禚（zhuó）。

禚地，位于齐、鲁、卫三国交界处的齐国境内，今山东长清西北一带。这是公元前692年的冬天，距鲁桓公死去仅仅过了两年，他们再次私会。

《左传·庄公七年》：

七年春，文姜会齐侯于防，齐志也。

　　防地，位于鲁国境内，今山东费县一带。所谓"齐志"，指的是这次私会出自齐襄公的意愿。这是公元前687年的春天，距两人旧情重燃已经过去七年，他们还是彼此渴望着与对方相见。

　　尽管如此，齐襄公依旧是一位令齐国人骄傲的君主，因为他办成了一件大事：灭亡纪国！

　　纪国，东方诸侯国，位于今山东半岛中北部、渤海莱州湾的西南岸。纪国与齐国毗邻，又同是姜姓，在西周初期的很长一段时期内，纪、齐两国和平共处、相安无事。周夷王三年，齐哀公被纪国君主陷害致死后，齐国与纪国结为世仇。

　　对于齐襄公来讲，复仇只是灭纪的原因之一，更重要的动力是齐国在中原的扩张称霸。

　　齐襄公采用的手段，是以强大的武力震慑迫使纪国屈服。

　　公元前695年，即齐襄公继位的第三年，齐国发兵攻打纪国。纪国求救于鲁国，鲁桓公出面调停。由于当时齐襄公要先将卫国收入囊中，为麻痹纪国，便顺水推舟，借机与纪国签订了一个友好盟约。

　　当齐国控制了郑国和卫国，特别是齐襄公杀死鲁桓公后，纪国便孤零零地暴露在齐国的刀锋下了。

　　公元前693年，齐襄公撕毁与纪国的友好盟约，打着为齐哀公报仇的旗号再次兴兵伐纪。在齐军强势的猛攻面前，纪军无力阻挡。齐军连续占领了纪国的骈邑（今山东临朐一带）、鄑邑（今山东昌邑一带）、郚邑（今山东安丘西南）等地，然后把占领地的纪国子民统统赶走，宣告脚下的这片土地归齐国所有。在齐国持续不断的军事压力下，纪国内部产生了分裂。公元前691年，纪国国君的弟弟，把纪国的酅地（今山东淄博一带）献给齐国，表示愿向齐国俯首称臣以换取平安无事。齐襄公同意了。但是，没过多久，齐国大军再次攻入纪国，且直接攻破了纪国的都城。纪国国君怕齐人将他也煮了，仓皇出逃并一去不复返。

纪国灭亡了。

纪国在中国古代史上存在了五百余年。

齐国，历经九世君主，历时一百九十一年，终于复仇！

灭亡纪国三年后，齐襄公与文姜又一次在防地幽会。

此时的齐襄公踌躇满志，意气风发，他只用了十几年的时间，便让齐国登上了春秋历史的辉煌顶峰。

然而，沉浸在欢欲中的齐襄公并不知道，他的死期马上就要来了。

即使贵为君王霸主也无法预知自己命运中的无常。

这一年，齐襄公派两位臣僚去驻守边关葵丘，一位臣僚叫连称，另一位臣僚叫管至父。

边关总要有人守，但两位臣僚都不愿去。

葵丘在哪里？

今潍坊临朐县大关镇与临沂沂水县马站镇的交界处，有一座属于齐长城的险要关隘，名叫穆陵关，是古代齐、鲁两国相争的战略要地，号称"齐南天险"。穆陵关附近有一个地方名叫"葵丘"。这处"葵丘"靠近长城关隘，虽被称为需要镇守的边关，但距离齐国都城临淄并不算太远。

可见，不是镇守边关太过辛苦，而是臣僚们养尊处优惯了。

史籍对此记载简略："襄公使连称、管至父戍葵丘。瓜时而往，及瓜而代。"〔史记·齐太公世家第二〕——两位臣僚接到镇守边关的旨意时，正值瓜熟季节。为了让他们尽快上路，齐襄公表示：等明年瓜熟的时候，派人把他们替回来。

此处的"瓜"，是产于齐国的一种气味芬芳的甜瓜。

什么瓜不重要。

重要的是：甜瓜引来的是一桩残忍血腥的弑君命案。

连称和管至父很不情愿地去了葵丘。

一年后，即公元前 686 年，瓜又熟了，连称和管至父却没有接到回城的旨意。两人派人去提醒齐襄公，请求派人来替换他们，没想到齐襄公不同意，这让连称和管至父十分恼怒。

为臣一时愤怒不重要。

重要的是，他们在决意不再忍受边关之苦的同时，决意不再忍受齐襄公对他们的任性与轻蔑。

一场惊天动地的叛乱由此而生。

两人都是齐襄公身边的臣僚，对宫内的情况十分熟悉。他们选择了另外两人作为内应：一是齐襄公的堂兄公孙无知。公孙无知是齐僖公弟弟的儿子，齐僖公生前对这个侄子非常宠爱，一切待遇都与太子相同。因此，齐襄公当太子时就常与公孙无知发生冲突。齐襄公继位后，立即降低了公孙无知的待遇，这引起公孙无知的极大不满。二是连称有个堂妹在齐襄公的后宫，因长期得不到齐襄公的宠爱而满腹怨恨。连称让堂妹负责窥视齐襄公的行动以寻找下手的时机。

这一年的冬天机会来了。

齐襄公到姑棼（今山东博兴一带）打猎时，发现一头大野猪：

> 从者曰"彭生"。公怒，射之，豕人立而啼。公惧坠车伤足，失屦。
> ［史记·齐太公世家二］

大野猪出现的时候，随从的人说这是彭生。意思是：当年彭生奉命杀死鲁桓公，齐襄公为灭口又杀死彭生，彭生托生成野猪向齐襄公索命来了。齐襄公大怒，发箭射野猪，这头野猪像人一样立起来嚎叫。受到惊吓的齐襄公从车上掉下来，摔伤了脚，还把鞋子丢了。齐襄公回到宫中后，责令管鞋的小臣费去找鞋，费没找到鞋，回来被齐襄公用鞭子抽得皮开肉绽。

连称得到齐襄公受伤的情报后，立即与管至父联系公孙无知，拟率众袭击齐襄公的宫殿。一行人来到宫门口时，刚好遇到费，随手就把费捆了起来。费说，我哪里会抵抗你们，你们不要硬冲，惊动了宫内就很难成功。公孙无知不信，费解开衣服让他们看背后的鞭伤，公孙无知相信了。费表示自己愿做他们的内应。

费再次进宫后，告知齐襄公：一伙叛乱的人正往宫内冲呢！然后帮助齐襄公躲藏到门后。费回身想去接应，却死在宫门的台阶上，冲进来的人并不知道他是内应。等公孙无知冲入宫内时，小臣孟阳装扮成齐襄公躺在床上，他立即被杀，而公孙无知很快就发现杀死的并不是齐襄公。

　　　或见人足于户间，发视，乃襄公，遂弑之。〔史记·齐太公世家二〕

仔细搜寻后，公孙无知看见了齐襄公露在门缝下的一只脚，于是将他拖出来一阵乱刀猛砍。——成就了名垂于史的齐国伟业，又成就了流传于世的奇异情爱，一代国君齐襄公瞬间便身首分离血肉模糊。

齐国国内大乱。

大夫鲍叔牙保护着齐襄公的弟弟姜小白逃到莒国。

大夫管仲和召忽保护着齐襄公的另一个弟弟姜纠逃到鲁国。

公孙无知自立为齐国国君。

作为中原霸主的齐国，陡然发生了如此大变，各诸侯国一片震惊。人们立即联想到不久前发生的一个异常天象：一阵流星雨瀑布般自深邃的夜空倾泻而下，光芒照耀着沉沉暗夜。

流星雨是体积巨大的彗星在行进中形成的。迄今为止，在天文学家发现的六千四百多颗彗星中，造成最古老的流星群之一——天琴座流星雨——的那颗彗星，由一位名叫撒切尔的业余天文学家于一八六一年最早发现，因此被命名为"撒切尔彗星"。中国的《左传》对发生于公元前 687 年的流星群的记载，是世界公认的第一次对撒切尔彗星飞临地球造成的流星雨的记述:后半夜,流星像雨一样地洒下来,星光的长度都在一至二丈,持续不断地落下,但都没有落到地面就消失了,这样的景象直到鸡鸣时才停止。围绕着太阳旋转的撒切尔彗星,大约四百多年才能转完一圈。天文学家因此推算,人类能够再次看到撒切尔彗星的时间,大约在公元 2276 年。

而中国古人认为,彗星的出现,标志着一个伟人死了,另一个伟人将要出现。

齐襄公被杀的第二年,公孙无知在出游时被杀。

《左传·庄公九年》:

> 初,公孙无知虐于雍廪;九年春,雍廪杀无知。

这里说的"雍廪",是齐国一位大夫的名字,因受公孙无知的虐待而杀了他。

《史记·齐太公世家二》记载:

> 桓公元年春,齐君无知游于雍林。雍林人尝有怨无知,及其往游,雍林人袭杀无知。

显然,这里的"雍林"是一个地名,雍林人因怨恨公孙无知而杀了他。

无论如何,公孙无知的弑君行为遭到齐人的痛恨,齐人杀他是为有一位名正言顺的国君。

公孙无知被杀后,流亡在莒国的姜小白,在鲍叔牙等人的护送下火速赶往齐国;同时,流亡在鲁国的姜纠,也在管仲等人的护送下快速赶往齐国。无论是姜小白还是姜纠,此刻都是齐国君位的合法继承人,谁能抢先赶回国,谁就能登上齐国君主的宝座。只是,相比之下,公子纠有一个巨大的优势:他得到了鲁庄公的全力支持。此时的鲁国认为:

让被鲁国保护的公子纠继位，是控制齐国的绝佳时机。为此，鲁庄公不但亲自领兵护送公子纠回国，同时命令管仲率军把守莒国通往齐国的道路以阻姜小白顺利归国。

管仲率领的拦截队伍，与鲍叔牙护送姜小白回国的队伍，不可避免地撞到了一起。

于是，一件令人匪夷所思的著名事件发生了：

> 鲁闻无知死，亦发兵送公子纠，而使管仲别将兵遮莒道，射中小白带钩。小白详死，管仲使人驰报鲁。鲁送纠者行益迟，六日至齐，则小白已入……是为桓公。[史记·齐太公世家二]

管仲的拦截队伍挡住了姜小白，管仲亲自射箭，却射中了姜小白的衣带钩，姜小白没有受到任何伤害。但是，姜小白却口吐鲜血倒在车里佯装死去。管仲立即派人向鲁庄公报告了姜小白的死讯，导致护送公子纠的鲁国军队放慢了行进速度，六天之后才抵达齐国都城临淄。而这时候，姜小白已经成为齐国国君了。

这戏剧性的一刻，虽已过去了两千多年，但是管仲向姜小白射出的那一箭，连同姜小白装死的历史往事，依旧充满了令人不解的重重疑点。——毫无疑问，与令人惊异的撒切尔彗星造成的千载难逢的流星雨一样，那位死而复活的人能以这种极其特殊的方式出场必是不可等闲视之。

姜小白，齐国第十六位国君，中国古代史上著名的齐桓公。

齐国的霸业因他迎来了重大的历史转折。

二 诡异的小河

　　齐桓公继位后的第一件事，就是巩固自己用特殊手段夺取的君位。

　　由此爆发的一场战事，史称"干时之战"。

　　这场战事从头至尾充满着诡异。

　　齐桓公制造的诡异历史从管仲向他射出那一箭便开始了。

　　管仲，齐国人，贵族出身，祖先是周穆王的后代，与周王室同宗，父亲管庄曾官至齐国大夫。但是，父亲在他年少时去世，导致他的家境逐渐败落。唯一值得庆幸的是，他有一个少年时就结交的朋友，名叫鲍叔牙。

　　　　吾始困时，尝与鲍叔贾，分财利多自与，鲍叔不以我为贪，知我贫也。吾尝为鲍叔谋事而更穷困，鲍叔不以我为愚，知时有利不利也。吾尝三仕三见逐于君，鲍叔不以我为不肖，知我不遭时也。吾尝三战三走，鲍叔不以我怯，知我有老母也……生我者父母，知我者鲍子也。[史记·管晏列传第二]

　　管仲贫困时，曾与鲍叔牙一起做买卖，两人赚的钱大部分被管仲拿走，可鲍叔牙并不认为管仲贪财，而是知道管仲太穷了。管仲曾与鲍叔牙谋划做事，不但没有一件事成功，反而屡让鲍叔牙陷于窘境，可鲍叔牙并不认为管仲愚笨，而是认为他的运气不好。管仲做小官的时候，三次被国君驱逐，鲍叔牙认为不是管仲不成器，而是他没遇到施展才能的机会。管仲去当兵，三次打仗三次逃跑，鲍叔牙认为不是管仲胆怯，而是他有老母亲需要赡养。管仲不禁感叹道：生我者父母，知我者鲍叔牙。中国成语中的"管鲍之交"说的就是这种交情。

作为朋友，这种交情即使有夸张的成分也可成为美谈。

但这种交情一旦掺入政治企图就另当别论了。

终于，两人遇到了一个机会：通过面试被聘为齐国公子的伴读师傅。

那时齐僖公还活着，他的三个儿子分别是姜诸儿、姜纠和姜小白。

齐僖公让召忽和管仲当公子纠的师傅，让鲍叔牙当公子小白的师傅。召忽此前就是公子纠的师傅，公子纠因倾慕他的才华，将其招入宫中为师。管仲和鲍叔牙能够同时入宫得到了召忽的力荐。

齐僖公死后，姜诸儿继位成为齐襄公。

齐襄公杀死鲁桓公后，召忽、管仲和鲍叔牙都认为齐国国难将至。

因公子纠的母亲是鲁国国君的女儿，于是召忽和管仲保护公子纠逃到了鲁国；而鲍叔牙保护公子小白去了莒国。

很快，齐襄公被杀，齐国无君。

于是，便发生了那件匪夷所思的事：公子小白因装死，得以赶在公子纠之前回到齐国，继位成为齐桓公。

这件事疑点重重：

有史料显示，当初，齐僖公让鲍叔牙给公子小白当师傅，鲍叔牙不情愿，认为公子小白不是当国君的料。但是，管仲不这么看这个问题，他对鲍叔牙说，诸儿（后来继位的齐襄公）虽是长子，但心性轻率，前途无定。如果上天降祸于齐国，将来替代诸儿统治齐国的，不是公子纠就是公子小白。公子纠即使成为国君，也必将一事无成。而公子小白虽不显聪明，但凡事看大局有远虑，是能让齐国成就大业的。

那么，未来，公子小白一旦成为国君，你就是辅佐国君的重臣了。——管仲对鲍叔牙说的这番话，证明两人在入宫为师时就达成了一个政治默契：两位公子无论谁当上国君，作为公子的师傅都可以从中获利。——如果这些史料是真实的，那么，管仲射向姜小白的那一箭是真是假就值得探究了。且从地理上讲，莒国距离齐国近，鲁国距离齐国远，从鲁国出发的管仲都能赶上公子小白，如何解释十万火急赶回齐国的公子纠却落在了管仲的后面呢？据说，公子小白是咬破舌头口吐鲜血装死的，但从常识上讲，被箭射中喷出鲜血与咬破舌头流出鲜血是两回事。就算公子小白演技精湛，管仲为何没有仔细确认就忙于向鲁庄公报告了他的死讯呢？——除非是，管仲和鲍叔牙合谋做着一笔瞒天过海的大生意。

公子小白抢先继位后，公子纠不得不重回鲁国。

管仲并没有与鲍叔牙一起回齐国，享受公子小白继位后带来的利益，而是依旧跟随着公子纠回到了鲁国。——如果是管仲和鲍叔牙共同策划了这场阴谋的话，更出人意料的情节应该还在后面。

齐桓公继位，除了公子纠外，最愤怒的是鲁国。

鲁国与齐国的关系，可谓春秋时代最为纠结的关系。

鲁国是西周初年分封给周公旦长子伯禽的诸侯国，国都曲阜，疆域在泰山以南，大致位于今山东南部，兼涉河南、江苏、安徽三地的一小部分。鲁国与齐国相邻，处在同一地域，两国君主世代都有联姻关系，但私下里又始终处于激烈的竞争中。——中国古人熟谙"远交近攻"的道理。

鲁国国君鲁庄公，是公子纠的亲舅舅。原指望公子纠当上齐国国君，鲁国就能控制齐国了。于是，当公子纠逃回鲁国后，鲁庄公决定用武力推翻立足未稳的齐桓公。

齐、鲁两国的战事，是鲁国率先发起的。

鲁国的军队由鲁庄公亲自率领，以大将曹沫为前锋，大军闯入齐国国境后，前锋推进到距临淄城仅几十里的一条小河边。

齐桓公在鲍叔牙的辅佐下率军迎战。

两军在小河的两岸形成对峙。

那条小河的名字叫干时。

时值秋天，小河的水很浅，水面上漂浮着枯枝败叶。

小河上唯一的一座木桥，是鲁国通往齐国都城的必经之路。

小河的两岸，林木遍地，沟堑纵横，除了这座木桥外，再无路可供战车通行。

管仲在战前向鲁庄公提出"速攻"的建议。鲁庄公根本不想知道管仲的"速攻"意味着什么，他对管仲的回答是：如果一切真的如你所料，姜小白早就被射死了。

鲁军抵达干时河边，发现木桥已被拆毁。

鲁庄公命令架设浮桥。

浮桥刚刚架设完毕，对岸便传来隆隆的战鼓声：齐军在数十乘战车的引领下向河边冲来。

鲁庄公立刻命令曹沫率军过桥迎战。

冲过浮桥的鲁军与齐军撞在一起。齐军战车上的甲士用长戟刺杀，战车阵形后面的徒兵射出密集的箭矢，鲁军的前军抵挡不住开始有后退的趋势。但是，在曹沫的督战下，鲁军坚持着拼死搏击。突然，阵地上响起一声号角，齐军潮水般地向后退去。鲁庄公立即命令鲁军追击。浮桥很窄，战车和徒兵挤在一起，浮桥不堪重负吱吱作响，不断有战车和兵士掉入河中，但鲁庄公严令全军迅速过桥。

当鲁军半数已经过桥，鲁庄公的战车走到了浮桥中央的那一刻，干时河上游方向突然传来轰隆隆的水声：一股汹涌的河水沿着几近干涸的河床滚滚而来。与此同时，从河对岸的树林中冲出齐军的三个战车群。在这三个战车方阵的中央、两侧和后面，齐军的徒兵高举着矛剑蜂拥而至。齐军的攻击阵形再次逼近河边，已经过桥的一半鲁军惊慌失措，纷纷后退，不少鲁军兵士退入河中，在暴涨的河水中挣扎。而退往浮桥上的鲁军战车，与正在桥上的战车顶在了一起，浮桥在汹涌河水的冲击下摇摇欲坠。

战场上充斥着鲁军兵士绝望的呼喊。

又一阵鼓声响起，木桥的两翼又冲出两支齐军的徒兵，这是专职射箭的徒兵队。徒兵队冲到河边后，前队半跪，用盾牌形成一道屏障；在屏障的后面，射箭手排成一列开始射箭；这一队发射完毕后退下，后面的一队上前继续发射。密集的箭矢指向目标非常明确：浮桥上悬挂着鲁军帅旗的鲁庄公的战车。

负责鲁庄公安全的武士们，冒着箭雨把鲁庄公的战车从浮桥上拉回到河岸。

鲁庄公的战车刚刚上岸，浮桥就被河水冲垮了。

河对岸的鲁军被齐军截成数段，在极度的混乱中丢盔弃甲，自相践踏，死伤惨重。

大将曹沫身已中箭，弃车泗水逃回河岸。

鲁庄公看到败势不可挽回，下令撤军。

但是，撤退的鲁军刚刚起步，就听见前面一片呐喊，一队齐军从斜刺里冲过来，像一堵墙挡住了他们的退路。

鲁军陷入了极端危险的境地。

齐军的作战计划，是齐桓公与鲍叔牙一起制订的：在预定战场的干时河上游，事先筑坝蓄水，然后兵分两路：一路埋伏在河岸边，等鲁军架桥渡河时，上游决堤放水冲毁浮桥，阻止鲁军大部队渡河，然后伏兵四起全歼过河的鲁军；另一路则埋伏在鲁军的背后，等他们败退时，对他们再次实施痛歼。

在鲁军战败的混乱中，鲁庄公换了一辆轻便的战车仓皇奔逃。与此同时，他的驭手秦子和武士梁子，驾着插有帅旗的战车向另外的小道奔逃。秦子和梁子很快被齐军擒获。鲁庄公得以侥幸逃脱。

齐国军队乘胜追击冲入鲁国国境。

鲁庄公接到了齐国的一封信。内容是：公子纠是齐国君主的兄弟，齐国不忍杀他，请鲁国把他杀了。公子纠的师傅管仲和召忽，是齐国君主的仇人，请鲁国把他们送到齐国来，齐国要把他们剁成肉泥。如果鲁国不从，齐国将对鲁国发起更加猛烈的围攻，后果自负。

鲁庄公接到信后，与大夫施伯商量怎么办。

施伯认为，这是齐桓公的一个计谋：齐国要管仲不是为了报仇，而是为了任用他，因为管仲的才能世间少有，他辅佐的国家必会称霸。假如管仲被齐国所用，将成为鲁国的心腹大患，不如现在就杀死管仲，给齐国一具尸首以绝后患。

施伯的判断是对的。

对于齐桓公来讲，除掉公子纠以及辅佐公子纠的管仲和召忽，符合一般常理。但是，鲍叔牙的一番话让齐桓公改变了决定：

鲍叔牙曰：臣幸得从君，君竟以立。君之尊，臣无以增君。君将治齐，即高傒与叔牙足也。君且欲霸王，非管夷吾不可。夷吾所居国，国重，不可失也。［史记·齐太公世家二］

高傒，齐国大夫，齐桓公还是公子时就与之交好。

管仲，名夷吾。

鲍叔牙的意思是：我幸运地跟随了您，您现在成了国君。您的威望，我无以复加。如果您想让齐国成为强国，那么有高傒和我足矣。但如果您想成就天下霸业，那么非有管仲辅佐不可。管仲到哪个国家，哪个国家就能强大，因此不可失去这个人。

于是桓公从之，乃佯为召管仲欲甘心，实欲用之。管仲知之，故请往。［史记·齐太公世家二］

齐桓公听从了鲍叔牙的建议，佯装报仇要求鲁国送管仲到齐国。

关键是，管仲心里也明白，所以要求返回齐国。

鲍叔牙推荐管仲可以理解，但管仲"知之，故请往"一句就暴露了天机。

《管子·匡君大匡》把这一天机说得十分清楚：

齐桓公问鲍叔牙："将何以定社稷？"

鲍叔牙答："得管仲与召忽，则社稷定矣。"

齐桓公说："夷吾与召忽，吾贼也。"——管仲和召忽，是我的仇人啊。

"鲍叔乃告公其故图。"——鲍叔牙便告诉了齐桓公他们之前的谋划，而这一谋划的核心就是让公子小白成为齐国君主。

"故图"：从前的谋划、从前的图谋。

鉴于齐国强大的军事压力，惊魂未定的鲁庄公不敢杀管仲，而是按照齐桓公的要求，在鲁国境内一个名叫笙渎（今山东菏泽以北）的地方把公子纠杀了，然后把管仲和召忽交给了齐国。

管仲和召忽戴着刑具被送往齐国。

路上，管仲问召忽，你害怕吗？

召忽表示：为什么要害怕呢？回到齐国，你能当上右相，我能当上左相，我们都能飞黄腾达。但是，召忽后面的话就严重了："我辅佐的公子纠被杀，这就等于杀了我的国君，再任用我等于对我的侮辱。此生，你做生臣，我为死臣……死者完成德行，生者完成功名，生名与死名不能兼顾，德行之名也不能虚得。你努力吧，我们两人各尽其名分。"

乃行，入齐境，自刎而死。〔管子·匡君大匡〕

于是，一进入齐境，召忽自刎而死。

召忽，齐国人，他没有和管仲一起享受唾手可得的富贵而选择自杀，后人对此评论道："召忽之死也，贤其生也；管仲之生也，贤其死也。"——召忽的死，比活着更贤德；管仲的生，比殉死更贤明。

干时之战爆发百余年后，孔子与子路就此发生过一场争执：

子路曰："桓公杀公子纠，召忽死之，管仲不死，曰未仁乎？"

子曰："桓公九合诸侯不以兵车，管仲之力也。如其仁，如其仁！"

[论语·宪问篇]

子路认为，齐桓公杀公子纠，召忽自杀以殉，但管仲却没有死，管仲这不是不仁吗？

面对这样的诘问，孔子的回答并没有直接面对，而是说，桓公多次召集各诸侯国会盟，并不使用武力，这都是管仲出的力。这就是他的仁！这就是他的仁啊！

召忽自杀后，管仲在齐国境内一个名叫堂阜（今山东蒙阴县西北）的地方，受到鲍叔牙的迎接。之后，管仲见到齐桓公，齐桓公赏赐给他厚礼，同时任命他为主持齐国政务的大夫。

管仲与鲍叔牙的谋划圆满落幕。

齐国的霸业自此开始。

三 长勺之战：三击鼓

太平洋西海岸北部那个突向海洋的巨大半岛，整个冬天都暴露在凛冽海风的横扫下。

对于齐桓公来讲，继位的第一年，即公元前 685 年的冬季，很是难熬。

每一个冬夜，齐桓公都在浮想联翩。

干时之战的取胜，令他深藏心底的政治野心不可遏制地膨胀。

齐桓公认为自己成就齐国霸业的日子近在眼前。

称霸中原，从他的祖父齐庄公便开始渴望。

在郑国成为霸主的那些年里，齐国君主耐心等待着郑国衰落的那一天。这种等待是漫长的，整整跨越了三代君主。

如今，中原霸主的位置出现了空缺。

齐国，一个坐落在半岛之上的地域广袤的诸侯国，山峦秀丽，河流众多，土地肥沃，物产丰饶，漫长的海岸线又提供了包括海盐在内的丰富水产。这不仅是一个安居乐业之地，三面环海又令其没有受敌围攻之忧。

齐桓公不断强化着自己的判断：齐国地大物博，人口众多，只要足够强大，中原就是齐国的天下。

何以彰显强大？

发动一场决定性的战争！

齐桓公被从半岛三面传来的海浪声安抚着：虽然没有腹背受敌之忧，但是要武力扩张，齐国只有一个出击方向——向西，深入中原的腹地，除此别无他路。不过，这样一来，全部兵力则可集中向西，这也是齐国得天独厚的地理优势。

在难眠的冬夜里，齐桓公召来管仲，君臣进行了如下一番对话：

齐桓公问管仲：国家怎样才能安定？

管仲回答说：齐国必须建立霸业，不然永远不得安定。

齐桓公说：我没有那么大的雄心。

管仲随即向齐桓公提出辞职。他说，您免我于死，是我的幸运。我之所以没有像召忽一样为公子纠死，就是为了要让齐国真正安定下来。如果您并不寻求齐国的长治久安，我只好告辞。

齐桓公的回答是：如果你一定坚持，那么，咱们就一起图霸吧！

可以想见，齐桓公内心激起的是多么汹涌的狂潮！

通过这场对管仲的政治测试，齐桓公得到了他期望的答案：管仲与他志同道合。

两个野心家齐心合力，还有什么能够阻止齐国的崛起？

冰雪即将融化时，齐桓公开始扩充武力，谁知管仲却坚决反对，理由是齐国的国力尚未达到可以轻而易举地征服他国的程度。

虽然通过干时之战，齐桓公的君位得到了巩固，但管仲认为战争要大幅劳民伤财，现在齐国的民用尚还拮据，再来打仗定会导致内忧外患。在国力还不足够丰厚的情况下，与其将有限的财力用于军备，不如让利于百姓。如果不把百姓放在首位而把军备放在首位，对外将疏离各诸侯国，对内将疏远本国百姓。

齐桓公没听，下令增加关税和市场税，以用于作战的奖赏金。

鲍叔牙担心地对管仲说，现在国家很乱，臣僚和贵族为了禄位互相残杀，折颈断头的事不断发生。如何是好？管仲认为，那些都是贪婪之人。我所担忧的，是各国的义士不肯入齐，齐国的义士又不肯为官。不过，国家政事我全力小理，混乱还有时间整治。只要我们支撑着政局，便无人敢来侵犯齐国。鲍叔牙还是担忧：那就任由齐桓公去打仗吗？管仲的回答是："吾君惕，其智多诲，姑少胥其自及也。"〔管子·匡君大匡〕——我们的国君谨慎，其见解多会改变，你且等他自己醒悟吧。

不知道管仲的信心从何而来。

齐桓公不但没有醒悟，还制订了他的行动方案：通过一场大战降伏最大的竞争对手鲁国！

公元前684年的春天来了。

春天是打仗的好季节。

等了整整一个冬天的齐桓公，率领着他的大军，在桃李盛开的醉人芬芳中从都城临淄出发了。大军穿过齐国南部，浩浩荡荡地越过齐、鲁两国的边界，径直向鲁国的都城曲阜推进。

齐军斗志昂扬。

齐军的乐观来自齐国占据的绝对优势：无论国土面积，还是人口总量，齐国都是鲁国的两倍以上。在即将爆发的战事中，齐军兵力为三十万，而鲁国能够投入的总兵力仅为三万。

十比一的兵力对比，战事的胜负还有悬念吗？

齐军逼近的消息传到了曲阜。

鲁国人心惶惶。

鲁庄公决定迎战。

鲁国有个周文王第六子曹叔振铎的后裔，名叫曹刿。此人凭借武力侍奉鲁庄公，被鲁庄公任命为鲁国将军。当鲁庄公决定出兵迎敌时，曹刿要求面见鲁庄公。朋友劝道：国家大事，是大夫们的事，哪里轮得上你多嘴？曹刿表示，他就是对那些大夫不放心。

见到鲁庄公后，曹刿提出质问："您凭什么跟齐国打仗？"

鲁庄公说："我知道衣食使人生活安定，我从来不敢独自占有，一定拿来跟别人分享。"

曹刿说："这种小恩小惠不能遍及民众，百姓不会跟随你去拼死作战。"

鲁庄公又说："祭祀用的牛羊、玉帛之类的东西，我从来不敢向鬼神虚报数目。"

曹刿说："这只是小信，还不足以得到鬼神的信任。"

鲁庄公又说："大大小小的诉讼案，我虽不能一一明察，但我总是尽力做到合情合理。"

曹刿说："这属于尽心竭力为民办事，凭这个就可跟齐国一战，我愿意跟随您出战。"

公曰："小大之狱，虽不能察，必以情。"对曰："忠之属也，可以一战。战则请从。"〔左传·庄公十年〕

这位鲁国武将的政治水准令人惊讶：即使在古代中国，社会最大的公平，并不是君主给予子民恩惠，而是刑可上大夫的司法公正。只要王亲国戚与乡野小民同律，百姓就会为自己的国家赴汤蹈火。

齐、鲁两军在鲁国北部一个名叫长勺的地方形成了对峙。

《辞海》："长勺，古地名，春秋鲁地，因商遗民长勺氏居此而得名。"

长勺战场，位于今山东莱芜苗山镇杓山南，大致范围西起苗山镇灰堆村，沿一条小河而上，东至苗山镇石湾子村。小河两岸为丘陵，丘陵间的平地最宽处约两里，具备战车作战的地形地势条件。

在丘陵之间的开阔地上，三十万齐军战车密集、长戟如林、旗帜蔽日。鲁军的三万部队，在齐军强大阵容的对比下，仅仅有单薄的三列，鲁军兵士们用力摇动的旗帜，在齐军眼里如同山谷中几簇晃动的茅草。由于干时之战中曾把鲁军打得狼狈不堪，加上眼前的兵力武力如此悬殊，齐国将士从一开始就抱定了速战速决的信心。

齐军敲响了攻击的鼓声。

鲁庄公决心拼死一战，命令鲁军擂鼓迎战，但立刻被与他同乘一辆战车的曹刿阻止了。曹刿认为，齐军势大而锐，鲁军此时出击就会正撞他们的刀锋。兵力处于劣势的鲁军，不能盲动，应该固守阵地。于是，鲁庄公命令前锋战车原地不动，两侧和阵后的弓弩手向攻击而来的齐军密集射击。

在中军车阵的率领下，齐军的三军战车裹挟着徒兵滚滚而来。但是，很快，前锋的车阵出现了某些迟疑，攻击的潮水一下子缓慢下来。——往常两军作战，任何一方的鼓声一响，两军便会同时发动攻击，双方的战车就会撞在一起，徒兵也会很快陷入搏斗。但是，这一次情况异常：鲁军竟然一动不动！齐军正不知所措时，密集的箭镞从头顶暴雨般地倾泻下来，前锋战车的马匹和车上的甲士都出现了伤亡，攻击阵形一下子显出混乱，齐军的前锋开始逐渐后退。

战场经过短暂的平静后，齐军攻击的鼓声再次敲响。

齐军的攻势比第一次还要猛烈，前锋几乎触及鲁军的前沿车阵，但是鲁军依然一动不动，只是用密集的箭镞压制着，在齐军前锋的面前形成一道箭墙。齐军被泥塑般伫立着的鲁军弄得有了一种莫名的恐惧，唯恐有更大的陷阱布置在鲁军前沿车阵的后面，实在不敢贸然冲击便又一次退回到原地。

经过两次冲击，齐军战车的马匹和甲士以及来回奔波的徒兵都已疲惫，战场上沉寂了好一会儿。

齐军第三次攻击的鼓声又响起来了。

这一次，齐军这边的攻击阵形还没动，鲁军那边便传来了更为激烈的鼓声。

鲁庄公站在中军战车上，亲自擂响了发动攻击的战鼓。

鲁军如同蓄存已久的洪水决堤而出，转眼间就攻到了齐军的眼前。

此时的齐军军心已乱，勉强抵抗了片刻后，战车和徒兵在丘陵间仓皇奔逃。

兴奋的鲁庄公命令全线追击，这一命令再次被曹刿阻止。

曹刿登上巢车瞭望，看见齐军旗鼓杂乱、兵器倒曳、车辙交错，判定齐军的确是在溃败，于是向鲁庄公建议全线猛追。

长勺之战，齐军死伤惨重。

齐桓公在武士们的保护下逃脱，但他的儿子雍死于混乱中。

鲁军俘获了齐军的大量甲兵和辎重。

史籍记载，得胜之后，鲁庄公询问曹刿取胜的原委。曹刿回答说："用兵打仗，凭恃的是勇气。第一次击鼓冲锋，士气最为旺盛；第二次击鼓冲锋，士气就减退了；等到第三次击鼓冲锋，士气便完全消散了。齐军三通鼓罢，士气完全丧尽，而我军士气却还十分旺盛，这时发动反击，自然能够一举打败齐军。"

夫战，勇气也。一鼓作气，再而衰，三而竭。彼竭我盈，故克之。

［左传·庄公十年］

汉语成语的"一鼓作气"由此而来。

这是战争中运用心理战的一个古老典范。

这一心理战术的运用，必须具备以下前提：首先，战前要有充分的策划和协调，至少在将领层面取得战术运用上的一致。再者，全体将士必须具备良好的心理素质，并坚决执行统一的指挥，因为大敌当前一点闪失就会全线崩溃。还有就是，在敌人冲击的时候，要顶得住；只有顶得住，才能让敌人产生心理错觉。最后，在发动攻击时必须坚决果断，充分利用敌人心理上瞬间的劣势，一鼓作气，令攻击行动连贯而迅猛。

长勺之战，是齐桓公争霸史上的一次重大挫折。

毛泽东对长勺之战评价甚高，认为鲁国运用敌疲我打的方针造成了"中国战争史中弱军战胜强军的有名的战例"。[中国革命战争的战略问题]

　　无法得知齐桓公败退临淄后如何面对管仲。

　　就在齐桓公外出打仗的时候，管仲正在忙着进行一件大事：变革。变革的目的只有一个：让齐国富强起来！

四 鼓励高消费

一个生意人，用他擅长的权衡轻重、锱铢必较的经商本领，在齐国主持了一场政治、经济和军事的全面变革，对后来古代中国产生了巨大影响。

虽然普天之下莫非王土，但凡事不能君主一个人干。

因此，管仲认为，头等重要的是"干部"问题。

管仲把天下的官吏分为七种：法臣——依法办事的，饰臣——办实事的，侵臣——贪赃枉法的，谄臣——对上谄媚的，愚臣——蠢笨无能的，奸臣——诬陷栽赃的，乱臣——背叛君主的。显然，管仲对齐国"干部"素质的现状很悲观，认为齐国官吏大多数不是尸位素餐就是心怀叵测。就此，他提出的用人原则是：必须看到他为国为民的真实政绩，而不是虚假的表面业绩。为此，管仲提出突破贵族的世卿世禄制，采取举荐审核再选拔的办法，被举荐者不论出身，只要有才德有武功，通过考问试用审核后，就有提拔为上卿助手的可能。——管仲的这种做法，在一定程度上实现了选贤任能，扩大了国家的人才来源，成为日后古代中国科举制的原始雏形。

为了加强统治，管仲全面整顿了齐国的行政管理系统，开始推行"叁其国而伍其鄙"。［国语·齐语］

国，指都城。

鄙，指都城之外的广大地区。

所谓"叁其国"，就是将都城内的士、工、商，按从业类别组织居住：设置工乡三、商乡五、士乡十五（春秋时代的士，不是读书人而是武士）。居者五家为一轨、十轨为一里、四里为一连、十连为一乡、五乡为一帅，即可成军一万人。

所谓"伍其鄙"，就是将国都之外的广大地区分为五属，其中三十家为一邑、十邑为一卒、十卒为一乡、三乡为一县、十县为一属，每属九万家。

"叁其国而伍其鄙"，既是严密的行政管理，又形同严密的军事组织，在强化国家行政力量的同时，又为国家储备着庞大的军事力量。

管仲认为，民心所向关系着政权的兴衰：

政之所兴，在顺民心；政之所废，在逆民心。［管子·牧民］

所以，记述管仲变革思想的《管子》，开篇第一章就是《牧民》。所谓"牧"，就是治理百姓如同驾驭牲畜。曾经受过生活困苦煎熬的管仲，对于君王如何"牧"民说得很实在：

民，利之则来，害之则去。民之从利也，如水之走下，于四方无择也。故欲来民者，先起其利，虽不召而民自至。设其所恶，虽召之而民不来也。［管子·形势解］

有利，百姓就会蜂拥而至；有害，百姓就会四处逃散。人的趋利的本性，就像水往下流一样，不会顾及什么东西南北。因此，只要为百姓谋取利益，民心不用争自然会归依；如果所作所为让百姓厌恶，无论怎么感召百姓也不会理睬。管子曾对齐桓公说过这样的话：君主要成就天下霸业，必须知道什么是根本，齐国百姓就是齐国君主的根本力量。那么，怎样才能让百姓同心同力呢？

　　　　民恶忧劳，我佚乐之；民恶贫贱，我富贵之；民恶危坠，我
　　　存安之；民恶灭绝，我生育之。〔管子·牧民〕

　　百姓希望生活没有忧虑，君主就要给予他们安定的生活；百姓希望摆脱贫困，君主就要让他们富裕起来；百姓希望和平安宁，君主就要保证国家的安全；百姓希望子孙繁衍，君主就要为他们创造生息的条件。只有做到了这几点，才有资格对百姓进行道德说教：人虽渴望安逸，但可以鼓励他们吃苦耐劳；人虽贪生怕死，但可以激励他们为国捐躯。

　　"民富才能国强"是管仲治国的核心要义。

　　管仲认为："仓廪实则知礼节，衣食足则知荣辱。"〔管子·牧民〕——人只有吃饱穿暖，才能知礼义廉耻。这话初看有道理：一个人如果饥寒交迫，那里还顾得上礼义廉耻？但是，按照这个逻辑，从古至今，知荣辱的道德高尚者，理应是那些"仓廪实"与"衣食足"的人。可遗憾的是，史上著名不知廉耻荣辱的恰恰是这些人，不然，如何解释历朝历代贪官污吏层出不穷？

　　人的欲念是一个无底洞。

　　唯一的办法是用法制约束和规范。

　　管仲的主要观点是：法律应该具有全国统一性、公开性和强制性，法律面前人人平等就等于实现了天下大治。

　　　　有生法，有守法，有法于法。夫生法者，君也；守法者，臣也；
　　　法于法者，民也。君臣上下贵贱皆从法，此谓为大治。〔管子·任法〕

有创制法度的，有执行法度的，有遵守法度的。创制法度的是君王，执行法度的是官吏，遵守法度的是民众，而无论君王、官吏还是民众，人人都依法从法就能实现天下大治。——"君臣上下贵贱皆从法，此谓为大治。"——两千多年前古代中国的文臣贤吏是这样向往的，现代中国的仁人志士依然为了这一社会理想而舍命捐躯。

与政治变革相比，管仲更擅长经济领域的变革。

管仲认为：所有社会问题的症结都是因为穷！齐国要称霸天下，必须先富起来！

管仲的经济变革，充满浓郁的商业色彩和市场思维。他在产业战略、税收管理、货币交易、贸易制度等方面，提出了一系列变革措施：彻底废除井田制，按土地的肥瘠确定赋税；鼓励发展渔盐生产；设置盐和铸钱的专属制度。他把国家的经济调控，视为在做一笔大生意：物价平抑时，国家囤积大宗物资来稳定市场；物价上涨时，再以较市价低廉的价格大量抛售国家囤积，迫使商人把囤积的商品售出，从而使商品的价格下降，最终达到调控稳定物价的目的。

管仲刺激经济发展的独特措施之一，是极力主张鼓励全社会高消费。什么是高消费？管仲举了例子：要吃最好的食物，要欣赏韵律特别动听的音乐，蛋类要先在上面画图再煮了吃，木材要先雕刻成美丽的艺术品再烧。[管子·奢靡]管仲奢侈浪费的主张，乍一听到了骇人听闻程度：要让富人不看重"有实"之物，鼓励有钱人大量购买"无用"之物，如名贵的珠宝、名贵的宠物、昂贵的钟鼎礼器，等等。管仲鼓励高消费的目的有三：一、饮食、佚乐是子民的愿望，满足了他们愿望就可以使用他们，心情不畅的人是做不好工作的。二、强化市场流通，使商贾们的资金运行永不停滞。三、富人的奢侈消费，将给穷人创造大量劳动赚钱的机会。为此，管仲甚至鼓励丧葬领域的高消费：丧期的礼仪时间越长越好，丧葬的礼物越贵重越好，挖掘的墓室越大越好，墓地的装饰越堂皇越好，随葬的衣被越多越好，要让木工、雕工、画工、女红都有活干都有收入。总之，积财者拿出余粮余钱大量消费，满足百姓唯利所趋的本性，让货币加快流通是硬道理。

在管仲的高消费主张中，更有一笔一本万利的生意是他首创：开办官办妓院。据史载，西方最早创办官办妓院的人，是雅典的改革家梭伦。而管仲创建官办妓院，比梭伦早了近一百年。

《国语》："齐有女闾七百，征其夜合之资，以通国用。"

"闾"，门也。

"女闾"，在宫中以门为市，使女子居其中以为淫乐。

而管仲首创官办妓院主要目的是：通过税收增加齐国的国家收入。

经过一系列政治和经济变革，齐国的综合国力迅速增强。

而齐桓公最值得称道的是他没有干涉管仲的变革。

管仲殚精竭虑地进行着各项变革时，齐桓公依旧怀抱着武力征服中原的雄心。

齐桓公最在意军事的成败，对长勺之战的失败耿耿于怀。

鲍叔牙安慰说，打仗是以主客为强弱的。干时之战我为主，所以打胜了；长勺之战鲁为主，所以我们失败了。

鲍叔牙建议联合宋国一起攻击鲁国。

齐桓公立即采纳了这个建议。

此时，宋国的国君是宋闵公。

宋国从宋殇公开始就到处打仗，国力消耗严重。孔父嘉被弑杀后，宋国政事由文官垄断，武将不受重视，令本就羸弱的军力逐年削弱。但是，由于宋闵公还是公子的时候，其父与齐襄公关系不错，齐桓公继位后，宋闵公认为这是加强与齐国关系的机会，于是迅速与齐签订了对鲁发动战争的军事盟约。

盟约约定：六月初旬两军在郎城会合。

郎城，今山东鱼台一带，位于宋、鲁两国边境的鲁国一侧。

约定的时间到了，以南宫长万为主将、猛获为副将的宋军，与以鲍叔牙为主将、仲孙湫为副将的齐军，集结在郎地。

面对齐、宋联军，鲁庄公对大臣们说：鲍叔牙是来报长勺战败之耻的，齐国的愤怒情绪不能轻视；宋国的将领南宫长万，又是著名凶悍的大力士，我们怎样才能御敌？公子偃认为，齐军阵形严整，说明鲍叔牙用兵谨慎，显示出齐军有相当的战斗力；但宋军阵形杂乱，没有阵法可循，说明南宫长万自恃其勇，宋军的战斗力相对较弱。因此，鲁军应该率先攻击宋军，宋军败了，齐军不会单独作战也会撤退。

鲁庄公犹豫不决。

但是，傍晚时分，公子偃率领一支由数十辆战车组成的敢死队，于月色朦胧中自都城的南门悄然而出。拉着战车的一百多匹马都被蒙上了虎皮，斑斓的猛兽条纹在月色下显得格外狰狞。公子偃的行动没有得到鲁庄公的批准，他是冒死私自出战的。

公子偃的敢死队在夜半时分冲入宋军营地。

全然不觉的宋军猛然惊醒时，营地内外已经到处是火光。

火光之下，猛虎呼啸而来，宋军大惊失色，争先奔逃。

南宫长万在战车上砍杀了一阵，但宋军的车兵和徒兵四散溃逃，他只得驱车而退。

一整夜的混乱后，宋、齐联军向西撤退。

公子偃紧追不舍。

天亮时分，由鲁庄公率领的鲁军主力赶来与公子偃会合。

宋、鲁两军在一个名叫乘丘（今山东巨野与定陶之间）的地方形成对峙。

乘丘是宋、鲁两国交界处的一个小邑，坐落于古济水的南岸。

这是一片平坦开阔、草木茂盛的河滩。

鲁庄公不再迟疑，命令鲁军向宋军发动新的攻势。

鲁庄公所乘的战车，由县贲父驾车，卜国在车的右边护驾。混战中，拉车的马受惊，战车侧翻，鲁庄公摔下车来。跟随的副车急忙赶来，车上的人递下绳子，把鲁庄公拉上副车。上车后的鲁庄公，斥责驾车的县贲父和护驾的卜国胆小怯战，没想到两个人羞愧万分竟然当场自杀了。——事后马夫洗马时，发现马的大腿内侧中了箭，鲁庄公这才明白翻车不是他们的过错，于是，亲自作文追述他们的功德。——古代中国样式繁多的文体中，记述死者生前功绩的"诔文"（相当于今日的悼词）自此开篇。

战斗的决定性时刻是：鲁庄公亲自射箭，射中了宋军将领南宫长万的右肩，箭镞入骨。当南宫长万拔箭的时候，鲁庄公的战车赶了上来，车右用长戟又刺中了南宫长万的左臂。南宫长万跌下战车被鲁军生擒。

主将被擒，宋军溃败。

乘丘之战，鲁国的公子偃一战成名。他率领精兵发动的出其不意的突袭战，以及利用虎皮制造对手恐惧的心理战，都在中国古代战史上留下了可圈可点的一笔。

《左传·庄公九年》对乘丘之战的记述：

> 夏六月，齐师、宋师次于郎。公子偃曰："宋师不整，可败也。宋败，齐必还，请击之。"公弗许。自雩门窃出，蒙皋比而先犯之。公从之，大败宋师于乘丘。齐师乃还。

"自雩门窃出"，从鲁国都城的西门擅自出击。

"蒙皋比而先犯之"，用虎皮蒙马率先发起攻击。

而《左传》对齐军的记载只有四个字："齐师乃还"。——宋军溃败了，齐军回国了。

此战，是齐国邀请宋国联合对鲁国的作战。

仗打起来的时候齐桓公却按兵不动。

或许只有一种解释：面对鲁国兵马的时候，齐桓公突然有所醒悟：至少在目前齐国称霸中原还是不可能的。

长勺之战惨败，乘丘之战又未开战，可以想见齐桓公的心情该有多恶劣。心绪低迷的齐桓公，在回国的途中，攻击了一个小诸侯国——谭国。

谭国，少昊氏的后裔，周朝初年封为诸侯，子爵爵位，位置在今山东章丘以西，距齐国都城临淄不远。长期以来，谭国国小势弱，一直是齐国的附庸国。——当年，齐桓公还是公子小白的时候，逃亡经过谭国时，谭国拒绝接待他；齐桓公继位后，作为附属国的谭国也没有派人来齐国朝贺。——齐桓公并非一时兴起，他早就想把谭国灭了。

在齐军的攻击下，谭国的国君逃亡到莒国。

谭国灭亡。

灭了小小的谭国算不上胜利。

连鲁国都收拾不了还谈什么称霸中原？

军事上屡次受挫后，齐桓公向管仲请教如何改变这种局面。

管仲建议进行军事变革。

战争虽不是高尚的行为，但在历史的关键时刻却是"辅王成霸"的基本手段。所以，管仲认为，必须实行军政合一、兵民合一的方略。即，齐国全国以家、轨、里、连、乡为行政组织，五户为一轨、十轨为一里、四里为一连、十连为一乡。除工商业者不作战外，每户必须出一人为士卒。那么，每轨五人为一伍，每里五十人为一小戎，每连二百人为一卒，每乡两千人为一旅，五乡为一帅，万人为一军。这种社会生活与军事作战相结合的体制，为战争储备了大量的兵员。至于军费筹集，六里见方的土地出兵车一乘。一乘四马，一马配备甲士七人、盾手五人。同时，配备民夫三十人，负责兵车的后勤。而百姓必须按照土地的多寡和中等年景的收成，缴纳一定比例的军费，没有钱可以用绢丝和粮食替代。为了解决武器不足的问题，管仲甚至出台了一个特殊的规定：犯罪可以用兵器赎罪，重罪可以用甲和戟赎罪，轻罪可以用盾和戟赎罪，小罪可以用铜金属赎罪，打官司赢了的人也要上缴一束箭。

在管仲的一系列操持下，齐国兵源充实，军费充裕，武器充足。

管仲之后历代的文臣武将，多誉他为能臣贤士以求望其项背。

孔子曾说："微管仲，吾其被发左衽矣。"［论语·宪问］——意思是如果没有管仲辅佐齐王攘除蛮夷，我们就要成为披头散发、衣衫不整的野蛮人了。

然，南朝文学评论家刘勰曾在《文心雕龙》中，指责一些所谓的历史名人"务华弃实"，他一口气点出的十六位道德败坏的历史名人中就有管仲："古之将相，疵咎实多。至如管仲盗窃。"

管仲"盗窃"了什么，刘勰没说。

刘勰认为管仲不是个君子。

什么是君子？

早期的"君子"一词，主要是从政治角度立论的，"君"从尹、从口。"尹"，表示治事，"口"，表示发布命令，合起来的意思是：发号施令、治理国家的人。即所谓"君子劳心，小人劳力，先王之制也"。［左传·襄公九年］

其后的儒家，把君子一词掺入道德品质的属性，一部《论语》就是一部"道德手册"：

"君子和而不同，小人同而不和。"

"君子喻于义，小人喻于利。"

"君子坦荡荡，小人长戚戚。"

"君子成人之美，不成人之恶，小人反是。"

"君子固穷，小人穷斯滥矣。"

"君子求诸己，小人求诸人。"

孔子后世不断给"君子"增加特殊的品德，使其道德水准登峰造极：不谄媚权威，不依附强势，不爱姿色倾城，不厌容貌丑陋，不畏惧强者，不欺凌弱者，对善良的人友好，对恶劣的人远离，穷困但不失礼义，发达但不背离道义。总之，君子不但在道德上尽善尽美，而且"得志，

泽加于民；不得志，修身见于世。穷则独善其身，达则兼善天下"。[孟子·尽心上]

如此标准，古往今来世间才不见"君了"。

还是司马迁说得实在："管仲富拟于公室，有三归、反坫，齐人不以为侈。"[史记·管晏列传]——"三归"，一说是华丽的高台，也说是三姓女子、三处家室、三处采邑和三处府库等；"反坫"，宴会用的豪华的酒器以及祭祀用的礼器。按照周礼，三归和反坫，只有诸侯君王才能拥有，管仲只是大夫本不该享用。——可见，尽管管仲富可敌国，生活奢侈，但齐国人对他逾越礼仪并不以为意。原因很简单：管仲主政以后，齐国"强于诸侯"，已经民富国强了。

发展才是硬道理。

齐国的称霸水到渠成。

五　霸主的风范与担当

此时的周朝王室，犹如一个所有诸侯国的办事处。

自周平王东迁后，各诸侯国争相发展各自的军备，实力早已超越周王室掌握的武装力量。郑庄公在繻葛之战中箭射周桓王，不但让周天子声誉扫地，也显示出王室彻底丧失了自卫能力。所幸的是，此时"周礼"在一定程度上尚有约束力，诸侯们至少还承认周王室是他们的"共主"，虽然这位"共主"已经名存实亡。

管仲告诫齐桓公：齐国还没达到天下无敌的地步。周王室虽然衰弱，但终究是天下的"共主"，在各诸侯国不把周天子放在眼里的时候，齐国如想称霸应反其道而行之，尊重王权，利用周天子的名义显示齐国的大国风范与担当。如果，齐国对各诸侯国，能够做到以周天子的名义恩威并施，惩强扶弱，安抚天下，齐国的霸业理想自然而然也就实现了。

齐桓公立即向周王室求婚，将周庄王之女共姬娶到齐国。

之后，齐桓公迫不及待地询问管仲：下一步该怎么做？

管仲表示：机会来了。

机会是宋国正在发生严重的内乱。

在乘丘之战中，宋军将领南宫长万被鲁军俘虏，不久被释放回宋国。

秋天，南宫长万陪同宋闵公在都城附近的蒙泽（今河南商丘东北一带）打猎，并用打猎所得的猎物当作赌博的筹码，再以下棋的方式赌博。结果，下棋的时候，两人争吵起来。争吵中宋闵公说了这样一句话："始吾敬子，今子，鲁囚也，吾弗敬子矣。"［左传·庄公十一年］——原来我一直尊敬你，如今你曾为鲁国的俘虏，我便不再尊敬你了。这句话刺中了南宫长万的痛处，作为武将他无法忍受这种侮辱，恼怒之下南宫长万突然举起棋盘砸向宋闵公的头顶，当场就把宋闵公砸死了。

大夫仇牧得知此事后，来到皇宫捉拿南宫长万，他哪里是南宫长万的对手，被南宫长万拎起来又抛出去，仇牧的头被猛地撞到门框上，人也是当场死了。接着，太宰华督赶到皇宫，结果在东宫的西面被南宫长万一剑刺死。连杀三人的南宫长万开始追杀所有的王室成员，引起宋国都城一片混乱。王室公子们仓皇向东逃亡到萧邑（今安徽萧县以北），宋闵公的弟弟公子御说则一路向北逃亡到亳邑（今山东曹县与河南商丘之间）。

南宫长万派他的弟弟南宫牛、将领猛获率军追杀公子御说。

同时，宣布拥立公子游为国君。

两个月后，逃亡到萧邑和亳邑的大夫和公子们，召集王室族人，借力曹国的军队，联合镇压南宫长万的叛乱。混战中，南宫牛和公子游被杀，猛获逃亡到卫国，南宫长万自己驾车拉着母亲逃亡到陈国。

宋人立公子御说为国君，史称宋桓公。

宋桓公派人带着大笔贿赂到陈国，请求归还南宫长万。

为了制服南宫长万，陈国人让美女陪同南宫长万喝酒，将他灌醉后用犀牛皮包裹起来，送回了宋国。

宋人醢万也。［史记·宋微子世家］

南宫长万被宋人剁成了肉酱。

乱世出现危急的时刻，总能成为大国崛起的契机。

齐桓公和管仲立即动身前往周朝都城洛邑。

齐国向外宣称他们前往洛邑是为向周天子朝贺。

此时的周天子，是周桓王之后周庄王的长子胡齐，即周釐王。

按照惯例，新任周天子继位，各诸侯国都要祝贺朝拜。但是，周釐王的登基大典冷冷清清，包括齐国在内的各诸侯国谁也没来。

虽然已经过了朝贺期，但当周釐王听说齐桓公将带着价值不菲的礼物来朝贺时，还是被深深地感动了，周王室的成员们以最隆重的礼仪接待了齐桓公和管仲。

当双方热情到达高潮的时候，齐桓公向周釐王提出一个请求：希望借助周天子的名义，由齐国牵头召开一次诸侯会盟，议题是确定宋国的国君地位并讨论恢复天下秩序，最终目的是敦促各诸侯国守礼尊王以安定天下。

齐桓公和管仲的目的很明确：将周釐王掌握在齐国的手中。

即以齐国为首，通过干涉宋国的内政，树立齐国在天下的威信。

周釐王对谁来当宋国的国君根本不在意，他在意的是齐桓公提出的"守礼尊王"的主张。

于是，周釐王立即表示赞成。

齐桓公立即以周天子的名义，向宋、鲁、郑、卫等十几个诸侯国派出信使，邀请各国国君于周釐王元年三月——即公元前681年春——在齐、卫、鲁三国交界处的齐国小邑北杏（今山东东阿一带）会盟。

这次诸侯会商，史称北杏会盟。

据《周礼》的解释，在约定的期限相见叫会，在没约定的期限相见叫遇。"盟"是杀牲歃血，"明告其事于神明"的象征。因此，会盟，既是古代约定的一种外交联络形式，用于解决天子与诸侯、诸侯与诸侯之间的重大问题，也是一种结盟的宗教仪式。

为了这次会盟，齐国筹备得很周密，声势也造得很大，举国上下都认为这是一次显示齐国地位的盛会，资金投入值得。

但是，会盟的日子到了，抵达北杏的只有宋、陈、蔡、邾四国的君主，主要诸侯国鲁、郑、卫等国的君主都没来。而到会的四国之所以来，个中原因很简单：会盟的议题之一是确定宋桓公的国君地位，宋国当然要来；其余三国都是小国，因为惧怕齐国不敢不来。

在没有前来的诸侯国中，齐桓公最在意的是老对手鲁国。

此时的鲁国正沉浸在又一场胜利的喜悦中。

不久前，国内乱局尚未完全平稳的宋国，为了报复乘丘之战的战败，竟然再次攻击了鲁国。鲁庄公率军于鄑地（今山东汶上一带）阻击宋军，趁宋军立足未稳之际发动猛攻，宋军大败。

连续取胜的鲁庄公，正在踌躇满志之时，根本不在乎齐国。

只有几个诸侯国参会，还算得上是中原盛会吗？

齐桓公主张延期，但是管仲反对。

管仲认为：要想称霸天下，首先要讲诚信。不来参加会盟，是他们不讲诚信，错在他们；延期会盟，就是我们不讲诚信，错在我们。古人说"三人成众"，现在来了四国，再加上齐国，已经是五国了，因此会盟必须按时开始。

按照既定程序，会盟正式开始后，齐桓公先以主持人的身份登上祭台，领着众人向周天子之位行拜叩大礼，然后宣读祭词，并传达了周天子任命宋桓公的旨意。

完成这些工作后，接下来是会盟的核心环节：推选盟主。

这是齐桓公的关键时刻。

陈、蔡、邾三国，原本就不敢与齐桓公相争，当即推选齐国为盟主。宋桓公尽管心有不甘，但请求周天子承认他的君主之位的是齐桓公，实在不好意思提出反对意见，也表示同意了。

齐桓公的盟主身份由此正式确立。

接下来，五国之君按照礼仪，杀牛宰羊，滴血盟誓，敬酒祝词，下拜结交，本次会盟顺利结束。

在此之前，所有的会盟都是由周天子主持的。

以诸侯国君主的身份主持会盟并担当盟主，齐桓公是有史以来的第一个。

会盟之后，没有参会的一些诸侯国，开始陆续与齐国结盟。

但是，鲁国始终没有动静。

齐桓公认为，没有鲁国入盟，齐国的盟主地位含金量不高；且只有鲁国归顺，才能把卫、郑等国带进来。

根据齐、鲁两国的交往历史，齐桓公明白：除了动用武力把鲁国打服，再没有其他办法制服鲁国。

此前，齐国与鲁国冲突，齐军屡战屡败。

现在，齐桓公之所以敢毫不犹豫地向鲁国动武，重要的原因是：齐国已经不是长勺之战时的齐国了，齐国不但在国力军力上占据着绝对优势，齐国高举着周天子的大旗发动战争道义上也底气十足。

齐桓公没有直接攻击鲁国，而是采取杀鸡给猴看的策略，首先攻击了鲁国的一个附属国遂国。攻击遂国的理由无可指摘：遂国拒不参加北杏会盟，有意违背周天子的旨意，齐国奉周天子之命对其进行惩罚。

遂国，位于今山东宁阳北部。虽是小国，但历经夏、商、西周三代，可谓历史悠久。北杏会盟一结束，齐军便倾巢动动，浩浩荡荡地开进遂国。面对强大的齐军，遂人虽进行了拼死抵抗，无奈军力微弱，都城很快沦陷。之后，齐军在遂国派驻了军队，并将遂国的土地和人口全部并入齐国。

灭掉遂国后，齐军开始攻击鲁国。

鲁国依旧是强敌，齐国不可轻视。

因此，与灭亡遂国的战争不一样，齐桓公一开始便本着"以打促和"的原则，稳妥地控制着战争的规模，不断在齐、鲁边界地带与鲁军展开小规模作战，原则是每战必胜。战斗中，经过严格训练的齐军集中兵力，精确打击，攻则迅猛，退则有序，连续三战三捷，打得鲁军将领曹刿几乎没有还手之力。

遂国瞬间被灭，鲁军也连续战败，这使鲁庄公意识到：齐国的国力和军力，确实今非昔比，如果坚持打下去，鲁国不但没有获胜的希望，还可能引发严重的政治危机。于是，为了平息战火，鲁庄公提出将汶阳附近的一块土地割让给齐国，以此作为停战条件请求与齐国结盟。

鲁庄公的割地求和，令屡战屡败的将领曹沫无地自容，他坚决请求再次出战与齐军拼死一搏。鲁庄公不但没有怪罪他，还给他升了官职，但就是不允许他再次出战。

达到目的的齐桓公停止了攻击，提出举行一次齐鲁会盟。

会盟的地点选在了一个名叫"柯"的地方。

柯，齐国靠近鲁国边境的一个小邑，位于今天山东阳谷东北。

会盟前，鲁庄公提出一个要求：双方都不要带兵器。理由是：如果双方带着兵器会盟，就意味着齐、鲁两国依旧处于战争状态。

齐桓公答应了这个请求。

管仲提醒：前来会盟的鲁国人不可能不带兵器，因此齐桓公也应该带着兵器以防不测。

齐桓公不以为然。

会盟的那天，高坛筑起，坛烟袅袅，会场隆重而庄严。

鼓乐声起，齐桓公和鲁庄公一起登上高坛，准备歃血为盟。

就在这时候，意外猝然发生。

《管子》记载，鲁国人不但带了兵器，而且就在歃血为盟的时候，鲁庄公陡然拔出匕首指着齐桓公说："鲁之境去国五十里，亦无不死而已。"然后左手拉住齐桓公，右手将匕首横在自己的脖子上，"均之死也，戮死于君前"。〔管子·匡君大匡〕——这里离鲁国国都只有五十里，不过是一死而已。那就一同死了吧，我死在您的面前！

而在更多的史籍记载中，当时突然拔出匕首的不是鲁庄公，而是鲁国的将领曹沫。——曹沫横刀相向的逻辑较为合理：他必须以最激进的行为，洗刷因他战败而使鲁国失去土地的耻辱。——他以迅雷不及掩耳之势冲上盟坛，左手紧拽齐桓公的双臂，右手中的匕首压在齐桓公的脖子上，把齐桓公当场劫持了。

　　齐桓公曰："子将何欲？"

　　曹刿曰："齐强鲁弱，而大国侵鲁亦甚矣。今鲁城坏即压齐境，君其图之！"〔史记·刺客列传第二十六〕

　　曹刿告诉齐桓公：齐国强，鲁国弱，齐国侵犯鲁国已经很过分，到了鲁国的城墙一倒就会压在齐国边境上的地步。这是你必须考虑的问题！即盟约中必须有归还被占的鲁国土地的条款。

　　可以想见，这突如其来的变故令在场的人如何大惊失色。

　　齐桓公在惊吓中正不知所措，管仲冲上去用身体保护着齐桓公，同时没有丝毫犹豫接受了归还鲁国土地的要求。

　　曹刿扔掉手中的匕首，面不改色地走下祭台。

　　惊魂未定的齐桓公和鲁庄公，分别在归还鲁国土地以及齐、鲁结盟的盟约上签了字。

　　会盟就这样结束了。

　　愤怒的齐桓公随即就想撕毁盟约。

　　管仲的一句话让他猛醒：小小鲁地，弃之何惜？不可为了小利逞一时之快，而失去天下人的信任。信任失去，之前所有称霸的努力都将付之东流。

　　这是春秋时期一次著名的外交事件。

　　尽管齐桓公被胁迫答应归还鲁国的土地，但齐国最终还是履行了诺言。这件事，无论是当时的各诸侯国间，还是在后世的史书中，都被大加赞赏，理由很简单：这种情况下的盟约都会信守，世上还有比齐桓公更讲信义的人吗？

　　而管仲之所以果断地让步于鲁国，除了有在紧急情况下保护齐桓公的动机外，他还利用这一突发事件，为齐桓公精心设计了一个更大的格局：要想当中原的霸主，必须有至高无上的威望，在曹刿近似泼皮形象的衬托下，齐桓公的"国际形象"达到了前所未有的峰值。

果然，惊心动魄的柯地会盟后，承认齐国的盟主地位、前来与齐国签订盟约的诸侯国，一时间达到了三十一个之多。

只有一个诸侯国，不但不服还要毁约，这就是宋国。

宋国，周天子分封的四大公爵国，本是殷商后裔，西周建国时得周天子允许承殷商旧礼。因此，宋人认为自己在诸侯国中的地位仅次于周天子，比其他诸侯国的地位都要高出一等。北杏会盟后，宋桓公觉得自己是公爵，齐桓公只是个侯爵，对屈服在齐国脚下很是不甘，于是宣布脱离会盟。

与向鲁国动武一样，要想向宋国动武，还要在周釐王那里取得认可。于是，齐桓公在周釐王面前历数宋国的罪行：宋国数代以来国君废立之事十分混乱，特别是没有遵从嫡长子继承制，破坏了《周礼》；宋国拒不参加周天子发动的伐鲁战事，这是不把周天子放在眼里的大逆不道。周釐王当即赋予了齐国讨伐宋国的权力，不但同意齐国联合陈、曹两国组成伐宋联军，周王室还象征性地派出王室部队参战。——这下，齐桓公可以大张旗鼓地讨伐宋国了。

但是，齐国并没有能力灭亡宋国，齐桓公和管仲的出发点是一致的：利用强大的军事威慑和政治压力迫使宋国屈服。

于是，尽管兵力强盛的联军浩浩荡荡地向宋国开进，齐桓公还是派出使者向宋国提出了和谈的建议。

迫于军事和政治的双重压力，宋桓公立即同意媾和，并宣称宋国无意背叛北杏会盟的各项条款。

在宋国的土地上，联军大张旗鼓地举行了撤军仪式，此举旨在向天下宣告：宋国不但承认齐国的盟主地位，而且已经对齐国俯首帖耳。

齐桓公逐渐适应了自己乃中原霸主的感觉，沿着这样的感觉齐国开始向各诸侯国展示霸主的风范与担当：

刚刚向齐国低头的宋国攻击了纪国。

十年前，纪国被齐国占领，沦为齐国的附属国。

宋国的行为显然是在向齐国示威。

齐桓公并没有对宋国动武，而是以盟主的身份派人到宋国去进行调解。当宋军大举攻入纪国时，齐桓公依旧没有对宋国进行军事干涉，而是派人把纪国国君接出来，赠给纪国国君一块土地和一座坚固的城堡，然后派兵把他护卫了起来。——齐桓公不但避免了与宋国发生直接冲突，还让天下看到了他的护佑能力。

各主要诸侯国均先后屈从于齐国，只有郑国还在内乱中。急于巩固君位的郑厉公认为，只有齐国出面才能稳定郑国的局势。——管仲敏锐地看准这个时机，建议齐桓公联合宋、卫、郑三国，同时邀请周王室参加，以解决郑国内政和抵御狄人攻击为议题，于鄄（juàn）地举行一次会盟。

鄄地，今山东鄄城，春秋时卫国境内的一个重要城邑。鄄地东临鲁国，南临郑国、曹国和宋国，东北临近齐国，处于中原的地理中心，水系发达，交通便利，是举办各国会盟的理想地点。

周王室派来了周釐王的代表大臣单伯，宋、陈、卫、郑等诸侯国的国君也都按时与会。

解决郑国内政的问题没怎么商议就略过了，因为只要齐桓公说要尊重郑国的领地完整和国君尊严，大家都没什么异议。

此次会盟的另一项重要议题，是如何围绕齐桓公提出的一句口号取得共识。这句口号是：尊王攘夷。

尊王攘夷的含义是：各诸侯国尊崇周天子的权威，合力抵御夷狄游牧民族的侵犯。

这句口号的提出，是齐桓公真正成为中原霸主的关键。

在中国古代史上，"挟天子以令诸侯"的野心家不胜枚举，但齐桓公无疑是这番政治谋略的开山鼻祖。

即使是现在乃至将来,在纷繁复杂的国际事务中,"尊王"和"攘夷"这两层含义依旧有着重要的实用价值。

为了巩固鄄地会盟的成果,第二年,即公元前679年冬,齐桓公再次召集鲁、郑、宋、卫、陈等国在鄄地举行会盟。

第二次鄄地会盟,最终确立了齐国的霸主地位。

十五年春,复会焉,齐始霸也。〔左传·庄公十五年〕

在管仲的辅佐下,齐桓公以一位逃亡公子的身份、利用令人生疑的手段登上齐国君位,直至成为整个中原地区的霸主,仅仅用了六年。

六　我与开国天子有何不同

霸主很忙。

鄄地会盟后，齐桓公以"尊王攘夷"为旗帜号令诸侯，多次组织会盟和发动讨伐作战，同时努力承担着平息诸侯纷争、联合诸侯抵御外侵的担当。

齐桓公原本以为，郑国应是齐国可靠的盟友，因为当年郑厉公是在齐襄公的助力下才得以复国的，可以说，曾经称霸一时的郑国早已沦为齐国的被保护国了。但是，当齐桓公的霸主地位确立后，郑国对齐国总是表现得若即若离，这让齐桓公很郁闷。

郑国的这种态度，与南面的楚国有关。

公元前741年继位的楚武王，是一个铁腕人物。当年，楚厉王去世时，作为楚厉王弟弟，他杀了楚厉王的儿子自立为王。继位后，他开始向北方的中原地带进行武力扩张。公元前706年，楚国入侵随国，随国国君对楚武王说，我没有得罪楚国，为什么讨伐我呢？楚武王说出一番话让各诸侯国目瞪口呆：——"我蛮夷也。今诸侯皆为叛相侵，或相杀。我有敝甲，欲以观中国之政，请王室尊吾号。"〔史记·楚世家第十〕——我本来就是蛮夷，打你还需要理由吗？如今诸侯们都背叛周王室互相侵伐，互相攻杀，我有强大的军队，难道我就不能凭此参与中原的权力角逐吗？当年周天子提拔楚国的先公时，只赐予子男爵位，这是对楚国的侮辱，周王室必须重新给楚国相应的爵位！——在楚国的威逼下，随国到周王室那里为楚国请求尊号，周王室没有答应，楚武王大怒："周王不加封爵位，我只好自称尊号了！"于是，他根本不理睬周天子为各诸侯封爵的规定，自称为王。——在整个春秋战国时期的各诸侯国中，只有楚国的历代君主始终与周天子平起平坐地称自己为"王"。

楚武王去世后，继位的楚文王把都城从丹阳迁到郢都，更加迅猛地向北方扩张。齐桓公于鄄地会盟成为盟主时，楚文王已经连续向北吞并了几个小诸侯国，前锋深入到中原腹地，并于鄄地会盟的第二年开始攻击郑国。

郑国与楚国接壤。

在楚国北上扩张的路上，位居中原与楚国之间的郑国首当其冲。

面对楚国的武力威胁，郑厉公不断地向楚国示好。

为了不使郑国倒向楚国，公元前678年，齐桓公邀请鲁、宋、郑、卫、陈、许以及滑、滕等大小诸侯国的君主，在幽地（今河南兰考境内）会盟。

在这次盟会上，各诸侯国再次拥护齐桓公为盟主，同时一致警告郑厉公不要与楚国结盟。

迫于各诸侯国的压力，郑厉公口头上归附齐国，但是为了讨好楚文王，他还是派人向楚国通报了这次会盟的情况。楚文王并不买郑国的账，说郑厉公倚仗齐国得以复位，复位两年后才向楚国通报，是依附齐国而看不起楚国，于是又要举兵伐郑。郑厉公畏惧楚国，当即表示不再跟从齐国。齐桓公得知此事后责问郑厉公，郑厉公派大夫叔詹去齐国解释，说如果齐国能压制住楚国，郑国就跟从齐国。齐桓公对郑国的说法很不满，把叔詹扣下来当了人质，但不久叔詹又逃回了郑国。

郑国依旧在齐、楚两大国之间游移不定。

就在齐桓公设法拉拢郑国的时候，其他诸侯国不断出现的危机令他格外分心。

首先，周王室出了乱子：仅仅在位五年的周釐王死了，他的儿子姬阆继位，是为周惠王。周惠王生性贪婪，强取大夫边伯靠近王宫的房舍，夺取大夫子禽、祝跪和詹父的田产，并收回膳夫（掌管王室饮食的官员）石速的俸禄。公元前675年秋天，边伯、子禽、祝跪、詹父等人联合贵族苏氏，在周釐王的弟弟王子颓的带领下发动叛乱，联合攻打周惠王。攻击失败后，王子颓在苏氏的陪同下逃到卫国，请求卫国帮助。

多年来，卫国对周王室始终耿耿于怀。卫惠公继位后的第四年，即公元前696年，卫国公子们怨恨卫惠公杀害太子伋篡位，于是起兵作乱赶走卫惠公，改立太子伋的同母弟弟公子黔牟为君。卫惠公逃到了齐国。八年后，齐襄公率领诸侯联军讨伐卫国，护送卫惠公回国复位，卫君黔牟逃到周王室避难，卫惠公由此对周王室心生怨恨。于是，在王子颓的请求下，卫惠公联合南燕国攻入周朝都城洛邑，将周惠王驱逐赶走，拥立王子颓为周天子。

此时，郑国看到了与周王室建立良好关系的时机。

公元前674年春天，郑厉公出面调解周惠王与王子颓之间的纠纷，没有成功。郑厉公随即逮捕了南燕国国君仲父，同时将流亡在温邑的周惠王安置在郑国的栎邑（今河南禹县一带）。随后与虢国国君虢叔在弭地（今河南新密一带）会谈，誓师讨伐王子颓。第二年夏天，郑、虢联军攻入周朝都城洛邑，杀死王子颓和边伯等五位大夫，周惠王重新登上周天子之位。

为感激郑、虢两国的相救，周惠王将风陵渡以东的一片土地赐给虢国，将虎牢关以东的一片土地赐给郑国。

周王室的领地再一次缩小，而郑厉公成了周王室的恩人。

在平息周王室内乱的事件中，齐桓公让郑国抢了头功，这令他的霸主地位打了折扣。

接着，陈国又出了麻烦：陈宣公和宠姬生了一个儿子，为立这个儿子为君位继承人，陈宣公竟然杀了自己的太子妫（guī）御寇。由于妫御寇与公子妫完关系甚好，妫完恐祸及自身逃到了齐国。

这一次，齐桓公不再坐失良机。

权衡利弊后，齐桓公决定收留妫完，并赐给他田地城邑，还给他一个齐国的官职。

为感谢齐桓公的收留，妫完把自己的姓都改了，从此定居在齐国。——陈国国君的这一支定居在齐国，齐桓公不但等于拥有了半个陈国，且对齐国以后的历史将产生重大影响。

公元前 667 年，齐桓公再次在幽地举行了有鲁、宋、陈、郑四国国君参加的会盟。盟会上，齐桓公再次重申了自己不可动摇的霸主地位。——"夏，同盟于幽，陈、郑服也。"〔左传·庄公二十七年〕

幽地会盟刚刚结束，齐桓公便收到了周惠王的指令：以周天子的名义联合讨伐卫国。——条件很优厚：如果讨伐成功，齐桓公将加爵一级。

周惠王要为卫国把他从都城赶走这件事出一口恶气。

鉴于之前卫国让齐国陷入被动，这一次，齐桓公毫不犹豫地出兵攻击了卫国。——"齐侯伐卫，战，败卫师，数之以王命，取赂而还。"〔史记·楚世家第十〕——齐桓公率军讨伐并击败卫国，并以周惠王的名义责备卫国，得到卫国的财物贿赂后挥师回国。

处理完这些事务后，郑国的问题又摆上了齐桓公的案头。

楚国还是不断地威胁郑国。

齐桓公下定决心：只有用武力击败楚国，才能一劳永逸地解决郑国的问题。

但是，还没等齐桓公向南面的楚国动手，北面的威胁却先来了：山戎攻击了燕国，燕国向齐桓公请求援助。

山戎，又称北戎，匈奴的一支，春秋时代活动于今河北北部至辽宁大凌河流域的游牧民族，经常进犯中原，成为燕、齐等国的边患。正在考虑郑国和楚国问题的齐桓公认为，南面的楚国祸害更大，因此不愿出兵援救燕国。可是管仲认为，南面的楚国、北面的山戎、西面的狄，都是中原的祸患，要想征伐楚国，必须先进攻山戎，待北方安定后，才能专心去征伐南方，以避免南面的楚国和北面的山戎对齐国形成南北夹击的局面。更何况，作为中原霸主，不能面对燕国的求救不管。齐桓公采纳了这个建议，不久便与鲁庄公在济地（今山东巨野一带）会面，决定由齐国组织起一支远征军讨伐山戎以救燕国。

公元前 664 年，远征军向北进发迎击山戎军。

作为游牧民族的山戎，作战的主要目的是抢掠，不但军队素质低下，且大规模作战经验很少。面对齐军的强大攻击，山戎军无法抵挡，很快向东北方向溃败。齐军紧追不舍，击败了山戎的盟国孤竹国（今河北东部与辽宁西部）的援军后，向北实施纵深追击。

这次远征作战持续了一年，齐军才回国。

为感谢齐国的援助，燕国君主决定恭送齐桓公回国。

当燕国君主把齐桓公送进齐国境内时，齐桓公突然拦住了燕国君主说：按照周礼，除了护送天子，诸侯之间相送不得出境，请燕侯就此止步。为挽回影响，我只有把燕君踏上的这块齐国土地，割让给燕国，才能维护周礼的严肃性。而齐国对燕国的唯一期望是：好好治理国家，按时向周天子纳贡。

可以想见，在各诸侯国看来，齐桓公简直就是圣人。

而在周天子心中，齐桓公无疑是王室的恩人。

齐军远征作战，国力消耗巨大，军力和民力都亟须恢复。但是，刚刚回国的将士们还没有喘口气，邢国又向齐桓公发出了求救：该国受到了西部赤狄人的攻击。

赤狄，居住在北方的狄人的一支，主要分布于今山西东南部的长治一带，是春秋时期势力最大的狄族部落，因崇尚赤色衣裳而得名。

由于赤狄与中原西北部的大国晋处于同一地域，多年来一直受到晋国的挤压，不得不四处寻找生存之地，其主要目标就是越过太行山东进。而要抵御越过太行山的赤狄人，邢国首当其冲。

邢国，位于太行山以东，今河北邢台一带。

邢国北望燕国、东接齐国、西连晋国、南通卫国。自西周封地建国起，便与狄人长期处于交战状态。频发的战事不断消耗着邢国国力，直至再难凭借一己之力抵御狄人的进犯。

面对邢国的求救，管仲依旧从中原霸主的角度主张出兵：

> 戎狄豺狼，不可厌也；诸夏亲昵，不可弃也。[左传·闵公元年]

齐桓公便以周天子的名义，指令位于今商丘的宋国和位于今定陶的曹国派出战车和兵士，与齐国一起再次组成远征军发兵攻打赤狄。

联军击退了赤狄军，但邢国的都城邢遭到战火摧毁。于是，齐桓公在宋国的柽地（今河南淮阳西北），召集齐、宋、鲁三国君主参加的盟会，商议在一个名叫"夷仪"（今山东聊城西南）的地方，帮助邢国建一个新的都城以远离狄人。邢国的这个新都，紧靠着齐国，邢国从此成为齐国的附属国。

刚处理好邢国的事宜，又有消息传来：赤狄人又向卫国发动了攻击。此时，卫惠公已经去世，其子继位为卫懿公。卫懿公一个载入史籍的嗜好是养鹤。他在自己的各个行宫里养鹤，同时如同赐予官吏官职一样赐予鹤不同的品位，让鹤按照各自的品位享受相应的俸禄待遇。由于卫懿公不理朝政，漠视民生，导致卫国民怨沸腾，国势衰弱。

公元前 660 年冬，攻击卫国的狄军前锋抵达荥泽（今河南浚县与淇县之间）附近，距离卫国都城沫邑（今河南淇县以西）不远了。卫懿公号令发兵抵抗，但卫军已经不服从他的命令了："将战，国人受甲者皆曰：'使鹤，鹤实有禄位，余焉能战！'"[左传·闵公二年]——军队的将士们说，派鹤去打仗吧！鹤享有俸禄和官职，我们哪能去打仗呢！卫懿公只得带领少数亲信匆忙赶赴荥泽迎敌。

狄人异常凶猛，卫军不堪一击，卫懿公死于战乱。

前线战败的消息传到都城，王室成员和国人们一起仓皇逃亡。公子毁直接逃往齐国，公子申与五千多卫人一路向南渡过黄河，被宋桓公派来的宋军收留。这些逃亡的卫人，在漕地（今河南滑县以西）附近的荒野上搭建草屋暂避风雨，同时拥立公子申为卫戴公。但是，不久之后，卫戴公病死；逃到齐国的公子毁归来，被立为卫文公。

就在此时，嫁到许国的卫懿公的妹妹许穆夫人到了齐国，恳求齐桓公拯救卫国。

有大臣提醒齐桓公，说齐国国力有限，如果各诸侯国一有难就找齐国，那么齐国的国力也会用尽的。可齐桓公还是碍于中原霸主的地位以及一直想与卫国盟好的愿望，划出一块土地安顿卫文公以及流亡的卫人，并赠予卫文公作为诸侯国君必需的乘马和祭服，送给卫文公的夫人乘车和锦帛，还送给流亡的卫人牛羊猪狗鸡等三百余只。为了卫国的安全，齐桓公甚至送给卫文公兵车五百乘和甲士五千人，以让他重建卫军。最后，齐桓公召集各诸侯国在贯地（今山东曹县一带）会盟，商讨帮助卫国复国事宜。会上，齐桓公主张将卫国迁移到黄河南岸，并在楚丘（今河南濮阳以西、滑县以东）帮助卫国重建新都。——当然，出钱的主要还是齐国。

齐国，倾举国之力主政天下，国家财富逐渐亏空。

很快，齐桓公的又一个麻烦来了。

这次的麻烦，不是军事上的而是道德上的。

齐国曾经嫁到鲁国一位公主，名叫哀姜。

哀姜，古籍多说为齐襄公的女儿，也就是齐桓公的侄女。

据说，哀姜是一位绝色美人，在与鲁庄公订婚之初，就成为各国舆论关注的热点。

齐、鲁两国有政治联姻的传统。

公元前 672 年，鲁庄公定下了迎娶哀姜的婚事。哀姜与鲁庄公订婚后，鲁庄公先后两次到齐国看望哀姜，因此被当时的舆论指责为"未娶而先淫"。

公元前 670 年，三十六岁的鲁庄公亲自到齐国迎娶了哀姜。

可是，哀姜嫁到鲁国八年没有生下孩子。于是，她便将跟随她陪嫁到鲁国的侍女叔姜和鲁庄公生的儿子启方，视为自己的儿子。有人以此为证，推测哀姜和鲁庄公并没有多深的感情。更有力的证据是：哀姜有一个众所周知的情人：鲁庄公的哥哥——在鲁国颇有权势的庆父。

除了哥哥庆父，鲁庄公还有两个弟弟：叔牙和季友。

鲁庄公未娶哀姜之前，与党氏之女孟任生了一个儿子，名叫般。鲁庄公欲立般为继承人，但哀姜和庆父欲立启方为继承人。

公元前 662 年，鲁庄公去世。

这时候，叔牙主张立庆父为国君，季友主张立般为国君。

势不两立之下，季友毒死了哥哥叔牙。

接着，庆父杀死了公子般。

哀姜的义子启方，随即被立为国君，是为鲁闵公。

毒死叔牙的季友害怕被杀逃往陈国。

原本是陪嫁侍女所生的启方，当上国君后心存恐惧。他求见齐桓公，表示愿与齐国结盟，并请求齐桓公劝说逃往陈国的季友回国，帮助他平息鲁国的内乱。

齐桓公心里清楚：鲁国的内乱来自庆父。

他曾问大夫仲孙湫如何处理鲁国的问题，仲孙湫说了一句历史上著名的话："不去庆父，鲁难未已。"［左传·闵公元年］——不除掉庆父，鲁国的内乱就不会停止。

果然，庆父立鲁闵公后，又发现鲁闵公是他行使权力的障碍，于是一不做二不休把鲁闵公杀了。

庆父连杀两位国君，终于引起国人的愤怒，鲁国爆发了大规模的暴动。庆父向东仓皇逃往莒国，哀姜则向南逃到了邾国。

庆父逃亡后，齐桓公帮助季友回到鲁国。

季友在国人的支持下，立鲁闵公的弟弟姬申为国君，是为鲁僖公。

鲁僖公即位后做的第一件事，就是向莒国国君行贿，将庆父引渡回国。途中，庆父请求鲁僖公赦罪，被拒绝后，庆父自缢而亡。

庆父死后，作为内乱共犯的哀姜，立刻成为舆论指责的焦点。

而哀姜是齐国公族之女，这让齐、鲁两国的关系面临着破裂的危险。

与大国鲁国关系破裂，还能称得上是中原霸主吗？

无奈之下，齐桓公只好责令邾国将哀姜引渡回齐国。

在押解哀姜回国的路上，齐桓公果断地派人将其杀死，随后将哀姜的尸体送到了鲁国。

鉴于齐桓公的大义灭亲，鲁国以国君夫人的规格埋葬了哀姜，算是还给了齐桓公一个面子。

处理完这件事，齐桓公可谓筋疲力尽。

古籍中没有齐桓公出生年月的记载。可他是齐国上一任君主齐襄公的弟弟，继位时年龄应该不小了；如今在国君的位置上已经二十五年，由此推算，这时候的年龄应在五十岁以上。

身体渐衰的齐桓公还有一个心愿未了：郑国对齐国的三心二意必须彻底解决，而解决的办法只有一个：制服楚国。

齐桓公问管仲：如何才能制服楚国？

管仲的回答是：出高价购买楚国的特产——鹿。

齐国很快就在与楚国交界的边境上设立了一座小城，并以此为基地不断地派人到楚国购买活鹿。楚国活鹿的价格为八万钱一头，管仲派人带着两千万钱去楚国大肆采购，而且还对来自楚国的官方采购商说：你能给我弄来二十头活鹿，赏金百；弄来二百头，赏金千。楚文王听说了此事，觉得楚地的鹿多得很，不能错过这等给楚国送钱的好事，于是举国动员：无论官方还是民间，无论男女老少，放下手头的农活，漫山遍野地去捉活鹿。

与此同时，管仲派人悄悄地在齐、楚两国的民间收购并囤积粮食。

楚国靠卖活鹿赚的钱比往常多了五倍。

齐国收购囤积的余粮也比往常多了五倍。

到了这时候，管仲突然宣布关闭边境，断绝一切与楚国的贸易来往。然后他对齐桓公说：这下我们可以去攻打楚国了。楚国虽然国库里的金钱增加了五倍，但是已经没有人经营农业了。

果然，当楚文王向子民收购粮食时，粮食不是三个月内就能长出来的，一时间楚国粮食的价格暴涨。当楚国的粮价高达每石四百钱时，管仲派人运粮到齐、楚边境，楚人因饥饿投降齐国的就有十分之四。

要贸易花招，算交易花账，管仲可谓得心应手。

齐国与鲁国之间，有一个名叫衡山国的小国。齐桓公想要控制它，于是，管仲派人去衡山国高价收购兵器。齐国的这一举动，很快就被各诸侯国认为：衡山国的兵器是最精良的。在齐国连续购买兵器十个月后，各诸侯国的争相购买达到了热潮，以致衡山国的兵器竟然涨价二十倍以上。这导致了衡山国的子民都放弃了耕种而改造兵器。与此同时，管仲派人到赵国购买粮食，当时赵国粮价为每石十五钱，管仲派出的人则按每石五十钱收购。于是，包括衡山国在内，各国都运粮到齐国来卖。齐国用十七个月的时间收购兵器，又用五个月的时间收购粮食，然后封闭关卡，断绝了与衡山国的往来。结果，衡山国的兵器卖光了，又不能在别国买到粮食，当衡山国的南部被鲁国侵犯后，齐国趁势占领了衡山国的北部，衡山国干脆举国向齐国投降了。

管仲给了齐桓公战胜楚国的胆量。

这些年，楚国口头上不断威胁郑国，却并没有采取军事行动，因为楚国国内的政局发生了变故——楚文王死了。

楚文王的死与一位名叫鬻（yù）拳的大臣有关。

鬻拳是楚国宗室后裔，以强谏著称。他劝谏楚文王不要强行用武力征服周边小国，以免这些小国倒向以齐桓公为盟主的中原。但楚文王不听，于是，鬻拳把刀架在楚文王的脖子上，强令其不再动武。事后，鬻拳自认以兵器逼君有罪，把自己的一只脚砍下来以示服罪。楚文王为他的忠诚感动，让他守卫楚都郢城的城门，且特准这个官职可以世袭。

公元前676年——此时，齐桓公已在幽地举行了会盟，中原诸侯已达成联合抗击楚国北上的策略——楚国还没有正式攻击郑国，位于西南地区的巴国军队却一路向东，袭击了楚国边境的一座城邑。由于守备官轻敌，城邑被巴人攻破，巴军继续东进，逼近楚国都城郢都（今湖北江陵一带）。楚文王大怒，处死了这个守备官，但这一死刑命令最终导致守备官的族人与巴军串通联合发动了叛乱。

为了镇压叛乱，公元前675年，楚文王率军西出征讨伐巴国，结果在津地（楚邑，今湖北枝江西南）兵败巴军，楚文王被巴人射中了面颊，狼狈地逃回郢都。守卫城门的鬻拳认为，楚国被小小的巴国打败乃奇耻大辱，竟然不准楚文王进城。他对楚文王说：巴国与黄国（今河南潢川一带）都是楚国的敌人，如果文王能击败黄国，方可进城向宗庙交代。楚文王只好掉头，率军向北攻击黄国，这次攻击取得了胜利。但是，在楚军回师的路上，在一个名叫湫（楚邑，今湖北钟祥以北）的地方，楚文王箭伤复发，很快便死于难耐的暑热中。鬻拳闻讯，把自己的另一只脚砍了下来，以示向楚文王谢罪。楚文王被安葬在地宫后，鬻拳举剑自刎。

楚文王去世后，长子熊艰继位。

熊艰唯恐君位不稳，想把弟弟熊恽杀了以绝后患，导致熊恽逃到了随国（今湖北随州西北）。

不久，熊恽联合随人袭击楚国都城，杀死熊艰，夺得国君之位，是为楚成王。

楚成王继位后，采取了与中原诸侯国修好结盟的策略，并派人向周天子进贡以示臣服。周天子很高兴，赐给他祭肉，并赋予他镇守南方、平定夷越叛乱的权力，条件是不再进犯中原。利用周天了赋予的权力，楚成王以平定南方夷越的名义，不但扩大了楚国的疆土，还在征伐中掠夺积累了大量财富。

为了实现北上中原的梦想，实力渐强的楚成王不再理会周天子对楚国的约束。

从公元前 659 年开始，楚军连续不断地进攻郑国。

此时，郑厉公去世，郑文公继位。

郑国实在招架不住，郑文公想背离齐国与楚国求和，但臣僚们的建议却是：请求齐桓公率军南下解救郑国。

为遏制楚国和救援郑国，齐桓公召集各诸侯国先后在柽地（今河南淮阳西北）、贯地（今山东曹县西南）和阳谷（今山东平阴以南）频繁会盟，商讨伐楚策略。同时，齐桓公还恩威齐下，将处于楚国势力范围内的两个小国——江国（今河南正阳一带）和黄国——也拉拢到伐楚联盟中。

公元前 656 年，齐桓公亲率齐、鲁、宋、陈、卫、郑、许、曹的军队，开始了南下攻楚的行动。

联军首先攻击的是蔡国（今河南上蔡一带）。

之所以首先攻击蔡国，一是因为蔡国是楚国的附庸国，二是因为蔡国位于中原联军南下攻楚的必经之路上，三是因为齐桓公的个人原因：齐国与蔡国有联姻关系，齐桓公曾娶蔡国国君的妹妹蔡姬。而就在南下攻楚的前一年，即公元前 657 年，齐桓公与蔡姬乘船游玩时，蔡姬在船上与不会游水的齐桓公开玩笑故意摇荡小船，齐桓公让蔡姬停止，蔡姬不但没停止反而摇荡得更厉害了。齐桓公非常生气，下船后就把蔡姬赶回了娘家蔡国。齐桓公本想等蔡国给他道个歉，谁知蔡侯非但没有道歉，反而把蔡姬改嫁给了别人，齐桓公认为这是对他的莫大侮辱。

联军兵强势众，蔡军很快溃败，联军继续南下进攻楚国。

面对气势汹汹的中原联军，楚成王派遣大夫屈完来到齐桓公的军中谈判。见到齐桓公后，屈完提出了一个历史上著名的诘问：

> 君处北海，寡人处南海，唯是风马牛不相及也。不虞君之涉吾地也，何故？［左传·僖公四年］

君王住在北方，我住在南方，即使是牛马发情狂奔，彼此也不会相关。不料您竟不顾路远来到我国的土地上，这是什么缘故？

"风马牛不相及"自此成为一句著名的成语。

管仲替代齐桓公做出的回答是：周天子赋予了齐国征讨诸侯的权力，征伐的范围东至大海、西至黄河、南到穆陵（今湖北穆陵关）、北到无棣（今山东无棣）。楚国不朝拜和进贡周天子，因此我们前来问罪。接着，管仲还翻出三百多年前的一笔历史旧账：周昭王南征荆楚时，莫名其妙地掉进河里失踪了，楚国必须把这事说清楚。

屈完回答管仲：贡品没有送来，确是我君的罪过，今后再也不敢不送。至于周昭王失踪的事，要问当时水边上的人。

鉴于楚国使者软中带硬的态度，齐桓公率领的联军继续南进，推进到陉地（楚邑，今河南漯河东北）才驻扎下来。

在陉地，两军从春一直对峙到夏。

久不开战的原因，双方都很清楚：楚国惧怕联军兵力多，不敢轻易交战；联军鉴于楚国疆土广袤，而自己劳师远征，也不敢贸然进犯。更重要的是，无论是齐桓公还是管仲，本来就无意与楚国真的开战，只是想来震慑一下楚国而已。

暑气蒸腾中，奉楚成王之命，屈完再次前来与联军谈判。

为了表示谈判的诚意，齐桓公命令联军向北后退至召陵（楚邑，今河南郾城以东）。

为迫使楚国让步，齐桓公炫耀了武力：联军在召陵的大平原上列成浩大的战阵，然后齐桓公邀请屈完与他乘坐同一辆战车检阅战阵。

齐桓公对屈完说：这样的军队任何城池都能攻破！

屈完的回答是：君王如果动用武力，楚国有方城山作为城墙，有汉水作为护城河，君王的军队再多也没有用！

双方把狠话都说了，然后坐下来谈判。

谈判的结果是：约定在楚国承认未向周王进贡有罪的基础上，楚国与以齐桓公为首的各诸侯国在召陵结盟，然后各自退兵再不互相进犯。

召陵会盟，避免了一次大规模的流血冲突，在一定程度上遏制住了楚国北上进犯的态势，并使原来归顺楚国的江、黄、道、柏等小国变成了齐国的盟国。

齐桓公的霸主威望得到了进一步的提升。

联军班师回国。

但是，齐桓公刚一回到国内便得知：周王室在继承人问题上又出了乱子：按照周礼，现任周天子的继承人是长子姬郑。但是，周惠王突然提出要废掉姬郑，改立他喜欢的幼子姬带为继承人。这一变故立即引起中原舆论的骚动。包括周惠王在内，各诸侯国的君主都把目光投向了齐桓公，等待这个中原霸主的政治表态。

征尘未洗的齐桓公，立即邀集鲁、宋、陈、卫、郑、许、曹等国的国君，同时又邀请了太子姬郑，在宋都商丘以西的首止（今河南睢县东南）会盟。齐桓公当众宣布：维护周礼的尊严是齐国义不容辞的担当。——齐桓公的态度明确了，各诸侯国的君主纷纷跟着表态：支持姬郑的储君之位，反对周惠王易储。

周惠王再次深切体味到被诸侯裹挟的屈辱滋味。

决心摆脱齐国掣肘的周惠王，派人联络晋国和楚国，准备组成对抗齐国的周、郑、晋、楚联盟。同时，为了破坏首止会盟，他派人到首止怂恿郑国不要参与。

郑文公不敢得罪周天子，不辞而别地离开首止回国了。

齐桓公立即决定：置周天子于一旁，首先收拾郑国。

公元前654年夏，齐桓公联合各诸侯国伐郑，追究其无视霸主、逃避首止会盟的行为。

联军很快便包围了郑国的都城——郑城（今河南新郑一带）。

楚成王闻讯后，亲自率军北上围攻齐国的盟国许国（今河南鄢陵与许昌之间），以救援郑国。

联军掉头前去救援许国，楚成王并未接战就撤军了。

左右为难的郑文公想出一个解困的办法：他把多年来的一个政敌郑国大夫申侯杀了，然后派人捧着申侯的首级向齐桓公赔罪，声称郑国背弃首止会盟是这个申侯的主张。——郑文公一石二鸟的伎俩取得了效果：联军暂时解除了对郑国的围困。

公元前653年秋，齐桓公在鲁国境内的宁母（今山东鱼台一带）与鲁僖公和宋桓公再次见面，商量下一步如何处置郑国的事宜。陈国的太子款、郑国的太子华也来旁听。

其间，郑国的太子华突然要求密见齐桓公。

太子华向齐桓公透露：郑国之所以总是对齐国三心二意，实际上是由于国内的泄氏、孔氏和子人氏三族捣鬼，如果能除掉他们，郑国就会对齐国忠心耿耿。太子华还表示，他希望能够迎娶齐桓公的亲族之女为婚，这样，如果他能当上郑国国君，齐国就是郑国的"父国"了。

太子华的建议是典型的引狼入室。

齐桓公听后还是怦然心动。

管仲对齐桓公说，太子华是出卖国家利益的奸人。如果利用奸人去征服郑国，我们将无法向子孙后代昭示此事。更重要的是，如果您做出不道德的事，各诸侯国很快就会疏远您，您就会失去盟主的地位。

管仲建议把太子华之事通报给郑文公，同时格外善待被太子华诬陷的郑国的三位大夫，说这样郑国就一定会接受盟约。

果然，太子华回国后不久，便被郑文公处死了。

同时，郑国正式宣布与楚国脱离关系。

接着，又传来了一个好消息：试图建立反齐联盟的周惠王死了。

齐桓公立即召集鲁、宋、卫、许、曹等国君主，在鲁国境内的洮地（今山东汶上东北）会盟，正式将太子姬郑扶上天子之位，是为周襄王。——这是一次让齐桓公心情大好的会盟，不但自己当年力挺太子姬郑的行为得到了回报，齐国与周王室的亲密关系得以恢复，而且郑文公主动请求参加此次会盟，标志着郑国正式向齐桓公表示了顺服。

齐桓公决心趁热打铁，于第二年召集各诸侯国于葵丘（今河南民权一带）召开了一次规模空前的盛会，史称"葵丘会盟"。

周襄王派来的代表赐给齐桓公的礼物是：一块王室祭祀祖先时的祭肉，表示周王室与齐桓公情同手足，共享神灵的护佑；一把朱漆雕弓，代表周天子赋予了齐桓公征伐天下的权力；一辆华丽的车乘，代表齐桓公可以与周天子免礼同乘。周襄王的代表还当众称呼齐桓公为伯舅，宣布齐桓公晋爵一级。

踌躇满志的齐桓公以周天子之名，向各诸侯国宣读了必须共同遵守的盟约：诸侯国不能擅自截流、筑坝或造储水池；遇到饥荒年岁时，各诸侯国不能囤积居奇粮食；不能随便更换太子；不能将妾扶正为妻；不能让女子参与国家政事。最后，齐桓公以周天子的口吻庄严宣布："凡我同盟之人，既盟之后，言归于好。"

"攘夷尊王"，这条由齐桓公提出的准则，如今不但落实在了行动上，还正式写在了盟书上以载入史册。

此时的齐桓公，俨然是一位开疆拓土、帷幄天下的霸主，其俯瞰整个中原的豪迈之情汹涌澎湃：

寡人南伐至召陵，望熊山；北伐山戎、离枝、孤竹；西伐大夏，涉流沙；束马悬车登太行，至卑耳山而还。诸侯莫违寡人。寡人兵车之会三，乘车之会六，九合诸侯，一匡天下。昔三代受命，有何以异于此乎？〔史记·齐太公世家第二〕

　　我南征至召陵，望到了熊耳山；北伐山戎、离枝、孤竹国；西征大夏，远涉流沙；包裹马蹄，挂牢战车，登上太行险道，直达卑耳山才归。诸侯无人违抗我。我召集兵车会盟三次，乘车会盟六次，九次会盟联合诸侯，匡正天下于一统，我与过去三代的开国天子还有什么不同！

　　公元前651年夏，葵丘会盟之后，齐桓公的霸业抵达了顶峰。

　　接着，就该下坡了。

　　下坡的路很陡。

七　中原霸主饿死了

自齐桓公继位，齐国倾其所有纵横中原已三十多年。

葵丘会盟后，齐桓公问管仲，我想去朝拜周天子，感觉费用不足了，怎样才能把虚名转成实利？

管仲的主意是：在全国招募一批石匠。

都城临淄附近有一片乱石岗，管仲让招募来的石匠把石头打制成一块块的石璧，同时宣布了这些石璧的价格：一尺长的一万钱、八寸的八千、七寸的七千。然后，管仲就前往周朝都城洛邑去了。

当年，齐桓公不支持周惠王废黜长子姬郑改立次子姬带为王位继承人，周惠王死后姬郑继位为周襄王，姬带很是不甘心，自公元前648年起，几次暗中勾结西戎攻击周王室，虽然一次次被挫败，但周王室内部的矛盾越来越激化。

管仲是以大国宰相的名义，前来协调周襄王与姬带的关系的。

管仲对周襄王说，现在要想平息王室争端，必须震慑那些企图颠覆王朝的乱臣贼子，齐国君主打算率领诸侯们前来洛邑朝拜先王的宗庙，一方面是敦促各诸侯国遵守周礼，另一方面也是为周天子您助威。

周襄王立即批准了这次朝拜活动。

管仲接着说，为了与神灵沟通，请您昭告天下，凡是前来朝拜先王宗庙的，必须带上"石破天惊"璧，作为献给您和神灵的贡礼。否则，不准入朝参拜。

管仲所说的"石破天惊"璧，就是他让齐国石匠打制的那些石璧。

周襄王立刻向各诸侯国发出了这个王命。

于是，各诸侯国都派人带着珠玉、粮食、彩绢或布帛，前来齐国购买作为参拜的门票——"石破天惊"璧。

管仲估算了一下，三天之内齐国卖出的石璧，相当于齐国七年的税收收入。

只是，这次大规模的朝拜活动，除了让齐国发了一笔横财外，对于周王室的矛盾缓解没有起任何作用。

朝拜活动之后，周襄王的弟弟姬带再次勾结戎人进犯洛邑，周王室面临着巨大危机。

尽管齐桓公紧急召集鲁、宋、陈、卫、郑、许、曹等国君主在咸地（今河南濮阳一带）会盟，商讨维护周王室稳定事宜，但由于无法达成一致意见，迟迟没有付诸行动。还是西部的晋国和秦国出兵攻击戎狄，才迫使戎狄军从洛邑撤军。

为挽回面子，齐桓公以中间人的身份，一面调和戎狄与周王室的关系，一面派人去晋国说服晋国与戎狄修好。

齐国已经没有国力组织起强大的远征军了。

鉴于国力不济，齐桓公只能采取既不得罪现任周天子，也不得罪企图夺位的姬带的态度。

定夺乾坤的齐国开始息事宁人了。

楚国看出了齐国渐近强弩之末。

公元前 649 年冬，楚成王以不向楚国进贡为借口，出兵攻打黄国。这一次，齐桓公没有出兵救援，导致弱小的黄国很快亡国。第二年，楚成王又灭了偃姓诸侯国英氏（今安徽金寨东南），将楚国的势力推进至淮河中游一带。

此时的齐桓公，再也无力控制中原混乱的局势：东部的淮夷军开始进犯杞国（今河南杞县一带）；始终窥伺中原的戎狄，竟然与鲁国和晋国悄悄会盟，之后联合攻击了宋国；逃亡的姬带再次勾结戎狄军，逼近了周王朝的都城洛邑。

齐桓公召集诸侯君主们商讨对策，诸侯们谁都不愿出兵与戎狄军和淮夷军作战，勉强表示可以出点兵力帮助周天子保卫都城。至于杞国，实在不行就让他们举国迁移远离淮夷吧。

公元前645年春，楚军长距离北进攻击了徐国（今江苏泗洪一带）。

楚成王不再拐弯抹角，直接宣称：楚国之所以攻击徐国，是因为徐国投靠了以齐桓公为盟主的中原集团。

齐桓公不得不出面迎接楚国的挑战了。

三月，齐桓公与宋、鲁、陈、卫、郑、许、曹等国，在齐国境内的牡丘（今山东茌平东南）会盟，齐桓公重申各诸侯国须遵守葵丘会盟的条约，立即组成联军驰援徐国。

会后，各诸侯国的军队在承匡（今河南睢县以西）集结。

但是，各诸侯国的国君都不愿亲临前线了，只是委托鲁国大夫孟穆伯率领联军缓慢地向前推进。

为不与强劲的楚国直接交战，联军决定攻击弱小的厉国（今河南鹿邑以东），冠冕堂皇的理由是：抄袭楚军的后方，以解徐国之围。

联军有意避战时，中原的后院起火了：宋国趁曹军远出，袭击了曹国。——此时的诸侯们，已不认为齐桓公可以掌控天下，中原即将开始新一轮的霸主竞争了。

在楚国的大举进攻下，徐国战败。

徐国战败的消息一传来，联军立即解散了。

齐桓公老了，促使他转瞬之间衰老的是管仲的去世。

管仲病重，齐桓公前去探视，问他有什么交代的事。

管仲点了三个人的名：易牙、竖刁和卫公子开方。

管仲让齐桓公远离此三人，说不然齐国将有大祸。

易牙，齐桓公的厨子，之所以成为被宠信的近臣，除了厨艺高超外，还因他为齐桓公做一款前所未有的菜肴：易牙杀了自己四岁的儿子炖了一锅肉汤，齐桓公品尝后大为赞赏。

竖刁，齐桓公的宦官，为了表示忠心，他把自己阉割了，由此深得齐桓公的宠信。

卫公子开方，是喜欢养鹤的那位卫国君主卫懿公的庶长子（姜室所生之子）。当年他的祖父卫惠公伐齐战败，曾派公子开方带着礼物前往齐国求和，公子开方见齐国繁荣昌盛就留在了齐国。为了在齐国生活，他自愿进宫侍奉齐桓公。至此时，他已侍奉齐桓公十五年，连父母去世他都没有回国。

管仲对齐桓公说："弗爱其子，安能爱君？身且不爱，安能爱君？其母不爱，安能爱君？"〔韩非子·难一〕——连自己的儿子都不爱安能爱您？连自己的身体都不爱安能爱您？连自己的父母都不爱安能爱您？

管仲故里位于今安徽颍上县建颍乡管谷村。

管仲病逝后，当淮夷又开始攻击鄫国（今山东苍山西北）时，齐桓公召集鲁、宋、陈、卫、郑、许、邢、曹等国君主，在淮地（今江苏盱眙境内）会盟，商量如何救援鄫国。——史料显示，齐桓公在位四十二年，以中原盟主的身份召集了十六次诸侯会盟，此次淮地会盟是最后一次，这一次他的身边不再有管仲。

孤独衰老的齐桓公威风不再。

淮地会盟后的第二年，即公元前643年，鲁国非但没有落实淮地会盟制定的抗击淮夷的盟约，反而擅自攻击了项国（今河南沈丘）。更令齐桓公气闷的是，鲁军的这次攻击虽然灭了项国，但没有对占领土地实施有效控制，结果项国的土地全部被楚国夺走了——楚国终于有了一个攻击中原的前沿桥头堡。一气之下，齐桓公将鲁僖公囚禁在了齐国，但因为鲁僖公娶的是齐桓公的女儿，在女儿的哀求下，齐桓公不得不将鲁僖公释放回国。

就在这一年，齐桓公病倒了。

齐桓公好色。明媒正娶了三位夫人，王姬、徐嬴和蔡姬，却都没有儿子。在他宠爱的姬妾中，享受与正式夫人一样待遇的就有六人：长卫姬，生公子无亏；少卫姬，生公子元；郑姬，生公子昭；葛嬴，生公子潘；密姬，生公子商人；宋华子，生公子雍。

齐桓公曾与管仲约定，立公子昭为太子。

管仲死后，其他的五位公子"皆求立"。

齐桓公病重后，五位公子各自率党羽开始争夺君位。

而易牙、竖刁则堵塞宫门，杀死宫内大夫，同时宣布公子无亏继位。

齐国的宫中即刻成了剑拔弩张的战场。

五位公子互相攻击。

齐国上下顿时陷入混乱。

混乱中，那个滞留在齐国侍奉齐桓公的卫公子开方，带着被齐桓公赐予的土地和人口跑回了卫国。

公子昭则逃到宋国。

重病在宫内的齐桓公，既无饮水也无食物，身边没有一个侍奉之人。

冬十月乙亥，齐桓公卒。［左传·僖公十七年］

冬，十月，十二日，齐桓公死了。

曾经的中原霸主饿死了。

宫外无人知晓，宫内无人下葬。

桓公尸在床上六十七日，尸虫出于户。［史记·齐太公世家第二］

齐桓公的尸体无人收殓，在床上停放了六十七天，尸体上的蛆虫从门缝爬了出来。

> 十二月乙亥，无诡立，乃棺赴。辛巳夜，敛殡。[史记·齐太公世家第二]

到了十二月初八日发出讣告，十四日夜间将齐桓公的尸体大殓入棺。

殚精竭虑的齐桓公死后一切皆空。

齐桓公一死，宋国首先介入齐国的混乱：

公元前642年初，宋襄公联合曹国、卫国和邾国，联合攻击齐国，企图助公子昭归国登位。

三月，迫于诸侯联军的压力，齐国大夫们杀死竖刁和公子无亏，准备迎立公子昭回国。

但是，其余公子的追随者联合兴兵，拦截已入齐境的公子昭，迫使公子昭又逃回宋国。

五月，宋襄公再度发兵攻齐，公子昭这才得以进入齐国都城临淄，继位为齐孝公。

谁也无法预料的是，齐国自此陷入了更持久的混乱中：

公元前632年，齐孝公死，他的儿子很快被杀，他的弟弟公子潘夺位，是为齐昭公。

公元前612年，齐昭公死，他的儿子公子舍继位，但仅仅五个月后就被公子商人杀死，公子商人随即继位，是为齐懿公。

齐懿公以荒淫好色出名，最终在齐国贵族和大臣的合谋下被杀，其弟公子元继位，是为齐惠公。

持续不断的内乱，使中原大国齐国迅速没落。

与之伴随的是晋国和楚国的崛起。

齐桓公在位四十二年，将齐国变成了中原的一流强国，被誉为"春秋五霸之首"。

但历史对齐桓公却评价不一。

荀子认为：齐桓公为争夺权位杀死了他的哥哥；他的奢侈放纵导致齐国一半的税收都不够他花费的；他吞并的诸侯小国竟然有三十五个之多；他的霸业完全是依靠诡计计谋取得的，即用谦让来掩饰争夺，以仁爱之名来攫取实利。齐桓公只能算是小人之中的佼佼者。

曹操却对齐桓公顶礼膜拜：

齐桓之功，为霸之道。

九合诸侯，一匡天下。

一匡天下，不以兵车。

正而不谲，其德传称。

孔子所叹，并称夷吾，民受其恩。

赐与庙胙，命无下拜。

小白不敢尔，天威在颜咫尺。〔短歌行〕

数千年前，中国古人便领悟出"靡不有初，鲜克有终"〔诗经·大雅·汤〕的人生悲剧性。但是，古往今来，依旧城旗变幻，此起彼伏；群雄如麻，不绝史书。

人类生生不息，枭雄代代不已。

毛泽东则认为，齐桓公称霸天下的理想没有实现，是因为他只能当一个盟主而没有能力一统天下。

天著春秋

第六章

邲之战：断指盈船

一　我是南方人我怕谁

"楚"，一种灌木，也叫"牡荆"。

楚在南方江汉流域的水岸野坡上极为常见。

由此，古代北方的中原人，不但以荆楚来称呼居住在江汉流域的部族，而且每每想起楚地都会略带一种莫名的怜悯："维女荆楚，居国南乡。"［诗经·商颂·殷武］——你们这些荆楚族人，定居在偏远的南方。

楚人的族源来自何方？

有人认为他们是长江流域土生土长的部族，也有人认为他们来自西南方的苗夷族落，还有人认为他们来自淮水下游的部族。但是，楚人自己认为，他们的远祖是华夏五帝之一颛顼的后代。——颛顼帝的后代曾担任火正（官名）一职，负责掌管部落的照明取暖、观测天空的火星星象，因能光耀天下被命名为祝融，因用火造福于民又被称为祝融火神。祝，祈祷；融，上升的炊气，即热气。祝融的居地，在华夏部族之一有熊氏居住的华阳（今河南新郑以北）一带。

> 郑，祝融之墟也。［左传·昭公十七年］

上古文字中的"华"与"芈"写法十分相像，于是后来历代楚国君主均为芈姓熊氏。

就国君的血统而言，楚人本是中原人。

殷商时期，今河南新郑一带是商朝的核心地区。

想来，楚人的先祖应与中原殷人有过密切往来。

商朝灭亡后，迫于生存压力，楚部落的首领鬻熊，不得不去侍奉周文王，在周王室担任火师一职，即祭祀时的持火之人。《史记·楚世家第十》的记载是："鬻熊子事文王。"即，鬻熊像儿子一样侍奉着周文王。到了周成王时期，楚部族的首领是鬻熊的曾孙熊绎，楚人对周王室的多年侍奉终于有了回报：

> 举文、武勤劳之后嗣，而封熊绎于楚蛮，封以子男之田，姓芈氏，居丹阳。［史记·楚世家第十］

因为曾殷勤地侍奉周文王和周武王，周成王分封给楚部族首领的后代熊绎子爵爵位，并允许他在丹阳一带建国。

此时，楚人远祖的寄居地新郑，已成为中原诸侯国郑国的都城。不断受到挤压的楚部族，长期处于流离迁移状态，而周成王赐予楚人安身建国的丹阳位于丹江下游，楚人自此从黄河流域走向长江流域。

而在中原人的眼里，尽管楚国已是有爵位的诸侯国，但是爵位低下，没有资格与中原的诸侯大国平起平坐：

> 昔成王盟诸侯于岐阳，楚为荆蛮，置茅蕝，设望表，与鲜卑守燎，故不与盟。［国语·晋语］

昔日，楚国国君熊绎，渡汉水翻秦岭，风尘仆仆来到周成王召集诸侯会盟的现场岐阳，却不能以诸侯国国君的身份参会，只能负责摆座次立标识。然后，当各诸侯国国君在盛宴上觥筹交错时，他只能与鲜卑人一起看守祭祀用的柴草和火把。

楚人明白楚国必须强盛！

楚人开垦耕地，种植水稻，同时与汉水中下游和长江中游一带的原生部族长期杂居，实现了一个南方诸侯大国的人口快速增加，并逐渐建立起独具特色的楚国文化体系。

楚人的图腾，是一种在自然界并不存在的神鸟——凤凰。

在中国古代传说中，雄鸟为凤，雌鸟为凰。

同时，凤凰还被称为丹鸟或火鸟，是火神的象征。

楚人坚信自己是太阳神的后裔，崇尚火焰一般的赤色。

尽管祖先侍奉过周王室，但楚人最仇视的正是周王朝。

数百年里，楚人始终"不服周"，顶住了来自北方的多次讨伐。

楚人信奉"三年不征则愧"，即不去征服天下活着就没有意义。公元前887年，楚国第六代君主熊渠继位，此时周王室的势力逐渐衰弱，楚人开始了大规模的开疆拓土，相继攻打庸国（今湖北竹山）、随国（今湖北随州）等位居江汉平原上的诸侯小国，又打败了位居长江中下游的扬越（今湖南南部至广东北部）各部落，接着向东讨伐位居江淮之间的东夷强国徐夷。——楚人逐步对中原形成了一个新月形的包围圈，其前锋直指中原腹地。

楚人多愁善感。楚国的舞者婀娜多姿，原因不仅是楚王好细腰，更是为了取悦神灵，楚人认为神的审美与他们是互通的。楚人酷爱音乐，设置了专门掌管音乐事务的乐官，钟、磬、鼓、瑟、竽、箫等乐曲种类齐全。楚人神思飞扬，无碍于物，漆绘上人神杂糅、织绣上龙蟠凤逸、青铜器上鹿角立鹤。更重要的是，楚人不受中原周朝礼制的约束，认为世间没有哪种制式和秩序必须一致遵从。

"我蛮夷也，不与中国之号谥。"〔史记·楚世家第十〕

既然我是蛮夷，就没必要遵循中原的礼制和谥号。

我是南方人我怕谁？

中国人至今还把长江以南的人统称为南方人。

而中国绝大多数推进历史的重大变革都始于南方。

南方人敢想敢干。

对于楚国来讲，公元前740年，是一个标志性的年份：楚国国君熊通自称为楚武王。——后世的一些历史学家甚至认为，楚国国君自称为王的这一年，应该被称为春秋元年，因为周王室用来约束所有诸侯国的周礼丧失了约束力，天下从此属于因毫无羁绊而敢想敢干的族群。

熊通自称为王的第二年，楚国更加肆意地向北扩张。首攻目标是北部邻国邓国（今湖北襄阳以北）。楚国大夫斗廉率军先佯装败逃，继而突然回师猛攻，邓军猝不及防大败。两年后，楚军出兵东北方向，大败郧国（今湖北安陆以东）军队，将其势力推进至今涢水流域。又过了两年，楚军攻击绞国（今湖北郧阳西北），列阵于绞国都城的南门。为诱绞军出城，三十多名楚军士卒装扮成砍柴人，故意让绞军俘去向国君领赏。次日，绞军争相出城，追逐佯装成砍柴人的楚军士卒，楚军的一支突然横扫过来断其归路，同时命预先埋伏的伏兵猛攻出城救援的绞军，绞军大败。

公元前671年，楚武王之孙熊恽夺位，是为楚成王。

此时，楚国国君已可与中原霸主齐桓公平起平坐了。

齐桓公死后，郑国再次归附于楚国。

楚国的控制区域，从今天的湖北湖南一直延伸到江西北部，特别是向北控制了邓国（今湖北襄阳）、申国（今河南申县）、息国（今河南息县）、蔡国（今河南上蔡）、黄国（今河南潢川）等诸侯小国，其势力翻越伏牛山、桐柏山和大别山伸入到今河南南部，让楚国与陈国（今河南淮阳）、许国（今河南许昌）、郑国（今河南新郑）、宋国（今河南商丘）等中原诸侯大国直接接壤。——楚国，这个曾经被迫南迁的弱小部族，已成为一个疆域广阔、实力强大的诸侯大国。

被中原人认为是南蛮的楚人，其文明程度上领先于中原。

在中原诸侯国普遍实行封建分封制的时候，楚国已开始实行军政合一的中央集权制。楚国的中央集权，掌握在处于楚王之下的重臣令尹手中。令尹是楚国特有的官职，相当于首席执行官。令尹执一国之柄，对内主持国事，对外主持战争，总揽军政大权于一身，极大地提升了国家的执政效率。令尹一职，主要由楚国贵族中的贤能担任，虽多为芈姓族人，但很少世代相袭，由此避免了贵族门阀势力的滋生。同时，令尹的选用也不排除外姓，这在中原诸侯国的政治生态中十分罕见。楚王则奉行权责统一的原则，一旦令尹有过往往处以极刑，这又与中原诸侯国常常迁就君亲国戚有明显区别。

但是，中央集权的弱点是：掌握绝对权力的人如果并非贤能就会给国家带来危险。楚成王继位时尚年幼，楚国的军政大权掌握在楚文王的弟弟、令尹子元手中。这个令尹的人选出现了差错。子元依仗着君王血统，不但没把楚成王放在眼里，竟还迷恋上逝去的楚文王的夫人、楚成王的母亲、他的嫂子的美色。由于不能强占，子元便在文夫人的宫殿旁建起一座歌舞馆，让青年男女摇着铃铛跳一种被称为中国古代最神秘的舞蹈——"万"。

> 简兮简兮，方将万舞。
>
> 日之方中，在前上处。
>
> 硕人俣俣，公庭万舞。
>
> 有力如虎，执辔如组。
>
> 左手执龠（yuè），右手秉翟。
>
> 赫如渥赭，公言锡爵。
>
> 山有榛，隰有苓。
>
> 云谁之思？西方美人。
>
> 彼美人兮，西方之人兮。［诗经·邶风·简兮］

万舞源自商朝的武舞，动作充满雄健阳刚之气。

子元想让寡居的义夫人有感而发，觉醒自己身体内沉睡的情欲。

老臣斗廉忍无可忍对其进行劝谏。

子元一怒之下将斗廉囚禁起来。

最终，忠于王室的楚国贵族联手把子元杀了。

楚国任命了一位新令尹，名叫子文。

令尹子文，因协助楚成王争霸中原被载入史册。

子文的父亲斗伯比，是楚国有史可查的第一任令尹。但是，子文却是父亲斗伯比与郧国公主生的私生子，传说出生后被丢弃在云梦泽的荒野里，最终被一只母老虎喂养大。——子文幸而生在南方楚国，若是在中原，一个私生子绝无进入执政高层的可能。

子文任令尹时，正值子元内乱后，楚国府库被挥霍一空。为加强中央集权制，协助楚成王整顿内政，子文下令将王亲国戚的封地和财产削减一半以充国库。子文自己更是率先实行，即所谓"自毁其家以纾楚国之难"。〔左传·庄公三十年〕他身为大权在握的令尹，家里没有任何积蓄和积累，到了吃了上顿没下顿的程度。为此，楚成王每逢朝见，都为他预备一束干肉和一筐干粮，而子文坚决不收。于是，楚成王要给他增加俸禄，子文得知后竟然出逃了，直到楚成王停止给他增禄，才返回宫内继续任职。

> 人谓子文曰："人之求富，而子逃之，何也？"对曰："夫从政者，以庇民也。民多旷者，而我取富焉，是勤民以自封也，死无日矣。我逃死，非逃富也。"〔国语·楚语〕

有人对子文说："人活着都求富贵，而你却逃避它，为什么呢？"他回答说："执政是为庇护百姓，百姓的财物空了，我却得到了富贵，让百姓劳苦来增加我的财富，那么我离死亡也就不远了。我是在逃避死亡，不是在逃避富贵。"

有这样的首席执行官，楚国岂能不兴旺发达。

在国库充盈的前提下，楚国有了一支令人生畏的军事力量。楚军的最高统帅是楚王，作战指挥者是令尹。在长期的扩张征战中，楚军积累了丰富的作战经验，其战法很少受中原所谓战规的束缚，适可而止、知难而退、先声夺人、待衰而攻，只要能打胜仗，战术战法随心所欲。

公元前671年，年轻的楚成王继位于枭雄群起的乱世。

那时候，黄河流域的齐国君主齐桓公，已被中原各诸侯国推举为盟主，其霸业抵达了顶峰。而在历史的同一时段，两河流域不可一世的亚述帝国君主辛那赫里布，率领着他强大的军队征服了整个叙利亚地区，其霸业也达到了顶峰。——两位霸主走到顶点的那一刻便开始迅速坠落：因王位继承之争，辛那赫里布被自己的儿子杀死在神庙里；而齐桓公在齐国发生的血腥内乱中，身边竟无一人被活活地饿死。地域性的霸主突然消失，群雄并立的局面再次出现。

历史学者曾对当时的世界强国作出如下排名：

一、推翻亚述帝国的主要力量、崛起于伊朗高原的米底王国；

二、古埃及第二十六王朝；

三、东方楚国；

四、最早使用铸币、精于商业与贸易的吕底亚国；

五、东方宋国；

六、伯罗奔尼撒半岛东北部的科林斯国；

七、与米底王国联手打败亚述帝国的新巴比伦王国。

东方楚国被列入世界强国并不意外，但疆土不大、军力不强的宋国也位列其中令人不解。

历史学家给出的理由是：这个东方国家的文化十分发达。

宋国，子姓，宋氏。

与中原其他诸侯国相比，宋国"血统高贵"。

当年商朝灭亡时，一向讲"礼"的周朝，不但没有把商朝后裔斩草除根，还在周都附近给商纣王的哥哥微子划出一块地让他建国，即宋国。周王室给予宋国很高的政治待遇，不但准其用天子礼乐奉商朝宗祀，还授予了宋国最高的公爵爵位。当时，与宋国爵位相同的，只有辅佐过周武王和周成王的周公旦的儿子建立的鲁国。就连周朝功勋元老姜子牙建立的齐国，也仅仅被授予了侯爵爵位。

宋国的国土不大，周边大约三百里，但地理位置十分优越。国土的东面与滕（今山东滕州以西）、薛（今山东滕州以南）、萧（今安徽萧县以北）等国接壤；西面与郑国相邻；南面为厉国（今河南鹿邑以东）、胡国（今安徽阜阳以南）、陈国；北面是鲁国、曹国、卫国。——小小的宋国可谓中原枢纽。

作为商族遗民的宋人，继承了商人擅长贸易的秉性，有着出色的商业天赋。当时，睢水北岸的商丘、济水南岸的陶丘以及丹水和泗水交汇处的彭城，都是中原极为繁荣的商都。宋人很有钱，贵族生活奢侈，子民日子安逸。但是，尽管国富民也富，宋国的军备发展却一直滞后。根据周朝天子六军、大国三军、次国二军、小国一军的规定，爵位是公爵的宋国属于大国，但春秋战史上从没有宋国出动三军的记载，宋军充其量只有二军。有历史学家考证，宋国的军队实际上只有一军。

军力不济的宋国，却是东方圣贤文化的源头，儒家、墨家和道家皆发源于宋国，墨子、庄子和惠子也皆出于宋国，孔子的祖籍也在宋国。宋国被誉为东方礼仪之邦。但是，一个奇特的现象是，在中国的春秋史上，谦逊仁厚的宋国人，却是诸子百家嘲笑的对象。——在孟子的"揠苗助长"中，把禾苗一棵棵拔高来促生长的是宋国人；在韩非子的"守株待兔"中，坐在树下傻傻地等着兔子撞上来的也是宋国人。庄子是宋国人，也黑自己的国，说了宋国人很多笑话，其中一则笑话是：一个宋国商人去南方做衣帽生意，结果到了南方一看，南方人都文身根本不穿衣服，头发披散着也不戴帽子，这个宋国人赔得连回家的路费都没有了。

然而，傻乎乎的宋国人却敢与周王室离心离德。

当初周朝分封诸侯国的时候，大部分封国都是姬姓，宋国作为商朝后裔的异姓自然被各诸侯国看不起，这是宋人的一块心病。作为商朝的后裔，历代宋国国君都存有复兴商朝的野心。宋国第二十代君主宋襄公，在中原霸主齐桓公死后兴奋地说："如天不弃我，商可以兴矣！"——宋襄公自信满满，因为在各诸侯国中宋国的爵位最高，齐桓公死的时候，又是宋襄公带兵助齐桓公之子昭回国继位的，所以宋国成为老大仿佛无可置疑。

公元前641年，齐桓公死后的第二年，宋襄公迫不及待地召集各诸侯国国君会盟，地点选在曹国的南部。对于他的邀请，诸侯们都没有当回事，只有曹、邾、滕、鄫四个小国的国君同意参加。但即便如此，会盟正式开始的那天，也只有曹、邾两国的国君按时到达，滕国的国君迟到了，鄫国的国君更是借故没来。宋襄公怒不可遏，扣押了迟到的滕国国君。一听说滕国国君被扣押，鄫国国君因心生恐惧立马赶来，谁知一到就被宋襄公抓起来，然后押到睢水郊外杀了，说是祭祀天地。——作为商朝后裔，宋国依旧沿用商朝"人祭人殉"的制度。宋襄公的哥哥司马子鱼劝道：古时六畜不能相互祭祀，小祭祀不杀大牲畜，何况敢杀人用于祭祀？祭祀是为了人，杀人祭祀，什么神敢来享用呢？当年，齐桓公恢复了三个被灭的诸侯国，以让中原的诸侯们都归附于他，即使这样民间还说他薄德。现在一次会盟就侵害了两国国君，又杀人祭祀鬼神，这样求成霸业怎么可能呢？得以善终就算幸运了！

果然，宋襄公的淫威没能镇住诸侯，曹国明确表示不服从宋国。

宋襄公立即兴兵北上伐曹。

曹人顽强抵抗，宋襄公无功而返。

就在宋襄公召集曹南会盟的时候，楚成王也策划了一次会盟，邀请陈、齐、蔡、郑等诸侯国参加，地点选在了齐国的都城临淄。——楚成王策划这次会盟的目的，是示好宋国以外的各诸侯国，特别是争取与齐国和郑国搞好关系，以孤立野心勃勃的宋襄公。

宋襄公发现各诸侯国都趋向于齐国和楚国，就派公子拿着礼物向齐、楚两国表示友好，同时邀请各诸侯国在一个名叫鹿上（宋地，今安徽阜南以南）的地方举行会盟。接到邀请的鲁国大臣说："以欲从人，则可；以人从欲，鲜济。"［左传·僖公二十年］意思是：让你的想法随着别人走，是可以的；让别人跟着你的想法走，很难做到。——果然，不但鲁国拒绝参加，齐国也没有接受邀请。宋襄公只好向楚成王提出请求，请楚成王召集各诸侯国前来会盟。同时，宋襄公自以为是向楚成王提出一个自不量力的要求：各诸侯国承认他的盟主地位，楚国把靠近宋国的附属国割让给宋国。司马子鱼再次劝说道："小国争盟，祸也。宋其亡乎！幸而后败。"［左传·僖公二十一年］——小国争做盟主，祸患。宋国要灭亡了！败亡得晚点就算是幸运了。让宋襄公没想到的是，楚成王答应了他的请求，还与他约定秋天在盂（今河南睢县西北）见面。

秋高气爽，宋襄公兴致勃勃地赴约。

司马子鱼让他带上兵车护卫，宋襄公说他要以"仁义"相见。

约定的时间到了，齐、鲁、卫三国的国君没来，但陈、蔡、郑、许、曹等国的国君来了。——这几个国家都靠近宋国，是宋襄公想让楚国"转让"给他的附属国，这次会面要与楚成王签订"转让"手续。而楚成王虽然来晚了几天，但终究还是来了。

可是，当楚成王乘坐着战车出现时，随身的楚兵露出了盔甲和兵器，宋襄公突然感到事情不妙，立即命令司马子鱼赶快回国以防不测。宋襄公的话音未落，楚成王的战车就冲到了眼前，楚兵们蜂拥而上把宋襄公抓了起来。

一口南方话的楚成王根本没有按规矩出牌。

扣押了宋襄公后，楚成王立即率军攻打宋都。迅速返回宋都的司马子鱼死守城门。楚军屡攻不果，楚成王宣称：如果再不投降，就把宋襄公当场杀了！谁知司马子鱼的回答是：宋国已有新的国君，襄公辱国，宋国已经将他废黜了。

楚军没有攻下宋都，只好带着宋襄公撤军。

此时的宋襄公如同鸡肋：杀他会引起各诸侯国的反感，放他楚成王又心有不甘。于是，楚成王想出一个点子：向鲁国"献捷"。——鲁国是周公旦的封国，周公旦曾经当过摄政王，有权代表周王室接受献俘和献捷。自称为王的楚国，已多年不向周王室进贡了，现在突然要向周王室的代理人鲁国献捷，明显是想把宋襄公这块鸡肋处理掉。心知肚明的鲁僖公紧急召集诸侯会商，会商的结果是一致请求楚国释放宋襄公。楚成王就装模作样地"根据民意"将宋襄公放了。

宋襄公获释后，司马子鱼派人把他接回宋国，并且解释自己当时称宋国已有国君是为蒙骗楚国。

宋襄公遭此奇耻大辱，怒火攻心，夜不能寐。他既痛恨楚成王不守信义，更愤慨其他诸侯国见风转舵。虽然自知宋国军力不敌楚国，但感到收拾一下臣服于楚国的郑国还是可以的，于是决定兴师西出讨伐郑国，以挽回自己曾为楚囚的面子。司马子鱼认为，宋国攻打郑国会引起楚国出兵干涉，因此再次劝阻宋襄公放弃称霸的野心："天之弃商久矣，君将兴之，弗可，赦也已。"［左传·僖公二十二年］——上天弃商朝已经很久了，你要复兴商朝是不可能的，还是不要与楚国开战。然而，走火入魔的宋襄公执意伐郑。

宋军攻击郑国的时候，郑国国君郑文公正偕夫人（楚成王的妹妹芈氏）走在从楚国回郑国的路上。听说宋军攻郑，掉头向楚求援。楚成王立即发兵直接攻击宋国本土。宋襄公急忙回撤防御。——一场南方人与北方人的交战，于公元前 638 年的秋天猝然爆发。

二 六只鹢在疾风中飞过都城

公元前 638 年，当宋襄公率领宋军回撤的时候，向着宋国本土进发的楚军刚走到陈国境内。

从陈国继续北上宋都商丘，直线距离还有近两百里。

为了阻敌于本土之外，宋襄公命令回撤的宋军在泓水以北驻扎，整装等待楚军的到来。

泓水，古河流名称，曾是涡河的支流，距宋都商丘约一百二十里。

泓水的西面是郑国，东面是宋国，南面是陈国。

十一月初一，北上的楚军进抵泓水南岸，并立即开始渡河。

就兵力而言，宋军处于绝对劣势。

同时，战场一马平川，无险可守，唯可倚恃的就是这条泓水。

宋军已经休息了几天，不但以逸待劳，而且布好了战阵，如果此时采用半渡而击的战法，对正在渡河的楚军实施突然攻击，或许有争取战场主动的可能。

司马子鱼向宋襄公建议："彼众我寡，及其未既济也，请击之。"〔左传·僖公二十二年〕

"未既济"，即还没有渡过河。

宋襄公的回答是：君子不乘人之危，不能在别人困厄时发起攻击，

276

等楚军都过了河再开始攻击不迟。

楚军大部分过了河，但尚未来得及列阵，司马子鱼再次建议：趁楚军立足未稳发起攻击！

宋襄公依旧不同意，理由是：君子不进攻没有列阵完毕的对手。

终于，楚军列阵完毕。

宋襄公发出了攻击的命令，并率领中军的战车和徒兵直接向楚成王所在的楚军中军冲去。——几乎所有的史料在此都强调，宋襄公真乃身先士卒的一条好汉，他高举着青铜剑冲在了战阵的最前面。

在宋军的攻击面前，楚军中军出乎意料地没有发起冲锋，而是静静地在原地一动不动，只有密集的战车阵形中显现的楚王大旗于秋风中微微摆动。当宋军几乎冲到了楚军中军的眼前时，楚成王身后的鼓手突然擂鼓震天，楚军左右两军的战车急促地从战场两翼掠过，卷起的烟尘犹如两道高高的土墙，宋军瞬间就被兵力占绝对优势的楚军合围了。

厮杀是混乱血腥的。

宋军的阵形被冲乱，车兵人仰马翻，徒兵横尸遍地。宋襄公的护卫全部战死，宋襄公大腿中箭，在司马子鱼等人的拼死掩护下得以突出重围，向着宋都方向仓皇逃亡。

楚军乘胜追击，追至一条名叫滩水的小河时，洪水暴发，河水猛涨，渡河的楚军被冲走不少战车和徒兵，楚成王下令撤退。

泓之战，在日落之前结束了。

宋军的败退在国内引起大哗，国民纷纷埋怨宋襄公贻误了战机。

宋襄公是这样向臣民辩解的：

> 君子不重伤，不禽二毛。古之为军也，不以阻隘也。寡人虽亡国之余，不鼓不成列。［左传·僖公二十二年］

一个仁义的君子，不伤害受伤的敌人，不捉拿头发花白的老兵，不利用险隘取胜，不攻击尚未列阵的对手。宋国遵守古训行事并无不当。——泓之战规模不大，但在中国古代战争史上占有一席之地，究其原因，是从古至今的史家由此发现一个历史性的道德分水岭：泓之战前，为战以礼，古风粹然；泓之战后，兵以诈立，人心不古。

为战以礼，也称为战争礼。

人类的战争行为，越过早期野蛮械斗的阶段后，曾经出现过一种原始的文明契约，这种契约使人类的战争行为与兽类的搏斗彻底划清了界限，是人类文明发展的一缕曙光。宋襄公在泓之战战场上说的那些礼仪规矩，并不是他的独创，而是自西周起依据《周礼》制定出的一整套战争礼。战争礼的核心原则是：战争行为塑造的不是不择手段的杀戮者，而是在抛弃所有狡诈阴谋的条件下，营造出的一种绝对公平的英雄竞技。也就是孔子所说的"君子之争"：君子没有什么可争的，如果有的话，那一定是射箭竞技。即使是竞技，也要先互相作揖礼让然后再上场，射箭之后走下场还要互相敬酒。

战争礼存世已久，但在春秋战争史上，真正实行"君子之争"的却不多见。原因很简单：自战争出现在人类生活中的那一天起，战争的本质就是你死我活的残酷搏杀。仅就战争的规模以及对历史进程的影响而言，泓之战仅仅是春秋时期的一场普通交战。并且，泓之战也算不上是破坏战争礼的始作俑者。比泓之战早四十六年的长勺之战，按照春秋的战争礼，交战双方需同时击鼓进军交锋。但是曹刿却不按常理出牌，齐军击鼓，曹刿按兵不动；齐军三次击鼓，他才命鲁军出击。这明显违反了春秋战争礼制"结日定地，各居一面，鸣鼓而战，不相诈"的规则。

因此，当宋襄公振振有词地为泓之战辩解时，司马子鱼是这样反驳他的：兵士掌握战斗的方法，就是为了杀死敌人。如果怜惜敌人，不如一开始就不与他们作战。作战的目的是取胜，其他的空洞道理都没有任何用处。——无论是"君子",还是"仁义",套用在战争行为中，都是一个虚伪的道德命题。而所谓道德，有两种逻辑，一是浮在上面，围绕着道德说教展开，只说不做；二是潜在下面，围绕着利益得失展开，只做不说。因此，用道德逻辑与利益逻辑打交道，结果只能是因道德而成为好人或者因利益而变成权贵。

"夏五月，宋襄公卒，伤于泓故也。"［左传·僖公二十三年］

在痛苦的箭伤中挣扎了七个月，宋襄公死了。

宋襄公死后，继位的宋成公亲自前往楚国表示臣服，宋国从此未能在春秋历史中发挥重要作用。

《公羊传·僖公十六年》："六鹢退飞过宋都。"

公元前644年，春天，六只鹢飞过了宋国的都城。因为风太大，这六只在高空飞翔的鸟，虽奋力前行还是抗不过高空的疾风，因此看起来像是在倒着飞翔。

或许这是后世史家对宋襄公命运的隐晦暗示。

像鹢一样倒着飞，这是宋襄公悲剧人生的根源。

泓之战后，扩张中原已无阻力的楚成王趾高气扬。

十一月初八，旭日东升，两个女人——郑文公的夫人芈氏和姜氏——在郑国都城外慰问楚军。楚成王则把大批宋军俘虏牵到这两个女人面前，同时把被杀死的宋军兵士的左耳堆成堆让她们欣赏。

第二天，楚成王进入郑国，出席郑文公为他举行的庆功宴。宴会上陈列的礼品有一百件，郑文公向楚成王敬了九次酒。宴会结束后，楚成王带着郑文公送给他的两个郑国女子回到军营。

中原诸侯们对楚成王的庆功行为议论纷纷，说楚成王严重违反了周礼中关于女人迎送客人不出门，女人不接近战争中的器物的礼仪规则。可见，南方人确实是不可救药的野蛮人！为此，郑国一位名叫叔詹的大夫断定，不遵守礼仪的楚成王将不得善终。于是，"诸侯是以知其不遂霸也"。［左传·僖公二十三年］——诸侯们由此知道，楚成王不是一个能成就霸业的人。

然而，年轻的楚成王正踌躇满志地俯视着中原。

楚国已无对手，霸业近在眼前。

令楚成王没有想到的是，一个多年来在中原事务中不怎么出头露面的诸侯国正在悄然崛起，这个诸侯国不但会成为楚国最强硬的对手，而且将给予楚成王的自信以毁灭性的打击。

这个诸侯国位于中原以西，名叫晋！

三　暴躁的楚令尹

楚成王没有想到楚国要与晋国打仗。

楚国进军中原，采取的是恩威并施的策略，能够用和平外交手段收买的国家，就尽量避免使用武力。泓之战前，楚成王把自己的妹妹嫁给了郑文公，自己则迎娶了卫文公的女儿，楚国、郑国、卫国自此结成联姻关系。同时，楚成王还与曹国和鲁国结盟。接着，泓之战又令楚国解决了宋国的问题。自此，整个中原，没有与楚国结盟的诸侯国，只剩下晋、齐、秦三国了。虽然这三国都是大诸侯国，但在楚成王的心里，他们的实力并不能对楚国构成实质性的威胁。

然而，泓之战结束后不久，楚成王就遭到了难以置信的打击——信誓旦旦对楚国表示归顺的宋成公突然宣布：宋国与楚国断绝关系，与另一个大国即刻结盟。

这个大国就是晋国！

晋国于周襄王时期，通过不断地吞并周边小国，其疆域扩张至今山西大部、陕西以及河南的部分地区。以今山西绛县为中心，北至太原，西至隰县以及陕西的韩城、澄城、白水；西南至陕西的骊山、华州、华阴和潼关；南至河南的灵宝、陕县和渑池。——汾河流域的沃土盛产农作物，青铜冶炼铸造工艺也十分发达。晋国的疆土与中原腹地之间，有太行天堑以及黄河阻隔，可攻可守，占有军事地理上的天然优势。晋国逐渐成为位居西北的一个大诸侯国。

公元前651年，晋献公病逝，晋国陷入内乱。

晋国的混乱，缘于晋献公生前拥有太多的女人。

晋献公最初娶的是贾国女人，这个女人没有生子。他私通他父亲的小妾齐姜，生了儿子申生和一个女儿（后来成为秦穆公的夫人）。他又娶了大戎部落的女儿狐姬，生了儿子重耳；还娶了小戎部落的女儿，生了儿子夷吾。在讨伐骊戎的时候，他又占有了骊戎首领的两个女儿，大女儿骊姬生的儿子名叫奚齐，骊姬的妹妹生的儿子名叫卓子。晋献公宠爱骊姬。在骊姬的唆使下，他废长子申生，立骊姬所生的儿子奚齐为君位继承人，晋国的内乱由此而生。

骊姬为了让自己的儿子能够顺利继承君位，决心把晋献公前几个妻子生的儿子一一除掉。她首先把这几个儿子赶出晋都绛城（今山西新绛一带），让申生居住在曲沃（今山西曲沃和翼城一带），重耳居住在蒲地（今山西隰县西北），夷吾居住在屈地（今山西吉县以北）。公元前656年，骊姬陷害长子申生，说他献给父亲的胙肉（古代祭祀时用的肉）有毒，迫使申生自尽；接着她又诬陷重耳和夷吾，说他们都知道兄长申生给父亲下毒的事，迫使夷吾逃亡梁地（今陕西韩城以南），重耳流亡到母亲狐姬的大戎部落。当时，大戎部落正与赤狄打仗，俘获了赤狄的两个女孩儿，大戎部落首领便把这两个女孩儿送给了重耳。

晋献公病逝后，一直支持长子申生的几位晋国大夫，将骊姬的儿子奚齐刺死在晋献公的灵堂上；骊姬准备立妹妹生的儿子卓子为国君，结果卓子也被刺杀，骊姬本人被活活鞭打致死。

因为长子申生已死，重耳定居在大戎部落，逃亡到梁地的夷吾在秦国的帮助下回国继位，是为晋惠公。

登上君位的夷吾心神不安，因为按照继承次序，君位应该属于重耳。于是，他派人去谋杀重耳。重耳得知后开始了逃亡生涯。

由于重耳后来成为晋国著名的君主，因此，不但他的逃亡成为春秋史上的一段传奇，而且他本人也被神异化了。——据说，他是个"重瞳骈胁"的人，所谓骈胁，又称骈肋，即肋骨天生连成一体，属于一种生理畸形，但古人认为这是圣人之相。至于"重瞳"，就是一只眼睛里有两个瞳孔，现代医学的解释是：瞳孔中部上下发生了粘连畸变，是早期白内障的症状，但古人认为这也是圣人之相。——中国古籍中记载的重瞳者都是名人，如开天辟地的虞舜、造字的仓颉，还有以写抒情诗闻名的南唐末代皇帝，据说这位皇帝有一只眼是重瞳，因此他名叫李煜，字重光。

重耳先来到卫国，受到卫文公的冷落，一行人又饥寒交迫地到了齐国。齐桓公厚礼招待，并把家族的一个女孩儿送给重耳，还送给他二十辆马车。但是，齐桓公死后，齐国陷入内乱，重耳不得不再次流亡。到了曹国后，曹国君主曹共公对他举止轻薄："曹共公闻其骈胁，欲观其裸。浴，薄而观之。"[左传·僖公二十三年]——曹共公趁重耳洗澡的时候偷窥，想看看他的"骈胁"。受到侮辱的重耳到了宋国，宋襄公刚刚被楚军打败，忍着箭伤接待了他。宋襄公告诉重耳，宋国没有能力助他回国。于是，重耳一行又前往郑国，谁知郑文公根本不接待他们。重耳只有向南，去楚国！

楚成王对重耳十分热情，用接待诸侯国君主的礼节接待了他。在欢迎宴席上，楚成王问："如若你将来回到晋国当上国君，你用什么来报答我？"重耳表示：如能得到楚成王的庇护回到晋国，假若有一天晋、楚两国发生战争，双方军队在中原相遇，为了报答楚国，我一定指挥晋军退避九十里。[左传·僖公二十三年]

"退避三舍"后来成为中国家喻户晓的成语。

当时，无论是重耳，还是楚成王，谁都没有想到，晋、楚两军对垒而晋军"退避三舍"将会成为现实。

重耳在楚国住了几个月后，晋惠公病重。

春秋时期，各诸侯国之间，一般都会互相交换一位国君的儿子作为结盟的人质。当时，晋国在秦国作为人质的是晋国太子圉。太子圉得知晋惠公病重的消息，不辞而别，急忙回国谋求君位。秦国国君秦穆公对他的不礼貌十分不满，了解到重耳在楚国后，决定把重耳护送回晋国继承君位。

公元前637年秋，重耳抵达秦国。

晋惠公病逝后，太子圉抢先继位，是为晋怀公。

晋怀公害怕秦国前来讨伐，下令重耳以及跟随重耳的人须在规定限期内回国，否则杀死全家。为了显示说到做到，晋怀公把重耳的外公狐突杀了。但是，外有秦国军队护送，内有晋国大夫接应，晋怀公根本无力阻止重耳回国。

流亡长达十九年的重耳回国后，首先把晋怀公以及跟随他的大臣都杀了，然后继位为晋国第二十二代君主，是为晋文公。

晋文公把齐桓公和楚成王视为偶像。

为了能像齐桓公一样强盛国家，他模仿当年管仲治理齐国的策略，迅速而大胆地进行了一系列改革：大力削弱内乱根源的王族权力，创建起类似近代的军事内阁制，把他流亡时的追随者安排在重要的军政岗位，同时大量招揽治国人才；减免赋税、救济贫困、修治道路、便利通商、奖励垦殖、鼓励贸易，努力发展晋国的经济。同时，学习齐桓公的"尊王"策略，当得知周襄王的弟弟王子带联合戎狄攻击周都、周襄王不得不向西南逃亡到郑国时，迅速与秦穆公会晤，然后毅然出兵杀死王子带，护送流亡的周襄王回到周都。他的这一举动收益极大：在政治上和道义上得到了各诸侯国的赞誉；更为重要的是，为表彰晋文公的行为，周襄王把南阳之田——阳樊（今河南济源西南）、温地（今河南温县一带）、原地（今河南济源以北）、欑茅（今河南辉县与焦作之间）一并赐给了晋文公。这一赐予，不但使晋国拥有了黄河两岸广阔肥沃的土地，还使晋国获得了进出中原的便捷通道。为了像楚成王一样军威赫赫，晋文公大力整军扩军。他先将晋国只有二军的正规军扩编为三军；为抵御西部游牧民族的侵扰，还特别编制了新上军和新下军两支特殊部队，使晋军的总兵力达到五军之众。以每军徒兵一万二千五百人、兵车一百二十五乘计，晋军拥有徒兵近七万人、战车近七百辆。

晋文公知道，要像齐桓公一样称霸中原，必须处理好与秦、楚等大诸侯国的关系：楚国咄咄逼人，是晋国进军中原的主要对手；而秦国与晋国接壤，需在秦、晋之间营造出一种邻里环境。为表示对秦国的友好，晋文公派兵帮助秦国袭取了楚国边邑商密（今河南淅川以南）。这次军事行动显示出晋文公的狡黠心机：为秦国打通了通往荆紫关之路，无形中将引导秦国向南面对楚国，为晋国进军中原减轻了来自秦、楚两国的军事压力。

毫无疑问，宋国叛楚通晋，是因为晋国具备了与楚国抗衡的能力。宋国的改换门庭，对晋文公是莫大的鼓舞，但对楚成王则是一个莫大的打击。就在宋国叛楚之时，齐国与鲁国发生了矛盾，鲁国向楚国请求援助，楚成王决定出兵，伐宋！伐齐！

对于齐国，楚成王手里有一张政治牌：齐桓公死后，诸子争立，互相残杀，后公子昭继位为齐孝公，齐国其余的七位公子都逃到了楚国。楚成王把他们统统封为上大夫，给予很高的政治待遇。——楚成王的判断是：这七位公子中最有希望取代公子昭的是公子雍。

因此，楚成王出兵时，身边带着公子雍。

伐宋不需要太多的兵力，楚成王派一支小部队围困了宋国的缗邑（今山东金乡西北），他想用这个方式惩罚宋国的背叛，同时期待宋国在他的武力震慑下回心转意。

而楚军主力则全力攻击齐国。

齐国的谷邑（今山东平阴西南）很快陷落。

楚成王把公子雍安置在那里，并派楚军驻守。——在一个遥远的地方占领一块飞地，同时扶植一个傀儡政权，并派驻卫戍部队，这在之前的历史上还不曾有过。

但是，楚成王没有想到，对楚军围困缗邑的行动，宋国竟然没有任何反应。看来，宋国叛楚决心已定，指望宋成公在军事压力下回心转意，完全是楚成王的一厢情愿。

次年，即公元前633年冬，楚成王亲自率领陈、蔡、郑、许联军，向宋都商丘发起大规模的进攻。

宋成公派大司马公孙固到晋国求救。

晋文公认为，宋国位于中原的心脏地带，如果宋国降楚，将对晋国称霸中原十分不利，目前正是"报施救患，取威定霸"的良机，因此晋文公决定出兵救宋。

当时，晋国与宋国之间，隔着卫、曹两国。

晋军救宋，必须经过卫、曹两国的地盘。

而此时的卫、曹两国都依附于楚国。

因此，晋国劳师远征，有侧背遇袭的危险；况且楚军实力强大，正面交锋也无必胜的把握。

晋国重臣上将军狐偃向晋文公建议：楚成王结盟曹国，又新娶了卫成公的女儿，如果先攻打卫、曹两国，楚国一定会前来救助，这样就等于解除了齐国和宋国的危机。——狐偃的建议很正确：如果战场在宋国境内，距离楚国近而距离晋国远；如果伐曹、伐卫，把楚军引入曹、卫之地，距离楚国远而距离晋国近。

于是，晋文公决定伐曹、伐卫，诱使楚军北上。

晋国向各诸侯国给出的出兵理由是：当年晋文公（重耳）流亡经过曹国时，受到了曹国君主的非礼。

公元前632年，正月，黄河河面结冰，晋军踏冰东进。

伐曹，必须经过卫国国土。

当晋军准备从卫国的白马口（今河南滑县以北）渡河时，遭到卫国的拒绝。

晋军向北改道渡河，于正月十五日袭击了卫国的五鹿（今河南清丰西北）。接着，晋军从五鹿向东南方向推进，集结于卫、齐、曹、鲁四国的交界处——卫国境内的敛盂（今河南濮阳东南）。

在敛盂，晋文公派使者前往齐国，请求与齐国结盟。

二月，齐昭公前来敛盂，与晋文公签订了盟约。

晋军想进入卫国的时候，卫成公只知晋军是去救宋，并未在意；待得知晋国与齐国结盟，立即感到了恐惧。卫成公请求加盟以保安全，本意就是威胁卫国以引诱楚军北上救卫的晋文公，断然拒绝了卫成公。卫成公只能向楚成王告急。

令卫成公万万没想到的是，卫国人不愿意依附于南蛮楚国，一致反对国君向楚国求助。群情激愤之下，卫国人竟然把他们的国君赶走了。卫成公一路向南，跑到一个名叫襄牛（今河南睢县一带）的地方躲了起来。接着，卫国人用赶走国君的举动讨好晋国，晋军就此不劳而获地征服了卫国。

卫国降服晋国的消息，给夹在楚、晋两国之间的鲁国极大的刺激。对于鲁国来讲，楚国和晋国都惹不起。鲁国与卫国本是结盟关系，两国都是楚国的附属国。因此，当晋军进入卫国时，出于对盟友的责任，也是为了向楚国表态，鲁僖公派大夫公子买率军前去援助卫国。但是，当鲁僖公发现晋军兵力强大，而且还与齐国结了盟，预感到大事不好，立即命令公子买回师。公子买刚刚回国，便被鲁僖公砍掉了脑袋。鲁僖公以此向晋文公传话说，公子买擅自出兵援助卫国，因此鲁国把他杀了；同时又向楚成王传话说，公子买擅自从卫国撤退，因此鲁国把他杀了。——在晋、楚两国胜负尚不明朗时，鲁僖公的这手自保绝技令后世称奇。

晋文公根本无暇理会鲁国。

降伏卫国后，晋军立即向曹国的都城陶丘（今山东定陶）发起猛攻。

在攻城作战中，晋军伤亡巨大。曹军把晋军的尸体陈列在城头上以震慑晋军。晋文公则听从部下出的主意，声称晋军将在曹国人的墓地宿营。——这是宣称要挖曹国人的祖坟，与曹国人同归于尽的意思。曹国人听闻非常恐惧，赶紧把晋军的尸体装进棺材运出城来。晋军趁机发动了新一轮的攻势，曹国的都城终于被晋军攻破，曹国国君曹共公被俘。

只是，晋军的目的不是灭曹而是援宋。

虽然归顺楚国的卫、曹两国都被击败，但晋文公诱动楚军北上的目的依旧没有达成，无论卫、曹两国受到怎样的攻击，楚军依旧持续猛烈地攻击宋国。

面对宋成公一次又一次的求援，晋文公陷入了两难：如不出兵驰援，宋国力定不支，就会降楚绝晋，这样一来将损害自己称霸中原的计划；但若出兵驰援，原定诱使楚军于曹、卫之地决战的意图便会落空，且晋军兵力有限，在远离本土的情况下与楚军交战，恐难以取胜。为此，晋文公再度召集大臣商议，最后采纳了重臣先轸的建议：让宋国表面上与晋国疏远，再由宋国送出一份厚礼给齐、秦两国，让齐、秦两国出面请求楚军撤兵。然后，晋国把曹国和卫国的一部分土地送给宋国，以补偿宋国，同时坚定宋国抗楚的决心。——楚国与曹、卫两国本是盟友，如今看到曹、卫的土地被宋国所占，必定会拒绝齐、秦两国的劝解；而齐、秦两国已经接受了宋国的厚礼，这时便会抱怨楚国不听劝解，造成齐、秦两国与楚国的矛盾，从而使齐、秦两国与晋国站在一起！——果然，楚成王拒绝了齐、秦两国的调停后，齐、秦两国见楚国不给面子大为恼怒，立即放弃中立立场出兵助晋，这一下使得晋、楚双方的力量对比发生了重大变化。

楚成王现在有三个选择：

一、迅速破宋，诱使晋军进入宋国境内进行决战；

二、进军曹、卫境内，击败晋军，保持楚国在中原的威望；

三、暂时撤军，以观其变。

当初，晋文公（重耳）流亡楚国的时候，楚成王正是看出此人能成大业所以厚待。而且，楚成王认为，具有过人智慧的晋文公定有阴谋诡计在等着他上钩。再三权衡后，楚成王决定撤军。他对部下们说：不要与晋国军队交战。晋文公流亡十九年，终于回到晋国为君，人间的艰难险阻他都尝过了，人心的真假虚实他也全都清楚，上天给予他长寿，帮助他除掉仇敌，这就是天意，天意怎可违呢？

知难而退！

适可而止！

有德之人不可敌！

楚成王命令尹子玉率军撤退。

他自己则一路先行回到楚国。

谁知，子玉不但没有解除对宋国的围攻，反而派人回国请求楚成王增兵允他与晋军一战。——子玉认为，楚成王是听了小人的话才撤军的，他表示自己不求多大的战功，但必须用胜利堵住小人的嘴巴。

子玉，前令尹子文的弟弟。

子文年事已高时，推荐子玉接任楚国令尹一职。

子玉是一位在战场上令对手闻风丧胆的猛将。

楚国出兵伐宋伐齐前，楚成王派前任令尹子文和接任令尹子玉分别举行战前阅兵。子文阅兵用了一个早晨，没有惩罚一名士卒；子玉阅兵用了一天，用鞭子责打了七名士卒、用长箭刺穿了三名士卒的耳朵。大臣们都赞誉子文推荐了一位严格的令尹，但楚成王的重臣蔿吕臣的儿子蔿贾则表示："子玉刚而无礼，不可以治民，过三百乘，其不能以入矣。"［左传·僖公二十七年］——子玉性格暴躁，既不适合治民，也不善于带兵，带兵超过三百乘战车，恐怕就不能全身而退了。——据说，蔿贾当时只有十三岁，这番话很可能是老臣蔿吕臣的想法，只是借儿子之口表达出来罢了。——子玉所谓"堵住小人的嘴巴"，也是因为听到了蒍贾的这番话而要赌上一口气。

对令尹子玉的固执，楚成王很不高兴，但还是象征性地给子玉增派了一百八十乘战车。

此时，子玉统率的楚军战车已超过三百乘。

重兵在握的子玉派出使者对晋文公表示：只要晋国允许曹、卫两国复国，楚国就从宋国撤军。——这一建议，既顾全了晋、楚两国的体面，又保全了宋、曹、卫三国的社稷。可见，子玉并非有勇无谋之辈。

然而，晋文公已经认定：与楚军作战虽然胜负难料，但要想成为齐桓公那样的中原霸主，任何冒险都是值得的。因此，面对子玉的建议，他的应对是：私下允许曹、卫复国，但要求他们叛楚从晋；扣留楚国的使者，激怒鲁莽的子玉。——晋文公料定：子玉必会移兵北上，从而更加远离楚国本土，给晋军创造出有利的决战契机。

果然，曹、卫两国都向子玉表示，他们不能再为楚国效力而要依附于晋国。这让子玉暴跳如雷。他把楚成王不要与晋军交战的嘱咐全都扔在了脑后，立即放弃对宋国都城的围困，率军直扑驻扎在曹国境内的晋军主力。

晋文公引诱楚军北上的企图终于得逞。

而楚国这位脾气暴躁的令尹的命运，将很快被那个十三岁的初生之犊蒍贾言中。

四　退避三舍

楚国令尹子玉，带兵进入曹国境内，一路向晋军逼近。

晋文公下令：全军向后退却三舍。

古时行军计程以三十里为一舍，三舍大约为今天的七十五里。

晋军从曹国都城陶丘向北而去。

撤退之时，多数晋军将领牢骚满腹。他们认为，晋军是国君率领的军队，楚军是臣子率领的军队，晋军不战而退，是国君避臣子，不符合礼仪，有损晋国的颜面。况且，远道而来的楚军疲惫不堪，以逸待劳的晋军正可趁势攻击，为什么要撤退？

狐偃代表晋文公向各位解释：打仗，哪一方有理，哪一方就有士气。我们的国君受过楚君的恩惠，曾承诺如两国交战一定退三舍以避之。不守承诺，就是我们理亏他们理直；如果我们坚守承诺，他们仍不撤兵，楚军就是"君退臣犯，曲在彼矣"。〔左传·僖公二十八年〕——君主后退臣下仍在进犯，就是他们理亏我们理直了。

这番话，与其是说给晋军听的，不如说是说给楚军听的。

其实，无论是当年晋文公承诺的"退避三舍"，还是后人照猫画虎的道德说教，都是表面装饰。阵前后退所承受的误解，比起流亡时所隐忍的羞辱算得了什么？吃小亏而占大便宜何乐而不为？这不正是让各国诸侯看看什么是谦谦君子的好时机吗？而隐藏在这层道德装饰后面的军事谋略，才是充满杀机的"退避三舍"的意图：晋文公的向后撤退，是要与齐、秦等国的军队会合，他可不愿意单独与楚军作战。同时，避开对手咄咄逼人的锋芒，选择一个有利于己的决战战场，实际上是在争取战场主动权。

晋军退到了卫国境内，在一个名叫城濮的地方停下脚步。

城濮，位于今山东鄄城西南，是坐落于黄河与济水之间的濮水南岸的一座小邑。

从曹国的陶丘到卫国的城濮，实际距离约一百二十里。

晋文公不止后退了"三舍"。

晋军撤退的时候，子玉率领楚军在后面紧追不舍。

楚军中不少将领隐约感到晋军的举动似有蹊跷。

子玉却坚持认为，这是聚歼晋军，夺回曹、卫，完成中原霸业的大好时机。

楚军很快追至城濮。

濮水是一条浪漫之河，两岸是卫国青年男女幽会的地方。

晋文公把决战战场选在这里与浪漫无关。

从表面上看，晋军驻扎在濮水南岸有背水一战的气势，实际上这也是晋文公在为自己的后路着想：如果晋军在城濮战败，可以迅速渡过濮水，沿濮水北岸向西退至黄河，然后渡河回到晋国本土。

城濮距离晋军出兵时东渡黄河的渡口很近。

晋文公对战胜楚国没有把握是有根据的。

晋军为三军编制，加上齐、秦、宋的援军，总兵力约为八万人，战车约七百乘。

楚国也是三军编制，令尹子玉统率中军，子西统率由息、陈、蔡等国组成的右军，子上统率由楚、申、郑、许等国组成的左军，总兵力约十一万人，战车约一千乘。

从整体实力来看楚军占据上风。

公元前 632 年，四月初三，濮水岸边再无男女幽会的靡靡之音，战马的嘶鸣响彻天地间。

双方列阵完毕，战事一触即发。

晋文公见楚军阵势威武雄壮，不由得再次犹豫起来。他对狐偃说，昨晚梦见与楚成王格斗，楚成王把他打倒在地，趴在他身上吸他的脑汁。狐偃说，梦中的您面向天空，预示着将得到天助；而楚王面地，是服罪的姿势。这是一个吉祥的征兆。这时，晋军营垒中传来将士们的歌声："原田每每，舍其旧而新是谋。"〔左传·僖公二十八年〕晋文公不知歌声的意思，狐偃说，不要犹豫了，打吧，我的君主！将士们是在唱：原野上的青草多么茂盛，赶快除掉旧根播上新的种子。至于胜负结局，不必想得太多，"战而捷，必得诸侯。若其不捷，表里山河，必无害也"。〔左传·僖公二十八年〕——打了胜仗，我们得到的是诸侯们的拥戴；万一打不胜，晋国外有黄河内有太行，足以固守，不会遭受损害。

这时，子玉派人前来挑战：我们请求与晋军兵士较量，您可以扶着车前的横木观看，我们的令尹子玉将奉陪观看。

晋文公壮着胆子回答道：楚君的恩惠不敢忘记，所以晋军一直待在这里。现在，既然令尹不肯退兵，就请楚军准备好战车，我们明天早晨见！

子玉听后表示：晋军将不复存在！

四月初四清晨，双方发动攻击的鼓声同时响起。

濮水南岸的丘陵之间春花烂漫。

晨光之中，近两千辆战车云集，驭马蹄踏着大地，空气在微微颤抖。

楚军三军横列，齐头并进，随着鼓声从正面冲击而来。

晋军的中军未动，只有令旗猛烈地摇晃。

突然，晋军左军杀出，直接冲向楚军的右军。

按照惯例，两军交战，中军为先，而晋军以左军率先冲击，令楚军有些惊愕。惊愕之余，他们的表情僵硬起来：晋军左军的战车和驭马上都覆盖着斑斓的虎皮，甲士和徒兵的身上也穿着厚重的犀皮盔甲，这支兽群一样的攻击队冲击的速度并不快，但是战车车轮发出的隆隆声异常沉重，甲士和徒兵的吼声也异常低沉。楚军的右军，是陈国和蔡国的援军，战斗力本就不强，顺境下尚能冲锋，逆境下势难顽抗。果然，扑面而来的斑斓虎皮，令陈、蔡两军的驭马和兵士万分惊恐。与此同时，在晋军攻击阵形的后面，数十辆战车的车尾拖曳着树枝扬起漫天尘土，这些尘土在晨风中吹向楚军混乱的右翼，给楚军的幻觉似千军万马正向他们扑来。

楚军薄弱的右翼溃退了。

右军溃退之际，左军不顾右军直接向晋军的中军攻击而来。——楚军毕竟身经百战，这也是违反常规的战法：两军的中军才是对手，侧翼军很少直接攻击对方的中军。楚军的这一反常行为，给晋军中军造成极大的混乱。

晋文公的指挥位置，不在中军的战车上，而是在一座小丘上。当中军出现混乱时，晋文公果断命令中军撤退。楚军左军将领即刻催促将士猛杀猛追。晋军中军后撤的速度极快，追击的楚军很快深入到晋军阵形的纵深。此时，晋军的右军突然横插过来，正在后撤的中军也猛然调头，两军对楚军左军形成了夹击。

晋军这个突如其来的动作，令楚军左军将领猝不及防，楚军的追击阵形瞬间被切割成几段，兵士虽尽力拼杀，但因伤亡惨重不得不且战且退，最后与溃散的右军混合在一起，处在晋军的围攻中。

子玉这时候才发现，他所在的楚中军已失去左右两翼的依托，中军的侧翼完全暴露，有在晋军的包围中孤军作战的危险。子玉立即下令退出战场，率领中军向西南后退。

子玉率领楚军中军后撤的那个瞬间，中国古代战争史上的"城濮会战"宣告结束。

接近正午，阳光耀眼，天宇湛蓝，碧草连天，血沃春花。

楚军左右两军的残余兵力，追上子玉的中军，并在撤退中形成防御阵形，但楚军败退的局面已成事实。

晋文公命令对楚军实施咬尾跟踪，一直跟到楚军的屯粮之地才停住脚步。晋军驻扎下来休息，把楚军来不及运走的军粮吃光，才于四月初八日调头回国。

子玉率领败退的楚军，从曹国南面涉过睢水回撤楚国。

楚成王得知楚军溃败的消息，十分恼怒，派人前来军中质问子玉：你回到楚国，将如何交代？

羞愤不堪的子玉自杀了。

城濮会战的结局，引发了后世军事家对战争中"进"与"退"之间辩证关系的争论。

在与对手的相搏策略中，先下手为强，是军事策略上的争取作战先机。但是，后发制人，也是军事较量的重要手段，其实质便是以防御为手段、以反攻为目的的攻势防御。因此，战争中的退却，并不只意味着退让，很可能是给对手布下的一个陷阱。

晋军的取胜有侥幸成分。城濮会战初期，晋军兵力不但劣于对手，又渡过黄河在外线作战，无论攻守都处于不利地位。但是，晋文公在晋军出兵前，便定下了攻击曹、卫以引诱楚军北上的战略，先从卫国下手，为晋、齐之盟奠定了基础。同时，逼迫鲁国从楚国的阵营中分化出来；接着，围曹并入曹，附属于楚国的曹、卫两国都被征服，大大削弱了楚国的力量。到晋、楚两军交战时，晋军有刻意避开楚军的锋芒，灵活地选择主攻方向，先打对手最薄弱的右翼，右翼溃败后，晋军的战场主动权确立，为最后取胜奠定了先决条件。

楚军溃败的主要原因不在军事。面对晋、宋、齐、秦的联盟，楚成王知难而退，但令尹子玉非战不可，君臣矛盾之下，楚成王给予的增援兵力不够，加上长途跋涉，楚军的战斗力有所削减。同时，楚成王大大低估了中原人的狡黠，把"退避三舍"的道德承诺当真了，把饱受苦难、心智过人的晋文公当成了迂腐的宋襄公。

对于楚军在城濮的战败，比晋文公更兴奋的，是一直受到楚国威胁和欺辱的周襄王。五月一日，当回国的晋军抵达郑国境内的衡雍（今河南原阳以西）时，传来周襄王将亲自前往劳军的消息。晋文公立即下令在衡雍附近修筑一座行宫，以迎接周天子的到来。

正在郑国的国土上，晋文公自然而然地想到要对郑国实施惩罚，因为郑国在城濮会战中参加了楚国的联军。只是，还没等晋文公动手，郑文公就亲自前来慰劳晋军了。于是，晋文公与郑文公进行会盟并签订了盟约。

五月十二日，周襄王抵达。

晋文公前来觐见。

周襄王用接待国君的礼仪接待了晋文公，而晋文公则把缴获楚国的一百乘兵车和一千名俘虏献给了周襄王。周襄王设宴款待晋文公，册封晋文公为侯伯，任命他为诸侯首领，赏赐给他一辆大辂车和整套服饰仪仗、一辆大戎车和整套服饰仪仗、一把红色的弓和一百支红色的箭、十把黑色的弓和一千支黑色的箭，一卣黑黍米酿造的香酒以及三百名勇士。晋文公辞让了三次才接受了王命。

初秋七月，晋文公率军回到晋国。

然后，与当年的齐桓公一样，晋文公以周襄王的名义召集鲁、齐、宋、蔡、郑、陈、莒、邾、秦等诸侯国举行会商，商讨如何联合出兵攻打那些不顺服的国家。——所谓不顺服，就是仍然依附楚国的诸侯国。

有史家认为，这是晋国称霸的开端。

而实际上，晋文公距离成为中原霸主还有些时日。

首先，周襄王任命晋文公为诸侯首领的仪式，对中原格局影响甚大的重量级人物秦穆公没有参加。虽然秦军作为晋军的联军参加了城濮会战，但秦穆公深知，如果晋国强大了，秦国东进中原的道路将会被堵截，因此秦国不愿意晋文公成为霸主。其次，在晋军攻击卫国的时候，准备向楚国求救的卫成公被国人赶走后，晋文公以盟主的身份册立卫成公的弟弟为卫国国君。可没想到的是，卫成公又潜回卫国杀死弟弟自行复位了。由此，卫国与晋国失和。最后，城濮会战中，作为楚军联军之一的许国，战败后，无论如何都不敢来参加会商，这意味着未来许国与晋国的关系很难确定。

唯一肯定的是，城濮一战，令晋文公达到了事业顶峰。

城濮会战的失败，对楚国并没有太大的影响。虽然楚国北进扩张的锋芒受挫，被迫退回桐柏山、大别山以南地区，但也仅仅是暂时推迟了楚国称霸中原的时间而已。

楚成王长久地回忆当年流亡到楚国、被他诚挚以待的那个名叫重耳的晋国人，他突然想到：也许自己此生的不幸，就是与这个重耳同时同代。

历史是公允的：楚成王与晋文公，两人几乎同时离世了。

公元前628年，十二月，晋文公去世。

史籍记载简略，似乎是死于年迈。司马迁认为，重耳四十三岁开始流亡，流亡十九年后回国继位，那时他已经六十二岁。由此推算，重耳死时七十一岁，可称之为寿终正寝。

楚成王在位四十五年，由于当年是弑兄夺位的，姑且认为他继位时不小于二十岁，那么，他死时的年龄也在六十至七十之间。

只是，楚成王死得很悲惨。

关于楚国的太子人选，楚成王选择的是长子商臣。这个选择受到重臣们的反对，重臣们认为：商臣的眼睛像胡蜂、声音像豺狼，是一个残忍的人，不能立为太子。况且，楚成王还年轻，有很多的妻妾，还能再生儿子，立太子之事不必着急。但是，楚成王没有听从劝告，坚持立商臣为王位继承人。

公元前626年，楚成王想废黜商臣，改立王子职为太子。

商臣和他的老师潘崇商量对策。

潘崇问，你能侍奉王子职吗？

商臣答，不能。

潘崇再问，你能逃亡吗？

商臣答，不能。

潘崇又问，你能发动政变吗？

商臣答，能！

　　冬十月，以宫甲围成王。王请食熊蹯而死，弗听。丁未，王缢。

［左传·文公元年］

十月，商臣率领宫中侍卫包围楚成王，逼楚成王自杀。

楚成王请求吃了熊掌后再死，企图拖延时间等待外援。

商臣不答应。

十月十八日，楚成王上吊自杀。

楚成王和晋文公，两位曾经激情万丈的豪杰，在那个名叫城濮的边邑虎视眈眈地对视后，很快便在两座荒冢中化成泥土了。

晋文公在黄河边。

楚成王在长江边。

同一轮斜阳笼罩下的荒冢上衰草摇曳。

商臣继位，是为楚穆王。

与楚成王一样，楚穆王依旧目光炯炯地北望中原。

楚人，性格倔强的族群！

五　问鼎中原

真正实现楚国称霸中原梦想的，是楚庄王。

这个颇具传奇色彩的君王，以"一鸣惊人"的往事和横扫中原的气魄，被称为"春秋五霸之一"。

楚庄王，芈姓，熊氏，名旅，楚穆王的长子。

楚穆王虽有弑君的污点，但深藏在楚人生命里的扩张激情始终未泯。

公元前624年，楚国军队北进包围了江国。

为救江国，晋军联合周王室的军队讨伐楚国，楚军暂时撤兵。

第二年，楚穆王再次领军北出，持续不断地发起进攻，存世近五百年的江国灭亡。

又过了一年，楚穆王把楚都向北迁到一个名叫上郡（今湖北宜城东南方向）的地方。迁都完毕后，楚穆王派遣大军再次北出，灭了蓼国（今河南固始东北），接着又向东长距离奔袭灭了六国（今安徽六安以北）。

楚国进击中原的主要对手依旧是晋国。

晋文公之子晋襄公去世后，公元前620年，其子夷皋继位是为晋灵公。由于晋灵公时年才四岁，晋国朝政由大夫赵盾主持。

公元前 621 年，以晋国为盟主，齐、宋、卫、陈、郑、许、曹等国国君会盟，建立起一致抗楚的联盟。

楚穆王则认为，晋国国君年少，正是楚国谋取中原的好时机；而晋国策反楚国盟友的举动，也为楚国提供了出兵的借口。于是，楚军再次大举向北攻打郑国，没等前来救援的晋、宋、卫、许联军抵达，楚军便攻下了郑国的都城，并用囚禁郑国王室成员的手段，迫使郑国承诺背离晋国与楚国订盟。接着，楚军又挥师南下，攻击了归顺晋国的陈国，陈国被迫与楚国讲和。公元前 617 年，楚穆王在楚国接见了郑国和陈国的国君，组成楚、陈、郑、蔡四国联军准备攻打宋国，宋国国君宋昭公被迫请求归服。

至此，中原的宋、郑、陈等重要诸侯国再次依附楚国。

公元前 617 年，楚穆王出兵西北攻击麇国，一直打到麇国的都城锡穴（今陕西白河以南）。接着又从楚国东出，讨伐了叛楚的舒国和宗国（今安徽庐江一带）；再向北攻打巢国（今安徽瓦埠湖以东）。这一系列战事，使楚国的控制势力推进至江淮腹地。

楚军攻打巢国的第二年，楚穆王病逝。

楚穆王在位十二年，用频繁发动战争的手段，基本消除了城濮会战楚国战败的影响，使楚国再次成为左右中原局势的强国。

公元前 613 年，楚穆王的长子熊旅继位，是为楚庄王。

楚人对这位新君心灰意冷："庄王即位三年，不出号令，日夜为乐，令国中曰：'有敢谏者死无赦！'"〔史记·卷四十·楚世家第十〕——自继位的那天起，楚庄王就不曾上朝理政，市井传闻全是他沉溺于声色犬马的奇闻逸事。这种颓废荒淫的日子持续了三年之久，而楚国全国谁要是敢劝说一句杀无赦。

楚庄王即位的第二年，即公元前 612 年，晋军竟然在楚国的家门口向一直依附于楚国的蔡国发动了突袭。蔡国君主求救，楚庄王置之不理，导致蔡国都城失陷，蔡国只能与晋国签订城下之盟，蔡国君主因此羞愤而死。接着，楚国发生饥荒，民心惶惶。东北的夷部族和东南的越部族趁机入侵楚国边境。而在西部，之前臣服于楚国的庸国，借势发动各蛮族部落反叛；被楚国征服的麇国人，则纠集各夷族部落准备发兵进攻楚都。各地告急的文书飞进楚宫，天灾人祸令楚国处在几近崩溃的氛围里，而楚庄王依旧整日畋猎饮酒不理政务。大臣伍举忍无可忍闯入楚宫——

楚庄王问，大夫来此，是想喝酒还是看歌舞？

伍举说，有人让我猜一个谜语，我怎么也猜不出，特来向大王请教。

楚庄王问，什么谜语？

伍举说，楚有大鸟，栖在朝堂，历时三年，不鸣亦不翔。这究竟是只什么鸟？

楚庄王答，三年不飞，一飞冲天；三年不鸣，一鸣惊人。你下去吧，我知道你的意思了。

　　三年不蜚，蜚将冲天；三年不鸣，鸣将惊人。举退矣，吾知之矣。
〔史记·卷四十·楚世家第十〕

楚人的图腾是神鸟凤凰。

凤凰，不鸣则已，一鸣惊天下。

伍举出了王宫便奔走相告：楚国实现宏图伟业指日可待。

有史家这样分析楚庄王：他用沉湎声色犬马的表象迷惑了所有人，实际上他在以静观动，对楚国乃至天下局势进行深思，然后"乃罢淫乐，听政，所诛者数百人，所进者数百人，任伍举、苏从以政，国人大说"。〔史记·卷四十·楚世家第十〕——在一切都已想明白和准备好的时候，楚庄王果断地抛弃淫乐声色，正襟危坐在君位之上，毫不手软地对楚国政坛进行大规模清洗，一口气杀了数百名品行不端的官吏，同时重用了数百名才能卓越的人，楚国人心喜悦。

蓄谋已久的楚庄王突然发力了。

首先要做的是瓦解反楚联盟。

打击目标是领头反叛的庸国。

但楚庄王面临着一个掣肘：从楚武王到楚庄王，五任国君，其间的十一个令尹，有八个出自实力强大的若敖氏。若敖氏家族掌握着楚国的军政实权。当楚庄王准备讨伐庸国时，以若敖氏为首的妥协派主张迁都躲避，唯楚庄王主张以战争手段改变楚国面临的危机。

由于能够调动的军队有限，楚庄王命令楚军主力原地待机，命令大夫庐戢黎率一部分楚军出击。庐戢黎与庸军遭遇于庸国的方城（今湖北竹山以东），被庸军击败。楚军将领建议出动主力以挽回败局，楚庄王没有同意。之后，楚军在与庸军周旋的过程中先后七次败退。若敖氏遂在朝野中宣扬避战的好处，楚国内部的政治分裂进一步加剧。实际上，楚庄王制定的是一个"彼骄我怒，而后可克"［左传·文公十六年］的策略，即命令前线的楚军继续与庸军周旋，不断地示弱以纵敌骄傲，待庸军放松警惕时再大举反攻。果然，连续取胜的庸人判断楚军再无力进攻，遂掉以轻心起来。楚庄王得知后，率主力与先遣军会合，然后以少量兵力扼制前线的庸军，楚军主力则兵分两路向庸国的都城上庸（今湖北竹山西南）进发，趁其不备发动猛攻，庸国不敌宣告灭亡。楚庄王赢得了亲政以来的第一场胜仗。

楚庄王的灭庸之战，是中国古代战争史上采用分进合击战术的最早战例。灭庸之战，对于年轻的楚庄王来讲意义重大。此战消除了楚国北进争霸的后顾之忧，巩固了其在江汉流域的统治地位。更为重要的是，楚庄王以亲征灭庸，树立起至高无上的军政权威。

楚国北上图霸的障碍，依旧是实力强大的晋国。

此时，晋灵公虽已亲政，但大权依旧在赵盾手中。

楚庄王认定这是楚军北上的最佳时机。

公元前608年，晋军攻宋，宋国被迫与晋国结盟。

之前，陈国国君陈共公去世，楚国没有派人参加葬礼，陈国遂背叛楚国与晋国结盟。

楚庄王以宋、陈两国叛楚亲晋为由，联合郑军进攻宋、陈。

为了救宋、救陈，晋军会合宋军攻打郑国。

为救郑国，楚军出兵向北，与晋军在北林（今河南新郑境）遭遇。在这场史称“北林之战”的遭遇战中，楚军俘虏了晋国将领解扬，晋军大败而归。

第二年春，为进一步打击晋国，楚庄王命令郑国攻击晋国的附属国宋国。郑军与宋军随即爆发战斗，史称“大棘之战”。

此战规模不大，之所以载入史册，在于胜败原因竟然是战前分配不公：宋军准备开战时，将领华元杀羊犒赏士兵，他的车夫羊斟却没有吃到。等到打起仗来，羊斟才说：前天的羊，是你做主；今天的仗，是我做主。说完，驱车冲入郑军阵中，华元立即被郑军俘虏。将领被俘导致宋军大乱，郑军杀死了宋军的另一位将领乐吕，缴获战车四百六十乘，俘虏士卒二百五十名。

羊斟，非人也！以其私憾，败国殄民，于是刑孰大焉。《诗》所谓“人之无良”者，其羊斟之谓乎？［左传·宣公二年］

羊斟不能算个人！因为个人私怨，祸国殃民，没有比这一行为罪过再大的了。《诗经》里所说的“没有良心的人”，不正是指的羊斟这种人吗？

《诗经·国风·鄘风》：

鹌鹑的翅膀毛色斑杂，

喜鹊的叫声唧唧喳喳。

这个人没有一点良心，

凭什么用兄长尊呼他。

喜鹊的叫声唧唧喳喳，

鹌鹑的翅膀毛色斑杂。

这个人没有一点良心，

凭什么用国君尊呼他。[诗经·鄘风·鹑之奔奔]

诗中说的"没有一点良心"的人，不是车夫倒是国君。

宋军战败后，赵盾率宋、卫、陈等国联军攻郑，以报大棘战败之耻。楚军大举进入郑国，准备与晋军决一死战。赵盾一见楚军决绝的态势，未战而退。

大棘之战的第二年，即公元前606年，一件震动中原的大事发生了：楚庄王亲率楚军北上，深入到周天子的都城洛邑附近。

楚子伐陆浑之戎，遂至于洛，观兵于周疆。[左传·宣公三年]

楚庄王以"勤王"之名，开始攻打陆浑之戎。

所谓"陆浑之戎"，指的是戎人的一支，原居住甘肃、青海、陕西一带，曾与秦、晋、楚等国发生冲突，并多次侵入周王室所在的伊洛平原。公元前638年，为了消除隐患，周王室强制这支戎人东迁。就在周王室与陆浑戎人发生冲突的时候，楚庄王趁机北上大军直抵洛邑附近。

楚军陈兵以示威。

周定王即刻派王孙满携带大批礼品慰劳楚庄王。

楚庄王一开口便让王孙满大吃一惊：

楚子问鼎之大小轻重焉。

楚庄王问，听说周王室有九只鼎，它们多大多小？多轻多重？

鼎，用贵重的青铜铸成。最初是煮食的器皿，鼎多说明部落人口多。后来，鼎，演化成权力的象征。——周天子的九只大鼎，每一个代表夏王朝的一个州，是古中国最高权力统治的凭证。

王孙满对楚庄王的回答被载入史册：大小、轻重在于德行而不在于鼎。以前，夏代刚刚拥立有德之君时，以九州进贡的金属铸成九鼎，鼎上铸有描绘远方各种事物的图像，以使百姓懂得哪些是神明、哪些是邪恶。如此，百姓进入江河湖泊和深山老林，就不会碰到山精水怪之类的恶物。因此，能使九州和谐，承受上天的赐福。夏桀昏乱无德，九鼎传到商朝达六百年。商纣残暴，九鼎又迁到周朝。德行如果美好光明，九鼎虽小，也重得无法移动；如果奸邪昏乱，九鼎再大，也轻得可以挪走。周成王将九鼎安放在王城时，曾预卜：周朝传国三十代，享年七百载。这个期限是上天决定的。现在，周朝的德行虽在衰退，但天命还未更改。九鼎的轻重，是不可以询问的。

成王定鼎于郏鄏，卜世三十，卜年七百，天所命也。周德虽衰，天命未改。鼎之轻重，未可问也。[左传·宣公三年]

"问鼎"，从此在汉语中成为夺取政权的意思。

王孙满向楚庄王传达的信息很明确：周天子拥有天下是天命所赐，至今寿数未尽，所以你想都不用想问也不要问。

春秋，明目张胆地问鼎的诸侯君主，仅楚庄王一人。

可以想见，周天子听到这个消息时是何等的心惊胆战。

而楚庄王只是问了一下，然后就率军回国了。

回国途中，楚庄王顺便给郑国制造了一场灾难：楚庄王送给郑灵公一只南方特产大甲鱼。郑灵公把甲鱼赐给大夫们吃的时候，把公子宋召来却不让他吃。公子宋发怒，用手指头在鼎里蘸了蘸，尝到味道后才退去。郑灵公一下子恼怒起来，非要杀死公子宋。公子宋先下手为强，转身杀死了郑灵公。郑国大夫们拥立郑穆公的庶长子、郑灵公的弟弟公子坚为国君，是为郑襄公。

公子宋，仅仅是伸出一只手指头，在锅里蘸了点汤尝了尝，便引出一场易君换主的大祸。——后世汉语中"染指"一词的含义是：插手不该介入的事，往往后果很严重。

就在楚庄王率军北上时，若敖氏家族发动了政变：令尹子越椒带领若敖氏家族的人把楚国的司马蔿贾杀了。——蔿贾，就是预言楚国令尹子玉的悲惨结局的人。

走到半路的楚庄王听说子越椒发动政变，深知若敖氏家族亲兵的战斗力十分强悍，于是，以楚国三王（楚文王、楚成王和楚穆王）的子孙为人质，作为与子越椒和谈的条件，遭到子越椒的断然拒绝。

楚庄王只能一战了。

公元前605年，夏，两军相遇在汉水南岸一个名叫皋浒的地方。

皋浒，本义是高岸和水边，位于今湖北襄樊西北方向。

此战，史称皋浒之战。

子越椒自小在军营长大，英勇善战，带领家族亲兵猛攻楚庄王的军队，精于射箭的子越椒亲自箭射楚庄王：第一支箭镞从楚庄王的身边飞过，穿过鼓架，射在了铜钲上；第二支险些射中楚庄王，箭镞飞过车辕，穿透了车盖。楚庄王的士兵都很害怕，楚庄王派人在队伍里到处喊：我们的先君文王攻克息国，得到三支神箭，子越椒偷去了两支，现在已经全用完了。接着，楚庄王亲自擂鼓下令反攻。楚庄王的阵营里，以百步穿杨著称的神射手名叫养由基，一箭便射死了子越椒，失去首领的若敖氏亲兵大乱，在楚庄王的猛烈反扑中兵败。

战后，百年来掌管楚国军政大权的若敖家族被楚庄王斩尽杀绝。

没有了任何掣肘的楚庄王，更加无所顾忌地希图着中原。

首先，染指陈国内政。

陈国的司马夏御叔，娶了郑穆公的女儿为妻，因此，这位郑国公主被称为夏姬。夏御叔死得早，留下的儿子名叫夏征舒。夏姬是与陈国的息妫、齐国的文姜、越国的西施并列的春秋四大美女，而众所周知的不仅仅是她的美色，而是作为寡妇的她曾与多位诸侯、大夫通奸。史载，她三次成为王后、七次嫁为人夫，共有九个男人因她而死。陈灵公在位时，夏姬的儿子夏征舒担任司马，而陈灵公和大夫孔宁、仪行父都曾与夏姬私通。有一天，陈灵公和孔宁、仪行父三人在夏征舒家喝酒，陈灵公说夏征舒长得像仪行父，仪行父说夏征舒长得像陈灵公，受到侮辱的夏征舒不能忍受，派弓箭手埋伏在马棚边，待陈灵公喝完酒一出来就乱箭射死了他。

陈灵公死后，陈灵公的儿子公子午逃往晋国，夏征舒自立为国君。

消息传到楚国，楚庄王认为这是控制陈国的好机会。

于是，他以惩罚弑君者为名，率领诸侯联军伐陈。

攻破陈国都城后，楚庄王将夏征舒车裂于陈国城门外。

楚庄王想把陈国变成楚国的一个县，但大臣们认为这样做会在各诸侯国中丧失信誉。于是，楚庄王立陈灵公的儿子太子午继位，是为陈成公。

楚庄王没能兼并陈国，却情不自禁地迷恋上夏姬，带着夏姬回到楚都。重臣们劝说道，自古以来贪恋美色必会贻误大业，须在美色与江山之间选择一样。最终，想当天下霸主的欲望占了上风，楚庄王放过了夏姬。但是，楚国的两位重臣子反和巫臣看上了夏姬，两人费尽心机地不让夏姬落在对方手里，夏姬被当作战利品一样在君臣之间转来转去，最终被赐给了刚刚死了夫人的大臣襄老。——此番楚国重臣为争夺夏姬反目成仇，埋下了未来楚国内部灾难的隐患。

后世无法得知，夏姬是怎样的绝世容颜，竟能如此颠倒乾坤？

楚庄王接着攻击了郑国，起因是在"染指"事件中侥幸继位的郑襄公突然叛楚亲晋。

楚军大军压境时，郑襄公再次与楚国签订了盟约。

可不久他又改变了立场。

楚庄王只有再次出兵。

这一次，晋国立即发兵援郑，楚军在与晋、郑联军的作战中失利。当郑国人为这场罕见的胜利欢庆时，郑国的公子去疾却说："是国之灾也，吾死无日矣。"［左传·宣公九年］——这是郑国的灾难，我离死没几天了。

公子去疾是少有的清醒之人。

公元前 600 年前后，在中原的各路诸侯中，无人能够抵挡楚庄王不可遏制的杀机。

楚庄王很清楚：楚国北上遭遇的所有战事，背后都有晋国的影子，只有制服了晋国才能真正地问鼎中原。

一场与晋国的决战，开始在楚庄王心中酝酿。

六　邲之战：断指盈船

晋、楚两个大国连年争斗，中原各诸侯国为了自保在两国之间摇摆不定，谁强大就依附谁。楚、晋两国的实力多年来互有消长，因此，诸侯们的立场不断地在朝楚暮晋中往复。

楚庄王继位初期，晋国认为楚庄王年少，趁机联合中原诸侯会盟，当时除了蔡国，各诸侯国都聚集在晋国的周围。之后，沉迷了三年的楚庄王突然发力，晋国的霸主地位发生动摇，特别是当齐国屡次入侵鲁国时，晋灵公以诸侯之首的身份出面，与各诸侯国先后两次在扈地（今河南原武以北）会盟，商量如何讨伐齐国以援助鲁国，但两次都因齐国私下行贿晋国没能达成盟约。中原各路诸侯不由得将晋灵公与当年公正廉洁的齐桓公相比，晋国的名声急转直下。加之晋国常年与相邻的秦国打仗，实力大大减弱，于是各诸侯国又纷纷转身与楚国结盟。

晋灵公死后，继位的晋成公对外避免与秦、楚两面作战，同时收买秦国北方的白狄牵制秦国。之后，晋成公与宋、卫、郑三国会盟于扈地，再次举起了联合抗楚的大旗。

公元前600年，晋成公突然去世。

诸侯们害怕楚国报复，又纷纷叛晋附楚。

在楚、晋之间摇摆最为频繁的是郑国。

郑国是楚国北上的必经之地。城濮之战时，楚国的西面有秦国威胁，中路宋国的背叛成为肘腋之患，当时楚国的作战目标是征服宋国。到了楚庄王时代，秦国与楚国的关系缓和，宋国也依附了楚国，就北上战略而言，降伏了郑国，楚军便可封锁黄河，阻击晋国南下称霸中原。

对于晋国而言，郑国是进击中原的孔道，是争霸中原的桥头堡。

因此，郑国始终是晋、楚两国争夺的焦点。

在楚、晋两国之间，郑国连保持中立的能力都没有，无论倒向哪一方都会招来战火：不是楚伐郑而晋必救，就是晋伐郑而楚必救。公元前608年至公元前606年，仅仅三年间，晋国四次伐郑，而楚国伐郑竟有六次之多。

公元前598年春，由于郑国向晋国示好，楚庄王再次伐郑。

郑襄公卑微地表示立场回归。

但楚军撤退后，郑国在晋国的威胁下又变卦了。

于是，第二年春天，楚军再次伐郑。

楚军这次发动的攻势，是近年来规模最大、气势最宏伟、攻势最猛烈的，三军精锐悉数出动，对郑国的攻击昼夜不停，大有把郑国灭亡之势。

拼死守卫都城的郑军伤亡惨重。

陷入巨大恐惧的郑襄公让巫师占卜，占卜的结果是：求和，不吉利；在太庙号哭，吉利。于是，郑国人集体在祖庙里大哭，守城的将士也在城墙上大哭。楚庄王听到震天的哭声，认为这是郑国在示弱，于是退兵观察。可很快就发现，郑人不但没有投降的意思，还在加固城墙，于是命令楚军再次发动攻击。因为占卜说求和不吉利，郑人的抵抗格外顽强，楚军持续攻击了三个月才将郑都攻破。

郑国沦陷的情形，之所以被详尽地载入史册，是因为其先君郑庄公曾作为春秋霸主威风凛凛地傲视过中原，而不过百余年郑襄公就能把祖先的霸业糟蹋成如此地步——楚军"入自皇门，至于逵路。郑伯肉祖牵羊以逆"，曰：

> 孤不天，不能事君，使君怀怒，以及敝邑，孤之罪也。敢不
> 唯命是听！其俘诸江南，以实海滨，亦唯命；其翦以赐诸侯，使
> 臣妾之，亦唯命！若惠顾前好，徼福于厉、宣、桓、武，不泯其
> 社稷，使改事君，夷于九县，君之惠也，孤之愿也。非所敢望也，
> 敢布腹心，君实图之。［左传·宣公十二年］

楚军从皇门进入郑国的都城，来到都城的大道上。郑襄公脱去上
衣，祖露肩背，牵着一只羊，迎接了楚庄王。他对楚庄王表示：我没
能承奉天意，没能事奉君王，郑国让您愤怒了，这是我的罪过，我怎
敢不唯命是听！您要把我和郑人迁到江南，充实楚国的海滨之地，我
们听君王吩咐；您要把郑国分割给各诸侯国，让郑人作为诸侯们的奴隶，
我们也听君王吩咐。如果楚王能顾念以前两国的友好，向郑国的先祖
周厉王、周宣王、郑桓公、郑武公求福，不灭郑国的社稷，让郑国重
新侍奉楚王，郑国等同于楚的诸县，这乃是楚王的恩惠，也是我的
心愿。我虽不敢指望君王宽大，但此为肺腑之言，唯请君王考虑如何
处置。

尽管郑襄公如此低三下四，楚庄王身边的人还是不依不饶，认为
郑国反复无常绝不能宽容。

但是，楚庄王命令楚军退兵三十里，然后与郑国签订了盟约。

楚军从郑国撤军，不是面向回国的南方，而是向北沿着黄河移动，
然后驻扎在一个名叫邲（今河南延津一带）的地方。这个地方是当年
城濮之战时晋军渡过黄河的渡口，楚庄王之所以选择在这里驻扎，显
然是想封锁黄河渡口以掌握主动权。

此时，前来救郑的晋军已抵达黄河渡口。

眼看两军就要交战，双方的作战欲望却都不强烈。

楚国令尹孙叔敖认为，无论是降伏郑国，还是饮马黄河，楚国震慑诸侯的目的都已达到，没有必要再与晋军作战，应该见好就收撤军回国。但大臣伍参主张决战，理由是：目前晋军总指挥是荀林父而不是晋襄公，如果楚军撤退，等于国君逃避臣下，对楚国来讲是一个耻辱。同时，晋襄公没来，晋军群龙无首，此战晋军必败。

　　楚庄王命令楚军北上迎敌。

　　促使楚庄王决心决战的原因，并不是"国君逃避臣下"之类的说辞，而是始终未泯的狂热野心：如果楚国想要称霸中原，与晋军的决战只是早打和晚打的问题。既然不可避免，又有了决战态势，如能一举击败晋军，霸业即成。

　　晋军也在战与不战之间犹豫。

　　此时，郑襄公派来的使者，正在晋军里极力挑唆晋军与楚军决战。使者转达的郑襄公的话是：郑国之所以屈服楚国，是为了挽救国家的危亡，郑国从不敢对晋国抱有二心。楚国因屡战屡胜必然骄傲，楚军在外数月也已疲劳，如果此时晋军发起攻击，郑军愿意从旁相助，楚军一定失败！——郑襄公真实意图是：郑国如再于楚、晋两国之间来回摇摆，不但作为国君的他要一次又一次地"肉袒牵羊"，郑国被如此折腾离彻底倾覆也就不远了。两强决战，必有一伤，早见雌雄，郑国也好早点择胜过上安生日子。

　　晋军总指挥、中军统帅荀林父主张避战，他的主张得到了上军统帅士会和下军统帅赵朔的支持。荀林父认为，郑国已经投降楚国，救郑的问题不存在了。楚国正处在强盛时期，楚庄王连年征战没人指责，可见楚国上下一心。如此态势下，不如等楚军撤离，晋军再伐郑国，这样既不用与楚军直接作战，也可恢复晋国对郑国的控制权，符合晋国"弱则攻之，强则避之"的一贯策略。下军副统帅栾书也认为，郑国怂恿晋军与楚军决战是一个阴谋，是拿晋国的牺牲来赌郑国的国运，绝不能受郑襄公的怂恿。但是，晋军中军副统帅先縠坚决反对避战，他的主张得到了中军大夫赵括和下军大夫赵同的支持。先縠认为，遇到强敌后退不是大丈夫，荀林父就不是大丈夫，所以不应该听其指挥。如果因为惧怕楚军而退，会使晋国威风扫地，会让各诸侯国看笑话。如晋国因此丢掉霸主地位，还不如现在就去战死！

面对内部分歧，荀林父犹豫不决。正不知如何是好时，传来一个令他大惊失色的消息：主战的中军副统帅先縠，竟然率领自己掌握的一部分晋军擅自渡河了！

按照军法，将领不听指挥擅自行动是总指挥的重罪。

荀林父只剩一条路了——与楚军决战。

荀林父下令：全军渡河迎敌！

南下渡河的晋军与北上的楚军，在郑国境内一个名叫邲的地方对峙了。

邲，位于今河南荥阳以北的黄河南岸。

当时黄河尚未改道，经今河南滑县以西，向东北方向流去。

楚、晋两军的作战编组是：

晋军，总指挥和中军统帅为荀林父，副统帅先縠，大夫赵括和赵婴齐；上军统帅为士会，副统帅郤克，大夫巩朔和韩穿；下军统帅为赵朔，副统帅栾书，大夫荀首和赵同。

楚军，总指挥为楚庄王和令尹孙叔敖，中军统帅沈尹，左军统帅子重，右军统帅子反。

两军的战车数量大致相等，楚军的徒兵略多于晋军。

两军中间，隔着一片黄河水沿古济水溢出后淤积的沼泽，名叫荥泽。

正是夏季，黄河两岸草木繁茂。

荥泽之上，水汽蒸腾，涉禽聚集；荥泽四周，森林幽深，百兽鸣啸。

对峙的双方都很明白：此战胜者，万国必附。

按照作战规则，楚庄王派使者前去与晋军进行外交交涉。使者表示：我们的两位先君楚成王、楚穆王，都曾在这条路上讨伐郑国，为的是教导和安定郑国,没有哪一次敢得罪晋国,你们还是不要久留此地为好。晋军上军统帅士会代表晋军作答:以前周平王昭告我们的先君晋文侯,晋国要和郑国一起辅佐周王室。现在郑国不遵循周天子的指令,我们晋君派遣下臣来质问郑国,岂敢劳驾楚国赶来迎送?

晋军中军副统帅先縠,对士会的回答很不满意,认为这是在奉承楚国,于是再派中军大夫赵括前去更正:晋君命令我们把楚国从郑国赶出去,作为晋军将领我们必须遵从国君的命令。

楚庄王由此得知晋军内部意见不一,于是,派人前往晋军示弱求和。——年轻的楚庄王城府很深,他要进一步助长晋军的轻敌。

晋军总指挥荀林父,本来就是不得已才渡河迎敌的,看到楚军派人来求和立即答应,并约定了双方盟约的日期。

但是,接下来,让荀林父不解的事情发生了:楚军方面有人前来挑战!前来挑战的仅仅是一乘战车!

单车挑战的是楚国的三位大夫:许伯驾驭战车,车左为乐伯,车右为摄叔。三位楚国大夫刚出发就发生了争执:许伯认为,按照单车挑战的规矩,应由他驾驭战车飞速直迫敌营,然后回来;乐伯则认为,单车挑战,应由他这个车左射箭,然后回来;摄叔认为,单车挑战,应由他这个车右冲入敌营,杀死一名敌人割取左耳,同时再抓一名俘虏,然后回来。——三人争执的结果是:三种方案轮流都做一遍。

三位楚国大夫的挑战激怒了晋军。

晋军采取左右夹攻的方法试图将这三人俘虏。

但是,乐伯左边射马,右边射人,晋军左右两翼都不敢靠前。到乐伯只剩下一支箭时,他用这支箭射中了一只麋鹿,然后让摄叔把这只麋鹿献给了追赶他们的晋军大夫鲍癸,说,现在还没到献禽兽的季节,负责献禽兽的人也没有来,我谨把它献给您的随从作为膳食吧。鲍癸收下麋鹿说,车左善于射箭,车右善于辞令,都是君子啊!遂令部下不再追赶。

晋军里的两位大夫按捺不住了。——魏锜谋求公族大夫的位置，没有成功；赵旃谋求卿的位置，也没有成功。两人都对大权在握的荀林父怨恨在心，一心想让晋、楚两军赶快决战。如果击败了楚军，可以败坏主张避战的荀林父的名誉；如果晋军战败了，作为总指挥的荀林父罪责难逃。因此，两人要求对楚军挑战，荀林父不允许；两人又请求前往楚军签订盟约，荀林父允许了。——两人驾驭战车出发，实际上是去挑战的。——荀林父不放心，派出几辆支援战车，准备随时接应两人。

上军统帅士会和副统帅郤克也不放心，认为这两个心怀不满的人可能要惹祸，如真能签订盟约当然好，可如果激怒了楚军，楚军就会发动突袭。中军大夫赵婴齐留了个心眼儿，悄悄让部下在黄河边准备了一些船。同时，上军统帅士会也悄悄命令在附近埋伏几处伏兵。——事后证明，这两个举动救了不少晋军的性命。

果然，赵旃和魏锜根本不是前去签订盟约的，而是前去蓄意激怒楚军的。魏锜到达楚营，请楚军与晋军交战，楚军同意，遂回。楚国大夫潘党在后追赶，一直追到沼泽地里。魏锜射死了一只麋鹿，回过头来把麋鹿献给潘党，说，您有军务在身，恐怕不能享受到新鲜的肉食，谨以此献给您的随从人员。潘党下令不再追赶魏锜。但是，大夫赵旃不讲究礼仪，他趁暗夜到达楚军驻地的大门外，自己席地而坐，命手下的士兵冲击楚军营垒，直接冲向楚庄王所在的位置。

护卫楚庄王的战车分为左右两广，一广三十辆。许偃驾驭右广的指挥车，著名神射手养由基为车右；彭名驾驭左广的指挥车，大夫屈荡为车右。当晋军士兵冲进来的时候，楚庄王率领两广战车亲自迎战。交战中，养由基左右拼杀，神勇的表现让楚庄王很是惊讶，说，我不曾特别优待你，你何以为我出生入死？养由基说，我的君王！我就是那天晚上帽带断的人！

"帽带"，也叫"冠缨"，汉语成语中有"绝缨之宴"的典故：一日，楚庄王大宴群臣，并叫来宠妃许姬向文臣武将敬酒。一阵疾风吹过，筵席上的蜡烛被吹灭，这时有人斗胆拉住许姬的手，许姬扯断衣袖得以挣脱，并且扯下那人帽子上的缨带。许姬状告楚庄王，让楚庄王点亮蜡烛后查看众人的帽缨，以便找出非礼之人并处以极刑。楚庄王听完，传令不要点燃蜡烛，然后大声说，今日设宴，诸位务要尽欢而散，现在请诸位去掉帽缨，以便更加尽兴地饮酒。等到大家把帽缨都取下后，楚庄王才命令点燃蜡烛，君臣尽兴而散。——那个酒后趁黑调戏君王宠爱的美人的，就是现在疯狂杀敌的养由基。

此时，远处晋军方向扬起尘土，这是荀林父安排跟随魏锜和赵旃的那几辆战车赶来了。——这几辆战车，不是作战使用的战车，而是一种名叫"轩（tún）车"的支援车辆。但是，楚国大夫潘党一见滚滚尘土，立即报告令尹孙叔敖：晋国的军队来了！

这是一个令楚军精神紧绷的消息。

正在担心楚庄王安危的孙叔敖，毫不犹豫地下达了全军攻击的命令：将士们！前进！宁可我们迫近敌人，也不能让敌人迫近我们。要抢在敌人的前面夺取他们的斗志。主动迫近敌人！前进吧！将士们！

楚军大规模的攻击开始了。

晋军的几辆轩车即刻被从地面上抹去。

在荀林父的眼前，冲过来的楚军扬起的尘土遮天蔽日。

顿时失措的荀林父没有发出迎战指令，而是击鼓大喊："先济者有赏！"

晋军的身后就是黄河。

"先济者有赏"，就是谁先过河就赏赐谁。

这是全面撤退的命令。

晋军蜂拥奔向身后的河岸。

楚军战车飞驰，士卒呐喊，黑云压顶一般滚滚而来。

公元前597年，六月十六日，黄河南岸的黄昏时分，春秋历史上一个著名的惨烈时刻。

晋军在混乱中争抢渡河。

因为船少人多，为了争抢船只，晋军相互火并，呼号惨叫之声不绝于耳。没能抢到船的士卒，纷纷跳入黄河中，为了不被激流冲走，争相攀附在船帮上，船因此不得动弹。船上的人急于脱逃，挥刀斩断攀附船帮者的手指，断指者纷纷坠入水中，瞬间被淹没。

中军、下军争舟，舟中之指可掬也。［左传·宣公十二年］

"指可掬"三字，至今读来仍令人难以置信：船上的人手持利刃守在船边，想要攀附船帮的人，上来一批被砍掉一批手指。这一批人刚消失在激流中，紧接着又拥上来一批，再砍，结果导致满船都是断指。为了减轻船的载重，船上的人把断指"掬"起来扔进黄河里。

断指盈船！

夕阳下垂在暮霭中，天地昏黄，只有涌荡的河水泛着冷光，而断指之血漂浮在冷光上，呈现出一种金属溶液般的颜色。

最后激怒楚军的晋军大夫赵旃，用他的两匹好马帮助他的哥哥和叔父脱险，他自己用不好的马驾车逃亡。逃亡中遇上楚军，他丢弃战车逃进树林。这时，晋国大夫逢和他两个儿子也在驾车逃命，逢嘱咐他的两个儿子千万不要回头。两个儿子一听禁不住回头张望，说赵大夫还在后边呢。逢大怒，命令两个儿子下车，然后指着一棵树说，我在这里收你们的尸！逢把自己的战车让给了赵旃，赵旃得以逃脱。第二天，天蒙蒙亮，逢返回寻找自己的两个儿子，发现两个儿子已被杀死，尸首重叠在那棵大树下。

晋军下军大夫荀首登船时，发现自己儿子不见了，有人向他报告说，他的儿子知罃已被楚军俘虏。荀首弃舟登岸，魏锜为他驾驭战车，下军的一些士兵也跟随着，一起重新冲入楚军中。荀首用锋利的箭射死了楚国大臣襄老，射伤了楚庄王的弟弟谷臣并将其活捉。荀首带着襄老的尸首和谷臣回撤准备换回他的儿子。——事后得知，荀首此举虽是为了救他的儿子，但他的反击却无意中起到了掩护晋军中军和下军渡河的作用。

晋军的上军损失不大，是因上军统帅士会为预防不测事先埋伏了几处伏兵。楚军发起攻击时，其左军被这股伏兵突袭。楚庄王决定动用四十乘预备战车，由大夫潘党率领攻击晋军的上军。晋军上军副统帅郤克主张迎战，但被士会阻止了。士会表示：楚军士气正旺，如果集中兵力对付我们的上军，我们必被消灭，不如收兵撤离。于是，士会亲自殿后掩护上军撤退，晋军的上军因此得以保全。而正是由于上军保持着战斗力，晋军中军的一部被上军收留才避免了全部伤亡。

在晋军狼狈逃命和楚军凌厉追击的过程中，史籍记载的这些细节让我们得以窥见冷酷的古代战争中的另一面：晋军的战车陷在黄河岸边的泥沼里不能前行，追上来的楚军并没有趁机杀戮，而是手把手地教晋军如何把战车前面的横木撤掉，再帮晋军把战车从泥沼中拖出来。挣脱出泥沼的晋军士兵没走多远，战车因为马匹受惊又不能前行，楚军又追上来，教他们如何拔掉战车上的大旗以安抚马匹，晋军的战车这才得以逃走。这些晋军士卒走的时候，转过头来对帮助他们脱险的楚军说，真是麻烦啦，我们不像你们经常战败有逃跑的经验。——这一事件，被后世学者视为春秋时期依然存在"战争礼"的明证。

但是，无论如何，满船断指的景象，仍狰狞得令人惊悚。

深夜，北渡黄河的晋军消失在夜色中，楚军继续向北推进，其辎重抵达了衡雍附近。——三十五年前，晋军在城濮战胜后，晋文公曾在此修筑王宫，率领各路诸侯向周襄王敬献楚军俘虏。今天，楚庄王以胜利者的身份进入王宫，他举行了祭祀，然后率领楚军凯旋。

大夫潘党建议，将晋军的尸体堆在黄河边，筑成"景观"以彰显楚国的武功。

楚庄王未许。

楚庄王说：

> 夫文，止戈为武。［左传·宣公十二年］

战争是为了平息祸乱。

这就是为什么"武"这个字，是由"止"与"戈"组成的。

汉语成语"止戈为武"由此而来。

邲之战——这里有一条小河叫邲水——是春秋中期的一次著名会战，是晋、楚两国争霸中原的第二次大较量。

邲之战与当年的城濮之战，胜负归属不同，但胜负原因有着类似之处，即胜败不在于双方军力强弱的悬殊，而在于双方战场指挥者主观上的正误。

晋军的失败，主要在于将帅不和，指挥不统一。晋军为救郑国而来，可直到晋、楚两军隔河相望，晋军还在争论打或者不打。荀林父提出待楚军退后再行攻郑，不失为上策。但属下擅自行动，导致被迫决战，埋下了溃败的隐患。渡河后，荀林父仍举棋不定，明知魏锜、赵旃去楚营是蓄意挑战，却不做应战准备；待楚军突然发起攻击时，又不思退敌良策，反而下达了"先济者有赏"的命令，导致晋军溃败如山倒。

楚军的胜利，在于楚庄王战前一再遣使探察晋军虚实，并佯作求和以松懈晋军的防卫。作战中，又通过挑战应战，将小战变为大战，迅速展开突击行动，一举击溃晋军。至于后世认为楚军没有实施猛烈的压缩追击，导致未能取得更大的战果，究其缘由除了楚庄王战前并没有全歼晋军的计划外，很可能是基于春秋时期交战遵循的"逐奔不远"的战争礼的原则。此战，楚军虽然取胜，但王族成员襄老战死、楚庄王的弟弟谷臣被俘，可见楚军也付出了巨大代价。

晋军失败后，郑国屈从了楚国。

为控制整个中原,公元前595年,楚庄王率军围困宋国长达九个月,使宋国陷入了"易子而食,析骸以爨"的悲惨境地。〔左传·宣公十五年〕——即,交换孩子当食物,用人的骨头当柴烧。

这一次,晋国没有前来相救,宋国力尽后降楚。

宋国降楚后,鲁国也转而附楚。

至此,整个中原落入楚国的掌握中。

被称为"春秋五霸"之一的楚庄王,三年不飞,一飞冲天;三年不鸣,一鸣惊人。他在位二十三年,楚国兼并二十六国,扩展国土达三千里,成为名副其实的春秋强国。

邲之战后的第六年,即公元前591年,楚庄王染病去世。

壮志未酬身先死,长使英雄泪满襟。

其子熊审继位,是为楚共王。

楚共王继位时年仅十岁。

少年国君,是否还是一只一鸣惊人的凤凰?

七 "不谷不德"的忏悔

被霸主之梦折磨得几近痴狂的楚人，终于显出萎靡之态。

年少的楚共王继位后，他的一名重臣突然叛逃。

起因还是与夏姬有关。

邲之战中，襄老战死，晋军把他的尸体带回了晋国。

此时，夏姬已与襄老的儿子黑要私通，但楚国大臣巫臣始终迷恋着夏姬。

巫臣，芈姓，名巫，字子灵，楚国重臣之一。

巫臣对夏姬说，你在楚国只是一个战利品，应该设法回到郑国娘家去，然后我一定去娶你。他又派人游说郑国，让郑国向楚国提出：只要让夏姬回到郑国，郑国就能够疏通晋国归还襄老的尸体。

在巫臣的极力诱导下，楚庄王答应了夏姬归郑。

楚庄王死后，公元前598年，巫臣奉命去齐国办理事务，他认为等待多年的时机终于来了。尽管有人对他携带全部家财离开楚国产生了怀疑，但年轻的楚共王并没有阻止他。走出楚国边境的巫臣并没有去齐国，而是直奔向郑国与夏姬重逢，并和夏姬一起开始流亡，希望找到一个能够庇护他们的诸侯国。走来走去，没有一个诸侯国牢靠，巫臣索性投奔了楚国的对手晋国。

巫臣立即被晋景公任命为大夫。

至于巫臣与夏姬之间发生了怎样的情爱故事，史籍无记载。

当年夏姬被掳到楚国时至少三十岁了，因此，跟随巫臣流亡时应已四十岁以上。不知这位东方女子美艳到了何等程度，竟能持续把中原政坛晕染得如此五彩斑斓。

可以想见，楚庄王逝世不久、楚共王初立之际，巫臣的叛逃让楚国陷入怎样难堪的境地。新任令尹子重向楚共王建议，用贵重的礼品向晋国行贿，把巫臣引渡回国，以叛国罪处以极刑，楚共王没有同意。年轻的楚共王说，巫臣为自己谋划，是错误的；但他也曾为先君谋划，是忠诚的。如果晋国认为重用他有利，我们的行贿能起作用吗？如果晋国认为他毫无价值就会抛弃他，还用得着我们行贿吗？——后世史家把楚共王描绘成一位心地善良的君主，但是，对这一重大的叛国事件心慈手软的处理方式，很快便显现出对楚国极端不利的后果。

子重不甘心，杀掉了巫臣留在楚国的同族，瓜分了其家族的全部财产。

巫臣写信给子重，语气咬牙切齿：你们用邪恶贪婪侍奉国君，并且杀了许多无辜的人，我一定要让你们疲于奔命而死！——巫臣的这句诅咒不仅仅是针对子重，他发誓要让楚国国破家亡。

巫臣的诅咒后来竟然应验了。

公元前585年，子重率军攻击郑国，晋国出兵救郑，两军在郑国境内发生遭遇战，楚军大败，原因是晋军采纳了另外一位叛逃到晋国的楚国大臣的建议——这位名叫析公的楚国前大臣，也是在楚共王继位时叛逃到晋国的——他的建议有一点奇异：

> 楚师轻窕，易震荡也。若多鼓钧声，以夜军之，楚师必遁。[左传·襄公二十六年]

楚军轻佻，容易动摇，如在夜里敲响所有的军鼓，同时发动全军进攻，楚军一定逃跑。

说一支军队"轻佻"到底是什么意思？

果然，夜色中，晋军同时敲响所有的军鼓，兵士在鼓声中大举进攻，受到惊吓的楚军四散溃逃，楚国大夫申丽被晋军活捉。

随后，晋国接连攻击了楚国的附属国蔡国、沈国、申国和息国，大胜而归。

楚国力不从心了。

而此时的晋国，仍在与秦国交战，处于两面作战的不利局面。

因此，无论是楚国还是晋国，都产生了休战的意愿。

宋国大夫华元，不但与晋国大臣栾书是朋友，与楚国令尹子重也交好。公元前579年，华元奔走于晋、楚之间进行调解，力促两国休战。在华元的安排下，晋、楚会晤于宋国的西门外，开始和谈！——多年来杀得头破血流的两国，突然间变成了战略合作伙伴关系，签订的盟约内容更是情同手足：晋国、楚国不以武力相加，还要好恶相同，同舟共济灾祸危难，尽力救援饥荒祸患。如果有谁危害楚国，晋国就要讨伐他；对于晋国，楚国同样如此。两国使者往来，道路不得堵塞。共谋对付意见相左者，共同讨伐背叛盟约者。谁若违背这个盟约，神灵就要诛杀他，颠覆他的军队，无佑他的国家。[左传·成公十二年]

但是，无论是晋国还是楚国，彼此都不可能放弃称霸中原的梦想。长达半个世纪的争霸仇隙，是无法靠一纸盟约化解的。一纸盟约不过是暂时的策略调整，一旦风又吹草又动，两国的战事必定还会猝然爆发。

之前，晋国面对楚国，最大的掣肘是位于侧背的秦国。秦国是楚国的盟友，与晋国的冲突连年不断。晋景公死后，继位的晋厉公利用与楚国休战的时机，举全国之力赢得了一次对秦国作战的胜利。晋厉公认为，下一步应该迅速打击楚国，如果相隔得太久，秦国复苏了，晋国攻楚时，将再度面临两面是敌的境况。

与楚国作战，晋国的一贯策略是：将楚军引诱到中原地域，让楚军远离自己的后方。而促使楚军北上的可靠办法，就是在中原制造纠纷——只要纠纷一发生，楚军必定北上干涉。

于是，郑国，这个令楚国最头疼的地方又一次出事了。

是不是晋国指使的，没有记载，但晋国有严重嫌疑。

郑国突然攻击了楚国的盟国许国，许国国君被迫割让一大块土地给郑国求和。

许国被侵，严重影响了楚国北部安全，楚国无法无动于衷。

在是否出兵伐郑的问题上，楚国内部分成两派：子重认为，晋、楚两国刚刚和好，不能违背盟约出兵；子反认为，只要有利于楚国，不必顾及什么盟约。尽管楚共王性格温和，但终究血脉里有楚人的倔强，他决定出兵救许。

楚军从南向北，势不可挡，一直打到郑国的暴隧（今河南扶沟一带）；然后又挥师东南，攻击了晋国的盟国卫国。

晋国得知楚军北上后，还在讨论是否出兵，楚军因为后路受到郑军威胁主动撤退了。

公元前576年，宋共公去世，其子继位，是为宋平公。宋国内部随即发生内乱，亲楚派为削弱亲晋派，杀了亲晋派的主要人物公子肥；而亲晋派也开始追杀亲楚派成员，亲楚派纷纷逃往楚国。

为稳定中原局面，楚共王派人去郑国，意把楚国的汝阴之田（今河南襄城汝河以南的土地）割让给郑国，以此为条件诱使郑国亲楚。在巨大的利益面前，郑国再次表现出反复无常的特征：立即与楚国签订盟约，宣布叛晋附楚。

国土面积不用武力就扩大了，连楚国都要送给郑国土地了，郑成公立即替代楚国出兵伐宋。郑军与宋军的第一仗发生在汋陂（今河南宁陵以南），郑军被宋军击败；但随后郑军发动了反攻，又击败了宋军。

郑国的动作传到晋国，令晋厉公坐立不安。郑国附楚，如果宋国再投降,中原的格局将大变,楚国的势力将大增。但是,是否出兵救宋?晋国的反战派认为,如果引起晋、楚大战后果严重;但主战派一直在等待与楚军决战的机会,认为机不可失。

晋厉公决定出兵攻郑以救宋。

晋军迅速完成了作战编组:国君晋厉公亲统四军,中军统帅栾书,副统帅士燮;上军统帅郤锜,副统帅荀偃;下军统帅韩厥,副统帅荀罃(留守国内);新军统帅郤犨(chōu),副统帅郤至。负责护卫君主的公族部队,由大夫魏锜统领;晋厉公的战车由郤毅驾驭,车右为栾针。

晋国要求卫、齐、鲁派兵助战。

公元前575年,四月十二日,晋军出发。

晋厉公担心郑军如继续北进,有可能阻塞晋军渡河的通道,于是要求卫国速派部队占领鸣雁(今河南杞县北),威胁郑军的侧背,迫使郑军后退,以保障晋军的渡河安全。

五月,晋军主力在南河(今河南汲县南)渡过黄河。

与此同时,楚共王已决定出兵救郑。

楚军也迅速完成了作战编组:楚共王亲统三军;中军统帅子反,左军统帅子重,右军统帅子辛。护卫楚共王的两广亲兵,左广由彭名驾驭战车,潘党为车右;右广由许偃驾驭战车,养由基为车右。

楚军从申国出发,向北经过方城(今河南方城)、叶(今河南叶县以南)、氾(今河南襄城东南),然后渡过颍水,直插今河南许昌附近,郑成公在此迎接楚共王。楚、郑两军会合后,一齐向预定战场前进。

此时的楚、晋两军,谁都没有取胜的把握。

在胜负难料的纠结中,双方都犹豫着是战是和?

晋军中军副统帅士燮认为,目前还不是与楚国决战的时候,争霸中原的事业,可以留给晋国的后人完成。但中军统帅栾书和新军副统帅郤至认为,邲之战时,主帅荀林父作战意志不坚决,导致兵败溃逃,造成了晋国的奇耻大辱;现在如果再次躲避楚军,就等于重蹈覆辙。

而楚军从申国出发的时候，申侯曾对楚军中军统帅子反说出了他的悲观，他的一番话是对什么是"穷兵黩武"的直白诠释：

> 今楚内弃其民，而外绝其好，渎齐盟而食话言，奸时以动，而疲民以逞。民不知信，进退罪也。人恤所厎，其谁致死？〔左传·成公十六年〕

现在楚国于内不顾他的百姓，于外断绝邻国的友好，轻慢了同盟并且违背了承诺，违背农时兴兵打仗，疲劳民众来满足野心。百姓不知道国君的诚信所在，楚国无论进退都可能犯错。士兵对所去的地方很迷茫，谁肯为国家去送命？

尽管存在分歧，但晋、楚双方都没有下达停止前进的命令。

此时，距离楚、晋两国签订友好盟约不足四年。

六月，楚军还在北上的路上，行军速度极快的晋军已到达鄢地（今河南鄢陵西北）附近，整装以待楚军。

鄢陵，古鄢国，春秋初期被郑国所灭。

这里是一望无际的大平原，是战车驰骋作战的理想战场。

正值初夏，骄阳似火，菽麦将熟，麦香弥漫。

六月二十九日晨，晋军从睡梦中醒来，突然发现楚军已近在眼前。——前夜，是每个月没有月亮的最后一天，众所周知的用兵所忌的晦日。楚军在暗夜的掩护下迫近晋军营垒，并且在天亮之前完成布阵。——这些南方人才不在乎什么晦日不战之说。

旭日东升，旷野辽阔。

两军对峙的兵力是：

楚军三个军，加上楚王的护卫部队以及临时征集的南方小诸侯国的军队，拥有战车四百零五乘、兵士约八万一千人。郑军一个军，拥有战车一百二十五乘、兵士一万二千五百人。合计四个军，战车约五百三十乘、兵士九万三千五百人。

晋军四个军，加上护卫晋厉公的公族部队，拥有战车五百多乘、兵士九万人左右。按照晋厉公的构想，如果加上齐、鲁、宋、卫的助战部队，总兵力应该能够达到战车上千乘、兵士十二万人以上，但此时各诸侯国的军队都还没有抵达战场。

从军力上比，楚军略占优势。

晋军营垒前有一片泥沼，当发现楚军抵近营垒时，晋军才大悟选择营垒时的错误：战车无法出营布阵。

中军副统帅士燮的儿子士匄（gài）闯进军帐，这个年仅十七岁的少年疾呼：把营垒中的井灶填平，晋军就在营垒里布阵。中军统帅栾书认为，晋军的兵力处于劣势，应固守营垒，等各诸侯联军抵达再转为攻击。理由是：

> 楚军轻窕，固垒而待之，三日必退；退而击之，必获胜焉。〔左传·成公十六年〕

楚军轻佻，我们加固营垒等待他们，他们三天后一定退军，待他们撤退时我们再追击，必可得胜。

十年前，晋、楚两军相遇，楚军就曾被形容为"轻佻"，现在栾书又用"轻佻"二字形容了楚军。

轻佻：不自知，不自重，轻浮随便。

如果一个人轻佻，距离鲁莽就不远了；如果一支军队轻佻，距离盲动就不远了；如果一位君王轻佻，距离误判就不远了。

新军副统帅郤至，没有用"轻佻"二字形容楚军，而是分析了楚军的六个弱点：一，楚国的两位主要指挥者不和；二，楚共王的亲兵们都已衰老；三，郑军虽然摆开阵势却不齐整；四，南方小诸侯国的那些军队没有阵容；五，楚军摆阵不避讳晦日；六，兵士在阵中彼此观望，相互依赖，没有战斗意志。这些，不是触犯了天意，就是兵家大忌，因此我们一定能战胜他们！

晋厉公采纳了十七岁的上匄的建议，在军营内填井平灶，扩大空间，就地列阵，准备迎战楚军。

晨光满天，两国国君同时登上巢车观望。

陪同楚共王观望的，是从晋国叛逃到楚国、时任楚国太宰的伯州犁。年轻的楚共王第一次指挥大战，对什么都感到好奇——

楚共王问，晋军驾着兵车左右奔跑，这是怎么回事？

伯州犁说，这是在召集指挥人员。

楚共王问，人都到中军集合了。

伯州犁说，这是要进行战前谋划。

楚共王说，帐幕搭起来了。

伯州犁说，这是在虔诚地向先君卜吉凶。

楚共王说，帐幕被撤走了。

伯州犁说，快要发布命令了。

楚共王说，尘土飞扬起来了。

伯州犁说，这是准备填井平灶，然后列阵。

楚共王说，人都登上了战车，左右两边的人拿着武器又下车了。

伯州犁说，这是听主帅发布誓师令。

楚共王说，又上了战车，左右两边的人又都下来了。

伯州犁说，这是战前向神祈祷。

楚共王问完了，伯州犁提醒道：晋军的中军由十分精锐的公族部队编成。随即把公族部队的具体位置告诉了楚共王。

与此同时，陪同晋厉公观望的，也是一位叛逃到晋国的楚国旧臣苗贲皇，苗贲皇把楚共王亲兵的位置告诉了晋厉公，并提醒晋厉公：楚国最出色的武将都在中军，人数众多，不可抵挡，必须集中三军之力合攻中军，才能取胜。

晋厉公让太史占筮，太史得到是复卦，卦辞是："南国蹙（cù），射其元王，中厥目。"［左传·成公十六年］——南方的国局面萎缩，箭射他的国王，箭头必中目。

双方的作战计划最后确定：

楚军决定以优势兵力进逼阵前，让晋军无回旋余地，在联军未到达之前，一举包围并歼灭晋军。楚军兵力部署的重点在右翼，目的是以出其不意的效果速战速决。

晋军决定集中兵力于左翼，一举击破，引起对方阵营溃乱后，全线突破。

双方都没按首先攻击中军的常规出牌。

楚军重点为右，晋军重点为左。

无意中，两军的主攻方向，摆在了同一侧。

晋军在营内开辟出通道后，打开营门出击了。

晋厉公命令中军分兵加强两翼，左翼为主攻，右翼为副攻，向楚军薄弱的左、右两军实施攻击。

晋、楚两军瞬间便撞击在了一起。

在战车相撞、兵士肉搏的嘈杂声中，晋厉公乘坐指挥车随军前进，中军统帅栾书和副统帅士燮率领着公族精锐左右护卫。但是，没走多远，晋厉公的战车就陷在了泥沼里。栾书跳下车，想让晋厉公上自己的战车，但受到他儿子栾针的呵斥：不要认为国之大事你一人就能承担得了！染指别人的职权、丢弃自己的职责、离开自己的部下，这是战场上的三项大罪！立即回到你的指挥位置去！

就在公族护卫试图把晋厉公的战车从泥沼中拉出来的时候，楚共王发现了晋厉公的窘境，同时发现晋军的中军由于分兵两翼而显出薄弱，于是，他不顾事先策划的右翼重点攻击的计划，命令楚军中军倾巢出击，直接攻击晋军的中军，自己则乘坐指挥战车冲向泥沼中的晋厉公准备将其活捉。

郑成公紧随其后。

突然到来的危机，让晋军公族部队统领魏锜顿时紧张。他迅速布置护卫阵形，同时想起昨晚自己做的一个梦：夜色中，他张弓射月，射中了，自己却掉进泥塘里。——邲之战中，因为争夺公卿位置未成而故意挑战楚军的魏锜，当时是与荀林父过不去，现在是在护卫自己的国君，无论如何不敢有半点闪失。他一边指挥兵士抵抗楚军，一边奋力射箭，他的箭法凶狠准确，竟然一箭射中了楚共王的眼睛。

楚共王在彻骨的剧痛中大喊：养由基在哪里？

养由基，楚共王护卫战车右广的车右。这位著名的神箭手正在接受楚共王的惩罚：昨天，养由基与人比赛射箭，一箭射穿了七层盔甲。他拿着盔甲向楚共王炫耀。楚共王很不高兴，说他只懂射箭不懂智谋，不能说是有真本事，惩罚他打仗时不准带箭只能用剑。此时，楚共王给养由基两支箭，命令他即刻复仇。养由基张弓搭箭，一箭就射中了魏锜的喉咙，魏锜伏在弓套上死了，养由基把剩下的那支箭还给了楚共王。

君王中箭，楚军军心动摇。

楚军中军掩护楚共王后退，没有力量再支援两翼。

楚军的两翼见晋军攻击凶猛，以为晋国的联军到了，右翼首先后退，左翼紧随其后。

晋厉公得知楚共王负伤的消息，指挥晋军紧追不舍。

眼看着晋军蜂拥而至，养由基连续射箭，中箭者纷纷倒下。

护卫队中的著名大力士叔山冉，举起被射死的晋军的尸体砸向晋军战车，晋军的追击停了下来。

但是，混乱中，楚国公子茷被晋军俘虏。

这场逐渐演变成残酷肉搏的混战，被史籍较为详细地记载下来，让我们得以窥见青铜时代的战争实景。但是，其中依旧有细节令我们困惑和惊讶：追击楚共王的时候，晋军新军副统帅郤至，曾三次逼近楚共王，但是，每次逼近的时候，他都跳下车，徒步走向相反的方向。楚共王见状说，有一位穿浅红色牛皮军服的人，是君子啊！见到我就赶快走，是不是他受伤了？于是，派使者前去送上一张弓问候。郤至对使者说，我跟随我的国君与你们作战，由于我披着盔甲，不能向你们的国君致敬，请代我向你们的君王报告，我没有受伤，感谢你们君王的问候。然后向使者肃拜，退走了。晋军下军统帅韩厥，追赶郑成公的时候，眼看就要追上了，却让驭手停下来，理由是：追一阵就可以了，不能再次羞辱国君。更有甚者，晋军公族部队的车右栾针，见到楚军左军子重的旌旗，竟然向晋厉公提出这样一个请求：当年他出使楚国，子重曾问晋国的勇武表现在哪里，他说表现在按部就班和从容不迫。现在，两国兴兵，不派遣使者，不能说是按部就班；临事不讲信用，也不能说是从容不迫。请君王派人替我给子重进酒。晋厉公居然答应了。晋军方面派遣的使者，拿着酒器到了子重那里，说这是我们国君对楚军的犒赏。子重接受了犒赏，将酒一饮而尽，拜谢之后才重新击鼓前进。

如果史籍记载真实可靠的话，可知春秋中期"战争礼"依旧残存，它为残忍的杀戮悲剧抹上了一层薄薄的喜剧色彩。

晋、楚交战持续了一天。

天黑时分，楚军损失严重：君王负伤，公子被俘，全军后退。

但是，胜负仍未定。

双方都做好了次日再战的准备。

楚共王召见中军统帅子反，讨论再战对策，谁知等了很久，子反没有前来。楚共王再次询问，才知子反喝醉了，已经不省人事。楚共王大怒，接着哀叹：这是天意让楚国打败，我们不能再战下去了！

楚军连夜撤退到颍水南岸，脱离了战场。

天亮时，晋军进入了楚军营房，把楚军留下的粮食吃了三天，然后回国了。

直到此时，晋军的各路联军，除了齐国军队在战斗结束时抵达了战场，其余的还在行军路上。

养由基把子反绑在自己的战车上，跟随楚军一直撤退到瑕（今河南襄城西南）。醒来的子反，因为楚军战败而十分自责，他想起了当年因为与晋军作战失败而自杀的父亲子玉。——此时，作为楚穆王之子、楚庄王之弟、楚共王叔父的子反，年事已高。楚共王因此劝说道：当年城濮作战失败，因为国君不在前线，战败责任要由你的父亲子玉承担。这一战，我在前线，战败的责任由我来承担。但是，子反还是和父亲一样，自杀了。

鄢陵之战，是继城濮之战、邲之战后，晋、楚争霸中原的第三次大战，也是两国主力最后一次交战。

鄢陵之战，标志着楚国对中原的争夺走向颓势。

但是，楚、晋之间仍旧冲突不断。

公元前574年，还是郑国惹事。郑军攻击了晋国的两处边邑，晋厉公联合周王室、齐、宋、鲁、卫、曹、邾等国军队进攻郑国，楚军急忙北上救郑，晋国联军撤退。不久，晋国会同上述各国军队再次讨伐郑国，楚军再次北上救郑，晋国联军撤退。

第二年，晋厉公在晋国的权力内斗中被杀，楚国乘晋国内乱进攻晋国的盟国宋国，攻取彭城（今江苏徐州一带）。年仅十四岁的晋悼公集合联军击败楚军，收复了彭城，楚军不得不连夜撤退，晋军顺势攻入了楚国的焦夷（今安徽亳州一带）。

楚军的战斗力已大不如前。

公元前560年，楚共王病了。

楚共王自谦自己是一个"不谷不德"的君王。——水稻不灌浆就不会有稻米，叫"不谷"，是万物不结果实的意思。由于君王的德行没有达到一定的境界，致使民间五谷不生、百姓疾苦，这是古代王侯们的一种自警和自谦。——楚共王临终前对大夫们说：因为我没有德行，十岁就失去了父亲，年少时主持国家，没来得及受到先辈更多的教诲，却承受了很多的福禄。我在鄢陵丧失了军队，让国家蒙羞，这么多年，我让各位担心的事情太多了。我死后，谥号就叫"厉"吧。

秋天，楚共王死了，享年四十岁。

大臣们商量谥号，令尹子囊表示：君王治下，楚国声名赫赫，安抚蛮夷，征伐南海，让它们从属于中国。君王也知道自己的过失，谥号应该为"共"。

"共"，无私奉献之意。

用暴力手段征服天下，是所有君王的梦想。但是，正如申国国君看见浩浩荡荡的楚军奔赴鄢陵时所说的那样，如果一个君王的野心到了"内弃其民，外绝其好"的地步，那么，不但百姓将承受"不谷"的痛苦，国家距离危亡也就不远了。

八　没有良心的人，怎配做我的郎君？

楚共王死后，其长子熊昭继位，是为楚康王。

这是一位尽心竭力拯救楚国颓势的君主。

鄢陵一役，楚国兵败，中原霸主地位失落。

楚康王痛定思痛，决心对楚国的行政和军事进行大刀阔斧的变革。

楚康王认为，内政的最大弊端是王权弱化。继位的第二年，他利用令尹子囊病逝的机会，任命楚共王的弟弟、自己的叔父子庚为令尹；增设右尹一职，任命公子罢戎担任；同时任用蒍子冯为大司马，增设右司马和左司马两职，分别派公子橐师和公子成担任，极大地强化了王权统治。

但是，令尹子庚上任没几年，病逝了。楚康王准备任命王族蒍子冯为令尹，可蒍子冯认为君主太年轻，且大量任用王族宠臣，自己即使上任也无法施展才华，于是装病不肯上任。蒍子冯装病的手法很奇特：正值盛夏，他在地下挖出一个地窖，在里面安置了一张床，在床下放了很多冰块，然后他躺在床上，穿上两层绵袍，外面套上皮裘，吃得很少，整日昏睡。[左传·襄公二十一年]楚康王派医生前去诊视，医生回来报告说，蒍子冯瘦弱到极点了，只是血气还正常。楚康王无奈，只得改任子南为令尹。

子南不是一个合适的人选。他当上令尹后，手下的门客出则前呼后拥、入则高朋满座。亲信观起，没有正当收入，却拥有数十匹马和数十乘车，财产的来源很可疑。楚康王决心杀一儆百。不久，楚康王将子南当众杀死在朝廷上，同时把那个飞扬跋扈的观起车裂了。此事在各级官员中产生了强烈震慑作用。杀掉子南后，楚康王再次任用蒍子冯为令尹。蒍子冯在上朝的时候，发现大臣们都躲着他。一位大臣对他说，以前，观起受到子南宠爱，子南被问罪，观起被车裂，我们怎能不害怕？蒍子冯听罢备受震撼，为防止自己走子南的老路，他辞退了自己那些"无禄而多马"的门客，专心致志地辅佐君王。楚康王这才感到了安心。

为增加国力和安定民生，楚康王推行了"量入修赋"的变革，即对楚国的国土状况进行详细的调查，依各地生产力之高下，分清土地的类型和档次，根据收入的多少制定出征收车马、车兵、徒卒、甲木盾之数，公平地征收军赋。——楚康王对军赋的变革，成为后世商鞅变法的最早蓝本。

当时，楚国东有吴国侵扰，北有强晋挤压，处于两面面敌的境地。为了彻底打破晋、吴联手给楚国带来的不利局面，楚康王继位后的第一年，便趁晋、秦交战之际，与秦国建立起牢固的同盟关系。同时，趁晋国攻入齐国的机会，出兵讨伐郑国，迫使晋国从齐国退兵，楚、齐关系因此密切起来。

公元前557年，楚康王即位的第三年，一直臣服于楚国的许国，认为楚国势力减弱，晋国逐渐强盛，于是投靠了晋国。楚康王通过许国国内的亲楚势力，又把许国从晋国那里拉了回来。晋国为了教训许国的出尔反尔，联合各诸侯国讨伐许国和楚国。

六月初九，晋军发兵，一路攻击许国，另一路攻击楚国。楚国公子格率军迎战，两军在湛河以北的漫坡上对阵，结果楚军大败南撤，晋军一直追至楚国北部边境，并突破了楚国的防御长城。

湛阪之战，虽然楚国并没有出动主力，许国最后也仍然留在了楚国阵营内，但是，晋国军队这一次攻入了楚国本土，可见楚国此时的战略退缩到了何等地步。

接着，郑国再一次惹事了。

郑国因为战略咽喉虎牢关被晋军占领，国土直接处于晋国的刀锋之下，只好死心塌地跟随了晋国。

但是，楚国为了北部安全，必须重新控制郑国。

公元前555年，楚康王继位的第五年，晋军攻齐，郑国为了表示对晋国的忠心，派兵参加了晋军的行列。当时，留守郑国国内的亲楚派，想借国内军力空虚之机消灭亲晋派，便派人去楚国求援。对于楚国来讲，这无疑是重新控制郑国的好机会，但在是否出兵的问题上，楚康王依旧犹豫再三：如果军队不出动，别人会认为他只顾自己的安逸，忘掉了先君的霸业。此时重臣们建议：不妨出兵试探一下，如果此战可打，君王就跟着来；如果不能打，就收兵退回。这样国家没有损害，君王也不会受辱。

于是，楚军从北部要隘汾地（今河南许昌以南）出发，渡过颍水后兵分两路：一部袭击了郑国的东北部；另一部直接攻击郑国都城外廓的南门。按照原定计划，郑国的子孔应为楚军内应，但子孔的行动暴露了，郑军加强了城防，晋军也在得知楚军攻郑后回师来救。为免于陷入夹击中，楚军决定撤兵回国。

无功而返的楚军在回国时，"涉于鱼齿之下，甚雨及之，楚师多冻，役徒几尽"。［左传·襄公十八年］——正值冬季，黄河流域天寒地冻，楚军徒涉鱼齿山（今河南宝丰东南）下一条名叫滍水的大河，遭遇连绵冻雨，身为南方人的楚军多被冻伤冻死，军中服杂役的人更是几乎死光了。

出师不利给楚国的前途蒙上了一层阴影。

楚国的盟国蔡国和陈国，也不断给楚康王制造麻烦。

公元前553年，蔡国担任司马一职的公子燮，想策动蔡国投入晋国的怀抱，楚康王得知后立即向蔡国施压。蔡国君主蔡景侯心里很清楚：蔡国距离楚国很近，无法摆脱楚国的控制。于是，为表自己对楚国的忠心，把公子燮杀了。公子燮的被杀，引起蔡人的不满。而年逾花甲的蔡景侯与儿媳偷情的事，也闹得全国沸沸扬扬。蔡景侯的儿子太子般，纠集心腹将蔡景侯杀了，自立为君是为蔡灵侯。——对于楚国来讲，这样一个蔡国很不可靠。

陈国国内也发生了内斗。陈国公族庆氏兄弟与公子黄不和，派人向楚康王进言，说陈国的公子黄与蔡国的公子燮是一丘之貉，想离间国君去楚附晋。楚康王听后，兴兵征讨公子黄，公子黄只好弃城而逃。但是，不久，楚康王便得知自己上了借刀杀人当，真正叛楚附晋的正是庆氏兄弟，于是再次发兵征讨陈国，并护送被冤枉的公子黄返回陈国。虽然陈国与楚国签订了称臣纳贡之盟，但是，只要楚国继续衰落下去，陈国的叛楚势力便仍旧存在。

接着，郑国又惹事了：郑国在晋国的指使下，攻击了臣服于楚国的许国。许国国小兵微，许灵王亲赴楚国请求援助，说如果楚国不发兵他就死在楚国。说完这句不吉利的话不久，许灵王真就病死在楚国了。为把许国留在楚国阵营内，楚康王只能出兵伐郑救许。楚军攻占了郑国一个名叫南里（今河南新郑以南）的城邑，拆毁了那里的城墙。接着，渡河攻击郑国的都城。郑军关上城门抵抗，楚军俘虏了被关在城门外的几个郑人，然后涉过汜水回国。

此次作战，楚军的规模力度都很有限，晋军根本没有前来救郑。

已经争霸近百年的楚国和晋国，似乎都已筋疲力尽。

第二年，楚、晋两国都期盼的休战转机出现了。

转机的创造者，是宋国的向戌。

向戌，子姓，向氏，名戌，宋国大夫。

宋国出面调和楚、晋两国关系，三十三年前已经进行过一次，但两国之间的盟约很快被撕毁。宋国之所以屡屡出面，是因为宋国虽不是中原大国，但宋国的爵位很高，始终以周王室的代言人自居，其调停人的身份也得到了各诸侯国的认可。同时，宋国出面调停休战，也是出于自身利益，宋国常年处在大国战火之间饱受蹂躏，渴望和平的愿望十分强烈。而宋国大夫向戌，与晋国和楚国权高位重的大臣都有良好的私人关系。更重要的是，宋国看到争霸多年的楚、晋两国都面临着各自的困境，休战的可能性极大。

向戌首先来到晋国游说，晋国立即同意进行和平谈判。向戌又抵达楚国，楚国有点犹豫，认为楚、晋结怨太深，一时难以和平相处，但在向戌的游说下最终同意一试。接着，向戌又到了齐国，齐国考虑到晋、楚都同意休战，自己再没必要与两个大国对抗，也就同意了。

向戌游说的和平谈判，史称"弭兵会盟"。

所谓"弭兵"，实际上是诸侯各国联合签订的和平协议和不战条约，是经过长期战争寻求的一种暂时休战的方式。

宋国大夫向戌，乃世界战争史上最早的休战游说者。

暂时的和平，符合各诸侯国的利益，因此一呼百应。

弭兵会盟的地点，选在了宋国都城商丘的西门外。

主盟者是楚国的屈建和晋国的赵武，参加会盟的诸侯国为晋、楚、齐、卫、鲁、曹、宋、郑、许、陈、蔡、滕、邾等国。

秦国同意休战，但没有加盟。

与以往的会盟不同的是，以前会盟都由国君亲自参与，这次弭兵会盟则由各国的大夫代表本国国君与会。

从公元前546年的五月开始，各国的与会者陆续出发前往宋国。

五月二十七日，晋国的赵武第一个到达宋国。

二十天后，楚国的公子黑肱到达。

两国开始讨论休战条件。

楚国提出：要想和平，必须"晋、楚之从，交相见"。——所谓"晋、楚之从",意思是原来附属于晋国的诸侯国都要朝见楚国,而原来附属于楚国的诸侯国也要朝见晋国。

晋国的赵武考虑后,认为满足这个要求有一个难点:就实力而言,目前晋、楚、齐、秦四国地位对等,晋国不能指挥齐国,如同楚国不能指挥秦国。如果楚国国君能让秦国国君前往楚国朝拜,晋国国君就能前往齐国朝拜。〔左传·襄公二十七年〕——不得已,楚国让步,两国商定:除了齐、秦两国之外,其他各诸侯国必须到楚、晋两国朝见。

至七月,其他各诸侯国的代表陆续抵达宋国。

在向戌的见证下,楚、晋两国商定了盟书的措辞。

初五,正式结盟的日子,各诸侯国的代表集合在宋都西门。

百年宿怨,一会即解。

会盟中有一项歃血盟誓的仪式。在排列歃血盟誓的先后次序上,晋国与楚国又发生了争执。晋人认为,晋国是盟主,应该首先歃血;而楚人则说,既然晋国承认与楚国地位相等,如果晋国在前面,就等于宣布楚国比晋国弱。而且,这次会盟,楚国也是盟主之一,为什么楚国没有首先歃血的资格?争执到最后,还是晋国做出让步,让步的理由多少有点自我安慰:诸侯归服晋国是归服晋国的道德,而不是归服谁首先歃血。——为了取得平衡,在书写盟书时,晋国坚持自己在前面,楚国没有反对。

弭兵之盟在剑拔弩张的气氛中结束了。

晋、楚两国最终达成的盟约是:各国休战,谁也不许擅自发动对别国的战争。各诸侯国共同承认,楚、晋是地位同等的霸主,天下霸权由楚、晋两国平分。因为秦、齐两国也是大国,所以楚国的盟国秦国可以不朝晋,晋国的盟国齐国也可以不朝楚。除此之外,晋国的盟国必须朝楚,楚国的盟国也要朝晋,各国都必须向晋、楚同样纳贡,谁破坏协议各国共讨之。

两个大国平分对其他国家的霸权,令世人瞩目。

没有通过大规模的战争，楚国就得到了先王们为之苦苦奋斗的成果——与晋国平起平坐！不但当上了梦寐以求的中原霸主，国土北面的威胁也基本得以解除。因此，这次弭兵会盟，楚国得到的似乎比晋国要多一些。

就中原而言，虽然楚、晋两国以牺牲小国利益为前提达成了势力均衡，但各国也由此免去了连年饱受战火之苦。

弭兵会盟后的四十年内，楚、晋两国没有发生直接的冲突。

弭兵会盟的高潮，竟然是屡屡制造事端的郑国烘托的。郑国君主郑简公蹭会盟的热度，设宴招待各诸侯国的代表，陪同郑简公出席宴会的郑国大臣们纷纷当场赋诗助兴：

> 郊野蔓草青青，
> 缀满露珠晶莹。
> 那位美丽姑娘，
> 眉目流盼传情。［诗经·郑风·野有蔓草］

> 鸣叫的桑扈鸟呀，
> 身披华丽的羽毛。
> 大人君子多快乐呀，
> 承受上天的福报。［诗经·小雅·桑扈］

> 天寒蟋蟀进堂屋，
> 一年匆匆临岁暮。
> 今不及时去寻乐，
> 日月如梭留不住。［诗经·唐风·蟋蟀］

最后，一位大臣赋《鹑之奔奔》一首：

鹌鹑尚且双双飞，

喜鹊也是成双对。

没有信誉的人心，

怎配做我的兄长？

喜鹊尚且成双对，

鹌鹑也是双双飞。

没有良心的人，

怎配做我的郎君？〔诗经·鄘风·鹑之奔奔〕

晋国代表赵武，嗅出了《鹑之奔奔》的言外之意：唱的是没有信誉、没有良心的郎君不能托付终身，隐喻的却是大国之间没有什么恪守诚信的事实。如同男女之间的海誓山盟一样，大国之间的所谓和平共处几乎都是外交辞令。大国外交的核心是本国利益至上，楚国代表说的那句话极具典型性：我们只做对楚国有利的事。

战争是人类竞争中最猛烈的行为。

竞争是人类与生俱来的本能。

因此，战争没有消弭的可能。

东道主宋国重臣子罕的战争观独树一帜：凡是诸侯小国，在受到大国威胁的时候，因为害怕，必定会上下团结一心；而一旦没有了战争威胁，他们就难免自视甚高，傲慢就会引发祸乱，这是小国消亡的原因。——这段话提出对战争的另一种解读：战争促使各诸侯国内部一致对外，反而有利于国家的生存；如果没有外在的威胁，国家易生内讧和内乱，也许会更快地倾覆。

孟子曰："无敌国外患者国恒亡。"〔孟子·告子下〕

果然，弭兵之后，中原各诸侯国不再与楚国兵戎相见，但中原各诸侯国内政却迅速崩溃。

弭兵会盟后的第二年，楚康王死了，其子熊员继位，史称楚郏敖。

楚郏敖四年，即公元前541年，公子围出使郑国，半路上听说楚郏敖生病，立即返回楚国，以探视楚郏敖病情为借口闯进王宫，用帽带勒死楚郏敖，同时杀死了楚郏敖的两个儿子。楚郏敖这位楚国君王，连个谥号都没来得及起，就从历史中消失了。公子围继位，是为楚灵王，也就是历史上那个以骄奢淫逸、好细腰女著称的楚国君王。

在下坡路上刹不住车的楚国，再无一丝当年楚庄王的霸气。

只要鹬鸟还在倒飞翔，悲伤的歌声便在回荡：

"没有良心的人，怎配做我的郎君？"

天著春秋

第七章

麻隧之战：我的丈夫美玉一样温厚

一 吃饭才是头等大事

汉语中有一个成语，叫作"秦晋之好"，中国人至今仍用来形容两情相悦的联姻双方亲如一家。

究其源头，所谓"秦晋之好"，指的是公元前656年，晋国公主伯姬嫁给秦国君主秦穆公的那段婚姻。

尽管在传说中，秦穆公夫妻二人的爱情十分美好，甚至有人认为《诗经·秦风·蒹葭》中"所谓伊人，在水一方"的绝唱，就是伯姬死后秦穆公发誓终生不再娶的思念之作。但是，翻开秦、晋两国的关系史，正是这段联姻，从起因到结局都充满了阴谋、残杀、背叛和贪欲，恰是秦、晋两国乃至从古至今大多国与国关系的真实写照。

晋国，虽被史家称为"春秋四强"之一，但远在开国之初，权贵纷争不断，国土多次分裂，国都一再迁徙，至公元前676年晋献公继位时，晋国历经了近七十年的内乱，其间至少有五位君主被杀，幸免于难的权贵子孙纷纷流亡异国，晋国的名誉和国力受到很大损失。因此，在中原各诸侯国的眼里，晋只是一个位于西部的诸侯国。正如晋国大夫郭偃所说："今晋国之方，偏侯也。其土又小，大国在侧，虽欲纵惑，未获专也。"［国语·晋语］——晋国偏远，国土又小，秦、楚等大国都在周边，纵使国君鼓胀起野心，也没有施展的条件。

晋献公，晋国第十九代君主。

这位爱江山也爱美人的君主，继位之后先拿晋国的政治痼疾下手，决心把不断制造内乱的公族们斩尽杀绝。他在聚地（今山西绛县东南）建起一座新城，规模比晋都还大，然后让所有的公子居住在那里。——"冬，晋侯围聚，尽杀群公子。"［左传·庄公二十五年］

将公族们诛杀殆尽后，晋献公立誓设祭，诅于神前，确立了晋国日后恪守的铁律——晋无公族。

晋献公的这一做法，直接冲击了宗法分封制。即，晋国国君的子弟不再分封，诸公子除了嗣子以外，连在国内居住的权利都没有，要统统被赶到母舅之国去。

周天子规定：爵位是侯爵的晋国只能有一军编制。晋献公无视，将晋国的军队扩建为二军，先后攻灭周边的几个小诸侯国，使晋国的疆土不仅覆盖了晋南地区，且跨过黄河到达今河南豫西地区。

史称，晋献公是带领晋国崛起的明君。

晋国的西边邻国秦国，在晋献公在位期间，先后灭荡西戎各部落，将国土版图推进至关中东端，成为一个不可小觑的西部诸侯国。

起初，晋献公并没有对这个邻国给予特别关注。

他的婚姻生活正在离经叛道。

姬姓的黄帝氏族和姜姓的炎帝氏族，是华夏部落最古老的两大族系，两族之间世代联姻。因此，姬姓的晋国国君，通常都娶姜姓的齐女为夫人，晋献公当公子时，也娶了齐姜为妻。但是，晋献公继位后，打破了"同姓不婚"的规则，娶了同姓的贾国女子，甚至还与"非我族类"的戎狄通婚，先后娶了四个戎女为妻，使他的婚姻成为各诸侯国国君中的特例。

随着秦国的逐渐崛起，晋国开始慎重考虑与秦国的关系。而被称为春秋霸主之一的秦国国君秦穆公继位后，从争当霸主的政治目的出发，也有与相邻的晋国搞好关系的愿望。于是，秦穆公主动向晋国求婚，晋献公顺势把自己的长女伯姬嫁给了他。——伯姬为晋献公与齐姜之女，因嫁给秦穆公，史称穆姬。——晋献公自己没有娶秦国之女，却当上了秦国国君的岳父。这段被后世严重粉饰的"秦晋之好"，从一开始就显示出凶多吉少的征兆。

据说，穆姬出嫁秦国前，晋献公曾进行了占卜，第一卦的卦辞为：男人宰羊，不见血浆；女人拿筐，白忙一场。西邻责备，不可补偿。第二卦的卦辞为：如果出师作战，车子将脱离车轴，大火将烧掉军旗，用兵必大败，国君会被俘。向来我行我素的晋献公，并没有理会占卜的结果，还是把女儿送到了秦国。

后来的历史事实是：卦辞所说的凶兆都一一应验了。

没过多久，晋国发生政变。

晋献公宠爱的戎女骊姬，为将自己的儿子奚齐立为太子，先设计陷害太子申生，又迫使公子重耳和夷吾逃亡国外。

晋献公死后，流亡的公子夷吾为回国继位，请求姐夫秦穆公派军队护送他，条件是：如果他当上国君，晋国就把黄河以西的五座城邑割让给秦国。

夷吾回国继位，是为晋惠公。

但是，晋惠公登上君位后，对割让城邑给秦国的承诺翻脸不认账了。他之所以食言，一是因为那五座城邑位于晋国东出中原的要隘地区；二是因为他对秦国多少有点不在乎；就对秦国的感情而言，除了他的姐姐在秦国当国君夫人外，他本人与秦并没有联姻关系。——当年他流亡梁国时，梁国国君将女儿嫁给了他，梁国公主还为他生了一对龙凤胎，男婴取名为圉，女婴取名为妾。——另外，他的食言也来自舆论压力，晋的大臣们认为：晋国的土地是祖宗传下来的，晋惠公长期流亡在外，没有资格决定城池的割舍赠予。

秦穆公对晋惠公很不满意，但碍于穆姬的面子也就忍了。

晋惠公继位的第四年，晋国发生严重的旱灾导致粮食短缺，不得不向秦国求援。由于晋惠公曾经不守信用，在是否援助晋国的问题上，秦国的大臣们争论不休。最后，秦穆公采纳了大夫百里奚的建议："天灾流行，国家代有，救灾恤邻，国之道也。与之。"［史记·晋世家第九］——百里奚用冠冕堂皇的道德说教力主援助晋国。当时，把大批的粮食从秦国运往晋国，是一个非常艰难的水陆联运过程：自秦国的都城雍城出发，先走陆路，把粮食运到渭水岸边装船；粮船顺着渭河而下，东入黄河，再向北逆汾水而上，然后由陆路运抵晋都绛城（今山西新绛），全程约七百里。古时渭水、黄河至汾水河口的河道水急滩多，由于路程艰险且规模巨大，史称"泛舟之役"。——秦国的运粮救援行动，从动用的人力和财力上讲，不亚于发动一场战争。

至少这件事，颇有"秦晋之好"的意思了。

不料，第二年，秦国发生饥荒，秦穆公向晋惠公提出救援的请求。而晋惠公的态度再次令人匪夷所思，他采纳的是他的舅父、晋国大夫虢射的建议。身为戎人的虢射开口便匪气十足："去年咱们晋国发生灾荒，是上天要把晋国赐给秦国，但秦国竟然不知趁机夺取晋国，反而给我们运送粮食。今天，上天把秦国赐给了晋国，我们难道应该违背天意吗？"［史记·晋世家第九］——如果用秦国大夫百里奚的道德观衡量，晋国大夫虢射的观点近乎野蛮；更不可思议的是，这一观点正中晋惠公的下怀，晋惠公认为：当年没有割地给秦国，两家已成仇敌；现在帮助秦国救灾，等于是给敌人助力。因此，不但不能给秦国粮食，还要趁机夺取秦国的土地。

晋惠公出兵袭扰秦国。

秦穆公忍无可忍，率兵大举伐晋。

"秦晋之好"彻底撕破了脸。

而且，两国一旦开战，便是你死我活。

公元前645年春，秦国大举进攻晋国，晋军三次交战都溃败下来。秦军一鼓作气，东渡黄河，一直打到晋国的韩原（今陕西韩城一带）。

秦军深入晋国境内，晋惠公有点慌了。

晋惠公问大夫庆郑应该怎么办。庆郑的语气充满讥讽：当年秦国护送您回国，您违背了割让土地给秦国的承诺。其后，晋国闹饥荒时，秦国运来粮食援助；到秦国闹饥荒时，晋国不但不援助，反而借机攻打人家。今秦军深入晋国国境，难道不应该吗？要问怎么办，您还是去问戎人虢射吧！

无奈之下，晋惠公只有率军抗击秦军。

出征前，他占卜谁做他的驭手和护卫吉利，两次占卜的结果都是庆郑。可晋惠公认为，庆郑曾经对他出言不逊，遂决定让大夫步阳驾驭战车、让步阳的家奴充当护卫。为晋惠公的战车驾车的四匹马都来自郑国。庆郑因此再次劝谏，并且显然话外有音：打仗一定要用本国的马驾车，本国的马知道主人的心意，别国的马鼻子里喷着粗气，全身血管突起，外表强壮而内身枯竭，一旦进入战斗状态，这样的马不能自如进退，会将君王带入灾难。﹝左传·僖公十五年﹞——晋惠公自然能够听出庆郑还在讥讽他听信戎人虢射的事。

九月十四日，秦、晋两军在韩原决战。

战斗中，晋惠公乘坐的战车陷在泥里。晋惠公向庆郑呼喊求救。庆郑喊道，您不听劝谏，违背占卜之意，就是在自取失败，为什么还要逃走呢？说完转身离开了，晋惠公被秦军活捉。

秦穆公准备杀了晋惠公，祭天。

穆姬听说自己的弟弟要被押解回国处死，带着儿女捧着丧服迎接秦穆公回国。穆姬说，上天降下灾祸，让两国国君不是以礼相见而是兴动兵甲。如果晋国的国君——我的弟弟以囚犯身份早上入城，我就早上死；晚上入城，我就晚上死。夫君赦免晋君就是赦免我。

秦穆公没有下达死刑令。

韩原之战规模不大，给晋国的打击却很大。被俘的国君一旦让异国杀了祭天，奇耻大辱等同于亡国。因此，据说当时晋国举国哭泣，希望秦国能释放他们的国君，并愿意与秦国修复关系。由于穆姬一再求情，加之周天子和各诸侯国都派人前来调和，秦穆公最终以割让河西五城给秦国、晋惠公的儿子圉到秦国做人质、晋惠公的女儿妾到秦国当侍女为条件，释放了晋惠公。

秦、晋两国的战事是由粮食引起的，由此可证实一个关于战争源头的论断，即所谓国与国之间的友谊，双方都丰衣足食时尚可；一旦出现危机，关乎生死存亡的吃饭问题才是头等大事。

世界上所有的战争都是由生存危机引发的。

晋惠公被秦穆公关押了两个月。在这两个月里，晋惠公不但日日心惊胆战，生怕秦穆公不守承诺杀了他，同时也担心自己的被俘让他在晋国臣民面前形象受损。他派回晋国探听消息的人回来了，他急切地问："晋国和乎？"那人答道："不和。"〔史记·晋世家第九〕——确实，晋人得知国君被秦人俘虏后，臣与民的立场绝然相反。子民们的立场是：如果国君被秦国杀了，就拥立太子圉继位！从今往后，晋国宁可侍奉戎狄，也绝不向秦国屈服，一定要向秦国复仇！而大臣们的立场是：国君应该对秦国表示知罪，然后安全回国。如果国君被秦国释放，晋国一定要报答秦国的恩惠。——饿着肚子的子民们群情激愤，决心为国家尊严而战；饱食终日的大臣们却主张以举国之财力屈从对手，只要不打仗就行。

秦穆公得知晋国子民们高涨的反秦情绪后，立即为晋惠公换了一个舒适一点的住处，还送去了不少肉。

这一年，冬，侥幸不死的晋惠公被释放回国。

回国后，心有余悸的晋惠公立即向秦国献出黄河以西的土地。

秦国的国土向东扩展至黄河边。

为了表示和平的意愿，秦穆公把韩原之战后占领的一部分晋国土地归还给了晋国，同时还把自己的女儿嫁给了太子圉。

然而，"秦晋之好"没能维持多久。

公元前 638 年，晋惠公病危。

人在秦国的太子圉认为，他的母亲是梁国人，梁国已被秦国灭亡，他不但在秦国受到轻视，晋国的大夫们也瞧不起他，他担心晋惠公死后自己当不上国君，就想趁晋惠公还没死，与妻子一起逃回晋国，以防君位让别人抢占。但是，他的妻子怀嬴（秦穆公的女儿）不愿意去晋国。太子圉一不做二不休，扔下妻子自己跑回了晋国。

公元前 637 年，秋，晋惠公去世。

太子圉继位，是为晋怀公。

秦穆公对作为人质的太子圉擅自逃跑十分愤怒，对他为了一己之利毫不犹豫地抛下妻子更感愤慨，他再一次领略了晋人的言而无信。为了出这口恶气，秦穆公把逃亡到楚国的晋国公子重耳接到秦国，并一口气许配给他五位秦女，其中就包括被太子圉丢弃的自己的女儿。——秦穆公决定派军队护送重耳回国，颠覆太子圉继位的晋国现政权。

晋怀公闻听后，恐惧和愤怒交织，他开始清除国内的亲秦大臣，满朝文武被他弄得人人自危，晋的公卿们由此彻底倒向了重耳一方。

公元前 636 年，重耳在秦国军队的护送下回国。

晋国群臣一致拥立重耳。

晋怀公被杀，重耳就任晋国国君，是为晋文公。

由于晋文公是在秦国的扶助下得以继位的，因此"秦晋之好"呈现出空前盛况。

只是，盛况仍是无法维持。

当秦、晋两国最终开始殊死厮杀时，所谓的"秦晋之好"彻底沦为了一个历史幻象。

二 崤函之战

国与国之间的联姻，大多是政治联姻。

只要暗藏政治目的，就难免潜藏着危险。

晋文公在秦穆公的支持下回国登上君位，但出乎秦穆公的预料，这位晋国新君远不是他所期望的对秦国感恩戴德的人。

晋文公，以称霸中原的雄心壮志闻名史册。

由于在晋、楚的争霸战中屡屡获胜，他很快便成为公认的中原霸主。

秦穆公也不是等闲之辈，在春秋史上，他以带领秦国崛起并独霸中原而著称。当初，他之所以屡屡创造所谓的"秦晋之好"，根本原因还是秦国的国土不够广袤、国力不够强盛，特别是东面的晋国挡在秦国进军中原的必经之路上。为了实现称霸中原的梦想，他必须先维系好与晋国的关系。他让自己的女儿怀嬴，一婚嫁给在秦国当人质的晋国公子圉，二婚嫁给流亡的晋国公子重耳，这都与他判断这两位公子会登上晋国国君之位有关。然而，这两次判断都错了：公子圉为了回国继位，把怀嬴独自丢在了秦国；公子重耳回国继位后，晋国的军事实力渐强，其咄咄逼人的态势反而成为秦国向中原扩展的阻碍。

秦穆公惴惴不安，他对自己一直苦心维持与晋国的关系产生了严重怀疑：在"秦晋之好"中，秦国到底得到了什么？

公元前636年，周襄王的弟弟王子带发动叛乱，周襄王逃亡至郑国。秦穆公认为，这是树立秦国威望的好机会，准备帮助周襄王平息叛乱。但是，秦国要想东出中原，必须经过晋国，晋文公拒绝秦军过境，理由是：平息叛乱的事，用不着秦国大老远出兵，晋国可以就近解决。结果，晋国出兵平息叛乱后，不但获得了周王室的感激和信任，还得到周襄王巨大的土地赏赐。

郑国，始终是晋文公的心头之恨：当年晋文公还是公子重耳四处流亡的时候，经过郑国却没有得到帮助；后来在城濮大战中，郑国又是楚国积极的盟友。晋国召集温地会盟，郑国国君郑文公不但提前回国，还把联军准备攻伐许国的计划透露给了楚国。于是，晋国再次召集各诸侯国会盟，商量如何讨伐许国和郑国，并力邀秦穆公参加。为平息秦穆公对晋国的不满，晋文公向秦穆公承诺：以后中原凡有战事，两国联合且利益共享。

公元前630年，诸侯联军开始围困郑国。

秦、晋两军为伐郑主力：晋军围困郑都的北面，秦军围困郑都的南面。被围困的郑国国君郑文公，对秦、晋两国的面和心不和心知肚明，于是派人悄悄潜出郑都，夜见秦穆公，这便是史籍记载的"烛之武退秦师"的往事——烛之武，郑国一位负责养马的小官，传说那时他已年近七十，须发皆白、身子伛偻、步履蹒跚，只是对自己的怀才不遇依旧不甘。他自告奋勇，请求只身出城说服秦穆公。得到郑文公的同意后，郑军趁夜色用绳子将他从城墙上放下去。见到秦穆公后，烛之武讲道：秦、晋两国围攻郑国，郑国眼看就要亡了。可是，灭掉郑国对秦国有什么好处呢？越过整个晋国的国土，让郑国成为秦国的东部边界，您知道这是难以做到的。那您何必要灭掉郑国而增加晋国的国土呢？邻邦晋国的国力雄厚了，您的国力也就相对削弱了。如果您能放弃灭郑的打算，让郑国作为秦国东出道路上的一个落脚点，秦人和秦军东西往来，郑国可以随时供给他们所缺乏的东西，这对秦国来说没有害处只有好处。——烛之武只字不提郑国的利益，而是站在秦国的立场上，充分利用秦、晋两国的矛盾，极尽挑拨离间之能事：晋国想把郑国当作东部疆界，还想扩张西部的疆界，如果不侵犯秦国，晋国从哪里取得所希求的土地呢？使秦国受损而使晋国受益，其中的利弊您须掂量掂量！

秦穆公被说服后，与郑文公签订了一份盟约，率军回国了。

得知秦穆公退兵，愤怒的晋军将领请求晋文公下令追击秦军。晋文公则认为，晋国目前的主要任务是巩固霸业，还不到与秦国开战的时候。晋军也随之撤离了郑国。

围郑之战不了了之，却埋下了日后秦、晋两国血战的伏笔。

公元前628年——晋、楚城濮大战四年后——楚成王遣使来晋国请求和好，晋文公也派使节前往楚国，厮杀多年的晋、楚休战了。

这一年的四月，郑文公死了，郑穆公继位。

这一年的十二月，晋文公也死了，晋襄公继位。

只有秦穆公不但还活着，且进军中原的欲望愈发强烈。

秦国在郑国的留戍名叫杞子。

留戍，即大使。

所谓大使，实际上是派往别国的间谍。

留戍杞子派人向秦穆公密报：郑国新任君主让我掌管北门防卫。如果这个时候秦军来袭，我可作为内应，这样郑国就是秦国的了。

秦穆公为此询问众臣的意见，大夫百里奚和蹇叔都反对。他们认为，从秦国的都城雍城，到郑国的都城新郑，其间有一千五百里之遥，途中不但要穿越晋国国土，还有高山和大河阻挡，劳师袭远不易成功。而且，秦军千里袭郑，郑国必会提前获悉，秦军以长途跋涉的疲惫之师攻击以逸待劳的有备之敌，成功之望渺茫。

然而，秦穆公还是决意千里奔袭将郑国拿下。

秦穆公指定率军袭郑的三位将领，恰恰是反对出兵的百里奚的儿子孟明视和蹇叔的两个儿子西乞术和白乙丙。秦军出发时，年近八十岁的蹇叔拦着出发的队伍大哭不止，说我年纪大了，能看着大军出发，恐怕看不到大军回来了。秦穆公大声呵斥道："你要知道，如果你六十岁的时候死了，现在你坟上的树也该有两手合抱那么粗了！"［左传·僖公三十二年］——秦穆公的意思是：你早就该死了！

经过几个月的行军，"秦师过周北门，左右免冑而下，超乘者三百乘"。［左传·僖公三十三年］——秦军路过周朝都城洛邑的北门时，兵车上的士卒脱掉头盔下车步行，但刚一下来走几步又跳了上去，就这样过去了三百乘战车。周王室有人对此议论道：秦国军队轻狂无礼，一定会失败。

接着，秦军进入滑国国境（今河南偃师东南）。

郑国一位名叫弦高的商人，正要去周都洛邑做生意。得知秦军要去攻打郑国，弦高先送上四张熟牛皮，再送上十二头牛。他谎称自己是郑国国君派来的使者，说，我们郑国虽然不富有，但你们行军很是辛苦，所以我们的国君表示：在你们住下的时候，提供一天的给养；在你们动身的时候，为你们安排一夜的警卫。

弦高稳住秦军的同时，派人火速回郑国报告。

郑穆公接到报信后，立即派人到客馆观察秦国留戍杞子的动静，发现杞子等人已捆好了行李，磨快了武器，喂饱了战马。郑穆公遂向他们下达了逐客令：你们在郑国很久了，吃了不少郑国的肉和粮食。听说你们要走了，我们没有什么可送的，请你们自己打几只麋鹿路上用吧。心里有鬼的杞子明白：自己与秦军里应外合的计划泄露了。杞子匆忙逃往齐国，他的随员逃到了宋国。

还在行进的秦军，得知郑国已有防备后，陷入了两难境地：偷袭郑国不可能了。如果不战回撤，就会受到惩罚；驻留下来，又缺乏补给，吃饭都会成问题。最后，孟明视决定：回国。不过，顺手把滑国灭了，也不算空手而归。

在秦军的攻击下，滑国国君出逃，滑国灭亡。

秦军满载着从滑国抢掠的财物、女人和俘虏向西而归。

秦军不知道，一场巨大的灾难正在等着他们。

此时的晋国，正举国为刚刚死去的晋文公服丧。

继位的晋襄公，其父是晋文公，其母逼姞乃密须国之女。传说晋襄公本性宽厚，不像他的父亲那样手腕强硬，他继位后没有进行大规模清洗，仍重用父亲生前所用的重臣。但是，宽厚不等于懦弱。

秦穆公趁晋国服丧期间，越过晋国的国土偷袭郑国，引起了晋国朝野的激烈反应。郑国和晋国都是姬姓国，被秦军灭了的滑国是晋国的属国。更重要的是，秦国此举触动了晋国在中原的利益，与晋国争霸中原的企图昭然若揭，这是晋襄公不能容忍的。

商讨应对策略的时候，有大臣认为：秦穆公劳师远征，是上天赐给晋国攻击秦军的好机会，违背上天的旨意是不吉利的；也有大臣认为：先君尸骨未寒，晋国还没有报答秦国对先君的恩惠，反而攻击秦国的军队，晋国不能因为先君去世就忘记旧情。晋军中军统帅先轸坚持主张攻击秦军，他认为，秦国不哀悼晋国的丧事，反而进攻晋国的同姓国，这是秦国首先无礼，与他们还谈什么恩惠？

晋襄公遂把丧服脱下扔给他的侍从。

这位君主做事之果断干练，史籍用四个字记载了下来："子墨衰绖。"[左传·僖公三十三年]——"子"，是他的自称，因为父亲晋文公尚未下葬，他还不可称"君"；"墨"，黑色；"衰"，白色的丧服；"绖"，麻编的腰带。——晋襄公让侍从把他穿的白色丧服和腰带全都染成了黑色，然后亲自率军出征了。

晋襄公选定的战场，是黄河边的崤函地区。

崤函地区，位于今潼关以东。这里南有崤山，黄河由北面的韩城奔流而下，在潼关折向东。在黄河与崤山的夹持下，一条狭路形成于山河之间，成为自古以来的军事要隘。隘路西起潼关东到渑池，全长三百八十里，大山中裂，绝壁千仞，狭路如线，骑不能连辔，车不能并驰，因深险如函，被称为函谷；又因山为崤山，被称为崤函。

崤函地区，是晋国阻止秦国东进中原的天然屏障。

秦军长途袭郑，须经崤函地区的峡谷才能东出，而回撤秦国本土时也须经过此地。

晋襄公认为，待秦军进入崤函隘路后实施伏击，乃天赐良机。

公元前627年三月，晋军抵达崤函地区，主力埋伏于隘道的两侧。

秦军连日跋涉，十分疲惫，加上战车上载满着从滑国掠夺的战利品，行军极其缓慢，直到四月初才进入崤函地区。

由于隘路狭窄，秦军的队伍长而松散。

四月十四日，秦军全部进入晋军的伏击圈。

晋军突然封锁住峡谷的两端，随即发起猛攻。

箭镞从峡谷两侧如雨点般落下，没有半点防备的秦军的惨叫声响彻山谷，等他们醒悟过来中了埋伏时，晋军锋利的剑戟已近在眼前。突然降临的血光之灾，令身陷隘道的秦军进退不能，完全失去了抵抗能力。晋军的杀戮短促而惨烈，峡谷的谷底出现了一条血流的小溪。不过一个时辰，秦军的尸体在隘路上重叠堆积，生者全部被俘。

俘虏中，有孟明视、西乞术、白乙丙三位将领。

秦、晋崤函之战，是春秋时期一场决定性的交战。秦穆公一意孤行，千里远袭，因贪婪而轻起兵端，犯了兵家大忌；而晋襄公果断出击，利用有利地形，采取伏击战术，完全摆脱了以往正规战摆开阵形、擂鼓鸣金的僵化形式束缚，乃中国古代战争史上第一场伏击战和歼灭战。

晋襄公凯旋班师，将斩获的秦军士卒的耳朵献在晋文公的陵寝前。——"遂墨以葬文公。晋于是始墨。"［左传·僖公三十三年］——晋襄公穿着黑色的丧服埋葬父亲，从此晋人开始改穿黑色的丧服。

晋国举国为痛歼秦军而欢欣，但秦、晋两国关系中依然残留着一丝"秦晋之好"的痕迹，这便是秦穆公的女儿、晋文公的第一夫人、晋襄公的嫡母怀嬴。怀嬴因父亲战败而心情黯淡，她必须为秦国做点什么。她对晋襄公说，由晋国处置被俘的三位秦将，必定会使两国结怨；而如果我的父亲得到这三人，就是吃了他们的肉都不能解恨。那您何必屈尊去处罚他们呢，让他们回到秦国受刑以满足我父亲的心愿，如何？

晋襄公答应了。

晋军将领先轸得知此事后，认为将士们拼死捉到的俘虏，仅凭一个女人的话就把他们赦免了，这样下去晋国就离亡国不远了！

愤怒至极的先轸不顾礼规，当着国君的面朝地上吐唾沫。

晋襄公立即派人去追，追到黄河边时，秦国的三位将领已经登舟离岸了。

秦军将领孟明视在船上喊：三年后我来复仇！

三位将领回到秦国，秦穆公穿着白色的衣服前去迎候。秦穆公说，我没有听从蹇叔的劝告，让你们受了委屈，这是我的罪过。三位将领不但没有被杀，而且再次被重用。

崤函之战影响深远。

秦、晋两国的君主都想称霸中原，强强对立冲突自然不可避免。但是，纵观中原大势，这场晋、秦血战本不该发生：秦穆公远袭郑国，军事上不得当；晋襄公偷袭秦军，于天下格局的改变并没有实际意义，却因此造成了"秦晋之好"的彻底破裂。

崤函之战后，战败的秦国立即与楚国结盟，形成了秦、楚共同抗晋的局面。为了维持霸主地位，晋襄公不得不在西、南两个方向同时应对秦、楚两个大国。——在国与国的关系中，向来是鹬蚌相争渔翁在侧，这是晋襄公在战前始料不及的。

崤函之战几个月后，晋军在箕地（今山西太谷以东）与白狄军展开决战。将领先轸为自己在国君面前吐唾沫感到愧疚，决心在作战中惩罚自己，他脱下铠甲和头盔冲向敌阵，不幸阵亡。此战晋军大胜，生俘了白狄国的国君。——"狄人归其元，面如生。"［左传·僖公三十三年］——白狄人把先轸的头颅送了回来，他的面容还像活着的时候一样。——先轸，曾跟随重耳流亡多年，后辅佐晋文公、晋襄公两位君主，以中军主将的身份指挥晋军对楚国的城濮之战、对秦国的崤函之战，均获大胜。

紧接着，楚成王趁晋文公新丧，出动大军北上拟征服陈国、蔡国和郑国，晋襄公迅速出兵南下抗楚，在泜水（今河南叶县之沙河）再胜楚军。

晋襄公继位的当年，便在对秦、狄、楚三个强敌的作战中连获三捷，晋国朝野上下自豪感爆棚。

崤函之战战败后，面对举国沮丧，秦穆公发出了一份自我批评的检讨书，史称"秦誓"。——君王自责的文告自古就有，一千多年后北宋的徽宗，两千多年后清朝的光绪帝，都曾在王朝将倾之际颁布著名的"罪己诏"。但是，秦穆公的检讨书叫"誓"，显得更加深刻和诚恳。——这份检讨书之所以值得一读，是因为这位两千多年前的君主，竟然能清醒地认识到这样一个道理：他的"自以为是的心"是"一天天发展起来"的，他在"亲信"无度的"花言巧语"中迷失了自我：

　　……古人说，假如有人认为他所做的事都是对的，自以为是的心一天天膨胀起来，他将做出许多邪僻的事。责备别人不是什么难事，但被人责备后，能够顺畅地听进别人的劝告，这就非常困难了！我的内心忧虑重重，经常感到光阴逝去，尽管我想改正错误，恐怕时间也不允许了。对于昔日的谋臣，我认为他们不能顺从我的心意，就疏远他们；对于今日的谋臣，由于他们刻意顺从我的心意，我就一时糊涂，把他们视为亲信。虽然过去曾经这样，但是现在我要改弦易辙……那些浅薄无知、花言巧语的人，那些会使君子轻忽怠惰的人，我不能再亲近他们了。我暗暗思忖，如果有一位臣僚，对政务精诚专一，虽然没有别的本事，但他心胸宽广，能够容人容物。别人有某种本领，好像是自己所有而不嫉妒；别人才能出众，品德高尚，他对别人讲的话比自己讲的还要信任，这就是他能容纳众善。这样宽厚有容的人，任命他能保障我的子孙永享王业，黎民百姓也跟着享福！而一旦别人有本领，他就嫉妒，而且厌恶；别人才能出众，品德高尚，他就竭力阻挠不让君王知道。这样的人心胸狭窄，不能容人，任命他就不会保我子孙永享王业，黎民百姓会跟着遭殃的！总之，国家的动乱不安，君王一人的过错就能所致；国家的繁荣安宁，君王一人的善行就能成就。［尚书·秦誓］

思过后的秦穆公，还做了一件有趣的事：秦国和晋国一样，历来受到西部戎人的骚扰。正巧，戎部族派了一位使者到秦国，秦穆公问使者：中原各国，借助诗书礼乐治国，但仍动荡频起，戎族靠什么治国？使者答道：中原的祸乱，就出在礼乐法度上，戎族靠的是仁德。听了这话，秦穆公更加担心戎人对秦国威胁了。如何才能降伏戎人？有大臣出主意：戎人地处偏僻，没见过世面，可向戎王送上歌舞伎女，破坏他的仁德，这样秦国就不用担心了。于是，秦穆公给戎王送去了十六名歌伎。果然，戎王非常喜爱，整日沉溺在歌舞中，整整一年不曾率领部落迁徙更换牧场，牛马死了一半他也不管。秦穆公得知后，立即出兵攻占了戎王的十二个小部落，不但扩展了秦国的疆土，还彻底解除了戎人的威胁。

公元前626年，晋襄公以卫国国君没来晋国朝见为由，亲率大军攻击卫国，占领了卫国的戚地（今河南濮阳以北）。

一见晋国出兵攻卫，秦穆公立即出兵攻晋以报崤函之仇。

秦军将领是孟明视，迎战的晋军将领是先轸的儿子先且居。

两军在晋国西部的彭衙（今陕西中部洛水以北）对峙。

此时的晋国，地大物博、人口众多、物产丰富、农业发达、军力强劲、武器精良，是公认的中原霸主。

无论是兵力还是兵器，秦国都无法与晋国相比。

两军对峙后，没等双方擂响战鼓正式交战，晋军的阵营中突然冲出一小队兵士。这队兵士高举着剑戟，不顾一切地朝秦军阵营冲来。

这一小队晋军，有二百多人，领头的是名叫狼瞫（shěn）的猛士。

崤函之战时，狼瞫仅仅是晋襄公的一名普通卫士。那次作战，晋襄公的战车车右莱驹抓到一名秦军，晋襄公命令莱驹用戈把俘虏杀了。俘虏大声喊叫，莱驹受到惊吓，手中的戈掉在了地上，狼瞫见状顺势捡起戈砍了俘虏的头，然后抓起莱驹追上了晋襄公的战车。狼瞫的勇猛得到晋襄公的赞赏，他当场免去莱驹的职务，任命狼瞫做了他的车右。但是，在接下来的箕地作战中，狼瞫的车右一职被先轸免掉了。——担任国君战车的车右，是莫大的殊荣。狼瞫觉得很丢面子。他的朋友说，这么丢人，为何不死？狼瞫表示：我还没找到死的地方。朋友又建议：把先轸杀了解恨！狼瞫表示：不合道义的死，不是勇敢，必须为国而死。你们等着瞧吧！

由狼瞫率领的二百多人，径直冲入秦阵，生死不顾地疯狂砍杀。

这种自杀式的作战，秦军见所未见。

趁秦军混乱之机，晋军全面出击，秦军很快便溃不成军。

《左传》对狼瞫的行为评价甚高："怒不作乱，而以从师，可谓君子矣。"［左传·文公二年］——心里有怨言不去作乱，反而拼死作战，可以说是君子了。

晋国再次挫败秦军，士气更加骄横，他们把这次作战称为"拜赐之师"。——崤函之战时，被释放的秦军将领孟明视曾说会来复仇，晋军讽刺他们这次是来向晋国拜谢不杀之恩的。

几个月后，为了进一步遏制秦国，晋国联合宋国、陈国和郑国的军队，相继攻克秦国的汪邑（今陕西澄城以南）等地。

虽然对中原霸主的地位已基本绝望，但是嫡外孙（晋襄公）如此绝情，秦穆公实在咽不下这口气。第二年夏天，他亲率秦军主力渡过黄河，向晋国发起了复仇攻势。——秦军渡黄河时，秦穆公卜令焚烧所有的渡船自断归路，以示不取胜就赴死的决心。

破釜沉舟之举，乃秦穆公首创。

得知秦军大有不破晋军终不还的架势，晋襄公召集大臣商讨对策。大夫赵衰认为，秦军抱着必死的决心来找晋国决战，晋国不能硬拼；秦穆公既然是为挽回面子而来，晋国就不出战，给足秦穆公面子，秦军自然会撤兵。

晋襄公采纳了赵衰的建议。

秦穆公攻占了晋国的两座城邑，在晋国国土上驻留了一个多月，始终没有遭遇晋军主力。秦穆公知趣，准备撤军。但终究是打着复仇的口号来的，于是，他率领秦军向南移动，一直走到崤函之战的战场，在那里掩埋了阵亡的秦军将士的遗骸，并举行了盛大的祭奠仪式。

经过秦、晋的数次交战，晋襄公虽然知道秦国已无力与晋国争霸，但秦穆公东渡黄河焚烧渡船的举动还是给了他不小的震动，促使他开始反思这些年来过分狂妄和强硬的对外策略是否得当。

秦军从崤函地区撤走后，晋襄公先后邀请鲁、卫、曹等国的国君访问晋国，均给予极其隆重的接待，展开了一系列温和的对外斡旋。——晋襄公这样做，是听从了大臣们的建议，目的是彰显晋国霸主的"仁德"。

只是，世上没有什么能够恒久不变。

仅仅两年后，霸主晋国的危机猝然到来。

公元前622年，晋襄公所倚仗的中军统帅先且居、中军副统帅赵衰、上军统帅栾枝、上军副统帅胥臣，几乎同时去世。可倚仗重臣的突然大面积缺失，令晋襄公忧心忡忡。摆在晋襄公面前的急迫问题是增补军事将领，以确保延续晋国的霸业。

可是，由于贵族利益纷争引发内乱，是晋被分封建国以来无药医治的顽疾。当晋襄公想大规模调整官员时，立即出现了以晋献公、晋惠公时代甚至更早就已发达的、资历深的家族为代表的老臣派；以及以晋文公、晋襄公时代倚重的资历较浅的、年轻的贵族二代为代表的新人派，两大利益集团都想在权力的汤锅里分一杯羹。为稳定政坛局面，晋襄公拟定的原则是：起用老人，以老带新，平衡诸卿的利益。按说这个方案是不错的，但是保密没有做好，消息提前透露，麻烦也就跟着来了。

晋襄公的方案，遭到新人派的激烈反对，代表是先轸的孙子、先且居的儿子先克。他认为，晋国之所以有今天，是他们的祖辈和父辈浴血作战得来的，不重用他们天理不容。一想到战功卓著、壮烈牺牲于战场的先轸，晋襄公的心软了，他推翻了原定方案，决定按照前辈功勋的大小安排职位。新方案是：上军统帅狐偃功劳最著，其子狐射姑为一把手；中军副统帅赵衰的儿子赵盾为二把手，先克为三把手。——新方案准备在举行大蒐（sōu）礼时宣布。

春秋时，组成军队、任命将帅、宣布政令、动员战争的重要活动，被称为"大蒐礼"。

蒐，本义是指茜草，也指春天的畋猎活动。

"大蒐礼"具有极端的重大性和重要性。

但是，晋襄公的老师——大夫阳处父，对这个新方案很不满意。作为"大蒐礼"的主持人，他竟然私下把狐射姑与赵盾的位置调换了，即赵盾为一把手、狐射姑为二把手。究其原因很简单：十几年前，阳处父想在晋文公手下谋个差事，求狐偃，拖了三年没有办成；求赵衰，三天就办成了。根据这个方案，赵盾不但有中军统帅的军权，还从父亲赵衰那里继承了晋国执政之位，成为晋国第一个同时担任军、政要职的大臣。

孔子说："夷之蒐，晋国之乱制也。"〔左传·昭公二十九年〕

所谓"乱制"，指的是日后一连串严重的政治危机。

第二年，即公元前 621 年，晋襄公死了。

年仅四岁的太子夷皋继位，是为晋灵公。

也是这一年，秦穆公也死了。

秦穆公死后，一百七十多人为他殉葬，其中有秦国人人皆知的良臣：奄息、仲行、针虎。秦人因此歌声悲伤：

> 黄鸟啾啾急迫地哀鸣，
> 飞落一片荒凉的荆棘。
> 是谁为穆公活活殉葬？
> 是子车氏的三个儿子。
> 他们都是秦国的良臣，
> 百个好汉一起也难比。
> 看着他们走向墓穴边，
> 我的心万分惊恐战栗。
> 那茫茫高远的苍天呀，
> 杀了良臣国家将何依？
> 要是能用别人替代他，
> 我愿死一百回来相抵！〔诗经·秦风·黄鸟〕

秦国的良臣竟然被用来殉葬，秦国的强盛还有什么希望？

相比之下，晋襄公无疑是春秋时期有作为的一代君主。

只是，无论怎样谋求作为，霸主们轮番登场的史实足以证明：被野心和私欲裹挟的梦想终会破灭。

三 "当权者的话不可信"

晋襄公病重时，曾向执政大臣赵盾托孤：辅佐太子夷皋继承君位。

可是，晋襄公去世后，满朝文武没人理会他的遗嘱，各自提出了自认为"合适"的人选。

赵盾提出，让晋文公的庶子、晋襄公的弟弟公子雍继位。公子雍目前居住在秦国。当年，他的母亲杜祁虽身为秦女，但在君主夫人的排位上，主动让位于晋襄公的生母；之后，为缓和晋国与狄人的关系，再次主动让位给狄族之女，自己甘居下位。杜祁的顾全大局令晋文公十分感激，因此对杜祁所生的公子雍格外关照。为了公子雍不在国内受委屈，晋文公把他送到秦国去做官，现在已经官至秦国大夫。——赵盾选择公子雍的理由是：晋国在君位继承问题上，屡次发生祸难。太子夷皋年幼，为稳定政局，应该拥立一位年龄大一点的君主。公子雍不但年长，先君晋文公也很喜欢他，他已官至秦国大夫，这将有利于晋国缓和与秦国的紧张关系。——无论赵盾出于何种目的，优先考虑秦、晋关系，是这位执政大臣的重要初衷。

但是，赵盾的主张受到贾季等大臣的反对。贾季，即狐射姑，晋国大夫狐偃的儿子，晋文公的表弟。晋文公时期，身为狄人的他被封到贾地，因此名叫贾季。——他主张立公子雍的弟弟、目前尚在陈国的公子乐为君。理由是：公子乐的母亲，是秦穆公之女怀嬴，怀嬴受到过两位国君（晋怀公与晋文公）的宠爱，如果立她的儿子为君，百姓必然安定。

赵盾强烈反对，认为怀嬴受到两位国君的宠幸，这本身就是淫乱，立她的儿子没有威信可言。

内廷争执本是常事，但这两人争执的结果却是：赵盾派大夫先蔑和士会到秦国迎接公子雍，贾季也派人到陈国迎接公子乐。——两人同时动手，就看谁能抢先了。

赵盾不是等闲人物。

赵氏出自嬴姓，始祖是大禹时期的伯益，因辅佐大禹治水有功，担任大禹的执政官。周朝时，赵盾先祖担任周王室的卿士，后又投奔晋国的晋文侯，从此在晋国落脚。赵盾的父亲赵衰，年轻时就追随公子重耳，陪伴重耳一生，为之出生入死，在晋国政坛历经晋文公、晋襄公两代君主，极受重用。从血统上讲，赵盾还有狄人基因。他的母亲叔隗，是晋文公重耳流亡到大戎部族时，赐予他父亲的戎族女子。赵衰去世后，赵盾接手父亲的权柄，集军政大权于一身，号称正卿，是此时晋国位列第一的权臣。

赵盾与贾季矛盾甚深。

当初，赵盾还是晋军中军副统帅时，贾季是中军统帅，是他的上级。后来晋襄公在大夫阳处父的建议下，将贾季与赵盾在军中的职务相互调换，两人从此开始结怨。

仅就两人在君主人选的选择上看，赵盾在政治上比贾季成熟一些，而且也是一个野心家，因为从常理上分析，拥立一个年幼的国君本是他独享权柄的好时机。但是，赵盾终究公开背弃了先君的遗嘱，他的权势熏天令人侧目。

当赵盾得知贾季派人去了陈国后，立即显示出他的果断和凶狠：他派人在一个名叫郫的地方秘密理伏，然后将包括公子乐在内的一行人全部截杀殆尽。——郫，晋国南部位于黄河边的一个城邑，该地处在公子乐一行从陈国回晋国的必经之路上。

可以想见贾季是多么的震惊和愤怒。

不久前，贾季曾到访狄国，狄人问他这样一个问题：赵衰和赵盾，哪一位更贤能？贾季答道："赵衰，冬日之日也；赵盾，夏日之日也。"〔左传·文公七年〕——赵衰犹如冬天的太阳；赵盾犹如夏天的太阳。而古人认为，冬日温暖可爱，夏日灼人可畏。但是，即便如此，贾季也没料到赵盾如此凶狠。思来想去，他把所有的怨恨都归结到当初蛊惑晋襄公任用赵盾的阳处父身上，盛怒之下，他竟然派自己的族人狐鞫居将阳处父杀了。贾季的这一莽撞举动，很快就给狐氏家族带来了灾祸：赵盾立刻处决了凶手狐鞫居，自知性命不保的贾季匆忙逃亡翟国。——晋国政坛上三代位列大夫的显赫家族狐氏，就这样从历史中骤然销声匿迹了。

政治，不是莽撞之人能玩得起的。

此时，迎接公子雍回国的大夫先蔑和士会抵达了秦国。

秦康公认为，公子雍回国继位，是缓和秦、晋两国关系的绝佳机会，于是派出护送的人马浩浩荡荡。——在秦康公看来，此次派兵护送公子雍回国，是一次秦、晋关系的破冰之旅。

然而，赵盾主张拥立公子雍时，忽视了另外一个后果，即本应继位的太子夷皋，被推到了一个极其危险的境地。宫内的政治常识是：经过争夺才获得君位的国君，继位后，必将对与自己争夺君位的另一方大肆屠戮。所以，公子雍一旦继位，太子夷皋生死难料。

太子夷皋的母亲穆嬴，决心为自己儿子的命运拼死一搏。她先是直接来到朝堂上，质问赵盾：先君（晋襄公）有什么过错？他的继承人有什么过错？抛开太子不立，到秦国去找国君，那您打算怎么处置太子呢？然后，她又在赵盾的住所门前日夜哭诉：先君曾经抱着夷皋托付给您。如今先君虽已去世，话音还在耳边，置先君的托付于不顾，

你到底要干什么呢？——"今君卒，言犹在耳，而弃之，若何？"〔史记·晋世家第九〕

对于先君夫人穆嬴，包括赵盾在内的朝臣不敢造次。况且，穆嬴并不是无理取闹，先君的遗嘱确实存在。内心充满矛盾的赵盾不得不考虑切身利益：如果公子雍继位，早晚会将手握军政大权的自己视为首要大敌；如果拥立太子夷皋，无论怎样权倾朝野，仍能拥有忠臣之名，为自己掌握军政大权减轻不小的风险。何况，夷皋尚年幼，等他成长起来至少也要十年，这段时间足够自己做好应对危机的准备了。

权衡利弊之后，赵盾决定：背弃公子雍，拥立夷皋继位。

此时，在秦军的护送下，先蔑和士会陪同公子雍正走在回国的路上。赵盾再次作出一个令人惊异的决定：率领晋军迎击秦军，堵截公子雍。——赵盾的翻手云覆手雨，或许可以作如下解释：如果此时秦国知道真相，在感受到被戏耍的同时，会从秦国的利益出发，使用非常手段强行让公子雍回国继位。为此，护送公子雍回国的数量可观的秦军，很可能对晋国实施攻击。晋国要想不遭到进攻，要想让夷皋顺利继位，只能抢先对秦军发起进攻。

本来是晋国国内的一场政治谋划，瞬间便演变为晋、秦两国之间的又一次冲突。——史称"令狐之战"。

赵盾知道，此战关乎国君继位问题，只能胜不能败。

为了对付那支完全没有敌意的秦军，晋国的六军出动了五军，也就是说晋军几乎倾巢出动了。

赵盾担任中军统帅，大队人马秘密出发。

行军途中稍事整顿时，赵盾向将士们阐述了这次与秦军作战的理由：我们如果接受秦国护送公子雍回来，他们就是客人；不接受，他们就是敌人。我们决定不接受。秦国一旦得知，将会动别的念头。现在我们必须争取主动，必须有智取敌人的决心！——面对赵盾逻辑混乱的理由，晋军上下居然没人质疑。

公元前 620 年，四月初一，晋军在夜幕的掩护下悄然向秦军靠近。

护送公子雍的秦军已经抵达令狐。

令狐，位于今山西临猗西南。

先期到达的晋军立即对秦军发动了夜袭。

胜负没有悬念。

因为秦军没有任何作战准备。

在护送公子雍的秦军看来，他们是作为客人前往晋国的，他们还等着接受晋国的盛情款待呢。

晋军的突袭令秦军乱成一团。

刚刚还在做着国君梦的公子雍，被裹挟在秦军的乱军中仓皇逃回秦国。

令狐之战，对于秦国来说完全是一场无妄之灾，而对于获胜者晋国来讲也未必是件好事。——此战彻底破坏了秦、晋之间本就岌岌可危的关系，秦国从此坚定地加入了反晋阵营，成为晋国不可逆转的世仇。旁观了这场战事的各诸侯国，从明明是好心送人回家结果莫名其妙地被揍了一顿的秦人那里，得知了一条比说教更为重要的真理：在国与国的关系中，谁要言而有信，或者谁相信言而有信，谁就是个不折不扣的傻瓜。

赵盾策划的令狐之战，让不少参与者陷入尴尬的境地：公子雍不但没有当上国君，捡回一条命都纯属侥幸，随着晋、秦关系的迅速恶化，他在秦国的日子变得寄人篱下。更为尴尬的是奉赵盾之命前往秦国迎接公子雍的晋国大夫先蔑和士会。令狐之战中，两人保护着公子雍逃回秦国，由于担心回晋国会遭遇不测，他们只能不顾妻儿老小滞留在秦国。此时，先蔑想起他奉命前往秦国时，荀林父对他说过的一番话：先君的夫人和太子还在，反而到外边去求国君，这一定是行不通的。你最好以生病为借口不要去秦国，不然祸患会惹到你身上。当时，荀林父见先蔑并不在意，还推心置腹为他赋了一首《板》：

君上的想法已经反常，

天下的百姓痛苦劳伤。

当权者的话已不可信，

谋定的策略眼光不长。

心无圣法自鸣得意，

做事不能诚信为上。

仪容和举止都已迷乱，

你不要一副奴颜模样。

我们虽然职位不同，

毕竟还是同朝为官。

之前古人有句老话，

砍柴的也可征询意见。

我不敢预测国运如何，

但上天正在降下灾难。

如果你不敬畏神明，

将颠沛流离无家可还。〔诗经·大雅·板〕

"当权者的话不可信。"

这是老臣荀林父为官一生得出的体会。

处理完国君继位的问题，赵盾开始稳定晋国的政局。

当时，晋国贵族阶层存在着一股反对赵氏家族的势力，以现在没有了权位的老臣们为主谋，他们串通一气寻找时机企图扳倒赵家。终于，老臣们以赵盾的心腹先克强夺老臣们的土地为借口，雇佣刺客将先克暗杀。赵盾察觉到此事背后巨大的政治阴谋，果断地对参与暗杀的老臣们严查并逮捕，然后全部处以极刑。晋灵公尚幼，赵盾只能向其母穆嬴报告，对赵盾不怀好感的穆嬴，试图以国母之尊保住几位老臣的性命，结果无效。平息了老臣们的叛乱，赵盾开始重组掌握军权的六卿。任命六卿本是君主的权力，这是晋国历史上第一次由大夫来主持六卿的安排。——赵盾打造出的这套军政权力核心阵容，完全由他的死党、心腹和拥戴他的政治伙伴组成。

之后，赵盾作为晋灵公的全权代表，与齐昭公、宋成公、鲁文公、卫成公、陈共公、郑穆公、许僖公、曹共公，在郑国的扈地（今河南原阳以西）结盟。在这次会盟上，赵盾行使的是只有霸主才拥有的权威。——以执政大臣的身份会盟诸侯，晋国的赵盾开了历史先河。

接着，为巩固晋国的霸主地位，赵盾出兵攻打对晋国怀有二心的鲁国，逼迫鲁文公派人来向赵盾送上彩礼，赵盾与鲁文公签订了鲁国继续亲附晋国的盟约。为了将卫国和郑国也牢牢地拴在晋国的战车上，赵盾采取拉拢的办法，把晋襄公时代抢占的卫国两邑还给卫成公，同时将当初强夺的郑国虎牢（位于黄河与洛水和汜水之间）边境的土地也还给了郑穆公。此举，不但令卫国和郑国对赵盾千恩万谢，还在各诸侯国中树立起一个"以德服人"的贤臣形象。

只是，秦、晋关系依然紧张。

自从被赵盾欺骗后，秦康公几乎每年都向晋国发动一次突袭，以示报复。晋灵公继位的第二年夏天，秦国攻打晋国并夺取晋国的武城（今陕西华县以东）；转过年来的冬天，秦再次攻打晋国，夺取晋国的北征（今陕西澄城西南）。自崤函之战后，秦、晋两国的军事冲突持续了八年，虽互有胜负，但总的来说秦国输多赢少。虽然秦国也算是个大诸侯国，但长期陷入战事状态中，青壮年劳动力损失严重，因此，无论经济状况还是人力资源，秦国都已全面落后于晋国。

对晋国来说，秦军的军力有限，对晋国的报复性战事，顶多算是一种骚扰，秦国无法向晋国的腹地推进，更不能跨越崤函地区东出中原联合诸侯。因此，赵盾只将秦国的"攻击"视为疥癣之疾。

公元前 615 年，秦康公又一次向晋国发起攻击。这一次，他亲率大军渡过黄河，连续攻占了晋国的羁马（今山西风陵渡以北）以及瑕地（今河南灵宝以西黄河南岸），大有夺取崤函地区以控制东进中原战略走廊的态势。

赵盾决定对秦国实施严厉反击。

晋军以赵盾为中军统帅，荀林父为副统帅；以郤缺为上军统帅，臾骈为副统帅；栾盾为下军统帅，胥甲为副统帅，三军齐发迎敌，最终与秦军对峙于河曲（黄河从北折向东的拐弯处）。

对秦军采取什么战术？

晋军上军副统帅臾骈，提出了打持久战的建议。他认为：晋军是主场作战，秦军是客场作战。秦军远来，给养有限，绝不能持久；晋军深沟高垒与他们对峙，半年一年都不怕。秦军给养耗尽时，必定被迫退兵；那时晋军全面出击，秦军必败无疑。

赵盾随即让三军就地驻营，没有命令不得擅自出战。

晋军的避而不战，将秦军推到了既不能战也不能退的两难境地。秦康公向士会询问计策。——士会，曾奉赵盾之命前往秦国迎接公子雍回国继位，令狐之战中他和公子雍一起逃回秦国。此时，对晋国的一切了如指掌的士会，跟随秦军出征攻击让他无家可归的赵盾。——士会对秦康公说，打持久战的主意，一定是赵盾新提拔的臾骈提出的，目的是让秦军因久驻在外而士气低落。秦军决不能中这个圈套，必须速战速决。赵盾有一个旁系子弟名叫赵穿，这个冲动狂妄的年轻人根本不懂作战，且因为臾骈当了上军副统帅一直心怀不满。如果我们派出一小股部队，去骚扰赵穿的部属，赵穿一定会出兵来攻打我们，这时候赵盾就不得不出战了。

赵穿，赵盾的堂弟。晋王室为拉拢得势的赵氏家族，将晋襄公之女许配给赵穿为妻，这位显赫的驸马爷便更加目空一切了。

秦康公采纳了士会的建议。他把一只玉璧丢进黄河，向河神祈求胜利之后，命令一支小部队对赵穿的营垒实施骚扰，虚晃一枪然后撤退。

赵穿果然率兵出营向秦军发起攻击。

赵盾得知赵穿擅自行动后，心急如焚。如果赵穿被俘，等于晋国的一位大夫被俘了。为了赵穿的安全，赵盾不得不放弃持久战的计划，命令三军一并出动与秦军决战。

两军仓促交手，战事持续了一天，双方都伤亡惨重。

黄昏时分，各自收兵后，阵亡者的尸体散布在黄河边的荒野上。

终究是秦军的战斗力弱，秦康公担心如果再战秦军获胜的可能性很小，于是再次向士会讨教。士会提出的建议是：向赵盾下战书，约定明天再战。而秦军今晚趁月色撤军，可保无虞。

随即，赵盾得到了秦康公的战书。

上军副统帅臾骈马上判断出，这是一封虚假的战书，定是士会给秦康公出的主意。秦军根本无心恋战，肯定今晚就要撤退。他向赵盾建议：将计就计，将三军埋伏在黄河边，对撤退的秦军实施突袭，定能大获全胜。

又是赵穿坚决不同意，他大声呼喊："死伤未收而弃之，不惠也。不待期而薄人于险，无勇也。"［左传·文公十二年］——死伤的将士还没有收拢就丢弃他们，这是不仁义的；不等到约战的时刻就把秦人逼到险地，这是没有勇气的。——赵穿充满道德意味的理由冠冕堂皇。

赵盾很郁闷。

臾骈的伏击计划没有实施。

当夜，秦康公率秦军安全撤退。

晋军失去了一个大获全胜的好机会。

不久，秦军再次南渡黄河，再次攻占了晋国的瑕地。

由于此地位于崤函地区，次年，晋军派重兵夺回并驻守。

河曲之战证明：一切行动听指挥是军事行为的第一原则。

赵盾不能处置国君的女婿、自己的堂弟，但河曲之战使他意识到了一件事：士会是个人才，秦国拥有了他，对晋国是一个巨大的威胁，必须让士会回到晋国。当赵盾派去秦国的人，向士会说出晋国的诚意后，士会有点犹豫。已在秦国娶妻生子的士会对秦康公说，晋人虎狼一样凶狠，如果赵盾背弃诺言我必死，留在秦国的妻儿也难免一死，到时候后悔都来不及。秦康公表示，他绝不会为难士会，更不会杀死他的妻儿，有河神为证。

果然，士会回到晋国后，赵盾不计前嫌重用了他。

秦康公也说话算话，把士会留在秦国的妻儿送回晋国与他团聚。

秦人归其帑。其处者为刘氏。[左传·文公十三年]

士会的亲族中，有子孙没回晋国仍居住在秦国，这些子孙以刘为氏。据说，这支留在秦国的刘氏一支，四百多年后出了一位赫赫有名的人物：汉高祖刘邦。

晋襄公死后，赵盾处心积虑，苦心经营，基本延续了晋国的霸主强势。作为一名政客，他身上具备了所有野心勃勃的强权者应有的特征，包括翻云覆雨的无常、消灭异己的果断以及软硬兼施的伎俩。他并不在乎"当权者的话不可信"的指责，能达到目的就是一切！可是，尽管包揽着晋国的军政大权，但他终究是一名臣子，赵盾无药可治的心病是：国君晋灵公长大了。

令赵盾万万没有想到的是，长大了的晋灵公，竟然是一个荒淫无度的公子哥儿，其怪诞的行为令晋国乃至整个中原瞠目结舌。

四　与君王一起升天

"晋灵公好狗，筑狗圈于曲沃，衣之绣。"［郁离子·晋灵公好狗］

晋灵公喜欢玩狗，在曲沃（当时晋国的都城）专门修筑狗圈，给他的狗都穿上绣花衣。深受晋灵公宠信的晋国大夫屠岸贾，不停地用夸赞狗来博取晋灵公的欢心。一天夜晚，一只狐狸溜进王宫，惊动了晋灵公，晋灵公让他的狗与狐狸搏斗，狗没获胜。屠岸贾得知后，把另外一只死狐狸拿来献给晋灵公，说这就是君王的狗奋力咬死的那只狐狸。晋灵公非常高兴，把准备款待大夫们吃的肉拿来喂狗。同时向全国下令："有犯吾狗者刖之。于是国人皆畏狗。"［郁离子·晋灵公好狗］——有谁欺负我的狗，就砍掉他的脚。于是晋国人都怕狗；连大夫们要见晋灵公，只要是狗在把门都不敢靠近。

晋人除了怕狗，更怕他们的国君。

晋灵公长大后奢侈无度，晋国不得不征收重税来满足他的荒淫生活。他乐于站在高台上用弹弓射人，以观赏人们惊恐躲避的情形。——"从台上弹人，而观其辟丸也。"［史记·晋世家第九］他的厨师没把熊掌煮烂，他立刻把厨师杀了，然后将厨师的尸体装在筐里，让侍女们抬着经过朝廷大殿扔出去。

大夫士会看见筐里露出的死人手臂，禁不住上前劝告。士会在晋灵公面前来回劝说三次，晋灵公才抬起眼皮说，我知道错了，打算改正。士会又说，事情容易有好开端，但有好结局很难。您如能始终坚持向善，晋国臣民的安宁才有保障。

只是，晋灵公非但没改，还更加为所欲为了。

在这种状况下，赵盾与晋灵公之间产生隔阂是必然的。

公元前612年，赵盾奉晋灵公之命，率军讨伐不顺从霸主之命的齐国。晋军还在行军途中，晋灵公突然让赵盾撤军。经过询问后才得知，晋灵公拿了齐国行贿的钱。赵盾心中懊恼不已，他知道如果各诸侯国知道了晋国国君贪图小利，晋国的霸主地位就会被中原各诸侯国轻蔑。

当赵盾对晋灵公进行劝谏时，晋灵公对权势盖主的赵盾既讨厌又害怕。这一情形被屠岸贾看在眼里，他随后向晋灵公报告说：赵盾养的狗，闯进御苑，吃掉了您的羊。晋灵公立即派了一个名叫鉏麑（chú ní）的大力士去刺杀赵盾。这位刺客的行为，引发了一段老套的中国道德故事：鉏麑一大早去赵盾家，见门户敞开，里面十分简陋。赵盾已穿戴好准备上朝的礼服，由于时间还早，他正和衣坐着打盹儿。鉏麑退出来，感叹道：这种时候还不忘恭敬国君，真是国家的靠山。杀害国家的靠山是不忠，背弃国君的命令是失信，这两条当中占一条都是罪过，我还不如去死！鉏麑一头撞死在赵盾家庭院里的槐树上。——无论这个故事是否真实，晋灵公不得人心已确凿无疑。

公元前607年，九月里的一天，晋灵公请赵盾喝酒，他事先埋伏了兵士，准备等赵盾喝醉时将其杀掉。赵盾的车右提弥明发现情况异常，闯入殿堂对赵盾说，臣下陪君王宴饮，酒过三巡还不告退，就不合乎礼仪了，然后拉着赵盾迅速离开。晋灵公命令兵士追，同时放出他的狗。提弥明杀了晋灵公的狗，在与兵士的搏斗中战死。

赵盾逃亡了，但没有出国，依旧在晋国境内。

忍无可忍的赵氏家族决定干掉晋灵公。

动手的是那个鲁莽的赵穿。

赵穿闯入王宫，在花园里把晋灵公杀了，没有受到任何阻拦。

晋灵公的死讯立即传遍全国。

晋人开始到处搜捕晋灵公的狗——"烹之"。

对于晋灵公被杀，司马迁如下议论值得玩味："赵盾素贵，得民和；灵公少，侈，民不附，故为弑易。"［史记·晋世家第九］——赵盾一向尊贵，深得民心。晋灵公年龄不大，却极尽奢侈，百姓不归向他，所以杀死他是很容易的。

晋灵公一死，赵盾立即返回晋都。

被接回晋国继位的，是在周都做人质的晋襄公的弟弟、晋灵公的叔叔公子黑臀，是为晋成公。

但是，在中国传统政治观念中，无论"天子"多么愚笨荒淫，多么残暴失德，都是"神圣"不可冒犯的。弑君之罪，大逆不道，天诛地灭。因此，在相当长的一段时间内，赵盾乃至整个赵氏家族，不得不面对晋人舆论的质疑。虽然赵盾辩解说，弑君的是赵穿，可还是有人质问道：你是正卿，你逃跑了但没出晋国，你回来也没杀死作乱的人，弑君的不是你是谁？

一把年纪的晋成公，继位后的第一件事就是给赵盾平反。

就在晋成公继位的时候，传来秦国围困晋国焦邑（今河南三门峡附近）的消息。上了年纪的晋成公很清楚：晋国还是要依靠赵氏家族支撑。他昭告天下，弑君的是赵穿不是赵盾，赵盾继续为执政大臣；赵穿因屡有战功又有拥立之勋，免罪。

赵盾在渡过自身的政治危机后，立即对晋国的政体进行改革——恢复公族制度。

公族，即与国君同姓的近亲家族。

春秋时，各诸侯国为维护君权，都设立了公族制度。

晋国，由于历史上公族制造内乱屡禁不止，晋献公时期公族制度被彻底废除，这就是史书上提到的"晋无公族"。

如今，赵盾重新设立公族制度，并非为了加强国君集权，相反是为进一步削弱君权。鉴于他本人是戎族母亲所生，他也不是君王的同姓近亲，因此他恢复的公族制度不同以往，被他列入公族的人也各式各样——无论出身，只要是被委以重任的卿士，都会被列入公族且官职世袭。由此，赵盾让与自己同心同德的大臣，都享受上了公族待遇，包括赵氏家族的子弟们。

晋国，君权日衰，卿权日强。

公元前 601 年，赵盾去世，终年五十五岁。

赵盾自登上晋国执政大臣之位，历经晋襄公、晋灵公、晋成公三代君主长达二十多年，他亲率晋军与秦军战于令狐，再战河曲；当周顷王去世公卿争权夺利时，他率领晋军八百乘战车平息周朝内乱，拥立周匡王。后世对赵盾评价甚高，他被誉为“古之良大夫也”。〔左传·宣公二年〕

赵盾去世的第二年，晋成公以霸主身份在郑国的扈地召集宋、卫、郑、曹等国的君主会盟，准备联合征伐不依附晋国的国家。但是，谁也没料到，他竟然病死在扈地，在位仅仅六年。

晋成公之子据继位，是为晋景公。

此时的晋国，没有了赵盾辅佐，霸业出现严重挫折。虽曾前后两次击败过楚军，但楚国向西联盟秦国、向东北联盟齐国和吴越，声威赫赫地控制了中原，令晋国的势力一落千丈。而且，晋国的北面有白狄之患，东面有赤狄之祸，整个国家陷于秦、楚和赤狄、白狄的四面包围中。

晋景公决心重续晋国霸业。

当时的中原是晋、秦、楚三国的角逐场。

秦、楚两国已经结成联盟对付晋国，只有东方大国齐国尚独立在三强之外。因此，齐国成为晋、楚两国争取的对象。

得知楚国试图与齐国建立联盟后，晋景公准备与齐顷公在断道（今山西沁县以南）会盟，并先派大夫郤克出使齐国以促成此事。

谁知，郤克出使齐国时发生了意外：

> 使郤克于齐。齐顷公母从楼上观而笑之。所以然者，郤克偻，
> 而鲁使蹇，卫使眇，故齐亦令人如之以导客。〔史记·晋世家第九〕

晋国使节郤克是个驼背，鲁国使节是个瘸子，卫国使节是个独眼，齐顷公把这几位使节召集在帷帐中，让郁郁寡欢的母亲观看，母亲和她的侍者们大笑不止。

郤克认为这是莫大的侮辱，他立即回国，发誓要让齐国付出代价。——郤克早就认为，齐国将来必定联合楚国与晋国作对，所以晋国应该抢先制服齐国。

郤克的愤怒仅仅是导致晋、齐大战的导火索。

晋景公认为，要接受崤函之战晋、楚结仇的历史教训，对齐国宣战需十分谨慎。因此，他还是按照原定计划，欲与齐国举行断道会盟。但是，齐顷公竟然没有来！

自齐桓公称霸中原以来，齐国一直以大国自居，采取不结盟政策，从不参加别国的会盟。齐桓公死后，齐国霸业衰落，但大国的感觉依旧。晋文公死后的三十六年间，晋国召集各诸侯国会盟共计二十一次，齐国一次也没参加。

齐顷公没来断道。

晋景公没有放弃。

第二年，卫国与齐国发生冲突，晋景公亲率晋军增援卫国，在齐国边境的阳谷地区驻扎下来。

这一次，齐顷公亲自来了，与晋景公会盟后，还把自己的儿子送去晋国当人质。

晋军从齐国边境撤退了。

又过了两年，即公元前589年，齐顷公违背盟约，与楚国联合出兵讨伐与晋国结盟的鲁国和卫国。

鲁国，不断受到近邻大国齐国的侵犯。

晋国在邲之战失败后，鲁国为了自身安全与楚国结盟。

但是，当齐国和楚国结盟后，鲁国又感到了威胁，转而与晋国结盟。

齐军发起攻击，鲁军无法阻挡。

三天后，鲁国北部边邑失陷。

齐军随后又向西入侵卫国，卫军出兵抵抗大败。

于是，鲁、卫两国一起向晋国求救，指名道姓让郤克带兵前来。

晋景公认为，齐国违背盟约，晋国与齐国联盟无望，晋、齐决战不可避免。而此时楚庄王已经去世，继位的楚共王为国内政局稳定，无意长途跋涉与齐国组成联军。晋景公遂决定联合鲁军共同伐齐。

对于郤克，复仇的时刻到了。

对于晋景公，晋国再次崛起的时刻到了。

晋、齐之间的"鞍之战"猝然爆发。

晋军出动了八百乘战车，六万之众的兵力，由郤克指挥中军、士燮指挥上军、栾书指挥下军。

晋军与鲁军会合后，一起向齐国攻击。

齐军听说晋军来了便向东撤退。

晋军追击到莘地（今山东莘县东北），晋、齐两军形成对峙。

晋军长途跋涉，齐军以逸待劳，齐顷公求战心切。

齐顷公派人面见郤克请战，说你们带领晋国军队辱临齐国，齐国的兵力虽不雄厚，但愿意在明天早上与你们决战。

郤克则表示：晋国和鲁、卫是兄弟，鲁、卫说齐国肆意侵入他们的国土，我们的君主不忍，让我们前来向齐国求情退兵。我们并不打算长期留在这里，但是打起仗来，我们的君主命令我们只能前进不能后退。

齐顷公派来的人说，你们应允作战，是我们的极大荣幸。我们的君主说，即使你们不应允作战，我们也要兵戎相见。

第二天，晋军主动向齐军示弱，然后连夜移动主力，将齐军引诱到了预定战场米箕山。

齐国都城临淄位于泰山北麓，南有泰山屏障、北有济水遮蔽。济水由今山东巨野附近的大野泽北流，经阳谷、平阴，沿泰山北麓至历城（今山东济南东北），然后转向东北入海。当时，由中原通往齐国的大道，均沿济水与泰山之间的隘路而行，其中以平阴、历城两地最为狭窄。此次，晋、齐两军对峙的战场，就位于泰山与济水之间的历城。历城之西，有泰山余脉向西北斜伸成为丘陵。其中较高的地方名叫糜笄山，今称为米箕山，位于今山东济南西南约十八里处。

"鞍之战"，即战场在米箕山的鞍部。

清晨，齐国大夫邴夏为齐顷公驾驭战车，逢丑父为车右。

晋军大夫解张为郤克驾驭战车，郑丘缓为车右。

无法理解齐顷公因何如此狂傲，他对齐军发出的命令是：我们姑且先消灭敌人再吃早饭。于是，齐军都没有给马披上盔甲就发动了攻击。

齐军的攻击相当猛烈，晋军有点招架不住，中军统帅郤克很快中箭负伤，血流到了鞋上。他大喊，我受重伤了！为他驾车的解张听到喊声，说，一开战我的手和肘就中箭了，我折断箭杆继续驾车，左边的车轮都被我的血染红了。我都没喊受伤，您还是忍着吧！鼓声就是战场的耳朵，前进后退都要听从它，这辆车上只要还有一个人，鼓声就不能停止！不能由于咱们的伤痛坏了国君的大事！我本抱定必死的决心，伤痛还不至于死，您还是奋力指挥战斗吧！

郤克继续击鼓督战。

解张见郤克伤重，左手握缰，右手帮他执槌击鼓，晋军将士拼死跟进。

齐军渐渐不支。

混战中，齐顷公成为晋军的主要攻击目标。

晋军中有一位大夫名叫韩厥。他是赵氏的家臣，因此被列入晋国公族。战前，韩厥梦见去世的父亲对他说，作战时要避开战车的左右两侧，以免受伤。因此，他站在战车的中间追赶齐顷公。为齐顷公驾车的邴夏见韩厥追来，对齐顷公说，箭射那个站在中间驾车的人，那人一定是个贵族！齐顷公不同意，说你认为他是贵族又要去射杀他，这不合于礼。邴夏连续射死韩厥左右的两人，但韩厥依旧紧追不舍。晋国大夫綦毋张的战车坏了，他爬上韩厥的车，韩厥让他站在自己的身后，并把阵亡的车右的尸体放稳。就在韩厥俯身的时候，齐顷公的车右逢丑父与齐顷公互换了位置。此时，齐顷公所乘战车的骖马被树木绊住不能前进，韩厥追了上来，下车冲过来想俘虏齐顷公。与齐顷公不让射箭贵族韩厥一样，韩厥对齐顷公也是彬彬有礼。他捧着一杯美酒和一块美玉献给齐顷公，说了一整套令后世颇感迂腐的所谓"战争礼"的话：我们的国君命我们为鲁、卫向您求情，并命我们不使兵士深入到齐国境内。我不幸遇到了您的战车，我没有逃到隐蔽的地方，是怕我的躲避造成晋、齐双方国君的耻辱。既然我担任晋国的军职，只好勉强承担下我应做的事，不得不俘虏您！——这时，伪装成齐顷公的逢丑父让齐顷公下车去取水，齐顷公趁机坐上另一辆副车逃走了。

韩厥向郤克献上战俘逢丑父。

郤克打算杀掉他。

逢丑父毫无畏惧，大喊：截止到现在，世上还没有替代他的君主承受祸患的人。如今有一个在这里还要被杀死吗？

郤克认为，这个人不惜己命让自己的君主免于祸患，杀死他很不吉利，于是将逢丑父赦免。

至此，交战双方都付出了很大伤亡。

由于晋、鲁联军的另一支绕过沂蒙山，在战场的东部攻占了齐国没有任何设防的城邑马陉（今山东淄博以南），从而在东、西两面对齐军形成合击态势，且马陉距离齐国的都城临淄很近，齐军的败势已成定局。

齐顷公被迫提出媾和。

齐顷公承诺：将齐国灭亡纪国时得到的宝玉磬以及侵占的鲁、卫两国的土地，全部送给晋国。

晋国不同意，提出必须让齐顷公的母亲到晋国作为人质，同时把齐国境内的田垄全部改成东西向。——后一个条件的含义是：在侮辱齐国的同时，使晋军的战车日后出入齐国国土更加方便。

齐国以为，这两个要求都违背常理，遂答复说，如果晋国不同意的话，我们就收集残余力量与晋国死战到底。

在鲁、卫两国的劝谏下，晋国答应了齐国的条件。

鞍之战，构成了晋景公争霸事业的一部分。经过鞍之战，晋国成功地打破了齐、楚联盟，齐顷公几乎成为晋国的阶下囚，齐国在中原诸侯国中的地位大为削弱，晋国的霸主地位得到进一步巩固。

鞍之战的第二年，齐顷公亲自朝晋，两国建立起晋、齐联盟。

晋景公为了加强这一联盟，不惜牺牲鲁国的利益，命令鲁国将齐国归还的土地再次划回给齐国。

大国之间的媾和与冲突，皆为利益交易。

对于小国而言，大国没有信誉可言。

晋军从鞍之战的战场回国，由于齐、楚有联盟关系，楚军为了齐国出兵伐卫、伐鲁，并在蜀地（今山东泰安东南）击败鲁军，进驻阳桥（今山东泰安西北）。撤军途中的晋军，并没有回师与楚军对抗。楚国随即与鲁、蔡、秦、宋、陈、卫、郑、齐以及曹、邾、薛、鄫等十三国在蜀地会盟，准备联合对抗晋国。

在接下来的晋、楚交战中，强大的晋军连续击败楚军，甚至一度攻入楚国本土，大有全面压制楚国的态势。可就在晋景公准备大展宏图的时候，晋国的政治痼疾再次复发：公元前583年，晋国内廷爆发了一场血腥政变，史称"下宫之难"。

下宫之难，其政变经过在《左传》《史记》《国语》等史籍中都有记载，但各种记载差异极大。这件宫廷政治往事，被后世一再虚构，最终演绎成一部名为《赵氏孤儿》的传奇戏曲，令历史的真相更加模糊不清。

《左传》记载，这场发生在晋国的政治灾难，源于赵氏家族的一场乱伦丑闻：

无论是晋景公，还是他的父亲晋成公，都是在执政大臣赵盾的支持下继位的，因此君臣两家最初的关系相当紧密。当初，赵盾的父亲赵衰跟随公子重耳流亡到翟国，赵衰娶戎女叔隗为妻生赵盾，母子为避免四处流亡就留在了翟国。公子重耳继位为晋文公后，又将自己的女儿（史称赵姬）嫁给赵衰，赵姬生了三个儿子，即赵同、赵括和赵婴齐。赵姬为人很贤德，主动提出迎回叔隗母子，并劝说赵衰以叔隗为正室、赵盾为嫡子，自己宁可做妾。赵盾得势后，出于对赵姬的感激，向晋成公提出：赵姬的三个儿子都应予以重用。于是，赵同、赵括和赵婴齐兄弟三人都成为大夫。之后，晋成公又将自己的女儿（史称赵庄姬）嫁给了赵盾的儿子赵朔。

应该说，赵盾的得势，是晋国公族之间矛盾的爆发点。

从晋襄公六年到晋成公五年，整整二十年间，执政大臣赵盾几乎把晋国的内外矛盾都推向了极致：对外，令狐之战，将本已趋缓的秦、晋关系推至冰点；对内，他杀死公子雍和公子乐，又杀死晋灵公而立晋成公，令晋国的内部矛盾越积越多。特别是，晋成公继位后，赵盾为巩固赵氏家族的势力，封重臣们的嫡长子为"公族"，开启了异姓贵族跻身公族的先例，而公族问题始终是晋国内讧的死结。赵盾死前，没有把他的职位传给儿子赵朔，而是传给了他的异母弟弟赵括，据说还是为了报答赵姬的恩德。这一做法，虽有利于增强整个赵氏家族在晋国的分量，却也埋下了赵氏家族日后分裂的隐患。——赵括这一支取得"公族"身份后，在宗族中的地位比赵盾这一支高，但在晋国政坛中的地位却比赵盾这一支低。如果赵括这一支不满足，想进一步掌握权力，这种不平衡的现状就很容易引发家族内斗。

赵盾死后，晋国另外两个政治家族——栾氏和郤氏——强势崛起，成为赵氏家族的政治劲敌。此时，栾氏刚刚登上正卿之位，对如狼似虎的赵氏家族颇为忌惮；而郤氏则刚从正卿之位退下，正处于权力的空洞期。——两家人开始蓄谋除掉赵氏一族。

这时，赵盾的儿子赵朔已死，留下了寡妇赵庄姬和尚在襁褓中的儿子赵武。于是，赵氏家族发生的一件性丑闻，给他们的政治对手提供了一个契机：赵盾的异母弟弟赵婴齐与赵庄姬通奸，叔叔和侄媳妇的私通引起舆论的轩然大波。为维护家族声誉，赵婴齐被两位哥哥赵同和赵括驱逐到了齐国。

情人被驱除，引起赵庄姬对赵括兄弟的怨恨，加上赵氏兄弟占据着赵氏家族的主位，自己的儿子赵武一直屈居人下，赵庄姬便开始在自己的哥哥晋景公面前诽谤赵氏兄弟，说他们蓄意谋反。一开始，晋景公并未轻信，但栾氏家族中的一员、中军统帅栾书站出来为赵庄姬做证，指认赵同和赵括确似图谋不轨，晋景公遂下令诛杀赵氏兄弟。

在这场政治谋杀中，除了赵武因居住在舅舅晋景公的宫内未受牵连外，赵氏家族中的赵同、赵括兄弟连同近三百人的族亲均被杀死，赵氏家族所有的世袭采邑也尽被没收，权力熏天的赵氏家族从此衰败。

下宫之难，绝不是由性丑闻引发的冲突，而是晋国内部矛盾的一次集中爆发，是针对多年执政的赵氏家族的一次集中清算，是一场典型的政治权力的相互较量和厮杀。

事后，曾经受恩于赵盾的韩厥向晋景公进谏，说应该把赵氏家族的土地还给赵盾之孙赵武，并立赵武为赵氏宗主，这样才不会使作为晋国功勋的赵氏家族无人继承。晋景公欣然同意。

赵同、赵括这两支被灭门，栾氏和郤氏清除了政治对手，稳固了其公族地位；赵庄姬也扫除了继承赵盾政治遗产的障碍，为自己的儿子赵武登上权力高位奠定了基础；而晋景公铲除了赵氏家族的势力后，自己的君权得以加强，他将晋国国都由绛向西迁往新田（今山西侯马），并改都名为"新绛"，开始了他认为的新的执政。——使用血腥手段达到各得其所的目的，这就是权力帷幕被撕开后的真相。

然而，从那个时候开始，晋景公就噩梦不断。他梦见一个头发拖到地上的大鬼对他说，你杀害了我的子孙，这是你的不义，我已经向神灵申冤，请求神灵为我复仇。晋景公吓坏了，请来巫师为他占卜，巫师占卜的结果与他的梦一样。晋景公问巫师这个梦吉凶如何？巫师的回答是：您吃不到今年的新麦了。

夏季酷热到来，晋景公病倒了。

晋国派人去秦国请良医。

秦医还没到，晋景公又做了一个梦，梦见他的疾病变成两个小孩，一个说，秦国的那个人是良医，他来治病恐怕会伤到我，需要逃跑吗？另一个则说，我们在肓之上、膏之下，他又能将我们怎么样？秦国的良医来了，诊断之后果然说："疾不可为也！在肓之上、膏之下，攻之不可，达之不及，药不至焉，不可为也。"〔左传·成公十年〕——您的这个病不能治了。它在肓的上面、膏的下面，用灸法治不可以，用针法疗办不到，药力也达不到这里，这样的病不能治了。

肓，胸腹之间的横膈膜。

膏，心脏的下面。

膏肓，即心脏与胸膈膜之间。

这段往事成为汉语成语"病入膏肓"的初源。

晋景公体力好，坚持着，终于等到了新麦成熟。他让厨师把新麦煮熟了，同时把那个说他吃不到今年新麦的巫师叫来，当场把巫师杀了。但是，晋景公正准备吃这碗新麦的时候，突然感到腹胀，便去上厕所。很长时间，他都没从厕所出来，臣子们到厕所里一探究竟，发现他们的君王"如厕，陷而卒"。〔左传·成公十年〕——晋景公掉进粪坑里淹死了。

晋景公有个小臣，早上的时候梦见自己背着国君升天了。于是，中午的时候，这位小臣把掉进粪坑里的晋景公捞出来，然后"负晋侯出诸厕，遂以为殉"。〔左传·成公十年〕——小臣把晋景公背出厕所，然后为晋景公殉葬了。

君王们不择手段地维持权力，梦想着千年万年地吃到新麦。

新麦虽可口，梦想有风险。

上有神灵，下有粪坑。

最终，归宿也不过是在痴心小臣的陪伴下入土为尘。

五　麻隧之战：我的丈夫美玉一样温厚

晋景公死后，太子寿曼继位，是为晋厉公。

晋厉公决心拯救晋国霸业的颓势。

晋厉公继位不久，晋、楚两国在宋国大夫华元的安排下，在宋国都城的西门外举行了"弭兵会盟"。两国都同意暂息兵戈，停止战争。

同年，晋国大夫郤至至楚，楚大夫公子罢至晋，晋、楚两个争霸多年的大国之间，出现了双方渴望已久的和平局面。——至少在此时，晋、楚两国各得其所：晋国是为了拆散秦、楚联盟，确保自己南部的安全，以便集中精力对付西部的秦国；楚国是因为东部吴国的兴起对其构成了巨大威胁，需要集中精力对付吴国，避免楚国需要东、西两面作战。

晋国和楚国达成休战盟约后，晋厉公开始试探与秦国是否有改善关系的余地。他主动向秦桓公发出和平邀请，两国约定在令狐进行一次会盟。此时的秦桓公，正为晋、楚和解焦灼不安，因为他很清楚，晋国从争霸战中抽出身来的目的，就是专心对付秦国。因此，当晋厉公抵达令狐翘首以待的时候，对和谈心怀戒备的秦桓公走到秦国边邑王城（今陕西大荔以东）就不走了。晋、秦两国的使者只好隔着黄河，派人往返于令狐与王城之间，传达各自君主的立场。令晋厉公万万没想到的是，双方签订盟约后，秦桓公一回到国内，便立即向楚国以及白狄人提出了一份联合攻晋的作战计划，这份作战计划被暂时不想与晋国闹翻的楚共王告诉了晋国，晋厉公勃然大怒。

晋厉公决定用一场胜仗彻底制服秦国。

这一年的四月，晋厉公派大夫吕相赴秦。

吕相是晋国大夫魏锜之子，以擅长外交辞令著称。他在晋厉公的授意下，写出一篇对秦国的战书，史称《绝秦文》。这篇近千言的战书，从晋献公时期的"秦晋之好"说起，历数秦国在两国关系交恶中应负的责任，洋洋洒洒，为春秋史上最长的外交文件，堪称千古军事名篇：

> 昔日，我们的先君献公与贵国的先君穆公交好，二人勠力同心，共同盟誓，互通婚约。后来，上天降祸于晋国，使得文公流亡齐国，惠公也流亡到秦国。不幸的是，先君献公去世后，穆公不忘过去的恩德，使得惠公能够回国主持晋国的祭祀。但因为秦国无力完成重大使命，与我晋国有了韩之战的冲突。后来穆公内心懊悔，成就我先君文公回国，这些都是穆公的功劳。

> 我先君文公身披甲胄，跋山涉水，经历艰难险阻，征服了东方诸侯，使得虞（舜）、夏、商、周的后代都来到秦国朝见，也算是报答了秦国的恩德。我先君文公率领诸侯与秦国一起包围郑国，秦国的大夫不与我们的先君商量，擅自与郑国订立盟约。诸侯们都很痛恨这件事，打算讨伐秦国。文公为此很是忧虑，竭力安抚各诸侯国，使得秦军没有受到损害平安回国，这是我们晋国有功于秦的地方。

> 不幸的是，先君文公去世，穆公不仅不派人来吊唁，还无视我们的先君故去，以为襄公年幼软弱可欺，突然侵犯我们的崤地，断绝我们与各诸侯国之间的往来，攻打我们的城池，灭绝我们的友邦滑国，离散我们的兄弟，扰乱我们的盟友，企图倾覆我们的

国家。我们襄公没有忘记穆公过去的勋劳，但因为担忧国家存亡，不得已有了崤之战的冲突，但还是愿意在穆公那里解释，以求其理解。然穆公不听，反而通过亲近楚国来谋害我们。天意护佑我们晋国，楚成王丧命，穆公因此不能称心如意。

后来，穆公和襄公先后去世，康公和灵公先后继位。康公是秦国的穆姬所生，却想损害我们公室、倾覆我们国家，带领内奸动摇我们的边疆，这才有了令狐一战。可康公还是不肯改悔，又进入河曲，攻打涑川、掠取王官、侵伐羁马，我们才有了河曲之战。秦国不能向东发展，那是由于秦国与康公断绝友好造成的。

及至秦君您继位后，我们的国君景公盼望着贵国派来使节，希望两国能够从此交好。但秦君不但不考虑与我们结盟，反而利用晋国有狄祸，趁机侵入河县，焚烧箕地、郜地，抢割秦国的庄稼，骚扰秦国的边境，因此又有了辅氏战役。秦君担心战火蔓延，想求福于先君献公和穆公，派遣伯车来对我寡君言道："你我重修旧好，丢弃过往的恩怨，恢复以往的关系，以追念先君的功勋。"

盟誓还没有完成，我们的景公就辞世了。为了能够接续盟约，寡君继位伊始，就与贵君在令狐举行会盟。可您却毫无诚意，随即就背弃了盟誓。白狄之君与贵君同在雍州，他是您的仇敌，却是寡君的亲戚。您派使者来说："你我共同攻打狄人吧。"寡君畏惧您的威严，不敢顾及亲情，当时就下令攻打狄人。不料您转头又去告诉狄人："晋国将要讨伐你们。"狄人很是憎恶贵国的做法，将此事告了寡君。楚国也来告诉我们说：秦国背弃了令狐盟约。并请求与我们结盟。您的使者对着上天以及秦国的三位先君和楚国的三位先王发誓说：我虽然与晋国有盟约，但我只看重利益。楚王厌恶秦君的反复无常，将此事公布出来，以惩戒言行不一的人。

诸侯们闻听此事，都为您感到痛心疾首，于是就开始亲近寡君。现在，寡君率领诸侯大军前来听命，完全是为了请求和好。如果您肯施惠于诸侯，怜惜寡君的用心良苦，就请允许我们共缔盟约。这也是寡君的心愿。一旦晋、秦再次结盟，寡君将安抚诸侯退兵。他们哪里还敢再兴兵戈呢？如果您不愿施惠诸侯，恐怕寡君也无法让诸侯们心甘情愿地退兵了。是和是战，全在您的一念之间，望您能够着眼大局深思熟虑。[左传·成公十三年]

兵者，诡道也。

在此之前，包括晋国在内的诸侯们，向来是说打就打、说干就干，晋国在战前搞了这么一个冗长的最后通牒，其目的不难揣摩：一，声讨秦国，作为双方扯破脸皮时的心理战术；二，麻痹楚国，让楚国相信晋国这次伐秦，完全是为了了结两国的历史恩怨，掩盖其先拿下秦国再对付楚国的战略意图；三，博得天下同情，让诸侯们都认为晋国是中原和平的维护者，只是因为秦国背信弃义、出尔反尔、率先挑衅，晋国才迫不得已去打一场反击战。——战争的策划者，往往需要站在道义的制高点上，将其发动战争的目的，描述成世间绝无仅有的正义。

公元前578年春，晋厉公率军前往周都洛邑，与齐、宋、卫、鲁、郑、曹、邾、滕八国国君所率领军队会师，筹划攻秦事宜。

晋国的作战得到了周天子的赞同。

周王室派出大夫刘康公和成肃公率领王室卫队助战。

对于晋军而言，为给予秦军彻底的打击，使其不再是晋国的心腹之患，必须速战速决，避免旷日持久又让楚国钻空子。为此，晋国集中了绝对优势兵力。晋军在晋景公时，扩军至六军，后来缩编为四军，但总兵力未减，再加上八个诸侯国的联军，总兵力不少于十二万，打破了春秋以来的用兵纪录。

秦军自秦穆公时起，全部兵力也没有超过三军，顶多五万人。面对晋军和诸侯联军的大兵压境，秦军即使倾巢而出，兵力上也处于绝对劣势。

当时，从晋都绛城，到秦都雍城，其间八百多里。两国的地界上有五条大河，因黄河彼此连通。东西横向的渭水，与黄河汇流后继续东去。而南北纵向分别排列着汾水、黄河、洛水、泾水，五大河流之间的地区，成为双方攻防与争夺的主要区域。

此战，史称"麻隧之战"，发生在泾河岸边。

这是晋军突破黄河和洛水向西推进的结果。

五月，晋军和联军逼近泾水东岸的麻隧（今陕西泾阳西北），双方形成战前对峙。

晋厉公亲自统率的联军声势浩大：晋军中军统帅栾书、副统帅荀庚；上军统帅士燮、副统帅郤锜；下军统帅韩厥、副统帅荀罃；新军统帅赵旃、副统帅郤至。另外，齐、宋、卫、鲁、郑、曹、邾、滕的联军部队与晋军混合部署，全部人马布阵在泾河以东。

秦国方面的将领和兵力部署，史籍少有记载。唯一可以肯定的是，由于兵力悬殊，秦军进行了战前收缩以集中兵力，作战阵形规模不大。只是，秦军一开始便在布阵上出现令人匪夷所思的失误：秦军背水设阵，摆出一副拼死决战的架势。——秦军的兵力不足联军的一半，在敌强我弱的情况下，即使不采取出奇制胜的战术，退而求其次也应该回避正面交锋决战，采取以拖待变的战法，因为联军终究是远道而来的疲惫之师。但是，秦军却以劣势兵力突出于大军之前，将河流置于身后，摆出一副破釜沉舟的决死姿势。——秦军的动机不得而知。或许，秦人认为自己的战斗意志天下无双。

公元前578年，五月四日，麻隧之战开始。

对于晋厉公来说，作战目的不是如何打败秦军，而是要以最快的速度对秦军造成最大的打击，以免将战事拖成旷日持久的消耗战。因此，战斗一开始，联军便全面出动，以极其猛烈的冲击对秦军背水固守的阵形进行极限施压。

泾河岸边，荒野平展，适合战车的集团冲锋。

上千乘战车卷起的烟尘遮天蔽日。

密林般的剑戟寒光四射。

将士们的呼喊声震天动地。

联军并没有采取传统的两翼突进、中军跟进的战法，而是齐头并进直接压向秦阵。先头部队的战车，很快便突破了秦军薄弱的防守一线，迅速向纵深推进。跟随战车的徒兵与秦军开始了短兵相接，剑戟和盾牌相互撞击中混合着伤者的惨叫，鸟兽为之心惊。

秦人的战斗意志的确不可小觑。

虽然迅速被压缩在了没有退路的泾水边，但秦军依旧在拼死搏杀。战斗的残酷超出了双方的预料，秦军横尸遍野，血流成河，两位将领负伤被俘。而联军也伤亡累累，曹国国君曹宣公在战斗中阵亡。

泾水被染成了红色。

黄昏，秦军残余部队仓皇逃窜，联军跨越泾水猛烈追击，一直追到侯丽（今陕西泾阳以西）才停止。

麻隧一战，秦军五万人马悉数被歼。

更重要的是，秦国在最强盛时的秦穆公时代，其势力已经抵达黄河东岸，这次战败令秦军向西退到了泾水以西，这是秦国自建国后始终采取积极东进的过程中唯一一次大规模的倒退。

麻隧之战，以晋军为首的联军，依仗绝对优势的兵力，采取全面出击的战法速战速决。而秦军在此战中没有任何值得称道的战术构想，仅仅凭借着一腔热血搏杀，最终在战场上一败涂地。

麻隧之战后，秦军的精锐悉数被歼，导致秦国数世不振，不再对晋国的西部构成威胁。

而晋国在取得麻隧之战的胜利后，完成了"秦、狄、齐"三强服晋的部署，中原各诸侯国均成为晋国的属国。

秦人民风剽悍，以尚武著称。

麻隧惨败对秦桓公造成巨大打击，第二年他就死了。

而战死在麻隧战场上的数万将士，令秦国子民的呼号飘荡在八百里秦川之上。

> 战车轻盈小车厢浅，
> 五根绳索环绕着车辕。
> 马背上拴着游环胁驱，
> 皮带上的铜环闪闪发光。
> 车毂很长坐垫很美，
> 驾车赶马鞭儿飞扬。
> 思念我的夫君人好啊，
> 温厚得就像美玉一样。
> 何时是他归来的日子？
> 让我心烦得好不悲伤。［诗经·秦风·小戎］

麻隧之战后，晋国可以放心大胆地对付楚国了。

晋厉公随即撕毁晋、楚盟约，把战争的矛头指向了楚国。

麻隧之战后的第三年，晋国在鄢陵之战中大败楚国，俘获了楚国王子茷，楚共王也被射瞎了一只眼睛。

晋国从此威震诸侯，号令天下，霸业盛极一时。

但是，晋国的内政又出乱子了。

还是公族争权夺利引发的。

晋国在剿除赵氏家族后，又出现了另一个超级豪门，主要由大夫郤锜、郤犨、郤至三人构成，时称"三郤"。其时，郤氏家族的财富有君主的一半，武力有晋军的一半，凭借可以敌国的财势不可一世。

郤锜是领军人物。

当然，公族们持前辈之功屡屡作乱的根本原因，还是君主们普遍的特殊嗜好："晋厉公侈，多外嬖。"［左传·成公十七年］——晋厉公生活极其奢侈，有很多宠信的小人。在汉语词汇中，"小人"是"君子"的反义词，指的是人格卑下，喜欢搬弄是非、挑拨离间、隔岸观火、落井下石的人。这种人一旦聚集在君主身边并得到宠信，国家的灾难就来了。

郤氏三人权高位重，积怨也就随之很多。

晋国大夫胥童，是晋国大夫胥克之子，胥克之职后被郤氏罢免，导致胥氏家族衰败。因此，胥氏家族对郤氏十分仇恨。从鄢陵战场胜利归来后，晋厉公得意扬扬，开始起用他宠信的人，被宠信的人中就有胥童。

晋国大权在握的老资格大夫栾书，也很痛恨郤氏，因为在鄢陵之战时他主张固守待援，郤至坚决反对而且取胜了，让他觉得很没面子。栾书老谋深算，给郤氏三人下了一个套：他对在鄢陵之战被俘的楚国王子茷说，你对我们的国君说，鄢陵作战时，郤至曾私下派人劝说楚王，趁着齐、鲁两国军队还未到达，立即与晋国开战。你只要这样说了，我就设法放你回国。于是，公子茷对晋厉公说了，晋厉公就此事问询栾书，老练的栾书回答说，我早已听说郤至准备作乱的事，当时他叫郤犫故意延缓齐、鲁两国出兵，自己却一再劝说君主作战，目的就是让晋军战败，然后他好迎接居住在洛邑的周子回国为君。如果您不相信，不妨派郤至出使周都洛邑，他肯定要去与周子秘密联系。

果然，郤至奉命去周都。

栾书提前派人去对周子说，郤至要来了，你一定要去见他！

郤至到了洛邑后，果然去见了周子。

于是，晋厉公准备发动群臣讨伐郤至。

这时候，胥童趁机进言说，一定要从三郤开刀，他们族大怨恨多，讨伐怨恨多的人很容易成功。

晋厉公便派胥童与他的另一位宠臣夷羊五，两人一起去刺杀郤至、郤犫和郤锜。——夷羊五的土地曾被郤犫夺走，他对郤氏也满怀深仇大恨。

郤氏得到了国君要暗杀他们的消息。

郤锜想要攻打晋厉公的宫室。

郤至不同意，认为不能犯弑君之罪。

公元前 574 年，十二月二十六日，胥童和夷羊五率领八百甲士围攻郤氏家。参加行动的，还有晋厉公的另一位宠臣长鱼矫。长鱼矫之所以与郤氏有仇，也是因为曾与郤犫发生土地纠纷，霸道的郤犫竟然将他逮捕，与他的父母妻子一起拴在车辕上示众。行动的时候，长鱼矫认为不必如此兴师动众，他和晋厉公派来的武士清沸魋一起，手持长戈，当郤氏三人准备与他们谈判的时候，瞬间出手用长戈刺死了郤锜和郤犫，然后追上逃走的郤至的车子将他刺死。

郤氏三兄弟的尸体被陈列在了朝堂上。

就在郤氏三人被杀时，胥童带领甲士劫持了中军栾书和上军副统帅中行偃。长鱼矫对晋厉公说，不杀这两个人，也会令国君忧患不断。栾书和中行偃的被捕，引起了朝中大族的恐惧，于是晋厉公说："一朝而尸三卿，余不忍益也。"〔左传·成公十七年〕——一天之内把三位卿的尸体摆在朝堂上，我的不忍越发强烈了。

长鱼矫立即出国逃亡。

晋厉公让栾书和中行偃官复原职，同时又奖励了胥童。

但是，得以幸免的栾书和中行偃，转身就拘禁了晋厉公，同时杀了胥童。

晋国的政治生态是卿族掌权，晋国君主并没有随便袭杀卿族的权力，当年清灭赵氏家族的下宫之难，是在栾书和郤氏等大夫的同意后才执行的。此次灭亡郤氏家族，虽是栾书所愿，但栾书等人也知道，一旦认可晋厉公袭杀郤氏是正确的，那么以后的国君就能随便袭杀其他卿族了。栾书想要取得其他贵族的支持，只能以杀掉晋厉公来表示对国君任意诛杀贵族的反对立场。

《史记·晋世家第九》："厉公囚六日死。"

晋厉公被囚禁六天后死了。

《左传·成公十八年》："十八年春，王正月庚申，晋栾书、中行偃使程滑弑厉公，葬之于翼东门之外，以车一乘。"——公元前573年，即鲁成公十八年春天，周历正月初五，晋国的栾书、中行偃派程滑杀了晋厉公后，把他埋葬在翼城（晋国故都）的东门外，仅用了一辆车陪葬。

晋国的霸业，自晋、秦的麻隧之战和晋、楚的鄢陵之战得以恢复。而为成就霸业付出的是数以万计的子民的生命。那些在战争中失去生命的普通兵士，不知贵族们何以门庭显赫、何以家财万贯、何以权势熏天，他们仅仅希望自己出征之后能够平安回家。就对生命的珍惜和对生活的热爱而言，阴鸷残忍的贵族们与"美玉一样温厚"的子民们相比犹如粪土。因此，《诗经·秦风·小戎》所吟唱的"何时是他归来的日子"，就不仅仅是女子在思念征夫了。

六　自古英雄出少年

晋国新国君年仅十四岁。

周子，也称孙周。其高祖为晋文公，曾祖为晋襄公。晋襄公死后，长子继位，即晋灵公，晋灵公的弟弟桓叔捷，为躲避哥哥的政治迫害，避难到周朝都城洛邑，并在那里娶妻生子。桓叔捷的儿子惠伯谈长大后，继续延续家族血脉，他有三个儿子，次子即周子。

栾书等人，之所以立桓叔捷的次子为国君，是因为"周子有兄而无慧，不能辨菽麦，故不可立"。[左传·成公十八年]——周子的哥哥不聪慧，分辨不出豆苗与麦苗的区别，所以不能立为国君。

周子出生在周天子脚下的洛邑，远离晋国国内纷乱的权位倾轧，童年生活安定而富足。据说他聪颖过人，十余岁时拜单国国君单襄公为师，学习君王之术和相人的本事。洛邑人对这位来自异国的少年十分欣赏，说他立如苍松、目不斜视、听不侧耳、言不高声，有帝王之相。

公元前573年，十四岁的周子进入晋国抵达清原（今山西稷山以北）。

由栾书带领的晋国诸卿大夫出城南下在此恭候。

面对诸卿大夫，周子的语气落地有声："我的祖父和父亲都未能继位，不得不到周都避难，最后客死于周。我已经远离晋国多年，从未期望当上国君。今天，大夫们不违文公、襄公的意愿而施惠，拥立桓叔捷的后代。我仰仗祖先和大夫们的威灵，得以承继晋国的祭祀，我怎么敢不兢兢业业？请大夫们辅佐我！"〔史记·晋世家第九〕——周子自出生便一直居住在洛邑，绝大多数晋人对他全无所知。此次回国继位，完全是栾书一手操办。大多数晋国大夫对栾书的一手遮天心怀不满，因此对这位十几岁的国君也表示出严重怀疑。可是，听完周子的这番话，大夫们都被这位从未谋面的少年的沉稳威严惊住了，纷纷表示："群臣之愿也，敢不唯命是听。"〔左传·成公十八年〕

周子继位，是为晋悼公。

这位十四岁的少年，自继位的那一刻起，便正襟危坐、大权独揽、发号施令、雷厉风行，其实施的一系列治国方略，远远超出了人们对青涩少年执政能力的寻常判断。

晋悼公继位的当天，就大开杀戒，不但处决了杀害晋厉公的直接凶手程滑等人，而且一口气流放了一大批晋厉公时期受宠的大臣，其强硬手段令满朝文武心惊肉跳。

接着，晋悼公连出新政，更令群臣眼花缭乱。

由于晋国大夫重臣连续出缺，为稳定朝纲，选拔有才能的贤者重组政权核心已成首要。在晋国，强宗林立是每一代国君不得不面对的难题，也是频繁引发内乱的根源。晋悼公一改"不蓄公族"的国策，大力提升公族地位，在团结得势的栾、韩两大家族的同时，提拔处于边缘的祁、羊舌两大宗族。——在调整王族与公族关系时，晋悼公显示出深谙权谋的才华：起初，他因自己立足未稳，没有追究栾书等人的弑君罪行，而一旦获得了公族的广泛支持，他就果断地撤掉了栾书中军统帅的职务，起用了侍奉过灵公、成公、景公和厉公的四朝老臣韩厥。——值得玩味的是，被晋悼公起用的韩厥，属于已经被灭族的赵氏家族成员，其少时家败后被赵衰抚养长大。——或许，晋悼公要向众臣和公族发出一个明确的信号：今后的晋国政坛一切都在君主的掌控中。

政权核心的重组，向来是政治操作的高危时期，以往历代晋国君主，都在这时候如履薄冰且屡屡遭到不测，而晋悼公竟然在维护旧贵族和起用新人之间巧妙地取得了利益平衡，不但没有引发政治危机，还进一步巩固了君主集权，其政治手段的游刃有余犹如一位老政客。

由于晋国连年发动对外战争，国人负担的军赋十分沉重，加上贵族们横征暴敛，子民贫苦潦倒，国家财政枯竭，国力严重下滑。为了恢复生产和提升民生，晋悼公施舍财物、免除欠债、照顾鳏寡、救济贫困、减轻税收、节省器用。同时大力整顿吏治，要求官吏和贵族归还克扣子民们的财物，甚至强制贵族必须把囤积的陈粮拿出来接济贫户。

对外，晋悼公也显示出老练的心机：他结婚了，娶的是小国杞国国君杞桓公的女儿。这显然是一桩政治婚姻，目的是向诸侯们宣告他的"天下一家人"的理念。——晋悼公将杞、滕、曹、邾、薛、莒等小国与大诸侯国并列，展示出身为中原霸主的晋国对众诸侯一视同仁的宽厚胸怀。

当所有的新政实施完毕时，距晋悼公继位还不足一年。

也就是说，当晋悼公确立自己当之无愧的大国君主地位时，尚不满十五岁。

从此，晋悼公入则从政，出则从军，他决心率领强大的晋军完成晋厉公未竟的事业：击败宿敌楚国，征讨背盟的郑国，重续晋国的霸业。

公元前 573 年，冬，楚国趁晋国新君继位，发兵攻灭舒庸国，又唆使盟友郑国攻打晋国的盟国宋国，然后授命流亡在楚国的宋国桓氏家族占据宋国的彭城，宋军数次攻打彭城都没有获胜，无奈之下只得向晋国求助。晋悼公立即召集诸卿商议，君臣决心一致：

成霸安强，自宋始矣！［左传·成公十八年］

成就霸业安定疆土，就从宋国开始吧！

晋悼公亲自率军出征，于十二月驻军台谷（今山西晋城西南）。

楚军见晋军阵势庞大，主动退却。

晋悼公遂与齐、鲁、宋、卫以及邾国会盟，商讨救宋事宜。

第二年正月，晋悼公率领诸侯联军围攻彭城，一举破之。

彭城被交还给宋国。

晋悼公乘胜追击，出兵伐郑，攻克新郑外城。然后，大军南下进攻陈国，继而打入楚国境内，大掠楚国边邑。——这是自齐桓公率诸侯联军征讨楚国百年后，楚国本土再一次遭到他国的入侵。

公元前571年，郑成公去世，继立的郑僖公继续与楚国结盟。

晋悼公再一次伐郑，并在郑国边境的虎牢修筑堡坞，迫使郑国向晋国屈服。

制服郑国后，晋悼公继续对楚国及其盟友用兵。

此时，东部的吴国迅速崛起，成为楚国的一大劲敌。

为进一步遏制楚国，公元前570年夏，晋悼公与单、宋、鲁、卫、郑、莒、邾等国，于鸡泽（今河北邯郸东北）结盟。晋悼公曾邀请吴王寿梦与会，吴王因道远未来，但不久吴国便主动遣使向晋国询问会盟的日期。晋悼公让鲁、卫先与吴王会盟于善道（今江苏盱眙以北），接着吴国便参加了晋悼公召集的十国诸侯戚地(今河南濮阳以北)会盟。至此，晋悼公完成了自晋景公起制定的晋国联吴制楚的战略意图。

正值青春年华的晋悼公，已是中原理所当然的霸主了。

公元前562年，四月，晋悼公率领诸侯联军，再次攻击归附楚国的郑国，在郑国都城的南门外炫耀武力，迫使郑国与联军在亳地（今河南偃师以西）结盟。盟书写道：凡是我们的同盟国，不要囤积粮食，不要垄断利益，不要庇护罪人，不要收留坏人，救济灾荒、平定祸乱、统一是非、辅助王室。如若有人违犯这些，司慎、司盟的神，大山、大川的神，群神、群祀，先王、先公，七姓十二国的祖宗，明察的神灵将杀死他，使他失掉百姓，丧君灭族，亡国败家。[左传·襄公十一年]

几个月后，晋悼公率领诸侯联军，又一次攻击了背叛盟约的郑国。

这一次，联军在郑国的东门外炫耀武力。郑国被迫再次求和，与联军在萧鱼（今河南新郑与许昌之间）会盟。为了表示彻底降服，郑国献给晋悼公乐帅三名、盔甲武器齐备的战车一百乘、编钟两列以及歌女十六人。晋悼公赦免了郑国的俘虏，还要求联军不得劫掠。

可以想见，众目睽睽之下，被数万精锐之师簇拥着的年轻君主该是何等的耀眼夺目。

有史家认为，萧鱼会盟，标志着晋悼公的霸业达到了顶峰。

这一年，晋悼公刚满二十五岁。

大国总会有麻烦，晋国的麻烦还是秦国。

秦国趁晋国伐郑救宋之机，突袭了晋国。

由于晋军守将轻敌，加上晋军主力在外，秦军大胜。

对于踌躇满志的晋悼公来讲，这是一个奇耻大辱。

公元前559年，晋悼公集合起晋军的全部人马，又联合了十二个诸侯国的军队，对秦国发动了声势浩大的复仇行动。

应该说，这是在晋国年轻君主的率领下，以晋军为首的诸侯联军最为强大的时候，所到之处无不所向披靡，更何况对手仅仅是秦国一国之军。但是，这次复仇之战令人匪夷所思的结局，是晋悼公万万想不到的。

问题还是出在晋国公族身上。

晋悼公继位后，掌握大权的栾书被废掉，为安抚栾氏家族，他还是为栾书的儿子栾黡，安排了晋军中职务最低的下军统帅职务。或许是因为其父有弑君的前科，晋悼公对栾黡多有防范，始终没有再提拔他。——晋悼公严重低估了晋国公族愤怒的后果。

复仇之战一开始，联军人多势众，秦军节节败退。但是，当联军深入秦国境内抵达泾水岸边时，却不肯前进了。——除了晋国，各诸侯与秦国并没有直接利益冲突，秦军撤退了，诸侯们便认为任务完成了，不想再付出伤亡代价。为了动员诸侯军渡河继续追击，晋悼公派能说会道的大夫叔向会见鲁国大夫叔孙穆子。谁想，叔孙穆子竟为叔向赋诗一首，内容是一位痴情的姑娘正等着情人过河来约会：

> 叶子枯干的葫芦已经成熟啦，
>
> 设下渡口的济水边已有摆渡。
>
> 要是水深呢你就用腰舟泅渡，
>
> 要是水浅呢你就蹚水过来吧。［诗经·邶风·匏有苦叶］

"穆子赋《匏有苦叶》，叔向退而具舟。"［左传·襄公十四年］

史籍记载如此简略，无法理解晋国大夫叔向能从这首充满情欲的诗里悟出什么军机。——总之，听完鲁国大夫的赋诗，叔向便准备了船只，然后鲁国和莒国的军队开始渡河。

郑国和卫国将领看见有人渡河，认为再不前进说不过去了，于是劝说各自的军队渡河。

联军渡过泾水驻扎下来，却因为中毒死了不少人。

秦人在泾水上游向河水中下了毒。

秦人的行径引起联军的愤怒。

郑国的司马子蟜率领郑军追击秦军，其他诸侯国的军队也纷纷跟进，一直追击至棫林（今陕西泾阳泾水西南），联军与秦军形成对峙。

晋军统帅中行偃向全军下令：明天一早，鸡鸣时套车，填井平灶，跟着我的马与秦军决战。

这时，下军统帅栾黡突然发难。他对中行偃说，晋国的命令从来都没你这样的口气。你的马头朝哪边我不管，我的马头向东走。说完，竟率领自己的军队朝东，向回晋国的方向走了。他这一走，下军副统帅魏绛也不得不跟着走了。

虽然晋军仍保留着四军的编制，但新军暂时由下军直接统领，因此栾黡和魏绛带走的几乎是晋军的一半兵力。

如此一来，仗没法接着打了。

而且，晋军内部分裂，统帅难以节制下属，着实让诸侯们看了一场笑话。主帅中行偃的脸上很是挂不住，但他却能不动声色地自我解嘲说，是我的命令有误，想来真是惭愧。我们还是撤了吧！

联军就这样不明不白地就地解散了。

这场酝酿多年的对秦战争，声势浩大地开场，磕磕绊绊地进行，最后莫名其妙地收场了，因此被晋人称为"迁延之役"。

"迁延"，拖延、徘徊、退却之意。

栾黡的弟弟栾针，对栾黡擅自撤军十分愤怒，他认为这场战役是为洗刷晋军战败于秦军的耻辱而进行的，如果就这样撤退将是晋国的又一次耻辱。愤怒之下，栾针竟然只身冲向秦军的战阵。随同栾针一同出战的，还有晋国大夫范宣子的儿子范鞅。——栾针冲入秦阵后很快战死，范鞅败退而归。

晋国和诸侯联军伐秦，两军尚未正面交锋，而联军因为中毒已死伤无数，这样未战而败的结果令晋人无法接受。

晋军回国后，栾黡把一腔怒火发泄到了范氏家族身上。他对范鞅的父亲、范氏家族的掌门人范宣子说，我弟弟本来不想去，是你儿子怂恿他去的。如今我弟弟战死，你儿子却活着回来了，这分明是你儿子杀死了我弟弟。这个仇我一定会报，如果你不想他死，就趁早把他赶出去！

范宣子不愿与栾氏家族闹翻，就让范鞅躲到秦国去了。

从此，范氏与栾氏结下了仇怨。

栾黡自作主张的撤军行为，乃兵家大忌，也乃国之大忌。

晋国的公族之争是一个巨大隐患。

这一隐患在晋国往后的历史中将产生更为严重的危害。

栾黡的行为，戳破了晋悼公精心营造的晋国内部的和谐景象。

非同一般的政客必须有深不可测的心机。

年轻的晋悼公的终极政治目标，是重回自己出生并成长的地方——周朝都城洛邑。此时的周王室早已颓落，完全沦为一个空空如也的招牌。

想必在洛邑长大的晋悼公，自回国继位时起，就打定主意要依靠晋国强大的实力成为真正的中原领袖。

晋悼公每次率军东出，都要经过洛邑，但他从来没有按照诸侯的礼仪去朝见周天子。与先辈霸主齐桓公、晋文公相比，他对周天子冷漠无视的态度，令他深藏不露的野心暴露无遗。萧鱼会盟后，晋悼公竟然向诸侯们宣布：免除各国对周天子的朝贡义务，改为统统向晋国朝贡。从那时起，晋国的朝堂便成为天下的中心，诸侯们向晋国贡赋纳帛，晋国的府库越来越充实，而周王室却越来越穷困潦倒。

公元前560年，宋平公向晋悼公奏《桑林之舞》，鲁襄公则奏《禘乐》，杞孝公、宋平公、鲁襄公还向晋悼公施以天子之礼。《桑林之舞》和《禘乐》，都是周天子在场时才能演奏的乐曲，因此晋悼公表现得很是惊诧，随后避席离开，以示不敢接受天子之乐。可他如此娴熟的政治表演，还是引起了诸侯们以及周天子的恐惧。

不甘被晋国取代的周灵王，联络对晋国一直不服的齐国，许诺让齐灵公恢复当年齐桓公"东方诸侯之长"的身份，诱使齐灵公发兵攻晋。

公元前558年夏，齐灵公违背盟约，纠合邾、莒两国攻打依附于晋国的鲁国。

晋悼公大怒，立即为伐齐做军事准备。

就在晋军即将出发时，有大臣发现天上出现了日食。

占卜结果：君主不祥。

果然，晋悼公突然病倒了，且病情迅速恶化。

六个月之后，公元前558年，十一月十五日，晋悼公病死。

那时，他刚满二十九岁。

自古英雄出少年。

史家异口同声地感叹晋悼公英年早逝，并由此感叹难怪后来晋国国运悲戚。人们的设想是：如果这位少年君主能够活得和正常人一样，晋国的历史命运是否会是另一种模样？

七　政在私门，其可久乎?

二十九岁离世的晋悼公有一个儿子，叫彪。

彪继位为晋平公时，也是个十四五岁的少年。

但是，此少年不是彼少年。

晋平公继位后面临的第一件事，就是是否完成父亲的一个遗愿：回应齐国对晋国霸主地位的挑衅。

由于晋悼公生前想一统天下的野心逐渐显露，天子地位受到威胁的周灵公不得不挑选一个有力量抗衡的大国来遏制晋国。就当时中原各诸侯国的实力来讲，能够与晋国抗衡的只有齐国。

齐国，自齐桓公去世后霸业衰落。但是在晋、楚争霸时，齐国一直不安分，屡屡试图挑战晋国的霸主地位。鞍之战战败后，齐国虽然表面上亲晋，私下里却极力扩张在东方的势力。至晋悼公去世，晋国内部公族争斗日趋激烈，齐国认为重新崛起的时机已到，便倚仗着周天子的支持开始以东方霸主自居。

晋平公继位后的第一个春天来了。

公元前 557 年，初春，晋平公在荀偃等重臣的簇拥下，召集十几个诸侯国的国君在溴梁（今河南济源西北）会商，讨论齐国联合邾、莒两国攻击鲁国之事。齐灵公没有参加，派大夫高厚与会。会上，晋平公训斥了莒、邾两国的国君，命令他们归还侵占的鲁国土地，并追究他们通楚附齐之过。尽管晋平公正襟危坐，厉声厉色，与会的莒、邾、卫、薛等国还是明显地站在齐国一边。当晋平公要求各国签订忠于晋国的盟誓时，齐国大夫高厚竟然不辞而别了。

第二年，卫国伐曹，齐国联络邾国再次伐鲁，鲁、曹两国一起向晋国告急。

齐灵公认为，自己是奉周天子之命为诸侯霸主的。

晋平公认为，晋国的霸主地位是几代先君打出来的。

齐国与晋国争霸的现实已无可改变。

晋国的老臣们认为：必须按照晋悼公的遗愿，对齐国进行一次彻底的军事打击。

但是，晋国与齐国相距甚远。

东方的齐国，幅员辽阔，山川纵横，北部边境以黄河为界，西北边境以黄河和晋国为界，西和西南边境与卫国相邻，南部边境与鲁国相邻。

公元前555年夏，晋军南下，以卫国伐曹为由攻卫，卫国随即降服。

接着，晋平公命令中军统帅荀偃向齐国进发。

晋军东渡黄河时，荀偃投玉入河占卜吉凶，同时发布讨逆宣言：齐灵公倚仗地形险要、人多势众，背弃友好、背叛盟约。晋君将率领诸侯们讨伐他。倘若获得成功，神灵不会蒙羞，臣荀偃也绝不会二次渡河，唯祈神灵明察护佑。〔左传・襄公十八年〕

这个讨逆宣言，传达出晋人不胜不还的决心！

十月，晋军抵达齐、鲁边境，在这里与宋、卫、郑、曹、莒、邾、滕、薛、杞、小邾十国军队会合。

晋平公向众人重申了溴梁之盟，随即率军向齐国境内进发。

此时，齐灵公已向西侵入鲁国北部的中都地区（今山东济宁汶上以西），同时还要策应卫国向东入侵曹国的军事行动。因此，齐军主力驻扎在位于齐、鲁、卫三国中间的平阴（今山东长清与平阴之间）地区。

平阴，齐国西部与卫国接壤的平原地带，没有任何险阻可依。平阴西边的济水流量很小，东边的泰山余脉是平缓的丘陵。

齐国在平阴加强了城防。

就双方兵力而言，齐军处于绝对劣势：

晋军加上十国联军，总指挥为晋平公，中军统帅为荀偃、副统帅为范宣子，上军统帅为赵武、副统帅为韩起，下军统帅为魏绛、副统帅为栾盈，总兵力约为十个军，十二万五千人。

在境内作战的齐军，应该是全军出动，但自齐桓公时代起，齐军始终保持着三军建制，总兵力顶多五万。

位于平原之上的平阴城，除了城墙外，唯一的防御工事就是城外挖掘的一条一里长的深沟。这条深沟也只能迟滞晋人的进攻而已。因此，齐灵公的心腹夙沙卫忧心忡忡，他建议齐灵公不要在这种无险可守之处作战，不如后撤到地形险要的地方据险固守。但齐灵公认为，逃离城邑会影响士气，决定在此与晋人决战。

集结在平阴附近的联军分成了两路：主力攻击平阴城，另一路经由鲁、莒两国，越过沂蒙山，直接袭击齐国都城临淄。

攻击开始了！

联军攻击的猛烈程度，超出了齐灵公的预料。或许齐灵公还寄希望于像当年联军攻秦的迁延之役一样联军内部会发生内讧，但他的判断错误在于：当年攻秦的诸侯国之所以消极怠工，是因为秦国并未危及他们的生存安全，而目前鲁国已深受齐国侵犯之害，卫、宋等国也已意识到，如果任由齐国坐大，他们将和鲁国一样处于齐国的威胁之下。

一里长的深沟不可能阻挡住联军的进攻。

城破仅仅是时间问题。

面对岌岌可危的局面，齐灵公急切地需要探听联军的虚实。

齐国大夫析文子，与晋国中军副帅范宣子私交不错，于是齐灵公派他以私人身份出城拜见范宣子。

晋军中军统帅荀偃,对析文子来访的目的心知肚明,决定将计就计。他让范宣子告诉析文子,联军迂回部队的一千乘战车,已经逼近齐国都城临淄,齐国一旦失去临淄就等于灭亡了。齐灵公还是应该早为自己着想。

齐灵公登高观察敌情,看见平阴城的四周旗帜飞扬,无数战车扬起的尘土遮天蔽日。——荀偃命令兵士们围着平阴城竖起无数面旗帜,同时命令每辆战车的后面拖着一大捆柴草来回奔驰,远远看去犹如千军万马正在集结。

齐灵公吓坏了。

十月二十九日凌晨,齐军连夜向东回撤。

平阴成为一座空城。

第二天一早,联军发现情况异常。

晨雾中,群臣诸将聚集在晋平公身边议论纷纷。有人说,平阴城内传来马的悲切嘶鸣,这一定是被丢弃的马匹感到了孤单,看来齐军已经撤出平阴。有人说,平阴城上空有很多鸟在愉快地叫着,看来城内没有人了。还有人说,平阴城墙上落下许多乌鸦,说明城墙上已经没有守军。

荀偃随即命令全军猛烈追击。

齐军撤退时,在平阴城的西面和东南面以及平阴附近的卢邑,都部署了后卫部队,命令将领殖绰、郭最两人负责后卫指挥。

齐灵公率军撤退时,将齐军的指挥权交给了心腹宦官夙沙卫。夙沙卫下令将辎重战车连接起来,在一个隘口一字排开,作为阻挡晋军追击的障碍物。

宦官执掌兵权,引起将领们的不满,认为这是齐国的耻辱,他们坚持让夙沙卫先走。

齐军将领殖绰和郭最把自己的马杀了,用自己的辎重和战车将隘口道路堵死。

十一月初，荀偃和范宣子率领的晋军中军，攻下平阴以南齐军防守的京兹（今山东平阴东南），魏绛和栾盈率领的晋军下军，攻下了济水东岸的邾地，赵武和韩起率领的晋军上军，包围卢地（位于平阴东北的济水东岸）但没有攻下。激战中，齐军将领殖绰被晋军将领州绰射中左右两肩，两支箭夹着殖绰的脖子。州绰对殖绰说，你如果停下别跑，可以做俘虏，不然我就向你的心口再射一箭。殖绰投降了。州绰把弓弦解下来，把殖绰的手捆绑起来，他的车右把跟着投降的郭最也捆绑了起来，然后把他俩塞在战车的战鼓下。

突破了齐军的阻击后，荀偃率主力向临淄进发，同时命令诸侯联军跟进。

十二月初，由晋、鲁、莒三国组成的迂回部队，越过沂蒙山后抵达齐国都城临淄城下。

荀偃率领的晋军主力也很快抵达。

联军开始对临淄城实施全面攻击。

第二天晚上，攻击部队点燃了临淄的西门，焚毁了临淄的雍门以及西面和南面的城郭。

临淄城陷入冲天的大火中。

三天后，联军攻击临淄的东门，焚烧了东面和北面的城郭。

齐灵公备车，准备一路向东逃到邮棠（今山东平度东南）。太子光和大夫郭荣牵住他的马说，诸侯联军之所以行动快速勇敢，他们是在掠取物资，外城的物资就要被抢完了，他们也就要退走了，君王你怕什么呢？更重要的是："且社稷之主，不可以轻，轻则失众。"〔左传·襄公十八年〕——一国之主不能逃走，逃走就会失去大众！——齐灵公还是想逃，太子光抽出剑来砍断了马缰，迫使齐灵公的马车停下来。

联军围困临淄城的同时，对四散溃逃的齐军穷追不舍，向东追至潍水，向南追至沂水边。

此时，晋平公获悉，楚国准备出兵伐郑以救齐国。

为避免腹背受敌，晋平公下令从齐国撤军。

平阴之战，晋国痛打了齐国，几乎令齐国灭亡。

此战采用了正面强攻与迂回包抄相结合的战法。战术上则成功地运用了虚张声势等计谋，智谋与善战结合得十分完美。而对齐军从平阴到临淄实施的追击，堪称春秋时期最远距离的追击战，果断迅速，穷追猛打，直逼城下，堪称经典。

平阴之战，晋国达到了其战略目的。

战后，晋军在范宣子的率领下再次伐齐，一直打到济水西面的谷地（今山东东阿一带）。

公元前554年，在济水西岸，晋人获悉齐灵公死了。

齐灵公死后，太子光继位，是为齐庄公。

为稳固自己的君位，齐庄公向晋国求和。

公元前544年，晋平公已经二十岁了。

因晋平公沉迷享乐不务政事，晋国要务完全依靠重臣维系。

在这种情形下，晋国的政治痼疾又复发了。

当时，执掌晋国军政大权的是栾、范、韩三个公族。

三个公族各怀心思地互相拆台。

迁延之役中，栾针因其莽撞行为阵亡，栾氏家族的栾盈认为这是范氏家族的范鞅设下的陷阱，范鞅因此曾逃亡到秦国。后来，虽然范鞅回国，但栾氏家族与范氏家族结下的怨恨并没有消除。

实际上，这两个公族之间是有联姻关系的：已故老臣栾书的儿子栾黡，娶的是范宣子的女儿，由于范氏家族为祁姓，因此栾黡的夫人叫栾祁。湛阪之战后，栾黡病死，其妻栾祁与家臣州宾私通，州宾因此几乎侵占了栾氏家族的全部财产。栾黡的儿子栾盈，对母亲的行为非常愤怒。栾祁害怕儿子报复，向范宣子诬告说，栾盈认为其父栾黡是范氏家族害死的，现在范氏家族专断晋国国政，他说这是哪怕自己一死也不能容忍的，因此栾盈有谋反的动机。栾祁的诬陷，导致范宣子将栾盈派到外地去监督筑城。

栾盈知道自己面临着危险，于是开始逃亡。

得知栾盈逃亡了，范宣子大肆搜捕栾盈的同党，仅晋国大夫就杀了十人、囚禁了三人。

晋国发生的内乱惊动了各诸侯国。

为了抓住栾盈，由晋平公出面，召集鲁、齐、宋、卫、郑、曹、莒、邾等国的国君，在商任（今河南安阳）会商，决定对栾盈实行联合通缉。依旧陷在平阴惨败情绪中的齐庄公得到报告：栾盈的不少同党，为了躲避搜捕，已经投奔到齐国，其中就有在平阴之战中活捉齐军将领殖绰的晋军将领州绰。于是，齐庄公不但对晋国通缉栾盈不以为然，而且很有些幸灾乐祸。

得知自己的不少同党在齐国，栾盈投奔到齐国去了。

齐庄公接见了栾盈。

虽然有大夫告诫，不要收留晋国逃亡来的人，这样可能会给齐国带来灾祸。但是齐庄公不听。齐庄公心里有一个向晋国复仇的极为大胆的计划。

公元前550年春，晋平公把妹妹嫁给了吴国。

齐庄公甚为积极，提出要给晋平公的妹妹送去陪嫁礼物。

齐国派往晋国运送陪嫁礼物的车上，篷盖遮住的根本不是礼物而是栾盈和他的武士们。

齐庄公率领着齐军悄然随后。

三月，栾盈秘密潜入栾氏封地曲沃，于夜里秘密会见了晋国在曲沃的大夫胥午，告诉他自己要发动叛乱。胥午认为，此事除了一死，不可能成功。栾盈表示，即便不免一死也要干。胥午随后举办了一场由曲沃人参加的宴会。宴会上，他告知众人栾盈回来了。曲沃人有的叹息有的哭泣，最后大家举杯宣誓："得主，何贰之有？"〔左传·襄公二十三年]——既然得到了主人，我们怎么能有二心？——在晋国历史上，都城绛城与曲沃之间，两大公族的矛盾根深蒂固。

听见曲沃人如此表态，栾盈从藏身之处出来，一一拜谢。

此时的晋国，范氏和韩氏两大公族，暂时处于联合对抗栾氏的状态中。栾盈担任晋军下军副统帅时，下军统帅是魏舒的父亲魏绛，栾盈与魏舒有点交情。因此，栾盈联络了魏舒，希望他配合行动。

四月，栾盈率领他的武士们，以魏舒为前导，袭击了晋都绛城。

晋平公得知栾氏杀了回来，顿时惊慌失措，身边的大夫将其推上一辆车去了别宫。

晋平公到别宫藏起来时，穿的是一身黑色的丧服。

但是，不知哪个环节走漏了风声，范宣子和儿子范鞅事先得知了栾盈的行动。因此，首先闯入王宫的魏舒，在宫门口便发现范鞅正等着他呢。范鞅告诉魏舒，晋军对栾盈的谋反早有准备，我的父亲已经在国君那里了，请您为我驾车一起去保卫国君。——魏舒竟然没有丝毫犹豫，立即跳上了范鞅的战车。跟随他的人问他到哪里去，他说去国君那里。魏舒变换立场如此之快，令跟随他的武士们目瞪口呆。

范宣子迎接了魏舒，承诺要把曲沃送给他，然后站在晋平公的宫门口对儿子范鞅说：如果有一支箭射进宫门，我就处死你。

范鞅不得不率军与栾盈带领的公族成员和武士展开血战。

混战中，栾氏家族栾乐的战车翻车，晋军一拥而上，他的胳膊被长戟打断，流血而死；另一位家族成员栾鲂也身负重伤。栾盈逃回曲沃，闭城据守，等待齐军的到来。

齐庄公率领的齐军正在行军的路上。

齐军出征伐晋，完全是利用栾盈为内应，试图趁晋国内乱予其毁灭性的打击。

由于必须与栾盈配合，加上齐、晋两国相距遥远，中途有太行山为阻障，如果不采取机动灵活和急速奇袭的方式，很难获得成功，因为齐军长驱直入，如果泄露行踪，如果行动迟缓，晋军只需少数兵力，便能利用太行加以阻挡，甚至歼灭齐军。

齐庄公的奇袭部队由六个队组成，先遣队、中央队、左右两翼队、后卫队和辎重队，从编组上看，部署之严密思维超前。

奇袭部队，全部由剽悍的武士组成。

齐庄公的行军路线，是一条遥远艰难的险途：首先要横穿卫国国土，然后选择太行山中的可以通行的隘口，越过太行山后需秘密与栾盈取得联系，最后避开晋军主力以最快的速度直取晋都绛城。

这是一次前所未有的远途袭击战。

无论从路途之遥远、行动之保密、后勤之支持以及体力毅力之考验，都显示出齐庄公坚毅果敢的性格以及齐人的无畏剽悍。

齐庄公选择的行军路线是：

> 入孟门，登太行，张武军于荧庭，戍郫邵，封少水。［左传·襄公二十三年］

孟门，位于今河南辉县，太行山八条隘路之一，乃中原进入晋国的要道。

荧庭，位于今山西垣曲与沁水之间，位于晋国都城绛城的东南。

郫邵，位于今河南济源以西。

少水，位于今山西沁水。

经过昼夜不停的急行军，齐军的奇袭部队进入晋国国土后分成两路：一路入孟门隘口，登太行山，经过今山西高平和沁水，直奔绛城；另一路沿着太行山南麓，经过今河南沁阳、济源，越过王屋山东部的隘口，与另一路会师于绛城。

在荧庭，齐军遭遇晋军的反击。

在齐军精锐部队的快速攻击下，晋军伤亡惨重。

齐军在此立起了收尸的标识性木牌。

齐军还派兵在郓邵戍守，并在少水岸边收集晋军的尸体，堆成一座大坟。——把敌方尸体堆成一座高高的小山，叫作"京观"：

京，谓高丘也；观，阙型也。古人杀贼，战捷陈尸，必筑京观，以为藏尸之地。古之战场所在有之。[张岱·夜航船]

因为没能与栾盈取得联系，齐庄公竟然果决地在少水边结束了此次奇袭行动。

返回齐国的途中，齐军攻取了晋国东部的军事基地朝歌。

这一年的冬天，曲沃被晋军攻破，栾氏全部被歼。

晋国不断发生的内乱，严重阻碍了其称霸事业。

因为内乱不断，晋国不得不停止对外用兵。

晋国在称霸的过程中，公族势力不断增大，甚至威胁着国君的统治，先有赵盾弑晋灵公，后有下宫之难灭赵氏，晋厉公灭三郤，栾书、中行偃弑杀晋厉公，晋平公灭栾氏家族。——公族的相互攻伐永无休止，最终造成晋国的分裂。

少年君主晋平公喜欢大兴土木，除了给自己盖宫殿外，还把"施工队"派到了外国。因为晋平公的母亲是杞国人，晋国出钱出力为杞国修筑城墙，这件事引起诸侯们的不满，认为杞国是夏朝的后裔，作为霸主的晋国，应该关心周朝姬姓国的安危。实际上，晋国的大部分财富，都集中在几家公族之手。诸侯们抱怨朝见晋国时，晋国要求携带的贡品过于贵重，各国因此负担很重。郑国国君为此专门去了一趟晋国，对掌权的范宣子说过这样一番话：您治理晋国，诸侯们没听说您有什么美德，只听说朝贡需要很重的贡品，诸侯们对这种情况感到迷惑。君子治理国和家，不是担心没有财富，而是害怕没有好名声。诸侯们的财货，一旦被聚集在国君家里，政权的内部就会分裂……好名声是装载德行的车子，德行，是国家和家族延续的基础。有了坚固的基础才不至于倾覆，您不也应该这样吗？

公族者，权贵也。

国家蛀虫非权贵莫属。

南方吴国出使晋国的使节到达晋国后，曾与晋国的赵氏、韩氏和魏氏掌权人会面,得出的结论是:"晋国其萃于三族乎!"〔左传襄公·二十九年〕——晋国的政权，早晚将归于赵、魏、韩这三家。

而齐国派往晋国的使节与晋国大夫叔向会见时，叔向悲观地对他说:"政在私门，其可久乎？"〔史记·晋世家第九〕——政务落在私家门下，国运还能长久吗？

晋国的大国地位岌岌可危。

天著春秋

第八章

鸡父之战：
熏风暖雨吟吴歌

一 春来江水绿如蓝

上古时期，一位失意的"英雄"自中原远走东南边陲，在异乡被土著奉为王，并为土著带来文明教化，据说这就是吴国的来历。

这是中国历史典型的"中原一统"的书写范式：轩辕黄帝的第十七世孙、上古周族首领古公亶父生有三子：长子太伯、次子仲雍和小儿子季历。季历有个儿子名叫姬昌，聪明早慧，深得宠爱，古公亶父想要传位于姬昌，但根据礼制应传位于长子，古公亶父因此郁郁寡欢。长子太伯知晓祖父的意愿后，带着二弟仲雍以为祖父采药为名出走了。他们一直走到被中原视为蛮荒的江南，定居于梅里（今江苏无锡梅村），把中原先进的农耕技术带到当地，当地上千的小部族自愿归附太伯，古吴国由此创立。[史记·吴太伯世家第一]

当时，位于中原东南的吴地，其习俗为"断发文身"，即剪短头发并文身。而中原则是束发，衣襟向右掩。西部的戎狄为披头散发，衣襟向左掩。因此，吴人也被中原人认为是蛮族。

多数史家认为，在与中原诸侯争霸的过程中，作为"蛮族"的吴人，虽然与中原没有近亲血缘关系，但是吴国君主将自己的祖先附会成中原圣王的苗裔，假借华夏祖先"太伯"成为华夏一员。如此这般，对内能增加自己的信心，对外则能赢得中原各诸侯国的认同。而由于吴国王室试图争取中原的承认，中原诸侯也由此"找到了一个失落的祖先后裔"，这个将周王朝周边民族的始祖几乎无一例外地追溯到中国上古圣工贤君的论式，完全符合"中原一统"的传统史学定式，因此被视为中国史学的正宗定论。

春秋时期的吴国国土，大致覆盖今江苏、安徽两省长江以南的部分以及浙江省内环绕太湖的北部。

太湖（当时名为五湖）流域是吴国的核心。

吴国的都城，前期位于梅里，后期位于吴（今江苏苏州）。

江南水乡，气候温和，土壤肥沃，风光秀美，自古便是富庶之地。

> 江南好，风景旧曾谙。
> 日出江花红胜火，春来江水绿如蓝。
> 能不忆江南？［白居易·忆江南］

在这片天堂般的沃土上，被称为"蛮族"的吴人很早就进入了稻作时代。被稻米养育的一代又一代江南人，创造出灿烂的江南文化。吴地很早就进入了青铜时代，其青铜铸造技术甚至优于中原。吴国的兵器享誉一时，吴剑、吴戈代表着当时兵器冶炼的最高水平，屈原的《国殇》中就有"操吴戈兮披犀甲"之语。迄今留世的吴王诸樊剑、吴王光剑、吴王夫差剑，皆锋锷犀利千年不朽。

从太伯创建吴国起，传至第十九代，吴王寿梦"始通于中国"。［史记·吴太伯世家第一］

此前，因母亲夏姬与陈国国君私通，夏姬的儿子、陈国司马夏征舒把陈灵公杀了。第二年，即公元前598年，楚庄王以弑君之罪讨伐陈国，将夏征舒车裂于陈国都城门外，并俘虏了夏姬。楚庄王以及楚国大夫巫臣皆恋上了夏姬的美色，楚庄王最终选择不要美人要霸业，他把夏姬送给了刚死了夫人的老臣襄老。公元前597年，襄老在邲之战中身亡。巫臣和夏姬私奔到晋国。晋景公任命巫臣为邢（即邢丘，今河南温县东北）大夫。巫臣留在楚国的全家因此被灭门。

巫臣决心向他的芈氏楚国复仇！

公元前584年，也就是吴王寿梦二年，巫臣建议晋国联合吴国夹击楚国。晋景公给了巫臣三十乘战车（约合两千人），巫臣亲自出使吴国，传授吴国用兵之术、车战之法、战阵布局、兵种设计以及中原人深谙的战场谋略。他甚至还根据江南的地理特点，帮助吴国建起一支强大的水军，其主要战舰竟然长达十丈。国力渐强的吴国随即与晋结盟，并开始与中原各诸侯国交往。

史家认为，巫臣抵达吴国，揭开了吴国崛起、楚国衰落的序幕。

吴国的主要对手是楚国。

在江南，吴、楚两国拼死相争你死我活。

与吴国相比，楚人因不断北上进入中原，受中原战争文化的影响很深。城濮战败后，楚国北上受阻，随即向东面的江淮流域扩展，不可避免地与吴国发生冲突。——淮河两岸的平原地带、淮河以南的大别山地区、长江北岸环巢湖周边，都是楚国与吴国争夺的重点。

当时长江两岸尚未开化，没有便捷的道路供兵车通行，于是两国经常发生水战舟战。巫臣来到吴国的那一年，吴王寿梦率领巫臣训练的水陆两军，向北讨伐淮河北岸洪泽湖边的徐国，原因是徐国依附楚国。

徐国不敌而降吴。

吴王寿梦认为，要想遏制楚国东进的势头，必须击破楚国入侵吴国的前锋。当时，楚国正在伐郑，吴、楚两国交界处的州来（今安徽凤台一带）仅留有少量部队。吴王寿梦亲率吴军攻破州来城，楚国调动伐郑部队前来救援为时已晚。——州来之战，不但州来城被吴军占领，且由于楚军分散了伐郑兵力，导致伐郑的行动也失败了。这是楚军第一次因受到吴军牵制而败北。

公元前576年，晋国策划联合吴国牵制楚国。此时的东方各小国，看到吴国居然打败了楚军，认定吴国是抗击楚国入侵东方的领导者，纷纷依附。——于是，由晋国带头，齐、鲁、宋、卫、郑、邾等中原诸侯国，与吴王寿梦在钟离（今安徽凤阳东北）会面，共商联合抗楚之计。

第二年，楚国在晋、楚鄢陵大战中失败。

吴国趁机攻占了楚国东北边境的四邑。

为了报复，楚国出兵，把积极支持吴国的舒庸国（今安徽舒城以南）灭了，并开始准备与吴国决一死战。

公元前570年，楚国伐吴。

楚国令尹子重，率领精心挑选的部队，沿着长江东进，一路势如破竹，一直打到衡山（今安徽当涂东北方向之横山）。子重想彻底打败吴军，遂派部将邓廖率车兵三百人、徒兵三千人持续向吴军进攻。

楚军出动的是一支精锐的突击部队。

但是，因初战顺利，楚军开始轻敌。

吴军的一支部队截断了楚军的中军，另一支部队袭击了楚军的先锋，楚军将领邓廖被俘，子重仅率车兵八十人、徒兵三百人退回楚国。

三天后，吴军乘势反击，楚国的又一座边邑被吴军占领。

令尹子重羞愧难当，不久突发心脏病死了。

春秋时期，吴、楚交战，皆为争夺长江中下游以及淮河流域的土地。而两国所争夺的土地，既不属于吴国也不属于楚国，都是东夷各部落的散居之地。因此，吴、楚两国都是单独作战，很少有联军。

尽管楚国国力殷实，拥有强大的军队，但由于长期为争霸中原而战，军队的作战能力和经验均以陆战为主，在水网地区作战并不是很顺手。吴国是一个新国，进取心正旺，兵士作战勇敢，更重要的是水陆两战皆擅长。自此，进入春秋强国之列的吴国，与霸欲强烈、自视无敌的楚国，演绎出数十年的拼死决斗。

熏风暖雨的江南顿时血腥弥漫。

二 当国君不是我的希求

江南的秋色也迷人。

稻穗微黄，田埂上的秋菊和紫荸开得灿烂。

沙洲芳草萋萋，远山一抹黛色，独木舟从远山的倒影上滑过。

长满了山坡的桂树香气缭绕。

密集的河网中，鱼儿鳞光闪耀，白色的鹭鸶和火红的浆果装点着平坦的沼泽。

浩荡的长江逶迤而来。

千年之后，诗人李白因安史之乱曾在这片富庶的江南之地暂避：

> 渌水净素月，
>
> 月明白鹭飞。
>
> 郎听采菱女，
>
> 一道夜歌归。
>
> 炉火照天地，
>
> 红星乱紫烟。
>
> 赧郎明月夜，
>
> 歌曲动寒川。
>
> 白发三千丈，

缘愁似个长。

不知明镜里，

何处得秋霜。〔李白·秋浦歌十七首〕

连年不断的战争让这位浪漫诗人愁绪万端。

突然间，一队舟船自东向西冲破了江面上薄薄的秋雾。

舟船上剑戟林立，船头的数面大旗上，太阳鸟图腾赫然在目。

吴人来了！

长江北岸古巢湖附近，原是由舒人和庸人融合而成的舒庸国所在地。这里物产茂盛，古老小国生活安定而富足。几年前，楚人来了，掠走了舒庸国的国君、财物、女人和青壮年，小国灭亡了，国土和子民自此成为楚国的边陲附庸。

于是，当吴人舟船出现的那个瞬间，被惊飞的野雁的凄清鸣叫打破了江南的宁静。

这一带是吴、楚两国的边境地带。两国之所以对这片土地来回争夺，除了对垒和扩张之外，还因这里是南扼长江、北制淮河的军事要冲。

公元前560年，吴国的君王寿梦在春天里死了。

接着，楚国的楚共王也在秋天来临时死了。

吴人趁楚国举国服丧之机，发动了对楚国的军事攻击，目的是夺回舒庸国的土地。

舒庸人再一次惊惶逃散。

从驾邑（今安徽芜湖附近）登舟启程的吴军，逆长江江流上溯百余里，然后弃舟登岸了。

刚刚继位的楚康王没有任何防备，紧急命令大夫养由基率领一支小部队前往迎敌，同时命令司马子午率领楚军主力随后跟进。

沿着长江北岸向东急行的楚军前锋昼夜兼程，于午后时分与登岸不久的吴军在泥泞的江岸边对峙了。

养由基对子午说："吴国认为楚国有丧事，无法出兵，定会轻敌不加严防。你且设置三处伏兵，等我去引诱他们入围。"［左传·襄公十三年］随后，养由基率领前锋小部队对吴军展开了佯攻。

面对楚军的突然攻击，吴军一开始有些懵懂，因为正在国丧期间的楚国不可能这么快就派兵迎战，其次是这股出击的楚军队形散乱兵力稀疏。片刻之后，吴军认定：这里距离吴国较近，吴国的兵力处于绝对优势，舟船携带的给养也十分充实；而楚国疆土广袤，这里属于楚军鞭长莫及的边陲，长途而来的楚军要想抵达只能轻车简从，如此疲惫而单薄且给养有限的对手，哪里经得住吴军的一打？

果然，两军交兵后，楚军立即呈现出败势。

在吴军压倒式的全面冲击下，楚军沿着长江一路向西撤逃。

吴军乘胜追击，准备径直杀至舒庸。

但是，当吴军追至一个名叫作庸浦（今安徽无为与铜陵之间长江北岸）的地方时，前面逃散的楚军突然消失了。吴军正困惑，天地间鼓声大作，数量惊人的楚军在吴军的东、西、北三面出现了，接着便是杀声四起。

无数面楚旗在江风中猎猎飘扬，这是一个令吴军猝不及防的场面：突然冒出来的楚军三面合围，唯一的缺口就是南面的长江，其阵形犹如一张倒拖的渔网合围而来，并迅速向江面推进。吴军在慌乱中拥挤在一起，战车无法移动，长戟无法伸展，逐渐被压缩在江滩上；马和战车陷入泥泞，兵士在楚军凶狠的砍杀下死在淤泥中；伤者绝望地惨叫，幸存的兵士木然地走向大江，然后消失在汹涌的江水中。楚军发现陷入泥泞的战车里，坐着吴国一位名叫党的公子，将其活捉。

战斗在吴军还没彻底反应过来的时候结束了。

幸存的吴军拼死冲破东面楚军的战线，顺着长江北岸逃向他们停泊舟船的登陆点，顺流而下仓皇回国。

楚军没有追击。

此战，《左传》中仅有数字记载：吴侵楚，"战于庸浦，大败吴师"。楚军在此战中采取的诱敌深入、三面设伏的战法，值得称道。

处于长江流域的吴、楚，从先民起源到历史沿革，与中原的联系并不紧密，因此，作战中就少了所谓"战争礼"的束缚。仅就战法而言，没有固定的套路，相比中原思维超前，用兵之道的诡异影响长远。但是，令人不解的是，军事战法如此，在政治文化上，吴国却深受中原影响。就在吴军被楚军打得丢盔卸甲时，吴国王室里出了一个典型的中原式的道德楷模。

在中原，无论哪个诸侯国，只要君主一死，必然会因诸子争位而产生内乱。可是，吴国国君寿梦死后，却呈现出另外一种政治现象：他的儿子们不但互相谦让，且谦让的程度令人难以置信。——寿梦有四个儿子：长子诸樊、次子余祭、三子余昧和四子季札。寿梦生前认为，季札聪慧贤能，曾想让他继位。寿梦死后，群臣们按照寿梦的遗愿，推举季札继位，但季札死活不肯，说国君之位应是大哥诸樊的。大哥诸樊更是高风亮节，反复谦让于季札，可季札就是不同意，诸樊只好答应在服丧期内暂时执政。

吴军从庸浦惨败回国，诸樊的服丧期也满了，他再次执意要把君位让给季札。季札说了一堆推辞的理由：吴国的祖先是周朝的太伯，太伯本是周朝王位的继承人，但祖父周太王有意传位给幼子季历以及孙子姬昌，太伯就主动让出王位，以采药为名出走到荒芜的荆蛮之地，建立起吴国。这是多么令人神往的美好品性啊！是多么令人仰慕的君子风度呀！最后，季札对诸樊说出了一句心里话：

> 有国，非吾节也。［史记·吴太伯世家第一］

当国君不是我的希求。

吴人还是坚持要让季札继位。

季札舍下家室财产，到乡下当农民去了。

世间真有不希求成为一国之君的人吗？

果然，季札的人生理想，远比当个君主壮阔得多。

在后来的日子里，他作为吴国的出访使者，在中原各国到处访问，依仗他的能说会道成为各诸侯国君主的座上宾。

公元前559年春，吴国因在庸浦之战中被楚军击败，向晋国提出联合进攻楚国的建议。当时，晋国与秦国之间刚刚爆发棫林之战，晋悼公虽然应吴国的请求召集各路诸侯会商，但多数诸侯国都不愿意参加伐楚联军，而晋国自己正在出兵攻秦，于是晋悼公以去年吴国趁楚国国丧发动庸浦之战是不道德的为由，拒绝与吴国共同伐楚。

此次会商的消息，很快被楚国知道了。楚国对吴国联晋伐楚的企图十分愤怒，于是，趁晋国忙于联合各诸侯国伐秦之机，命令尹子囊率军攻吴。

楚军向东偏北的行军路线是：穿越鸡公山和大别山区，沿淮河南岸一直行进到钟离，再自钟离南下抵达棠邑（今江苏六合以北）。从行军路线上看，这是一次路途遥远的跋涉，不但要翻山渡河，还要穿过数个楚国附庸国的国土，最后到达长江北岸。

驻扎在长江北岸的楚军无论如何挑战，吴军始终拒不出战。由于长江天堑阻隔，楚军尚无渡江南下的决心，只能在长江北岸大肆抢掠。见吴军仍无出战的迹象后，决定班师回国。

　　　　子囊殿，以吴为不能而弗儆。［左传·襄公十四年］

为了撤军的安全，令尹子囊亲自率军殿后，但因为认为吴军无能并没有严加戒备。

楚军回国，走的不是来时的路线，而是抄近道，由棠邑向南再向西长距离地回撤，经六邑（今安徽六安以北）后，再次翻越大别山区，西归楚国。

楚军南下，首先要经过大别山余脉的丘陵地带，这里有一条贯通东西的狭窄隘口，名为皋舟隘道（今江苏六合以北）。

令楚军万万没想到的是，当他们走入隘道时候，吴军出现了！

与去年楚军在庸浦出现时吴军毫无防备一样，吴军此时的出现也完全出乎楚军的预料。之前，吴军一直示弱不出，楚军统帅子囊判断：吴军在庸浦战败后，丧失了作战斗志，不会追击回撤的楚军。那么，出现在这里的吴军又是从哪里来的？明明楚军从长江边的棠邑撤军的时候，吴军还在南岸利用长江天堑修筑防御设施，根本没有出动的任何迹象。——如此，简单地计算一下便可得知，一定是楚军刚刚开拔，吴军就悄悄地北渡长江，然后疾速奔袭抵达皋舟隘道。

吴军诡异的行动从策划到实施史无记载。

唯一真实的是：吴军向毫无防备的楚军发起了攻击！

吴军采取的是中央突破的战法，即投入一支强悍的精锐部队，从因隘道狭窄而被拉长的楚军行军队伍的中间，如同利刃一般凶狠地刺进去，迅速将疲惫松散的楚军分割成两截。然后，楚军的后军首先受到两侧的伏击，在吴军如雨的箭矢、尖利的投枪以及粗木滚石的打击下，楚军躲无可躲、藏无可藏、血肉横飞、呼号凄厉。楚军的前军试图后转回援，遭到吴军的顽强阻击，始终不能与后军会合。当后军被歼大半后，吴军继而回击楚军的前军，前军无心恋战随即溃逃。

混战中，楚国公子宜谷被吴军生俘。

楚军统帅令尹子囊率残部突出重围逃回楚都。

逃回国的子囊，羞愧和激愤交集在一起，不久病死。

子囊死前对楚国大夫子庚说：赶快加强郢城城防，防止吴军攻打楚都。

一向轻视吴人的楚人，经过惨烈的皋舟之战，终于认识到吴人是一个可怕的对手。

自此，吴、楚两国至少在十年内没有发生过交战。

吴军出其不意地出现在楚军回撤的路上，利用险峻的隘道实施伏击，其战法与庸浦之战时楚军的伏击战大致相似。吴军先示弱并成功地麻痹了楚军，同时相当准确地预判出楚军回国的必经之路，且精确勘察了那条隘道的地形地貌，然后悄然出动大军，隐蔽地布下伏击阵，其谋略和战法显示出江南吴人的精明。

当楚人仍对那道布满残肢断臂的隘道心有余悸的时候，吴国君子季札到访鲁国，鲁人为他演奏了周王朝的宫廷音乐，季札不断地惊叹：美啊，实在是美！演奏完《小雅》后，他点评道，满怀忧思而无叛离之意，怨悱之情忍而不发，真是先王遗民的君子之风。当演奏到《大雅》的时候，季札有点激动了，说这乐曲是多么的温润、多么的和顺、多么的宽厚仁爱！最后，乐师们为他演奏了《颂》，季札情不自禁了："至矣哉，直而不倨，曲而不屈，迩而不逼，远而不携，迁而不淫，复而不厌，哀而不愁，乐而不荒，用而不匮，广而不宣，施而不费，取而不贪，处而不底，行而不流。五声和，八风平，节有度，守有序，盛德之所同也。"［史记·吴太伯世家第一］——这已经达到乐曲的极致了！这是君子圣德之人的象征啊！

这位"当君王不是我的希求"的王室贵族，其情趣之高雅令人羡叹。只是，与之不和谐的却是当时的中原：鲁国在齐国的蹂躏下民生破败，晋人与秦人之间互相残酷杀戮，深山中的皋舟隘道上尸骨成堆。——绕梁之乐和剑戟之声混杂在一起，令春秋的每一页历史都光怪陆离：产生柔情似水的君子的时代，何以战争如此频繁而残酷？如果世上少些征战君主而多些翩翩君子，又将是一种什么模样？

三 斩首行动

一国国君在战场上被对手诱杀，公元前549年之前的春秋战争史上尚无先例。

基于春秋时期所谓的"战争礼"，两国交战不伤国君是不成文的规制，且无论战斗如何残酷，无论哪一方的将士，在战场上与对手的国君碰面，都必须跳下战车、摘下头盔、施以面君之礼。然而，公元前549年，在吴、楚两国再次爆发的战事中，不但彬彬有礼的"战争礼"荡然无存，对参战君主的格杀勿论竟然恐怖地出现了。

打破先例的是楚国。

楚军在皋舟隘道上惨败十年后，公元前549年夏，"楚子作舟师以伐吴"。〔左传·襄公二十四年〕——地处长江中游的楚国的水面部队（舟师），攻击处于长江下游的吴国，这是史籍中最早关于"舟师"的记载。所谓"舟师"，就是作战船只从支流湖泊驶入了大江。

楚军兴师动众，最后却无功而返，原因是"不为军政"。〔左传·襄公二十四年〕所谓"不为军政"，一说是没有对部队进行战前动员，另一说是没有设立战时的赏罚办法。总之，对于这次作战，楚军没有进行充分的准备，走到半路就调转船头回国了。

不久，晋平公联合各诸侯国军伐齐，战于平阴（今山东长清与平

阴之间)。

齐国向楚国求助。

楚国出兵伐郑以援齐，这次出动的是陆军。

楚军大举北上，令吴王诸樊看到了一次机会。

吴、楚交界处的长江北岸至淮河一带，有不少史称"群舒"的小国。史料记载，当年周天子分封诸侯，将皋陶的一支偃姓后裔封为子爵，让他们就地立国。于是，淮水流域的小国有舒（今安徽桐城西北)、六（今安徽六安以北)、蓼（今安徽霍邱西北)，又有舒蓼、舒庸、舒鸠、宗等，被通称为"淮夷"。春秋时期，周朝王权衰微，大国争霸动荡，这些位于吴、楚之间的"群舒"小国，不但是楚国北上中原的必经之路，还是吴、楚各自的兼并对象以及相互征伐的战场。为求生存，"群舒"各小国只能在吴、楚之间来回依附，成为大国的附庸。

作为"群舒"之一的舒鸠国（今安徽舒城附近)，曾经在楚庄王时期反抗过楚国，被清剿后成为楚国的附庸，但该国一直对楚国耿耿于怀。吴国兴起后，作为吴国的邻国，舒鸠国有意亲近吴国以自保。于是，当吴王诸樊得知，楚军因大举北上伐郑后方军力空虚时，便趁机派人出使舒鸠国，试图与舒鸠国建立联盟关系。谁知，这一举动很快被楚康王得知，楚康王认为舒鸠国在预谋叛乱。

因此，当北上伐郑的楚军回国行至荒浦（今安徽桐城西北)时，楚康王派人去舒鸠国质问。舒鸠国的国君信誓旦旦地表示，根本没有与吴国结盟这回事，表示愿意与楚国再次结盟。楚康王不放心，准备对舒鸠国实施攻击，但令尹蒍子冯认为，舒鸠国已经请求结盟了，攻打没有罪过的国家，道德上说不过去。且长途行军的楚军已非常疲惫，不如先回国休整。如果舒鸠国真的背叛了楚国，再来攻打也不迟。

舒鸠国暂时躲过了一劫。

楚军回国的第二年，令尹蒍子冯死了，楚康王任命屈建接任令尹一职。这时候，楚国得到了确切情报：舒鸠国要与吴国结盟了。

楚康王命令屈建率军攻打舒鸠国。

舒鸠国向吴国求助，吴军紧急出动。

公元前548年，初秋，吴、舒联军在离城（今安徽舒城西北）与楚军相遇。

令尹屈建即将出发时，赫赫有名的神箭手养由基请求上阵。屈建劝说年事已高的他在家休养，说平定舒鸠这样的小国不劳老将军辛苦，但养由基说他娴熟弓马，与吴军作战多次深知吴军的特点，一定要再次杀敌立功报效国家。屈建见养由基心意坚决，即任命他为先锋大将、大夫息桓为副将，先行出发。

吴军以吴王诸樊之弟余昧为统帅，晋国使臣巫臣之子巫狐庸为军师。巫狐庸对楚军的作战特点非常了解，也知道养由基善射的威名，他事先准备了数十乘铜甲战车，每辆战车的车体和马匹都裹以弓矢不能穿透的铜甲，车内可立弓弩手数人，车旁留有孔洞便于向外射箭。吴军到达离城后，巫狐庸将这些铜甲战车全部隐藏在战场附近的一处树林里。

与吴军对峙的楚军，是养由基率领的三千兵力的先锋。战场经验丰富的养由基，在加强防御的同时，派人侦察地形并刺探情报，为主力到来做准备。——养由基之所以能面对吴军从容地做这些事，原因有二：一是自己的先锋部队兵力有限，应避免在主力抵达前贸然出击；二是他有一点轻敌，认为吴军水战尚可，陆战不行，舒军的战斗力更是不值一提。

然而，出乎养由基的预料，两军刚刚对垒，当面的吴、舒联军便发起了攻击。更让养由基困惑的是：吴、舒联军没有全军出击，攻击而来的是一支兵力不多的小部队。——如果吴军想趁楚军主力尚未抵达时，将楚军的先锋部队一举歼灭，只派一支小部队冲过来是什么意思？

面对压过来的吴军，养由基一车当先，一把大弓箭无虚发，他率领的兵士也都善射，楚军弓弩箭矢铺天盖地，吴军的前锋纷纷中箭倒地。

混乱中，养由基看见巫狐庸调转车头跑了。

楚军在后面紧追不舍。

楚军跟随逃跑的吴、舒联军接近了那片树林。

突然，一面大旗从树梢上飘起，然后是震天动地的鼓声。

数十乘披着铜甲的战车从树林里冲出，虽然这些沉重的铜甲战车行进有些缓慢，但很快便将追击而来的楚军合围。

大惊失色的养由基奋力发箭，箭矢均被铜甲阻挡。

此时，接近战场的楚军主力，得到了养由基陷入重围的消息，但由于战场处于山谷地带，楚军主力受到地形限制无法及时增援。

尽管楚军拼死肉搏，始终无法摆脱被动局面。

养由基身中数箭身亡。

残余的楚军在副将息桓的带领下落荒而逃。

楚军主力抵达战场后，吴军穿插至楚军左、右两军的中间，切断了两军的联系。但是，双方这样的对峙状态竟然持续了七天七夜，谁都没有贸然发动攻击。显然，楚军先锋部队的失利以及老将养由基的战死，极大地打击了楚军的士气。楚军左军将领子强认为，如果再这样拖下去，楚军的士气会更加低迷，必须速战速决。他提出的建议依旧是诱敌深入、主力伏击的战法："请让我率领我的家兵去引诱敌人，你们则选择精兵埋伏，等待我把吴军引诱到伏击圈里。如果咱们胜了，就乘胜追击；败了，视当时的情形灵活处理，这样做总比僵持下去强。不然，咱们肯定要沦为吴军的俘虏。"［左传·襄公二十五年］

所谓"家兵"，即大夫贵族的私家军。

春秋时期，在国与国的交战中，大夫贵族们出战时都带着自己的私家武装，其主要任务是保卫主人的安全，同时也是国家军队的一部分。私家军不但对主人忠诚，且有较强的战斗力，特别适合作为突击队或敢死队在生死攸关之际使用。

楚军准备拼死一搏了。

楚军中,带着私家军的大夫有子强、子捷、子骈、子盂和息桓五位。这五位大夫率领各自的私家武装作为诱敌部队,开始向吴军实施攻击。

与吴军接战后不久,楚军的私家军便开始撤退,经验丰富的吴军将领巫狐庸并没有贸然追击。——他刚刚运用伏击战术令楚军大败,对楚军可能复制伏击战术有所戒备。

楚军统帅屈建见吴军不上当,索性命令兵士们拆除营垒,在路上扔下一些辎重和旗帜,制造了一个楚军仓皇撤退的假象,同时依旧让那股私家军殿后诱敌。吴军发现楚军有全军撤退的迹象,立即发动了新一轮的攻势,楚军的私家军抵挡一阵便向后溃逃。身后的吴军因步步制胜,有了轻敌的心态,于是全线压上追击楚军。

吴军一直向西追至巢湖北面的一片丘陵间。

突然,两侧的高岭上旌旗林立,战鼓声起,紧接着便是万箭齐发,夹杂着滚石檑木轰隆隆落下。箭矢和石木冲击后,战车驶出山坳,步卒跟随其后,漫山遍野皆是冲击而来的楚军,吴军顿时被截成两段。同时,佯装退却的楚军私家军调转车头,配合埋伏的主力对吴军形成包围。

吴军奋力厮杀,直到巫狐庸率援军赶到,才在楚军的包围圈上撕开一条突围的缝隙。

遭遇伏击的吴军,兵力损失一半以上,不得不弃战回国。

楚军立即围困了舒鸠国的都城鸠里。

鸠里城小兵寡,很快城池陷落、国君自杀、太子被俘。

楚国在此设县。

舒鸠国从此在春秋的版图上消失了。

舒鸠之战的第二年,即公元前547年,吴王诸樊尚未从战败的沮丧中恢复,楚军联合秦军再次发动了对吴国的攻势。楚、秦联军前进到雩娄(今安徽金寨以北)时,发现吴国有备,没有直接与吴军交战,而是回头攻击了一下郑国。

吴王诸樊心有不甘。

这一年冬天，他亲自率领吴军扑向楚国的东部边邑巢（今安徽瓦埠湖东南），想用武力将其纳入吴国的势力范围，以弥补吴国失去舒鸠国的损失。

巢邑的楚军守将名叫牛臣。

牛臣是一位心机叵测的将领。

当吴军兵临巢邑城下时，吴王诸樊发现这座城池城门大开，城墙上也没有守军的影子。面对着一座不设防的空城，诸樊笑了：难道守城的楚军没有抵抗的勇气不战而降了？他驱使他的战车抵近城门，准备入城受降。——诸樊不知道的是，此时，隐蔽在一堵矮墙后面的牛臣，已经拉开了他的强弓，锋利的箭矢距他仅仅三四十步的距离。——这是可以精确瞄准且绝无失手可能的距离，也是箭矢杀伤力最强的距离。

　　吴子门焉，牛臣隐于短墙以射之，卒。［左传·襄公二十五年］

突然，牛臣从矮墙后站起来，弓弦一响，吴王诸樊应声倒下。

吴军将士惊惶之中抬起他们的国君后退，还没等回到营地他们的国君就死了。

埋伏的巢邑守军一起出击，吴军仓皇溃败。

这是春秋战争史上第二次有记录的空城计。

第一次是公元前666年，楚军伐郑，被郑人以空城计击败。

郑人的空城计，比诸葛亮的空城计早了整整九百年。

史籍记载，当时楚国已经知道吴军此次来犯是吴王诸樊亲自统兵，战前守将牛臣特别向楚康王报告了他的想法：

　　吴王勇而轻，若启之，将亲门。我获射之，必殪。［左传·襄公吴王勇敢却轻率，如果我们打开城门，他必亲自入城。我们趁机射他，一定会把他射死。

也就是说，楚康王事前对诱杀吴王诸樊的计划是知道的，而且是首肯的，可见吴王诸樊之死乃是楚国有意为之。

吴王诸樊被诱杀，意味着在中原各诸侯国之间的战争中，为了赢得交战的胜利已经无所不用其极，甚至开始了在战场上谋杀诸侯国君主的"斩首"行动。

"诡道用兵"走向了实战。

至此，吴人与楚人，一条长江连接的两国仇深似海，除了你死我活已断无任何和解的可能。

四　宫中多细腰

吴王余祭在征战时遇到了刺客。

公元前 544 年，吴军攻击越国，俘虏了越国的一位将领，并将他处以刖刑（砍掉一只脚），责令他为吴军看船。五月，吴王余祭到江口视察水军，因喝多了酒醉倒在战船上。那位被砍了脚的越国将领正好在这条船上，见吴王醉倒毫无戒备，拔出佩刀便砍。由于他脚下不便，用力过猛，佩刀砍在吴王肩膀上时，他也摔倒了。吴王在剧痛中大声呼喊，这才惊动了他的侍卫们。接下来的情节，历来史家颇有争执：

《左传》记载，吴王被那位越国将领当场砍死。可《史记》不但对这次刺杀只字未提，且明确记载吴王余祭死于十几年后的公元前 531 年。两部中国古代的重要史书，在涉及一位君主生死的记载上出入如此之大，实为罕见。所幸的是，当代考古出土了吴王余祭死后继位的吴王余眜的一把青铜剑，剑上的铭文记载吴王余祭死于公元前 531 年。看来《史记》的记载是正确的。而如果《左传》记载的吴王余祭遇刺确有其事的话，那么他当时也许仅仅受了点轻伤和惊扰而已。

吴王不但活着，还是一位身强力壮、精神抖擞的君主。

与始终惦记着周朝九鼎的楚国不一样，吴人认为长江流域的广袤和富庶，足以让吴国成为傲视天下的强国。对于中原，他们采取的是温和的、不结盟的政策。只有一种情况，能让他们与某个中原大国结盟，那就是这个中原大国是楚国的敌人。吴人清醒地意识到，处于长江上游的楚国才是他们的头号敌人，犹如惧怕不断淹没家园的洪水一样。——楚国不灭，吴人不宁！

而对于楚国来讲，中原正处在弭兵会盟的和平时期，吴国随即成为楚国前所未有的强硬对手。

吴王余祭发誓要与楚国死拼到底。

公元前538年，趁着晋、楚两个大国处于休战状态，楚灵王向晋国建议召集各诸侯国组成联军，伐吴！

楚灵王伐吴的理由很牵强也很荒诞：为齐国伸张正义。

齐国国君齐庄公被臣僚杀了。

齐庄公被杀的原因还是君主好色。

齐庄公迷恋上了齐国大夫崔杼的夫人东郭姜。为此，他不但经常与东郭姜幽会，还常常赖在崔杼家不走。崔杼非常愤怒，与大夫庆封合谋，决定把齐庄公杀了。一天，齐庄公要求崔杼进宫，崔杼推说有病不去，齐庄公立马亲自前去问候崔杼的病情，趁机与东郭姜再次幽会。就在齐庄公兴奋得不能自已的时候，崔杼和庆封事先安排好的武士一拥而上围住了齐庄公——

齐庄公请求免死，众人不答应。

齐庄公请求盟誓，众人也不答应。

齐庄公请求在太庙自杀，众人还是不答应。

　　公逾墙，射中公股，公反坠，遂弑之。〔史记·齐太公世家〕

齐庄公欲跳墙逃走，一支箭射中了他的大腿，他从墙头掉下来，死于乱剑之下。

齐庄公死后，齐景公继位。

齐景公尚幼，崔杼和庆封共同执政。

之后，合谋弑君的崔杼和庆封，不可避免地开始了争权夺利的较量。刀光剑影中，庆封失利，无奈之下带领家族和同党逃亡到吴国。

吴王余祭收留了庆封，把朱方（今江苏镇江东南）的土地赏给他安家，还把自己的女儿赐给了他，这使庆封比在齐国时更加富有和威风。背负着弑君罪名的庆封，在吴国混得如此得意，各诸侯国不免议论纷纷：要不是上天总让坏人富有，庆封又怎么能富贵起来呢？好人富叫作奖赏，坏人富叫作祸患。或许，上天让齐国的这家人在吴国落脚，就是为了将他们一网打尽吧？

无论如何，齐国的内乱和庆封的奔吴，纯属齐国内政和个人行为，与包括楚国在内的各诸侯国无关，楚灵王"为齐国伸张正义"只是一个幌子。

以楚军为首的诸侯联军浩浩荡荡地杀入吴国。

吴王余祭见诸侯联军来势凶狠，没有出兵阻拦，任凭沿路抢掠的联军直抵庆封所在的朱方。

庆封全族被联军诛杀殆尽。

既然吴国已经示弱，楚灵王率领联军从吴国撤离。

孰料，楚军刚刚回国，就获边境急报：吴军毫无征兆地大举出动，连续攻占了楚国东部和北部的几个边陲城邑。

疲惫的楚军主力只有再次出动紧急增援。

但当楚军主力抵达的时候，抢掠一番后的吴军已经撤离了。

吴军不断抢掠楚国边境城邑，让楚灵王很是头痛，也深感吴王余祭是个狡猾难缠的对手。为了防止吴军再次骚扰边境，他命令楚军在边境地区修筑灵巢城（今安徽长丰与六安之间）和州来城（今安徽凤台以西）。——这是楚国动用军队修筑大型工事以防御吴国的开始。

让楚灵王感到不快的还有一件事：联军在朱方捉住庆封的时候，曾牵着庆封游街公告他的弑君罪行。谁知庆封一边走一边喊：公子围就是杀死自己的国君篡位的！

楚灵王被庆封的视死如归弄得非常尴尬。

打着讨伐弑君之臣旗号的楚灵王，自己就是一个弑君之徒。

公元前545年，楚康王死后，楚康王的儿子熊员继位，楚康王的弟弟公子围为令尹。熊员幼弱，掌握军政大权的公子围以君主自居，出行与接见诸侯国使节均用楚王的仪式，毫不掩饰其篡位的野心，以至于当时的各诸侯国都预言：楚国离内乱不远了。果然，公子围在出访郑国时，刚刚行至楚国边境，宫里的眼线便向他报告：幼主熊员病了。公子围认为机不可失，即刻返回宫内，以探病为名，用束冠长缨将熊员勒死，并且一不做二不休，把年幼的王子熊慕和熊平夏也杀了。

然后，公子围自立为王，史称楚灵王。

让楚灵王闻名于春秋史的，倒不是他残忍的弑君行为——杀死君主登位之事，春秋史上比比皆是——而是他奇特的文艺与审美嗜好：据说，他是位精通音律的音乐家，能够当众演奏妙曲，令听者如痴如醉；他还是位身姿优美的舞蹈家，能够在宫廷舞会上翩翩起舞，令观者疑为天人。更为奇异的是他的另一个嗜好，令数千年之后的中国人依旧知晓——楚王好细腰。

楚灵王喜欢细腰的宫女，这是后世的演绎。

其实，楚灵王所好的细腰，并非女人之腰，而是"士人"之腰，即男士们的腰。

楚灵王喜欢纤细腰身的男子，导致楚国朝中的一班大臣唯恐自己腰肥体胖失去宠信，只好每天只吃一顿饭以节制自己的腰身。即便如此，每天起床后，还要在整装时先屏住呼吸束紧腰带，然后再扶着墙壁站起来。等到第二年，楚国满朝文武官员，脸色都是黑黄黑黄的。对此，《战国策》记述得更为详细：楚灵王喜欢士人有纤细的腰身，楚国的士大夫们为了腰细，每天只吃一顿饭，人人饿得头昏眼花，站都站不起来。坐在席子上的人要站起来，非得扶着墙壁不可；坐在马车上的人要站起来，一定要借力于车轼。人都想吃美味的食物，但楚国的官员们忍住不吃，为了腰身纤细即使饿死也心甘情愿。

喜欢细腰的宫女可以理解，喜欢细腰的男士是什么情况？

自古以来，君王喜欢什么，臣子们便迎合什么：当年晋文公喜欢士人穿破烂衣服，于是他的臣下们肩膀上披着一张羊皮、腰间围着一条牛皮、头上缠着一块布上朝，弄得满朝文武如同一群农夫牧人。穿什么倒不特别要紧，顶多看上去有点杂乱寒酸，但"吴王好剑，而国士轻死"。[管子·七臣七主]——因为君主崇尚武力，国人便都把自己的性命不当回事，这就有些恐怖了。

举国的男人们都腰细如柳，这个国家还有什么希望？

楚国，谄媚成风。

令人不解的是，楚灵王偏偏又是一位穷兵黩武的君主，他热衷于率领着他的细腰男儿出征打仗。

楚国作战的对象还是吴国。

不出所料，楚军屡战屡败。

公元前 537 年，楚灵王召集蔡、陈、许、沈、徐、越等诸侯国，组成联军大举伐吴。楚灵王的作战计划是：派遣楚国大夫蘧射率领驻守在繁阳（今河南新蔡以北）的部队，先行向东前进到夏汭（今安徽寿县淮河北岸）建立攻击前进基地；越国的部队北进到琐邑（今安徽霍邱东南）时停留，在那里迎候楚灵王一起前往夏汭。各路人马会合后，总攻时间定在十月。

九月下旬，越国大夫常寿过率越国部队渡过长江北上，楚国大夫蘧启疆在巢邑带领守备部队迎接。但是，越军的行动被吴军侦知，吴军突然出兵截击，蘧启疆率一部兵力迎战吴军，因疏于准备被吴军击败。

此时，楚灵王距离夏汭还有一半的路程。

吴王余祭的宗弟公子蹶由找到了楚灵王。

楚灵王问其来意。

蹶由说吴王派他前来犒师。

自己的国土即将遭到入侵，竟然前来慰劳入侵之师，听起来十分荒谬，但公子蹶由的一番话令楚灵王心生敬畏。

楚灵王问公子蹶由，你来时的占卜是否吉利？

公子蹶由说，吉利！

楚灵王大怒，要杀了公子蹶由，用他的血涂楚军的战鼓。

公子蹶由说，我们的国君听说您要向我国用兵，派我前来慰劳，同时观察楚王您的情绪如何。如果您心平气和，高兴地接待了我，这样我国就会放松戒备，那么，我国距离灭亡也就不远了。现在，我看见楚王您暴跳如雷，还要杀了我，这我就放心了。况且，我们吴国的占卜，只问社稷安危，不问个人生死。现在，您要用我的血涂楚军的战鼓，这样我国就知道如何防备了。打败楚军，难道不是我国最大的吉利吗？〔左传·昭公五年〕

公子蹶由，一条汉子。

楚灵王被公子蹶由的无畏震慑了，没敢杀他，将其押在后军随行。

但是，当楚灵王前行到汝清（今安徽淮滨以东汝水北岸）时，得到了蒍启疆被吴军击败的消息。楚灵王的自信心终于挺不住了，决定放弃联合伐吴的作战计划撤军。

第二年，楚灵王又决定伐吴。

他派楚军先攻击吴国的盟国徐国，同时命令尹蒍罢率领大军在沙汭（今安徽蚌埠以西沙水入淮水处）设伏，准备采取围点打援的战术伏击吴国援助徐国的部队。

吴军果然出兵援徐，但设伏的楚军在吴军的猛攻下大败。

愤怒的楚灵王把前线将领杀了。

此时的吴国已经无须把楚国放在眼里了。

历次伐吴的失败，让楚灵王觉得楚国的面子很不好看。为了维护楚国的大国声誉，他开始四处征讨周边小国，陈国、蔡国等无一幸免。

同时，为了掩盖楚国的衰落，楚灵王下令大兴土木以营造繁荣景象。他主持建造的一座宫殿，中间的高台高达三十仞（五十四米），名为"章华台"。章华台建好后，他召集各路诸侯前来庆贺，举行大规模的歌舞宴乐。在这座需要休息三次才能登顶的高台上，想必楚灵王又要亲自奏乐跳舞，身边的"细腰"们簇拥环绕。——所以，后世又称"章华台"为"细腰宫"。

连年的征战，奢华的工程，耗费了楚国多年的积累，楚国国力衰退，民生凋零，百姓怨声载道。可楚灵王的霸主感觉依然无以复加。公元前530年冬，他又派军攻击徐国，说是为了吓唬吴国。而他自己则带着卫队和侍从长途出游，抵达一个名叫乾溪（今安徽亳州东南）的地方冬狩。大雪纷飞，天寒地冻，攻徐的楚军将士在风雪中饥寒交迫。而楚灵王却戴着皮帽子，身穿秦国赠送的用禽兽毛绒制作的羽衣，披着翠鸟羽毛装饰的披肩，脚上穿着豹皮制作的鞋，与侍从们吃喝玩乐。

［左传·昭公十二年］

楚灵王问他的一个心腹侍从：当年齐、晋、鲁、卫四国，受封时都得到了周王室的宝器，只有楚国没有，我想派人把周王室的宝鼎要来，你认为周王室会给我吗？

侍从说，周王室和那四国现在都听从楚国，怎么敢不给？

楚灵王又问：许国原来是楚国的地盘，现在被郑国占据了，我想要回来郑国会给我吗？

侍从说，周王室连宝鼎都肯给您，郑国又怎么敢吝惜土地？

楚灵王又问：过去，诸侯们都惧怕晋国，如今楚国强大，我又灭了陈国和蔡国，在那里部署了一千乘战车，诸侯们怕我吗？

侍从说，当然，他们十分惧怕您。

楚灵王听完顿觉整个中原都是他的。

这位极尽阿谀的侍从，名叫析父，想必他的腰很细。

忘乎所以的楚灵王，在乾溪一直住到第二年春天，把朝政大事彻底抛在了一边。

他完全没有料到，楚都郢（今湖北江陵以北）会出事。

楚军灭蔡之后，蔡国臣民由楚灵王的弟弟公子弃疾统治。

蔡国灭国时，蔡国大夫观起被杀，观起的儿子观从逃到吴国，他发誓要借助吴国的力量向楚国复仇并恢复蔡国。

这一年，观从承诺帮助公子弃疾回到楚国掌权，他秘密地将公子弃疾以及楚灵王的另外两个弟弟公子比和公子皙召集到邓地（今河南漯河以东），结成叛乱同盟。同时纠集被楚国灭亡或入侵的陈国、蔡国、不羹国、许国、叶国等国的军队，联合开进了楚国。在公子比、公子皙和公子弃疾的里应外合下，联军攻入楚国的都城。

楚都郢破城后，联军杀了楚灵王的儿子太子禄和公子罢敌，拥立公子比为楚国国君，公子皙为令尹，公子弃疾为司马。

复仇心切的观从一不做二不休，率领叛军一路北进奔向楚灵王所在的乾溪。他向楚灵王的护卫和侍从宣布：楚国已经拥立新的君主。你们这些人，先回国的，保留你们的爵位、封邑、田地和房屋；后回去的，割掉鼻子，然后流放。

当楚灵王得知自己失去君位、儿子被杀后，惊恐地从车上跌了下来。他对身边的侍从说，这是因为我杀别人的儿子太多了吗？侍从们建议他到都城郊区等候国人的处置，他说众人的怒气不可冒犯；侍从们建议他到邻国的城邑去躲避，他说诸侯们到时候都会背叛我；侍从们建议他去诸侯国的国君那里请求出兵干涉，他说这不过是自取侮辱罢了。

就此，楚灵王身边的护卫和侍从一哄而散。

风雪中，只剩下楚灵王一人。

冻饿难耐的时候，楚灵王遇到一位"涓人"——曾经在楚国王宫里打扫卫生的清洁工——请求一口饭吃。这位清洁工说，新王刚刚下令，敢给你饭吃的，诛灭三族。饥饿的楚灵王实在支撑不住了，"枕其股而卧。涓人又以土自代，逃去"。〔史记·楚世家第十〕——楚灵王枕着清洁工的大腿躺下了，清洁工把土块塞在楚灵王的头下，抽出自己的腿跑了。

躺在地上的楚灵王，被当地一位管理芋头园的底层官吏申无宇发现了。这位小官吏对他的儿子申亥说，我的父亲曾经两次触犯王法，都被楚王赦免了，恩德没有比这更大的了！于是，父子俩把衰弱的楚灵王背进了自己家。

就在楚灵王生死不明时，公子弃疾再次发难：他派人在深夜的都城里乱喊：楚王回到都城了！楚王要惩罚叛乱的人！结果，刚刚登上君位的公子比和当上令尹的公子皙，在极度的恐惧中居然双双自杀了。

公元前 529 年，五月十八日，公子弃疾继位，改名为熊居，是为楚平王。

公子弃疾继位后的第七天，五月二十五日，楚灵王在申亥家自缢而死。申亥把自己的两个女儿作为人殉安葬了楚灵王。

夏五月癸亥,王缢于芋尹申亥氏。申亥以其二女殉而葬之。[左传·昭公十三年]

被活活殉葬的两位普通人家的女孩儿，至死都不会明白，她们与这位据说是她们的君主的人有什么关系？为什么要与这个素不相识的男人一起去死？

对于楚人来讲，下落不明的楚灵王生不见人死不见尸。

为了安抚国人的情绪，公子弃疾"杀囚，衣之王服而流诸汉，乃取而葬之，以靖国人"。[左传·昭公十三年]——楚平王杀了一名囚犯，在囚犯身上穿上楚灵王的衣服，放在汉水中漂流，然后再让人大张旗鼓地把尸体捞上来，当作死去的楚灵王安葬了。

晋国的外交家叔向曾说过，当一个合格的君王有五难："有宠无人，一也；有人无主，二也；有主无谋，三也；有谋而无民，四也；有民而无德，五也。"[史记·楚世家第十]——有宠臣而没有贤才，是一难；

有贤才没有支持响应的力量，是二难；有支持响应的力量却没有长远的谋略，是三难；有长远的谋划却无百姓的支持，是四难；有百姓的支持自己却无德行，是五难。

总之，自古以来，君主帝王，高难且高危。

当年，楚灵王修筑的那座"细腰宫"，当代考古在其遗址中发掘出一条用贝壳铺成的路。——两千多年前，在贝壳五彩荧光的映照下，楚灵王肩上的那件用翠鸟羽毛制作的披肩，该是怎样的光彩夺目啊？

楚灵王死后的第二年，吴国国君余昧也死了，其子州于继位，是为吴王僚。

吴、楚争霸之战自此进入了一个新阶段。

五 "余皇"号旗舰

两千多年前，倚江傍海的楚、吴、越、齐四国，都建有庞大的水军，就水军的规模而言，以地处长江下游太湖流域的吴国为最。

吴国水军拥有当时赫赫有名的余皇、三翼、突冒、戈船、楼船等各种战船。

三翼，是大翼、中翼和小翼战船的总称，是吴国水军的主要作战船只。大翼战船的长度达到近三十米，船上有桨手和战斗人员九十多人，兵器有弩三十二张、箭三千三百支、盔和甲各三十二副。中翼长十七米、小翼长十六米，桨手和战斗人员分别为八十六人和八十人。三翼均为快速攻击战船，船体修长，顺水而下疾行如飞，有较强的作战能力。

突冒，是一种船艏有前突的坚硬冲角的战船，能快速行驶，作战中可用冲角撞击敌船。

戈船，一谓船上建戈矛，因而得名；一谓船下安戈戟等利刃，以御潜水凿船之人，因而得名。

楼船，因船上建楼得名，是一种大型战船，通常作为统帅的指挥旗舰。与舟师所用的战船相比，楼船船高舱宽，就像一座水上堡垒。

吴国水军的旗舰名为"余皇"。

后世用"余皇"泛指云帆高挂的大船。

公元前 525 年，吴国开始做战争准备。

吴王僚对水军建设格外重视。他在长江岸边的朱方建起一个巨大的造船基地，江南水乡的能工巧匠们夜以继日，赶造了两百艘新的战船，还把旗舰"余皇"号修缮一新。——吴王僚向长江上游凝望，烟波浩渺的远方就是吴国的死对手楚国。

吴王僚不知道的是，几乎与他同时继位的楚平王比楚灵王要精明得多。

由于楚平王有逼死楚灵王以及公子比、公子皙的政治前科，因此，继位之初他便努力将自己装扮成一位宽厚仁慈的君主。对内，他封赏功臣，抚慰民众，宣布为让子民休养生息五年内不发动战争；对外，他不但让被楚国灭了的蔡国和许国复国，还把楚国在历年对外战争中俘获的许、胡、沈、房、申等国的公族们统统释放，让他们回到各自的故地并给予土地。在权力内部，他密切注视着臣僚们的一举一动，为了稳固自己的君位，"既不能容忍骄横跋扈的权臣，也不能容忍才高望重的贤臣"〔张正明·楚史〕，当这两类臣僚都被他清除干净后，身边就只剩下唯唯诺诺的中庸之辈了。

历史资料显示，楚平王在位期间，楚国官场的贪腐成为一种痼疾，楚平王本人更是"奢侈众姿"，楚国对贪腐的惩治因此沦为清理手段，贵族与巨富们都明白：贪腐无妨，只要不冒犯楚平王，万事大吉。

对于君主而言，举国都是他的，谈不上"贪腐"二字。

如果说楚平王的享乐有些过分，是因为他喜欢上了一位美女。

君主喜欢美女本不是新鲜事，只不过楚平王看上的这位美女是他的儿媳妇。

公元前 527 年，楚平王的儿子太子建年满十五岁，为了联合秦国制约晋国，两国促成了太子建和秦国公主孟嬴的婚事，楚平王派宠臣费无忌前往秦国迎娶孟嬴。但是，当费无忌带着秦国公主走到半路时，费无忌提前赶回国，在楚平王面前把孟嬴的美貌说得天仙一般，怂恿楚平王把孟嬴娶了。谁知，楚平王竟然接受了这一建议，他让一名齐女与太子建成婚，自己娶了孟嬴为夫人：

> 平王使无忌为太子取妇于秦，秦女好，无忌驰归报平王曰："秦女绝美，王可自取，而更为太子取妇。"平王遂自取秦女而绝爱幸之。［史记·伍子胥列传第六］

作为楚国君主，楚平王最大的心结，还是长江下游的吴国。因此，即使将美人收入怀中的时候，他都没有忘记战争准备。他在国土的东边和西边，各建起一个军事训练基地，整军备武了整整三年。特别是当他得知吴国开始扩展水军后，断定吴军将要逆长江而上入侵楚国，随即也下令制造战船并抓紧训练水军。

楚平王的判断是对的。

公元前525年十月，吴国水军开始大规模集结。

随后，吴军由吴王僚的堂兄公子光率领，从朱方登船出发，逆流而上向楚国进发。

获知消息的楚国水军随即出动，顺长江而下迎击吴军。

长江江面上，亘古未有的情景出现了：两支全副武装的船队浩浩荡荡，鼓胀的巨帆下，桨手们低沉的划桨号子声在汹涌湍急的水面上回荡，战船的甲板上剑戟林立，猎猎战旗在初冬潮湿而清冷的江风中高高飘扬。

两军船队在江面上对峙了。

对峙的长江江段名为长岸（今安徽当涂西南）。

史称"中国古代战争史上的第一场水战"即将展开。

相比陆战，水战难度大，要具备预测风向、观察水势、水面导航以及操控船只等知识技术。因此，春秋时期的水战，其战法尚处于原始状态：双方战船距离较远时，进行的是弓箭战；双方战船近距离接触时，主要是撞击战和接舷战，即战船之间的相互撞击，哪怕双方的战船同时倾覆；最后，是登上对手的战船展开白刃战。

战前，楚军照例进行了占卜。

占卜由令尹子瑕主持，结果是"大凶"。

这让楚军将士们很郁闷。

大司马子鱼不服，认为楚军处在江水上游，占尽地利，为什么不能取胜？再说，主导战事的是大司马而不是令尹，应该由大司马来重新占卜。

子鱼占卜的结果是："鲂也，以其属死之，楚师继之，尚大克之。"〔左传·昭公十七年〕——我明日率领从属慷慨赴死。我死后楚师将继续冲锋陷阵，我军定能取胜。

子鱼，名鲂。

子鱼慷慨赴死的决心，极大地鼓舞了楚军的斗志。

第二天清晨，江雾之中，吴、楚两国水军的战船迎面而来。

楚军战船摆出的是楔形阵列：子鱼乘坐的旗舰位于正前方，两侧是两列作战船只，各将领率领的指挥船在作战船只的尾部。——楚军之所以摆出先发制人的攻击阵形，是因为楚军的作战船只明显地少于吴军，但作战船只的体形却普遍大于吴军，可利用体形和重量优势主动冲撞占据上风。

吴军战船阵形带有明显的防守性：旗舰"余皇"号在最前方，其他作战船只横列排开，密集地分布在江面上，如同一堵防御墙。——吴军作战船只数量上占据绝对优势，虽然战船的体形不如楚军大，船体不如楚军战船坚固，但动作灵活，可以利用数量优势以及机动性，择机将楚军战船合围而后各个歼灭。

楚军击鼓后，子鱼的旗舰率先向前猛冲，径直冲入吴军的防御阵形里。

就双方水战的作战原则而言，战斗中的主要攻击目标是对方的旗舰。旗舰因为是高大的楼船，目标明显，很好辨认。因此，当子鱼的旗舰单枪匹马地冲过来时，吴军有些大喜过望：如果战斗一开始就能俘获楚军的旗舰，战斗的胜负就已明了。因此，吴军的数条战船立即向子鱼的旗舰包围过来，靠上子鱼旗舰的船舷后，吴军水军的战斗人员抛出带钩的绳索将其锁定，然后开始跳船搏斗。子鱼的旗舰丝毫没有减速。子鱼的目的很明确：利用坚固高大的旗舰，在吴军防线上撞开一个缺口，以便让接续而来的楚军船只以楔形队形插进去，彻底打乱吴军的作战阵形。

挺立船舷的子鱼全然不顾如雨的箭矢，在双方兵士的搏斗中厉声命令划桨手全力划行。随着楚军后续船只的跟进，吴军防线的缺口不断扩大。更重要的是，吴军统帅公子光，面对楚军采取的这种自杀式攻击，除了命令全力攻击子鱼的旗舰外，没有做出任何应对局面的战法调整。

子鱼决心一死。

旗舰上的桨手接连被吴军砍死砍伤。

最后时刻，子鱼身中数箭，倒在楚军旗舰的甲板上。

尽管子鱼的旗舰处于瘫痪状态，但是按照楚军的预定战法，楔形阵形始终保持着紧密靠拢的状态，弓箭手射出的箭矢在鼓声的指挥下一波接一波飞向吴军的战船。吴军的前锋战船已被子鱼的旗舰撞得七零八落，后面的战船在楚军的箭雨中无法快速前行，整个战斗阵形因为缺口的完全敞开而不复存在。

公子光这时候才发现，"余皇"号两侧的吴军战船正在纷纷调头，而楚军的战船正向自己的"余皇"号全速驶来。

富丽堂皇的"余皇"号孤立于楚军的包围下。

楼船高而大，重心不稳，加之转向半径大，尽管五十余名桨手拼死摇桨，弓箭手们奋力发箭，"余皇"号依旧无法摆脱楚军战船的围攻。数条楚军战船已经靠拢船帮，楚军兵士们开始登船。——在这个局部战场上,楚军无论作战船只还是作战兵士都占据着绝对优势。很快,"余皇"号的甲板上布满了楚军,船上的吴军除少数跳江逃生者外全部战死。

公子光在几名护卫的簇拥下,跳入一条接应的船只逃跑了。

长岸水战于正午结束。

虽然楚军付出了大司马子鱼阵亡的代价,但俘获了吴军水军旗舰"余皇"号。

欢呼雀跃的楚军费了极大的气力,将这只巨大的楼船从江心拖到岸边的沙洲上。

环而堑之,及泉,盈其隧炭,陈以待命。[左传·昭公十七年]

楚军在"余皇"号的四周,挖出一条环形的深沟,由于沟挖得太深,甚至挖出了泉水,但他们仍旧不放心,又在沟里塞满了木炭——塞满木炭的目的,一说是堵住泉眼,一说是点燃木炭能形成一道火墙以对"余皇"号进行保护——楚军想将这个辉煌的战利品完整地运到楚都去,献给他们的国君楚平王。

退出战场的吴军彻夜未眠。

统帅公子光对众将领说,"余皇"号是先王的乘舟,也是吴国水军的指挥船,我们把"余皇"号丢了,不但我有罪,大家也都有罪。现在,除了把"余皇"号夺回来,没有其他的办法免死。

大家都不想死。

公子光和将领们想出的主意是:在军中挑选三名水性好的兵士,冒充楚人,事先潜水到安置"余皇"号的地方,然后公子光亲率突击队攻击看守"余皇"号的楚军。

江南的冬夜寂静清冷,稀疏的星星在苍穹闪烁,江水在夜色中呜咽。

夜半时分,守护"余皇"号的楚军突然听到了一种诡秘的声音:"余昧!余皇!"接着,"余皇"号大船上竟然也响起回应:"余昧!余皇!"

这声音忽高忽低，忽左忽右，像是从江面上传来的，又像是从"余皇"号上传来的。守船的楚军兵士万分惊恐，胆大的开始在"余皇"号上探寻声音的来源，胆小的惊慌地大叫："余昧的鬼魂来了！余昧的鬼魂来了！"就在这时候，公子光率领着突击兵士杀了过来。这些兵士一边大喊着："余昧！余皇！余昧！余皇！"一边趁着暗夜凶狠砍杀，恐怖和血腥顿时笼罩了江岸边的这片沙洲。

"余皇"号被吴军占领。

公子光命令兵士们填平壕沟，将"余皇"号重新推入长江中驶回吴营。

长岸之战，难说胜负。

楚水军采取楔形攻击阵形的决死冲击，战法得当，效果奇佳。

吴军采取心理战和偷袭战结合的战法，抉择果断，可圈可点。

中国古代战争史上的首次水军编队作战，当入史册。

无法得知楚平王对长岸之战中楚军的表现有何反应，或许他已经顾不上了：此时，他得到了有人正在谋划一场推翻他的政变的密报。

起因还是他抢占儿媳妇的事。

楚平王抢占儿媳妇的事，始作俑者是试图讨好他的宠臣费无忌，费无忌因此成为太子建最憎恨的人。太子建的母亲是蔡国人，楚平王不怎么喜欢她，对太子建就较为疏远。得到楚平王宠信的费无忌，担心一旦楚平王死了，太子建会继位为君，那时自己就性命难保了。所以，他不断地在楚平王面前诋毁太子建，怂恿楚平王让太子建远离都城。楚平王听信了谗言，让太子建去驻守边陲城父（今安徽亳州东南涡河南岸）。但是，费无忌还是不放心，他对楚平王说，太子因为秦女之事一直心存怨恨，自从派太子驻守城父后，太子与中原诸侯频繁往来，据悉已有进攻都城发动叛乱之意。

楚平王召来大夫伍奢垂问。

伍奢，楚庄王时重臣伍举之子，时任太子建的师傅。伍奢知道这是费无忌的挑唆，劝说楚平王：不要仅凭拨弄是非的小人的谗言，就疏远自己的至亲骨肉。可楚平王听不进去，他把伍奢囚禁起来，同时派人去城父欲杀太子建。

太子建立即逃亡到宋国。

费无忌一不做二不休，建议楚平王不但要杀了伍奢，还要斩草除根将他的两个儿子杀了，以彻底清除构成危险的一切隐患。楚平王立即召来伍奢说，你若将你的两个儿子召来，便可免你一死。伍奢说，我的两个儿子，伍尚和伍胥，一个来，另一个肯定不会来。楚平王问为什么。伍奢说："我的儿子伍尚，为人正直憨厚，敢为节义死，慈爱孝悌忠义，听说可以免除父亲的死罪，必然会来，不会顾及自己的性命。但伍胥聪慧又有谋略，勇敢而喜建功，知道来必死定不会来。不过，未来成为楚国忧患的正是我的这个儿子。"［史记·楚世家第十］

果然，当楚平王派人要逮捕伍尚和伍胥时，伍尚主张不要反抗，伍胥则坚决反对，他认为：我兄弟俩一到，父子三人就会一起被杀！况且，去了便不能报仇雪恨。不如投奔别的国家，借助他国的力量来为父亲雪耻。一起束手待毙是没有作为的。伍尚认为，他知道应召前去也不能保全父亲的性命，但父亲召唤以求生路时不去，将被天下人耻笑。他对伍胥说，你逃走吧，如果你可以报杀父之仇，我将安心就死。

伍尚束手就擒。

伍胥射伤楚平王派来的人逃走了。

伍奢和伍尚被楚平王处决。

逃亡的伍胥，即为中国历史上著名的军事家伍子胥。

伍子胥想逃往楚国的敌对国吴国，但无奈路途过于遥远，盘缠有限又生了病，因太子建此时在宋国，他随即前往投靠。不久之后，宋国发生了内乱，他又与太子建一起逃到郑国，因太子建参与了推翻郑定公的未遂政变，伍子胥和太子建最终投奔到吴国。

公元前522年，长岸水战后第三年，伍子胥到达吴国。

伍子胥受到吴国的盛情款待，被任命为吴国大夫，成为吴国王室的重臣。

历史证明，对于吴国来讲，得到了楚国的伍子胥，远比从楚军手里夺回"余皇"号楼船要有价值得多。

而伍奢临刑前，听说儿子伍胥已经逃走，他对楚平王说："楚国危矣！"［史记·楚世家第十］

知子莫过于父。

楚国失去了伍子胥，江山岌岌可危。

六　鸡父之战：熏风暖雨吟吴歌

春末，淮河岸边桑树繁茂。

一棵桑树长在了边境线上。

> 楚边邑卑梁氏之处女与吴边邑之女争桑，二女家怒相灭，两
> 国边邑长闻之，怒而相攻，灭吴之边邑。〔史记·吴太伯世家第一〕

楚国境内卑梁氏的少女，与边境的另一边吴国境内的钟离氏之女，为争夺桑树发生冲突，两个女子的家人因怒而互相攻杀，两国边邑的长官听说后也因怒而互相攻打，最终楚国灭掉了吴国的这处边邑。

这次事件，再次让吴王僚感到淮河流域对于吴国是多么的重要。

在多年的吴、楚争霸中，吴国因溯江攻楚艰难以及淮河流域为楚国控制，伐楚战争始终未取得突破性进展，这让历代吴王耿耿于怀。

吴、楚边界位于淮河流域的中心地段，有一个名叫州来的重镇，一直是吴、楚争夺的战略要点。虽然州来曾两次被吴国占领，但都被楚军成功夺回。州来与它东面的钟离（今安徽凤阳以东）、南面的居巢（今安徽长丰与六合之间瓦埠湖以东）互为犄角，成为吴国难以逾越的障碍。

公元前519年，吴王僚率公子光等将领再次进攻州来。由此爆发

的一场几乎决定吴、楚两国命运的会战，乃春秋史上一场重要的战事——鸡父之战。

鸡父，位于今河南固始与金寨之间的古史河西岸。

吴军围攻州来的消息传到楚都，楚平王自知楚军的战斗力已经大不如前，于是召集顿（今河南商城以南）、胡、沈、蔡、陈、许六国的君主在鸡父会商。楚平王要求六国都要出兵，与楚军一起组成七国联军，由楚国令尹子瑕统领去解救州来。

围攻州来的吴军，见七国联军军力强大，迅速从州来向东撤离，将部队驻扎于钟离暂避敌锋。

然而，就在吴军开始转移的时候，行军途中的联军发生了重大变故：楚军统领令尹子瑕突然病逝，令尹一职暂由司马薳越代理。子瑕的死，导致楚军失去主帅，士气大减，加之薳越资历甚浅，无力指挥诸侯联军，于是薳越被迫带领联军退回鸡父，想休整后再决定下一步的行动。

吴国公子光听说子瑕身亡，联军不战而退，立即察觉到战机的出现，他向吴王僚提出率军尾随、伺机决战的建议。

在总兵力不占优势的情况下，公子光之所以提出这样的建议，基于以下理由：跟随楚国的诸侯虽多，但都是小国，均为被楚国所迫而来。且这些小国有各自的弱点：胡、沈两国国君年幼骄狂，陈国领军的大夫强硬但也固执，顿、许、蔡等国则一直对楚国心存怨恨，它们与楚国之间不是一条心，这一点完全可以加以利用。而楚军内部情况则更糟糕。主帅病死，代理令尹薳越在楚国不是正卿，楚军中很多人都是楚王的亲信，根本不会服从他的指挥。因此，七国联军同役不同心，兵力虽多也可击败。——"七国同役而不同心，帅贱而不能整，无大威命，楚可败也。"［左传·昭公二十三年］

接着，公子光提出了具体的战法：战场预定在鸡父。吴军逼近联军后的次日发起攻击，利用"晦日"（那天是七月二十九日，为晦日，晦日历来不打仗），趁敌不备，以奇袭取胜。在兵力部署上，先以一部分兵力来进攻胡国、沈国和陈国的军队，打乱其他诸侯国军，再集中兵力攻击楚军主力。作战步骤是：先示弱，麻痹对手，然后主力出击猛攻。

吴王僚采纳了公子光的建议。

吴军悄然地向鸡父逼近。

鸡父，位于大别山北麓，是淮河上游的军事要冲，也是楚国境内的重要城邑，其东南和西北方向散布着六、群舒、胡、沈、陈、蔡、顿、许、息、江等小国。楚国盘踞在这里，既可以控制这些小国，保持其势力范围，又可将其任何一地作为攻击吴国的军事前沿。对于吴国而言，如果控制了鸡父，不仅可以驱逐楚国在淮河和颍水地区的势力，也可以由此进入大别山区，为西进或南下攻击楚国腹地，获得一个便捷的军事出发地。

七月二十八日，吴军前锋抵达鸡父附近。

此时，诸侯联军还停留在鸡父。

诸侯联军没想到撤退中的吴军会调头尾随而来。

吴军抵达战场后，迅速展开攻击阵形，决定次日凌晨发动攻击。

七月二十九日，是七月的最后一天，月黑风高。

自古以来，阴历每个月的最后一天，都是用兵作战的大忌，动兵要避开这个不吉利的日子。

公子光，一个无所顾忌的无神论者。

在鸡父休整的联军没想到他们会在晦日遭到攻击。

凌晨时分，天色昏暗，吴军的攻击在突然响起的鼓声中开始了。

吴军按照公子光的建议：首先选择胡、沈、陈三国的军队作为第一攻击目标。但是，吴军的首轮攻击阵形令联军有点困惑：一群毫无队形和章法的散兵游勇，身上穿的也不是吴军的军服，蓬头垢面、乱喊乱叫、杂乱地冲了过来。——这是吴军派来的三千名没有经过任何作战训练的囚犯。

面对吴军突如其来的攻击，楚军代理令尹蔿越急忙唤起尚在沉睡的联军，仓促地将胡、沈、陈、顿、蔡、许六国的军队列为前阵。

吴国的囚犯与诸侯联军一接战便溃散了。

诸侯联军见势向前追击，争相抢夺战俘，由此进入了吴军早已预设好的埋伏圈。

公子光指挥右军、公子掩余指挥左军，吴王僚指挥中军，从三面突然合围而来。在这个局部上，吴军占据着绝对兵力优势，冲在前面的胡、沈、陈三国兵士瞬间便遭到无情的砍杀。血光四溅中，胡国和沈国的国君以及陈国的大夫被活捉，吴军当着三国兵士的面将他们杀了，然后故意任凭惊恐万状的兵士各自逃命。这些兵士朝着许、蔡、顿三国军队的方向跑去，边跑边喊：我们的国君死了！我们的国君死了！追击的吴军大播其鼓，胡、沈、陈三国的溃逃兵士冲散了许、蔡、顿三国的军阵，三国的兵士随即跟着逃跑，直接冲击了楚军主力的阵形。

追击的吴军军旗猎猎，杀声震天。仓促布阵的楚军，本来就因统帅子瑕中途死亡而认为自己出师不利，忽见诸侯联军漫山遍野地奔逃而来纷纷不战而溃。

战场一旦溃败，便收不住阵脚了。

楚军和诸侯军的残部，一直向北逃到蔡国境内才停住。

吴军占领鸡父后，乘胜扩大战果攻占了州来。

鸡父之战，兵力占据绝对优势的联军，失败得迅速而彻底。

深究楚军失败的原因：一是恃强好战，缺少谋略；二是主将缺乏威信，不能对联军实行统一指挥；三是对吴军的动向疏于了解，以至于为对手所趁机；四是临阵指挥笨拙，缺乏机动应变的能力。

吴国立国于江河交错之地，善于水战，陆地作战能力不能与楚军相比。但是，吴军实施正确的作战指导，巧妙地选择作战地点和时间，运用示弱于敌以及伏击突袭的战法，以寡胜多、出其不意、完胜强敌。

楚军撤退到蔡国后开始收拾部队。

但是，很快又传来吴军进入蔡国的消息，这令还在为鸡父战败而沮丧的代理令尹蓬越大惊失色。

进入蔡国的吴军，由公子光率领，目的却不是继续攻击楚军。

原来，逃亡到吴国的楚国公子建，其母是蔡国郹阳（今河南新蔡东北）封人（掌管封疆筑城的官职）之女。公子建逃亡吴国后，其母仍居住在郹阳，她没有复宠的希望，极度思念儿子。鸡父之战后，联军溃败至蔡国，她听说儿子在吴国，写信给吴王僚，恳求吴国接她去与儿子团聚。于是，为了安抚公子建，也为了争取蔡国，鸡父之战结束后，吴王僚便派公子光率领吴军潜入蔡国把公子建的母亲接走了。

楚国代理令尹蓬越听说吴军尾随而来，生怕重蹈鸡父战场的覆辙，仓促起兵迎敌，可当联军重新集结完毕时，发现吴军已经撤走。

蓬越的心情极度郁闷。

鸡父之战败了，现在又丢了先王的夫人，他只有向楚平王请死。他的部下说，不如拼死攻击吴国，或许能侥幸得胜而免罪。蓬越却说，就目前吴、楚两军的军心而言，楚军根本没有取胜的希望。

自知不免一死的蓬越，在蔡国南部驻地自杀了。

楚国此次出战，连死两位令尹，楚人惊惶不已。

新任令尹公子常上任后做的第一件事，就是加固楚国都城郢的城墙，这一举动意味着吴国有可能进攻到这里，结果楚人更加惶惶不安了。

楚国左司马沈尹戍认为，加固都城城墙是一个荒唐之举，还是一个不祥之兆，他的一番有关国家安全的话令人深思：一个大国的稳定，不能靠加固都城的城池，而是要靠对外结好四邻、对内安定民生。没有了内忧和外患，又何尝用得着加固城墙？一个大国，如果放弃了民众的利益，民众就会放弃国的利益，被民众所抛弃的国怎能不亡？真正的大国，亲近民众，取信邻国，为官谨慎，信守道德，不贪不占不怯不弱，完善国防守备，又有什么可担心的？昔日，先祖的国土仅仅百里，都不用加固都城的城墙；现在楚国土地几千里之阔，反而要加

固都城的城墙了。看来，楚国真是要亡国了！［左传·昭公二十三年］

第二年，公元前518年，为报鸡父战败之仇，楚平王命令尹子常率领水军沿长江进攻吴国。左司马沈尹戍再次劝道：楚国现在连安抚百姓的能力都没有了，在民有怨心的国情下又要兴兵作战，必难成功。如果伐吴，吴有准备，一旦我回兵时遭遇追击，楚国边地必受到损失。还不如谨慎地守好边地，安抚百姓，整饬军备，待时机成熟再战不迟。楚平王不听。果然，楚军前进到圉阳（今安徽巢县以南）时，发现吴国早有准备，于是无功而返。吴军在追击楚军的过程中，占领了居巢和钟离两邑。至此，左司马沈尹戍直接抨击了楚平王：是谁制造了楚国的祸端？是君王！

公元前516年，楚平王去世。

第二年，即公元前515年，吴王僚去世。

互不相让的两个争霸者前后脚地死了，是巧合还是冥冥所致？

楚平王时期，楚国国力江河日下，失去了晋、楚和吴、楚争霸时的强大实力。楚平王死于郁郁寡欢，他给继任者楚昭王留下的是一个即将面临悲惨命运的楚国。

吴王僚死于政变。

发动政变者是公子光。

公子光早有政变之心，因为他认为君位本应是他的。

公子光是吴王诸樊之子（《左传》认为他是吴王余昧之子）。吴王寿梦死后，四个儿子的前三个诸樊、余祭、余昧先后继位，四子季札无心王位屡辞不授。余昧病故后，其子即位，是为吴王僚。公子光对此愤愤不平，认为自己的父亲诸樊是最先继位的，那么自己就应当在这一代里最先继位。于是，他暗中招纳贤能之士，准备袭击吴王僚，夺回王位。

公元前522年，楚国的伍子胥逃亡吴国，公子光以宾客之礼接待他。得知公子光的野心后，伍子胥将一位名叫专诸的武士推荐给他，自己则隐居乡野等待事变。

楚平王死后，吴王僚趁楚国国内动荡，派公子盖余和烛庸出兵伐楚。但是，伐楚的吴军被楚国断绝了后路，暂时无法撤回国内。公子光认为时机已到。武士专诸认为，现在吴国国内只有吴王僚的老母和幼子，他的两个弟弟率领吴军主力被阻隔于境外，国内没有了真正忠诚于他的刚直之臣，谋杀吴王僚的条件已经具备。

公子光对专诸说：“我，尔身也。”[左传·昭公二十七年]——我就是你，你就是我，咱俩祸福与共。

四月的一天，公子光让专诸事先埋伏于暗室，然后请来吴王僚在家中宴饮。吴王僚的护卫极其森严：从王宫到公子光的家，一路上以及公子光家的大门、台阶、屋门、座席旁，都布满了手持利剑的卫兵。为吴王僚进献食物的人，必须在卫兵的监督下，在门外脱光自己的衣服，换上专门的服装才能进门，而且必须跪着进去。这些进献食物的人跪行的时候，卫兵们用利剑交叉夹着他们的脖子，剑尖直抵他们的胸膛。吴王僚到来后，藏于暗室的专诸，把一把短剑藏于鱼腹中，将自己伪装成进献食物的人。——这场过程短暂的凶狠刺杀，极具专业性和自我牺牲精神：专诸突然起身，“抽剑刺王，铍交于胸，遂弑王”。[左传·昭公二十七年]——专诸起身抽剑刺向吴王僚的同时，卫兵们的数支利剑刺入了专诸的胸膛。

公子光自立为吴王，即春秋史上赫赫有名的吴王阖闾。

阖闾任命专诸的儿子为卿，同时任命伍子胥为行人之官（管理朝觐、聘问、礼宾的官员）。

被困在境外的公子盖余和烛庸，听说父亲吴王僚已死，立即带领军队投降了楚国，楚昭王把他们封在舒地。

吴王阖闾与伍子胥率军攻入舒地，杀死公子盖余和烛庸，彻底解除了吴国的政治后患。

吴王阖闾，比任何一任吴王都志向远大，决心实现先王们梦想的渴望更为强烈。他继位以后连续伐楚，攻取了楚国的不少边邑，但仍然觉得战果不大。公元前508年，他诱使楚国的附属国桐（今安徽桐城以北）叛楚，又唆使楚国的另一个附庸国舒鸠（今安徽舒城以东）请求楚国出兵救桐。楚昭王不知是计，命令尹子常率军攻吴，又命公子繁率军经舒鸠袭桐。吴军故意将大批战船集中在豫章（今安徽安庆附近）附近的长江江面上，按兵不动示以守势，暗中却将主力埋伏于豫章以北的巢地（今安徽桐城与安庆之间）。子常以为吴军主力尽在江上，松懈了对陆路方向的戒备。结果，集中在巢地的吴军主力突然对楚军的侧后发动袭击，楚军溃败。与此同时，公子繁率楚军一部经过舒鸠时遭遇吴军伏击，公子繁被俘。

豫章一战，楚国在豫章以东的诸邑及属国，皆被吴国占有。

豫章一战，在吴军的指挥将领中，除了智谋过人的伍子胥外，还有名垂史册的军事家孙武。

楚国的没落从鸡父之战开始。

此战之后，楚军很少主动出击吴军，基本采取消极防御的措施。

吴国，朝气蓬勃的国度。

江南熏风暖雨，吴歌温柔委婉。

吴人勤奋坚韧，君主野心勃勃，吴军士气旺盛，臣民人才济济。

吴王阖闾治下的是一个鼎盛的吴国。

攻占鸡父后，吴国获取了一块从陆路向西或向南攻击楚国腹地的集结地和桥头堡。

鸡父之战后，楚国左司马沈尹戌哀叹："亡郢之始，于此在矣！"〔左传·昭公二十四年〕——楚都的灭亡，开始于此。

沈尹戌，芈姓，楚国著名的谏臣，中国成语"叶公好龙"中叶公的父亲。

不幸的是，楚国的灭顶之灾，即将被左司马沈尹戌言中。

七 楚都哭声震天

豫章之战后，吴王阖闾告诉孙武：打到郢都去，灭楚！

吴王阖闾的这一野心，令满朝文武十分震惊：尽管吴军在对楚作战中屡屡取胜，但一个不容回避的现实是：楚国国土广袤、资源丰富、军力雄厚，与这个老牌霸主相比，无论军力和国力，吴国依旧处于劣势。局部作战取胜是可能的，直接打到千里之外的楚都去，如何实现？

孙武的回答只有六个字："民劳，未可，且待之。"［孙子兵法·九变篇］

孙武的话在吴王阖闾心中有相当的分量。

劳民伤财，时机未到。

孙武，也称孙子，这位被称为"兵家至圣"的齐国贵族，与孔子和老子并称为春秋末期的三位巨人。公元前532年，齐国发生内乱，年幼的孙武随同家人流亡吴国。他撷取二百多年来的中原诸侯战争的经验和教训，潜心钻研，著成兵法十三篇。公元前512年，经伍子胥多次推荐，孙武带上他的兵法十三篇晋见了吴王阖闾，他惊世骇俗的见解和理论引起了一心图霸的吴王阖闾的深刻共鸣。

孙武是个无神论者。他强调战争的胜负不取决于鬼神，而是与政治清明、经济发展、外交努力、军事实力、自然条件诸因素相关。孙武是唯物论者，认为世界是客观存在的且事物都在不停地变化。因此，他强调在战争中应积极创造条件，发挥人的主观能动性，将不利朝着有利的方向转化是军事智慧的核心要素。

《孙子兵法》的主题是："兵者，诡道也。"即，为了在战争中取胜，必须不择手段。他主张：制造最复杂的事变去使敌国穷于应付，以利益为钓饵引诱敌国疲于奔命。不抱侥幸心理，做好充分准备，既不能死拼硬打莽撞行事，也不能临阵畏缩贪生怕死。统帅不可性情暴躁易怒而失去理智，也不能过分珍惜声名而缩手缩脚。他认为决不能对敌国手软，战争就是疾风暴雨一般的横扫之举。

孙武让吴王阖闾等待时机，是为用必要的时间对吴国的政治经济进行变革。

此时，吴国南边的越国也有很强的实力。吴王阖闾登上君位后，接受了伍子胥"从近制远"的策略，即先破楚后图越、结好北方诸国。这一战略决策，令吴国与齐、晋两个大国保持良好关系，对越国形成一种无形的震慑，对楚国更是一种掣肘和威胁。

在孙武的辅佐下，吴王阖闾对吴国的军事体系进行了革新：加强吴国军队陆路作战的训练，使之适应与中原诸侯国作战的需要，同时提高将士们特别是指挥将领的战术素养。在武器制造方面，充分利用吴人掌握的先进金属锻造技术，使得吴军剑戟的实用性、坚固性以及锋利程度远远领先于其他诸侯国。

吴国的经济算不上发达。受其地理位置的影响，国土经常受到江河海水的侵害，军事防御设施尚不完备，国民的生活安全没有保障，国家的粮仓也未建立，荒地未充分开垦。为此，伍子胥提出"立城郭，设守备，实仓廪，治兵库"的治理措施。吴王阖闾立即全面实施，在完善国防设施的同时，劝民农桑、兴修水利，努力发展经济以充盈国库储备。

吴王阖闾深知凝聚民心的重要性，他在廉政方面的带头垂范令人难以置信：他吃饭从不超过两种菜肴，睡觉从不用两层的席褥，宫殿里不修筑高坛和台榭，器皿不饰以红漆和雕刻，所乘舟车不用修饰，所穿衣服和所用物品都选取坚实耐用材料以杜绝靡费。在国内发生灾荒和瘟疫时，他亲自慰问和资助孤寡贫困之人。在军中，有熟食的时候，先让军士们吃然后他再吃；如有山珍海味，一定要和普通兵士一起共尝。和平时期，他让百姓感到宁静和谐，不会负担过重；打仗时，他让兵士们知道，即使阵亡了家人也会受到照顾，不会被他的国家抛弃。〔左传·哀公元年〕

这样的君主无所不能。

公元前 506 年，登上君位的第九年，豫章之战后的第三年，当蔡国国君请求吴军出兵联合伐楚时，吴王阖闾认为时机到了。

就在吴王阖闾励精图治时，楚国的楚昭王尚年幼，执掌大权的令尹子常生性贪婪而残暴。三年前，蔡国国君蔡昭侯到楚国觐见楚昭王，随身带着两块玉佩和两件裘衣，他将其中的一块佩玉和一件裘衣献给了楚昭王。令尹子常见佩玉和裘衣非常精美，向蔡昭侯索要，被拒绝。同时，唐国国君唐成公带着两匹良马来楚国觐见，并将其中的一匹马献给了楚昭王。令尹子常向唐成公索要马，也被拒绝。于是，子常便以通吴的罪名，将这两个小国的国君囚禁在楚国长达三年。直到蔡昭侯和唐成公被迫把玉佩和马送给了子常，才被释放。楚国令尹的霸道行径引起众愤，在蔡国的求助下，周王室大臣出面邀请晋国主持，在召陵（今河南漯河）召开了一次由鲁、宋、蔡、卫、陈、郑、许、曹、莒、邾、顿、胡、滕、薛、杞、小邾、齐参加的诸侯大会，十八国共商如何讨伐楚国。晋国与楚国争霸多年，深知楚人的强悍，并没有伐楚的意愿。在这次大会上，作为盟主的晋国，竟然利用蔡国有求于己向蔡国索贿，结果与楚令尹一样索而不得。因此，晋国以本国正受狄人骚扰、天正在下大雨、疟疾正在流行等原因拒绝伐楚。蔡国国君十分愤怒，又奈何不了大国晋国，就将怒火发泄在了沈国的身上：蔡国以沈国和楚国沅湆一气拒绝参加周天子召集的诸侯大会为由攻入沈国，将沈国国君杀了，又将沈国抢掠一空。

蔡国灭沈的行为，令楚国不能容忍。

楚国发兵伐蔡。

蔡国国君深知吴、楚两国势不两立，于是把自己的儿子和一位大夫的儿子一起送到吴国当人质，请求吴国出兵相救。

吴王阖闾征求伍子胥和孙武的意见。两人均认为：当初君王要攻打楚国，时机未到。现在，经过养精蓄锐，吴国的国力和军力大大增强。同时，楚国令尹子常十分贪婪，唐国和蔡国都非常恨他，如果联合唐、蔡两国联合伐楚，一定能够成功！

其实，几年来，孙武一直在为伐楚做着准备。

孙武知道，吴国一旦再次伐楚，将是空国远征。因此，战争准备的首要一条，就是必须防备与吴国为敌的诸侯国乘虚来袭。吴国的邻国中，徐国、钟吾（今江苏新沂以南）和越国，都是与楚国亲近的诸侯国。如果在吴军倾国出动的时候，徐国和钟吾南下，就有截断吴军后路的危险；而一旦越国北上，又有直接攻入吴国都城的可能。因此，伐楚之前，这些忧患必须消除。

在孙武的策划下，吴军出动三分之一的兵力，长途北进攻伐钟吾，将其翦灭；随后又挥师南下攻伐徐国，采取水淹法攻克徐国都城，迫使徐国国君投降。接着，吴军采取的一系列行动令楚军应接不暇：吴军攻击了楚国的潜邑（今安徽霍山以北）和六邑（今安徽六安以北），楚国左司马沈尹戌率军赶到后，吴军撤离了。楚军刚刚撤离，吴军的另一部又袭击了楚国的弦邑（今河南息县以南），左司马沈尹戌又率军援救，抵达时吴军又无影无踪了。可当楚军要撤离的时候，吴军又突然出现了，猛烈攻击楚国的蒋邑（今河南淮滨以南），楚军来不及回援，蒋邑被吴军攻破。——吴军的疲敌策略，乃孙武的诡异之道，楚军来回应付，疲惫不堪，损失严重，士气下降，国威受损。

为了防备越国，伍子胥奉命加固都城城防，然后让全部居民都迁入城内居住。

做好充分准备后，孙武对吴王阖闾说：时机已到。

吴王阖庐立即下令联合唐国和蔡国西进伐楚。

此次伐楚，吴王阖闾的作战目的非常明确：不是占领楚国的某一个城邑，而是攻占整个楚国。

但是，要实现这一战略目的，从两国军事实力的对比以及将要进行的作战难度上看，吴军取胜的可能微乎其微。

楚国国土数千里，兵车数千乘，周围的附属国十余个，人口富庶，国力雄厚，战备充足。以前楚国对中原的战争，中原往往都是联合抗楚，除了晋军曾经打到楚国的边境，从来没有过其他诸侯国的军队攻入楚国国土纵深处。仅就当时吴、楚两军的总兵力而言，吴军处于绝对劣势。吴军为传统的三军编制，除了水军外，常规陆军每军编制为一万一千二百多人，三军总兵力为三万三千六百多人。楚军虽然也是三军编制，但每军的编制人数以及配备的战车数量，远远大于吴军，是当时各诸侯国军队中总兵力最为庞大的。楚军的作战序列中，还有贵族将领率领的数量庞大的私兵。因此，楚军总兵力不少于二十万之众。

吴、楚两国虽然接壤，但从两国的都城算起，路途相距十分遥远。吴国都城姑苏（今江苏苏州）与楚国都城郢（今湖北江陵以北）之间，直线距离有千里之遥。更重要的是，从军事地理的角度上讲，位于两国之间的长江、淮河、大别山和桐柏山，是两国作战行动的最大地理障碍。特别是当时的大别山区，为一片人迹罕至的原始山林，没有可供大军和战车通行的路。正因为如此，以往楚军北上一般都是直接向北进入中原，绝少向东北方向出动经由大别山。吴、楚两军，无论是谁，如果要穿越大别山，只能沿着散落在这片区域内的小国部落之间往来的小径行进。而在这些小径上，大别山与桐柏山之间三个狭窄的山路隘口，绝壁高耸，危岩林立，大军通行危险重重。

吴国如果想利用舟船沿长江西进，也可以抵达楚国，但江河舟行无论顺流还是逆流，都对水战影响很大：顺流出击容易，但撤退难，反之亦如此。同时，长江两岸密林荒野也没有道路，因此水军作战只能小部队偷袭，无法做到大军决战。

基于以上的军事地理条件，吴国进攻楚国本土，大概有四条路可以选择：一，出动水军，沿长江逆流而上，直到抵达楚都郢；二，从大别山北面的雩娄（今安徽金寨以北）和鸡父附近出发，向西南方向行进，经过今湖北麻城和安陆，渡过涢水和汉水，抵达楚都郢。三，沿淮河逆流而上，经过今河南潢川、光山，向南穿越大别山与桐柏山之间三个狭窄隘口，从今湖北随县附近渡过涢水和汉水，抵达楚都郢。四，由淮河北岸出发，一路向西，从蔡国与陈国之间穿过，攻击楚国北部边邑方城（今河南方城境内），然后向南经过申国和吕国（今河南南阳），下到今湖北襄樊，渡过汉水后抵达楚都郢。

以上四条路线，第一条虽然便捷，但楚国陆军强大，吴国仅仅出动水军无法对抗；而第四条从楚国的北面绕圈，路途十分遥远，且楚军为面对中原其兵力的大部分都部署在这个方向。第二和第三条，虽然经由大别山小径，只能容纳步兵行进，且都是无人区，但符合孙子兵法的"由不虞之道攻其所不戒"的原则。

在孙武的策划下，吴王阖闾最后确定的攻击路线是：兵分两路，分进合击：

主力在南路，由潜邑集结出发，越过大别山，经过柏子山，向汉水地区前进。

北路，先乘船沿淮河逆流而上，在淮汭（今安徽霍邱附近）附近舍舟登陆，先去救蔡国。会合蔡军后，穿越大别山无人区的隘口，再与唐军会合。接着，联军向汉水地区前进，在雍澨（今湖北京山以南天门河北岸）与南路的主力会合，于汉水两岸与楚军决战。

从一般的军事常规上看，这近乎是一次自杀式的军事行动：不远千里，长途跋涉，穿越无路可走的无人区以及深山老林，深入多个异国国土、渡过多条大河大江，用几乎是偷袭的战法击败以逸待劳的强大对手。由于实施的难度极大，一旦失败必会全军覆没、尸骨无还。

初秋时节，吴歌悲婉。

集结完毕的吴军出发了。

确实是空国之举：孙武为军事总指挥，伍子胥辅佐，吴王阖闾的儿子公子山为先锋。吴王阖闾的弟弟夫概想当先锋，被拒绝后率领五千亲兵跟随出征。

吴军三军尽出。

吴军出动不久，消息传至楚国，楚国令尹子常和左司马沈尹戌商量对策。沈尹戌提出的作战方案是：子常率楚军主力沿汉水西侧布防，阻止吴军深入楚境；沈尹戌则率领驻扎在方城、城交和蔡邑的楚军，直扑吴军弃舟登陆的淮汭，捣毁吴军船只，然后堵塞大别山无人区内的隘道，切断吴军的归路。最后，子常率主力渡过汉水，正面迎击吴军；沈尹戌则从吴军背后发起攻击，南北夹击一举打败吴军。

这一作战方案的要点是：子常率领沿汉水布防的楚军主力，前期防止吴军向楚国境内突进，待沈尹戌捣毁吴军在淮汭的船只、堵塞了大别山中的隘道、彻底切断吴军的退路时，子常率领主力与沈尹戌的部队一起全力出击，形成对吴军的南北夹击之势。——这是一个正确且凶狠的应对方案，只要吴军靠近汉水西侧的预定战场，定会因陷入楚军的合围而进退两难，楚军依靠强大的兵力优势，即使不能短促地解决战斗，也能在本土上实现对吴军的合围状态，被围困在弹丸之地内的吴军势必全面崩溃。

吴军按照预定方案，其北路军乘船沿淮河逆流西进，抵达淮汭后弃船登陆，向蔡国进发。围困蔡国的楚军见吴军前来救蔡，撤围而归。由于围困蔡国的楚军拥有大量战车，只能沿大道向西迁回邓国再南下归楚。而等楚军抵达汉水西岸时，令尹子常获悉一个惊人的消息：吴军救蔡的部队，已抵达大别山区的三个隘口，将要通过隘道进入楚国腹地。于是，按照沈尹戌的建议，子常急忙在汉水西侧布阵，等待和沈尹戌部夹击吴军。但是，紧接着子常又接到情报：大别山以东的山区，也有吴军的一支部队正在向西前行。子常便与楚国大夫武城黑和史皇等人商量对策。两位大夫对子常说，沈尹戌的作战计划，是将令尹您置于二线，显然怀有私心。目前，楚人普遍都不喜欢令尹而喜欢左司马，如果让左司马在淮汭毁掉吴国船只，成功地阻塞住大别山区的三关，然后从背后实施对吴军的攻击，此战取胜的大功就由左司马独获了，这样令尹您在楚国的地位会更加不妙。所以，我们一定要主动出击，立即东进，击破吴军的南路军，然后再和左司马部夹击吴军的北路军，这样大功必然属于令尹您！

子常，怦然心动，深以为然。

于是，他改变了预定的作战计划，

楚军主力没有在汉水西侧布阵，而是全部渡过汉水推进到大别山的西麓。

吴军与子常率领的楚军主力，就这样变成两军相向而行，终于在大别山西侧的山脚下相遇了。

楚军看到的是一群蓬头垢面、衣衫褴褛的野人。

吴军将士已在大别山中走了很久，山路崎岖险峻，时而风雨交加，时而浓雾弥漫。正是秋季，气温骤降，白天行军疲惫不堪，食物缺乏，夜晚因寒冷无法入眠，只能在山风呼啸和野兽怒吼中依偎取暖。孙武的军令十分严厉，必须全速前进，掉队者和生病者一律自寻活路。吴军将士从一开始出发就明白：必须坚决战斗，除此之外，别无生路。

于是，当他们面对楚军时，如同困兽出笼，个个凶狠异常，生死不顾。同时，跟随吴军的，还有当地夷族部落的壮年，他们对楚国的长期欺压怀有仇恨，跟着吴军不顾一切地冲锋陷阵。

楚军的阵形很快被吴军冲垮。

子常想脱离部队逃亡，被大夫史皇劝阻：与其逃亡，不如死战，或许可以脱罪。

子常率领楚军退到西南方向的柏举（今湖北麻城东北）。

吴军很快追了上来。

十一月十八日，两军在柏举以南的龟头山下摆开了决战的阵势。

清晨，山雾弥漫。

吴王阖闾的弟弟夫概提出请求：楚国令尹子常不仁义，他的部下没人真心愿意跟随他出生入死。请允许我带兵率先冲杀过去，大军随后，楚军必败无疑。

吴王阖闾深知夫概自傲不羁的秉性，没有答应。

谁知，夫概认为阵前杀敌不须待命，他直接率领五千亲兵冲了出去，直接冲击了子常所在的楚军中军。

刚才遭遇吴军时子常想逃跑的消息已传遍军营，本来就士气不高的楚军更加军心涣散。这一次，吴军冲上来时，子常再次调转战车狂逃，主帅的怯阵令楚军顿时乱成一团。在大夫史皇和将领蘧射的拼死阻拦下，楚军暂时恢复了作战阵形，但吴军瞬间便冲到了眼前，短兵相接的肉搏战开始了。

贴身肉搏中，楚军的战车和长戟失去了功效，吴军锋利的短剑发挥出强悍的杀伤作用。在两军擂响的震天鼓声中，冲在最前面的夫概的五千亲兵，扔掉护身的盾牌，举起刻有夫概名字的短剑，凶狠地刺入楚军兵士的腰部，然后向下或向上迅速扭动剑柄，鲜血喷溅中，楚军兵士痛苦的惨叫声此起彼伏。

在肉搏人群的后面，吴王阖闾将优秀的箭手集中在一起，向楚军阵形中站在战车上的子常、史皇和蓬射等将领集群发射。吴军的箭镞如同蜂刺一般细长锋利，无数支箭镞一起在空中飞翔发出群蜂般的嗡嘤之声。大夫史皇被乱箭射中当场身亡，蓬射战车的御戎和车右都被射死，蓬射被活捉。令尹子常不见了踪影。他在几名护卫的保护下逃出战场，一路向北狂奔逃到了郑国。

溃败的楚军拥挤成一团，洪水一般滚滚西去。

从全局上讲，楚国的命运此刻已定。

此战入历代战史，名为"柏举之战"。

败退的楚军由蓬射的儿子蓬延率领，西退到清发水东岸（今湖北安陆附近的涢水）。

这里距离楚都城郢已经不远了。

吴王阖闾命令吴军趁楚军尚未过河，将其全歼在清发水东岸。

但他的命令被夫概阻止了，夫概的话颇具哲理性："困兽还能拼死挣扎，何况人？如果明知必死，必然以死相拼，我们也许会失败。如果让先渡河的人觉得可以逃生，后面渡河的人必然争相渡河，这时无论先渡河和后渡河的都没有斗志，等他们渡河到一半时我们再出击必能取胜。"〔左传·定公四年〕

半渡而击，不仅仅是因为敌方渡河时无法发挥战斗力，更重要的是敌方的心理必处于最容易崩溃的状态。

吴王阖闾采用了夫概的意见。

半渡而击取得了极大的战果：前面的楚军已经渡到河流的中间、后面的兵士争相拥向河中，此时吴军突然发动了攻击。——被吴军杀死的、互相踩踏死的、掉入河中淹死的楚军兵士的鲜血染红了清发水。

就在柏举之战还在进行的时候，楚军左司马沈尹戌按照预定计划，率领驻守在方城的楚军向淮汭前进，准备烧毁停泊在那里的吴军的战船。但是，走到息国（今河南息县西边）的时候，得到了子常率领的楚军主力战败的消息。沈尹戌立即率领部队紧急掉头，试图回撤援救主力。沈尹戌率领的楚军，由于来回长途行军十分疲惫，走到雍澨，部队生火做饭，饭刚熟还没吃，吴军突然追击到眼前。混战中，沈尹戌身中三箭，楚军随即败退。

吴军吃了楚军的饭，继续追击向西奔逃的楚军。

身负重伤的左司马沈尹戌不愿被俘受辱，恳求他的部下割下他的头。于是，他的部下"布裳，刉而裹之；藏其身，而以其首免"。〔左传·定公四年〕——他的部下铺开下裙，把沈尹戌的头颅割下包裹起来，藏好他的尸身，然后带着他的头颅逃走了。

前面就是汉江。

汉江沿岸已无楚军防守。

十一月二十八日——柏举之战后的第十天，身在郢都的楚昭王见大势已去仓皇出逃。

楚昭王乘船渡到睢水西岸，吴军追兵紧随而至。跟随他的大臣将王宫里圈养的象群放出来，在大象的尾巴上系上火把点燃后，驱赶象群冲向吴军。这群惊慌失措的大象迟缓了吴军的追击。

楚昭王的逃亡狼狈不堪：先向西渡过睢水，再向东进入了广袤的云梦大泽，在那里遭到袭击差点被刺死。他又辗转向北，进入了郧邑（今湖北安陆），郧邑大夫的父亲是被楚平王杀死的，于是他想把楚昭王杀了报仇。楚昭王一行人又向北逃到随国（今湖北随州）。吴王阖闾派人对随国国君说，如果随人把楚昭王杀了，汉水以北的土地就归随国所有。随人就是否杀掉楚昭王一事进行占卜，结果不吉，于是随国国君派人向吴王阖闾表示，随国多年来依靠楚国的庇护，日子过得不错，我们不能杀恩人。如果吴国能够把整个楚国平定下来，随国就听从于吴国。

由于随人拒绝合作，加上追击部队距离主力过远，追击的吴军不敢久留随即撤军。

公元前506年十一月二十九日，吴军攻破楚国都城郢。

这是载入中国古代战争史的一个时刻：在此之前，尚没有诸侯大国都城被攻占的先例。

残存的楚国兵士和都城内的楚人，进行了短暂的毫无意义的抵抗。

很快，楚都的街巷中尸体横陈，血流遍地。

大国都城，哭声震天。

在楚人悲惨的号哭中，吴王阖闾梦寐以求的时刻到来了：他手持长剑，走进了楚昭王的王宫，坐在了楚昭王的宝座上。

这一年，吴王阖闾三十一岁。

这一年，孙武四十五岁。

吴军攻入楚国都城郢的作战，是以少胜多、以寡击众、以弱胜强的著名战例。其不惧艰险、生死不顾的长途奔袭，在中国古代战争史上留下了极为惊心动魄的一笔。

从占领楚国都城的那一刻起，吴国一跃成为春秋史上当之无愧的强国。

诸多史书记载，吴军占领楚都郢后，大肆抢掠无恶不作。

《春秋》记载吴军入郢只有五个字："庚辰，吴入郢。"

《左传》多了四个字："庚辰，吴入郢，以班处宫。"——"以班处宫"的意思是：吴王阖闾、伍子胥等人进入楚国王宫，对应霸占和凌辱宫中女人，即吴王阖闾霸占了楚昭王的王后和宫女，伍子胥霸占了楚国令尹子常的家眷。

在史书记载中，吴军入郢后最著名的事件，就是伍子胥为报当年楚平王杀他全家之仇，掘开楚平王的坟墓，挖出楚平王的尸骨，抽打了三百鞭才罢休。——这不但是对楚人极致的侮辱，而且在信奉鬼神的年代是最大逆不道的虐神行为。伍子胥则说："吾日莫途远，吾故倒行而逆施之。"〔史记·伍子胥列传第六〕——我就像太阳快落山的人，虽然路途还很遥远，但我就是要倒行逆施。

关于"伍子胥鞭尸"，古籍中也存在不同的记载：有说伍子胥鞭打的仅仅是楚平王的坟墓；还有说无论是"鞭尸"还是"鞭坟"，都是后世史家子虚乌有的虚构，伍子胥连破郢之战都没有参加。

孰是孰非，无可断论。

唯一清楚的是，战争中的暴行可以极其残忍。

不然，也无法解释，吴人千里迢迢付出巨大代价跑到楚国去的理由。

有一点在历史记载上没有争议：可能是过得太舒适了，吴王阖闾居然待在郢都不走了。

就在吴王阖闾享受战果的时候，越军趁吴军留恋于千里之外的时机，大举入侵吴国。虽然驻留在国内的少量吴军拼死抵抗，但仍无法摆脱节节败退的趋势。

而且，没过多久，秦国出兵前来救楚了。

在吴军围攻楚都的时候，楚国大夫申包胥逃到秦国告急，向秦国请求救援。秦国不答应，包胥站在秦王宫殿上，不吃不喝昼夜痛哭，七天七夜哀声不绝。他的悲惨哭声打动了秦哀公——"秦师乃出！"〔左传·定公四年〕

秦国派大夫子蒲和子虎，率战车五百辆前去救楚。

秦军和残存的楚军以及自愿参战的楚人组成联军，向驻守在楚国境内的吴军发起猛烈攻击。

吴王阖闾得知秦、楚联军反攻的消息后，立即派军出击。

在楚都极尽享受的吴军，士气和战力远不如前，在联军的一再攻击下惨败。

此时，吴王阖闾得到了一个令他震惊的消息：他的弟弟夫概被秦、楚联军击败后，没有加入吴王阖闾所在的部队，而是率领自己的亲军抄近路回国了，回国后的夫概已经自称为王。

这是公元前505年的九月。

吴王阖闾急忙回国。

吴军撤离后，楚昭王回到了被掠夺一空的楚都。

吴王阖闾率军赶回吴国后，立即攻击发动政变的夫概。

夫概战败，逃往楚国。

夫概的选择令人不可思议：逃亡到哪里不可，偏偏跑到刚刚被他蹂躏和侮辱的楚国？更不可思议的是：他不但被楚昭王收留，楚昭王还在楚国北部赐予他一块封地让他安顿家族。

公元前504年，楚国为了雪耻，派水军顺流而下讨伐吴国，被吴王阖闾的儿子太子终累打败。这一次，楚军败得很惨：两名水军统帅和随军的七位大夫都被吴军俘虏。与此同时，楚国大夫子期率领的伐吴的陆军，也在繁阳（今河南新蔡以北）被吴军打败。

差点亡国的楚国，连续复仇失败，举国惊恐不安。

由于都城郢被吴军毁坏，楚人迁都到鄀邑（今湖北宜城东南）以避吴军锋芒。

迁都后的楚国，收敛欲望，改革政纪，安定人心，以图再起。

楚国，在以往北上中原争霸的战争中，中原各诸侯国即使团结一心联合作战，也仅仅能够阻止它的扩张而已，从来没有任何一国诸侯敢产生剿灭楚国的想法。楚王曾经兵临周王室，声称要得到九鼎天下，那时候的楚国是何等的不可一世！而吴王阖闾，仅以三万人马长驱直入，竟能做出破都灭国之举，可谓举世闻名！但后人论史，从未把他列入春秋"五伯"之中，他之所以被史家摈弃，仅仅是因为他在郢城"以班处宫"以及很快被秦、楚联军赶走了吗？

什么是大国强国?

人类漫长的历史上有没有恒久不变的大国强国?

楚国的命运证明:仅仅能够攻城略地,并不足以天下无敌。

很快,继楚国之后,吴国的命运再次提供了佐证。

吴国南面的越国,水乡更绮丽,岸柳更柔嫩,女儿更温婉,男儿更彪悍。

天著春秋

第九章

灭吴之战：
最后的霸主

一　今夕何夕兮

　　楚、吴两国处于休战状态的短暂时光里，两国的贵族们曾经举行过一次盛大的舟船宴会。宴会上，一名越女献唱一首小曲。楚人不懂越语，一位懂得楚语的越人当场翻译。小曲翻译成楚语后的歌词为：

　　　　今夕何夕兮搴洲中流。

　　　　今日何日兮得与王子同舟。

　　　　蒙羞被好兮不訾诟耻。

　　　　心几烦而不绝兮得知王子。

　　　　山有木兮木有枝。

　　　　心悦君兮君不知。

　　据说，这是中国第一首译诗，名为《今夕何夕兮》：

　　　　今天是什么样的日子啊，驾舟江水流。

　　　　今天是什么样的日子啊，得与王子同舟。

　　　　承蒙衣艳食美啊，不被嫌弃。

心是如此紧张啊，因为看见到了王子。

山上有树啊树上有枝，

多么喜欢王子啊王子却不知。[刘向·说苑]

越歌轻柔委婉，略带一丝忧伤。

吴、楚两国的贵族们，都被越女的歌声感动，纷纷把精美的丝衣披在她的身上。或许在这一刻，无论吴人还是楚人都真切地认为：越人是一个温婉柔顺的族群。

他们的判断是一个历史性的错误。

与吴国相比，越国的早期历史更为模糊。按照司马迁的说法，越人的祖先是大禹的后代，首位君主是夏朝少康帝的庶出之子无余。无余被分封在会稽（今浙江绍兴），号称禹越。后世史家认为，越人为大禹后代之说，是春秋时期族群认同需求下产生的历史重新记忆。所谓"历史重新记忆"，是指南方东夷文化融入北方中原文化的演变过程。

越人生活在中国的东南，即长江下游的南岸。

越国的崛起，于立国千年之后的越王允常时期，即公元前500年左右。

允常，一作元常，姒姓，其父是越国君主夫谭。

《吴越春秋·越王无余外传》记载，越王允常在位时间长达六十余年。他接受中原先进的生产技术，发展农业、陶瓷业、纺织业、造船业、编织业等，尤其是冶炼业，越人铸造的青铜剑工艺精良、剑刃锋利、举世闻名。随着国力的增强，越人开始大规模地开疆拓土。从无余建立越国起，历时一千五六百年，这期间有纪年可考的君主有无壬、无瞫（shěn）、夫谭、允常等人，而唯一有拓展疆土记载的只有允常一人，他令越国"广运百里"。

越国的崛起让中原的诸侯们感到了威胁。

当年中原霸主齐桓公向北扩张时，曾对管仲说出过他的担心："天下之国，莫强于越。今寡人欲北举事孤竹、离枝，恐越人之至，为此有道乎？"〔管子·轻重甲〕——齐桓公担心齐军向北征伐孤竹国和离枝国时，越人趁机北上袭击齐国，而那时的越国还不为中原诸侯国另眼相看。果然，齐军北上后，越军亦北上了，结果被管仲事先布下的五万精兵击溃。

"天下之国，莫强于越。"

或许，只有齐桓公能超前认识到这一点。

吴、越两国的冲突，是典型的地缘政治所致。

纵观吴、越两国先民迁移的路线，都是从丘陵山地迁往富庶的长江下游平原。吴人从江淮丘陵向南渡过长江，抵达太湖的东面和北面，在这里形成吴人的地缘中心。而在浙闽丘陵山地生活的越人，为了拥有更广阔的生存空间，也渴望北进太湖以南的平原地带。

两雄并立，竞争不可避免。

吴人认为："三江环之，民无所移。有吴则无越，有越则无吴，将不可改于是矣。"〔国语·越语〕——就各自的生存发展而言，吴国攻入楚都郢城后，淮北一线的楚地皆入吴手。伍子胥为巩固和扩大吴国的霸业，认为吴国必须根除背后的隐患，即在吴国国土南边虎视眈眈的越国，然后才能放心地全力北上称霸中原。

而越人也认为："吴、越二邦，同气共俗，地户之位，非吴则越。"〔越绝书〕——越国与吴国的冲突，从吴王寿梦时代就开始了，刺杀吴王余祭的就是越人。当楚国北上扩张时，晋国曾经联络吴国以遏制楚国；而楚国为了牵制吴国，也进而向南联络越国。由此，吴、越之间的冲突愈加频繁。更重要的是，越人已有北上中原称霸的梦想，而吴国恰恰挡在越国北上的必经之路上。

公元前510年，吴国突然对越国发动了进攻。

当时，吴国正在筹划伐楚。

对于吴国来讲，西进伐楚的最大隐患就是身后的越国。

因此，发动伐楚作战前，吴国做过一次政治努力，希望联合越国一起进攻楚国，但遭到越国君主允常的拒绝。越人的心里很清楚：如果楚国被灭了，吴国的下一个目标肯定是越国。更何况，一旦吴、越发生战争，越国的外援只有邻近的楚国。

"夏，吴伐越，始用师于越也。"［左传·昭公三十二年］

在此之前，吴、楚两国虽有摩擦，但都"未尝用大兵"。这是吴军第一次大规模入侵越国，越人十分愤怒，认为吴国背信弃义。——当时，越国仍顺从于吴国，每年都向吴国纳贡。越国国君允常指责吴国："吴不信前日之盟，弃贡赐之国，而灭其交亲。"［吴越春秋］

实际上，吴军此次作战，并没有兼并越国之意，终究吴国即将与楚国争夺高下，没有力量同时占领越国。吴军的主要目的，是将越人赶到富春江以南去，迫使越人回到早先生活的那些山地丘陵中，以消除身后的隐患。因此，吴军选择的攻击目标，是越国一个名叫"檇（zuì）李"的地方。

檇李，位于今浙江平湖西南、杭州湾的北岸，是吴、越两国边境地带上越国的军事要地。

在孙武的指挥下，吴军势不可当，大败越军后，从越国"大掠而回"。

吴王阖闾还不了解越人的性格。

五年后，即公元前505年，趁吴军主力远征楚国，越军突然对吴国实施了一次反击战。就当时两国的军事实力而言，吴军处于鼎盛时期，即使留驻在国内的守军不多，越军也不可能取得重大战果。但是，越国敢于主动攻击强大的吴军，向天下显示出越人敢于挑战强敌的勇气。

史称"第一次檇李之战"，拉开了吴、越两国之间长达三十七年生死之搏的大幕。

檇李，本是李子的一种品种，为浙江嘉兴特产，以果实鲜红、汁多味甜闻名于世。

越女的脸庞，檇李一样殷红。

越女的歌声，檇李一样甜美。

檇李树下，一场血淋淋的大战开始了。

二　身怀绝技的商界大佬

在檇李打败了越军，将这座城邑抢掠一空后，吴王阖闾认为越国已被吴国震慑，不再是吴国的后顾之忧，遂开始了他远征伐楚的军事壮举，并于公元前506年攻入楚国都城郢。

就在吴王阖闾留恋于郢都的时候，越军侵入了吴国。

尽管吴王阖闾知道，驻留的兵力足以抗衡越军，吴国的都城不可能被越军占领，但越国的胆大妄为还是令他极度愤怒。

此时，天下谁人敢轻蔑吴国？

讨伐越国的决心在吴王阖闾心中陡然上升。

吴王阖闾率军回国后，着手制订灭越的行动计划。

就在吴军准备伐越时，在秦国帮助下复国的楚国，兵分水陆两军伐吴雪耻，结果两路楚军皆被吴军击溃。

楚国复仇行动的失败，再次向中原昭告吴军天下无敌。

吴王阖闾踌躇满志，北望中原，宏伟的志向油然而生。

中原已经群龙无首：周朝王权衰落；晋国内乱频仍，诸侯纷纷叛离，霸主地位尽失；齐国虽然跃跃欲试，企图恢复齐桓公时的盛景，但也因诸侯并不归心而无所作为；其他诸侯国更是频繁相互征伐，陷入局部纠缠中不能自拔。——国强民富、军备强盛的吴国，北上中原称霸已成定势。因此,在吴王阖闾的心中,伐越的决心更加坚定。只是,必须接受西进楚国时受到越国偷袭的教训,吴国在北进中原前必须把身后的越国彻底制服。

强大的吴军与越国决战,胜负应该没有悬念。

需要的,仅仅是一个出击的时机。

公元前496年,越国君主允常去世,其子勾践继位。

吴王阖闾认为:伐越的机会来了。

勾践,姒姓,会稽人。

勾践决心率领越国走向强盛,强盛的第一个力证就是打败吴国。

对于吴国,勾践的认识客观而现实:当年,他的父亲率军偷袭吴国,本以为吴国国内兵力不多,可以轻而取胜。但即使与兵力有限的吴军作战,越军也是战果不大损失不小。特别是吴王阖闾率吴军主力回国速度之快,大大地出乎了越人的预料,虽然得益于淮河所提供的水路便利,但也可以看出吴军军心之凝聚以及素质之优异。因此,对于吴国,不可强攻,只能出奇制胜。

谁能辅佐越国出奇制胜?

勾践对人才的要求是:具有异乎寻常的智慧,善用狡谲诡异的手段,能做出匪夷所思的奇事。

根据这样的标准,越王勾践选中的人出乎所有人预料:商界大佬范蠡。

范蠡,字少伯,楚国人,从小父母皆亡,由兄嫂抚养长大。据说他天赋奇异,天文地理无所不知,因才高自负,不肯轻易出山,类似隐居乡野的仙人。公元前508年冬,楚国令尹子常被吴军击败于豫章,范蠡的故乡宛邑被吴军占领。他在战乱中流离失所,终日纵酒佯狂,遇见的人都认为他疯了。

然而,有一个人不认为范蠡是疯子,他就是宛邑楚官文种。

文种去拜见范蠡,如后世的三顾茅庐一样,几次去都未得见。直到文种的诚恳感动了范蠡,两人一见如故。两人彻夜长谈的主要内容是:要想出人头地,要想人生成功,必须逃离日益没落的楚国,到急需人才的新兴国家去。——两人选定的目标是越国。

范蠡到了越国后,并未受到越王允常的重用。

在越国流浪的时候,他遇见了另一位高人计然。

计然,字文子,号渔父,宋国人。春秋时期著名的思想家和战略家。其祖先是从晋国逃亡到宋国的落难贵族。计然并不是他的真名实姓,而是指他这个人博学多才、无所不通,尤擅计算运筹。计然南游越国时,收范蠡为徒。范蠡曾想将他推荐给越王勾践,他不愿意,理由是:"越王为人长颈鸟喙,可与共患难,不可与共乐。"〔史记·越王勾践世家第十一〕——勾践的脖子很长,唇吻前突,这种长相的人,可以共患难,不可共荣乐。

虽然如此,计然还是传授给范蠡七条良策,史称"制吴七策"。

越王勾践看中的就是范蠡学得的"七策"。

何为"七策"?

史籍说法不同。

一说来自野史,是范蠡向越王勾践提出的颠覆吴国的七条政治策略,见冯梦龙的《东周列国志》:

一、用金钱和财物行贿吴国君臣。

二、用比市场略高的价格大量买进吴国的粟米,以减少吴国的存粮。

三、向吴国君臣输送美女以消磨他们的斗志。

四、把能工巧匠和优质木材送给吴国,让他们多多修建楼堂馆所,以削耗吴国的财力。

五、派遣能言善辩的人去谄媚吴王,以花言巧语迷乱他的心志和决策。

六、使用离间计让吴王把谏臣杀了,削弱吴国的执政能力。

七、积累军费,努力练兵,等吴国露出破绽时伺机进攻。

另一说来自《史记·货殖列传第六十九》等史籍,名为《计然七策》,

据说是中国古代最早的商业理论：

一、需求决定与经济周期论。——要根据自然条件的变化，依据市场规律预测需求的变化，从而有目的地、有预见地进行经营活动。天下六年一次大丰收，六年一次小丰收，十二年一次大饥荒，这些都是气候变化引起的，掌握了这些规律就可提前做好准备。比如，出现旱灾时要购买船只，出现洪涝灾害时要购买车辆。因为，天旱之后会出现洪涝，洪涝之后又可能出现旱灾。只有做好准备才能确保稳健发展。

二、价格调控论。——谷物价格太贱，会损害农民的利益；太高，会损害工商业者的利益。怎样把谷价限制在不低不高的合理范围内呢？丰收年，国家收购储藏谷物；歉收年，国家再把谷物平价粜出，以起到平定粮食和其他物价的作用。要通过价格的调整来促进生产和流通。

三、实物价值论。——要使货物及时周转，且周转得净尽无余，长久停滞就会无利可图。要特别注意保持资金流转的通畅，不能把过多的资金积聚在自己的手中。货物和资金不停地循环流动，经济才能发展、财富才能积累。

四、贸易时机论。——不要看轻薄利，在资金加速运转的情况下，即使利薄也能达到增加利润的效果。而一味地囤积居奇、抬高物价，则有可能血本无归。这就是"无敢居贵"之理。毕竟高额利润不可能时时存在，薄利多销是将风险转化为利润的最佳方法。

五、价值判断论。——怎样才能知道哪些货物会涨价、哪些货物会跌价呢？只要看这些货物的数量多少，或者说看哪些货物过剩和哪些货物不足，就可以预判其价格的涨跌。"有余"就是"供过于求"，"不足"就是"供不应求"。供过于求价格必落，反之则价格必涨，这是商品经济条件下的物价规律。

六、物极必反论。"贵上极则反贱，贱下极则反贵。"——涨价的货物，涨到一定的程度，就会向相反的方向发展，反之亦然。任何事物在发展过程中的"度"或"极限"，都存在物极必反的规律。

七、资金周转论。——商人不但要明白物以稀为贵和物极必反等规律，更要善于运用这些规律大胆决断。即当货物极贵时，要能当机立断，把货物尽可能地抛出；反之，当货物极贱时，要把货物看成珠玉尽可能地购进。不能与百姓一样，涨时看涨、跌时看跌。

以上两种"七策"，一个政治一个经济，个中机谋相通。

从古至今，经济和军事都是政治的延伸。

范蠡的两个"七策"叠加在一起算计对手，谁能扛得住？

令人好奇的是：以商人的思维用于一场战争，将呈现出何等奇异的效果？

公元前496年，长江流域难耐的暑热中，吴王阖闾率军南下了。

越王勾践立即率军北上迎敌。

两军对峙的地方仍是槜李。

越军明显处于兵力劣势。

吴军三军排开，军旗飞舞，剑戟如林。覆盖着青铜护甲的战车密集成列，从河岸边一直排到远处的滩地，健壮的战马喷出的响鼻如同闷雷一样。重装步兵被酷热折磨得焦躁不安，他们用戟柄敲击着盾牌，发出骤雨击打大地的隆隆声。

越军沉默着。他们的中军簇拥着越王勾践的战车，准备抵御箭镞的盾牌拥挤在一起，远远看去孤零零的如同一座小小的堡垒。左右两军的战车摆成T字形，阵前横列的战车稀疏而单薄。战车阵形两侧的步兵默默站立，短剑横在胸前，等待着君主的一声令下。

越军主动发动了攻击！

勾践看见吴军阵势严整，兵力占据绝对优势，没有按照常规发动攻势，而是派出敢死队冲击吴军战阵。敢死队连续三次冲击都以失败告终，敢死队员除了战死者外全被吴军俘虏，吴军的阵形一动未动。

这是越军最危险的时刻。

按照事不过三的规律，敢死队一而再再而三的冲击都未成功，越军的士气也到了强弩之末。如果此刻吴军大举进攻，全军压上，越军定会顷刻溃败。

果然，吴王阖闾举起了发动攻击的鼓槌。

但是，突然，越军的一个举动令吴军不知所措。

只见越军的阵形里走出了三排人，这些人把短剑架在自己的脖子上，走到吴军阵前齐声说："两国国君交战，我们冒犯了军令，不配再做军人，不敢逃避处罚，只敢以死服罪。"说完，一个接一个地割颈自杀。〔左传·定公十四年〕

这是一个前所未有的恐怖场面：这些人跪在地上，举着锋利的短剑，疯狂地割着自己的脖子。自杀者的血瞬间喷射而出，个个面相极其痛苦，龇牙咧嘴的叫声尖锐而嘶哑，最后绝望地仰面倒下。

吴军没见过这样的场景，在难以名状的惊恐中不知所措。

这种以命相搏的"自残"手段，无论后世的战争如何残酷，都没有在战场上再出现过。毫无疑问这是范蠡的设计：用最残忍最生猛的方式来震慑对手，让对手甘拜下风退走。

这一刻，整个中原也都领教了：除了委婉的歌声外，越人还有不可思议的武士精神。

《左传》的记载是："师属之目，越子因而伐之，大败之。"

就在吴军目瞪口呆时，越王勾践的战鼓突然擂响，越军蜂拥而上，吴军即刻退散。

极度的混乱中，越军的攻击目标却十分明确，即吴王阖闾所在的中军。吴军的中军，由贵族精锐亲兵组成，可一旦溃退却跑得更快。——吴王阖闾的护卫被打散，战车暴露在越军的直接攻击下。越国大夫灵姑浮乘坐的战车冲在最前面，在他的战车几乎与吴王阖闾的战车相撞的瞬间，灵姑浮手中的长戈猛地刺向吴王阖闾，吴王阖闾惊慌地躲避还是被刺伤了。

吴王阖闾被刺伤的位置是他的大脚趾。

他的驭手拼死驾车，急促脱离战场。

灵姑浮缴获了吴王阖闾的一只麻鞋。

越军向北追了数里后停止了。

吴军撤退回国的途中，垂头丧气的将士们听到了一个令他们震惊的消息：吴王阖闾"卒于陉，去檇李七里"。〔左传·定公十四年〕——在檇李战场以北七里的一个名叫"陉"的地方，吴王阖闾死了。

仅仅伤了一只大脚趾，怎么会迅速地死去？

唯一的解释是：吴王阖闾伤的不仅仅是大脚趾，而是半个脚面都被锋利的长戈切断了，大量的出血无法止住。同时，溽热之中，极易引发伤口感染后的败血症。

当时，战场上任何一点局部创伤都可能危及生命。

吴、越第二次檇李之战，吴军损失惨重。

对于越王勾践来讲，吴王阖闾的死价值连城。

根据商界的等价交换原则，大佬范蠡也会得到越王勾践的一大笔奖赏。

吴王阖闾死后，其子夫差继位。

夫差将父亲葬于姑苏虎丘。

夫差使人立于庭，苟出入，必谓己曰："夫差！而忘越王之杀而父乎？"则对曰："唯，不敢忘！"〔左传·定公十四年〕

夫差派专人站立在宫门口，每逢他出入，站立于宫门口的人就大声地问："夫差，越王杀害你父亲的仇恨忘掉了吗？"夫差则回答："唯有，不敢忘！"

吴王夫差血气方刚。

越王勾践也才二十四岁。

吴、越两国已仇深似海。

三　留住本钱是翻盘的前提

安葬了父亲后，吴王夫差任命大夫伯嚭（pǐ）为太宰，日夜加紧练兵，囤积战略物资，准备攻越复仇。

得知吴国在备战，越王勾践决定先发制人。

吴、越之间的你死我活，不仅仅是私仇所致。

在围绕太湖平原的半封闭地缘结构中，不可能允许两股地缘势力同时存在。

谁先发动攻击并不重要，重要的是谁的攻击更为有效。

越王勾践想乘檇李之战的余威，直接攻入吴国腹地，从而成为整个太湖平原的主人。

他就此事咨询范蠡。

范蠡对勾践说，假如君王不问我，我是不敢说的，伐吴这件事须慎重考虑。君王从事，要顺应规律，不可蛮干。国势昌盛时，应考虑如何长期保持；遇到倾覆威胁时，应考虑如何转危为安。目前，吴国没有天灾，百姓也没内乱，这时候去讨伐吴国，既违背天意又不顺乎人意。——范蠡的中心意思是：越国尚未强大到可以彻底打败吴国的程度，不可贸然行动，应专心发展国力和军力，以待时机。最后，范蠡的话直指勾践本人：

未盈而溢，未胜而骄，不劳而矜其功，天时不作而先为人客，人事不起而创为之始，此逆于天而不和于人。王若行之，将妨于国家。［国语·越语］

国力还没殷实就有了极度的野心；国家还没强盛就有了盲目的自大；治国还没显赫的成就就夸耀功绩，天时不利非要冒天下之大不韪，民心不聚非要创开天辟地的伟业，这就是逆天而行。君王如此乃是国家的灾祸。——范蠡的商人逻辑是：本钱不足的时候不能贸然进货，利润没算清楚的时候不能盲目交易。

越王勾践呵斥范蠡道："无！是贰言也，吾已断之矣！"［国语·越语］——不要说啦！你这是对君王的不忠之言。我决心已定！

勾践执意与吴国决一死战，最终目的是彻底制服吴国。

但是，他的心里也有纠结：吴、越两国，如果在陆地上比拼，越国还有胜算的可能，檇李之战就是先例。而要想彻底征服吴国，甚至把吴国灭了，就要攻入吴国的腹地。吴国境内河流湖泊众多，越军没有足够的水上力量，要取得完胜非常困难。同时，吴国水军依托的是太湖以及与太湖相连的水网，越军如果不能彻底控制太湖水域并占领太湖沿岸，就谈不上征服了吴国。因此，越国只有在太湖中与吴国水军决战并取胜，才能达到战略目的。关于越军水军的战斗力，越王勾践是这样安慰自己的：越人自古以来生活在东南沿海的丘陵地带，其中不少人生活在大海边以捕鱼为生，越国能够招募到足够数量的水手，同时打造出数量可观的战船。

但是，纠结还是无法彻底驱散。

越王勾践最后的决定是：采用水陆两栖的作战方式，把战场选在太湖的东南水域，因为这片水域中有两个较大的岛屿。——由于整个太湖都在吴国的控制下，要争夺太湖流域的控制权，就必须先夺取太湖东南角的这两个岛屿，再以这两个岛屿为跳板攻击前进。

应该说，勾践选择从水路攻击太湖东南水域，同时运送陆军在两个岛屿上登陆，以水陆两栖的方式与吴军作战，战略和战术上都没有明显的错误：如果越军能够一举制胜，彻底击败吴国的水陆两军，就能避免与吴军形成拉锯战的局面。就吴、越两军的实力来讲，远离本土作战的越军，如果在吴国境内与吴军长期拉锯，胜算渺茫。

公元前494年，越王勾践率领水陆两军直抵太湖南岸及附近水域。

吴王夫差闻讯后立即率水陆两军出动。

吴、越两国随即展开了一场激烈的水陆攻防战。

太湖东南部水域以及其中的两座岛屿，地域名为"夫椒"。

此战，史称"夫椒之战"。

夫椒之战的结果，出乎越王勾践的预料：越军不但被打败，而且败得十分彻底。

越国水军从檇李附近出发。由于必须通过并不宽阔的河溪进入太湖，因此，越军战船的数量和吨位都不大。太湖本在吴军的完全控制下，吴军占有地利的绝对优势。而且无论是数量和吨位，吴军的战船都远远超过越国水军。更重要的是，吴国水军操控舟楫的能力以及水面作战的经验，皆在越国水军之上。于是，两国水军刚刚接战，越国水军便陷入了吴军的四面合围中。吴国战船种类齐全，特别是攻击型战船异常坚硬，用于冲撞的船头斧刃般锋利，加之在自己熟悉的水域中，战船调动机动性极佳。远距离攻击时，箭矢密集如雨；近战时只需几次冲撞，越军的战船便会失去机动能力。吴军水兵靠帮跳船动作敏捷，下手凶狠，接战不久，越国水军便处于被动挨打中。

让越王勾践心惊的还不是水战的不敌，而是吴军将士的视死如归。——吴人得知越军入侵后，还没有从君主被越人杀死的悲痛中摆脱出来的军民异常愤怒。出发御敌时，吴人几乎是倾巢出动，个个都是誓死打败越国的决绝样子。

两国水军交战的同时，激烈的陆战也在两个岛屿上开始了。曾经奔袭千里拿下楚都的吴军，战斗力天下闻名，此刻他们再也不会像在檇李战场上那样上越军的当了。吴王夫差与伍子胥、伯嚭亲临前线指挥，督励将士奋勇拼杀。在贴身的肉搏战中，吴军锋利短剑的砍刺功能发挥了决定性作用，越军伤亡巨大，将领灵姑浮、胥犴等人均战死。

对于越军来讲，更严重的问题是：虽然双方伤亡都很大，但是吴军的兵力越打越多，箭矢剑戟的补充源源不断；而越军的兵力越打越少，最后箭囊空虚、剑戟折断，只能徒手搏斗。——越王勾践严重低估了吴军的补给能力：从吴王阖闾开始，在伍子胥的主持下，吴国数年前就开启了水面交通建设。这项工程，不但把吴国都城造成了一座水陆两栖均可到达城内任何一地的"阖闾大城"，并且每一座城门都是水陆皆与外面的河道相通。吴人为了能够通过水路，到达他们想去的任何地方，在广阔的平原湿地上开掘出大量的水道、沟渠以及可以行驶大船的人工运河。同时，吴人又让太湖水系与北面的长江相连，使之能将吴国的影响力辐射至淮河乃至黄河流域。——当战事来临时，吴军可以通过这个四通八达的水网，将人员和物资迅速运送到任何需要的地方。吴军这种超强的战场补给能力，是当时所有诸侯国的军队都不具备的。

越军在水陆两战中都垮了。

幸存的越国水军丢弃残存的战船，登上太湖南岸，开始向越国方向逃亡。在肉搏战中活下来的登岛作战的越军，也纷纷抢船逃命，抢不到船的洇水向南，爬上了太湖南岸的泥沼。

吴军派出两路军，沿太湖东西两侧迂回，向撤退的越军实施猛烈夹击。

此时的勾践只想带着败军撤回国内。

但他很快意识到情况有点不对劲：按照一般的作战规律，吴军的追击顶多抵达钱塘江北岸的檇李附近就停止了，因为这里已是两国的边界。可这一次，吴军不但没有停下脚步，反而越追越猛，竟然跨越钱塘江直接冲进了越国本土。

过了钱塘江，越国的都城会稽近在眼前。

勾践和残余越军进入会稽，试图据城防守。但吴军兵力如潮，会稽城很快陷落。勾践弃城继续逃亡，跑到了城南的会稽山上。

他的身边仅存八千残兵。

会稽山被吴军层层包围。

几近绝望的困境中，越王勾践向所有人悬赏且赏格巨大：谁能帮我击退吴军脱离危险，无论贵贱，我都将和他共同管理越国。——就是说，谁能救他出去，他就把越国的一半江山分给谁。

文种认为这一悬赏无济于事，因为这个时候无论赏格多大，都犹如下雨的时候才想起蓑衣："做生意的人，夏天的时候储备皮货，冬天的时候储备细布，天旱的时候储备船只，大水来的时候储备车辆。因为这时候这些东西便宜，等缺少的时候就能够卖出高价。君王虽然平日里未受四方侵扰，但如果没有培养善待谋臣和武士，就像雨下了才到处找蓑笠一样，这时候想起寻求能够解救危机的人，不觉得已经太迟了吗？"〔国语·越语〕

越王勾践哀叹道："难道我的生命就要终结于此吗？"〔史记·勾践世家第十一〕

文种说，您大可不必悲观。当年，商汤被囚在夏台，周文王被困在羑里，晋君重耳逃到大戎部落，齐君小白逃到莒国，他们不都最终称霸天下了吗？落到今日的处境何尝不可能成为福分？

勾践转身问范蠡，我该怎么办？

范蠡的回答很干脆：投降。

范蠡特别叮嘱：您对吴王要谦卑有礼，派人给他送去优厚的礼物。如果他不答应，就举国投降。然后，您亲自前往吴国侍奉吴王。

勾践派文种前去向吴王夫差求和。

按照大多史籍的记载，文种见到吴王夫差的时候谦卑到了"膝行顿首"的程度，即跪在地上，一边向前爬一边磕头。文种对吴王夫差说："亡国臣民勾践派臣下文种斗胆告诉您和您的大臣们：勾践请您允许他做您的奴仆，允许他的妻子做您的婢妾。"〔史记·越王勾践世家第十一〕——文种一开口，就开出了前所未有的投降条件：越国君主勾践去吴国做吴王夫差的奴仆，勾践的妻子则给吴王夫差当婢妾。

吴王夫差动心了。

伍子胥坚决反对接受越国的投降。他对夫差说，上天把越国赐给吴国，这是不能违背的天意。吴国与越国，是互相仇视和征伐的国家。吴国四周有三条江水环绕，其子民习惯生活在水边，现在越来越多的子民已没有足够的国土安居，即使日后吴国征服了北方的中原，吴人也不习惯长期居住在那里。但是，如果兼并了越国，吴人就能长期居住在越国的土地上，乘坐他们的舟船。因此，有吴国就没有越国，有越国就没有吴国，这是消灭越国的有利时机，一旦失去后悔也来不及了。——伍子胥的观点完全符合战争的真实逻辑：打仗就是为了拓展国土，增加耕地面积，占有更多的生存资源，壮大自己的种族！

吴王夫差听了伍子胥的话，拒绝了文种的请求。

勾践再次陷入绝望，他想把妻子杀了，把越国的宝器烧了，然后与吴军决战到死。

文种却向勾践提议：太宰伯嚭与伍子胥之间矛盾很深，伯嚭是一个十分贪婪好色的人，我们可以用美女和财宝行贿他，利用他与伍子胥的矛盾，求得目前的困境哪怕出现一丝转机。

于是，文种将大量的宝物和八名越国美女，私下送给了吴国太宰伯嚭。接受了贿赂的伯嚭带着文种再次面见吴王。

文种对吴王夫差说，希望大王能赦免勾践的罪过，我们越国将把传世的宝器全部送给您。如果您仍旧不肯赦免勾践，勾践将把妻子儿女全部杀死，烧毁越国所有的宝器，然后率领他的八千兵士与您决一死战，吴国也是要付出一定代价的。

可伍子胥再次表示定要彻底兼并越国以绝后患。

太宰伯嚭既贪图越王勾践的财货，又嫉妒伍子胥的智谋，极力怂恿吴王答应越国的请求，说既然越王都成为您的臣子了，赦免了他，吴国的仁义将令整个中原叹服。

吴王夫差终于允许求和。

条件是：越国臣服于吴国，勾践在吴国为奴三年。

文种对吴王夫差的劝说听上去极其动情：我们的君主不愿抗拒吴王军队的威严，抛弃宗庙上了会稽山。我们的君主身边有八千甲士和足够的粮食。吴王如果接受我们君主的请降，不灭绝越国的祭祀，让勾践继续在越国执政，全体越人和我们的君主将一起向吴王称臣。如是这样，四方诸侯哪个还敢不向吴国臣服？如果吴王不肯答应，您就准备好战鼓和战旗，亲自擂鼓，观看我们君主带着八千甲兵全部战死。——文种的这番话，实际上还是一道商业计算题：答应请降，越国的土地、子民和全部宝器，连同会稽山上的八千精兵全归您；如果不答应，越王勾践将和他的八千甲士以及越国子民一起与吴军死战到底。那时，宝器将被沉到江里，越人都会为国战死，吴国也要付出应有的代价。如此，是费劲杀了所有的越国人，还是不花力气得到整个越国，哪一样更合算呢？

吴王夫差再次与伍子胥商量，伍子胥仍然坚持要彻底灭越。

吴王夫差说出了他的顾虑：大丈夫谁不想征服天下！但是，当年先王阖闾率军攻入楚国都城，最后还是没有灭绝楚国。如今，我们深入越国境内，补给道路并不通畅，在夫椒战斗中我军伤亡过半，如果坚持与困守在会稽山上的越军死战，坚持与越国举国民众死战，难道就有灭亡越国的绝对把握吗？

听了这番话，伍子胥不再坚持自己的意见。

后世评说道：吴王夫差虽然获胜，但允许越国议和，没有乘胜一举灭越，为吴国的命运埋下了巨大隐患。

吴王夫差之所以放过勾践，也有其非常现实的原因：

首先，避免吴军遭到过大的损失。夫椒一战，吴军虽然取得了决定性胜利，但伤亡过半的吴军也领教了越人的剽悍。而且，吴军目前已经深入越国腹地，距离本土很远，道路艰险，河网密布，补给很难跟上。且越军主力尚未被彻底消灭，会稽山上还有八千将士可以拼死一战，会稽山外围的越军兵力也未被完全翦灭，越国仍然存有再战甚至三战的实力。因此，是战是和，不是几个美女珍宝就能改变态度的，能不能一口吃下残敌是一个现实问题，如果长期陷在越国境内不断消耗战力，对吴国并不利。

其次，即使杀了勾践，也很难征服整个越国。从地缘上看，核心地区在太湖平原的吴国，固然能得平原上的水利之便，可如果希望完全征服散布于浙闽丘陵间的越人，势必要进行一场旷日持久的山地战，即使取得胜利，那些山地丘陵对于吴人来说也没有多大价值。在这种情况下，留下一个被吴国控制的"越国"，让其约束浙闽丘陵之上的那些部族，比从肉体上消灭勾践要有利得多。

第三，勾践表现出的卑微，足以满足夫差作为一个征服者的虚荣心。吴国可以保留一个依附于自己的"伪政权"，将其疆域限定在百里之内，越王勾践以及大批越国贵族被留在吴都为人质，越国就没有了任何反攻倒算的可能。

更为重要的是，吴王夫差的最高理想是北上中原称霸，而不是把军力消耗在越国。对于放过越王勾践，吴王夫差对他的大臣们的解释是：我对齐国怀有巨大的企图，现在同意越国的求和，你等就不要再违背我的意愿了。如果越国已经改过，我对他也没有更多的要求；如果越国不悔改，等我从齐国回来再挥师讨伐也不晚。——梦想北上称霸中原的夫差，心中的主要目标是齐国，越王勾践并不是他的心腹之患。同时，夫差也明白，称霸中原需要道德上的支撑。对越王勾践手下留情，是遵循中原"灭国不灭祀"的传统,这是一个道德制高点。因为春秋时,一个诸侯国虽然有实力攻占另一国的国都,却很难有足够的人力来统治对方的百姓,更何况其余的诸侯国都不愿意坐视一国任意坐大,经常会加以干涉。因此,除了很小的部落小国外,很少有一个诸侯国完全灭绝另一个诸侯国的。与以往所有战败的诸侯国一样,土地损失不可避免,但仍能作为一个"国"保留下来。吴王夫差希望面对各诸侯国时,在军事和道德领域都能拥有个人声誉。

侥幸活下来的越王勾践,带着他的妻子,要给吴王夫差当奴仆去了。

临走时,他对范蠡说,你替我看守国家吧。

范蠡回答说,在国境以内治理百姓,我比不上文种;在国境以外对抗他国,文种也比不上我。

于是,勾践让文种留守在越国,让范蠡跟随自己前往吴国。

这年,越王勾践二十六岁。

据说,勾践一行乘船前往吴国的时候,越国的男女老少皆在河边为他送行。

勾践对越人说:

> 寡人不知其力之不足也,而又与大国执仇,以暴露百姓之骨于中原,此则寡人之罪也。寡人请更。[国语·越语]

勾践说是他不自量力,是他让越国百姓受苦,请允许他改过自新。

勾践的妻子望着水鸟飞翔,扶着船帮"哭而歌之":

> 仰飞鸟兮乌鸢。
>
> 凌玄虚兮号翩翩。
>
> 集洲渚兮优恣,
>
> 啄虾矫翮兮云间。

任厥性兮往还。

妾无罪兮负地。

有何辜兮谴天？

帆帆独兮西往。

孰知返兮何年？

心惙惙兮若割。

泪泫泫兮双悬。

彼飞鸟兮鸢乌。

已回翔兮翕苏。

心在专兮素虾。

何居食兮江湖。

徊复翔兮游飏。

去复返兮于乎。

始事君兮去家。

终我命兮君都。

终来遇兮何辜。

离我国兮去吴。

妻衣褐兮为婢。

夫去冕兮为奴。

岁遥遥兮难极。

冤悲痛兮心恻。

肠千结兮服膺。

于乎哀兮忘食。

愿我身兮如鸟。

身翱翔兮矫翼。

去我国兮心摇。

情愤惋兮谁识。〔吴越春秋·勾践入臣外传〕

勾践夫妇这一去便是三年。

在吴国的三年里，勾践穿着粗布衣服，吃着粗糙的食物，白天为吴王夫差喂马驾车，妻子除了要随时应召侍寝，还要打扫马厩和割草。吴王夫差出门的时候，勾践跪在地上，让吴王踩着他的背上车或下车，然后侍奉吴王打猎游玩，晚上，他和妻子住在坟墓边的一间石屋里，为被越军杀死的吴王阖闾守陵。三年的风霜雨雪中，勾践受尽吴人的嘲笑和羞辱，承受着精神和肉体的折磨，每时每刻都对吴王保持着恭敬驯服。

最使勾践提心吊胆的，是伍子胥常常劝吴王将其杀掉。为此，他必须不断地把对吴王的顺从推向极端。史籍中记载着勾践"问疾尝粪"的往事：有一天，吴王夫差病了，勾践向太宰伯嚭求情，让他进宫侍候吴王。太宰伯嚭带他进宫的时候，吴王正在拉屎。太宰伯嚭嫌味道难闻，转身出去了，而勾践的举动连吴王都很吃惊：

越王因拜："请尝大王之溲，以决吉凶。"

即以手取其便与恶而尝之。

因入曰："下囚臣勾践贺于大王，王之疾至己巳日有瘳，至三月壬申病愈。"

吴王曰："何以知之？"

越王曰："下臣尝事师，闻粪者顺谷味，逆时气者死，顺时气者生。今者臣窃尝大王之粪，其恶味苦且楚酸。是味也，应春夏之气。臣以是知之。"

吴王大悦，曰："仁人也。"乃赦越王得离其石室，去就其宫室，执牧养之事如故。［吴越春秋·勾践入臣外传第七］

勾践竟然亲口尝了吴王的粪便，说吴王的粪便味道臭而酸，这是吉祥的春夏之气，因此病会很快痊愈。吴王非常高兴，当场让勾践从荒野中的石屋搬到宫里的一间房子里，但仍旧喂马当马夫。

无法得知吃了粪便的勾践，发生了怎样的生理反应。史籍记载：自从吃了吴王夫差的粪便，勾践口臭无比，范蠡让他和他身边的人猛吃岑草，用以遮盖其味。

岑草，即鱼腥草，也叫折耳根。

勾践在吴国为奴三年，绝不是"大丈夫能伸能屈"这句话就能尽述的。当年范蠡说勾践"未盈而溢，未胜而骄"，可见其狂傲；而在吴国的三年中，勾践竟能卑微到极点，如此强大和持久的承受力和忍耐力，千古帝王史上只此一人。

三年后，公元前491年，勾践活着回到了越国。

这一年，勾践二十九岁。

在吴王夫差的眼里，释放了勾践，仅仅是他的马厩里少了一个卑贱的马夫而已。

或许，从此以后，中国汉语中有了"放虎归山"这条成语。

可以肯定的是，在三年悲苦的日子里，范蠡是勾践的精神支柱和处世之师。他所有的忍辱负重，都来自范蠡传授的精明的行商之道：只要本钱还在，就有翻盘的可能。

秉性特异之人必能做出奇异之事。

勾践，注定要成为令历史畏惧的人。

四 卧薪尝胆和沉鱼落雁

对于年轻的勾践来讲，人生只剩下一件事：兴国复仇。

勾践回国后，身边总放着一只苦胆，不时地用舌头舔一舔，借以提醒自己牢记亡国之辱。

此时的越国，国库空虚，城邑残破，子民流离，田地荒芜。

一切都要从头开始。

范蠡提出了复兴越国的十年规划。

十年，对于时时不忘耻辱的勾践是一段漫长的时光。

范蠡十年规划的核心是以人为本。

范蠡认为，对于一个国家和民族来讲，人是第一位的。自古以来，一个国家的人口数量，是国家实力的基本指标之一。而人要吃饭穿衣，吃饱穿暖后才能保家卫国。因此，必须鼓励生产、发展经济，让子民生活安定和富足，这是立国兴国的根本。越国经过连年不断的战争，特别是几乎亡国的夫椒之战，人口总量急剧减少，青壮年男子的数量降到了无法维持基本生产的地步。因此，勾践首先出台的是鼓励生育的政策：女子十七岁不出嫁，父母有罪；男子二十岁不娶妻，父母有罪。即将分娩的人要报告，国家派医生守护。生下男孩，奖励两壶酒、一条狗；生下女孩，奖励两壶酒、一头猪；生下三个孩子，国家配备一名乳母；

生下两个孩子，国家发给吃食。嫡长子死了，减免三年赋税；庶子（妾所生的孩子）死了，减免三个月赋税，埋葬的时候要哭泣，就像自己的儿子死了一样。寡妇、贫苦和重病的人，都由国家出钱供养教育他们的子女。［国语·越语］

为迅速恢复生产，勾践出台了十年内国家不收或减收赋税的政策，最终达到的目标是：越国子民家家存有足够三年吃的粮食。为了农业增收，国家大力兴修水利、开垦荒田、奖励劳作。为了挽回越国的民心，范蠡和文种建议勾践努力施民所善、去民所恶、内亲群臣、下义百姓，树立一个爱民亲民的君主形象。于是，如果有人生病了，勾践亲自前去慰问；如果有人去世了，勾践亲自去办丧事。对任何一个发生变故的家庭，勾践都会立即宣布免除其徭役。勾践极力降低自己的君主身份，与越国子民同甘共苦，他睡觉时席地而卧，吃最粗糙的食物，绝不沾染任何美味，绝不看任何奢华美色，绝不听任何靡靡之音，每日辛苦工作以至于面容憔悴不堪。——在吴国的三年，勾践磨炼出的忍受世间清苦的本领是惊人的。

最重要的是整顿军队。

在军政方面，勾践起用了一批有才华的文官，让他们执掌越军的日常管理和训练事务，同时明确了这些文官的政治责任：平时与君主同心同德，战时出谋划策、身先士卒、不怕牺牲。在军令方面，他任命了一批专门的军事官员来统兵作战。——这种文武分职、武官专任的军制样式，极大地提高了越军的作战效力，形成了越国军事制度的一大特点。越人好勇斗狠，惯于各自为政。勾践坚决反对匹夫之勇，强调军队的纪律性，要求作战单位在统一号令下统一行动，以发挥整体的作战能力。为此，他制定了严格的战场纪律："旅进旅退。进则思赏，退则思刑。如此，则有常赏。进不用命，退则无耻，如此，则有常刑。"违纪者"身斩，妻子鬻"。［国语·越语］——违纪者不但处死，妻子也要被卖了。鉴于当时弩已用于作战，战车和战船均配备了弩兵，勾践要求制造弩的工匠严格遵守弩力与箭重"拉力一石，箭重一两"的最佳比例，以提高弩的打击效果。同时，聘请精于弓弩射法的人，对将士进行瞄准和连发技术的传授。最后，勾践以最高金额的奖励，组建起一支装备精良、训练有素且人人皆有"致死之心"的精锐部队，以作为实战时的敢死队和突击队。

勾践和范蠡努力兴国，却行事异常低调，为的是不让吴国有任何察觉。勾践的主要措施是：对吴王佯示忠诚，使吴王放松对越国的戒备；怂恿吴国北上中原争霸，尽力促其放纵所欲；助长吴王的好大喜功；不断地送去金钱、工匠和木料，令其大兴土木耗费国力。在所有瓦解和迷惑吴国的策略中，向吴王夫差实施美人计，是范蠡下手最狠的一项精心策划。为寻找足以令吴王夫差五迷三道的绝色美人，范蠡亲自跋山涉水走遍越国的乡村城邑，终于找到了一个符合他标准的女孩儿。他把这个女孩儿带回会稽城，花了三年的时间授以歌舞、步履、礼仪，然后亲自将她送到吴王夫差面前。

这个女孩儿名叫西施。

西施，出生于越国句无的苎萝村（今浙江绍兴诸暨苎萝村）。

据说，西施有"沉鱼落雁"之貌。

"沉鱼落雁"这句成语来自老庄："人之所美也，鱼见之深入，鸟见之高飞，麋鹿见之决骤，四者孰知天下之正色哉？"〔庄子·齐物论〕——被人们称道的美人，鱼儿见了就深潜水底，鸟儿见了就高飞天空，麋鹿见了就四蹄飞扬地逃离。那么，人、鱼、鸟和麋鹿，究竟谁懂得什么是天下真正的美色呢？——这是老庄式的哲学思辨：美是没有标准的，对人来说是美女，对动物来说或许不美，甚至还有些害怕。

想必吴王夫差见到西施时犹如在梦中。

得到西施的吴王夫差顿时忘乎所以，大兴土木建造了豪华的姑苏春宵宫，整日与西施缠绵不休。他还建造了一只龙船，以便与西施享用肉食美酒的同时观看戏水表演。因为西施擅长跳"响屐舞"——类似今日的踢踏舞——吴王夫差又专门为她筑"响屐廊"，即用数以百计的大缸，上铺木板，然后让西施穿着木屐在上面起舞。起舞的西施裙系小铃，铃声和木屐的踢踏声令吴王夫差如醉如痴。

公元前489年——勾践回国的第三年，也是西施被送到吴国的那一年——勾践决定，趁着吴国与楚国争夺陈国以及吴国与鲁国互相征伐之机，雪耻伐吴！

沉寂了三年的勾践，终于说出了他的心里话:我要与吴国一决生死，看看谁能得到上天的眷顾。如果吴、越两国非要彼此一同破灭，我愿与吴王接颈交臂而死。如果这样做不行，我国的力量尚不足以破吴，诸侯们也不愿意帮助我，那我就将放弃国家离开群臣，带着剑拿着刀，改变容貌、更换姓名、操着簸箕和扫帚去侍候吴王，寻机与吴王一决生死。即使这样会让我身颈不连、头脚异处、四肢分离，我的志向也一定要实现！〔吕氏春秋·顺民〕

尽管勾践热血沸腾，但他的伐吴计划还是被范蠡否定了。

范蠡认为：时机还不成熟，勾践还要忍耐。

此时的中原，能够与吴国争霸的只有晋国和齐国。

就当时中原的情形来讲，确实是吴国北进的最好时机。

中原的混乱由晋国的内讧引发。

晋国的王族争斗由来已久。勾践还在吴国为奴的时候，掌控晋国内政的赵氏家族首领赵鞅，为扩大自己的地盘出兵伐卫，夺取了卫国的不少城邑。与赵鞅对立的中行氏和范氏两个王族，联合起来攻打不断坐大的赵鞅，赵鞅逃到晋阳。晋定公为平息内乱，派兵讨伐中行氏和范氏，中行氏和范氏随即逃到朝歌（今河南淇县）。中原各诸侯国出于自身安全的考虑，对于晋国发生的内讧不但幸灾乐祸而且火上浇油。为加剧晋国的内部矛盾，齐国拟送给中行氏和范氏大批军粮，郑国则自告奋勇派兵护送这批军粮。赵鞅得知这一消息后，极为愤怒，决心夺取这批粮食。

赵氏军队与护送军粮的郑军在卫国境内遭遇。

无论兵力、武器和士气,赵氏军都无法与郑军相比。因此,尚未接战,赵氏军中已弥漫着压抑的气氛。为了提高士气,赵鞅立下一道悬赏令:"战胜敌人的,上大夫可以得到县,下大夫可以得到郡,士可以得到土地十万亩,庶人工商者可以做官,奴隶可以获得自由。"〔左传·哀公二年〕——晋国的赵鞅,在这场史称"铁之战"的战前悬赏,被后世兵家称为中国古代战争史上"军爵制"的发端。

战斗开始后,大夫邮良为赵鞅的御戎,卫太子蒯聩为车右。面对阵容强大的郑军,赵氏军还是十分害怕,车右卫太子竟然吓到腿软,从车上掉了下去。赵鞅再次鼓动全军:各位努力杀敌吧!要不死在敌人手里,要不杀死敌人升官发财!一时间赵氏军拼死向前,赵鞅肩膀中箭倒在车内,卫士们用戈抵抗,赵鞅重新站起来继续率军作战。赵氏军见赵鞅如此,士气大增,生死不顾,郑军被打得节节败退,最后不得不抛下齐国的军粮夺路而逃。

这场战斗,晋、齐、卫、郑四国都被卷入其中。

就战斗的结局来讲,谁也没有得到实际利益,却让本来混乱的中原更加分崩离析。

吴王夫差认为,此时不北上更待何时。

吴王夫差出兵入侵陈国,打开了吴国北进中原的大门。

接着,吴王夫差又率军攻入蔡国,蔡国国君为取悦吴国,把敌视吴国的大夫公子驷杀了,还在吴国的胁迫下把都城迁到了处于吴国监视下的州来城。蔡国迁都时,蔡人举国"哭而迁墓"——蔡人带着祖坟远离了故土。没过多久,蔡人听说国君还要向吴国腹地迁都,悲愤不已的蔡人开始齐力追杀自己的国君,蔡国国君身中数箭死在了一户百姓的草棚里。

虽然吴军节节胜利,但伍子胥还是反复劝说吴王夫差,让他暂时放弃激进的北上计划,一定要先把身后的越国灭了,可吴王夫差已经听不进去了。

公元前488年，围绕着晋国中原再次发生混乱：春天，宋国入侵郑国，理由是郑国背叛晋国。接着，晋国入侵卫国，理由是卫国不肯服从。夏天，吴国召集鲁国国君鲁哀公会盟，提出鲁国应给吴国牛羊猪各一百只为祭品，理由是：鲁国给晋国的祭品就是这个数量。鲁国大夫子服景伯劝道：周朝制定的礼仪，祭祀的上等物品不能超过十二，这是上天规定的最大数字。晋国用大国的势力威胁我们，我们不得不给他们；如果吴国的国君用礼仪对待我们，那么还可以商量。吴王夫差坚持要一百只。子服景伯认为，如果不给，可能要祸及鲁国，还是给吧。但他同时说，这是吴国灭亡的先兆！

秋天，鲁国攻打邾国，大军直逼都城门下。邾国的大臣们建议向吴国求援，邾国国君不同意，说现在连鲁军敲梆子的声音都听得见了，吴国距离邾国千里，即使援助也要三个月才能抵达。结果，邾国的军队叛变了，鲁军攻入邾国的都城，在大肆抢掠的同时把邾国国君囚禁了。邾人只得拿着五匹锦帛和四张熟牛皮去吴国求救。

吴王夫差同意立即出兵。

吴王夫差认为，伐鲁只是一个借口，吴军北上的最终目的是制服晋国和齐国。于是，他准备令吴军倾巢出动伐齐服晋，一举完成争霸中原的伟业。

为了北上称霸，吴王夫差已准备多年。

吴军北上作战，必须解决的是军粮和辎重的运输问题，因为当时长江与淮河之间无水路可通，靠陆路运输劳力甚巨且道路不畅。因此，吴王夫差下令在长江北岸修建了庞大的邗城（今江苏扬州以北）作为军事中转站，然后利用吴国先进的开河、造船、航运技术以及长江与淮河之间湖泊密布的自然条件，把几个湖泊连接起来，让长江与淮河贯通，进而连接北方的泗水、沂水和济水，以通吴军北上运粮之道。这条人工运河，以邗城为起点，因此被称为"邗沟"。——邗沟，也称淮扬运河，指的是从今江苏淮安（大运河与古淮河交点）到江苏扬州（大运河与长江交点）的这段河道，全长一百七十余公里。这是中国大运河最早开凿的一段河道。

吴军出发之际，伍子胥再谏：吴、越势不两立。越国虽然没有什么动作，但其伤在内心，时刻等着复仇的时机。如今君主不图越国而图齐、鲁，这是忘掉内伤而医治皮癣，齐鲁难道能够越过江淮来攻击吴国吗？面对伍子胥的质问，吴王夫差不能回答，太宰伯嚭立刻反驳道：如果征伐已经归顺的越国，怎么取信于天下诸侯呢？如果不制服齐、鲁，再制服晋国，吴国怎么称霸中原呢？

公元前487年，三月，江南花开，吴军北上。

决心抵抗的鲁军，选择了山路崎岖的沂蒙山区为战场，大军进军到鲁国境内的武城（今山东费县西南），等待吴军的到来。

谁知，吴军在险峻的沂蒙山中，得到了武城人的帮助：武城人因为鄫人在水塘里浸泡菅草，把自己的饮用水弄浑了，双方发生冲突。于是，当吴军抵达的时候，武城人自告奋勇充当向导，希望吴军打败鄫人以报仇。在武城人的帮助下，吴军顺利地通过沂蒙山区，直接攻占了武城城邑。接着，吴军连续攻击了武城周边的东阳和五梧（今山东费县西南）等地，继而向北直逼泗水河边。

不能再退的鲁军集合兵士，让每人向上跳三次，挑选出跳得最高的三百人，组成一支敢死队，准备夜袭吴军。吴王夫差得到这个情报后，连夜转移了三次驻地，提出与鲁国签订城下之盟。鲁人多数人不愿意，认为鲁国还没到不能作战的地步，且吴军远道而来不能持久。但是，鲁哀公还是派大夫子服景伯前去议和。吴王夫差把子服景伯扣押当作了人质，鲁人则要求把吴王的儿子姑曹交给鲁国作为人质。吴王退了一步，双方签订盟约，吴军撤退。

吴王之所以让步，是因为伐鲁不是他的最终目的，在鲁国已经臣服的情况下，不能在此消耗军力，现在齐国正发生内乱，必须马上伐齐。

三年前，齐景公临终时，决定立宠妾芮姬生的儿子吕荼为太子，同时托付上卿国夏和高张辅佐吕荼继位。这一决定很快引发了一场政变，政变的主角是大夫田乞。田乞联合鲍牧等诸大夫，率领甲士攻打王宫。上卿高张和国夏前来救援，寡不敌众而战败。田乞和鲍牧随即将继位仅十个月的吕荼杀死，立公子吕阳生为君主，是为齐悼公。但是，随后，鲍牧与齐悼公产生了矛盾，齐悼公杀死鲍牧，田乞之子田常又把齐悼公杀了，立齐悼公的儿子吕壬为齐国国君，是为齐简公。

吴王夫差准备攻打齐国的时候，传来了齐悼公被杀的消息。

吴子三日哭于军门之外。[左传·哀公十年]

吴王夫差在军门外哭了三天。

齐悼公死了，吴王哭什么？

毫无疑问，北方大国齐国的衰落众所周知。吴王夫差有战胜齐国的绝对把握。此次伐齐，吴军兵分两路：吴王夫差率军由陆路攻齐，大夫徐承率军由淮河入海，向山东半岛迂回，攻击齐国的侧后，——这次吴国水军的海上行动，被后世认为是中国最早的海战。——实际上，吴、齐两军并没有发生海战。当时，不要说是北方的齐国，就是水军强大的吴国，水面作战的能力也尚未达到海战的程度。所谓"海战"，仅仅是吴国利用舟船通过海路运输兵力而已。——吴国水军虽然能够熟练地操舟，但终究要登陆作战，登陆后的吴国水军无法与齐国的步兵和车兵抗衡，很快就被齐军击溃。随着水军的失败，吴军陆上的进攻也被迫停止了。

此战让吴军明白了一个道理：与中原诸侯国作战还是要依靠步兵。

第二年，吴王夫差进一步准备后，正式的伐齐行动开始了。

伍子胥再谏：不但不能伐齐，还要采取"联齐灭越"的策略，尽快把吴国身后的越国彻底铲除掉。伍子胥再次让吴王提防勾践："此人

不死，必为吴患。"［史记·伍子胥列传第六］

伍子胥劝说吴王的时候，越王勾践已经到了吴国王宫的大门口。

听说吴国要再次北上伐齐，越王勾践亲率庞大的代表团，携带着大批宝物到访吴国。吴国的大臣们，人人都得到了贵重礼品，个个都满意得喜笑颜开。觐见吴王的时候，勾践依旧跪行，他对吴王将要登上中原霸主之位表示热烈的祝贺。当然，他还祝贺拥抱着美女西施的吴王身心愉快、永远健康。

吴王夫差不但没听伍子胥的劝告，还派他前往齐国约战。

伍子胥几近绝望。

伍子胥奉命前往齐国的时候，把他的儿子也带出了吴国。

包括吴王夫差在内的吴人，当时都没有意识到伍子胥的这一反常举动意味着什么。

五　群峰之巅

公元前 484 年，五月，江南盛夏，暑热连天，吴军倾巢出动。

吴王夫差统率中军，大夫胥门巢统率上军，王子姑曹统率下军，大将军展如统率右军。

吴军北上抵达鲁国的曲阜，与鲁军会合后北进至汶水，然后沿着汶水自西而东进军齐国。

吴军先后攻下齐国的博地（今山东泰安东南）和嬴地（今山东莱芜西北）。

得知吴军进入了齐国，齐军立即出动迎敌：齐国大夫国书统率中军，上卿高无不统率上军，公族宗楼统率下军。为缩短物资的供应线，同时确保都城临淄，齐军留下了足够守卫后方的部队后，主力沿临淄以南的淄水而下，屯兵于汶河的源头地带。

五月二十九日，两军在艾陵（今山东莱芜东北方向）形成对峙。

齐人对此地记忆犹新：艾陵的西侧，就是两百年前齐、鲁长勺之战的战场。那一战，强大的齐军被鲁军击败，齐桓公的儿子公子雍阵亡，是当时称霸中原的齐国少有的败仗。

而今，面对即将爆发的战事，齐人不得不拼死一战，因为这是在家门口作战，从战场沿淄水一直向北，便是齐国的都城临淄了。

虽然吴、齐两军总兵力都在十万左右,但双方的军事体系完全不同。齐军依旧沿用中原历经数百年的军事传统,主力兵种是车兵,车属步兵依附于战车作战;而吴国虽然也效法中原,学习了战车的制造和使用,但因为地处水网地带,可以在中原开阔地上奔驰的战车没有用武之地,所以,长期以来吴军主要发展的是步兵和水军。战车具有较强的机动性和冲击能力,利于速战;而步兵的优势在于近身肉搏以及远程投射,近距离作战时机动性也比战车灵活。这两种作战系统和方式,排兵布阵完全不一样,所以吴、齐两军谁占据战场优势尚不可知。

五月三十日,晨,战斗在一条狭长的河谷内开始了。

齐军率先向吴军发动攻击。

齐军之所以主动发起攻击,是依仗其富有作战经验且装备精良的战车优势,希望利用战车的猛烈冲击,一举冲垮吴军的步兵战阵。

从齐军的角度向吴军看去,吴军也是三军排列的阵形。于是,按照常规战法,齐军的中军对吴军的上军、上军对吴军的右军,下军对吴军的下军。

可是,齐军并没有意识到一个问题:虽然对面吴军的每个军兵力看上去比齐军少,但是吴军的作战序列却比齐军多一个军。——吴军的中军并没有参加列阵,只是在河谷右侧丘陵的半坡上飘扬着一面吴王的旗帜。

齐军不愧是战车大国,上千乘镶嵌着青铜护甲的战车如同金属洪流滚滚而来,驭手们用剑刺刺打着驭马,驭马的嘶鸣响彻云霄。战车上的甲士高举着的长戟,密林般层层叠叠,车轮卷起的漫天尘土遮蔽了阳光,大地在车轮的隆隆声中剧烈地颤抖。

齐军三军的战车很快冲进了吴军的阵形。吴军数量有限的战车瞬间淹没在齐军的车海里,被齐军的战车撞得七零八落。吴军的步兵阵形,也无法抵抗齐军战车飓风般的冲击,被战车撞倒、被马匹踩踏、被长戟刺穿的吴军步兵,成片地倒在布满河谷的碎石中。但那些还活着的吴军步兵，顽强地缩短着与齐军战车间的距离，试图一层接一层地从四面将齐军的战车围住，齐军战车的冲击速度因此慢了下来。

虽然齐军首轮战车冲击效果显著，导致吴军伤亡巨大，但吴军并未溃散，仍与齐军的车兵混战在一起，战场上的战斗逐渐进入了残酷的胶着状态。这种胶着是齐军不想看到的：在经受了战车的高速冲击后，吴军步兵近距离地与齐军战车纠缠在一起，对失去加速度、几乎处于静止状态的战车发起围攻。吴军步兵用吴钩、长矛、短戈等近战武器，攻杀战马和战车上的甲士。随着时间的推移，双方已从冲击战进入了肉搏战，战场形态逐渐开始有利于步兵而不利于车兵。——春秋末期罕见的大规模的人海肉搏开始了。

战场所在的河谷，东西长不过数十里，南北宽不过几里，近二十万人在汶水和淄水两条河流发源地附近的小河谷内厮杀在一起。长戟和长戈失去了作用，你死我活的搏斗只能依靠短剑、短矛、肢体甚至是牙齿，热血和热汗在耀眼的阳光下升腾，在河谷中形成了一片粉红色的淡雾。受惊受伤的马匹尖锐地嘶叫着，挣脱了车辕的数千匹马四处狂奔，踩踏着战死者的尸体、冲撞着搏斗的人群。

接近中午，起风了，卷起的沙尘使得天色暗下来，搏斗的人在沙尘中若隐若现，河谷一片森然如同地狱。

激战半天后，双方的死亡人数都达到了数万。

此时，在河谷右侧半山腰上的那面吴王大旗下，吴王夫差始终不动声色地观看着。

突然，吴军的鸣金声响起。

鸣金，即击钲。

钲是一种乐器，形似钟而狭长，上有铜质柄。

战斗中，击钲的声音是一种战场指挥信号，为停止进攻结束战斗之意。

已经精疲力竭的齐军听到吴军的鸣金声，顿时松了一口气：吴军要停止战斗了，这等于宣布他们战败了，吴王要派人前来议和了，战斗就要结束了。

就在齐军的这口气还没喘过来时，从战场右侧的山脚下冲出来一支呐喊着的吴军步兵。这支突然加入战斗的吴军步兵，冲击方向直指战场的中心，即齐军统帅、齐国大夫国书所在的齐军的中军。

吴军的这支步兵竟有三万人之众。

齐军惊恐万状。

吴军的这支精锐步兵迅速切入混战的战场，将齐军的三军分割开来后各个击破。

齐军不可遏制的溃逃开始了。

吴军也开始了不留一个的最后的围歼。

接近傍晚时，齐军统帅国书等七名主要将领全部被俘，近十万大军几乎全军覆灭。

艾陵之战，是春秋时期规模较大的一场围歼战，同时也是春秋末期伤亡巨大的一场作战。

有史家认为，艾陵之战，是中国古代战争史上最早使用战场预备队的战例。

可以肯定的是，吴王夫差并没有"预备队"的概念，他只是事先做了一个聪明的战术设计：他知道吴军的步兵肯定会受到齐军战车的猛烈冲击，但只要吴军的步兵能顶住齐军战车的第一轮冲击，迫使战斗进入近距离的搏斗，那时候齐军战车的优势也就丧失了。因此，当战斗开始时，吴王夫差专门留出一部分兵力在战场外等待，留出的兵力几乎等于总兵力的三分之一，可见吴王夫差对顶住齐军战车的第一轮冲击是有相当信心的，他也决心承受在齐军战车的冲击下吴军付出巨大伤亡的代价。——当战斗进入近距离步兵肉搏时，再将三万精锐步兵投入战场，以达到出其不意的战场效果。为此，吴王夫差还要了一个小骗术：把本为收兵的鸣金声，作为预备部队出击的指令。——

吴人才不管什么战场礼仪和规则呢!

战斗结束后,为进一步震慑齐国,吴军将七名齐军将领以及三千名齐军甲士,全部当场斩首处决。——齐军统帅国书的头,是参加联合伐齐的鲁军砍下来的,异常兴奋的鲁哀公把国书的头放在一只木箱子里,下面垫着黑色的丝绸,箱子外面再用绸带系上,将其包装成一只精美的礼盒,派人送到齐国,并附有一封信:"天若不识不衷,何以使下国?"〔左传·哀公十一年〕——如果上天不了解你们的不正,怎么能让我们取胜?

经过此战,齐国的国力和军力严重受损。

吴国虽然取胜了,但兵力伤亡也不小。

想必这是越国愿意看到的。

艾陵之战后,吴国之所以没有乘胜进军齐国都城临淄,将齐国一举灭绝兼并,或许是因为吴王夫差意识到,灭绝一个大诸侯国是需要承受巨大的政治和军事压力的。政治上,要考虑到周王室以及其他诸侯国的态度,吴国虽然是姬姓诸侯国,但究竟地处偏远之地,又是僭越称王,吴国与周王室之间的关系,远不如齐国与周王室亲近。因此,吴国想要灭亡齐国,大概率不会得到周王室的支持。而晋国、秦国、楚国等大诸侯国,也不愿意看到齐国被消灭,因为这意味着吴国势力的迅速崛起,诸侯大国们很可能会一致干预。军事上,齐国虽然遭到重创,但究竟是煮盐垦田、富甲一方的大国,即使在艾陵之战中损失十万,那也不是齐军的全部,齐军依然具有一战之力,如果吴军长期陷入齐国战场,想要抽身时就不那么容易了。更重要的是,对于吴王夫差来讲,此战的目的不是灭绝齐国而是称霸中原。因此,为了彰显霸主的道德风范,吴王夫差不但没有彻底灭绝齐国,还把缴获的数百乘战车全部送给了鲁国,然后撤军回国。

回国后,吴王夫差做了两件事:

首先,处决伍子胥。

艾陵之战前，伍子胥极力反对伐齐，吴王派他前往齐国约战。伍子胥是去了，但把自己的儿子留在了齐国。回国后，又劝吴王应该把矛头对准越国，不要急于北上称霸。太宰伯嚭因此挑唆吴王：伍子胥有联合齐国谋反之心，他把儿子留在齐国就是铁证。

吴王夫差大怒，赐剑给伍子胥令其自杀。

伍子胥喊冤：当年我投奔吴国，辅佐先王继位，先王为表彰我的功绩，曾经要把吴国的一半给我，我都没有接受，一心一意为了吴国的强盛。如今君王听信太宰伯嚭的诬陷谗言，反而要杀我，这天下还有没有公理？

吴王夫差催促伍子胥赶紧自我了断。

伍子胥临死大喊："必树吾墓上以梓，令可以为器；而抉吾眼县吴东门之上，以观越寇之入灭吴也。"〔史记·伍子胥列传第六〕——在我的坟上种上梓树，让它们长到可以造棺的时候；把我的眼睛挖出来悬挂在吴都的东门上，让我看到越人是怎样灭掉吴国的！

吴王夫差派人把伍子胥的尸首用皮革裹起来，扔到了钱塘江里。

之后，吴王开始召集诸侯会盟要求称霸。

艾陵之战的第二年，公元前483年，吴王夫差乘着战胜之威，让鲁、宋两国联系卫、晋各国，要求各诸侯国尊他为霸主。接着，吴王夫差召集鲁、卫二国国君会商，又与宋、鲁、卫三国国君会商，并与晋国国君约定来年夏天会盟，以最后确定吴国的霸主地位。

公元前482年春，吴王夫差让太子友和几位老臣守国，自己亲率吴军主力，乘舟出邗沟一路向北，渡过黄河后抵达黄池（今河南封丘以南）。

晋国的晋定公由赵鞅陪同、鲁国的鲁哀公由子服景伯陪同如约前来，周王室的代表单平公作为见证人也随后抵达。

会盟尚未正式开始，吴国和晋国就谁先歃血盟誓发生了严重的争执，因为谁先歃血盟誓就等于谁是霸主。吴王夫差和晋定公都要先歃血，两人互不相让形成了僵局。

僵局在北方酷热的夏日里持续了一个多月。

突然，吴国的七名兵士赶到黄池，带来一则惊人的消息：越军趁吴国空虚之机攻入吴都，吴王夫差的儿子友被杀。

可以想见，吴王夫差是怎样的震惊。

这不是一个虚假的消息。

吴王夫差率领吴军倾国出动后，越王勾践问范蠡是否可以趁机攻击吴国，范蠡说可以了。

这一次，范蠡的回答得十分坚决。

此时，距离勾践被吴王释放回国已经过去了整整十年。

勾践率领两千名水军、四万步兵、六千亲兵以及各级指挥将领千人，向吴国进发。——勾践命令畴无余、欧阳二将所率之师为先锋，率先出发；命令范蠡和舌庸率兵，沿海岸上行至淮河，以断绝吴军的归路；勾践自己则亲率主力随后跟进。

越军的先锋部队抵达吴国都城郊外时，吴王夫差的儿子太子友以及一帮老臣正在泓水上观察敌情。

当老臣弥庸看见越军中有他父亲的旗帜时——弥庸的父亲以前曾被越军俘虏，军旗被越军缴获——勃然大怒，请求立即出战杀敌。太子友认为，主力不在，硬拼如果失败会亡国，应该固守等待主力回国。但是，弥庸怒火万丈，不顾一切地率领五千步卒向越军发起了攻击，王子地随后也率兵助战。由于兵临城下的是越军的先遣队，兵力较单薄，弥庸的出击很快取得成效，不但击溃了越军的先遣队，还把先遣队的两位将领俘虏了。

待越王勾践率主力赶到时，吴军已退守据城不出。

僵持几天后，守城的吴军发现越军撤退了。受初战胜利鼓舞的弥庸再次出击，却不知越军是在佯装撤退，并已在城外布下了包围圈。在越军主力的围攻下，出城的吴军被全歼，太子友和老臣弥庸均被俘。

太子友当即被越军处决了。

接着，吴国的都城被越军攻陷。

越军焚烧了姑苏台，缴获了吴军的大型战船。

由范蠡和舌庸率领的另一路越军，将吴国其他城邑抢掠一空后，与越王勾践在吴国的都城会师，准备等吴王夫差回到这里时与之决战。

都城陷落以及儿子被杀，令吴王夫差痛心疾首。但是，一番权衡后，他把从吴国赶来报信的七名兵士杀了以封锁消息，并决定尽快结束会盟僵持的现状以达成吴国称霸的结局。

关于吴、晋两国谁先歃血，史籍记载有所不同。

《左传·哀公十三年》：晋国的大夫们认为，吃肉的高贵之人，脸色不会惨淡无光，现在吴王的脸色惨淡无光，可能是吴国要被攻破了，或者是他的儿子死了。吴人性情急躁，忍耐不了太久，姑且让他们先歃血，咱们等待他们的下场。

而《国语·吴语》的记载是：吴国对晋国实施了武力威胁，迫使晋国尊吴国为盟主。——就吴人的性格以及当时吴王的心理来讲，这一记载也有合理之处。得知越军攻击吴国后，吴王夫差召集大夫们询问：是立即回国还是继续会盟？大夫王孙雒认为：不参加会盟回国，各诸侯国认为吴国败了，就会联合攻击吴国，而且越国的声望大了，吴国的子民就会因害怕而逃亡；如果参加会盟但让晋国当盟主，晋国就会居高临下地控制吴国，带领我们一起去朝见周天子，那样的话我们既没有时间逗留，离开又感到无法接受。因此，一定要参加会盟，一定要争当盟主，然后以霸主的身份回国与越军作战。至于如何与晋国一争谁先歃血，大夫们的主张是：凭借吴军的强大阵容对晋国实施武力威胁。

当晚，吴军的一个举动令参加会盟的诸侯们特别是晋定公大惊失色：黄昏时分，吴王夫差发布命令，让士卒饱餐并喂饱战马。半夜时分，吴王夫差又下令，全军穿好铠甲、缚住马舌，把行军灶里的火移出来照明，然后每一百名士卒排成一行，每行的排头抱着金属做的大铃、捧着兵士的名册，旁边竖着幡旗和犀牛皮做的盾牌，一共一百行。其中，每十行由一名下大夫率领，竖着旃旗、提着战鼓、挟着兵书、拿着鼓槌；每一百行由一名将军率领，竖着日月旗、支着战鼓，挟着兵书、拿着鼓槌；每一万人组成一个方阵，阵前的将领穿着白色的下衣、打着白色的旗帜、披着白色的铠甲、带着白羽毛制作的箭如同白色的茅草花。吴王夫差则亲自拿着钺，身旁竖着白色军旗，于方阵中间站立。吴军的左军也像中军这样列阵，但都穿着红色的下衣、竖着红色的旗帜、披着红色的铠甲、带着红羽毛制作的箭如同鲜红的火焰。吴军的右军也像中军这样列阵，但都穿着黑色的下衣、竖着黑色的旗帜、披着黑色的铠甲、带着黑羽毛制作的箭如同黑色的乌云。吴军左、中、右三军身披铠甲的将士共三万人，气势十足地前行至距晋军只有一里处。天未大亮，吴王夫差拿起鼓槌亲自擂鼓，吴军三军一起响应震动天地。

晋人被这个阵势弄蒙了，连忙派人前来询问。

吴王夫差亲自回答：眼下周王室衰微，没有诸侯纳贡，连告祭天地鬼神的牺畜也缺乏，又没有姬姓本家来援助，所以我日夜兼程赶到晋君这里。晋君已不再为周王室分忧，虽拥有众兵却不去征讨藐视周王室的戎狄、楚、秦等国。现在会盟的日期已经临近，如事不成吴国将被各个诸侯耻笑，吴国是屈服于晋君还是战胜晋君当盟主，就决定于今天！

晋国来人刚要返回报告，却被要求暂时留步。

吴王夫差命令六名亲兵坐在他的面前，然后当着晋国来者的面，这六名亲兵把剑架在自己的脖子上依次切颈自杀。

这一恐怖的场面令晋国来者瑟瑟发抖。

当年，檇李之战，越人曾用这一方式在阵前震慑了吴人。

饱受伦理文化浸染的中原人，哪里能够理解南方"夷人"的这种野蛮架势？

晋人吓坏了，决定让吴王先歃血。

晋定公提出了一个先决条件：在周天子面前，吴王不能称王，应该与过去的霸主一样称伯。

吴王夫差答应了。

吴军退去。

诸侯们进入幕帐，会盟正式开始。

吴王先歃血，晋侯排在他之后。

现在，吴王夫差距离当上霸主还差一步：得到周天子的正式承认。

吴王夫差立即派人向周天子报告了此次会盟的情况，强调吴国不能容忍诸侯们不向周王室纳贡的行为。为了惩罚那些诸侯，吴国先惩罚了楚国，又惩罚了齐国，吴国之所以能够取胜，都是周文王、周武王给予吴国的福分。

周天子的回应是：现在吴伯与我同心协力，那是我周王室的福气！

得到了周天子的正式首肯，吴王夫差的霸主地位正式确立。

当上了霸主的吴国，立即开始享受霸主的特权，即各诸侯国都要向其进贡。除了大国晋国和齐国等要按照规定进贡外，其他的小诸侯国也要按照拥有战车的数量折合成相应价值进贡。比如，鲁国要按照八百乘战车、邾国要按照六百乘战车的数量每年向吴国送去贡品。

站在群峰之巅的感觉真好。

心满意足的吴王夫差立即率军回国。

进入吴国国境后，吴王夫差发现长途跋涉后吴军十分疲惫。权衡之下，吴王夫差认为，此时与越军决战没有决胜的把握。于是派太宰伯嚭携带贵重礼品，去向越王勾践提出议和。

越王勾践同意议和。

与吴国签订和约后，越军撤军。

可以肯定，决定与吴国议和，是范蠡的主张。——就商人而言，顶级的经营必须是在物价上涨到顶点时再出手。

何况，越王勾践的最终目的，不仅仅是复仇，而是要让吴国从这个世界上彻底消失。

登山的铁律是：登上峰顶后，接着就是比登顶更为危险的下坡路。

吴王夫差站在群峰之巅，大地山川的醉人美景尽收眼帘。

六 决战笠泽江

又过了四年。

公元前 478 年，吴国发生严重的旱灾，导致全国范围内粮食奇缺，市场上无米可卖，国家粮仓空虚，饥饿的吴人纷纷向东迁移到海边，靠捡拾海草蚌贝为生。

范蠡和文种一致认为：彻底灭吴的时机到了。

理由是：四年前，吴王夫差从黄池会盟回来，越国之所以同意议和，是迫于当时吴军军力依然庞大。而那次越军攻陷吴国都城，令勾践伐吴的决心彻底暴露。吴国这几年都在积极备战，目的是一旦战事爆发彻底覆灭越国。在这种你死我活的境况下，越国必须抓住机会主动出击。目前，吴国饥荒严重，子民怨声载道。特别是吴军因为缺粮，家住边远地区的兵士都回家休整了，都城里的守备部队战力不足。此时伐吴，可从越国北部的御儿（今浙江杭州湾北岸、嘉兴的西南方向）出击。如果吴军迎战，越军大举进攻，取胜后向吴国都城推进；如果作战不顺，就全力抢掠粮食和财物，让遭受饥荒的吴国雪上加霜。

越王勾践没有马上回复范蠡和文种的建议。

尝尽人间屈辱的勾践，此时已经年过四十，其惊人的忍耐力前无古人后无来者。

正好，楚国大臣申包胥前来越国，勾践就如何战胜吴国向申包胥请教。他对申包胥说，我想与吴国一起请求上天评判，看看上天愿意赐福给哪个国家。为此，我准备好了车马、武器和兵士，请问还要具备其他什么条件才能与吴国较量？申包胥反问勾践，吴国十分强大，诸侯们现在都在给吴国纳贡，君王您凭什么敢与吴国开战？勾践列举了一系列理由，包括他平等对待士兵、善待越国的子民、让刑法符合善恶的判断、让贫富者都得到应有的利益，等等。勾践每说一条，申包胥都认为不足以挑战吴国。最后，在勾践诚恳请求下，申包胥说：

> 夫战，智为始，仁次之，勇次之。不智，则不知民之极，无以铨度天下之众寡；不仁，则不能与三军共饥劳之殃；不勇，则不能断疑以发大计。［国语·吴语］

战争，智谋是最重要的，仁义次之，勇敢又次之。没有智谋，就不会知道民心的向背，就不会衡量双方的实力对比；不仁义，就不会和三军将士共同分担饥饿和劳累；不勇敢，就不会果断排除疑难以决定大计。

越王勾践听懂了申包胥的意思：战争的胜负，最终取决于智谋、民心和决死的精神。

越王勾践又召见大夫们征求意见，他要求大夫们实话实说不许阿谀奉承。于是，舌庸建议切实做到奖赏，鼓动兵士作战的积极性；苦成建议切实做到惩罚，让士兵更加勇猛地进攻；文种建议各军明确军旗的颜色，让兵士能够辨别旗帜统一行动；皋如建议明确指挥进退的金鼓声，做到全军步调一致；范蠡提醒要切实安排好后方守备，以防不测。

越王勾践甚至还亲自征求了百姓的意见。百姓们说，从前吴王夫差让我们的国君受尽了苦丢尽了脸，这个仇无论如何要报！勾践则谦卑地说，从前打败的那一仗，不是你们的过错，是我一个人的罪过。为了能够过和平的日子，我也不想打仗了。百姓们就说，越国上下，爱戴国君就像爱自己的父母一样，儿子想着为父母报仇，臣民想着为国君报仇，难道还有敢不尽力的人吗？我们请求与吴国再打一仗！

勾践答应了。

越王勾践向全国发布公告：愿意加入军队的都去都门外报名。

越军就要出发了。

越王勾践走进后宫，对夫人说，从今以后，后宫的内务不许出宫，外界的政事不许进宫。后宫的内务有差错，是你的责任；外界的政事有差错，是我的责任。我见你就在这里为止了。——夫人送他出宫后，用土把右边的门填死，摘去头上的饰物席地而坐，从此不再清扫家室，不再出家门一步。

越王勾践在朝堂召见留守的大夫们说，田地分配不平均，土地垦殖得不好，国家的内政有差错，是你们的责任；士兵不拼死作战，征伐的战事有差错，是我的责任。从今以后，对内的国政不干预外面，对外的军务也不干预国内，我见你们就在这里为止了。——留守的大夫们送走勾践后，用土把左边的门填死，从此不再清扫宫殿，不再出宫门一步。

然后，越王勾践前往郊外的土坛，亲自击鼓，向五万越军将士发出了出发令并宣誓：我听说古代贤明的国君，从不担心自己的人力不够，担心的是自己缺少羞耻之心。吴国穿着犀皮制成铠甲的士卒有十万三千人，但他们不担心自己缺乏羞耻之心，却担心他的兵士数量不够多。现在，我将帮着上天去消灭他们！

行军的第一天，勾践处决了一名兵士，当众宣告：不准有人像他一样用金玉饰物贿赂，破坏军纪。

行军的第二天，勾践又杀了一名兵士，当众宣告：不准有人像他一样不服从军令。

行军的第三天，勾践再次杀了一名兵士，当众宣告：不准有人像他一样不听从君王的命令。

行军的第四天，越军移驻到靠近国土北部边境的御儿。这里是预定的集结和出击地。

驻扎御儿的第一天，勾践发布公告：家里有父母老人而没有兄弟的，报告上来。有兵士前来报到，勾践对他们说：我要打一场大仗，你们有父母老人，如为我效力而死，你们的父母将无人照顾。现在请你们回去，为父母养老送终。今后国家有事，我再跟你们商量。

驻扎的第二天，勾践又发布公告：有兄弟四五人都在这里当兵的，报告上来。有兵士前来报到，勾践对他们说：我要打一场大仗，你们兄弟都在军队里，如果打不赢，就可能全部牺牲，选你们当中的一个让他回家。

驻扎的第三天，勾践再次发布公告：有眼睛昏花目力不佳的，报告上来。有兵士前来报到，勾践对他们说：我要打一场大仗，你们眼睛有病，就请回去吧。今后国家有事，再跟你们商量。

驻扎的第四天，勾践又发布公告：有体力虚弱不能胜任打仗，智力低下不能听懂命令的，回家去吧，不必报告。

驻扎的第五天，越军向吴国境内前进。

越王勾践战前思虑之缜密，此无先例。

越军勇猛地冲进了吴国。

吴王夫差率六万吴军迎战。

越子伐吴，吴子御之笠泽，夹水而陈。［左传·哀公十七年］

越军伐吴，吴军迎战于笠泽江边（今江苏苏州以南），两军夹江列阵。这是三月，白昼尚短，天色很快暗了下来。

笠泽江，古水名。在古籍记载中，一说笠泽江为今天的江苏太湖，一说笠泽江指的是太湖东岸一个小湖，但认为笠泽江即今天的吴淞江为主流看法。

吴淞江，古称松江、吴江、笠泽江，发源于今苏州市吴江区松陵镇以南太湖瓜泾口，由西向东穿过江南运河，流经吴江、苏州、昆山、嘉定、青浦以及上海，下游进入上海后被今天的上海人称为苏州河。吴淞江原为长江入海前的最后一条支流，因此长江入海口也被称作"吴淞口"。虽然至明代吴淞江已成为黄浦江的支流，但长江入海口仍被叫作吴淞口。

吴淞江，即笠泽江，江水来自太湖。太湖古称震泽。太湖湖水通过笠泽江、娄江（今浏河一线）和东江入海。古时，这三江都是水量浩瀚的大江，尤以笠泽江为最，其宽广的江面以及两岸的湿地，是吴国抵御入侵的天然防线。

春夜已深，月光在笠泽江面上闪烁。

越王勾践很清楚，四年前攻入吴国都城时，与越军作战的仅仅是吴军的留守部队。吴军多年来破越、败楚、胜齐、压晋，虽然受到了一些损失，但仍是一支超强的军事力量。因此，攻吴绝不能轻敌，要运用机谋和智谋取胜。

越军抵达笠泽江边后，越王勾践命令：左军衔枚溯江行五里处待命，右军衔枚顺江行五里处待命。

衔枚，即将一根短木棍含在嘴里，以防止出声。

越军左右两军抵达指定位置后，越王勾践的命令再次下达：左右两军战鼓齐鸣，渡至江中央的沙洲上待命。

深夜的鼓声格外惊心动魄。

吴军听到上下游同时鼓声大作，吴王夫差判断越军正分兵两路夜渡笠泽江，企图夹击吴军，于是立即命令吴军两军分兵前往阻击。

当情报证实吴军已经分兵出击后，越王勾践亲自率领中军衔枚渡江。越军的中军由精锐甲士组成，先锋为六千人组成的敢死队。敢死队渡江时正值黎明前的黑暗，吴军忙于前去阻击越军的左右两军，完全忽视了这一路越军的行动。越军中军的两万余人很快于笠泽江北岸登陆，然后迅捷地秘密抵近吴军的中军大营。

黎明时分，笠泽江岸边鼓声震天，越军对吴军的中军发起了猛烈突袭。毫无准备的吴军中军顿时大乱，仓促抵抗中，吴王夫差急令前往上游和下游堵击越军的上、下两军迅速回援。但吴军的回援部队遭到越军左右两军的追杀。

受到重创的吴军三军最终会合，吴王夫差率军向北退却，在没溪（今江苏苏州以南）附近建起了一条新的防线。

天亮了。

越王勾践于晨光中向北遥望，吴国都城姑苏的城墙依稀可见。

这是一个关键时刻：虽然受到夜袭的吴军有一定的损失，但主力并未完全丧失作战能力。吴军对这一带的地势地形十分熟悉，且吴国都城就在身后，必定会利用地利拼死作战。而越军由于连夜渡江并实施攻击，体力消耗很大，且深入吴境后补给产生了困难，如果在此陷入持久战将对越军不利。

令勾践没想到的是，范蠡率部赶到了。

范蠡率领的是越军的水军。这支水军乘船穿过震泽的西南水域后登陆，然后突然出现在吴军新防线的侧后。

范蠡部队的出现，让战局顿时改观：吴军无法承受两面夹击，没有坚持多久便陷入被围歼的状态。混战中，吴军上军统帅胥门巢阵亡，导致上军的战况岌岌可危。在战局无法挽回的情况下，吴王夫差鸣金收兵向都城撤退。

两战两胜的越军斗志昂扬，在勾践的严厉督战下乘胜猛追，一直追至姑苏城下。双方在城下再次陷入混战，虽然吴军奋勇力战，但由于下军统帅王子姑曹阵亡，吴军下军也完全丧失了战斗力。

吴王夫差率部退守姑苏城内，打算据城坚守。

笠泽之战，是中国古代战争史上较早的一次河川进攻战。越军利用夜暗，以两翼佯渡诱使吴军分兵，然后集中精锐兵力实施敌前潜渡、中间突破，并连续进攻、扩大战果，战术运用可圈可点。

姑苏城中的吴王夫差，紧急部署城防兵力以迎战攻城的越军。

但是，日上三竿，大地沉寂。

城楼上的吴军惊讶地发现，越军不但没有攻城，反而在姑苏城的西门外开始大兴土木。

越王勾践在吴国都城的城外修筑了一座新城。

而越军主力部队则在姑苏城的四周安营扎寨，将姑苏城层层包围。

令人不可思议的是：越军的围城竟然长达五年之久。

越王勾践决定避免与困于笼中的吴军进行决战，他在姑苏城外修筑的城堡里吃饱喝足之后，日复一日饶有兴味地欣赏着笼中猎物因为困饿缓慢而死的过程。——勾践以成为伟大君主的首要品格——冷酷阴鸷的残忍以及无与伦比的耐心——向世人宣告：天下霸主，舍我其谁！

七 灭吴之战：最后的霸主

　　越军主力围城期间，除了吴国小小的都城外，越国将吴国的土地和人口全部并入了越国的版图，并开始实施全面统治和管理：向北开凿出一条运河（自今苏州北部的蠡口至无锡东南的蠡尖口），连接三江五湖，进一步疏通了北上的水路通道；在西面的夫椒山，广泛种植葛麻，建立起一座制作军装和弓弦的军事作坊；东面控制了笠泽江附近盛产稻米的肥沃地区，以增加越国的粮食储备；向南修筑和加宽了通往檇李的陆路，保持着与越国本土的运输畅通。

　　越王勾践几次要攻城，都被范蠡制止了。

　　范蠡认为，还没有到吴军"城门不守"的那个时刻。

　　公元前473年，十一月的一天，线报报告：姑苏城内已到饿殍满城的地步。

　　越军终于开始攻城了。

　　自围城之日算起这已是第五年。

　　与其说是攻城，不如说是进城：越军攻城的鼓声刚刚敲响，姑苏城的城门便敞开了，饥民和吴军散兵混杂在一起，拥出城门向越军投降。

　　吴王夫差带着少数随从和财宝，趁夜色突围而出逃上城西的姑苏山。

　　姑苏山立即被越军层层包围。

吴王夫差派大夫王孙雒前去乞和。王孙雒脱去上衣，跪着向前爬行，向越王勾践转达了吴王夫差的请求：孤立无助的臣子夫差冒昧地表露自己的心愿，从前我曾在会稽得罪于您，如今我不敢违背您的指令，如能够与您讲和，我们就撤军。今天您前来惩罚孤臣，我将对您唯命是听，我私下的心愿是希望像我在会稽山对您那样，赦免我夫差的罪过！

勾践想答应，被范蠡制止。

过了几天，吴王夫差再次派人来求和，又被范蠡拒绝。

王孙雒第三次前来求和时，言辞更加谦恭，礼品也更加珍贵。越王勾践又想答应吴王夫差的求和，范蠡愤怒地质问道：过去这些年，是谁让我们忧劳国事，不是吴国吗？我们用十年工夫谋划，难道可以一个早晨就前功尽弃吗？千万不要答应吴国的求和，灭吴的成功已经近在眼前！

范蠡说完，自己左手提着鼓，右手拿着鼓槌，代表越王勾践面见王孙雒。

范蠡对王孙雒说，从前上天给越国降下灾祸，让吴国统治越国，可是吴国没接受。现在我们要一反此道，改变你们过去不灭越的祸难，我们的君王不敢不听从上天的指令。

王孙雒表示：范先生，先人说过，无助天为虐，助天为虐者不祥。现在我们遭受了灾难，您还要帮助上天给我们增加灾祸，您不忌讳那是不吉利的吗？

面对王孙雒的道德说辞，范蠡表现出冷酷决绝的商人思维令人不寒而栗：我们最早的先君，一直受到周王室的轻蔑，爵位只是不够格的子爵。我们越人一直定居在东海岸边，只能同鱼鳖这类水族动物居住在一起，或是同虾蟆一类的水族居住在水边小洲上。我的面目生成人的形状是很惭愧的，实际上我还与禽兽一样，禽兽又怎能懂得您这些巧辩的言辞呢？

王孙雒要求面见越王，范蠡说越王已经把事务交给我全权处理。

王孙雒大哭而返。

接着，范蠡擂响战鼓，带领部队跟在王孙雒的后面冲上了姑苏山上。

三千越军搜山之后，将吴王夫差活捉。

吴王夫差与越王勾践，两位君主进行了一场最后的对话：

吴王夫差说，过去越君向我求和，愿将宫中男女送来供我驱使。我碍于两国先君的友好，害怕上天降下不祥，所以不敢灭绝越国宗庙的祭祀，答应了越君的求和一直到现在。如今我不遵天道，得罪了君王，君王亲自来到敝国，我冒昧地请求讲和，愿将宫中男女都交给君王驱使。

越王勾践没有答应议和的请求，但他准备给吴王夫差一条生路，还劝他想开点：人活在世界上，生命并不长，不过是一个过客而已，希望吴王不要轻易去死，我将把你安排到甬句东（今浙江舟山群岛）这个地方养老，让你挑选三百夫妇随同前去侍候终生。

吴王夫差绝望地摇头：上天给吴国降下大祸，不在前也不在后，正在我为君的时候，吴国的宗庙社稷实际上是我失掉的。凡是吴国的土地和子民，越国已经全都占有了，我还有什么资格活在这个世界上！

吴王夫差请求越王勾践赐给他最后的尊严。

在姑苏山上初冬的浓雾中，吴王夫差"遂自杀。乃蔽其面"。［史记·越王勾践世家第十一］——吴王夫差举剑自尽，在生命最后瞬间他用衣服遮住了自己的脸。

时为公元前473年十一月丁卯日。

接受越国贿赂，成为越方奸细的太宰伯嚭，在吴王夫差死后面带喜色地向越王表示祝贺。越王勾践历数其罪："为臣不忠无信，亡国灭君。"［吴越春秋·夫差内传］当场下令将其斩首。

吴国，一个国土广袤、江河浩荡、国力富足、兵强马壮，并登上了春秋霸主地位的泱泱大国，从此在历史上消失了。

吴、越两国之间的战争，几起几伏。

吴国从胜利走向灭亡，越国从战败走向胜利，是春秋时期最耐人寻味的历史事件。

吴国自攻占楚国都城后，威震中原。为了巩固吴国的霸业，伍子胥始终要求将消灭越国解除后顾之忧，进而图霸中原作为吴国的根本战略，檇李之战和夫椒之战，就是为了实现这一战略目的而进行的战争。如果吴国能够将这一战略贯彻始终则前途光明。然而，吴王夫差受眼界狭窄的局限，被越国的表面臣服和美女厚利所欺骗，加上奸佞庸徒太宰伯嚭的破坏，枉杀了伍子胥，导致吴国彻底放弃了消灭越国的战略，还释放了越王勾践，豢养了自己的掘墓人。

越国要想图霸中原，必须先亡吴国，否则永无出头之日。鉴于吴、越两国大小强弱悬殊，越王勾践采取了范蠡等人的建议，在把灭吴作为坚定不移的战略目标的同时，忍辱负重，卧薪尝胆，长期经营，百折不挠，这是越国把握正确方向导致的必然结果。

吴王夫差和越王勾践，两位君主对待具备真才实学的有用之才的态度，成为吴、越两国兴亡的决定性原因。——吴王有卸磨杀驴的政治传统，当年吴军攻入楚都后，立下汗马功劳的孙武，为躲避不测隐居山林。公元前484年，艾陵之战前，当吴王拒绝伍子胥反对伐齐的建议后，伍子胥曾有过这样的叹息："越十年生聚，而十年教训，二十年之外，吴其为沼乎！"〔左传·哀公元年〕——越国用十年的时间养育子民聚积财富，再用十年时间对越人进行教导训育，二十年之后，吴国将会被越国毁为荒凉的池沼！

毫无疑问，越王之所以成为胜利之君，与范蠡的辅佐有决定性的关系。

但是，功高盖主的历史悲剧千百年来周而复始：当越王勾践从姑苏城回到越国后，范蠡突然向他递交了一份辞职申请。

范蠡在申请中说，我听说，君主忧愁，臣子就劳苦；君主受辱，臣子就该死。过去您在会稽受辱，我之所以未死，是为了报仇雪恨；当今既已雪耻，臣请求您给予我应在会稽承受的死罪。

勾践的答复严厉而冷酷："子听吾言，与子分国；不听吾言，身死，妻子为戮。"［国语·越语］——你要是听从于我，就让你执掌大权；不听从我的，就杀了你和你的妻儿。

范蠡给勾践留下这样一句话：君主您可执行自己的命令，臣子仍要依从自己的意趣。

然后，范蠡乘船从海上走了。

范蠡再未返回越国。

范蠡乘船到了齐国，开始在齐国开办产业，经商盈利，不久便积累了巨额财富。齐国国君想请他当国相，他归还了相印，发散了自己的全部财产，秘密出走到陶地（今山东定陶）隐居下来，自称陶朱公。陶地东邻齐、鲁，西接郑、秦，北通晋、燕，南连楚、越，是当时中原商品流通的中心。范蠡继续做生意，不久后再次成为天下首富。

范蠡在齐国时，曾给文种写过一封信，信中阐述了他之所以出走是因为天下"飞鸟尽，良弓藏；狡兔死，走狗烹"［史记·越王勾践世家第十一］的铁律。——天上的飞鸟没有了，射鸟的良弓就被毁了；地上的狡兔没有了，捉狡兔的猎狗就被煮了。

文种从此称病闭门不出。

但是，不久，文种收到了越王勾践赐给他的一把剑："子教寡人伐吴七术，寡人用其三而败吴，其四在子，子为我从先王试之。"［史记·越王勾践世家第十一］——你教我伐吴的七条计策，我只采用了三条就打败了吴国，剩下的四条还在你那里，你替我到先王面前尝试一下那四条吧。——文种随即自杀。

吴国灭亡后，那位被范蠡派往吴国充当间谍的天下第一美女西施，其命运有多种传说。一说是西施帮助越国灭掉吴国后，感到欣慰的同时又觉得对不起吴王夫差，在异常矛盾的心理中不能解脱，自缢于吴国旧宫内。另一说是她被溺死在西湖，而行凶者却说法不一：有被范蠡沉湖说，原因是范蠡为防止越王被美貌诱惑而重蹈吴王的灭亡之路；有被吴人沉江说，因为吴人把亡国的一腔怒火都发泄在了她身上；也有被越王勾践的夫人溺死说："勾践班师回越，携西施以归。越夫人潜使人引出，负以大石，沉于江中，曰：'此亡国之物，留之何为？'"〔东周列国志〕——以上被溺死之说，异曲同工地来源于中国人固有的一个道德概念：红颜祸水。

在众多传说中，以西施跟随范蠡远走高飞之说最为普遍："西施，亡吴后复归范蠡，同泛五湖而去。"〔越绝书〕——此说可能是这个天下第一美女的最好结局了：享受了吴国王室的荣华富贵后，又当上了千万富翁的太太，世间还有比这更完美的人生吗？

公元前448年，范蠡寿终正寝，享年八十八岁。

高寿的范蠡被后世尊为财神和商祖。

灭亡了吴国后的越国，其国土向北已越过淮水与鲁国接壤，东面至东海，南面至今绍兴诸暨以至温州一带，西面则达今江西鄱阳湖，从太湖平原到宁绍平原，可谓沃土千里，版图广袤。

于是，踌躇满志的越王勾践开始北上了。

勾践起兵渡过淮河，与齐、晋等国一起朝见周元王，周天子赐给他祭祀的肉，正式任命他为各诸侯的首领。宋、郑、鲁、卫、陈、蔡等国的国君，也都拿着玉器来朝拜越王勾践。越王勾践效法之前春秋霸主的慷慨大方：把淮河流域送给楚国，把吴国侵占的宋国的土地归还给宋国，把泗水以东方圆百里的土地给了鲁国。

越王勾践，春秋时期的最后一位霸主。

只是，这位新霸主很快就发现：他这个霸主只是象征性的，根本体味不到当年齐桓公那种天下唯我独尊的感觉了。

勾践老了。

中原也老了。

如同思维混乱、行为乖戾的人生暮年时光一样，此时的中原距离曾经的英雄时代已经渐行渐远。

春秋的辉煌不再了。

天著春秋

尾 声

晋阳之战：
最后的春秋

一　孔丘去世了

公元前479年——吴国亡国后第六年——一个名叫孔丘的鲁国老人去世了。

除了他的家人和几位学生外，这件事没有引起更多的注意。

老人被埋葬在鲁国的泗水河边。

没有人意识到，这位老人的死，对于一个时代的结束和另一个时代的到来，有什么转折性的意义。

而更令人想不到的是，在以后数千年里的时光里，这位被冠以中国古代伟大的思想家、政治家和教育家等诸多头衔的老人，成为中国人——无论是帝王还是平民——公认的、唯一的、接受顶礼膜拜最多的圣人。这位中国儒家学派的创始人，其主张至今影响着中国人的思维方式，是中国人标榜的处世道德的标尺，历朝历代的帝王们也异口同声地尊他为"大成至圣先师"，将他的主张视为治国治民的全能蓝本和精神支柱。

孔丘，子姓，孔氏，名丘，鲁国陬邑（今山东曲阜）人，出生于公元前551年。根据史籍记载，作为贵族后裔，他的先祖可以追溯到宋国的开国君主——商纣王之兄微子启。他的六世祖，是那位因夫人长得太漂亮而惹上杀身之祸的宋国大司马孔父嘉。他的父亲，是为躲避宋国战乱逃到鲁国的陬邑大夫叔梁纥。

据传，叔梁纥的正妻施氏，为他生了九个女儿没有儿子，虽然小妾为他生了一个男孩儿，但这个男孩先天足有残疾。叔梁纥很不满意，又纳颜氏女儿为妾。颜氏有三个女儿，只有不满二十岁的小女儿颜徵在愿意嫁给叔梁纥，当时叔梁纥已经六十六岁。因为年龄相差悬殊，不合乎婚礼规范，两人在尼山（今山东曲阜与泗水、邹城交界处）居住并怀子："纥（叔梁纥）与颜氏女野合而生孔子。"［史记·孔子世家第十七］。——孔丘生下来时，头顶隆起不平，故名"丘"；又因其父母野合于尼山所生，排行为"仲"，故字"仲尼"。

孔丘五岁的时候，即公元前546年，晋、楚、宋、齐、鲁、蔡、卫、陈、郑、许、曹、邾、滕等各诸侯国聚于宋国的西门外，举行了"弭兵会盟"，晋、楚两大国的连年争霸战争以及围绕晋、楚两大国形成的诸侯相互征伐，自此进入了暂时休战状态。可随之而来的，是淮河流域吴、楚两国的战争以及长江下游吴、越两国的战争。

这是春秋史上稀有的尽情享乐的短暂时光。没有了楚国北上的威胁，各诸侯国又受到休战的约束，君主们纷纷修建宫室园囿，日日歌舞升平，中原大地呈现出一派欢愉祥和的景象。由于君主们沉溺在享乐中，大权逐渐落入卿大夫之手。卿大夫们为争权夺利，互相倾轧，互相攻杀，导致各诸侯国内部祸乱频发。作为诸侯之首的周王室日益衰微，周天子的地位还不如一个小诸侯国的国君，根本无力过问各路诸侯的事情，中原再次出现了齐桓公以前的无序状态。

孔丘三岁时，父亲叔梁纥病逝，母亲被叔梁纥的正妻赶出家门。孤儿寡母，生活清贫。十七岁时，孔丘的母亲去世，他的生活更加困顿，其贵族身份也饱受质疑。十九岁时，为了能够回到宋国祭拜祖先，他娶了一位宋女为妻。或许因为成家的缘故，孔丘决心要在仕途上有所成就。凭借着对天下大事和治理国家的特独见解，他逐渐受到地方官员们的注意，被任命为管理仓库和畜牧的下层官吏。

孔丘认为，人要"三十而立"。果然，三十岁那年，已经小有名气的他，受到出访鲁国的齐国君主齐景公和齐国大夫晏婴的召见。他对中原未来格局的见解，给齐景公留下深刻印象。几年后，由于鲁国发生了内乱，国君鲁昭公被迫逃往齐国，孔子也随即投奔了齐国，受到齐景公的赏识和厚待。

在齐国的日子里，贵族感觉回归了孔丘，但他的受宠引起齐国大夫们的嫉妒，甚至有人想加害于他，他只好仓皇逃回鲁国。

公元前512年，孔丘到了"四十不惑"的年龄。当时，鲁国与中原所有诸侯国一样，君权旁落卿大夫的现象十分严重，鲁国的军政大权被季孙、叔孙和孟孙三大家族掌控。由此，鲁国的国务和军队被分成三份，土地和子民也被分成三份，由三大家族各统治鲁国的三分之一。孔丘认为，是家臣掌政，破坏了周礼，失望之余退隐而修著《诗》《书》《礼》《乐》。

公元前500年——鲁国背叛晋国依附楚国的那一年——五十岁的孔子终于迎来了他仕途的高峰：他被任命为鲁国的大司寇。根据史籍记载，他能升任如此显赫的官职，是季氏权臣举荐的结果。——大司寇，主管刑狱的官名，周王室和各诸侯国都设有司寇之职，其职责是追捕盗贼、审理案件和惩治犯错误的官吏等，类似后世的刑部尚书和司法部长。

长期压抑的孔丘，当上大司寇后，决心向全天下展示他的最极端的手段和最强硬的作风，以立官威。

看上去温文尔雅的新官，上任后点燃的三把火之猛烈，令鲁国朝野目瞪口呆：孔丘上任的第七天，将鲁国大夫少正卯判处了死刑，还把他的尸体当众暴尸三天。

"少正"是官职，"卯"是名字。

春秋时，管理车辆的官职叫"车正"，管理木器制作的官职叫"木正"，管理陶器生产的官职叫"陶正"，管理烹饪事务的官职叫"庖正"，等等。"少正"是"正"的副手。

这位名叫"卯"的少正，不是一个普通的官吏。他不但做官，还招收学生，到处讲学，是鲁国赫赫有名的学问家。

孔丘为什么刚上任就杀死少正卯，史籍记载的原因是：少正卯和孔丘都开办私学，招收学生，少正卯的课堂多次把孔丘的学生吸引过去，乃至孔丘的课堂上只剩下颜渊一人，这让孔丘十分生气。——因为生源被抢，收入少了，就把身为大夫的少正卯杀了，这个理由野蛮骄横又残暴。对此，连孔丘的弟子们都感到不理解：老师不是最讲究仁义的吗？不是反对滥用杀伐之刑的吗？即使同行是冤家，公报私仇符合老师宣扬的道德标准吗？孔丘是这样回答弟子们的质问的：人有五种罪恶的行为，盗窃不包括在里面：一是知识渊博，用心险恶；二是行为不端，不知悔改；三是强词夺理，善于狡辩；四是刻意关注世间的阴暗面；五是不纠正错误还加以伪饰。这五种罪恶，一个人身上只要有一种，就不能免掉被君子惩罚。而少正卯却同时具有这五种罪恶。他的门徒足够用来拉帮结伙，他的言谈足够用来迷惑众人，他的倔强足够用来毁灭正确的东西。这是小人中的豪杰，对国家十分危险，不可以不杀。——总之，掌握刑罚大权的司法部长孔丘，之所以杀少正卯，不是因为私人恩怨，而是为了国家的长治久安。至于少正卯的学说到底有多么邪恶，史籍中无具体记载，后世有人分析说，他的主张类似今天的"成功术"，即教授学生们如何应付世间种种不平、如何运用智慧取得人生成功。而从孔丘提供的杀人理由上看，少止卯没有什么实质性的罪行，只是与孔子在学术上存在分歧。

孔丘诛杀的不是一个人而是一种思想。

孔丘诛杀少正卯，是中国古代史上一个争议很大的事件。

孔丘死后，一千多年间，有人提出，孔丘杀少正卯之事根本没有发生，所有的相关记载都是出于诬蔑圣人的目的。此说的代表人物是南宋理学家朱熹，理由是：先秦时期，诸子百家作品多有寓言，并非真实的历史。再者，成书早于《史记》的《左传》《论语》《孟子》都没有记载这件事；还有，大司寇仅仅是大夫，不具备诛杀同是大夫的权力。

具有讽刺意义的是，在儒家学说占据中国人精神制高点的漫长历史中，孔丘诛杀少正卯事件，始终是以"圣人治奸"的面目出现的。司马迁曾高度赞扬孔丘的杀人功绩：孔丘杀了少正卯三个月后，就显现出显著的社会效果：卖羊羔猪豚的不随意抬价，男女行路分道而走，鲁国的社会秩序达到了路不拾遗、宾至如归的和谐程度。［史记·孔子世家第十七］——杀了一个做学术的人，社会一下子美好得如同天上人间，这着实令人难以置信！——纵观中国古代精神史，其中暗含的逻辑是：在中国，儒学是一种独霸天下的学说，不能与其他任何学说兼容。因此，才会有后世的"罢黜百家，独尊儒术"。

孔丘当上大司寇后干的另一件大事，类似于今日"拆违建"的执法行动，史称"堕三都"。

"堕"，毁坏、坠落的意思。

"堕三都"，指的是孔丘任鲁国大司寇期间，拆毁了"三桓"势力的私邑。

当时，染指鲁国军政大权的季孙氏、叔孙氏、孟孙氏三家世卿，因为是鲁桓公三个儿子的后代，故称"三桓"。三家王族肆无忌惮地扩展自己的地盘，而三家豢养的家臣更加放肆，甚至越过"三桓"的主人直接干预国事。按照周朝礼制，天子、诸侯、大夫修筑城墙的高度分别为九丈、七长、五丈，宽度分别为七丈二、五丈六、四丈。但"三桓"修建的都城，规模都超出了规制。大司寇孔丘认为：这不是一个"违建"问题，而是居心叵测的政治事件。

就官职来讲，"三桓"中的季孙氏为司徒、叔孙氏为司马、孟孙氏为司空，而孔丘为大司寇，虽然大司寇与"三桓"在职位上是平级的，但"三桓"属于上大夫，孔丘则为下大夫。即便如此，为遏制"三桓"

不可一世的势力，恢复鲁国国君的君权，在鲁定公定的支持下，孔丘对"三桓"家族下手了。

拆除三家超大规模城邑的行动，引发"三桓"家臣们的激烈抵抗，他们甚至动用私人军队攻击了鲁国都城曲阜。为此，孔丘动用鲁定公的御用军队，并且受到齐国派来的增援部队的支持，最终，季孙氏的费邑（今山东费县西北）和叔孙氏的郈邑（今山东东平东南）被强行拆毁，只有孟孙氏的郕邑（今山东宁阳东北）因抵抗顽强最终作罢。

"堕三都"表明，孔丘不是一个单纯的学术人物。

由于得罪了"三桓"势力，在"三桓"主持国家祭祀的时候，孔丘没有得到应有的祭肉。这是一个危险的信号，孔丘不得不中断仕途，到别国去寻找出路，他与弟子们踏上了周游列国之路。

那一年，孔丘五十五岁。

公元前496年，孔丘带领弟子北上来到卫国。当时卫国的实际掌权者，是卫灵公的夫人南子。南子妖媚，名声不好，但南子召见了孔丘。孔丘的弟子子路认为，不应该与名声不好的女人来往，孔丘发誓："予所否者，天厌之！天厌之！"〔论语·雍也〕——我和南子如有不当，天打五雷轰！天打五雷轰！但是，不久之后，孔丘觉得在卫国难以发展，于是又南下前往陈国。一路上兵荒马乱，孔丘不得不返回卫国。此后，孔丘几次离开卫国又几次返回，最终还是决定离开卫国南下。经过曹国时，曹国国君没有接见他。他继续南下宋国，但宋国也不能容他，已经五十九岁的孔丘，开始了无目的的流浪。再次经过陈国时，陈国派人将孔丘师徒困在半道，前不靠村后不靠店，所带的粮食吃完了，最后还是弟子子贡找到楚人，楚国派兵迎接，孔丘师徒才免于饿死。

孔丘已经六十岁了，他又先后到过蔡国、叶国和卫国。到卫国的时候，传来他的夫人病逝的消息。孔丘决定回鲁国。此时，他已经流浪了十四年。

孔丘的周游列国——实际上，他仅仅在今山东和河南两省的范围内来回游荡。——他没能进入齐国的都城；只是接近了楚国的边境；也曾打算去晋国，结果只是在黄河边上感慨了一番："美哉！水洋洋乎，丘之不济此，命也夫！"[孔子家语卷五]——他连黄河都没过，求得被重用的愿望始终没能实现。

回到鲁国的第二年，孔丘的儿子和他最喜爱的弟子颜回相继死了。接着，他的另一个得意门生子路惨死于卫国内乱中。

孔丘知道自己时日不多了。

公元前479年，四月四日，弟子子贡来见孔丘，孔丘拄杖倚门与其对望。他责问子贡为何那么晚来见自己，叹息说泰山将要坍塌，梁柱将要朽断，哲人将要如同草木一样枯萎了。说到此，孔丘不禁老泪纵横：天下无道已很久了，没有人肯采纳我的主张，我的主张不可能实现了。夏朝人死时在东阶殡殓，周朝人死时在西阶殡殓，殷商人死时殡殓在两个楹柱之间。昨天黄昏，我梦见自己坐在两楹之间祭奠，我的祖先应该就是殷商人啊。[史记·孔子世家第十七]

几天后，公元前479年，四月十一日，孔丘在极度伤感中离世，终年七十三岁（虚岁）。

在临终的最后幻影中，孔丘回到了他向往的尧舜时代，与他的殷商先人互诉衷肠。

终其一生，孔丘建构了完整的中国式的道德体系。这个体系以"仁"为核心，主张"仁、礼"之德性与德行，主张人道与天道、地道相互汇通。在孔丘臆想的大道畅行、天下为公的大同世界里，君王们能够"为政以德"，用道德和礼教来治理国家和施政于民；贵族和庶民都严格遵循"君君臣臣、父父子子"的等级制度，安贫乐道，严守本分。世间是一个大爱的世界，人不只以自己的家人为亲，不只以自己的父母儿女为爱，而是相互敬爱天下所有的人。大爱之下，人人老有所终，壮有所用，孩子们都能获得温暖与关怀，孤独与残疾者都能有所依靠，人人讲信修睦，选贤举能，阴谋欺诈不兴，盗窃祸乱不起，路不拾遗，夜不闭户。——这幅理想化的尧舜时代的社会景象，是孔丘憧憬的最高理想社会，也是他临死再三强调自己是殷人的原因。

孔丘的大同社会理想，对中国后世影响深远。

后来不同历史时期产生的思想家，都曾渴望这种"盛世"能够实现。但是，这仅仅是幻想而已。

频繁爆发的战争，一次又一次无情地嘲讽着这位先师。

就在孔丘临终的那个时刻，中原各诸侯国之间以及各诸侯国内部，战争和祸乱连续不断。虽然有暂时停战盟约的约束，但大诸侯国依旧不断地动用武力兼并周边的小诸侯国，几万几十万装备精良的兵士拼死肉搏，鲜活的生命在根本不知道为什么而战的情况下横尸遍野。连续不断的战争，使惊慌失措的妇孺老幼流离失所，中原大地上的痛苦呻吟不绝于耳。

孔丘临终的那个时刻，这个星球上的其他地方也战火熊熊。延续了四十三年的波希战争初见分晓：希腊人取得了反击波斯人的决定性胜利。——希腊军队集结了十万以上的兵力，作战主力是威名远扬的斯巴达重装步兵，而波斯帝国参战兵力约十二万。斯巴达重装步兵组成的正面宽达一千米的密集阵列，以铺天盖地般的冲击力冲破了波斯军队的盾牌防线，波斯士兵根本无法与凶悍的斯巴达人抗衡，平原上布满了被长矛刺穿的波斯人的尸体。战事以波斯军队的统帅马尔多尼奥斯战死为标志结束。——波斯的大营被攻破，营内包括随军妇女和平民在内的所有人被屠杀殆尽。接着，希腊联军席卷了从爱琴海到黑海的各个城邦以及战略要地，所有亲波斯的贵族全部被斩首，这些人的头颅在棕榈树和橄榄树的枝头上悬挂着，犹如一颗颗成熟的果实。

这个世界，礼崩乐坏。

孔丘反战，他认为战争是不符合周礼的行为。

但孔丘赞成"正义的战争"，支持向违反周礼者开战，主张对那些被大国欺凌的小国"力能救之则救之"，对那些动辄以武力欺人的大国

"力能讨之则讨之"。而即使是正义的战争，孔丘也主张慎战，他把战争与斋戒、祭祀和治病并列，认为都是需要慎重对待的。

毫无疑问，孔丘希望世间没有战争。

而消灭战争的唯一手段，就是维护周礼的基本原则。

从根本上讲，孔丘的"仁礼"之说，阐述的是一种乌托邦式的政治秩序。公元前516年，齐景公问政于孔丘。孔丘的回答是："君君，臣臣，父父，子子。"齐景公听了，很赞同："善哉！信如君不君，臣不臣，父不父，子不子，虽有粟，吾得而食诸？"〔论语·颜渊第十二〕——齐景公问孔子如何治理国家。孔子回答说："君王要像个君王，臣下要像个臣下，父亲要像个父亲，儿子要像个儿子。"齐景公说："说得好啊！如果君王不像君王，臣下不像臣下，父亲不像父亲，儿子不像儿子。虽然有粮食，我能得到并享用吗？"——齐景公的最后一句说得很实在：如果子民们不安分守己，即使国家粮仓充溢君主也未必能吃饱。

战争是用以解决世间矛盾和冲突的最高手段。

战争是强迫他人服从我们意志的一种暴力行为。

运用于战争，东方圣人孔丘的"仁礼"之说格外苍白无力。

孔子的身后，他的道德学说日益高尚圣洁，而这个世界的道德却日益沉沦破败。

一个更加分崩离析的时代就要来临了。

二 晋阳之战：最后的春秋

自最后一个霸主吴国灭亡后，长江流域的楚国和越国都无力再北上中原，只有各自苟安；而中原地区的各诸侯国内政紊乱，令整个中原呈现出一片兵荒马乱的景象。

作为以维护周礼著称的鲁国，在孔丘去世后，三家权臣更加疯狂地相互倾轧，国力渐衰令鲁国在中原的地位急剧下降。

郑国自"向戌弭兵"后，始终在晋国与齐国之间摇摆不定，终令自己在中原事务中丧失了发言权。

夹在晋、楚之间艰难生存的陈国，从陈灵公开始历经三次内乱和亡国之祸，多数时间内是依附于楚国的一个傀儡国。当吴国成为新霸主后，陈国背叛楚国依附吴国，最终被楚国灭亡。

卫国的内政更是丑闻加阴谋的一笔烂账。卫灵公之子蒯聩做太子时，因与卫灵公的夫人南子关系不好，想伺机杀掉南子。消息泄露后先逃往宋国，后又投奔晋国赵氏。公元前493年，卫灵公去世，蒯聩的儿子姬辄继位，是为卫出公。蒯聩得知后，在晋国赵氏的支持下，想从儿子手里夺回君位，遭到卫军的拦截没能得逞。

蒯聩的姐姐伯姬，嫁给了卫国大夫孔文子。孔文子去世后，伯姬与家里英俊的家臣浑良夫私通。公元前480年，伯姬与浑良夫密谋，试图迎弟弟蒯聩回国当国君。蒯聩以让伯姬正式嫁给浑良夫为妻为承诺，参与政变。这年的十二月，潜回国内的蒯聩和浑良夫一起，召集群臣攻击卫出公。卫出公逃亡齐国，蒯聩被立为卫国君主，是为卫庄公。

卫庄公继位后，驱逐旧臣，宠信浑良夫，卫国政局更加动荡不安。为聚敛财物，卫庄公听从浑良夫的献计，诱召流亡于外的太子疾和诸公子回国，欲夺其所拥有的宝器。但是，太子疾回国后，却劫持了卫庄公，把浑良夫杀了。公元前478年，得到晋国赵氏支持的卫国大夫石圃带人发动政变，直接攻击卫庄公。卫庄公从宫墙的北墙跳下去，折断了大腿骨，跑到了都城外的己氏家里。之前，卫庄公发现己氏妻子的头发很漂亮，便派人让其剪下来作为自己夫人吕姜的假发。逃到己氏家里的卫庄公，拿出玉璧对己氏说："救我的命，给你玉璧。"己氏说："杀了你，玉璧也是我的。"于是，己氏杀死了卫庄公。

卫庄公死后，卫人立公子般师为国君。但是，不甘让晋国独家控制卫国的齐国出兵伐卫，俘虏了刚刚继位的公子般师，立亲齐的公子起为卫国国君。大夫石圃再次发动政变，国君君位尚未坐热的公子起逃亡。流亡齐国的卫出公，趁国内混乱返回卫国将石圃赶走，召回了被卫庄公驱逐的旧臣，重新登上君位。

卫国历经连年混乱，国运奄奄一息。

此时的中原，大诸侯国只剩下晋国和齐国了。

然而，齐顷公在位时，齐军在鞌之战中被晋国率领的中原联军打败；齐灵公在位时，齐军在平阴之战中又被晋国率领的中原联军打败。齐国国力破损，声名衰落。之后，齐国的军政大权逐步落入卿大夫之手，为争权夺利，卿大夫们开始肆无忌惮地废立齐国国君：

公元前545年，鲍氏、高氏、栾氏攻灭庆氏，庆氏逃到吴国。

公元前532年，栾氏被鲍氏、田氏联合攻灭。

公元前489年，齐景公病重，田氏发动宫廷政变，立公子阳生为国君，是为齐悼公。

公元前 485 年，田氏杀了齐悼公，立公子壬为国君，是为齐简公。

公元前 481 年，田氏再次发动政变，杀死齐简公，立公子骜为国君，是为齐平公。

自此之后，齐国进入了田氏家族专权的"田齐"时代。

齐国再也不是威风凛凛的大诸侯国了。

晋国，幅员辽阔，物产丰富，国力富足，是敢于与南方楚国抗衡的军事大国。晋国多次成为春秋诸侯之首，是称霸中原最久的大诸侯国。

但是，晋国也是君权受到公卿势力严重威胁的国家。臣弑君、君杀臣的事件连续发生，内政始终充满了血腥气味。为了遏制公卿们不断制造内乱，晋国君主采取的不给公卿子弟封地和官职的政策，在消除了公卿对君位威胁的同时，也助长了卿大夫们剥夺君权的气焰，造成了知氏、赵氏、韩氏、魏氏、范氏、中行氏"六卿"主宰晋国国政的局面。公元前 455 年，晋出公在位时，知氏联合赵氏、魏氏、韩氏，灭了范氏和中行氏。至此，晋国由六卿专权变为四族掌权。四卿中，以知氏的势力最大。知家自封为"伯"，居四大公卿之首，且存有登上晋国君位的野心。

以知氏的经济和军事实力，足以支撑野心不断膨胀。

公元前 455 年，知伯突然向其他三族提出一个要求：为了使晋国强大起来，各族要拿出一百里土地和一万户人口交给君主，理由是：晋国本来是中原霸主，后被吴国和越国夺去了霸主地位，原因就是晋国国力不够强大。赵氏、魏氏、韩氏三族心知肚明：知氏打着维护君权的名义，想进一步侵占更多的土地和人口，达到一族独大的目的。但是，鉴于知氏势力的强大，韩氏和魏氏先后把一百里土地和一万户人口割让给了知氏。只有赵氏——赵襄子——不愿意。于是，知伯命令韩氏和魏氏一起发兵攻打赵氏。

春秋末期一次具有划时代意义的战事——晋阳之战爆发。

公元前 455 年，知伯率领中军，韩氏军担任右路，魏氏军担任左路，三队人马直奔赵氏家族的领地。赵襄子自知寡不敌众，其居住地耿邑（今山西河津以南）城池简陋难以御敌，于是一路向北退去，到达较为坚固的晋阳城（今山西太原以南）后开始据守。

就军事势力而言，在知伯、魏氏、韩氏的联合攻击下，赵襄子没有任何取胜的希望。但是，在《史记》的记载中，赵襄子在退守的途中，遇到了只有腰以上半截身子的三位大仙。大仙们给了赵襄子一根竹棍，赵襄子打开竹棍，发现里面有红字，上书：赵襄子，我们是霍泰山山阳侯天使。三月丙戌日，我们将让你反过来灭掉知氏。你要为我们在百邑立庙，我们把林胡的土地赐给你。——大仙们不但预测了赵氏必定胜利，还预测了赵氏的后代中会有一人成为国君，这位君主皮肤黑红、龙脸鸟嘴、鬓眉相连、宽胸大腹、披甲乘马。他将占领黄河中游一带。《史记·赵世家第十三》——这显然是对赵氏家族抱有好感的后世史家的杜撰，即使能够对应上战国时期称霸一时的赵武灵王，那也是一百多年后的事了。

晋阳城墙完整，府库器用充足，仓廪粮草实备。

赵襄子砍伐城内的树木，熔化宫殿里的铜柱，大量制造箭矢以备战。

知伯率三族联军抵达晋阳后即发动强攻。

赵氏军依托城墙工事顽强坚守。

联军的攻击持续了几个月，始终未能攻克晋阳城。

于是，知伯想出了一个前所未有的办法：水攻。

晋阳城处在太原盆地中，地势低洼，且临近晋水。

知伯将晋水河岸掘开，试图水灌晋阳。

这是晋阳城最悲惨的一刻。

浑浊的河水汹涌而出，晋阳城四周一片汪洋。河水不断上涨，终于漫过城墙，开始日复一日地漫灌晋阳城。城中军民的炉灶里都有了青蛙，煮饭的时候必须把饭锅吊起来。等城内的粮食都吃完了，人们不得不交换孩子杀了吃。城内的房屋在积水的浸泡中纷纷倒塌，瘟疫开始流行，尸体在水中浸泡发出令人窒息的恶臭。

但是，被河水围困和浸泡的晋阳城，竟然坚持了两年之久。

城池的陷落不可避免。

知伯与韩氏、魏氏一起视察军情。望着浩渺的大水以及在大水中孤立的晋阳城，知伯得意地说，我今天才知道水也可以亡国。他的得意神情，令韩氏和魏氏不由得打了个寒战，他们不约而同地想到：汾河水也可以灌满魏氏的都城安邑（今山西垣曲西南），绛河水也可以灌满韩氏的都城平阳（今山西临汾与襄汾之间）。

正在这时候，赵襄子的一个说客，名叫张孟谈，秘密潜出晋阳城，见到了魏氏和韩氏。张孟谈的中心意思是：如果让知伯得逞，那么魏、韩两族距离灭亡也不远了。世间有唇亡齿寒的这句话，今天知伯联合你们攻赵，赵族灭亡后，接着就该是你们了。

"唇亡齿寒"，最早出自《左传·僖公五年》，也与晋国有关：公元前655年，晋国要攻击虢国，但出兵必须借道虞国。被晋国用美女财宝迷惑的虞国国君答应借道，大臣们劝道：虢国和虞国是相互依赖的小国，只有相依为命才能保证国家安全；如果舍弃了与虢国的友情，虞国势必有一天会单独面对晋国的威胁，如同百姓谚语所说的"唇亡而齿寒"的道理一样。虞国国君没听。结果，晋国灭了虢国后，接着就把虞国灭了。

出于自身安全和长远利益考虑，魏氏和韩氏决定临阵反水。

公元前453年——晋阳城被围困两年后——三月的一个夜晚，赵襄子派人杀掉了知军守堤的将领，然后在相反的方向突然决堤放水，反灌知军大营。知军陷于混乱时，韩家军和魏家军从两翼对知军发起了猛攻。与此同时，赵襄子也亲率精锐从晋阳城内杀出。赵、韩、魏三族的将士驾着木船和木筏一齐冲杀，知军兵士被砍死的和淹死的不计其数，很快全军覆没。知伯在混乱中被俘，即刻被砍下了头颅。

僵持两年之久的晋阳之战，在一个初春的夜晚结束了。

赵襄子把知伯的头骨雕刻上漆，作为酒爵尽情畅饮。

为免除后患，韩、赵、魏三族联手，将知伯家族的两百余人全部杀戮，同时瓜分了知氏家族的所有土地和人口。

在中国古代战争史上，晋阳之战的影响和意义格外重大。

晋阳之战后，晋国国内再也没有可以与韩、赵、魏三族抗衡的力量，晋国国君彻底成了一个傀儡，三族毫无顾虑地将晋国的国土瓜分殆尽，晋国实际上被割裂成三个独立的国家。

春秋大国晋国解体了。

这便是中国春秋史上著名的"三家分晋"。

曾有人设问——尽管历史不能假设——如果晋阳之战的结局不是韩、赵、魏三族灭知，而是知伯灭掉了赵氏，然后韩氏和魏氏也相继被灭，那么，有一个由知伯独霸的强大统一的晋国，在接下来的历史中，与晋国有着漫长边境线的秦国还有崛起的机遇吗？——秦国没有参加"弭兵会盟"，自与晋军战败之后，便不再参与中原战事，始终沉寂无声。——有晋国的掣肘，秦国能够强大到灭亡诸国一统天下吗？如果秦国没有统一天下，中国历史又会是什么样子呢？

毫无疑问，晋阳之战中，韩氏和魏氏的临阵反水，导致知家灭亡，这是一个具有偶然性的小概率事件。

但是，无论如何，这场富有戏剧性的战事，不但导致了一个大诸侯国的解体，也被认为是中国历史上春秋与战国的分界线："知伯灭而三晋之势成，三晋分而七国之形立，读《春秋》之终，而知战国之始也。"〔左传事纬〕

自此，中国历史从春秋时代进入了战国时代。

三　我为什么忧伤不已？

　　春秋时代，自公元前 770 年周平王东迁洛邑始，至公元前 453 年晋国知家被魏、赵、韩三族所灭终，共三百一十七年。

　　东迁后的周王朝权势衰弱，统治范围方圆不足六百里，各诸侯国纷纷割据称雄，天下出现了一百四十多个大小不一的诸侯国。这些诸侯国不再朝见周王，周王朝统治诸侯的权力名存实亡。这种局面导致了郑、齐、晋、秦、楚、吴、越等国互相征伐，争当霸主。

　　春秋时期战争频繁。

　　据史籍不完全记载，春秋时期，大小战事达五百次以上，一百多个诸侯国曾被兼并或亡国，超过五十位君主被臣下或敌国杀死。

　　春秋历史，是一部充斥着野心和杀戮的战争史。

　　强者和适者生存，虽然残酷无情但不幸是史实。

　　人类为了生存和发展，与天斗、与地斗、与人斗，谱写出历史发展进程的恢宏篇章。

　　春秋的战争，推动了国家形态的完善和进步。上古时期，人们迁徙不断，以狩猎采集为生，没有固定的家国疆界，没有固定的都城和官府。周朝初期，实行分封制，建立起许多诸侯国，其性质仍属于服从于战备需要的驻防制。而随着诸侯国之间相互征伐兼并，战争演进的需要，让各诸侯国逐渐形成了军政一体的国家体制，近代模样的国家形态初步形成。

春秋战争，推动了生产和技术的发展。人类之所以不断地用知识和能力来认识和改造自然，其主要初衷和目的，是获得更多的优质的生存和生产资源。青铜的冶炼和锻造，不但首先应用于兵器，也极大地促进了农业工具的改善。春秋后期铁器的出现，将战争的规模与效应推向了新的高度，也令农业生产质量发生了重大飞跃。经济的迅速发展，导致井田制彻底瓦解，大片私田开始出现，这在引发深刻的社会结构变化的同时，也使得战争更加频繁和剧烈。

春秋战争，催生了中国古典哲学的诞生。生命与生命之间的争执杀戮，促使人们从上古的神灵幻想中清醒，但同时残酷的现实也再次令人愈加困惑，随之产生的是对人的道德标准、行为规范以及社会秩序、国际规则的探讨和畅想，占卜的宗教迷信开始了向理性思考的历史转型。转型的目的，是试图为陷入生存竞争中的人类寻找到一条可以共存、共生、共和的理想之路。春秋战争最为频繁的中原地区，理所当然地成为滋生中国古典哲学的沃土，而因战乱造成的臣民流离和人口迁徙，也无意间促成了形而上的哲思能够向民间渗透，不可避免地引起了社会普遍性的意识和观念的改变。这些变化是春秋时期思想转型得以实现的历史条件，最终形成了"诸子百家"的文化繁荣。

春秋战争，催生出震惊世界的中国兵家文化。随着战争进程的演变，各诸侯国的军事制式逐渐完善，其中包括军事体制、指挥系统、作战样式以及战略战术，最终形成了对后世军事思想产生奠基性影响的中国古代军事思想体系。春秋初期的战争形态，多为速决战，均为横阵正面作战，堂堂之阵，正正之旗，没有灵活机动的变化；后期的战争，随着谋略的出现，伪装、佯退、诱敌、侧击等不断出现，谋略与战术的诡谲令人眼花缭乱。——中国古代思想体系中，战争艺术和哲学思辨互相交融，兵家谋略从治军渗透到治国治家的各个领域，这种机巧思辨的思维定式，至今仍是中国人重要的生存理念。

春秋战争，产生了中国式的英雄膜拜。中国人一向认为"英雄造时势，时势造英雄"。何谓英雄？中国古人认为，聪明秀出谓之英；胆力过人谓之雄。英雄者，以凌云之壮志，以盖世之勇气，统率千军万马，让交战对手尸横遍野，血流成河。春秋历史，谱写出一部中国古代英雄谱：郑庄公、齐桓公、晋文公、宋襄公、秦穆公、楚庄王、吴王夫差、越王勾践——近三千年了，他们的英雄业绩依然书写在中国古代历史中。

人类生存，不能没有英雄。

春秋史册上的英雄没有子民。

虽然战争中奋勇杀敌的是成千上万的子民。

孟子说："争地以战，杀人盈野；争城以战，杀人盈城。此所谓率土地而食人肉，罪不容于死。"〔孟子·离娄章句〕——为争夺土地而作战，杀死的人布满原野；为争夺城池而作战，杀死的人布满城邑，这就是所谓的为争夺土地而吃人肉，其罪行连死都不足以宽恕。孟子因此得出的历史结论是："春秋无义战。"

生存和发展的需求和欲望，是人类爆发战争的根源。欲望导致了战争，战争强化了欲望。可人类不得不在一次又一次的战争中看到这样一个残酷的现实：付出生命砸烂一个旧世界，不见得会出现一个令生命盎然的新世界；即使出现了一个"新世界"，也许又会被再一次爆发的战争砸烂。用战争平复乱世，如同用死刑制止犯罪一样，绝无可能，但战争于世仍在继续且愈演愈烈。只要人类生存与发展的欲望还存在，战争就不可避免，战争与和平的循环，如同日出日落无休止。

《诗经·国风》中的《唐风》，史家认为是今山西临汾一带的古晋人之歌。

春秋时期最后一个大国晋国，在它倾覆的末日来临之际，一位在战争中死了丈夫的晋女，在汾河河谷中的一座孤坟边哭吟：

荆树上覆盖着茂密的葛藤，

田野上长满了蔹草，

独自埋葬在这里的人儿呀，

谁能陪伴你的孤寂？

牛角枕闪着温暖的光泽，

锦绣被子上缀满花朵，

独自埋葬在这里的人儿呀，

谁能与你同床共枕？

夏日里烈日炎炎实在难耐，

冬季的长夜如此漫长，

我将和你相会在黄泉之下，

从此让你不再孤单。〔诗经·国经·唐风·葛生〕

晋人应和晋女的苦吟：

蟋蟀们都躲进了堂屋，

寒冷的冬天就要来啦，

今天不寻欢作乐，

人生的好日子还能有几天？

蟋蟀们都躲进了堂屋，

一年眼看就要过去啦，

我为什么忧伤不已？

岁月流逝如同日月穿梭。〔诗经·国经·唐风·蟋蟀〕

先哲们憧憬的大同世界的和平盛景，是人类可望而不可即的理想彼岸。

　　　　漫漫春秋，大河奔流，星光璀璨。
　　　　我的忧伤，穿梭日月，无穷无尽。